문화 가로지르기
관점에서 바라본 루쉰

중국 루쉰연구 명가정선집 09

문화 가로지르기 관점에서 바라본 루쉰

초판 인쇄 2021년 6월 20일 **초판 발행** 2021년 6월 30일
글쓴이 가오쉬둥 **옮긴이** 이주노 **펴낸이** 박성모 **펴낸곳** 소명출판 **출판등록** 제13-522호
주소 서울시 서초구 서초중앙로6길 15, 2층
전화 02-585-7840 **팩스** 02-585-7848 **전자우편** somyungbooks@daum.net **홈페이지** www.somyong.co.kr

값 25,000원   ⓒ 소명출판, 2021
ISBN 979-11-5905-241-5 94820
ISBN 979-11-5905-232-3 (세트)

중국 루쉰 연구

명가정선집

09

문화 가로지르기
관점에서 바라본 루쉰

LU XUN IN A CROSS-CULTURAL PERSPECTIVE

가오쉬둥 지음 | 이주노 역

중국 루쉰연구 명가정선집

일러두기

• 이 책은 허페이(合肥) 안후이대학출판사(安徽大學出版社)에서 2013년 6월에 출판한 중국
　루쉰연구 명가정선집 『中國需要魯迅』을 한글 번역하였다.
• 가급적 원저를 그대로 옮겼으며, 설명이 필요한 경우에는 '역주'로 표시하였다.

'중국 루쉰연구 명가정선집'을 펴내며

린페이林非

100년 전인 1913년 4월, 『소설월보小說月報』 제4권 제1호에 '저우취周逴'로 서명한 문언소설 「옛일懷舊」이 발표됐다. 이는 뒷날 위대한 문학가가 된 루쉰이 지은 것이다. 당시의 『소설월보』 편집장 윈톄차오惲鐵樵가 소설을 대단히 높이 평가해 작품의 열 곳에 방점을 찍고 또 「자오무焦木·부지附志」를 지어 "붓을 사용하는 일은 금침으로 사람을 구해내는 것이라 할 수 있다", "전환되는 곳마다 모두 필력을 보였다", 인물을 "진짜 살아있는 듯이 생생하게 썼다", "사물이나 풍경 묘사가 깊고 치밀하다", 또 "이해하고 파악해 문장을 논하고 한가득 미사여구를 늘어놓기에 이르지 않은" 젊은이는 "이런 문장을 본보기로 삼는 것이 아주 좋다"라고 말했다. 이런 글은 루쉰의 작품에 대한 중국의 정식 출판물의 최초의 반향이자 평론이긴 하지만, 또 문장학의 각도에서 「옛일」의 의의를 분석한 것이다.

한 위대한 인물의 출현은 개인의 천재적 조건 이외에 시대적인 기회와 주변 환경에서 비롯되기도 한다. 1918년 5월에, '5·4' 문학혁명의 물결 속에서 색다른 양식의 깊고 큰 울분에 찬, '루쉰'이라 서명한 소설 「광인일기狂人日記」가 『신청년新靑年』 월간 제4권 제5호에 발표됐다. 이로써 '루쉰'이란 빛나는 이름이 최초로 중국에 등장했다.

8개월 뒤인 1919년 2월 1일 출판된 『신조新潮』 제1권 제2호에서

'기자'라고 서명한 「신간 소개」에 『신청년』 잡지를 소개하는 글이 실렸다. 그 글에서 '기자'는 최초로 「광인일기」에 대해 평론하면서 루쉰의 "「광인일기」는 사실적인 필치로 상징주의symbolism 취지에 이르렀으니 참으로 중국의 으뜸가는 훌륭한 소설이다"라고 말했다.

이 기자는 푸쓰녠傅斯年이었다. 그의 평론은 문장학의 범위를 뛰어넘어 정신문화적 관점에서 중국 사상문화사에서의 루쉰의 가치를 지적했다. 루쉰은 절대로 단일한 문학가가 아닐 뿐 아니라 중국 근현대 정신문화에 전면적으로 영향을 끼친 심오한 사상가이다. 그래서 루쉰연구도 정신문화 현상의 시대적 흐름에 부응해 필연적으로 일어난 것이고, 시작부터 일반적인 순수 학술연구와 달리 어떤 측면에서는 지난 100년 동안의 중국 정신문화사의 발전 궤적을 반영하게 됐다.

이로부터 루쉰과 그의 작품에 대한 평론과 연구도 새록새록 등장해 갈수록 심오해지고 계통적이고 날로 세찬 기세를 많이 갖게 됐다. 연구자 진영도 한 세대 또 한 세대 이어져 창장의 거센 물결처럼 쉼 없이 세차게 흘러 중국 현대문학연구에서 전체 인문연구에 이르기까지 하나의 큰 경관을 형성했다. 그 가운데 주요 분수령은 마오둔茅盾의 「루쉰론魯迅論」, 취추바이瞿秋白의 「『루쉰잡감선집魯迅雜感選集』·서언序言」, 마오쩌둥毛澤東의 「신민주주의론新民主主義論」, 어우양판하이歐陽凡海의 「루쉰의 책魯迅的書」, 리핑신李平心(루쩌魯座)의 「사상가인 루쉰思想家的魯迅」 등이다. 1949년 이후에 또 펑쉐펑馮雪峰의 「루쉰 창작의 특색과 그가 러시아문학에서 받은 영향魯迅創作的特色和他受俄羅斯文學的影響」, 천융陳涌의 「루쉰소설의 현실주의를 논함論魯迅小說的現實主義」과 「문학예술의 현실주의를 위해 투쟁한 루쉰爲文學藝術的現實主義而鬪爭的魯迅」, 탕타오唐弢의 「루쉰 잡문의 예술적 특징

魯迅雜文的藝術特徵」과「루쉰의 미학사상을 논함論魯迅的美學思想」, 왕야오王瑤의「루쉰 작품과 중국 고전문학의 역사 관계를 논함論魯迅作品與中國古典文學的歷史關係」등이 나왔다. 이 시기에는 루쉰연구마저도 왜곡 당했을 뿐 아니라, 특히 '문화대혁명' 중에 루쉰을 정치적인 도구로 삼아 최고 경지로 추어 올렸다. 그렇지만 이런 정치적 환경 속에서라고 해도 리허린李何林으로 대표된 루쉰연구의 실용파가 여전히 자료 정리와 작품 주석이란 기초적인 업무를 고도로 중시했고, 그 틈새에서 숨은 노력을 묵묵히 기울여왔다. 그래서 길이 빛날 의미를 지닌 많은 성과를 얻었다. 결론적으로 루쉰에 대해 우러러보는 정을 가졌건 아니면 다른 견해를 담았건 간에 모두 루쉰과 루쉰연구의 존재를 무시할 수 없다.

귀중한 것은 20세기 1980년대 이후에 루쉰연구가 사상을 제한해온 오랜 속박에서 벗어나 영역을 확장해 철학, 사회학, 심리학, 비교문학 등 새로운 시야로 루쉰 및 그의 생애와 작품에 대해 더욱 심오하고 두텁게 통일적이고 종합적으로 연구하며 해석하게 됐고, 시종 선두에 서서 중국의 사상해방운동과 학술문화업무의 발전을 촉진시키기 위해 불멸의 역사적 공훈을 세웠다. 동시에 또 왕성한 활력과 새로운 지식구조, 새로운 사유방식을 지닌 중·청년 연구자들을 등장시켰다. 이는 중국문학연구와 전체 사회과학연구 가운데서 모두 보기 드문 것이다.

그래서 이 연구자들의 저작에 대해 총결산하고 그들의 성과에 대해 진지한 검토를 하는 것이 매우 필요한 일이 되었다. 안후이安徽대학출판사가 이 무거운 짐을 지고, 학술저서의 출판이 종종 적자를 내고 경제적 이익을 얻을 수 없는 시대에 의연히 편집에 큰 공을 들여 이 '중국 루쉰연구 명가정선집中國魯迅研究名家精選集' 시리즈를 출판해 참으로 사람을 감격하게 했다. 나는 그들의 노력이 수포로 돌아갈 리 없고, 이 저작들이 중국의 루쉰연구학술사에서 틀림없이 중요한 가치를 갖고 대대로 계승돼 미래의 것을 창조해내서 중국에서 루쉰연구가 더욱 큰 발전을 이룰 것을 굳게 믿는다.

　이로써 서문을 삼는다.

2013년 3월 3일

횃불이여, 영원하라
지난 100년 중국의 루쉰연구 회고와 전망

　1913년 4월 25일에 출판된 『소설월보』 제4권 제1호에 '저우춰'로 서명한 문언소설 「옛일」이 발표됐다. 잡지의 편집장인 윈톄차오는 이 소설에 대해 평가하고 방점을 찍었을 뿐 아니라 또 글의 마지막에서 「자오무·부지」를 지어 소설에 대해 호평했다. 이는 상징성을 갖는 역사적 시점이다. 즉 '저우춰'가 바로 뒷날 '루쉰'이란 필명으로 세계적인 명성을 누리게 된 작가 저우수런周樹人이고, 「옛일」은 루쉰이 창작한 첫 번째 소설로서 중국 현대문학의 전주곡이 됐고, 「옛일」에 대한 윈톄차오의 평론도 중국의 루쉰연구의 서막이 됐다.

　1913년부터 헤아리면 중국의 루쉰연구는 지금까지 이미 100년의 역사를 갖게 됐다. 그동안에 사회적 상황의 변화로 인해 수많은 곡절을 겪었음에도 불구하고, 그러나 여전히 저명한 전문가와 학자들이 쏟아져 나와 중요한 학술적 성과를 냈음은 물론 20세기 1980년대에 점차 중요한 영향력을 지닌 학문인 '루학魯學'을 형성하게 됐다. 지난 100년 동안의 중국의 루쉰연구사를 돌이켜보면, 정치적인 요소가 대대적으로 루쉰연구의 역사과정에 커다란 영향을 끼쳤음을 볼 수 있다. 그래서 우리도 정치적인 각도에서 중국의 루쉰연구사 100년을 대체로 중화민국 시기와 중화인민공화국 시기로 구분할 수 있다.

　중화민국 시기(1913~1949)의 루쉰연구는 중국의 100년 루쉰연구의 맹아기와 기초기라고 말할 수 있다. 비공식 통계에 따르면, 이 기간

중국의 간행물에 루쉰과 관련한 글은 모두 96편이 발표됐고, 그 가운데서 루쉰의 생애와 관련한 역사 연구자료 성격의 글이 22편, 루쉰사상 연구 3편, 루쉰작품 연구 40편, 기타 31편으로 나뉜다. 이런 글 가운데 비교적 중요한 것은 장딩황張定璜이 1925년에 발표한「루쉰 선생魯迅先生」과 저우쭤런周作人의 『아Q정전阿Q正傳』두 편이다. 이외에 문화 방면에서 루쉰의 영향이 점차 확대됨에 따라 점차 더욱더 많은 평론가들이 루쉰과 관련한 연구에 몰두하기 시작해 1926년에 중국의 첫 번째 루쉰연구논문집인『루쉰과 그의 저작에 관하여關於魯迅及其著作』를 출판했다.

중국의 100년 루쉰연구의 기초기는 중화민국 난징국민정부 시기(1927년 4월~1949년 9월)이다. 비공식 통계에 따르면, 이 기간에 중국의 간행물에 루쉰과 관련한 글은 모두 1,276편이 발표됐고, 그 가운데 루쉰의 생애 관련 역사 연구자료 성격의 글 336편, 루쉰사상 연구 191편, 루쉰작품 연구 318편, 기타 431편으로 나뉜다. 중요한 글에 팡비方璧(마오둔茅盾)의「루쉰론魯迅論」, 허닝何凝(취추바이瞿秋白)의「『루쉰잡감선집魯迅雜感選集』· 서언序言」, 마오쩌둥毛澤東의「루쉰론魯迅論」과「신민주주의적 정치와 신민주주의적 문화新民主主義的政治與新民主主義的文化」, 저우양周揚의「한 위대한 민주주의자의 길一個偉大的民主主義者的路」, 루쭤魯座(리핑신李平心)의「사상가인 루쉰思想家魯迅」과 쉬서우창許壽裳, 징쑹景宋(쉬광핑許廣平), 펑쉐펑馮雪峰 등이 쓴 루쉰을 회고한 것들이 있다. 이외에 또 중국에서 출판한 루쉰연구 관련 저작은 모두 79권으로 그 가운데 루쉰의 생애와 사료연구 저작 27권, 루쉰사상 연구 저작 9권, 루쉰작품 연구 저작 9권, 기타 루쉰연구 저작(주제 연구 및 집록류輯錄類 연구 저작) 34권이다. 중요한 저작에 리창즈李長之의『루쉰 비판魯迅批判』, 루쉰기념위원회魯迅紀念委員會가 편집한『루쉰선생기념집魯迅先生紀念集』, 샤오훙蕭紅의『루쉰 선생을 추억하며回憶魯迅先生』, 위다푸郁達夫의『루쉰 추억과 기타回憶魯迅及其他』, 마오둔이 책임 편집한『루쉰을 논함論魯迅』, 쉬서우창의『루쉰의 사상과 생활魯迅的思想與生活』과『망우 루쉰 인상기亡友魯迅印象記』, 린천林辰의『루쉰사적고魯迅事迹考』, 왕스징王士菁의『루쉰전魯迅傳』 등이 있다. 이 시기의 루쉰연구가 전체적으로 말해 학술적인 수준이 높지 않다고 해도, 그러나 루쉰 관련 사료연구, 작품연구와 사상연구 등 방면에서는 중국의 100년 루쉰연구를 위한 기초를 다졌다.

중화인민공화국 시기에 루쉰연구와 발전이 걸어온 길은 비교적 복잡하다. 정치적인 요소의 영향을 받았기 때문에 여러 단계로 구분된다. 즉 발전기, 소외기, 회복기, 절정기, 분화기, 심화기가 그것이다.

중화인민공화국 '17년' 시기(1949~1966)는 중국의 100년 루쉰연구의 발전기이다. 신중국 성립 이후 당국이 루쉰을 기념하고 연구하는 업무를 매우 중시해 연이어 상하이루쉰기념관, 베이징루쉰박물관, 사오싱紹興루쉰기념관, 샤먼廈門루쉰기념관, 광둥廣東루쉰기념관 등 루쉰을 기념하는 기관을 세웠다. 또 여러 차례 루쉰 탄신 혹은 서거한 기념일에 기념행사를 개최했고, 아울러 1956년에서 1958년 사이에 신판『루쉰전집魯迅全集』을 출판했다.『인민일보人民日報』도 수차례 현실정치의 필요에 부응해 루쉰서거기념일에 루쉰을 기념하는 사설을 게재했다. 예를 들면「루쉰을 배워 사상투쟁을 지키자學習魯迅, 堅持思想鬪爭」(1951년 10월 19일),「루쉰의 혁명적 애국주의의 정신적 유산을 계승하자繼承魯迅的革命愛國主義的精神遺産」(1952년 10월 19일),「위대한 작가, 위대한 전사偉大的作家 偉大的戰士」(1956년 10월 19일) 등이다. 그럼으로써 학자와 작가들이 루쉰을 연구하도록 이끌었다. 정부의 대대적인 추진 아래 중국의 루쉰연구가 점차 발전하기 시작했다.

비공식 통계에 따르면 이 기간에 중국의 간행물에 발표된 루쉰연구와 관련한 글은 모두 3,206편이다. 그 가운데 루쉰의 생애 관련 역사 연구자료 성격의 글이 707편, 루쉰사상 연구 697편, 루쉰작품 연구 1,146편, 기타 656편이 있다. 중요한 글에 왕야오王瑤의 「중국문학의 유산에 대한 루쉰의 태도와 중국문학이 그에게 끼친 영향魯迅對於中國文學遺産的態度和他所受中國文學的影響」, 천융陳涌의 「한 위대한 지식인의 길一個偉大的知識分子的道路」, 저우양周揚의 「'5·4' 문학혁명의 투쟁전통을 발휘하자發揚"五四"文學革命的戰鬪傳統」, 탕타오唐弢의 「루쉰의 미학사상을 논함論魯迅的美學思想」 등이 있다. 이외에 또 중국에서 출판된 루쉰연구와 관련한 저작은 모두 162권이 있고, 그 가운데 루쉰의 생애와 사료연구 저작은 모두 49권, 루쉰사상 연구 저작 19권, 루쉰작품 연구 저작 57권, 기타 루쉰연구 저작(주제 연구 및 집록류 연구 저작) 37권이다. 중요한 저작에 『루쉰 선생 서거 20주년 기념대회 논문집魯迅先生逝世二十周年紀念大會論文集』, 왕야오의 『루쉰과 중국문학魯迅與中國文學』, 탕타오의 『루쉰 잡문의 예술적 특징魯迅雜文的藝術特徵』, 펑쉐펑의 『들풀을 논함論野草』, 천바이천陳白塵이 집필한 『루쉰魯迅』(영화 문학시나리오), 저우샤서우周遐壽(저우쮜런)의 『루쉰의 고향魯迅的故家』과 『루쉰 소설 속의 인물魯迅小說裏的人物』 그리고 『루쉰의 청년시대魯迅的靑年時代』 등이 있다. 이 시기의 루쉰연구는 루쉰작품 연구 영역, 루쉰사상 연구 영역, 루쉰 생애와 사료 연구 영역에서 모두 중요한 학술적 성과를 얻었고, 전체적인 학술적 수준도 중화민국 시기의 루쉰연구보다 최대한도로 심오해졌고, 중국의 100년 루쉰연구사에서 첫 번째로 고도로 발전한 시기이다.

중화인민공화국의 '문화대혁명' 10년 동안은 중국의 100년 루쉰연구의 소외기이다. '문화대혁명' 초기에 중국공산당 중앙이 '프롤레타리아 문화대혁명'을 발동하고, 아울러 루쉰을 빌려 중국의 '문화대혁명'을 공격하는 소련의 언론에 반격하기 위해 7만여 명이 참가한 루쉰 서거30주년 기념대회를 열었다. 여기서 루쉰을 마오쩌둥의 홍소병紅小兵(중국소년선봉대에서 이름이 바뀐 초등학생의 혁명조직으로 1978년 10월 27일에 이전 명칭과 조직을 회복했다 – 역자)으로 만들어냈고, 홍위병(1966년 5월 29일, 중고대학생을 중심으로 조직됐고, 1979년 10월에 이르러 중국공산당 중앙이 정식으로 해산을 선포했다 – 역자)에게 루쉰의 반역 정신을 배워 '문화대혁명'을 끝까지 하도록 호소했다. 이는 루쉰의 진실한 이미지를 대대적으로 왜곡했고, 게다가 처음으로 루쉰을 '문화대혁명'의 담론시스템 속에 넣어 루쉰을 '문화대혁명'에 봉사토록 이용한 것이다. 이후에 '비림비공批林批孔'운동, '우경부활풍조 반격反擊右傾飜案風'운동, '수호水滸'비판운동 중에 또 루쉰을 이 운동에 봉사토록 이용해 일정한 정치적 목적을 달성했다. '문화대혁명' 후기인 1975년 말에 마오쩌둥이 '루쉰을 읽고 평가하자讀點魯迅'는 호소를 발표해 전국적으로 루쉰 학습 열풍을 일으켰다. 이에 대대적으로 전국 각지에서 루쉰 보급업무를 추진했고, 루쉰연구가 1980년대에 활발하게 발전하는데 기초를 놓았다.

비공식 통계에 따르면 전체 '문화대혁명' 기간(1966~1976)에 중국의 간행물에 발표된 루쉰 관련 연구는 모두 1,876편이 있고, 그 가운데 루쉰 생애와 사료 관련 글이 130편, 루쉰사상 연구 660편, 루쉰작품 연구 1,018편, 기타 68편이다. 이러한 글들은 대부분 정치적 운동에 부응해 편찬된 것이다. 중요한 글에 『인민일보』가 1966년 10월 20일 루쉰 서거30주년 기념을 위해 발표한 사설 「루쉰적인 혁명의 경골한 정신을 학습하자學習魯迅的革命硬骨頭精神」, 『홍기紅旗』 잡지에 게재된 루쉰 서거30주년 기념대회에서의 야오원위안姚文元, 궈머뤄郭沫若, 쉬광핑許廣平 등의 발언과 사설 「우리의 문화혁명 선구자 루쉰을 기념하자紀念我們的文化革命先驅魯迅」, 『인민일보』의 1976년 10월 19일 루쉰 서거40주년 기념을 위해 발표된 사설 「루쉰을 학습하여 영원히 진격하자學習魯迅永遠進擊」 등이 있다. 그 외에 중국에서 출판한 루쉰연구 관련 저작은 모두 213권이고, 그 가운데 루쉰 생애와 사료연구 관련 저작 30권, 루쉰 사상 연구 저작 9권, 루쉰작품 연구 저작 88권, 기타 루쉰연구 저작(주제 연구 및 집록류 연구 저작) 86권이 있다. 이러한 저작은 거의 모두 정치적 운동의 필요에 부응해 편찬된 것이기 때문에 학술적 수준이 비교적 낮다. 예를 들면 베이징대학 중문과 창작교학반이 펴낸 『루쉰작품선강魯迅作品選講』 시리즈총서, 인민문학출판사가 출판한 『루쉰을 배워 수정주의 사상을 깊이 비판하자學習魯迅深入批修』 등이 그러하다. 이 시기는 '17년' 기간에 개척한 루쉰연구의 만족스러운 국면을 이어갈 수 없었고 루쉰에 대한 학술연구는 거의 정체되었으며, 공개적으로 발표한 루쉰과 관련한 각종 논저는 거의 다 왜곡되어 루쉰을 이용한 선전물이었다. 이는 중국의 루쉰연구에 대해 말하면 의심할 바 없이 악재였다.

'문화대혁명'이 막을 내린 뒤부터 1980년에 이르는 기간(1977~1979)은 중국의 100년 루쉰연구의 회복기이다. 1976년 10월 '문화대혁명'이 막을 내렸을 때는 루쉰에 대해 '문화대혁명'이 왜곡하고 이용하면서 초래한 좋지 못한 영향이 여전히 상당한 정도로 존재하고 있었다. '문화대혁명'이 막을 내린 뒤 국가의 관련 기관이 이러한 좋지 못한 영향 제거에 신속하게 손을 댔고, 루쉰 저작의 출판 업무를 강화했으며, 신판『루쉰전집』을 출판할 준비에 들어갔다. 아울러 중국루쉰연구학회를 결성하고 루쉰연구실도 마련했다. 그리하여 루쉰연구에 대해 '문화대혁명'이 가져온 파괴적인 면을 대대적으로 수정했다. 이외에 인민문학출판사가 1974년에 지식인과 노동자, 농민, 병사의 삼결합 방식으로 루쉰저작 단행본에 대한 주석 작업을 개시했다. 그리하여 1975년 8월에서 1979년 2월까지 잇따라 의견모집본('붉은 표지본'이라고도 부른다)을 인쇄했고, '사인방'이 몰락한 뒤에 이 '의견모집본'('녹색 표지본'이라고도 부른다)들을 모두 비교적 크게 수정했고, 이후 1979년 12월부터 연속 출판했다. 1970년대 말에 '삼결합' 원칙에 근거하여 세운, 루쉰저작에 대한 루쉰저작에 대한 주석반의 각 판본의 주석이 분명한 시대적 색채를 갖지만, '문화대혁명' 기간의 루쉰저작에 대한 왜곡이나 이용과 비교하면 다소 발전된 것임을 의심할 여지는 없다. 그래서 이러한 '붉은 표지본' 루쉰저작 단행본은 '사인방'이 몰락한 뒤에 신속하게 수정된 뒤 '녹색 표지본'의 형식으로 출판됨으로써 '문화대혁명' 뒤의 루쉰 전파에 중요한 공헌을 했다.

비공식 통계에 따르면, 이 동안에 중국의 간행물에 발표된 루쉰 관련 연구는 모두 2,243편이고, 그 가운데 루쉰의 생애와 사료 관련 179편, 루쉰사상 연구 692편, 루쉰작품 연구 1,272편, 기타 100편이 있다. 중요한 글에 천융의「루쉰사상의 발전 문제에 관하여關於魯迅思想發展問題」, 탕타오의「루쉰 사상의 발전에 관한 문제關於魯迅思想發展的問題」,

위안량쥔袁良駿의 「루쉰사상 완성설에 대한 질의魯迅思想完成說質疑」, 린페이林非와 류짜이푸劉再復의 「루쉰이 '5·4' 시기에 제창한 '민주'와 '과학'의 투쟁魯迅在五四時期倡導"民主"和"科學"的鬪爭」, 리시판李希凡의 「'5·4' 문학혁명의 투쟁적 격문-'광인일기'로 본 루쉰소설의 '외침' 주제"五四"文學革命的戰鬪檄文-從『狂人日記』看魯迅小說的"吶喊"主題」, 쉬제許傑의 「루쉰 선생의 '광인일기' 다시 읽기重讀魯迅先生的『狂人日記』」, 저우젠런周建人의 「루쉰의 한 단면을 추억하며回憶魯迅片段」, 펑쉐펑의 「1936년 저우양 등의 행동과 루쉰이 '민족혁명전쟁 속의 대중문학' 구호를 제기한 경과 과정과 관련하여有關一九三六年周揚等人的行動以及魯迅提出"民族革命戰爭中的大衆文學"口號的經過」, 자오하오성趙浩生의 「저우양이 웃으며 역사의 공과를 말함周揚笑談歷史功過」 등이 있다. 이외에 중국에서 출판한 루쉰연구 관련 저작은 모두 134권이고, 그 가운데 루쉰의 생애와 사료 연구 관련 저작 27권, 루쉰사상 연구 저작 11권, 루쉰작품 연구 저작 42권, 기타 루쉰연구 저작(주제 연구 및 집록류 연구 저작) 54권이다. 중요한 저작에 위안량쥔의 『루쉰사상논집魯迅思想論集』, 린페이의 『루쉰소설논고魯迅小說論稿』, 류짜이푸의 『루쉰과 자연과학魯迅與自然科學』, 주정朱正의 『루쉰회고록 정오魯迅回憶錄正誤』 등이 있다. 전체적으로 말하면 이 시기의 루쉰연구는 '문화대혁명'이 루쉰을 왜곡한 현상에 대해 바로잡고 점차 정확한 길을 걷고, 또 잇따라 중요한 학술적 성과를 얻었으며, 1980년대의 루쉰연구를 위해 만족스런 기초를 다졌다.

20세기 1980년대는 중국의 100년 루쉰연구의 절정기이다. 1981년에 중국공산당 중앙이 '문화대혁명'의 영향을 철저하게 제거하기 위해 인민대회당에서 루쉰 탄신100주년을 위한 기념대회를 성대하게 거행했다. 그리하여 '문화대혁명' 시기에 루쉰을 왜곡하고 이용하면서 초래된 좋지 못한 영향을 최대한도로 청산했다. 후야오방胡耀邦은 중국공산당을 대표한 「루신 탄신100주년 기념대회에서의 연설在魯迅誕生—百周年紀念大會上的講話」에서 루쉰정신에 대해 아주 새로이 해석하고, 아울러 루쉰연구 업무에 대해 새로운 요구 사항을 제기했다. 『인민일보』가 1981년 10월 19일에 사설 「루쉰정신은 영원하다魯迅精神永在」를 발표했다. 여기서 루쉰정신을 당시의 세계 및 중국 정세와 결합시켜 새로이 해독하고, 루쉰정신을 계승하고 발전시킬 중요한 현실적 의미를 제기했다. 그리고 전국 인민에게 '루쉰을 배우자, 루쉰을 연구하자'고 호소했다. 그리하여 루쉰에 대한 전국적 전파를 최대한 촉진시켜 1980년대 루쉰연구의 열풍을 일으켰다. 왕야오, 탕타오, 리허린 등 루쉰연구의 원로 전문가들이 '문화대혁명'을 겪은 뒤에 다시금 학술연구 업무를 시작하여 중요한 루쉰연구 논저를 저술했고, 아울러 193,40년대에 출생한 루쉰연구 전문가들이 쏟아져 나왔다. 예를 들면 린페이, 쑨위스孫玉石, 류짜이푸, 왕푸런王富仁, 첸리췬錢理群, 양이楊義, 니모옌倪墨炎, 위안량쥔, 왕더허우王德後, 천수위陳漱渝, 장멍양張夢陽, 진홍다金宏達 등이다. 이들은 중국의 루쉰연구를 시대의 두드러진 학파가 되도록 풍성하게 가꾸어 민족의 사상해방 면에서 중요한 작용을 발휘하도록 했다. 그러나 1980년대 말에 정치적인 이유로 인해 루쉰은 또 당국에 의해 점차 주변부화되었다.

비공식 통계에 따르면 20세기 1980년대 10년 동안에 중국 전역에서 루쉰연구와 관련한 글은 모두 7,866편이 발표됐고, 그 가운데 루쉰 생애 및 사적과 관련한 글 935편, 루쉰사상 연구 2,495편, 루쉰작품 연구

3,406편, 기타 1,030편이 있다. 루쉰의 생애 및 사적과 관련해 중요한 글에 후펑胡風의「'좌련'과 루쉰의 관계에 관한 약간의 회상關於"左聯"及與魯迅關係的若干回憶」, 옌위신閻愈新의「새로 발굴된 루쉰이 홍군에게 보낸 축하 편지魯迅致紅軍賀信的新發現」, 천수위의「새벽이면 동쪽 하늘에 계명성 뜨고 저녁이면 서쪽 하늘에 장경성 뜨니-루쉰과 저우쭤런이 불화한 사건의 시말東有啓明西有長庚-魯迅周作人失和前後」, 멍수훙蒙樹宏의「루쉰 생애의 역사적 사실 탐색魯迅生平史實探微」 등이 있다. 또 루쉰사상 연구의 중요한 글에 왕 야오의「루쉰사상의 한 가지 중요한 특징-깨어있는 현실주의魯迅思想的一個重要特點-淸醒的現實主義」, 천융의「루쉰과 프롤레타리아문학 문제魯迅與無産階級文學問題」, 탕타오의「루쉰의 초기 '인생을 위한' 문예사상을 논함論魯迅早期"爲人生"的文藝思想」, 첸리췬의「루쉰의 심리 연구魯迅心態硏究」와「루쉰과 저우쭤런의 사상 발전의 길에 대한 시론試論魯迅與周作人的思想發展道路」, 진 훙다의「루쉰의 '국민성 개조' 사상과 그 문화 비판魯迅的"改造國民性"思想及其文化批判」 등이 있다. 루쉰작품 연구의 중요한 글에는 왕야오의「루쉰과 중국 고전문학魯迅與中國古典文學」, 옌자옌嚴家炎의「루쉰 소설의 역사적 위상魯迅小說的歷史地位」, 쑨위스의「'들풀'과 중국 현대 산문시『野草』與中國現代散文詩」, 류짜이푸의「루쉰의 잡감문학 속의 '사회상' 유형별 형상을 논함論魯迅雜感文學中的"社會相"類型形象」, 왕푸런의『중국 반봉건 사상혁명의 거울-'외침'과 '방황'의 사상적 의미를 논함中國反封建思想革命的一面鏡子-論『吶喊』『彷徨』的思想意義』과「인과적 사슬 두 줄의 변증적 통일-'외침'과 '방황'의 구조예술兩條因果鏈的辨證統一-『吶喊』『彷徨』的結構藝術」, 양이의「루쉰소설의 예술적 생명력을 논함論魯迅小說的藝術生命力」, 린페이의「'새로 쓴 옛날이야기'와 중국 현대문학 속의 역사제재소설을 논함論『故事新編』與中國現代文學中的歷

史題材小說」, 왕후이汪暉의 「역사적 '중간물'과 루쉰소설의 정신적 특징歷史的"中間物"與魯迅小說的精神特徵」과 「자유 의식의 발전과 루쉰소설의 정신적 특징自由意識的發展與魯迅小說的精神特徵」 그리고 「'절망에 반항하라'의 인생철학과 루쉰소설의 정신적 특징"反抗絶望"的人生哲學與魯迅小說的精神特徵」 등이 있다. 그리고 기타 중요한 글에 왕후이의 「루쉰연구의 역사적 비판魯迅研究的歷史批判」, 장명양의 「지난 60년 동안 루쉰잡문 연구의 애로점을 논함論六十年來魯迅雜文研究的症結」 등이 있다. 이외에 중국에서 출판한 루쉰연구에 관한 저작은 모두 373권으로, 그 가운데 루쉰 생애와 사료 연구 저작 71권, 루쉰사상 연구 저작 43권, 루쉰작품 연구 저작 102권, 기타 루쉰연구 저작(주제 연구 및 집록류 연구 저작) 157권이 있다. 저명한 루쉰연구 전문가들이 중요한 루쉰연구 저작을 출판했고, 예를 들면 거바오취안戈寶權의 『세계문학에서의 루쉰의 위상魯迅在世界文學上的地位』, 왕야오의 『루쉰과 중국 고전소설魯迅與中國古典小說』과 『루쉰작품논집魯迅作品論集』, 탕타오의 『루쉰의 미학사상魯迅的美學思想』, 류짜이푸의 『루쉰미학사상논고魯迅美學思想論稿』, 천융의 『루쉰론魯迅論』, 리시판의 『'외침'과 '방황'의 사상과 예술「吶喊」「彷徨」的思想與藝術』, 쑨위스의 『'들풀' 연구「野草」研究』, 류중수劉中樹의 『루쉰의 문학관魯迅的文學觀』, 판보췬范伯群과 쩡화펑曾華鵬의 『루쉰소설신론魯迅小說新論』, 니모옌의 『루쉰의 후기사상 연구魯迅後期思想研究』, 왕더허우의 『'두 곳의 편지' 연구「兩地書」研究』, 양이의 『루쉰소설 종합론魯迅小說綜論』, 왕푸런의 『루쉰의 전기 소설과 러시아문학魯迅前期小說與俄羅斯文學』, 진훙다의 『루쉰 문화사상 탐색魯迅文化思想探索』, 위안량쥔의 『루쉰연구사(상권)魯迅研究史上卷』, 린페이와 류짜이푸의 공저 『루쉰전魯迅傳』 및 루쉰탄신100주년기념위원회 학술활동반이 편집한 『루쉰 탄신 100주년기념

학술세미나논문선紀念魯迅誕生100周年學術討論會論文選』등이 있다. 전체적으로 말하면 이 시기의 루쉰연구는 중국의 100년 루쉰연구사상의 폭발기로 '문화대혁명' 10년 동안의 억압을 겪은 뒤, 왕야오, 탕타오 등으로 대표되는 원로 세대 학자, 왕푸런, 첸리췬 등으로 대표된 중년 학자, 왕후이 등으로 대표되는 청년학자들이 루쉰사상 연구 영역과 루쉰작품 연구 영역에서 모두 풍성한 연구 성과를 거두었다. 아울러 저명한 루쉰연구 전문가들이 쏟아져 나왔을 뿐 아니라 중국 루쉰연구의 발전을 최대로 촉진시켰고, 루쉰연구를 민족의 사상해방 면에서 선도적인 핵심작용을 발휘하도록 했다.

20세기 1990년대는 중국의 100년 루쉰연구의 분화기이다. 1990년대 초에, 1980년대 이래 중국에 나타난 부르주아 자유화 사조를 청산하기 위해 중국공산당 중앙이 1991년 10월 19일 루쉰 탄신110주년 기념을 위하여 루쉰 기념대회를 중난하이中南海에서 대대적으로 거행했다. 장쩌민江澤民이 중국공산당 중앙을 대표해 「루쉰정신을 더 나아가 학습하고 발휘하자進一步學習和發揚魯迅精神」는 연설을 했다. 그는 이 연설에서 새로운 형세에 따라 루쉰에 대해 새로운 해독을 하고, 아울러 루쉰연구 및 전체 인문사회과학연구에 대해 새로운 요구 사항을 제기하고 또 새로운 방향을 제시했다. 루쉰을 본보기와 무기로 삼아 사상문화전선의 정치적 방향을 명확하게 바로잡았던 것이다. 이로 인해 루쉰도 재차 신의 제단에 초대됐다. 하지만 시장경제의 발전에 따라 시장경제라는 큰 흐름의 충격 아래 1990년대 중·후기에 당국이 다시 점차 루쉰을 주변부화시키면서 루쉰연구도 점차 시들해졌다. 하지만 195, 60년대에 태어난 중·청년 루쉰연구 전문가들이 줄줄이 나타났다. 예를 들면 왕후이, 장푸구이張福貴, 왕샤오밍王曉明, 양젠룽楊劍龍, 황젠黃健, 가오쉬둥高旭東, 주샤오진朱曉進, 왕첸쿤王乾坤, 쑨위孫郁, 린셴즈林賢治, 왕시룽王錫榮, 리신위李新宇, 장훙張閎 등이 새로운 이론과 새로운 연구방법으로 루쉰연구의 공간을 더 나아가 확장했다. 1990년대 말에 한둥韓冬 등 일부 젊은 작가와 거훙빙葛紅兵 등 젊은 평론가들이 루쉰을 비판하는 열풍도 일으켰다. 이 모든 것이 다 루쉰이 이미 신의 제단에서 내려오기 시작했음을 나타냈다.

비공식 통계에 따르면 20세기 1990년대에 중국에서 발표된 루쉰연구 관련 글은 모두 4,485편이다. 그 가운데 루쉰 생애와 사적 관련 글 549편, 루쉰사상 연구 1,050편, 루쉰작품 연구 1,979편, 기타 907편이다. 루쉰 생애와 사적과 관련된 중요한 글에 저우정장周正章의 「루쉰의 사인에 대한 새 탐구魯迅死因新探」, 우쥔吳俊의 「루쉰의 병력과 말년의 심리魯迅的病史與暮年心理」 등이 있다. 또 루쉰사상 연구 관련 중요한 글에 린셴즈의 「루쉰의 반항철학과 그 운명魯迅的反抗哲學及其命運」, 장푸구이의 「루쉰의 종교관과 과학관의 역설魯迅宗教觀與科學觀的悖論」, 장자오이張釗貽의 「루쉰과 니체의 '반현대성'의 의기투합魯迅與尼采"反現代性"的契合」, 왕첸쿤의 「루쉰의 세계적 철학 해독魯迅世界的哲學解讀」, 황젠의 「역사 '중간물'의 가치와 의미-루쉰의 문화의식을 논함歷史"中間物"的價值與意義-論魯迅的文化意識」, 리신위의 「루쉰의 사람의 문학 사상 논강魯迅人學思想論綱」, 가오위안바오郜元寶의 「루쉰과 현대 중국의 자유주의魯迅與中國現代的自由主義」, 가오위안둥高遠東의 「루쉰과 묵자의 사상적 연계를 논함論魯迅與墨子的思想聯系」 등이 있다. 루쉰작품 연구의 중요한 글에는 가오쉬둥의 「루쉰의 '악'의 문학과 그 연원을 논함論魯迅"惡"的文學及其淵源」, 주샤오진의 「루쉰 소설의 잡감화 경향魯迅小說的雜感化傾向」, 왕자량王嘉良의 「시정 관념-루쉰 잡감문학의 시학 내용詩情觀念-魯迅雜感文學的詩學內蘊」, 양젠룽의 「상호텍스트성-루쉰의 향토소설의 의향 분석文本互涉-魯迅鄉土小說的意向分析」, 쉐이薛毅의 「'새로 쓴 옛날이야기'의 우언성을 논함論『故事新編』的寓言性」, 장훙의 「『들풀』 속의 소리 이미지『野草』中的聲音意象」 등이 있다. 이외에 기타 중요한 글에 펑딩안彭定安의 「루쉰학-중국 현대문화 텍스트의 이론적 구조魯迅學-中國現代文化文本的理論構造」, 주샤오진의 「루쉰의 문체 의식과 문체 선택魯迅的文體意識及其文體選擇」, 쑨위의 「당대문학과 루쉰 전통當代文學與魯迅傳統」 등이 있다. 그밖에 중국에서 출판된 루쉰연구 관련 저작은 모두 220권으로, 그 가운데 루쉰 생애 및 사료 연구와 관련된 저작 50권, 루쉰사상 연구 저작 36권, 루쉰작품 연구 저작 61권, 기타 루쉰연구 저작(주제 연구 및 집록류 연구 저작) 73권이 있다. 그 가운데 중요한 루쉰의 생애 및 사료 연구와 관련된 저작에 왕샤오밍의 『직면할 수 없는 인생-루쉰전無法直面的人生-魯迅傳』, 우쥔의 『루쉰의 개성과 심리 연구魯迅個性心理研究』, 쑨위의 『루쉰과 저우쭤런魯迅與周作人』, 린셴즈의 『인간 루쉰人間魯迅』, 왕빈빈王彬彬의 『루쉰 말년의 심경魯迅-晚年情懷』 등이 있다. 또 루쉰사상 연구 관련 중요한 저작에 왕후이의 『절망에 반항하라-루쉰의 정신구조와 '외침'과 '방황' 연구反抗絶望-魯迅的精神結構與「吶喊」「彷徨」研究』, 가오쉬등의 『문화적 위인과 문화적 충돌-중서 문화충격의 소용돌이 속에 있는 루쉰文化偉人與文化衝突-魯迅在中西文化撞擊的漩渦中』, 왕첸쿤의 『중간에서 무한 찾기-루쉰의 문화가치관由中間尋找無限-魯迅的文化價值觀』과 『루쉰의 생명철학魯迅的生命哲學』, 황젠의 『반성과 선택-루쉰의 문화관에 대한 다원적 투시反省與選擇-魯迅文化觀的多維透視』 등이 있다. 루쉰작품 연구 관련 중요한 저작에는 양이의 『루쉰

작품 종합론』, 린페이의『중국 현대소설사에서의 루쉰中國現代小說史上的魯迅』, 위안량쥔의『현대산문의 정예부대現代散文的勁旅』, 첸리췬의『영혼의 탐색心靈的探尋』, 주샤오진의『루쉰 문학관 종합론魯迅文學觀綜論』, 장멍양의『아Q신론－아Q와 세계문학 속의 정신적 전형문제阿Q新論－阿Q與世界文學中的精神典型問題』등이 있다. 그리고 기타 루쉰연구 저작(주제 연구 및 집록류 연구 저작)에 위안량쥔의『당대 루쉰연구사當代魯迅研究史』, 왕푸런의『중국 루쉰연구의 역사와 현황中國魯迅研究的歷史與現狀』, 천팡징陳方競의『루쉰과 저둥문화魯迅與浙東文化』, 예수쑤이葉淑穗의『루쉰의 유물로 루쉰을 알다從魯迅遺物認識魯迅』, 리윈징李允經의『루쉰과 중외미술魯迅與中外美術』등이 있다. 전체적으로 말하면 루쉰이 1990년대 중·후기에 신의 제단을 내려오기 시작함에 따라서 중국의 루쉰연구가 비록 시장경제의 커다란 충격을 받기는 했어도, 여전히 중년 학자와 새로 배출된 젊은 학자들이 새로운 이론과 연구방법을 채용해 루쉰사상 연구 영역과 루쉰작품 연구 영역에서 계속 상징적인 성과물들을 내놓았다. 1990년대의 루쉰연구의 성과가 비록 수량 면에서 분명히 1980년대의 루쉰연구의 성과보다는 떨어진다고 해도 그러나 학술적 수준 면에서는 1980년대의 루쉰연구의 성과보다 분명히 높았다고 말할 수 있다. 이러한 현상은 루쉰연구가 이미 기본적으로 정치적 요소의 영향에서 벗어나 정상궤도로 진입했고, 아울러 큰 정도에서 루쉰연구의 공간이 개척되었음을 나타내고 있다고 말할 수 있다.

21세기의 처음 10년은 중국의 100년 루쉰연구의 심화기이다. 21세기에 들어서면서 루쉰을 기념하는 행사를 개최하려는 당국의 열의는 현저히 식었다. 2001년 루쉰 탄신120주년 무렵에 당국에서는 루쉰기념대회를 개최하지 않았고 국가 최고지도자도 루쉰에 관한 연설을 발표하지 않았을 뿐 아니라『인민일보』도 루쉰에 관한 사설을 더 이상 발표하지 않았다. 이와 동시에 루쉰을 비판하는 발언이 새록새록 등장했다. 이는 루쉰이 이미 신의 제단에서 완전히 내려와 사람의 사회로 되돌아갔음을 상징한다. 하지만 중국의 루쉰연구는 오히려 꾸준히 발전하였다. 옌자옌, 쑨위스, 첸리췬, 왕푸런, 왕후이, 정신링鄭心伶, 장멍양, 장푸구이, 가오쉬둥, 황젠, 쑨위, 린셴즈, 왕시룽, 장전창姜振昌, 쉬쭈화許祖華, 진충린靳叢林, 리신위 등 학자들이 루쉰연구의 진지를 더욱 굳게 지켰다. 더불어 가오위안바오, 왕빈빈, 가오위안둥, 왕쉐첸王學謙, 왕웨이둥汪衛東, 왕자핑王家平 등 1960년대에 출생한 루쉰연구 전문가들도 점차 성장하면서 루쉰연구를 계속 전수하게 되었다.

2000년에서 2009년까지 비공식 통계에 따르면 중국에서 발표한 루쉰연구 관련 글은 7,410편으로, 그 가운데 루쉰 생애와 사료 관련 글 759편, 루쉰사상 연구 1,352편, 루쉰작품 연구 3,794편, 기타 1,505편이 있다. 루쉰 생애 및 사적과 관련된 중요한 글에 옌위신의 「루쉰과 마오둔이 홍군에게 보낸 축하편지 다시 읽기再讀魯迅茅盾致紅軍賀信」, 천핑위안陳平原의 「경전은 어떻게 형성된 것인가? - 저우씨 형제의 후스를 위한 산시고經典是如何形成的-周氏兄弟爲胡適刪詩考」, 왕샤오밍의 「'비스듬히 선' 운명"橫站"的命運」, 스지신史紀辛의 「루쉰과 중국공산당과의 관계의 어떤 사실 재론再論魯迅與中國共産黨關係的一則史實」, 첸리췬의 「예술가로서의 루쉰作爲藝術家的魯迅」, 왕빈빈의 「루쉰과 중국 트로츠키파의 은원魯迅與中國托派的恩怨」 등이 있다. 또 루쉰사상 연구의 중요한 글에 왕푸런의 「시간, 공간, 사람-루쉰 철학사상에 대한 몇 가지 견해時間·空間·人-魯迅哲學思想

芻議」, 원루민溫儒敏의 「문화적 전형에 대한 루쉰의 탐구와 우려魯迅對文化典型的探求與焦慮」, 첸리췬의 「'사람을 세우다'를 중심으로 삼다-루쉰 사상과 문학의 논리적 출발점以"立人"爲中心-魯迅思想與文學的邏輯起點」, 가오쉬 둥의 「루쉰과 굴원의 심층 정신의 연계를 논함論魯迅與屈原的深層精神聯系」, 가오위안바오의 「세상을 위해 마음을 세우다-루쉰 저작 속에 보이는 마음 '심'자 주석爲天地立心-魯迅著作中所見"心"字通詮」 등이 있다. 그리고 루쉰 작품 연구의 중요한 글에 옌자옌의 「다성부 소설-루쉰의 두드러진 공헌復調小說-魯迅的突出貢獻」, 왕푸런의 「루쉰 소설의 서사예술魯迅小說的敍事藝術」, 팡쩡위逢增玉의 「루쉰 소설 속의 비대화성과 실어 현상魯迅小說中的非對話性和失語現象」, 장전창의 「'외침'과 '방황'-중국소설 서사방식의 심층 변환『吶喊』『彷徨』-中國小說敍事方式的深層嬗變」, 쉬쭈화의 「루쉰 소설의 기본적 환상과 음악魯迅小說的基本幻象與音樂」 등이 있다. 또 기타 중요한 글에는 첸리췬의 「루쉰-먼 길을 간 뒤(1949~2001)魯迅-遠行之後1949~2001」, 리신위의 「1949-신시기로 들어선 루쉰1949-進入新時代的魯迅」, 리지카이李繼凱의 「루쉰과 서예 문화를 논함論魯迅與書法文化」 등이 있다. 이외에 중국에서 출판한 루쉰연구 관련 저작은 모두 431권이다. 그 가운데 루쉰 생애 및 사료 연구 관련 저작 96권, 루쉰사상 연구 저작 55권, 루쉰작품 연구 저작 67권, 기타 루쉰연구 저작(주제 연구 및 집록류 연구 저작) 213권이다. 그 가운데 루쉰 생애 및 사료 연구의 중요한 저작에 니모옌의 『루쉰과 쉬광핑魯迅與許廣平』, 왕시룽의 『루쉰 생애의 미스테리魯迅生平疑案』, 린셴즈의 『루쉰의 마지막 10년魯迅的最後十年』, 저우하이잉周海嬰의 『나의 아버지 루쉰魯迅與我七十年』 등이 있다. 또 루쉰사상 연구의 중요한 저작에 첸리췬의 『루쉰과 만나다與魯迅相遇』, 리신위의 『루쉰의 선

태魯迅的選擇』, 주서우퉁朱壽桐의『고립무원의 기치-루쉰의 전통과 그
자원의 의미를 논함孤絶的旗幟-論魯迅傳統及其資源意義』, 장닝張寧의『수많은
사람과 한없이 먼 곳-루쉰과 좌익無數人們與無窮遠方-魯迅與左翼』, 가오위
안둥의『현대는 어떻게 '가져왔나'?-루쉰 사상과 문학 논집現代如何"拿
來"-魯迅思想與文學論集』등이 있다. 루쉰작품 연구의 중요한 저작에 쑨위
스의『현실적 및 철학적 '들풀' 연구現實的與哲學的-「野草」研究』, 왕푸런의
『중국 문화의 야경꾼 루쉰中國文化的守夜人-魯迅』, 첸리췬의『루쉰 작품을
열다섯 가지 주제로 말함魯迅作品+五講』등이 있다. 그리고 주제 연구 및
집록류 연구의 중요한 저작에는 장멍양의『중국 루쉰학 통사中國魯迅學通
史』, 펑딩안의『루쉰학 개론魯迅學導論』, 펑광롄馮光廉의『다원 시야 속의
루쉰多維視野中的魯迅』, 첸리췬의『먼 길을 간 뒤-루쉰 접수사의 일종 묘
사(1936~2000)遠行之後-魯迅接受史的一種描述1936~2000』, 왕자핑의『루쉰의
해외 100년 전파사(1909~2008)魯迅域外百年傳播史1909~2008』등이 있다.
전체적으로 말하면, 21세기 처음 10년의 루쉰연구는 기본적으로 정
치적인 요소의 영향에서 벗어났고, 루쉰작품에 대한 연구에 더욱 치
중했으며, 루쉰작품의 문학적 가치와 미학적 가치를 훨씬 중시했다.
그래서 얻은 학술적 성과는 수량 면에서 중국의 100년 루쉰연구의 절
정기에 이르렀을 뿐 아니라 학술적 수준 면에서도 중국의 100년 루쉰
연구의 절정기에 이르렀다.

21세기 두 번째 10년에 들어서면서 중국의 루쉰연구는 노년, 중
년, 청년 등 세 세대 학자의 노력으로 여전히 만족스러운 발전을 보
인 시기이다.

비공식 통계에 따르면 2010년 중국에서 발표된 루쉰 관련 글은 모

두 977편이고, 그 가운데 루쉰 생애 및 사료 관련 글 140편, 루쉰사상 연구 148편, 루쉰작품 연구 531편, 기타 158편이다. 이외에 2010년에 중국에서 출판된 루쉰 관련 연구 저작은 모두 37권이고, 그 가운데 루쉰 생애 및 사료 관련 연구 저작 7권, 루쉰사상 연구 저작 4권, 루쉰 작품 연구 저작 3권, 기타 루쉰연구 저작(주제 연구 및 집록류 연구 저작) 23권이다. 대부분이 모두 루쉰연구와 관련된 옛날의 저작을 새로이 찍어냈다. 새로 출판한 루쉰연구의 중요한 저작에 왕더허우의『루쉰과 공자魯迅與孔子』, 장푸구이의『살아있는 루쉰－루쉰의 문화 선택의 당대적 의미"活着的魯迅"－魯迅文化選擇的當代意義』, 우캉吳康의『글쓰기의 침묵－루쉰 존재의 의미書寫沈默－魯迅存在的意義』등이 있다. 2011년 중국에서 발표된 루쉰 관련 글은 모두 845편이고, 그 가운데 루쉰 생애 및 사료 관련 글 128편, 루쉰사상 연구 178편, 루쉰작품 연구 279편, 기타 260편이다. 이외에 2011년 한 해 동안 중국에서 출판된 루쉰 관련 연구 저작은 모두 66권이고, 그 가운데 루쉰 생애 및 사료 관련 연구 저작 18권, 루쉰사상 연구 저작 12권, 루쉰작품 연구 저작 8권, 기타 루쉰연구 저작(주제 연구 및 집록류 연구 저작) 28권이다. 중요한 저작에 류짜이푸의『루쉰론魯迅論』, 저우링페이周令飛가 책임 편집한『루쉰의 사회적 영향 조사보고魯迅社會影響調查報告』, 장자오이의『루쉰, 중국의 '온화'한 니체魯迅－中國"溫和"的尼采』등이 있다. 2012년에 중국에서 발표된 루쉰 관련 글은 모두 750편이고, 그 가운데 루쉰 생애 및 사료 관련 글 105편, 루쉰사상 연구 148편, 루쉰작품 연구 260편, 기타 237편이다. 이외에 2012년 한 해 동안 중국에서 출판된 루쉰 관련 연구 저작은 모두 37권이고, 그 가운데 루쉰 생애 및 사료 관련 연구 저작 14권,

루쉰사상 연구 저작 4권, 루쉰작품 연구 저작 8권, 기타 루쉰연구 저작(주제 연구 및 집록류 연구 저작) 11권이다. 중요한 저작에 쉬쭈화의『루쉰 소설의 예술적 경계 허물기 연구魯迅小說跨藝術研究』, 장멍양의『루쉰전魯迅傳』(제1부), 거타오葛濤의『'인터넷 루쉰' 연구"網絡魯迅"研究』등이 있다. 상술한 통계 숫자에서 현재 중국의 루쉰연구는 21세기 처음 10년에 얻은 성과를 바탕으로 계속 만족스러운 발전 시기에 있었음을 알 수 있다.

　마지막으로 지난 100년 동안의 루쉰연구사를 돌이켜보면 중국에서 발표된 루쉰연구 관련 글과 출판된 루쉰연구 논저에 대해서도 거시적으로 숫자적인 분석이 필요하다. 비공식 통계에 따르면 1913년에서 2012년까지 중국에서 발표된 루쉰과 관련한 글은 모두 31,030편이다. 그 가운데 루쉰 생애 및 사료 관련 글이 3,990편으로 전체 수량의 12.9%, 루쉰사상 연구 7,614편으로 전체 수량의 24.5%, 루쉰작품 연구 14,043편으로 전체 수량의 45.3%, 기타 5,383편으로 전체 수량의 17.3%를 차지한다. 상술한 통계 결과에서 중국의 루쉰연구는 전체적으로 루쉰작품과 관련한 글이 주로 발표되었고, 그다음은 루쉰사상 연구와 관련한 글이다. 가장 취약한 부분은 루쉰의 생애 및 사료와 관련해 연구한 글임을 알 수 있다. 루쉰연구계가 앞으로 더 나아가 이 영역의 연구를 보강할 수 있기를 희망한다. 이외에 통계 결과에서 다음과 같은 사실도 알 수 있다. 중화민국 기간(1913~1949년 9월)에 발표된 루쉰연구와 관련한 글은 모두 1,372편으로, 중국의 루쉰연구 글의 전체 분량의 4.4%를 차지하고 매년 평균 38편씩 발표되었다. 중화인민공화국 시기에 발표된 루쉰연구와 관련한 글은 모두 29,658편으로 중국의 루쉰연구 글의 전체 분량의 95.6%를 차지하며 매년 평균 470편씩 발표되었다. 그 가운데 '문화대혁명' 후기의 3년(1977~1979), 20세기 1980년대(1980~1989)와 21세기 처음 10년 기간(2000~2009)은 루쉰 연구와 관련한 글의 풍작 시기이고, 중국의 루쉰연구 문장 가운데서 56.4%(모두 17,519편)에 달하는 글이 이 세 시기 동안에 발표된 것이다. 그 가운데 '문화대혁명' 후기의 3년 동안에 해마다 평균 748편씩 발표되었고, 또 20세기 1980년대에는 해마다 평균 787편씩 발표되었으며, 또한 21세기 처음 10년 동안에는 해마다 평균 740편씩 발표되었다. 이외에 '17년' 기간(1949년 10월~1966년 5월)과 '문화대혁명' 기간(1966~1976)은 신중국 성립 뒤에 루쉰연구와 관련한 글의 발표에 있어서 침체기이다. 그 가운데 '17년' 기간에는 루쉰연구와 관련한 글이 모두 3,206편으로 매년 평균 188편씩 발표되었고, '문화대혁명' 기간에 루쉰연구와 관련한 글은 1,876편으로 매년 평균 187편씩 발표되었다. 하지만 20세기 1990년대는 루쉰연구와 관련한 글의 발표에 있어서 안정기로 4,485편이 발표되어 매년 평균 448편이 발표되었다. 이 수치는 신중국 성립 뒤 루쉰연구와 관련한 글이 발표된 매년 평균 451편과 비슷하다.

이외에 비공식 통계에 따르면 중국에서 루쉰연구와 관련해 발표된 저작은 모두 1,716권이고, 그 가운데서 루쉰 생애 및 사료 관련 연구 저작이 382권으로 전체 수량의 22.3%, 루쉰사상 연구 저작 198권으로 전체 수량의 11.5%, 루쉰작품 연구 저작 442권으로 전체 수량의 25.8%, 기타 루쉰연구 저작(주제 연구 및 집록류 연구 저작) 694권으로 전체 수량의 40.4%를 차지한다. 상술한 통계 결과에서 중국에서 출판된 루쉰연구 저작은 주로 루쉰작품 연구 저작이고, 루쉰사상 연구 저작이 비교적 적은 것을 알 수 있다. 학술계가 더 나아가 루쉰사상 연구를 보강해 당대 중국에서 루쉰사상 연구가 더욱 큰 작용을 발휘할 수 있기를 희망한다. 또 이외에 통계 결과에서 중화민국 기간(1913~1949년 9월)에 루쉰연구 저작은 모두 80권으로 중국의 루쉰연구 저작의 출판 전체 수량의 대략 5%를 차지하고 매년 평균 2권씩 발표되었지만, 중화인민공화국 시기에 루쉰연구 저작은 모두 1,636권으로 중국의 루쉰연구 저작 출판 전체 수량의 95%를 차지하며, 매년 평균 거의 26권씩 발표됐음도 볼 수 있다. '문화대혁명' 후기의 3년, 20세기 1980년대(1980~1989)와 21세기 처음 10년 기간(2000~2009)은 루쉰연구 저작 출판의 절정기로 이 세 시기 동안에 루쉰연구 저작은 모두 835권이 출판되었고, 대략 중국의 루쉰연구 저작 출판 전체 수량의 48.7%를 차지했다. 그 가운데서 '문화대혁명' 후기의 3년 동안에 루쉰연구 저작은 모두 134권이 출판되었고, 매년 평균 거의 45권이다. 또 20세기 1980년대에 루쉰연구 저작은 모두 373권이 출판되었고, 매년 평균 37권이다. 또한 21세기 처음 10년 기간에 루쉰연구 저작은 모두 431권이 출판되었고, 매년 평균 43권에 달했다. 그리고 이외에 '17년' 기간(1949~1966), '문화대혁명' 기간과 20세기 1990년대(1990~1999)는 루쉰연구 저작 출판의 침체기이다. 그 가운데 '17년' 기간에 루쉰연구 저작은 모두 162권이 출판되었고, 매년 평균 거의 10권씩 출판되었다. 또 '문화대혁명' 기간에 루쉰연구 저작은 모두 213권이 출판되었고, 매년 평균 21권씩 출판되었다. 20세기 1990년대에 루쉰연구 저작은 모두 220권이 출판되었고, 매년 평균 22권씩 출판되었다.

'문화대혁명' 후기와 20세기 1980년대가 루쉰연구와 관련한 글의 발표에 있어서 절정기가 되고 또 루쉰연구 저작 출판의 절정기인 것은 루쉰에 대한 국가적인 정치 이데올로기의 새로운 자리매김과 루쉰연구에 대한 대대적인 추진과 관계가 있다. 21세기 처음 10년에 루쉰연구와 관련한 글을 발표한 절정기이자 루쉰연구 논저 출판의 절정기가 된 것은 사람으로 돌아간 루쉰이 학술연구의 대상이 되었고 또 중국에 루쉰연구의 새로운 역군들이 대량으로 쏟아져 나온 것과 커다란 관계가 있다. 중국의 루쉰연구가 지난 100년 동안 복잡하게 발전한 역사를 갖고 있긴 하지만, 루쉰연구 분야는 줄곧 신선한 생명력을 유지해왔고 또 눈부신 발전 가능성을 지니고 있다. 미래를 전망하면 설령 길이 험하다고 해도 앞날은 늘 밝을 것이고, 21세기 둘째 10년의 중국 루쉰연구는 더욱 큰 성과를 얻으리라 믿는다!

　미래로 향하는 중국의 루쉰연구는 다음과 같은 중요한 문제 몇 가지에 주목해야 한다.

　우선, 루쉰연구 업무를 당국이 직면한 문화전략과 긴밀히 결합시켜 루쉰을 매체로 삼아 중서 민간문화 교류를 더 나아가 촉진시키고 루쉰을 중국 문화의 '소프트 파워'의 걸출한 대표로 삼아 세계 각지로 확대해야 한다. 루쉰은 중국의 현대 선진문화의 걸출한 대표이자 세계적인 명성을 누리는 대문호이다. 거의 100년에 이르는 동안 루쉰의 작품은 많은 외국어로 번역되어 세계 각지에서 출판되었고, 외국학자들은 루쉰을 통해 현대중국도 이해했다. 하지만 부인할 수 없는 현실은 바로 거의 20년 동안 해외의 루쉰연구가 상대적으로 비교적 저조하고, 루쉰연구 진지에서 공백 상태를 드러낸 점이다. 이러한 배경 아래 중국의 루쉰연구자는 해외의 루쉰연구를 활성화할 막중한 임무를 짊어져야 한다. 루쉰연구 방면의 학술적 교류를 통해 한편으로 해외에서의 루쉰의 전파와 연구를 촉진하고 또 다른 한편으로는 루쉰을 통해 중화문화의 '소프트 파워'를 드러내고 중국과 외국의 민간문화 교류를 촉진해야 한다. 지금 중국의 학자 거타오가 발기에 참여해 성립한 국제루쉰연구회國際魯迅硏究會가 2011년에 한국에서 정식으로 창립되어, 20여 개 나라와 지역에서 온 중국학자 100여 명이 이 학회에 가입하였다. 이 국제루쉰연구회의 여러 책임자 가운데, 특히 회장 박재우朴宰雨 교수가 적극적으로 주관해 인도 중국연구소 및 인도 자와하랄 네루대학교, 미국 하버드대학, 한국외국어대학교와 전남대학에서 속속 국제루쉰학술대회를 개최하였다. 또한 앞으로도 이집트 아인 샴스 대학교, 러시아 상트페테르부르크 국립대학, 일본 도쿄대학, 말레이시아 푸트라대학교 등 세계 여러 대학에서 계속 국제루쉰학술대회를 개최하고 세계 각 나라의 루쉰연구 사업을 발전시켜 갈 구상을 갖고 있다(국제루쉰연구회 학술포럼은 그 후 실제로는 중국 쑤저우대학蘇州大學, 독일 뒤셀도르프대학, 인도 네루대학과 델리대학, 오스트리아 비엔나대학, 말레이시아 쿠알라룸푸르 중화대회당中華大會堂 등에서 계속 개최되었다 – 역자). 해외의 루쉰연구가 다시금 활기를 찾은 대단히 고무적인 조건 아래서 중국의 루쉰연구자도 한편으로 이 기회를 다잡아 당국과 호흡을 맞추어 중국 문화를 외부에 내보내, 해외에서 중국문화의 '소프트 파워' 전략을 펼치고, 또 다른 한편으로는 해외의 루쉰연구자와 긴밀히 협력해 공동으로 해외에서의 루쉰의 전파와 연구 업무를 추진해야 한다.

다음으로, 루쉰연구 사업을 중국의 당대 현실과 긴밀하게 결합시켜야 한다. 지난 100년 동안의 루쉰연구사를 돌이켜보면, 루쉰연구가 20세기 1990년대 이전의 중국 역사의 진전과 긴밀한 관계를 갖고 있었음을 볼 수 있다. 하지만 20세기 1990년대 이후 사회적 사조의 전환에 따라 루쉰연구도 점차 현실 사회에서 벗어나 대학만의 연구가 되었다. 이러한 대학만의 루쉰연구는 비록 학술적 가치가 없지 않다고 해도, 오히려 루쉰의 정신과는 크게 거리가 생겼다. 루쉰연구가 응당 갖추어야 할 중국사회의 현실생활에 개입하는 역동적인 생명력을 잃어 버린 것이다. 18대(중국공산당 제18기 전국대표대회 – 역자) 이후 중국의 지도자는 여러 차례 '중국의 꿈'을 실현시킬 것을 강조했는데, 사실 루쉰은 일찍이 1908년에 이미 「문화편향론文化偏至論」에서 먼저 '사람을 세우고立人' 뒤에 '나라를 세우는立國' 구상을 제기한 바 있다.

> 오늘날 것을 취해 옛것을 부활시키고, 달리 새로운 유파를 확립해 인생의 의미를 심오하게 한다면, 나라 사람들은 자각하게 되고 개성이 풍부해져서 모래로 이루어진 나라가 그로 인해 사람의 나라로 바뀔 것이다.

중국의 루쉰연구자는 이 기회의 시기를 다잡아 루쉰연구를 통해 루쉰정신을 발전시키고 뒤떨어진 국민성을 개조하고, 그럼으로써 나라 사람들이 '중국의 꿈'을 실현시키도록 하고, 동시에 또 '사람의 나라'를 세우고자 했던 '루쉰의 꿈魯迅夢'을 실현해야 한다.

마지막으로 중국의 루쉰연구도 창조를 고도로 중시해야 한다. 당국이 '스얼우十二五'(2011~2015년의 제12차 5개년 계획 – 역자) 계획 속에서 '철학과 사회과학 창조프로젝트'를 제기했다. 중국의 루쉰연구도 창조프로젝트를 실시해야 한다. 『중국 루쉰학 통사』를 편찬한 장멍양 연구자는 20세기 1990년대에 개최된 한 루쉰연구회의에서 중국의 루쉰 연구 성과의 90%는 모두 앞사람이 이미 얻은 기존의 연구 성과를 되풀이한 것이라고 말했다. 일부 학자들이 이견을 표출한 뒤 장멍양 연구자는 또 이 관점을 다시금 심화시켰으니, 나아가 중국의 루쉰연구 성과의 99%는 모두 앞사람이 이미 얻은 기존의 연구 성과를 되풀이한 것이라고 수정했다. 설령 이러한 말이 커다란 논쟁을 불러일으켰다고 해도, 의심할 바 없이 지난 100년 동안 중국의 루쉰연구는 전체적으로 창조성이 부족했고, 많은 연구 성과가 모두 앞사람의 수고를 중복한 것이었다고 말할 수 있다. 푸른색이 쪽에서 나오기는 하나 쪽보다 더 푸른 법이다. 최근에 배출된 젊은 세대의 루쉰연구자는 지식구조 등 측면에서 우수하고, 게다가 더욱 좋은 학술적 환경 속에 처해 있다. 그리하여 그들이 열심히 탐구해서 창조적으로 길을 열고, 그로부터 중국의 루쉰연구의 학술적 수준이 높아질 수 있기를 희망한다.

'중국 루쉰연구 명가정선집' 총서 편집위원회

2013년 1월 1일

서문

이 '루쉰연구정선집'의 첫 원고가 엮어지고서 용의 해의 시곗바늘이 벌써 정월 15일을 지났다. "가는 세월 이와 같아 밤낮을 가리지 않는다逝者如斯, 不舍晝夜"라더니, 루쉰연구논문을 처음으로 발표한 지 어느덧 스물여덟 해가 되었고 루쉰을 좋아하고 연구한 지 벌써 서른 해가넘었다. 서른 해가 넘는 동안 벼룩마냥 높이뛰기에 의기양양하던 모습, 모기마냥 앵앵거리던 의론들, 그리고 파리처럼 곤경에 처한 이의피를 핥던 꼴을 많이도 보았으며, 신세의 부침에 따라 변하는 세상 사람의 낯짝 또한 뼈저리도록 겪었다.

이 책에 실린 글들은 1980년대 중반부터 1990년대 초반까지의 성과이다. 이 가운데의 '루쉰의 중서문화 비교관'은 1986년 류짜이푸劉再復 선생이 주최한 '루쉰과 중외문화 국제학술토론회'에 제출했던 글로서, 당시 제법 호평을 받았다. 스물여섯의 나이에 대회주석단 자리에 올라 논문을 읽었던 일은 내게 부푼 꿈을 꾸게 했으며, '루쉰과 중서문화'라는 연구영역에 매진하도록 고무해주었다. 비록 출판 이후아름다운 꿈은 쓸쓸하기 짝이 없는 꿈으로 변해버렸지만.

루신을 연구한 지 서른 해가 넘도록 루쉰에 관한 연구논문을 발표한 외에도『문화위인과 문화충돌文化偉人與文化衝突』,『루쉰과 영국문학魯迅與英國文學』,『21세기로 나아가는 루쉰走向21世紀的魯迅』,『루쉰을 말하다高旭東講魯迅』등을 저술하고,『세기말의 루쉰 논쟁世紀末的魯迅論爭』을 엮었다. 그러나 이번에 엮은 이 선집에는『루쉰을 말하다』에서 고른 글은 드물고, 『루쉰과 영국문학』에서 고른 글은 한 편도 없다. 이 선집이 문화비교와 문화연구를 주조로 하기에 이와 무관한 글은 고르지 않아도 되었기 때문이다. 다행히 저서를 모두 구해 보기도 어렵지 않다.

이 선집을 엮다보니 당시 나의 스승인 쑨창시孫昌熙 선생이 떠올랐다. 선생께서는 내가 루쉰연구에서 무언가를 이루어내기를 몹시 바라셨는데, 이 선집이 돌아가신 선생의 넋을 위로할 수 있을는지. 이와 함께 루쉰이 인용한 니체의 말 또한 귓가에 맴돈다.

실은, 사람이 탁류이다. 이런 탁류를 받아들여 깨끗하게 할 수 있는 것은 응당 바다이다.
아, 내가 너희에게 초인을 가르쳤다. 이것은 바로 바다이다. 거기에서 너희의 큰 모독을 받아들일 것이다.

차례

중서문화 충돌의 소용돌이 속에서

루쉰魯迅(1881~1936)은 뛰어난 작가이자 근대 중국의 으뜸가는 문화 위인이다. 만약 서구로부터의 도전 및 날로 격심해진 중서문화의 충돌이 없었다면, 루쉰은 일찍이 없었던 중국문화에 대한 위기감과 비극 의식을 낳지 않았을지도 모르며, 자신의 한계를 타파하여 중국의 문화전통을 통렬히 반성하지 않았을지도 모른다. 그리하여 문화 위인으로서의 루쉰의 탄생 역시 운위될 길이 없었을 것이다.

물론 서구로부터의 도전이 없었을지라도 루쉰에게는 집안 몰락의 비운, 혼인 고통의 체험, 형제 불화의 고뇌가 있었을 수 있다. 역경이 예술 천재의 산파라고 한다면, 루쉰이 문화 위인이 되지 못할 까닭이 있겠는가? 아마도 루쉰이 유가의 문인이나 도가의 문인이 되었을지 모르지만, 절대로 유도儒道의 상호보완을 타파하고 동서를 호흡하는 문화 위인이 되지는 못하였을 것이다. 또한 설사 전통적인 문화 위인일지라도 문화 도전과 연관이 있다. 공자와 맹자, 노자와 장자 등의 문화 위인이 중국문화를 정형화한 이후, 이학理學과 같은 창조적인 문화전환이 출현한 적도 있다. 그러나 이학 및 그 집대성자인 주희朱熹의 출현은 유학이 불학을 맞아 싸운 결과이다. 따라서 완만하면서도 오래도록 지속되어온 중국문화에 대한 새로운 문화의 도전이 없었더라면, 새로운 문화 위인의 출현 또한 없었을 것이다. 루쉰이 아무리 대단한 재능을 지니고 있었을지라도.

근대 중국의 문화충돌은 아편전쟁에서 시작되었으며, 군사와 경제, 정치의 변혁 및 문화운동 등의 대사건에 집중적으로 나타났다. 루쉰과 관련된 사건으로는 무술변법戊戌變法, 의화단운동義和團運動, 신해혁명辛亥革命과 신문화운동 등이 있다. 그러므로 루쉰과 중서문화를 살펴보기에 앞서 우선 루쉰이 근대 중국문화 충돌의 소용돌이 속에서 어떤 태도를 보였는지, 그리고 당시까지의 문화충돌이 루쉰에게 미친 영향은 어떠했는지를 되돌아보지 않으면 안 된다.

1. 서구문화의 혈액을 중체中體에 수입하다─루쉰과 무술변법

『생명의 나무와 지식의 나무』[1]에서 나는 상당한 편폭을 들여 명말

1　【역주】『생명의 나무와 지식의 나무(生命之樹與知識之樹)』는 1989년 하북인민출판사에서 초판이 발행되었으며, 2010년에 베이징대학출판사에서 다시 출판된 저작이다. 이 저작은 '생명의 나무'와 '지식의 나무'라는 두 가지 상징적 개념에서 출발하여, 중서문화의 정신에 대해 다원적이고 체계적인 각도에서 그 요점을 고찰하고 있다.

청초의 최초의 중서문화 충돌을 되돌아보았다. 이번의 문화충돌은 끝내 황제의 명령에 따라 교회를 파괴하고 선교사를 내쫓음으로써 막을 내렸다. 그러나 아편전쟁에서 서양인은 전함과 대포로써 중국의 대문을 열어젖혔다. 서양인을 내쫓아 쇄국을 실행하던 청淸 정부의 낡은 정책은 더 이상 실효를 거둘 수 없게 되었다. 이리하여 서구로부터의 도전에 대해 가장 먼저 반응을 보였던 것은 양무파洋務派였다. 양무파는 중국의 전장典章제도, 예교도덕, 가족제도, 문학예술 등이 서구보다 우월하다고 여겼지만, 서구의 과학기술을 배워 중국을 부강케 하고 전함과 대포로 무장하지 않는다면 중국은 "오랑캐가 떼를 지어 쳐들어오는" 비상사태에 대응할 길이 없다고 느꼈다. 그리하여 위원魏源(1794~1857)의 '오랑캐의 장점을 본받아 오랑캐를 제압하자'는 주장은 양무파 관료인 장지동張之洞(1837~1909)에 의한 이론화를 거쳐 서구문화의 도전을 받아들이는 유명한 방안, 즉 '중학을 체로 삼고 서학을 용으로 삼는다中學爲體, 西學爲用'는 방안으로 제기되었다.

그러나 갑오전쟁의 패배와 민족위기의 심화에 따라, 훨씬 더 많은 사대부들은 서구의 기술에만 의지해서는 안 된다는 것을 깨닫게 되었다. 만약 중국이 과학기술, 경제, 상업을 발전시켜 진정으로 부국강병을 이루어 외세의 침략을 받지 않으려 한다면, 조상의 기존 질서를 타파하고 정치체제를 개혁하며, 나아가 사상과 문화, 도덕과 예술에 있어서 서구를 본받지 않으면 안 된다. 이렇게 해야 중국은 서구로부터의 도전에 맞서 패하지 않는 확고한 위치를 차지할 수 있다는 것이다. 이러한 시도는 중국 전통 내부에서 개량을 통해 서구문화의 도전을 맞이하자는 것이었는데, 무술변법운동에서 최고조에 이르렀다.

문화학의 각도에서 볼 때, 무술변법 및 그 대표자인 캉유웨이康有爲
(1858~1927), 량치차오梁啓超(1873~1929), 담사동譚嗣同(1865~1898), 옌
푸嚴復(1854~1921)는 연구할 만한 가치가 대단히 높다. 무술변법은 정치
상의 개량운동일 뿐만 아니라, 중국문화가 자신에 대한 대대적인 개조
를 통하여 서구문화의 도전을 맞이하는 유일한 기회이기도 하였기 때문
이다. 이는 중국문화의 개조가 '남에게 의지하지 않고 자신에게 의지하'
여 서구문화의 도전을 맞이할 수 있다는 뜻은 결코 아니었으며, 중국문
화의 깃발 아래 전통에 대한 개조, 변형 및 창조적 전환을 통하여 서구의
근현대문화의 정수를 흡수함으로써 중국을 현대화로 나아가게 한다는
것이었다. 이렇게 하여 서구문화는 거리낌 없이 중국에 들어올 수 있었
으며, 중국인의 민족자존심을 손상시키지도 않았다.

무술변법의 대표자 가운데 적어도 캉유웨이와 옌푸는 이에 대해 상
당히 고심하였다. 단순히 사상관념의 각도에서 보자면, 캉유웨이와
옌푸의 태도는 대단히 급진적이었다. 『대동서大同書』[2]에서 캉유웨이는
대동의 유토피아를 선전함과 동시에, 개인의 자유, 평등, 독립을 극력
주장하고 '천부인권'과 개성해방을 제창하며 민주정치와 혼인의 자주
를 고취하였다. 『실리공법전서實理公法全書』[3]에서, 캉유웨이는 스피노자

2　【역주】『대동서(大同書)』는 캉유웨이의 초기 사상이 집대성되어 있는 저작으로서, 국
　　가의 경계를 뛰어넘어 세계 통일정부라는 대동 세계에 대한 유토피아적 사상이 담겨져
　　있다. 그의 나이 27세 때인 1884년에 이 저서를 저술하였다고 밝히고 있으나, 그의
　　생전에는 전체 10부 가운데 첫 부분인 갑부(甲部)와 을부(乙部)만이 1913년에 발표
　　되었으며, 전체의 원고는 그의 사후 8년이 지난 1935년에야 출간되었다.
3　【역주】『실리공법전서(實理公法全書)』는 캉유웨이의 초기 부르주아 유신사상을 보여
　　주는 대표적인 글로서, 기하학적 방법으로써 부르주아 자연인성론과 평등사상을 제창
　　하여 봉건전제제도를 부정·비판하고 자본주의 자유제도의 합리성을 논증하였다.

Spinoza식의 기하원리에 근거하여 결혼한 남녀가 일정한 시간 내에 새로이 계약을 체결하여 자유로이 결합하거나 새로운 짝을 찾아야 함을 추론해냈다. 그러나 이러한 급진적인 사상관념은 현실의 층차에서 구체화되었을 때, 그의 태도는 대단히 누그러졌다. 그리하여 정치면에서 캉유웨이는 민주공화에 반대하여 군주입헌을 주장하였는데, 그렇다고 해서 캉유웨이가 관념상에서 민주공화가 군주입헌만 못하다고 여겼던 것은 결코 아니었다. 왜냐하면 그가 보기에 중국의 특수한 상황으로 인해 군주입헌을 실행할 수밖에 없었기 때문이다. 그에 따르면, 중국사회에 군주가 없다면 하나의 전체를 형성하기 어려우며, 문인의 의견이 만약 군주의 명령을 거쳐 하달되지 않으면 문인에게만 머물러 있을 뿐 전국에 파급되지는 못한다. 그래서 사회변혁과 문화계몽은 오직 '허군공화虛君共和'[4]의 형식을 통해야만 사회 전체와 관계를 맺을 수 있다. 만약 민지民智가 트이지 않은 상황에서 민주공화를 실행한다면 천하대란을 일으켜 질서정연한 사회 전체를 통제불능의 상태로 빠트릴 수 있다. 종교면에서 캉유웨이는 중국에서의 기독교 실행에 반대하고 공교孔敎의 지위를 서구에서의 기독교의 지위와 맞먹을 수 있도록 끌어올려야 한다고 주장했다. 비록 캉유웨이가 '옛것에 의탁하여 제도를 바꾼다托古改制'는 공교를 위해 이미 서구의 정치윤리 및 진화관념 등을 힘껏 받아들이기는 하였지만. 캉유웨이는 서구에의 학습이 민족 자존심의 손상과 가치의 공백을 야기한다면, 공력을 들이고도 성과는 적고 심지어 중국을 혼란 속으로 몰아넣을 가능성이 있다

4　【역주】 허군공화(虛君共和)는 정치적 실권을 갖지 않는 명목상의 군주가 존재하는 공화제를 뜻하며, 입헌군주를 가리킨다.

고 보았기에 공교에 대한 신앙을 극력 주장하였다. 그렇기에 량치차오는 『캉난하이전康南海傳』[5]에서 캉유웨이를 '공교의 마르틴 루터Martin Luther'에 비유하였던 것이다. 옌푸는 캉유웨이보다 훨씬 급진적이었는데, 단순히 사상관념의 각도에서 보아 옌푸가 무술변법시기에 서구화론자였다고 여기더라도 사실과 결코 어긋나지 않는다. 그러나 캉유웨이와 마찬가지로 현실의 층차에 이르러 옌푸는 정치개량과 허군공화를 주장하는 대신, 정치혁명과 민주공화를 반대하였다. 비록 옌푸가 소극적으로 민주공화의 시기가 무르익기를 기다린 것이 아니라, '민력民力을 고취하고 민지民智를 새로이 하며 민덕民德을 개발한다'는 계몽방안을 제기하기는 하였지만.

어떤 의미에서 보자면, 캉유웨이 등의 문화선택방안은 여전히 '중체서용'이라 할 수 있다. 그러나 유신파의 '중체서용'은 양무파의 그것과 사뭇 다르다. 즉 양무파는 서구문화에 우월한 점이 있다고 여기지 않았지만, 유신파는 그 우월성을 인정하고 있다. 또한 양무파는 단지 중국문화의 '체體' 위에 서양의 복장을 입혀 시세에 대처하고자 하였을 뿐이지만, 유신파는 서구문화의 혈액을 중국문화의 '체' 속에 받아들임으로써 몸을 강건케 하여 서구로부터의 도전을 맞으려 하였다. 그러나 개조와 변형을 거쳐 서구문화에 응전하였던 중국문화의 유일한 기회는 자희태후慈禧太后와 보수파 관료에게 억눌려 실패하고 말았다. 이후 무술변법에 대한 반동과 초월로서 중국이 서구문화를 맞이

---

5   【역주】 원제는 『南海康先生傳』이며, 1901년 12월 21일에 발행한 『청의보(淸議報)』 100에 실려 있다. '공교의 마르틴 루터'라는 언급은 이 글의 제6장 '종교가 캉난하이(宗敎家之康南海)'에 보인다.

하는 방식에는 두 가지 극단적 방향이 나타났다. 즉 하나는 조상의 기존 규범을 고수하고 전통을 고집하는 배타적 방향으로서, 이는 의화단운동義和團運動에서 정점에 이르렀다. 다른 하나는 서구화와 반反전통의 방향으로서, 신문화운동新文化運動에서 정점에 이르렀다.

무술변법 이전의 중서문화의 충돌은 당시 성장하고 있던 루쉰에게 아무 영향도 미치지 않았다. 물론 중서문화의 충돌이 루쉰의 고향인 사오싱紹興에 영향을 미치지 않을 수는 없었다. 그러나 서구문화의 면모는 우여곡절의 변모를 거친 후 이 중소도시에 이르렀을 때에는 이미 사뭇 달라져 있었다. 루쉰은 훗날 풍자적인 어투로 이렇게 회고하였다. "S시에서 남녀노소 할 것 없이 모두가 늘 서양 놈은 눈알을 빼 간다고 수군거리"고, "소금에 절인 눈알을 보았는데, 붕어새끼 크기의 눈알이 층층이 쌓여 있었다"고 말한 이도 있었다. 그 용도에 있어서 "하나, 전선에 사용하고, 둘째, 사진을 찍는 데에 사용한다".[6] 즉 캉유웨이 등이 '전電'과 '에테르'를 자신의 철학체계에 쑤셔 넣었을 때, 루쉰의 마을사람들은 여전히 중국 전통의 요술이란 방식으로써 서구의 과학기술을 대하고 있었던 것이다. 당시 루쉰은 서구의 존재를 감지하고 있었지만, 서구문화에 대해서는 잘 알지 못한 상태였다. 루쉰이 받은 교육과 그가 접촉했던 사람들 역시 완전히 전통적이었다.

그러나 조부가 투옥되고 부친이 앓아누움에 따라, 먹고 살 만하던 루쉰의 집안은 곤궁한 처지로 전락하고 말았다. 집안 형편의 쇠락으로 인해 루쉰은 존경을 받던 도련님에서 냉대와 업신여김을 받는 처지

---

6 루쉰, 『무덤(墳)·사진 찍기 따위에 대하여(論照相之類)』, 『魯迅全集』, 北京 : 人民文學出版社, 1981. 이하 『루쉰전집』일 경우 전집 표기를 생략함.

로 변하는 세상의 참모습을 꿰뚫어보는 투시자가 되었다. 이 또한 루쉰이 금방 중국의 정통문화를 내던지고 서구문화에 대해 공감하고 이해하는 계기가 되었다. 루쉰과 서구문화가 적어도 남에게 경멸당한다는 점에서 일치하였기 때문이다. 훗날 루쉰은 난징南京에 가서 수사학당水師學堂과 육사학당陸師學堂에 입학하였던 시절을 회고하여 이렇게 말했다. "어디로 갈 것인가? S시의 사람들의 낯짝은 오래전부터 실컷 본 터라 그저 그럴 뿐이었고, 그들의 오장육부까지도 훤히 들여다보이는 것 같았다. 어떻게 해서든지 다른 종류의 사람들, 그들이 짐승이건 마귀이건 간에 어쨌든 S시 사람들이 타매唾罵하는 그런 사람들을 찾아가야 했다."[7] 그리하여 루쉰은 난징으로 가서 수사학당에 입학하려 했다. "나의 어머니는 방법이 없었는지 팔 원의 여비를 마련해주면서 알아서 하라고 하셨다. 하지만 어머니는 우셨다. 이는 정리상 당연한 것이었다. 그 시절은 경서를 배워 과거를 치르는 것이 정도요, 소위 양무를 공부한다는 것은 통념상 막장 인생이 서양 귀신에게 영혼을 파는 것으로 간주되어 몇 갑절의 수모와 배척을 당해야 했으니 말이다."[8] 물론 루쉰의 회고가 당시 수사학당에 입학했던 이유와 다소 어긋나는 점이 없지는 않다. 그렇지 않다면 루쉰이 수사학당에 입학한 후인 1898년 12월에 다시 고향으로 돌아와 저우쮀런周作人과 함께 과거 시험에 참여했던 일[9]을 쉽게 이해할 수 없을 것이다.

---

7   루쉰, 『아침꽃을 저녁에 줍다(朝花夕拾)·사소한 기록(瑣記)』.
8   루쉰, 『외침(吶喊)·자서(自序)』.
9   저우쮀런(周作人)의 일기에 "11월 초엿새(1898년 12월 18일)에 나는 회계(會稽) 현시(縣試)에 큰형과 함께 갔다"라고 기록되어 있다.

루쉰이 난징으로 가서 수사학당과 육사학당에 입학했던 것은 집안 형편의 쇠락과 떼려야 뗄 수 없는 관계가 있다. 나이가 듦에 따라 몰락한 집안에서 루쉰은 당연히 스스로 생계를 도모해야만 했다. 그는 자신이 돈에는 관심이 없고 책을 읽고 배우기를 좋아했음을 분명히 이렇게 밝히고 있다.

> 돈과는 절교했어도 너덜대는 책은 남아 있어 술잔을 잡고 크게 부르오니 우리 집으로 강림하소서.[10]

이것은 루쉰이 배움을 위해 난징으로 떠난 이후에 지은 것으로, 전통 사대부의 의기소침한 뜻이 자못 담겨져 있다. 따라서 상인이 되고 막료가 되는 것은 루쉰이 원하는 바가 아니었고 관직을 사는 것 또한 돈이 없었으며, 과거에 응시하는 것은 당장 급박한 문제를 해결해줄 방책은 아니었다. 그리하여 식비를 받지 않고 보조금을 지급하는 군사학당이 루쉰의 눈길을 끌었던 것이다.

> 그(루쉰-역자)가 들어갔던 것 역시 해군이나 육군이 되기를 바랐기 때문이 아니라, 오로지 무료로 공부할 수 있었기 때문이었다.[11]

내가 루쉰이 수사학당과 육사학당에 입학한 일에 편폭을 들여 설명

10　루쉰, 『집외집습유보편(集外集拾遺補編) · 책의 신에게 바치는 제문(祭書神文)』.
11　저우치밍(周啓明, 즉 저우쭤런), 『루쉰의 젊은 시절(魯迅的靑年時代)』, 北京 : 中國靑年出版社, 1959, 98쪽.

하는 까닭은 루쉰의 이 선택이 그가 전통적인 세계에서 중서문화가 충돌하는 세계로 들어선 표지이기 때문이다. 루쉰이 진학한 강남수사학당과 강남육사학당에 부설된 광로학당礦路學堂은 모두 양무파 관료가 주청하여 설립한 것이었다. 그래서 한문의 학습 외에도 외국어와 서구의 과학기술의 교육과정을 이수해야 했다. 광로학당의 경우, 금석학(광물학), 지학(지질학), 격치格致(물리·화학 등), 측산학測算學(산술·기하·대수·도형 등) 및 제도학制圖學 등의 교과과정이 마련되어 있었다. 루쉰이 서구문화로 나아가는 첫 번째 관문은 양무파가 열어준 셈이라 할 수 있다.

그러나 서구문화의 모든 것을 신기하게 느꼈던 루쉰은 물론 양무파의 한계에 만족하지 않았다. 1898년 5월 루쉰은 수사학당에 입학하였는데, 당시는 바로 캉유웨이 등의 유신파가 전국에 변법을 적극 선전하던 시절이었다. 루쉰이 고향으로 돌아가 과거에 응시하였던 사실에 비추어볼 때, 루쉰이 단기간에 자신의 사상을 유신파의 수준으로 끌어올린 것은 결코 아니었다. 유신파의 내용 가운데의 하나가 '팔고八股의 폐지'였기 때문이다. 하지만 루쉰에 대한 유신파의 영향은 차츰 힘을 발휘하기 시작하였다. 루쉰이 광로학당에 입학한 후 "이듬해의 교장은 신당新黨에 속하는 사람으로, 그는 마차를 타고 갈 때면 대체로 『시무보時務報』를 읽었으며, 한문 시험을 치를 때에도 자기가 제목을 출제했는데 다른 교원들이 낸 것과는 전혀 달랐다. 한 번은 '워싱턴에 대하여'라는 시험 제목을 냈다……"[12] 저우쭤런의 회고에 따르면, 육

---

12   루쉰, 『아침꽃을 저녁에 줍다(朝花夕拾)·사소한 기록(瑣記)』.

사학당의 교장이었던 위밍전兪明震은 후보도위候補道委 가운데 꽤 개명한 사람으로, "나중에 루쉰은 그에게 줄곧 경의를 품고 있었으며, 일기 속에서 '위 선생님兪師'이라고 일컬었다".[13]

교장이 개명한 덕분에 학당 내에서 책을 읽고 신문을 보는 기풍이 유행하였는데, 이는 바로 무술변법의 결과였다. 유신파의 대표자들 가운데 루쉰에게 가장 커다란 영향을 미친 이는 옌푸嚴復와 량치차오梁啓超였다. 루쉰은 육사학당 재학시절에 량치차오가 펴낸 『시무보』를 읽었으며, 일본에 유학한 후에도 량치차오의 글을 즐겨 읽었다. 루쉰에 대한 량치차오의 영향이 일시적이었다면, 루쉰에 대한 옌푸의 영향은 거의 루쉰의 일생에 걸쳐 미쳤다. 육사학당에서 옌푸가 번역한 『진화론天演論』을 읽고서 크게 감복했던 루쉰은 이후로도 옌푸가 책을 번역해낼 때마다 "반드시 방법을 강구하여 책을 샀다. 젱크스E. Jenks의 『정치학 약사社會通論』, 스펜서의 『사회학 원리群學肄言』, 몽테스키외의 『법의 정신法意』으로부터 도무지 이해하기 어려웠던 밀J. S. Mill의 『논리학 입문名學部甲』에 이르기까지 모두 구입하여 손에 넣었다".[14] 옌푸를 통하여 루쉰은 중국의 전통과 상이한 서구의 세계관, 인식론 및 윤리, 정치, 경제, 법률 등의 관점을 이해하게 되었으며, 이로써 루쉰은 중서의 이질적인 문화 사이에서 비교와 선택을 진행하지 않으면 안 되었다. 이리하여 중서문화의 충돌은 루쉰 내면의 충돌을 가져오고, 중국 문화전통에 대한 루쉰의 성찰을 일으키지 않을 수 없었다.

1902년 루쉰이 일본에 유학하여 고분弘文학원에 입학한 이후 1904

---

13   저우치밍, 앞의 책, 98쪽.
14   위의 책, 77쪽.

년 루쉰이 센다이仙臺의학전문학교로 떠나기까지, 설사 이 시기에 루쉰이 혁명파와 밀접한 관련을 맺고 심지어 정치면에서 혁명파에 기울었다 할지라도, 현재의 문헌에 근거해볼 때 루쉰은 여전히 양무파와 유신파를 뛰어넘지는 못하였다. 비록 그가 린수林紓(1852~1924)가 번역한 수많은 소설을 읽고 심지어 바이런B .Byron의 시와 니체F. W. Nietzsche의 전기를 접하기는 하였지만, 그가 1903년에 발표한 「라듐에 관하여說鈕」와 「중국지질약론中國地質略論」은 바로 양무파와 유신파의 노선을 따라 걸어온 것이었다. 사실 이 두 편의 글은 양무파의 구국노선에 훨씬 가까운 것이었다. 「중국지질약론」에서 그는 이렇게 말한다. "광막하고 아름다우며 사랑스러운 중국"은 "실로 세계의 보고寶庫요 문명의 비조鼻祖이다. 무릇 여러 과학이 발달한지 이미 오래되었으니, 하물며 땅을 측량하고 지도를 제작하는 따위의 지엽적인 기술이랴". 이어 루쉰은 중국이 고아와 마찬가지로 "혼미하고 무지하기에" "제대로 생각을 정리하지 못한다"고 책망하면서 구제할 길은 과학기술과 공업의 진흥에 있다고 보았는바, "공업이 번성하고 기계를 사용하여 문명의 그림자가 날로 머릿속에 새겨져 조금씩 조금씩 계속 이어진다면 끝내 좋은 결실을 잉태할 것이다".[15] 루쉰이 의학을 선택했던 까닭은 부친이 한의漢醫에 의해 제대로 된 치료를 받지 못한 채 세상을 떠나 한의에 대한 신뢰를 잃어버렸던 점 외에도, 정치적인 이유가 있었다. 그것은 곧 루쉰이 『일본신정고日本新政考』[16] 등의 책을 통하여 메이지유신이

---

15 루쉰, 『집외집습유보편 · 중국지질약론』.
16 【역주】『일본신정고(日本新政考)』는 청대에 고후혼(顧厚焜)이 1887년부터 1888년에 걸쳐 광서제의 영을 받아 일본을 시찰한 후에 1888년에 펴낸 책이다. 이 책은 주

"대부분 서양 의학에서 발단하였다는 사실"을 깨닫게 되었다는 점이다. 그리하여 루쉰은 서양 의학을 배워 국민을 구제하는 "한편 유신에 대한 국민의 신앙을 촉진시키"[17]고자 하였다.

　루쉰이 양무파와 유신파를 비판하였던 것은 의학을 포기하고 문학으로 돌아선 이후였다. 쑨중산孫中山(1866~1925)과 장타이옌章太炎(1869~1936) 등의 반청배만反淸排滿 혁명파의 유신파에 대한 공격은 루쉰이 이러한 선택을 하게 된 하나의 요인에 지나지 않다. 보다 중요한 원인은 루쉰이 서구로 향하는 단계에서 옌푸조차도 소개하지 않았던 서구 현대주의의 문학과 문화 개념을 접했다는 점이다. 1908년 루쉰은 「과학사교편科學史敎篇」, 「문화편향론文化偏至論」과 「마라시력설摩羅詩力說」을 발표하였는데, 이는 사상문화에 있어서 양무파와 유신파를 뛰어넘었음을 나타내주는 표지이다. 「과학사교편」이라는 글의 논제를 볼 때, 양무파를 뛰어넘는 글을 쓰는 것은 결코 쉽지 않았다. 그렇지만 루쉰은 서구의 과학기술사에 대한 서술과 성찰을 통하여 오늘날의 발달한 실용 기술의 열매가 지난날의 이론과학의 꽃에서 비롯되었으며, 지난날의 과학가가 과학에 헌신하였을 때에는 단지 진리를 위한 진리를 구하기 위함이었을 뿐 실리의 열매를 거두리라 생각하지는 않았다는 것을 발견하였다. 이에 반해 양무파는 서구의 이론연구의 과학이란 근본을 제대로 알지 못한 채 이것이 낳은 기술이란 지엽만을 추구하였다. 그렇기에 루쉰은 "군대를 진작하고 실업을 부흥시켜야 한다는 주장을 매일같이

　　로 일본의 정치와 경제, 군사 방쪽의 문제를 다루었으며, 특히 메이지유신 이후의 새
　　로운 변화를 기술하였다.
17　루쉰, 『외침 · 자서』.

입으로 떠들어대는 경우, 겉으로 보기에는 일순간 각성한 것 같지만, 그 실질을 따져보면 눈앞의 사물에 현혹되었을 뿐 그 참뜻을 아직 얻지 못한 것"이라고 양무파를 비판하였던 것이다. 물론 루쉰 역시 "오늘날의 세상은 옛날과 달라서 실리를 존중하는 것도 가능하고 법술을 모방하는 것도 가능"지만, "반드시 과학에 먼저 힘을 쓰고 그 결실이 이루어진 다음에야 비로소 군대를 진작하고 실업을 부흥시켜야 한다"는 것을 알고 있었다. 루쉰은 "온 나라가 지엽만을 추구하고 뿌리를 찾는 이는 한두 사람도 없음을 우려하였으니, 근원을 가진 자는 날마다 성장할 것이며 말단을 좇는 자는 전멸할 것"이라 보았다.[18] 이렇게 하여 루쉰은 뭇사람보다 뛰어난 '한두 사람'을 자처함으로써 지엽만을 추구하는 양무파와 구별짓는 한편, '다수'를 추숭하는 개량파와도 구별지었다. 「문화편향론」에서 루쉰은 더 나아가 '다수'를 반대하고 '물질'을 배격하는 급진적인 태도로써 양무파와 개량파의 주장을 격렬히 부정하고 공격하였다. 루쉰에 따르면, 양무파는 "가까이는 중국의 실정을 알지 못하고 멀리는 구미의 실태를 살피지 않은 채, 주워모은 잡동사니를 사람들 앞에 늘어놓으며 날카로운 발톱과 이빨이야말로 국가가 먼저 해야 할 일이라 여긴다". 그들은 "군사에 대한 학습을 생업으로 삼기 때문에 근본은 도모하지 않으며", 따라서 그들은 비록 철모를 쓰고 있어서 "위세는 능가할 수 없을 듯하지만, 벼슬을 구하는 기색이 겉으로 훤히 드러나 보인다". 이어 루쉰은 양무파와 유신파의 "공업과 상업, 입헌과 국회에 대한 주장"을 공격하기 시작하였는 바, 그들이 창도하는 민주는 실상

18 　루쉰, 『무덤·과학사교편』.

다수를 빌려 소수를 억압하는 것이고, 자기와 다름을 배척하고 개성을 억압하는 것이며, "다수가 다스린다는 핑계로 그 압제는 폭군보다 더욱 심하다"고 여겼다. 그러나 루쉰의 비판은 주로 이론이 아니라 인격에 착안하고 있다. 루쉰은 그들이 국가부강이란 이름을 빌려 지사로서의 영예를 드높이려 하고 있다고 여겼다. 즉 설사 국가가 멸망하더라도 그들은 물러나 숨는 것에 능한데다 재물도 풍족하여 대단히 풍족하게 살 수 있다. 따라서 그들은 국가라는 허명을 빌려 사리사욕을 꾀하려 하며, 설사 그 가운데 외세의 침략에 반대하는 애국자가 있을지라도 "탐구도 쓸모없고 사고도 꼼꼼하지 않아" 잘못된 길을 걷게 된다는 것이다. 루쉰은 중국을 진정으로 "전에 없이 웅대해지게 만드는" 방안은 "개인에게 맡기고 정신을 발양하는 것"이라고 여겼다.

겉으로 보기에 '개인에게 맡기고 정신을 발양한다'는 루쉰의 주장은 캉유웨이나 옌푸 등이 주장하는 개성자유에 비해 달리 새로울 게 없는 듯하다. 그러나 캉유웨이와 옌푸는 사회 전체라는 큰 틀에서 논지를 세워 사람에 대한 통제와 구속을 늦추자고 주장하였을 따름이다. 반면 루쉰은 개인의 각도에서 논지를 세워 개인과 사회 전체의 분리를, 나아가 범속한 대중과 맞서 싸울 것을 주장하였다. 캉유웨이와 옌푸가 눈여겨보았던 것이 19세기 이전의 서구문화였다면, 루쉰이 눈여겨보았던 것은 이제 막 흥기한 반反19세기적 문화, 즉 20세기의 서구에 비로소 커다란 흐름을 형성한 현대주의 문학사조와 인학人學사조였다. 그래서 유신파에 대한 루쉰의 비판은 민주공화와 폭력혁명을 무기로 삼았던 일반적인 혁명당원과 달리, 니체와 키에르케고르S. A. Kierkegaard, 쇼펜하우어A. Schopenhauer 등 실존주의 선구자들의 이론을 무기로 삼았다. 따라서 루쉰이 유신파에게 작별을 고했을 때, 그의 사상은 근대 중국에서 뭇사람과 다른 독특성을 드러내주었던 것이다.

주목할 만한 점은 루쉰 역시 평생 유신파 사상과의 관계를 완전히 끊어내지는 않았다는 것이다. 그가 유신파에 대해 맹렬히 공격했을 때에도 유신파의 사상은 그에게 여전히 영향을 미치고 있었던 것이다. 「마라시력설」과 거의 같은 시기에 저술된 「인간의 역사人之歷史」는 바로 옌푸의 「진화론」의 결과였다. 바꾸어 말하면, 루쉰은 현대 서구의 인학사조와 문학사조를 받아들였을 때, 옌푸가 소개해 들여온 진화론 사상을 결코 포기하지 않았다. 뿐만 아니라, 루쉰은 서구의 신흥사조가 "그 정신은 반항과 파괴로 채워졌고, 신생의 획득을 희망으로 삼아 오로지 낡은 문명을 배격하고 소탕한다"는 것을 깨닫고 있었지만, 그렇다고 해서 루쉰이 총체적인 반反전통으로 나아간 것은 아니었다. 당시 중서문화의 충돌 중에서 루쉰의 문화선택은 다음과 같았으니, "밖으로는 세계 사조에 뒤처지지 않고 안으로는 고유한 혈맥을 잃지 않으며, 오늘날의 것을 취하고 옛것을 되살려 달리 새로운 유파를 확립한다"[19]는 것이었다. '오늘날의 것을 취하고 옛것을 되살리는 것', 이것은 바로 캉유웨이의 '옛것에 의탁하여 제도를 바꾼다'라는 말로 구상한 문화선택방안이었다. 그러나 캉유웨이의 꼼꼼한 구상에 비해, 루쉰은 단지 이 명제를 제출하였을 뿐이며, 젊고 혈기왕성한 루쉰 역시 「문화편향론」과 「마라시력설」 속의 반전통과 이 명제 사이에 모순이 있는지의 여부는 의식하지 못했다. 이 명제가 현대세계에서의 중국의

---

19   루쉰, 『무덤·문화편향론』.

생존을 위한 정확한 문화선택이라면, 어떻게 '오늘날의 것을 취하고 옛것을 되살려야' 하는지에 대해서는 루쉰 역시 설명하거나 논술하지 않았다.

'5·4' 이후 루쉰은 유신파 인사들의 복고, 보황保皇을 끊임없이 비웃고 풍자하였다. 이를테면 「나의 절열관我之節烈觀」 가운데에서는 캉유웨이를 "손짓 발짓을 해대며 '입헌군주제虛君共和'라야만 된다고 말했다"고 풍자하였으며, 「문득 생각나는 것 1忽然想到一」에서는 캉유웨이가 공자를 떠받들지 않고 천주를 떠받들지 않는다면 "이 무릎을 두었다가 무얼 할 것인가"라고 운운하였다고 풍자하였다. 비록 이러했지만, 루쉰은 당시 캉유웨이의 유신변법이 '조상의 기존 규범'을 타파하고자 하였다는 점을 긍정하는 한편, 담사동과 추근秋瑾이 사형을 당하기 직전 태연자약하게 시를 지었던 장렬한 장면을 함께 거론하였다.[20] '5·4' 이후에도 루쉰은 여러 차례에 걸쳐 캉유웨이, 량치차오, 옌푸 등을 언급하였는데, 특히 옌푸를 언급할 때마다 루쉰은 경의를 표하여 그를 "19세기 말의 중국에서 감각이 예민한 사람"[21]이라 일컬었다. '5·4'기에 진화론 사상은 루쉰 사상의 주류를 이루었으며, 이러한 상황은 루쉰이 창조사創造社의 공격 아래 몇 종의 마르크스주의 문예론을 접하여 공산주의를 받아들여 자신의 "진화론만을 믿던 편견"을 "바로잡을" 때까지 지속되었다.[22] 이후 취추바이瞿秋白(1899~1935)가 옌푸의

---

20 루쉰에 대한 옌푸의 영향은 졸고 「옌푸의 철학인식론의 루쉰에 대한 영향(嚴復的哲學認識論對魯迅的影響)」(『聊城師範學院學報』1기, 1986)를 참조하시오.

21 루쉰, 『열풍·수감록 25』.

22 루쉰, 『삼한집·서언』.

번역을 비꼬았을 때에도 루쉰은 옌푸를 변호하였다.[23]

2. 거국적인 배외排外의 물결 속에서 - 루쉰과 의화단

　의화단운동義和團運動이 일어났을 당시, 루쉰은 광로학당에서 수학중
이었다. 기세 드높던 의화단운동과 이의 실패가 가져온 '중국의 분할'
의 물결은 당연히 루쉰의 마음에 거대한 충격을 안겨주었다. 그러나
당시 루쉰이 의화단운동에 대해 어떤 견해를 지녔는지 우리는 전혀 알
길이 없다. 저우쭤런이 『루쉰 소설 속의 인물魯迅小說里的人物』라는 책에
서 당시 자신의 일기를 공개했는데, 경자년庚子年 일기에 따르면 당시
사오싱紹興에서는 '권비拳匪'가 신통력이 무궁무진한 요술을 지니고 있
다는 소문이 떠돌았다고 한다. 루쉰은 이러한 소문을 담은 가족의 편
지에 답장하면서 "권비가 많다는 것은 사실이지만 결코 요술은 없다"
고 적었다. 하지만 "결코 요술은 없다"는 말은 따져볼 만한 가치가 있
다. 즉 이 말이 의화단이 요술을 사용하지 않았다는 뜻인지, 아니면 요
술을 사용했지만 효험이 없었다는 뜻인지 분명하지가 않다. 아마 과
학을 배우고 있던 루쉰은 의화단이 사용한다는 요술을 결코 믿지 않았
을 것이며, 또한 소문으로 인해 고향에 요기妖氣가 가득 찰까봐 염려하
여 일부러 의화단에는 "결코 요술이 없다"고 말하였을 것이다.
　그러나 이렇게 루쉰과 의화단의 관계를 따져보는 것은 그다지 의미

23　루쉰, 『이심집 · 번역에 관한 통신(關於翻譯的通信)』.

가 없다. 중요한 점은 의화단이 중서문화의 대충돌로서 루쉰의 문화선택에 어떤 영향을 미쳤는지, 또한 루쉰이 의화단을 어떻게 바라보았는지이다. 문화선택이란 측면에서 볼 때, 의화단은 무술변법에 대한 반동, 즉 문화면에서 서학과의 융합에 대한 반동으로서, 고유문화로써 외래문화를 철저히 배척하는 태도를 드러내고 있었다. 무술변법은 중국인의 간섭 아래 실패하였던 반면, 의화단은 열강에 의해 패배하고 말았다. 따라서 어떤 의미에서 본다면, 루쉰은 의화단의 철저한 배외가 구국에 아무 쓸모가 없음을 깨닫고서 비로소 반反전통의 측면으로 더욱 나아갔다. '5·4'로부터 세상을 뜨기 직전까지 루쉰은 잡문 속에서 수차례에 걸쳐 의화단을 언급하고 있는데, 특별히 주목할 만한 점은 그가 의화단 실패의 교훈을 받아들여 중국민족의 문화심리구조를 탐구하면서 구국구민救國救民의 새로운 대안을 모색하였다는 것이다. 의화단 자체 역시 루쉰의 국민성 개조 대상의 하나였던 것이다. 의화단에 대한 루쉰의 논술 속에서 우리는 루쉰이 "일찍이 없었던 민족영웅"으로서 중국민족문화에 대해 심각하게 성찰하는 면모를 엿볼 수 있다. 외래문화를 배척했던 의화단의 실패가 루쉰의 문화선택에 어떤 영향을 미쳤는지를 살펴볼 수 있는 자료는 현재 충분하지 않다. 따라서 우리는 문화평가의 측면에서 루쉰과 의화단의 관계에 초점을 맞추고자 한다.

의화단은 애국운동이었으며, 애국주의는 루쉰 사상을 관통하고 있는 주선主線이기도 하다. 따라서 루쉰과 의화단의 갈림은 애국의 여부에 달려 있지 않으며, 어떤 방법과 수단으로 애국하느냐에 달려 있다. 바로 이러한 점에서 루쉰과 의화단은 첨예한 문화대립을 드러냈다. 의화단은 '양洋'이란 글자를 지니고 있는 모든 것에 대해 그것이 좋든 나쁘든, 쓸모가 있든 없든 가리지 않고 모조리 배척하였다. 그래서 그들은 기독교인을 살해하고 교회를 불태웠을 뿐만 아니라 철로를 뜯어내고 전신주를 부쳤다. 그러나 루쉰은 "나는 늘 서양귀신이 중국인보다 문명되었다고 생각한다"[24]고 밝혔다. 그래서 루쉰은 서양의학을 배우지만 한의학을 "의식적이든 무의식적이든 사기꾼"이라 말하고, 서구의 체조를 칭찬하지만 중국의 권법을 혐오하였으며, 입센H. Ibsen을 찬양하지만 메이란팡梅蘭芳(1894~1961)을 비꼬았다. 의화단은 중국의 고유문화로써 외래문화를 배척하여 중국문화를 천하의 으뜸으로 여겼다. 이리하여 아득한 옛날부터 전해 내려온 무술巫術, 귀신숭배, 도교 중의 장천사張天師나 적정자赤精子[25] 따위의 술법, 공맹의 윤리도덕, 유가와 음양가가 엇섞인 천인감응天人感應, 역대 농민기의農民起義의 부의 균분과 녹림호걸의 부호 타도를 통한 빈민구제 정신 및 중국민간소설 중에 뒤섞여 있는 유불도 동원론同源論 등을 의화단은 모두 이어받고 있었다. 의화단의 일부 우두머리는 스님이나 도사 등이 맡고 있었으며, 그들의 반기독교적 행위는, 비록 유학자들이 그들의 괴력난신怪力亂神을 인정하지는 않았지만, 유학자의 인가를 받았다. 의화단은 대다수가 낫 놓고 기역자도 모르는 백성들이었기에, 그들의 몸에 따라 붙은 여러 신들 또한 대개는 신마神魔소설과 협의공안俠義公案소설에서 꾸며낸 사람이나 귀신의 명칭

---

24 루쉰, 『먼 곳으로부터의 편지(兩地書)·29』.

25 【역주】장천사(張天師)는 동한의 장도릉(張道陵, 34~156 혹은 178)을 가리키며, 오두미도(五斗米道)의 창시자로 일컬어지고 있다. 적정자(赤精子)는 중국 신화전설 속의 선인(仙人)으로서, 원시천존(元始天尊)의 둘째 동생이며 태화산(太華山) 운소동(雲霄洞)에서 수련하였다고 한다.

을 지니고 있었다. 의화단원이 손오공을 크게 외쳐 부르면 즉시 손오공이 그의 몸속으로 강림하였으며, 그는 신통한 능력으로 양놈을 잡아 죽일 수 있었다. 하지만 루쉰은 반전통을 이렇게 격렬하게 부르짖었다.

이른바 중국의 문명이란 사실 부자들이 누리도록 마련된 인육의 잔치에 지나지 않는다. 이른바 중국이란 사실 이 인육의 잔치를 마련하는 주방에 지나지 않는다. 모르고서 찬양하는 자는 그래도 용서할 수 있지만, 그렇지 않다면 그들은 영원히 저주받아 마땅하다![26]

"중국의 개화가 가장 이르고 도덕은 천하의 으뜸"이라는 관념을 고수하는 의화단에 대해, 루쉰은 신랄한 풍자를 가했으며, 만년에 이르러서는 늘 공격의 칼끝을 공맹과 노장, 도교에 겨누었다. 풍자적 의미가 있는 것은 루쉰의 반전통이 만약 의화단에게 알려졌다면 루쉰을 얼마오쯔二毛子[27]로 간주하여 처단하지는 않았겠지만, 적어도 루쉰이 국민을 풍자했던 말을 빌려 루쉰을 이렇게 힐난했을 것이다. "당신이 황제자손이오? …… 나는 두렵지 않으니 감히 말하겠소만, 외국으로 이사나 가버리시오!"[28]라고. 따라서 중국을 구하려는 것은 마찬가지였지만, 의화단은 양놈과 그 문화를 배척하기만 하면 중국은 나라의 문을 닫아걸고서 방해하는 사람이 없는 전통사회로 다시 돌아가 해방을

---

26   루쉰, 『무덤·등하만필(燈下漫筆)』.
27   【역쥐】얼마오쯔(二毛子)는 청 말에 천주교를 믿거나 서양인을 위해 일하던 중국인을 가리킨다.
28   루쉰, 『화개집·평심조룡(評心雕龍)』.

얻을 수 있다고 여겼다. 반면, 루쉰은 이러한 구국으로는 중국을 구하기는커녕 제 몸의 빈약함으로 말미암아 늑대를 방안으로 끌어들이게 되며, 진정한 구국의 길은 과감하게 서구문화를 받아들여 현대화를 실현하는 것이라고 여겼다. 따라서 오직 근대 중국의 문화충돌과 문화선택의 각도에서만 루쉰과 의화단의 대립을 이해할 수 있다.

아편전쟁으로부터 중서문화의 충돌은 날로 격심해졌지만, 무술변법에 이르기까지는 아직 중서문화가 뚜렷이 대립하는 대충돌이 드러나지 않았다. 양무파 관료는 서구 열강이 중국의 폐쇄된 문을 개방하는 것이 중국 삼천년 이래의 일대 변동임을 이미 느끼고 있었다. 그러나 그들이 서구의 과학기술을 배우기만 하면 평온무사하리라고 여겼던 관점에서 본다면, 그들이 느꼈던 중서문화의 충돌은 단지 외재적이고 표층적이었을 뿐이며, 중서문화의 심층적인 가치충돌에 대해 그들은 전혀 깨닫지 못하고 있었다. 그리하여 그들은 중학中學은 내학內學이고 서학西學은 외학外學이라 여겼으며, '중학을 체로 삼고 서학을 용으로 삼'는 방법으로 중서문화를 융합시키기만 하면 세계에서 생존을 다툴 수 있다고 보았다. 유신파는 서구문화의 우월성을 인식하고 중서문화의 심각한 충돌을 깨달았지만, 갖가지 현실적 고려 아래 서구문화로써 중국문화를 대신하는 것보다는 중국문화의 개조 혹은 새로운 해석으로써 서구문화를 포용하는 것이 최선의 문화선택방안이라 여겼다. 따라서 그들은 양무파의 '중체서용中體西用'을 비판하였지만, 그들의 문화선택은 보다 광범한 의미에서의 '중체서용'이었다. 이렇게 하여 문화충돌은 여전히 문화융합의 면모로 나타났다. 중서문화의 뚜렷한 대립에서 빚어진 대충돌은 무술변법 이후에 유신파에 대한 반동 혹은 초월로서 나타난 것이었다. 의화단은 근대 중국에서 중서문화가 확연히 대립된 최초의 대충돌이었다. 그들은 중국의 고유문화로써 서구문화에 전면적으로 선전포고를 하였다. '5·4' 신문화운동은 근대 중국에서 중서문화가 확연히 대립된 두 번째의 대충돌이었다. 그들은 서구의 근현대문화로써 중국의 전통문화를 대신하였으며, 그리하여 전면적으로 전통에 반대하는 입장을 드러냈다. 이 두 차례의 문화 대충돌은 일찍이 없었던 일이며 이후로도 적어도 지금까지는 없었던 일이었다. 루쉰은 신문화운동의 주장主將으로서, 그의 의화단과의 문화 대립은 근대 중국의 문화충돌 속에 놓였을 때 분명하게 이해할 수 있다.

루쉰은 의화단운동을 근대 중서문화의 충돌 속에 놓고서 사고하였다. 이때 마땅히 제기되는 문제는 고유문화로써 서구문화를 철저히 배척하는 운동이 공맹의 도를 고수하는 유학자에게서 일어나지 않고 민간에서 일어난 까닭이 무엇인가라는 점이다. 이는 중국의 전통문화의 담당자인 유학자들이 서구로부터의 도전을 맞아, 일부는 '외왕外王'의 경세치용과 『역易』의 변통變通관념으로 말미암아 이미 서구문화에 대해 개방적인 태도를 지니게 되었으며, 서구에 대한 그들의 지식 역시 일반 대중보다 훨씬 높았기 때문이다. 좀 더 확실하게 말하자면, 서구에 대한 의화단의 이해 역시 단지 양놈 귀신이 눈알을 파내 전선電線과 사진 찍기에 이용한다는 수준에 머물러 있었다. 물론 일부 완고하고 보수적인 유학자들은 서구문화를 뼈에 사무치도록 미워했으며, '파사破邪'의 이름으로 이러한 원한을 발산하였다. 그러나 수구守舊하기 위해서는 '아래는 위를 따른다下從上'는 유가의 교조를 고수하지 않으면 안 되었는데, 불행히도 위┴인 청 정부는 서구인의 총포에 굴종하여 서구문화의 침입에 순순히 복종하지 않으면 안 되었다. 이러한 상황으로 인해 이들 유학자 역시 어쩔 수 없이 의화단처럼 심하게 서구문화를 배척하지는 않았다. 그렇지만 의화단을 용인함과 아울러 지지할 수 있었던 이들 역시 바로 필사적으로 수구적인 유학자들이었다. 그래서 루쉰은 민간에서 일어난 의화단이 청 정부의 가장 낙후되고 보수적인 세력과 한데 뒤얽혀 이 세력에게 이용당했다고 여겼다. 루쉰은 이렇게 밝히고 있다.

이들 천편일률적인 유학자들은 네모진 땅에 대해서는 잘 알고 있으나, 둥근 지구에 이르자 아무것도 알지 못했다. 그래서 사서(四書) 등에 기록되어 있지 않은 프랑스, 영국과 싸워서 패했던 것이다. 공자를 숭배하면서 죽는 것보다는 차라리 자신을 보존하는 편이 낫다고 생각했던 때문인지는 모르겠지만, 이번에는 공자를 숭배했던 정부와 관리들이 먼저 동요를 일으켜 공금을 들어 서양 귀신들의 서적을 대대적으로 번역하기 시작했다.

그러나 반드시 반동이 있는 법이다. 청말의 이른바 유학자들의 결정이자 대표인 대학사 서동(徐桐, 1820~1900) 씨가 나타났다. 그는 수학조차도 서양 귀신의 학문이라 배척하고, 또 세상에는 프랑스와 영국과 같은 나라가 있는 것은 인정했지만, 스페인과 포루투갈의 존재는 믿지 않아서, 그것은 프랑스와 영국이 항상 이익을 탐하러 오는 것을 스스로도 미안해서 아무렇게나 만들어낸 나라 이름이라고 주장했다. 그는 또한 1900년 유명한 의화단의 막후 주동자임과 동시에 지휘자였다. 하지만 의화단은 완전히 실패했고, 서동도 자살했다. 정부도 곧 외국의 정치와 법률, 그리고 학문과 기술을 취할 바가 있다고 인정했다. 내가 일본에 유학하기를 갈망했던 것 역시 그즈음이었다.[29]

이로써 알 수 있듯이, 루쉰이 일본에 유학하여 서구 학습의 길로 나아갔던 것은 의화단의 실패와 연관되어 있음이 틀림없다.

루쉰은 의화단과 무술변법의 관계에 대해서도 논술한 바가 있다. 물론 의화단이 맨 처음에 민간에서 일으켰던 투쟁은 주로 기독교회 및 기독교인과의 충돌이었다. 그러나 무술변법의 103일 동안 유신파는 광서제光緖帝를 통해 전국에 신정新政 실행에 관한 수십 가지의 조서를 하달했는데, 전국에 파급된 이들 서구화 명령은 전통적 생활에 길들여진 민중의 분노를 자아내지 않을 수 없었다. 그렇지 않았다면 의화단은 베이징에 이르러 양놈 귀신의 '꼭두각시 황제' 광서제를 살해하려 하지 않았을 것이다. 반면 상층관료가 약간의 '요기妖氣'와 '반란'의 분위기를 띤 의화단을 용인하고 심지어 방임했던 까닭은 무술변법이 서구문화의 한층 심화된 침투를 초래하여 전통문화의 완고한 이들 보호자의 공포와 빈동을 불러일으켰기 때문이다. 루쉰은 의화단이 무술변법의 반동이라고 이렇게 분명히 밝히고 있다.

청나라 광서 연간에 캉유웨이가 변법을 벌였던 일이 있었으나 실패로

29   루쉰, 『차개정 잡문(且介亭雜文) 2집 · 현대중국에서의 공부자(在現代中國的孔夫子)』.

돌아갔다. 그 반동으로 의화단의 거사가 일어났고, 그리고 8개국 연합군이 베이징에 들어왔다. 이 연대는 외우기 쉬운바, 딱 1900년, 즉 19세기의 마지막 해였다.[30]

따라서 문화학의 각도에서 보자면, 루쉰과 의화단은 각기 근대 중국의 두 가지 판이한 문화구국노선을 대표하고 있다. 즉 루쉰이 '오랑캐의 장점을 본받아 오랑캐를 제압한다'[31]는 노선을 대표하고 있다면, 의화단은 '전통을 고수하여 오랑캐를 제압한다'는 노선을 대표하고 있다. 신문화운동 이후 의화단은 이미 존재하지 않게 되었지만, '권법을 연마하여 애국하자打拳愛國'거나 '점을 쳐서 서양을 멸하자扶乩滅洋'고 제창하는 이가 부지기수였으며, 갖가지 '제멋대로 그려낸 부적鬼畫符' 및 사회에서의 '요기'가 사람들을 숨 막히게 했다.[32] 이리하여 루쉰은 국민성의 개조라는 각도에서 여러 차례 의화단을 언급하였는데, 거꾸로 말하자면 루쉰은 의화단운동으로 인해 민족의 문화심리를 개조하는 책임의 중대성과 이 책임을 한시도 늦추어서는 안 됨을 느꼈다고 할 수 있다.

루쉰은 의화단의 '청을 도와 서양을 멸함扶淸滅洋'을 '떼를 지은 애국

---

30 루쉰, 『차개정 잡문·타이옌선생으로 인해 생각나는 두세 가지 일(因太炎先生而想起的二三事)』.

31 【역주】'오랑캐의 장점을 본받아 오랑캐를 제압한다(師夷長技而制夷)'는 말은 위원(魏源, 1794~1857)의 『해국도지(海國圖志)』에서 비롯되었으며, 이 말은 훗날 양무운동 전기의 지도사상이 되었다. 위원은 청대의 계몽사상가이자 정치가, 문학가이다. 『해국도지』는 위원이 임칙서(林則徐)의 부탁을 받아 저술한 세계지리 및 역사, 정치제도, 풍토인정 등을 망라한 종합성 도서로서, 서구의 과학기술을 학습할 것을 주장하고 있다. 초판은 도광(道光) 22년(1842)에 50권으로 출판되었으며, 도광 27년(1847)에 60권으로 증보·출판되었다.

32 루쉰, 『열풍·수감록 37』 및 『화개집·논변의 혼령(論辯的魂靈)』.

의 자고자대自高自大'라고 여겼으며, 이러한 국민성에 대해 이렇게 해부하였다. "'군중적 자대自大', '애국적 자대'는 동당벌이同黨伐異이고 소수의 천재에 대한 선전포고이다. 다른 나라의 문명에 대한 선전포고는 부차적이다. 그들 스스로가 남들에게 과시할 수 있는 특별한 재능이 터럭만치도 없기 때문에 나라를 내세워 그림자 속에 숨는다. 그들은 나라의 관습과 제도를 높이 치켜세우며 대단하다고 찬미한다. 자신들의 국수國粹가 이처럼 영광스러우므로 자신들도 자연히 영광스러워지는 것이다! 공격을 당하더라도 그들은 자발적으로 응전할 필요가 없다. 그림자 속에 쪼그려 앉아 눈을 뜨고 혀를 놀리는 사람들의 수가 아주 많으므로 mob의 재주를 발휘하여 한바탕 소란을 피우기만 해도 제압할 수 있기 때문이다. 그래서 성공한다면 자신도 군중 속의 한 사람이므로 당연히 이긴 것이 된다. 실패한다면 군중 속에는 많은 사람이 있으므로 꼭 자신이 상처를 입어야 할 이유는 없는 것이다. 대개 군중을 모아 분규를 일으킬 때 대부분이 이런 심리인데, 바로 그들의 심리이기도 하다. 그들의 움직임은 맹렬한 듯하나 실은 아주 비겁하다. 그 결과 복고復古, 존왕尊王, 부청멸양扶淸滅洋 등을 낳았다는 것은 이미 차고 넘치게 가르쳐 주고 있다. 따라서 '군중적, 애국적 자대'가 많은 국민은 정녕 애달프고 성녕 불행하다!" 루쉰은 중국이 이제껏 지녀온 것은 바로 이 '군중적이고 애국적인 자대'이며, "이것은 문화적 경쟁에서 패배한 후 다시 분발약진하지 못했기 때문"[33]이라고 보았던 것이다. 더욱 나쁜 것은 이러한 '군중적 자대'로 말미암아 승리의 조짐이

---

33   루쉰, 『열풍·수감록 38』.

보이면 구름처럼 모여들지만, 패배의 조짐이 보이면 뿔뿔이 달아나 숨어버리고, 목청을 높이기는 좋아해도 나서려고는 하지 않으며, 결국 약한 백성에게는 사나운 모습을 드러내도 조금이라도 강한 상대를 만나면 와르르 한꺼번에 무너져 버린다.[34] 루쉰이 제창했던 것은 '개인적 자대'이다. "'개인적 자대'는 곧 독특함이고 범속한 대중庸衆에 대한 선전포고"이며, 사회에 대해 용감히 반항하고 도전하며 권력의지를 지닌 "정신계의 전사"이며, 입센이 말한 바의, 세속에 분노하고 원망하는 '민중의 적'이다. "그러나 모든 새로운 사상은 대부분 그들에게서 나오며, 정치적, 종교적, 도덕적 개혁 역시 그들에게서 비롯된다. 그러므로 '개인적 자대'가 많은 국민은 얼마나 복이 많은가! 얼마나 행운인가!"[35] 의화단에 대한 루쉰의 이러한 심리분석은 정치와 군사로부터가 아니라 오직 문화와 국민성 개조의 관점에서만 이해할 수 있다. 여기에서 루쉰은 신문화운동의 중요한 주제를 언급하고 있는데, 곧 중국의 전통문화의 '떼를 짓는 습성合群性'과 총체성을 타파하고 인격독립의 개성해방을 제창하였다는 점이다.

의화단이 '민기론民氣論'으로서 열강과 힘을 겨루었다가 실패한 일로 말미암아, 루쉰은 평생 '민기론'에 반대하고 '민력론民力論'을 제창하였다. 청 정부는 의화단이 드러낸 '민기'를 높이 평가하였으며, 자희태后慈禧太后는 의화단을 이용할 때에 '법술은 믿을 수 없지만, 민기도 믿을 수 없단 말이냐?'라고 말했다. '5·4' 이후 루쉰은 실력을 고려하지 않는 '민기론'을 여러 차례 비판하였으며, 의화단의 교훈을 타산지석

---

34 루쉰, 『화개집·이것과 저것(這個與那個)』.
35 루쉰, 『열풍·수감록 38』.

으로 삼았다. 루쉰은 외국의 반동 언론매체 역시 우리의 결함을 언급한 적이 있다면서 다음과 같이 『순천시보順天時報』[36]의 사론 한 편을 예로 들고 있다.

한 나라가 쇠퇴할 즈음에는 반드시 의견이 다른 두 종류의 사람이 나타난다. 하나는 민기론자로서 국민의 기개를 중시하고, 다른 하나는 민력론자로서 오로지 국민의 실력을 중시한다. 전자가 많으면 나라는 끝내 점차 쇠약해지고, 후자가 많으면 장차 강해진다. 나는 이것이 매우 옳은 말이며, 우리가 늘 기억해야 할 말이라고 생각한다. 안타깝게도 중국은 역대로 민기론자만 많았는데, 지금도 역시 마찬가지이다. 만약 이대로 고치지 않는다면, '한 번 북을 쳐서 기운을 북돋지만, 두 번째 북을 치고서는 쇠약해지고, 세 번째 북을 치고서는 힘이 빠져' 장차 무고를 해명할 힘조차 없어지고 말 것이다.[37]

따라서 "실력에 바탕을 두지 않은 민기란 결국 본래 가지고 있기에 남에게 빌릴 까닭이 없는 마루 뼈를 자랑으로 여길 수밖에 없는 것이다. 말하자면 자포자기를 승리로 간주하는 것이다".[38] 중국인이 열강의 유린을 당하여 쌓인 분노가 이미 충분함은 물론이지만, "비겁한 사람은 설령 만 장 높이의 불길이 있다 해도 연약한 풀 이외에 더 무엇을

---

36 【역주】『순천시보(順天時報)』는 일본인 나카지마 요시오(中島美雄)가 1901년 10월에 베이징에서 창간한 중국어 신문이다. 처음의 명칭은 『옌징시보』(燕京時報)이며, 1930년 3월에 정간되었다.
37 루쉰, 『화개집·문득 생각나는 것 10(忽然想到十)』.
38 루쉰, 『화개집·여백 메우기(補白)』.

태울 수 있겠는가? 누군가는 우리가 지금 사람들에게 분노와 원한을 품게 하려는 대상은 외적이며 나라 사람과는 상관이 없으므로 해를 입을 리가 없다고 말할 것이다. 그러나 그 전이轉移는 아주 쉬운 것이어서, 비록 나라 사람이라고 말하지만, 구실을 대어 발산하려고 할 때 단지 특이한 명칭만 하나 붙이기만 하면 마음 놓고 칼날을 들이댈 수 있는 것이다. 예전에는 이단, 요인妖人(요사스러운 사람), 간당奸黨(간사한 무리), 역도逆徒 등의 이름이 있었고, 오늘날에는 국적國賊, 한간漢奸, 얼마 오쯔二毛子(서양인에 고용된 중국인), 양구洋狗(서양인의 주구)라는 말을 사용하고 있다. 경자년에 의화단이 길가는 사람을 잡아다가 멋대로 기독교도라고 이름을 붙였는데, 그들의 말에 따르면 그런 움직일 수 없는 증거는 그들의 신통한 눈이 이미 그 사람들의 이마에서 '십자가'를 보았다는 것이었다". 따라서 루쉰은 국민성의 개조라는 높이에 서서 의화단 실패가 안겨준 교훈에 대해 다음과 같이 깊이 있게 매듭지었다.

위에서 서술한 이유에 근거하여 한 걸음 더 나아가 불이 붙은 청년들에게 바라는 바가 있다. 그것은 군중에 대해 대중의 분노만 일으키지 말고 침착하고 신중한 용기를 주입할 방법을 마련하고, 그들의 감정을 고무할 때에도 분명한 이성을 계발하도록 힘써야 하며, 아울러 용기와 이성에 치중하여 앞으로 꾸준히 여러 해 동안 훈련시켜야 한다는 것이다. 이러한 말은 물론 단연코 선전포고니 적의 섬멸이니 하고 크게 부르짖는 것만큼 요란하지는 않겠지만, 그러나 오히려 더욱 긴요하고 더욱 어렵고도 위대한 일이라고 나는 생각한다. 그렇지 않으면 역사가 우리에게 보여주었듯이, 재앙을 당하는 쪽은 적수가 아니라 자신의 동포와 자

손이 될 것이다.[39]

　루쉰은 의화단 실패의 교훈을 한 시도 잊지 않았으며, 1934년 「비공非攻」을 지을 때에도 '민기론'자인 조공曹公을 "우리는 그들에게 송나라의 민기를 보여주련다! 우리 죽으러 가자!"라고 비꼬았다.

　루쉰은 의화단의 문화 계승과 미신, 법술에 대해서도 깊이 있게 문화적 성찰을 진행하였으며, 뿌리까지 파헤치는 문화탐색을 진행하였다. 루쉰은 과학으로써 의화단식의 미신심리를 개조하고자 하였지만, "과학은 이치를 분명하게 해주고 사람의 사고를 또렷하게 해주어 멋대로 놀아나지 않게 할 수 있으므로, 자연히 허튼소리를 늘어놓는 사람의 적수가 된다". 의화단은 바로 루쉰이 일컫는 "허튼소리를 늘어놓는" 사람이다. "의화단원의 전단에는" 공자와 장천사가 "전하는 말은 산둥山東에서 왔으며, 서둘러 급히 전하라. 결코 허언이 없다"고 분명하게 쓰여 있다. 루쉰에 따르면, 거의 멸망에 처해 있는 중국을 구하려면 이러한 공자, 장천사가 "'산둥에서 말을 전해오는' 방법은 전혀 효험이 없으며, 오직 이 허튼소리의 적수인 과학만이 있을 따름이다".[40] 루쉰이 의화단의 미신과 법술에 대해 단순한 가치판단만 진행했던 것은 물론 아니다. 루쉰은 그것을 중국 민간문화의 기나긴 흐름 속에 놓고서 그 뿌리를 철저히 따졌다. 루쉰은 '진섭陳涉의 백서帛書, 미무제자米巫題字'로부터 '의화단의 전단, 동선사同善社가 나무로 점치는 것'에 이르기까지 모두 일맥상통하는 것으로서, 비록 간단함과 복잡함의 차이

39　　루쉰, 『무덤 · 잡다한 추억(雜憶)』.
40　　루쉰, 『열풍 · 수감록 33』.

는 있지만 똑같은 국민 심리를 체현하고 있다고 여겼다.[41] 그러므로 의화단은 권법모임이자 또한 종교 교파이기도 하다. 중국 민간의 이 문화전통은 태평도太平道, 오두미도로부터 백련교白蓮敎, 의화단에 이르기까지 중국 민간의 무귀巫鬼문화, 협객숭배 및 하층에서의 도교의 영향과 밀접한 연관을 맺음으로써, 중국 상층문화와의 차이를 드러내고 있다. 중국의 민간문화는 중국 민중봉기의 정신지주이자 동력인 바, 루쉰은 "도사 사상(도교가 아니라 방사이다)과 역사적인 대사건의 관계, 그리고 이것이 현재 사회에서 갖는 세력"[42]을 각별히 강조하였다. 아울러 루쉰은 법술로써 외국을 치는 의화단의 전통의 기원을 지적해냈다. 즉 소설 『삼보태감서양기三寶太監西洋記』는 정화鄭和(1371~1433)가 서양을 치는 것을 그리고 있는데, 벽봉장로碧峰長老가 그를 도와 법술로써 오랑캐의 항복을 받고 전공을 세운다. 루쉰은 여기에서 의화단의 법술을 떠올리고서 이렇게 밝힌다.

명대에는 정화의 명성이 휘황찬란했기에 세상 사람들의 입에 즐겨 오르내렸다. 그런데 가정 이후에 동남쪽에서 왜구가 창궐하자, 백성들은 당시 국력이 나약한 사실에 속이 상해 좋았던 옛날을 그리워하게 되어 이 책을 썼던 것이다. 하지만 장수가 아닌 태감을 그리워하고, 병력이 아닌 법술에 의지했던 것은, 하나는 전통사상에 사로잡혀 있었기 때문이고, 다른 하나는 명대의 태감이 확실히 일상적으로 군대를 지휘하였고 권력이 대단하였기 때문이었다. 이렇듯 법술로 외국을 쳐부순다는 생각

---

41 루쉰, 『삼한집 · 비필 세 편(匪筆三篇)』.
42 루쉰, 『화개집속편(華蓋集續編) · 즉흥일기 속편(馬上支日記)』.

은 청대에까지 전해져 내려와 사실로 믿어졌기에, 의화단의 실험이 한 차례 있게 되었던 것이다.[43]

또한 중국의 신마소설에 묘사된 교전 중에서도 신통력이 무궁무진한 법술로써 자주 승리를 거둔다. 그래서 의화단이 권술拳術로써 대적한 것이 『삼국연의』, 『수호전』 및 협의공안소설의 영향을 꽤 받았다고 한다면, 의화단이 법술로써 대적한 것은 『서유기』, 『봉신연의封神演義』 등의 영향을 받았다. 의화단에 참여한 단원 대부분은 일자무식의 민중이었으며, 그들의 문화는 주로 구전口傳이나 연극 관람, 이야기 듣기 등에서 비롯되었기 때문이다. 한편 루쉰이 국민성을 개조하는 대상은 주로 상층통치자가 아니라 하층의 의화단과 같은 민중이었다. 그렇기에 루쉰은 소설, 희곡과 야사, 필기를 유난히 중시하였다. 루쉰은 "소설에서 민족성을 살펴보는 것도 괜찮은 주제"[44]라고 말하였으며, 또 이렇게 말하기도 하였다. "역사에는 중국의 영혼이 쓰여 있고 장래의 운명이 밝혀져 있다. 다만 너무 두텁게 발라 꾸미고 쓸데없는 말이 너무 많은지라 내막을 쉬이 살피기가 어려울 따름이다. 마치 빽빽한 나뭇잎을 뚫고 이끼 위에 비치는 달빛이 점점이 부서진 모습만 보이는 것처럼. 그렇지만 야사와 잡기를 보면 훨씬 이해하기 쉽다"[45]라고.

의화단에 대한 성찰은 의화단이 일어난 문화적 원인을 언급하지 않

43   루쉰, 『중국 소설의 역사적 변천(中國小說的歷史的變遷)·제5강』.
44   루쉰, 『화개집속편·즉흥일기 속편』.
45   루쉰, 『화개집·문득 생각나는 것 4』.

을 수 없으며, 이 또한 중국 민간의 종교 심리와 밀접한 연관을 맺고 있음은 물론이다. 루쉰은 '신마소설'을 명명할 때 민간에서의 유도석儒道釋의 애매모호함 및 기원의 동일함을 분석한 적이 있다. 루쉰에 따르면, "이전부터 내려오던 삼교三敎의 다툼이 해결을 보지 못하다가, 대개는 서로 조화를 이루고 서로 수용하는 방향으로 낙착이 되어, 마침내 '근원은 같다同源'는 명분을 내세운 뒤에야 끝맺게 되었다. 무릇 새로운 파가 들어오게 되면, 비록 서로를 이단外道으로 보고 약간의 분쟁이 생기다가도, 일단 근원이 같다고 여기게 되면 기시歧視하지 않는데도, 조금 뒤에 다시 다른 파가 생기면, 이들 삼가三家는 스스로 정도正道라 칭하면서, 재차 근원이 다른 이단을 공격하는 것이었다. 당시의 사상은 지극히 모호하여, 소설에 묘사된 옳고 그름邪正은 유가와 불가도 아니요, 도가와 불가, 혹은 유불도와 백련교白蓮敎도 아닌, 색깔이 분명치 않은 서로 간의 싸움에 지나지 않았으니, 나는 이것들을 총괄하여 신마소설神魔小說이라는 명칭을 부여하였다".[46] 따라서 의화단이 투쟁을 일으킨 문화 원인을 살펴보면, 주요하게는 중국 전통의 여러 종교가 병립하고 나아가 '기원이 동일한' 구조에 기독교가 끼어들어서는 안 됨에도 불구하고 총포의 지원을 등에 업고서 전통적인 삼교 병립을 뒤흔들고 중국 민간의 조상숭배, 귀신과 미신을 억압했기 때문이었다. 관현冠縣 리위안툰梨園屯[47]의 권민拳民운동은 바로 사당 철거를

---

46 루쉰, 『중국 소설의 역사적 변천 · 제5강』.
47 【역주】관현(冠縣)은 중국 산둥성(山東省) 랴오성시(聊城市)에 속해 있는 현(縣)이다. 의화단운동이 산둥에서 폭발했던 것은 산둥의 반(反)교회투쟁과 밀접한 연관이 있는데, 초기의 의화단은 광서(光緒) 13년 관현의 리위안툰(梨園屯)의 교회사건으로부터 비롯되었다고 할 수 있다. 이 사건은 선교사가 리위안툰의 옥황묘(玉皇廟)를 성

둘러싸고 일어났던 것이다. 민중은 그즈음 몇 년간의 천재天災 역시 사교邪教가 중원에 침입하여(오직 양놈들이 중원을 어지럽혀) 풍수를 망쳐 하늘과 사람을 노하게 만든 탓으로 돌렸으며 이를 '천인감응天人感應'이라 일컬었다. 특히 푸른 눈의 귀신같은 신부의 존귀한 지위, 그리고 기독교를 믿는 교인이 지닌 갖가지 특권은 이제껏 평균사상에 젖어온 민중을 분노케 하였으며, 민중은 교회를 불사르고 기독교인을 죽였으며 '부자를 약탈하여 빈민을 구제'하였다. 기독교는 또한 향신鄕紳과 상층 사대부의 이익을 침해하였는데, 이로 인해 이들은 '요기妖氣'를 띤 의화단의 법술(이는 본래 정통 유학자들에게 배척당했던 것이다)에 대해서도 관용적 태도를 취했다.

의화단운동이 드러낸 국민성에 대해 루쉰은 다각도에 걸쳐 비판적으로 성찰하였다. 중국의 권술拳術은 '기'를 중심으로 하는 중국문화의 모호한 총체를 파악하는 문제와 연관되어 있다. 반면 서양의 총포는 서구문화의 분석적 정확성 및 과학정신과 불가분의 관계를 맺고 있다. 의화단이 중국의 권술로써 서양의 총포와 맞섰을 때, 이는 얼마나 첨예한 문화충돌인가! '5·4' 이후에도 여전히 권법으로 나라를 구하려는 의화단의 방법을 제창한 사람이 있었는데, 이에 대해 루쉰은 비애를 느꼈다. 의화단을 지지하는 이가 당시에는 "만청의 왕공대신이었는데, 지금은 민국의 교육가"이기 때문이었다. 루쉰은 다음과 같이 비꼬고 있다. "권법을 하다 보면 언젠가는 '총포가 쳐들어올 수 없는' 경지(즉 내공?)에 도달한다는 뜻일 터이다. 과거에도 이미 한 차례 시도

당으로 개축하려고 하자, 이에 분노한 현지의 민중이 선교사측과 충돌한 사건이다. 이 사건에 참여했던 현지의 민중이 훗날의 의화단으로 발전하였다.

한 적이 있으니 바로 1900년의 일이다. 유감스럽게도 당시에는 명예가 그야말로 완전히 실추되고 말았다. 이번에는 어떨지 한번 두고 볼 일이다."[48] 의화단이 황당무계한 말로 대중을 홀려 소문이 자자하게 만드는 것에 대해서도 루쉰은 그렇지 않다고 보았다. 의화단과 관련된 자료, 특히 당시 사람들의 기록들을 읽어보기만 해도 '떠들썩한 소문'이란 글자를 수시로 볼 수 있는데, 소식의 근원조차도 분명치 않다. 이 또한 의화단의 무궁무진한 신통력, 신내림, 칼과 총알을 막아내는 기적과 연관되어, 인간과 신을 구별할 수 없고 참과 거짓을 구분할 수 없게 만들었다. 이렇게 하여 의화단은 짙은 신화적 색채를 지니게 되었던 것이다. 따라서 루쉰은 국민성 개조의 관점에서 이렇게 분석하였다.

평화를 사랑한다고 자처하는 인민에게도 피를 안 보고 살인을 하는 무기가 있을 수 있다는데, 이건 낭설이다. 그런데 남을 해코지하면서 자기도 해코지해서 피차를 어리둥절하고 긴가민가하게 만든다. 옛일은 접어 두고 지난 50년 동안의 일만 보더라도, 갑오(甲午)전쟁에서 패한 뒤 이홍장(李鴻章, 1823-1901)에 대한 해코지가 있었다. 그의 아들이 일본의 부마라는 것이었는데 그렇게 반세기나 그를 욕했다. 경자년(庚子年) 의화단 때에는 또 양코배기들이 약물을 만드느라 눈알을 파낸다고 하여 그들을 마구 죽였다.[49]

---

48   루쉰, 『열풍·수감록 37』.
49   루쉰, 『남강북조집(南腔北調集)·낭설의 명가(謠言世家)』.

의화단이 루쉰에게 끼친 영향은 '반反영향', 즉 루쉰으로 하여금 반전통의 서구화로 더욱 빠르게 나아가게 하였으며, 국민성의 개조에 힘을 쏟게 만들었다. 의화단을 대하는 루쉰의 태도 역시, 민중을 대하는 루쉰의 "그들의 불행을 슬퍼하되 그들의 싸우지 않음에 분노함"으로 개괄할 수 있으나, 의화단을 언급할 때 "그들의 싸우지 않음에 분노"하는 루쉰의 일면은 더욱 강렬하게 나타났으며, 이로 인해 의화단에 대한 루쉰의 평가는 약간의 과격함과 편파성을 띠지 않을 수 없게 되었다. 의화단은 실로 드높은 애국열정을 지니고 있었지만, 그들의 노력이 중국의 소농경제와 낡은 전통에 대한 옹호와 밀접히 연관되어 있다는 데에 비극이 있었다. 이것이야말로 그들이 나라를 구하지 못한 근원이자 루쉰이 극력 비판했던 국민성의 결함이었다.

3. 정치의 서구화와 문화의 복구 — 루쉰과 신해혁명

루쉰과 신해혁명의 관계는 무술변법이나 의화단운동과의 관계와 사뭇 다르다. 루쉰은 무술변법과 의화단운동에 개입하지 않았으며, 다만 두 차례의 문화융합과 문화충돌운동의 영향 혹은 '반反영향'을 간접적으로 받았을 뿐이었다. 그러나 루쉰은 신해혁명의 참가자이자 목격자였을 뿐만 아니라, 루쉰의 기쁨과 슬픔, 절망과 희망 또한 신해혁명의 성패와 밀접히 연관되어 있었다. 개량파와 작별한 이후 루쉰의 문화사상은 이미 나름의 독특성을 지니고 있었지만, 그는 여전히 신해혁명의 기대자요, 혁명 승리의 경축자요, 혁명 실패의 성찰자였다. '5·4' 이후까지 줄곧 루쉰은 신해혁명의 선구자를 자신의 동지로 간주하였다. 물론 이 책에서 사용한 '신해혁명'이란 용어는 문화학과 중서문화충돌의 각도에서 바라본 것이지, 단지 무창기의武昌起義만을 가리키는 것은 아니다.

근대 중국의 문화충돌은 정치방면에서의 점진적인 추진, 즉 정치개량에서 무장혁명으로, 입헌군주虛君共和에서 민주공화로의 추진에 잘 나타나 있다. 이러한 점진적인 추진에는 심각한 사회적, 정치적 원인이 깔려 있었다. 본래 황싱黃興(1874~1916), 장타이옌章太炎 등의, 무장봉기로써 민주공화국을 실현하려던 선구자들은 모두 개량파의 진영에 속해 있었다. 그들은 위에서 아래로의 정치개혁을 통하여 순차적으로, 그리고 피를 흘리지 않고 중국을 정치적 민주와 부강한 국가로 나아가게 하는 데에 희망을 걸었다. 그러나 자희태후를 비롯한 보수파는 정치개혁의 새싹을 짓밟고 광서제를 감금하였으며 개혁파를 체포·살육함으로써 중국을 후퇴시키고 말았다. 이리하여 유신파의 계몽에 의해 각성되거나 본래 유신파에 속했던 지사들의, 중국의 진보와 부강을 꿈꾸었던 뜨거운 열정의 불꽃은 보수파의 찬물에 의해 꺼져버렸다. 따라서 그들은 동지의 복수를 위해, 중국의 진보와 부강을 위해 사실상 청 정부에 의해 폭력과 암살, 혁명의 길로 내쫓겼다. 이 방법 외에는 달리 길이 없기 때문이었다. 입헌군주는 불가능해졌으며, 현상의 고수 혹은 보수파에의 투항 또한 바라던 바가 아니었다. 그리하여 폭력혁명의 길밖에 남지 않았던 것이다. 혁명의 대상은 중국의 개혁과 진보에 반대하는 구세력이었으며, 현실의 담당자는 자희태후를 위시한 청조의 통치자였다. 혁명과 배만排滿은 이렇게 하여 연결되었다. 비록 화흥회華興會, 광복회光復會가 국내에 설립되었지만, 청조 통치자의 억압 아래 국내에서 공개적으로 혁명을 고취하고 무장을 조직하기란 수많은 어려움을 안고 있었다. 자립군自立軍의 실패와 『소보蘇報』사건은 바로 이러한 사정의 실례이다. 따라서 혁명의 선전선동과 조직공작은 우선적으로 해외의 중국인, 특히 유학생에게 뿌리를 내린 다음에, 다시 거꾸로 국내로 영향을 끼치고, 심지어 귀국하여 암살하거나 봉기를 일으키기도 했다.

　루쉰이 일본으로 유학을 떠났던 1902년은 바로 무술변법이 실패하고 혁명사상이 유학생 사이에서 날로 퍼져나갔던 시기였다. 혁명파의 3대 계파 중에서 화흥회와 광복회는 루쉰이 일본 유학을 떠난 후인 1904년에 설립되었으며, 1905년에 쑨중산孫中山은 일본에서 흥중회, 화흥회, 광복회를 연합하여 동맹회同盟會를 결성하였다. 광복회의 핵심 및 회원은 대부분 저장浙江 출신이었으며, 당시 일본유학생 또한 동향회를 중시했다. 그래서 루쉰과 광복회의 관계는 각별히 밀접했다. 저우쭤런은 루쉰이 광복회에 가입한 일이 없다고 밝혔지만, 루쉰의 벗이자 학우였던 쉬서우창許壽裳(1883~1948)과 선쭈몐沈祖綿(1878~1968)의 회고에 따르면 루쉰이 광복회에 가입한 일은 틀림없는 사실이다.[50] 만년의 루쉰과 관계가 밀접했던 후펑胡風(1902~1985)과 마스다 와타루增田涉 역시 루쉰이 광복회에 가입했던 일을 옛 추억을 그리듯 이야기한 적이 있었다고 밝히고 있다.[51] 사실상 루쉰의 사오싱紹興 동향인 도성장陶成章

50　쉬서우창(許壽裳)의 『루쉰선생연보(魯迅先生年譜)』와 선쭈몐(沈祖綿)의 『광복회에 관한 두세 가지 일(記光復會二三事)』을 참조하시오.
51　후펑의 「從有一分熱發一分光生長起來」(『群衆』 제8권 제18기), 마스다 와타루의 「루

(1878~1912), 서석린徐錫麟(1873~1907), 추근秋瑾(1875~1907) 등은 모두 광복회의 지도자와 핵심 회원이었으며, 스승 격인 장타이옌은 광복회의 발기인 가운데 한 명이었다. 또한 막역지우인 쉬서우창 역시 광복회 회원이었으며, 피난 중이던 도성장은 광복회의 핵심기밀을 루쉰에게 넘겨 보관하도록 했던 일도 있다. 이런 점에 비추어본다면 루쉰이 광복회 회원이 아니라고 하는 게 오히려 타당치 않을 것이다. 어쩌면 루쉰은 당시 가족에게 알려져 걱정을 살까봐 저우쭤런에게 알리지 않았을지도 모른다. 광복회 회원은 귀국하여 암살활동에 참여하는 일이 잦아 대단히 위험했기 때문이다.

일본에 도착한 지 얼마 되지 않아 변발을 자르고 광복회에 가입했던 것에 비추어볼 때, 루쉰이 개량파와 작별을 고했던 것은 앞의 1절인 '루쉰과 무술변법'에서 밝힌 시간보다 틀림없이 훨씬 이를 것이다. 그렇지만 루쉰이 정치적으로 혁명파에 가까워졌다는 것이 그가 사상 문화영역에서 개량파와 작별했음을 의미하지는 않는다. 루쉰은 애초부터 정치활동가가 아니라 사상가의 면모로써 출현했다. 여기에서는 두 가지 주목할 만한 점이 있다. 첫째는 루쉰의 정치활동가로서의 약점이다. 마스다 와타루의 「루쉰과 '광복회'」에서의 회고에 따르면, 루쉰이 그에게 이렇게 말한 적이 있다고 한다. "내가 반청 혁명에 종사할 때에 암살 명령을 받은 적이 있었는데, 난 이렇게 말했어요. 난 가도 좋고 아마 죽을지도 모른다. 죽은 후에는 어머니를 남겨둘 터이니, 어머니께 어떻게 처리할지 물어보겠다고. 그들은 말하더군요. 죽은

쉰과 '광복회'(魯迅與光復會)」를 참조하시오. 후평의 글 제목은 루쉰의 「열풍. 수감록 41」에서 나온 말.

후의 일이 걱정스럽다면 가지 않아도 된다. 넌 갈 필요가 없다고."이는 아마 죽을지도 몰라 주안朱安[52]을 맞아들여 어머니를 모시게 하였다는 루쉰의 회고와 일치한다. 둘째는 루쉰의 사상가로서의 장점이다. 쉬서우창은 남들이 반청배만反淸排滿에 골몰할 때 루쉰은 배만에 성공한 후 국민성을 어떻게 개조할지를 고민하였으며, 국민의 영혼을 개조하려는 이런 사상이 마침내 그로 하여금 의학에서 문학으로 이끌었다고 회고하였다. 물론 민지民智가 계발되기 전에는 민주공화를 실행하여 성공하기가 어렵다는 개량파의 논조는 루쉰의 국민성 개조와 일맥상통하는 점이 있음은 틀림없다. 그러나 루쉰의 국민성 개조가 단순한 반청배만에 비해 훨씬 멀리 내다보고 있다는 점 또한 틀림없다. 따라서 루쉰의 정치활동가로서의 약점이 바로 사상가로서의 그의 장점이다. 그의 사상은 다른 사람들보다 깊고 복잡하며, 따라서 행동은 과단해서는 안 되고 심사숙고하지 않으면 안 된다. 이 점은 '5·4' 이후의 잡문 가운데에서 루쉰 역시 인정한 바가 있다.

루쉰이 사상문화영역에서 개량파와 작별한 것은 장타이옌 및 서구 현대파의 영향과 불가분의 관계를 맺고 있다. 루쉰과 서구 현대주의의 인학人學사조 및 문학의 정신관계에 대해 뒤에 상세히 살펴보는 대신, 여기에서는 사상문화영역에서 혁명파로 전향하는 루쉰과 장타이옌의 관계에 중점을 두어 논하고자 한다.

52　【역주】 주안(朱安, 1878?~1947)은 루쉰의 첫 번째 아내이다. 루쉰은 일본 유학중이던 1906년 7월 어머니의 편지를 받고 귀국하여 어머니의 요구에 따라 주안과 원치 않는 결혼을 하였다. 양가의 부모의 결정에 따른 이 결혼으로 인해 루쉰과 주안은 평생을 봉건결혼의 고통 속에서 지냈다.

수많은 논자들은 신해혁명의 실패가 혁명 이전에 계몽운동이 결여되어 있었기 때문이라 여기고, 그런 다음에 신해혁명을 프랑스대혁명과 비교하여 프랑스대혁명이 승리를 거둔 것은 혁명 이전에 계몽운동이 있었다는 점과 관련되어 있으며, 따라서 '5·4' 신문화운동이 신해혁명의 계몽의 과업을 보완했다고 여긴다. 그러나 이들 논자가 홀시하고 있는 점은 신해혁명 이전에 전국적인 범위에서 계몽운동을 일으키기란 아예 불가능했다는 것이다. 우선, 개량파의 계몽이 혁명파보다 잘 이루어졌던 것은 그들이 황제의 허락 아래 위에서 아래로 "민지를 계발"하였던 반면, 혁명파의 창끝이 겨누고 있었던 것은 청조 통치자여서 근본적으로 통치자의 허락을 받을 수 없었고, 계몽가들은 감옥에 내쳐질 위험이 있었다. 둘째, 프랑스의 계몽학자들은 조국이 능욕당하는 처지에 놓이지 않아 한 마음 한 뜻으로 인류 미래의 이성왕국을 그릴 수 있었으며, 민족주의의 간섭을 받지 않았다. 그러나 아편전쟁 이후 중국 지식인의 첫 번째 임무는 중화민족의 독립과 부강을 쟁취하는 것이었으며, 개인의 독립과 자유는 부차적 지위에 놓일 수밖에 없었다. 아울러 청 왕조는 열강의 노예로서 중국이 민주와 부강으로 나아가는 길을 가로막았을 뿐만 아니라, 그 자체가 한족에 대한 이민족의 통치였다. 따라서 중국 지식인의 묵은 원한은 한꺼번에 청왕조를 향해 터져 나왔으며, 만주족과 오랑캐를 배척하고 물리치자는 민족주의가 일체를 압도하는 바람에, 개인의 독립·자유 및 민주에 대한 호소는 눈에 띄지 않는 곳으로 밀려나고 말았다. 설사 서구의 학식과 자유사상을 지니고 있었던 쑨중산조차도 시간이 흐를수록 그의 민족주의는 민권주의를 압도하였다. 그는 「민족주의」 제2강에서 "개인은 지나치게 자유로워서는 안 되며, 국가는 완전한 자유를 획득해야 한다"고 말하기도 했다. 셋째, 개량파는 중국문화로써 서구문화를 포용하려 하였지만, 서구문화를 포용하자 개조되고 변형된 것은 중국문화였다. 따라서 개량파는 '중국을 이용하여 오랑캐를 변화시킨다用夏變夷'의 명목 아래 실제로는 '오랑캐를 이용하여 중국을 변화시켰用夷變夏'던 것이다. 그러나 혁명파의 문화선택은 훨씬 복잡했다. 한편으로 혁명파는 청조의 통치자를 타도하고 제제帝制를 폐지하여 민주공화제를 수립하고자 함으로써 개량파의 입헌군주보다 훨씬 서구화하였다. 그러나 다른 한편으로 배만을 특징으로 하는 혁명은 민족주의혁명의 성질을 아울러 지니고 있었으며, 혁명이 낡은 사물의 회복인 이상 필연적으로 전통의 영광으로 거슬러 올라가야만 했다. 이리하여 '국수로써 민족성을 격동시키자國粹激動種姓'[53]는 장타이옌의 호소 아래, 국수주의 사상이 대두하였으며, 심지어 혁명을 '반청복명反淸復明'으로 이해하는 이조차 있었다. 이는 실제로 개량파의 실제적인 '오랑캐를 이용하여 중국을 변화시키는 것'보다 훨씬 뒤떨어진 것이었다.

양무파의 문화선택방안이 '중체서용中體西用'이고, 개량파의 문화선택방안이 '옛것에 의탁하여 제도를 바꾼다托古改制'는 것, 혹은 서구화 색채가 농후한 물갈이 성질의 '중체시용'이라면, 신해혁명은 자신의 문화선택방안이라 할 만한 것을 제시하지 못했다. 중서문화의 충격과 교류의 컨텍스트 속에서 나름의 문화선택방안이 없는 혁명운동은 커다

---

53 【역주】 장타이옌은 1906년에 도쿄의 유학생 환영회에서 행한 「연설사(演說辭)」에서 "국수로써 민족성을 격동시켜 애국의 열정을 증진시키자(用國粹激動種姓, 增進愛國的熱腸)"고 제창함으로써 국수주의를 고취했다.

란 결함이라 말하지 않을 수 없다. 정치상의 민족주의와 민주주의를 함께 중시하듯이, 혁명파는 문화에 있어서도 국수와 서구화를 동시에 추진하였다. 국수를 선전하면서 동시에 개성의 신장을 특징으로 하는 서구의 낭만사조로 나아갔던 장타이옌은 차치하더라도, 쑨중산 역시 늘 국수로써 자신의 삼민주의의 정확함을 입증하였는데, 마치 중국의 국수가 서구문화와 전혀 충돌하지 않고서 평화롭게 공존할 수 있는 듯했다. 문화선택에 있어서 이럴 수도, 저럴 수도 없었던 혁명파는 혁명 이후 복구의 낙관적 분위기속에서 문화계몽을 포기하였는데, 특히 위안스카이의 복벽 이후 존공독경尊孔讀經이라는 복고 물결의 기세가 다시 거세지면서, 무술변법을 전후하여 사람들이 서양 서적 읽기를 으스대고 외국어를 배우지 않음을 부끄러워하던 풍조는 온데간데없이 사라지고 말았다. 이로 인해 루쉰은 신해혁명이 변발을 잘라낸 혁명일 뿐 문화적으로는 모든 게 옛과 다름없다고 늘 말했던 것이다.

혁명파의 문화계몽이 보급면에서 개량파만큼 뛰어나지는 못했지만, 쑨중산의 '민권주의'나 추용鄒容(1885~1905)의 『혁명군革命軍』[54] 등은 확실히 개량파를 뛰어넘었다. 루쉰은 훗날 『혁명군』과 무창기의武昌起義의 관계를 매우 중시하여 "만일 영향 면에서 말한다면, 다른 수많은 말들도 아마 평이하고 직설적인, '혁명군의 말 앞에 선 졸병 추용'이 지은

---

54 【역주】추용(鄒容, 1885~1905)은 쓰촨성(四川省) 바현(巴縣, 지금의 충칭重慶 위중구渝中區) 출신의 청말 혁명가이다. 일본에 유학하였으며, 반청혁명투쟁에 적극적으로 참가했다. 1903년 3월 상하이의 영국 조계 당국과 결탁한 청 정부에 의해 체포되었으며, 2년형을 선고받고 1905년 4월에 옥사하였다. 『혁명군(革命軍)』은 '혁명군의 말 앞에 선 졸병'으로 자처한 그가 1903년에 쓴 작품이다. 이 작품에서 그는 청 정부의 잔혹한 통치를 폭로하고, 자유 독립의 '중화공화국'을 세워야 한다는 이상을 제기함으로써 혁명을 크게 고취하였다.

『혁명군』을 당해내지는 못할 것"[55]이라고 밝혔다. 서슬이 시퍼런『혁명 군』의 천부인권에 대한 선전, 자유 민주에 대한 열망, 전제정체政體에 대한 비판, 게다가 거의 백화에 가까운 문체는 확실히 캉유웨이나 옌푸 가 해내지 못한 계몽의 걸작이었다. 그의 글 가운데에는 "중국의 이른 바 스물네 왕조의 역사는 실로 대노예사大奴隷史"라는 말이 있는데, 이는 「등하만필燈下漫筆」에서의 루쉰의 중국노예사에 관한 비판에 대해 직접 적인 영향을 끼쳤다. 그러나 쑨중산, 추용 등의 계몽은 모두 이성계몽 의 범위에 속하며, 혁명파의 이론가 중에서 이러한 이성계몽의 범위를 뛰어넘어 비범한 낭만적 품격을 갖춘 이는 장타이옌이었다. 그와 쑨중 산, 추용 등의 차이는 마치 루소J. J. Rousseau와 기타 이성적 계몽학자의 차이와 같았다. 하지만 장타이옌에 대한 학술계의 오해는, 예컨대 지주 계급 반만파反滿派의 대표, 봉건소생산자의 대표, 민수주의자 등과 같이 딱하기 그지없어, 혁명파 이론가 가운데에서 그의 사상의 실질적 특징 을 드러내지 못하고 있다. 장타이옌이 자본주의문명에 반대하고 '국수 로써 민족성을 격동시키자'고 한 것은 틀림없이 사실이다. 그러나 장타 이옌은 그의 일부 추종자들처럼 국수로써 외래문명을 배척하지는 않았 으며, 이와 반대로 그의 사상은 어떤 의미에서 본다면 쑨중산, 추용 등 에 비해 현대성을 결여하였던 것은 결코 아니었다. 만약 장타이옌이 진 정으로 봉건소생산자 혹은 지주계급의 사상의 대표였다면, 그는 혁명 파의 이론가로 일컬어질 수 없었을 것이며, 심지어 양무파, 개량파보다 훨씬 낙후되었다고까지 할 수 있다. 사실상 문명과 권위와 속박에 대한

---

55   루쉰,『무덤·잡다한 추억』.

장타이옌의 반대, 도덕 역량에 대한 강조, 개인에 대한 사회의 억압에의 반대, 개성의 절대자유의 주장, 나아가 원시에 대한 숭상과 자연으로의 회귀 등은 모두 마치 루소와 한 입에서 나온 듯 똑같다. 반면 바이런과 니체에 대한 장타이옌의 숭앙은 루소에서 시작하여 다시 바이런, 니체에 의해 한층 발전된 낭만철학을 계승하고 있음을 잘 보여주고 있다. 논자들이 루소가 지주계급 혹은 소생산자의 사상 대표임을 증명할 수 있다면 몰라도, 그렇지 않고 루소가 부르주아지 사상가라면, 장타이옌은 부르주아지 혁명파로서 낭만적 색채를 띠고 있는 사상가임에 조금도 나무랄 점이 없다. 모든 혁명파 사상가 중에서 루쉰에게 가장 크게, 그리고 가장 오랫동안 영향을 미쳤던 사람은 장타이옌이다. 루쉰이 개량파와 작별했던 「문화편향론」과 「마라시력설」로부터 미완의 원고인 「파악성론破惡聲論」에 이르기까지, 루쉰에 대한 장타이옌의 영향은 시간이 흐를수록 더욱 커졌다.

　루쉰은 「문화편향론」과 「마라시력설」 등의 글이 "괴이한 문장을 즐겨 짓고 옛 글자를 즐겨 썼던 것은 당시의 『민보民報』의 영향을 받았다"고 하였는데, 곧 장타이옌의 영향을 받았던 것이다. 따라서 루쉰에게 끼친 장타이옌의 영향은 다방면에 걸쳐 있다. 즉 장타이옌은 문자 풍격면에서 "국수로써 민족성을 격동시켜"야 하기에 문자는 오래되고 심오해 보이며, 인격과 학문에서는 깊고 넓은 국학의 기초를 지니고 있을 뿐만 아니라 감옥에 갇혀서도 뜻을 굽히지 않는 혁명가의 기개를 지니고 있었다. 저우쭤런의 회고에 따르면, 루쉰이 장타이옌을 경모했던 것은 그가 혁명가이자 대학자였기 때문이다. 루쉰에게 끼친 장타이옌의 영향은 평생에 걸친 것으로서, 만년에 이르러 루쉰이 임종

할 즈음에도 지난날을 회상하면서 장타이옌의 음성과 웃는 모습이 눈앞에 보이는 듯하다고 말했다. 아래에서 신해혁명 이전에 문화사상면에서 루쉰에게 끼친 장타이옌의 영향에 대해 분석하고자 한다.

개량파의 '공업과 상업, 입헌과 국회의 주장'에 대한 루쉰의 공격은 개량파와 논전을 벌였던 장타이옌의 영향을 직접 받은 것이었다. 장타이옌은 「대의의 옳고 그름을 논함代議然否論」[56]에서 대의제가 민권을 신장시킬 수 없으며, "명목은 국회지만 실제로는 간부奸府"라고 주장하였다. 선출된 의원은 "틀림없이 호족일 터"이니, 과거에는 황제 한 사람이 인민의 머리위에 올라타 있었지만, 이제는 한 떼의 사람들이 인민의 머리위에 올라탈 것이므로, 따라서 "입헌을 본받아 귀족과 서민의 구분이 생기게 하느니 차라리 제왕 한 사람이 위에서 권력을 잡는 것이 나으"며, "정황政皇을 두고 싶지 않은 터에 하물며 수십 수백의 의황議皇을 갖고 싶겠는가?"라고 물었다. 루쉰 역시 입헌국회를 이렇게 공격하였는데, 그는 「문화편향론」에서 "옛날에는 백성 위에서 군림하는 자가 폭군 한 사람뿐이었지만, 오늘날에 이르러 갑자기 변하여 수천수만의 무뢰한들 때문에 백성들은 목숨을 부지할 수 없게 되었으니, 국가를 부흥시키는 데 무슨 도움이 되겠는가"라고 비판하였다. 개량파에 대한 장타이옌의 투쟁은 흔히 도덕인격의 관점에서 상대방의 염치없음과 사리사욕, 권력에의 아부를 폭로하는 것이었는데, 개량파에

56　【역주】「대의의 옳고 그름을 논함(代議然否論)」은 장타이옌이 1908년『민보(民報)』 24호에 발표한 글로서, '虜憲廢疾六條'라고 부기되어 있다. 1908년 청 정부는 예비 입헌을 선포하쪽서 「흠정헌법대강(欽定憲法大綱)」을 공포하였으며, 이에 따라 국내의 입헌파와 해외의 보황파는 이른바 입헌대의의 갖가지 장점을 극력 선전하였는데, 장타이옌은 이 글을 통해 대의제도를 맹렬하게 비판하였다.

대한 루쉰의 비판 역시 주로 이론이 아니라 도덕인격의 관점에서 이루어졌다. 즉 "벼슬만을 향해 내달리는 무리나 또는 우둔한 부자들, 아니면 농간을 부리는 데 뛰어난 모리배들"인 그들은 "허명을 빌려 자신의 사욕을 채우"니, 곧 "세상 복리를 위한다는 미명으로 사리를 꾀하는 악명을 은폐한다"는 것이다. 물론 입헌파에 대한 장타이옌과 루쉰의 공격은 결코 중국에 군주전제의 현상을 고수하려는 것이 아니었으며, 그와 반대로 입헌파가 군주에 대해 여전히 대단히 공경했다면, 장타이옌은 광서제를 어릿광대라고 꾸짖고 "총통을 선거하는 것은 옳지만 의원을 설치하는 것은 그르다"고 여겼으며, 삼권분립과 집회·출판·언론의 자유를 주장하고 총통이 죄를 범하면 누구나 법률에 의거하여 붙잡아 다스릴 수 있다고 주장하였다. 이러한 의미에서 본다면, 장타이옌은 총통제에 기울었으나 내각제에는 반대했다고 할 수 있다. 그러나 민지가 계발되지 않은 상황에서는 이러한 주장 역시 낭만적 공상에 지나지 않았다. 그리하여 장타이옌은 중간의 지식인을 통하여 상하를 소통케 하고 정부를 감독할 것을 구상하였다. 이러한 중간의 지식인이 루쉰의 글 가운데에서는 초인超人과 같은 선각한 '한두 사람'이며, "위로는 하느님을 제압하고 아래로는 민중을 계도하는上制天帝, 下啓民衆"[57] 악마식의 '정신계 전사'이다.

'국수로써 민족성을 격동시키자'는 장타이옌의 주장은 이 시기의 루쉰에게도 커다란 영향을 미쳤다. 루쉰이 「문화편향론」과 「마라시력설」에서 소개한 바이런, 니체, 입센 등은 모두 낡은 문화에 대해 공격

57　【역주】『무덤·마라시력설』제4장 끝부분에는 "위로는 힘으로 하느님에게 저항하고 아래로는 힘으로 중생을 제약한다(上則以力抗天帝, 下則以力制衆生)"라고 되어 있다.

한 반전통주의자였지만, 루쉰은 완전히 이 길로 나아가지 않은 채 「문화편향론」, 특히 「파악성론」에서 여전히 '국수의 창도唱導'를 제기하고 있었다. 「문화편향론」은 비록 전반적으로는 반전통의 색채를 띠고 있는데, 이 글은 시작 부분에서 전통의 영광을 이렇게 거슬러 올라가고 있다.

옛날 헌원씨(軒轅氏)가 치우(蚩尤)를 이겨 화토(華土)에 자리잡은 후 문물제도가 시작되었고, 여기에 자손들이 번창하면서 새롭게 고치고 확대하여 더욱 화려하게 꽃을 피웠다. 사방에서 함부로 날뛰고 있는 것은 다 손바닥만 한 하찮은 오랑캐들뿐이며, 그 민족이 창조해낸 것들은 중국이 배울 만한 것이 하나도 없었다.

이어 루쉰은 중국의 '자존이 확대'됨을 변호하면서, 서구에 문호가 개방되기 이전에 중국문화와 어깨를 나란히 할 수 있는 것은 없었으며, 따라서 이러한 자존자대의 심리 역시 인정상 당연한 것이라고 여겼다. 「파악성론」에서 루쉰은 중국의 문화전통에 대해 다음과 같이 충분히 긍정하고 있다.

우리 중국을 뒤돌아보면, 예부터 만물을 숭배하는 것을 문화의 근본으로 여겨 하늘을 경외하고 땅에 예를 갖추었으며, 이는 실로 법식(法式)과 더불어 발육되고 확장되어 흐트러짐이 없이 정연하였다. 하늘과 땅을 제일로 삼고 그 다음은 만물이 차지하여, 일체의 예지(叡知)와 의리(義理), 그리고 국가와 가족제도는 이것에 근거해 기초가 세워지지 않은 것이 없었다. 그 효과는 형용할 수 없을 정도로 지대하여, 이로써 구향(舊鄕)을 경시하지 않았으며 계급이 생겨나지 않았다. 그것이 비록 일개 풀, 나무, 대나무, 돌이라 할지라도 거기에는 다 신비한 성령(性靈)이 깃들어 있으며 현묘한 이치가 그 속에 담겨 있어 다른 사물과 전혀 다르다고 보았다. 숭배하고 아끼는 사물이 이토록 많은 나라는 세상에서 보기 드물 것이다.

그러나 '국수를 창도'한 「파악성론」은 「문화편향론」과 마찬가지로 속박에 반대하고 자유를 요구하며 패거리 짓기에 반대하고 개성을 숭상하였다. 주목할 만한 점은 이 시기의 루쉰이 창도하는 문화사상은 '5·4' 시기와 별다른 차이가 없고, '5·4' 시기의 개성 신장은 반전통과 한데 연관되어 있을 뿐이며, 이 시기의 개성 숭상은 '국수의 창도'와 병존하였다는 사실이다. 만약 장타이옌의 '국수로써 민족성을 격동시키자'는 영향이 없었더라면, 루쉰은 서구의 현대사조와 악마파 시인의 영향 아래에서 반전통으로 나아갔을 것이다. 사실상 「마라시력설」은 아Q정신에 대한 폭로와 전통시가에 대한 반역으로써 이미 '5·4' 시기의 반전통과 완전히 같아졌다.

장타이옌의 '종교로써 신심을 불러일으키고 국민의 도덕을 증진시킨다'는 주장 역시 루쉰에게 지대한 영향을 미쳤다. 장타이옌이 말하는 종교란 불교를 가리키지만, 루쉰은 당시 불경을 읽은 적이 없다. 이리하여 루쉰은 중국의 미신을 종교로 간주하여 찬양하였다. 종교가 숭배하는 것은 유한한 대상을 초월하는 유일한 주재자이지만, 중국인이 숭배하는 것은 "무형이 아니라 실체이며, 유일신이 아니라 만물"[58]

이므로, 따라서 사리에 어두운 믿음이라고 말하는 이도 있다. 기독교를 기준으로 삼는 이러한 종교 정의에 대해, 루쉰은 다음과 같이 반박하였다. "감히 묻건대 무형의 유일신만을 올바른 신이라 하는가? 종교의 유래를 살펴보면, 본래 향상을 바라는 민족이 스스로 세운 것이므로, 설령 그 대상의 많고 유일함이나 허실의 차이가 있다 할지라도 사람의 마음을 향상시키고자 하는 요구를 충족시켜준다는 점은 마찬가지이다." "미신 타파라는 말이 오늘날 격렬해졌는데" 과학으로써 미신을 사리에 어두운 믿음이라 배척하는 데에 대해, 루쉰은 이렇게 변호하였다. "비록 중국의 지사들은 이를 미신이라 여기지만, 내가 보기에는 이는 향상을 바라는 민족이 유한하고 상대적인 현세를 벗어나 무한하고 절대적인 지상ㅍ上의 세계로 달려가고자 하는 것이다. 사람의 마음은 반드시 의지할 데가 있어야 하는데, 믿음이 아니면 사람을 바로 세울 수가 없으니 종교가 생기는 것은 어쩔 수 없는 일이다." 루쉰은 결론적으로 "거짓 선비를 마땅히 제거하고 미신을 보존해야 하는 것이 오늘의 급선무"라고 말한다.[59] 루쉰은 이렇듯 종교와 국수에 대한 장타이옌의 숭배를 통일시켰던 것이다. 주목할 만한 점은 1903년의 「라듐론」과 「중국지질약론」으로부터 1907년의 「과학사교편」에 이르기까지 모두 중국인에게 과학지식을 소개했음에도, 그가 과학으로써 미신을 타파하는 데에 반대했던 이유가 무엇인가이다. 첫째, 과학과 신앙은 별개의 영역으로서, 과학은 인간의 정감의 평안과 영원에 대한 궁극적 관심을 해결해주지 못하는 반면, 종교는 이 두 가지 문제를

---

58 루쉰, 『집외집습유보편·파악성론』.
59 위의 책.

해결해준다. 루쉰은 당시 이 점을 파악하고, 과학의 진리영역과 신앙의 가치영역의 차이를 인식하였다. 비록 '5·4' 이후 과학으로써 미신을 타파할 적에 인간의 궁극적 관심 및 반전통 이후의 신앙의 공백에 대한 관심을 소홀히 하기는 하였지만. 둘째, 루소의 낭만사조와 현대인학사조 그 자체가 과학주의사조에 대한 반동이라는 점에서, 루소와 장타이옌은 공개적으로 과학기술의 진보를 회의하고 반대하였는데, 이것이 루쉰이 과학으로써 미신을 타파하는 데에 반대하도록 영향을 주었음은 분명하다.

물론 장타이옌 사상의 낭만성과 현대성은 그가 종교와 국수를 선양했음에 있는 것이 아니라, 그가 어떠한 외재적 권위나 일체의 전통적 관념에 반대하고 물질문명을 포함하여 심령에 대한 어떠한 속박에도 반대하면서 개인의 절대적 자유를 강조했음에 있다. 이는 "물질을 배척하여 정신을 발양하고, 개인에게 맡겨 다수를 배격한다"는 루쉰의 사고에 거대한 영향을 끼쳤다. 장타이옌은 "물질에의 집착沾沾物質之務"을 인간의 타락이며, 사람은 마땅히 고독한 심령 속으로 도피하여 정신의 구원에 치중해야 한다고 여겼다. 루쉰은 인간은 마땅히 실리에서 멀리 벗어나 마음의 소리心聲와 정신을 귀하게 여기고, "현실의 물질과 자연의 구속에서 벗어나" "주관의 심령계를 객관의 물질계보다 훨씬 존귀하게 여겨야" 한다고 보았다. 장타이옌은 "개체가 참이요, 단체는 허깨비"라고 여기면서 군체가 개인을 억압하는 데에 반대했다. 루쉰은 굳건한 개인이 "독립자강하고 세속의 더러운 것에서 벗어나"기를 희망하면서 군체에 과감히 도전하여 "온 세상이 명예롭게 여길지라도 힘쓰지 않고, 온 세상이 비난할지라도 낙담하지 않았다".[60]

장타이옌은 "촌락, 군대, 가축떼, 국가 역시 모두 허위이며, 오직 사람만이 참"이고, 사람 "또한 세계를 위해 사는 것이 아니요, 사회를 위해 사는 것이 아니요, 국가를 위해 사는 것이 아니요, 남을 위해 사는 것이 아니니, 그러므로 사람은 세계, 사회, 국가와 남에 대해 모두 책임이 없다"고 말했다. 루쉰 역시 "절대적으로 자기중심"적 개인은 "의무를 끊어내야 한다"고 거듭 강조하였다. 장타이옌은 일체의 속박을 벗어던진 개인은 니체와 같은 힘에의 의지를 갖추어 "생사를 배제하여 마치 곁에 아무도 없는 듯 거리낌이 없고, 삼베에 미투리 차림으로 홀로 오간다"고 여겼다. 루쉰은 "온갖 어려움을 몰아내고 전진에 힘써야만 인류의 존엄을 지킬 수 있으므로 절대적인 의지력을 갖추고 있는 사람이 귀한 것"이라고 밝혔다. 장타이옌은 글 가운데에서 바이런, 니체 등 "굳센 힘으로 즐겨 투쟁"한 개성의 전사를 자주 언급하였는데, 루쉰 역시 이들을 숭상하였다. 따라서 서구의 현대인학사조에 대한 루쉰의 접촉은 장타이옌을 매개로 이루어졌으며, 이러한 점에서 장타이옌이 루쉰을 위해 니체, 쇼펜하우어 등으로 통하는 대문을 열어젖혔다고 말하기도 한다.[61]

낭만파와 현대인학사조는 반反문명의 태도를 취함과 동시에, 흔히 원시 숭배와 자연 회귀로 나아갔다. 낭만파의 창시자 루소는 과학예술을 부정하면서 원시와 자연으로 돌아갈 것을 주장했다. 장타이옌 역시 그러했다. 그는 현대의 물질문명을 부정하면서 고대의 소박한

---

60   『장자(莊子)·소요유』.

61   이상의 인용문은 장타이옌의 「국가론(國家論)」, 「사혹론(四惑論)」, 「답철쟁(答鐵錚)」 및 루쉰의 「문화편향론」, 「파악성론」 등을 참조하시오.

삶으로 돌아갈 것을 주장했다. 그러나 당시 진화론을 보편적으로 받아들이면서 이에 근거하여 변혁을 추구하던 중국의 지식인이 '퇴보'의 색깔을 지닌 그의 이론을 수용하기란 매우 힘들었다. 그리하여 장타이옌은 진화론에 대해 반기를 들었던 것이다. 그는 선善이 진화하듯 악惡도 진화한다는 '구분진화론俱分進化論'을 내세우고, 심지어 진화한 악이 진화하지 않은 것보다 심하다고 여기기도 하였다. 이렇게 하여 장타이옌은 원시를 숭배하고 자연으로 회귀하려는 근거를 마련해냈다. 장타이옌의 영향을 받은 루쉰 역시 야만인에게 새로운 힘이 있다고 말하면서, 장타이옌과 마찬가지로 순박한 농민을 찬양했다.

> 민생이 날로 어려워지자 이러한 성격은 날로 엷어져 오늘에 이르러서는 겨우 옛사람들의 기록이나, 타고난 성품을 아직 잃지 않은 농민에게서 볼 수 있을 뿐이며, 사대부에게서 그것을 구한다면 거의 찾아보기 어려울 것이다.[62]

보다 중요한 것은 장타이옌의 '구분진화론'을 통해 루쉰이 역사주의와 윤리주의, 지식의 나무와 생명의 나무의 거대한 충돌을 목도함으로써 사상의 깊이를 더하게 되었다는 점이다. 그러나 장타이옌과 다른 점은 설사 이러한 진화가 생명의 고통을 대가로 치른다 할지라도 루쉰이 진화론을 포기하지 않았다는 것이다. 이러한 면에서 루쉰은 루소, 장타이옌을 건너뛰어 니체로 나아갔다.

---

[62] 루쉰, 『집외집습유보편·파악성론』.

민족주의와 민주주의, 국수와 서구화가 혁명파 이론 중에 병중並重되고 모순되었으며, 게다가 루쉰의 사상이 아직 형성중이어서 타인의 영향을 쉽게 받는데다가 영향의 근원 또한 꽤 복잡하였기에, 이 시기의 루쉰의 사상은 갖가지 내재적 모순을 드러내고 있다. 이를테면「마라시력설」에서는 반전통의 면모를 드러냈지만, 「파악성론」에서는 전통을 전면적으로 긍정하였으며, 「문화편향론」에서는 중도적인 입장을 취하고 있다. 이렇게 하여 이론상의 반전통과 전통을 위한 변호가 결합되어 있다. 비교해보면, 「파악성론」은 장타이옌의 영향을 가장 크게 받았지만, 루쉰은 마찬가지로 농민에 대한 찬양과 국민성 개조 사이의 대립과 충돌을 의식하지 못했다. 그러나 이 시기에 루쉰은 국민성 개조를 중시하고, 「마라시력설」 속에서 아Q상相에 대해 일부 들추어냄으로써, 루쉰의 사상은 개성적인 특징을 지니게 되고 장타이옌을 뛰어넘을 수 있게 되었다.

　의학을 포기하고 문학으로 돌아선 후 루쉰은 문예로써 국민성을 개조하고자 하였다. 그러나 『신생新生』의 좌절과 『역외소설집域外小說集』의 판매부진, 「마라시력설」과 「문화편향론」 등의 글의 발표 이후의 무반응 등으로 인해, 루쉰은 황량한 벌판에 쓸쓸히 놓여져 있는 듯하였다. 당시 사람들은 실제의 혁명운동에 바빠 상대적으로 사상계몽에 소홀했으며, 당시의 사상계몽은 주로 배만排滿을 주조로 하는 선전선동이었다. 따라서 루쉰은 본래 혁명파의 계몽사상가가 되어야 마땅했지만, 끝내 그렇게 되지는 못하였다. 만약 '5・4' 이후 문단에서의 숭고한 지위가 없었더라면, 루쉰이 일본에서 발표한 문학 및 문화에 관한 몇 편의 글은 진즉 잊혀지고 말았을 것이다.

일본 유학시절의 루쉰의 문화활동은 자신의 평생의 사업에 결정적 작용을 하였다. 의학을 포기하고 문학으로 전향한 루쉰은 문화계몽과 문학창도, 창작, 번역의 길로 나아갔으며, 옌푸嚴復, 장타이옌과 서구 현대주의문학과 인학사조의 영향 아래 사상패러다임과 창작방향을 확립하였다. '5·4' 이후 루쉰 사상의 진화론, 개성주의와 인도주의 및 국민성 개조 등은 모두 일본 유학시절의 사상의 연속이었으며, 유학시절에 읽고 번역했던 외국소설은 그의 '5·4' 시기의 소설창작에 커다란 영향을 끼쳤다. 1908년 루쉰과 쉬서우창, 첸쉬안퉁錢玄同 등은 장타이옌의 『설문해자說文解字』강의를 들음으로써 정식으로 그의 제자가 되었다. 이후 장타이옌의 언행은 루쉰에게 영향을 주었으며, 장타이옌은 루쉰 일생에 유일하게 여러 차례에 걸쳐 '나의 스승吾師'이라 일컬어진 선생님이 되었다. 학우 첸쉬안퉁이 신문화운동 초기에 루쉰에게 원고를 요청하지 않았더라면, 신문화운동에서의 루쉰의 역할은 크게 달랐을 것이다.

1909년 귀국 후 루쉰은 잇달아 항저우杭州와 사오싱紹興에서 교편을 잡았는데, 루쉰이 가르친 것이 이과 과정이고 공자를 존숭하던 교장을 내쫓는 '무과지역木瓜之役'[63]에도 참여했지만, '국수로써 민족성을 격

---

63 【역주】 무과지역(木瓜之役)은 1909년 겨울 저장(浙江)의 양급사범학당(兩級師範學堂)의 교사들이 봉건 구예교의 교육에 반대하여 벌였던 투쟁을 가리킨다. 사범학당의 교장 선쥔루(沈鈞儒)가 저장성 자의국(咨議局) 부의장을 맡게 됨으로 말미암아 교장을 사임한 후, 당시 저장교육총회 회장을 맡고 있던 샤전우(夏震武)가 후임으로 오게 되었다. 그는 도학자를 자처하는, 매우 완고한 인물로서, 교장에 취임하자마자 봉건 구예교에 젖은 교육질서를 강요하였다. 이에 루쉰은 쉬서우창 등과 함께 사직으로써 맞섬으로써 끝내 그를 사직케 하였다. 평소 어리숙한 샤전우를 모두들 샤무과(夏木瓜)라 일컬었는데, 무과에는 '모과'라는 뜻 외에 '바보, 멍청이'라는 뜻이 있다.

동시키자'는 장타이옌의 주장은 루쉰에게 여전히 영향을 끼치고 있었다. 『회계군고서잡집會稽郡故書雜集』과 『고소설구침古小說鉤沉』은 바로 이 시기에 집록된 것이다. 그 후 오래지 않아 우창기의武昌起義가 일어났고, 사오싱 역시 곧바로 광복되었다. 관계자의 회고에 따르면, 항저우가 광복되었다는 소식이 사오싱에 전해지자, 월사越社는 즉각 사오싱성 내에 광복 환영대회를 개최할 것을 발의하고 루쉰을 주석으로 추대하였으며, 대회 후에는 '무장연설대'를 조직하여 가두에서 선전활동을 전개하여 인심을 안정시킬 뿐만 아니라, 사오싱의 광복을 촉구하였다. 왕진파王金髮의 부대가 닷새 후에야 성에 진입했기 때문이었다. 당시 일반 대중들은 혁명을 이해하지 못해 태평천국의 군대를 피했듯 이리저리 달아났으며, 학교의 선생과 학생조차도 뿔뿔이 흩어진 자가 많았다. 그래서 루쉰은 학생들을 조직하여 길거리에서 혁명을 선전하는 한편, 직접 강연에 나서서 군중에게 혁명의 이점을 설명하기도 하였다.[64] 이들 회고가 사실과 꼭 들어맞지는 않겠지만, 루쉰이 열정적으로 혁명의 도래를 맞이하였다고 단언할 수 있다. 일본에서 귀국한 후 변발이 없다고 '가짜 양놈'이라 몰려 비웃음과 냉대를 당했던 터에 이제 변발을 자른 한 패가 왔으니, 그가 동지의 승리를 위해 어찌 신명을 내지 않을 수 있겠는가?

혁명의 승리에 루쉰은 결코 꿈을 꾸듯 도취하지 않았다. 그는 여러 지방에서 투쟁하지 않고 얻어낸 혁명의 승리는 각성이 아니라 투기에서 비롯된 것이며, 일반 민중은 혁명이 무엇인지도 모르고 있다는 것을 간

---

64 薛綏之 주편, 『魯迅生平史料滙編』 제1집, 天津 : 天津人民出版社, 1981, 199~201쪽 및 243쪽.

파하고 있었던 것이다. 그리하여 혁명의 승리는 루쉰을 분발시켜 국민성 개조라는 계몽의 대임大任을 짊어지게 하였다. 루쉰은 진보적인 젊은이를 도와 왕진파정부를 감독하는 『월탁일보越鐸日報』[65]를 꾸렸다. 루쉰이 지은 「'월탁' 창간사越鐸'出世辭」에 따르면, 신문으로 감독할 뿐만 아니라 사회비평과 문화비평을 제창하였다. 이 글에서 루쉰은 우선 "국수로써 민족성을 격동"시킨 다음 민주정치를 다음과 같이 밝혔다.

우월(于越)은 옛부터 천하무적이라 일컬어졌으니, 산과 바다의 정기는 뛰어난 인재를 낳고 인재들은 끊임없이 이어져 빼어난 재주를 발휘했다. 백성들은 또한 열심히 일한 우(禹)임금의 기풍을 간직하고 구천(勾踐)의 꿋꿋하고 강개한 뜻을 함께 하였다.

그런데 이후 사람들이 못나 이민족의 노예가 되었다가 이제 혁명의 "물결이 일고 바람이 불어와" 광복한 곳의 인민은 집회와 출판, 언론의 자유를 누리게 될 것이며, 공화국에서는 다시는 주인과 노예의 구분이 없이 "모두가 주인"으로서 누구나 국민의 책임을 다해야 한다는 것이다. 이어 루쉰은 『월탁월보』의 취지를 이렇게 확정했다.

자유로운 언론을 펼치고 개인의 천부적 권리를 다하며, 공화의 전진

65　【역주】『월탁일보(越鐸日報)』는 1912년 1월 3일 사오싱에서 루쉰의 지지 아래 창간된 지방신문이며, 월사의 핵심인사인 왕둬중(王鐸中)이 주관하고 루쉰은 명예 총편집을 맡고 천취빙(陳去病)이 주편을 맡았다. 신해혁명 이후 소흥 군정분부도독(軍政分府都督)인 왕진파가 민중과 괴리되고 부패되는 것을 감시·감독하였다. 루쉰은 '황극(黃棘)'이라는 필명으로 「'월탁' 창간사(『越鐸』出世辭)」를 지었다.

을 촉진하고 정치의 득실을 따져 사회의 용맹한 정신을 진작시킨다.

오직 전제가 오래도록 행해져 광명의 소생은 쉽지 않을 터…… 이것이 『월탁』이 창간된 까닭이다![66]

이로써 알 수 있듯이, 이 시기의 루쉰의 문화선택은 「파악성론」과 마찬가지로 전통의 영광을 거슬러 올라가 국민의 애국열정을 증진시킨다는 깃발 아래 자유민주적 현대문화를 선전했다.

「'월탁' 창간사」가 문화계몽의 과제를 제기했을 뿐이라면, 1912년에 루쉰이 지은 소설 「옛날을 그리워하며懷舊」는 문예로써 국민성을 폭로하고 개조한 것이었다. 이 작품의 주제는 루쉰이 '5·4' 후에 지은 잡문인 「'왔다來了'」와 「'성무聖武'」로 개괄해낼 수 있다. 루쉰은 이렇게 밝히고 있다. "민국이 세워질 무렵, 나는 일찌감치 백기를 든 작은 현에서 살고 있었다. 어느 날 문득 분분히 어지러이 도망치는 수많은 남녀들을 보았다. 성안의 사람들은 시골로 도망가고 시골 사람들은 성안으로 도망쳤다. 그들에게 무슨 일인지 물었더니 "사람들이 곧 온다고 했어요"라고 대답했다". 따라서 중국 역사의 정수는 "두 가지 물질, 즉 칼과 불로 구성되어 있으며, '왔다'가 그것들의 통칭이다. 불이 북쪽에서 오면 남쪽으로 도망치고 칼이 앞에서 오면 뒤로 후퇴한다. 거대한 결산장부가 다만 이 한 가지 양식으로 구성되어 있다". 그런데 「옛날을 그리워하며」에 묘사되어 있는 것이 바로 이리저리 도망

---

[66]　루쉰, 『집외집습유보편·『월탁』 창간사』.

치는 '온다'이다. "거리를 슬며시 내다보니, 사람들이 개미떼보다 많았다. 모두들 두려운 기색을 띤 채 멍하니 걷고 있었다. 대부분 손에 물건을 안고 있었지만, 빈손인 사람도 있었다. 아마도 피난길에 오른 모양이라고 왕 할아범이 나에게 말했다. 그 가운데 대다수는 허쉬何墟 사람으로 우스蕪市로 달아나고 있었지만, 우스의 주민들은 다투어 허쉬로 향하고 있었다." 이 작품은 어린아이의 눈을 빌려 '대머리 선생'과 진야오쭝金耀宗이 이리저리 도망쳐 "오는" 피난민 속에서 실리를 챙기고 양다리를 걸친 채 기회를 엿보는 등의 열근성劣根性을 풍자하고 있다. 따라서 「『월탁』창간사」가 위로 일본유학 시절의 문화 논문을 이어받았다면, 「옛날을 그리워하며」는 루쉰의 '5·4' 시기의 소설을 이어준다고 할 수 있다.

신해혁명은 승리도 빨랐고 실패도 빨랐으며, 낙관은 금세 비관으로 바뀌었다. 루쉰은 혁명의 이상이 전통의 권모술수에 의해 급속히 모살되고 동화되며, 혁명의 권력이 분분히 넘겨지고 타락하는 것을 목도하였다. 사오싱에서 왕진파가 막 도착했을 때 "그래도 그런대로 전체적인 판세를 살피고 여론에 귀를 기울이는 편이었다. 그러나 신사紳士로부터 서민에 이르기까지 조상 대대로 전해져 온 '받들어 올리는' 방법으로 떼를 지어 그를 받들어 올렸다. 이 사람이 찾아뵙고 저 사람이 치켜세우며, 오늘은 옷감을 보내고 내일은 상어지느러미를 바쳐 받들어 올렸다. 그러자 그는 자신도 어찌된 까닭인 줄 잊어버린 채, 결국에는 차츰 옛 관료처럼 변하여 백성을 쥐어짜게 되었다".[67]

---

67   루쉰, 『화개집·이것과 저것(這個與那個)』.

루쉰이 『월탁일보』를 지지하여 왕진파 정부를 감독하면서 왕진파 정부의 부패현상을 자주 폭로하자, 소식이 전해져왔다. 신문사가 도독의 돈을 받으면서도 도독을 욕하니, "사람을 보내 너희들을 권총으로 쏴 죽일 것"[68]이라는 것이었다. 루쉰은 시골로 도망칠 수밖에 없었다. 신문사는 끝내 루쉰이 난징의 교육부로 떠난 후 이삼주일 만에 한 떼의 병사들에 의해 파괴되고 말았다. 벗이었던 판아이눙范愛農 역시 학감에서 면직되어 술로 시름을 달래던 혁명 이전의 그로 되돌아갔다. 그는 훗날 당국에 대한 극도의 실망으로 인해 자살로 삶을 마치고 말았다. 일본에 유학했던 신파 인물이자 혁명열사 서석린의 제자였던 판아이눙은 그가 기쁘게 맞이했던 '혁명정부'의 통치 아래에서 죽음을 맞았다. 그렇기에 루쉰은 더욱 침통한 심정으로 이렇게 읊조렸던 것이다.

여우 살쾡이는 방금 굴속으로 숨어들고, 요사스런 꼭두각시 모두 무대에 올랐다. 고향땅 찬 구름에 뒤덮였고, 염천(炎天)에도 추운 밤 길고 길다. 홀로 맑고 차가운 물에 빠졌으니 근심어린 오장육부, 그래 씻을 수 있었는가?[69]

난징은 필경 사오싱과 달랐으며, 혁명 후 새로운 기상으로 충만해 있었다.

---

68 루쉰, 『아침 꽃 저녁에 줍다 · 판아이눙(范愛農)』.
69 루쉰, 『집외집습유 · 판군을 애도하며(哀范君)』.

혁명당 사람들도 대체로 전력을 다해 본 민족의 영예를 더욱 빛내려 했기에 병사들도 크게 약탈하지는 않았다. 난징의 토비병사들이 다소 약탈을 하자, 황싱(黃興) 선생이 발끈 화를 내어 여러 사람을 총살하였다.[70]

(민국 원년) 그 당시는 확실히 광명한 시대였다. 당시 나는 난징의 교육부에 있었는데, 역시 중국의 미래에 희망이 있다고 느꼈다. 물론 그 때에도 악질적인 사람들이 존재하기는 했지만, 결국은 실패하고 말았다.[71]

그러나 호시절은 오래 가지 않았다. 혁명정부의 최고 영도권은 위안스카이袁世凱에게 빼앗기고 말았으며, 루쉰 역시 교육부를 따라 베이징으로 옮겨갔다. 루쉰은 베이징에서 위안스카이가 황제에 오르고 '2차 혁명'이 일어나고 장쉰張勳이 복벽復辟을 꾀하고 군벌이 혼전을 벌이는 것을 직접 목도하였다. 상황은 날로 엉망이 되어가고 있었다.

민국 2년의 2차 혁명이 실패한 뒤로 점점 나빠졌다. 나빠지고 또 나빠져서 마침내 현재의 상태가 된 것이다. 사실 이것도 나쁜 것이 새로 보태진 것이 아니라 새로 도장한 칠이 깡그리 벗겨지자 구태가 다시 모습을 드러낸 것이다.[72]

황제라는 이 전국 권력의 중심의 상징을 전복시키면 천하대란이 일

---

70   루쉰, 『무덤 · 잡다한 추억』.
71   루쉰, 『서신집 · 250331 쉬광핑에게(致許廣平)』.
72   루쉰, 『먼 곳으로부터의 편지 · 8』.

어날 것이라던 캉유웨이의 염려는 군벌의 혼전에 의해 입증되었다. 이리하여 루쉰은 절망과 의기소침 속으로 빠져들었다.

고통을 해소하기 위해 루쉰은 갖가지 방법으로 "내 영혼을 마취시켜 국민들 속에 깊이 가라앉히기도 했고 고대로 돌려보내기도 하여"[73] 불경을 읽고 옛 비문을 베끼면서 세월을 보냈다. 그러나 열정이 얼음에 얼어붙어 '죽은 불'이 되어버린 후, 루쉰은 신해혁명에 대해 냉정하면서도 심각한 반성을 진행하였으며, 이 반성은 '5·4' 시기 루쉰 창작의 중요 내용을 이루었다. 불경을 꼼꼼히 읽음으로써 인생에 대한 루쉰의 인식은 심화되고 그의 사상은 더욱 복잡하고 심오해졌다. 루쉰의 시와 철학의 결정인 『들풀野草』에서 이러한 사상의 깊이를 엿볼 수 있다. 이러한 의미에서, 루쉰은 중국과 인도, 서구라는 세 가지 문화가 합류한 산물이라 할 수 있다.

이제 신해혁명에 대한 루쉰의 반성을 잠시 살펴보기로 하자. 혁명 승리 이후 혁명자가 구세력에 대해 영합하고 타협하고 양보한 결과는 혁명자에 대한 구세력의 동화와 모살이라고 루쉰은 여겼다. 왕진파가 사오싱에 온 후 추근秋瑾을 살해한 주모자를 붙잡아 "그녀의 원수를 갚고자 하였다. 그러나 끝내 그 주모자를 석방하고 말았다. 듣자 하니 그 이유는, 이미 민국이 되었으니 다들 더 이상 옛 원한을 따지지 말자는 것이었다. 그러나 2차 혁명이 실패한 후에 왕진파는 오히려 위안스카이의 주구에게 총살당했고, 여기에 힘이 되어준 사람은 그가 석방한, 추근을 죽인 주모자였다". 지금 "그곳에서 계속해서 발호하고 출몰하

73   루쉰, 『외침·자서(自序)』.

고 있는 사람들은 역시 그와 같은 인물들이다. 그래서 추근의 고향도 여전히 그 모양 그대로의 고향이며 해가 바뀌어도 전혀 나아지지 않고 있다".[74] 아울러 루쉰은 신해혁명을 통하여 혁명이 실력을 기초로 하지 않으면 쉽게 유산되고 만다는 것을 이렇게 인식하고 있다. "쑨중산이 평생을 뛰어다녔어도 중국은 여전히 이 모양이다. 제일 큰 원인은 아무래도 그가 당의 군대를 갖지 못했기 때문에 무력을 가진 사람들과 타협하지 않을 수 없었던 데 있다."[75]

루쉰은 신해혁명의 성패를 통하여 중국의 민족성과 국민의 문화심리에 대해 깊이 있는 분석을 진행하였다. 루쉰은 혁명이란 상층에서만 요란할 뿐 민중은 혁명이 무엇인지 전혀 이해하지 못한다고 여겼다. 그들이 이리저리 도망쳐 '온다'는 것이 곧 혁명에 대한 그들의 영접이고, 투기분자의 사리사욕은 혁명의 거대한 누각을 흰개미에게 먹히게 할 위험을 더욱 높였다. 혁명당이 권력을 장악했을 당시에 "혁명당을 뱀이나 전갈처럼 싫어했던" 저들 "신사紳士와 상인들이 혁명당처럼 보이는 사람을 만나면 친근하게 이렇게 말하곤 했다. '우린 본래 모두 초두草頭이니 동료입지요.'" "누가 중국인들은 뜯어고치는 데에 능하지 않다고 말했던가? 새로운 사물이 들어올 때마다 처음에는 배척하지만, 믿을 만하다 싶으면 응당 뜯어고칠 것이다. 하지만 결코 새로운 사물에 맞추어 자신을 변화시키는 것이 아니라, 새로운 사물을 자신에 맞추어 변화시킬 따름이다."[76] 외래의 변동과 새로운 사물을 자

---

74 루쉰, 『무덤·'페어플레이'는 아직 이르다(論'費厄潑賴'應該緩行)』.
75 루쉰, 『먼 곳으로부터의 편지·10』.
76 루쉰, 『화개집·여백 메우기(補白)』.

신에게 맞추어 변화시키는 방법의 하나는 조상 대대로 전해오는 '받들어 올리기'이다. 왕진파는 바로 거듭 받들어 올린 바람에 옛 관료처럼 변하여 백성을 쥐어짜게 되었던 것이다. 이러한 '받들어 올리기' 방식은 특히 '잘 나가는 사람'을 대할 때 얼마나 부드러움으로써 굳셈을 이기는지를 잘 보여준다. 루쉰은 신파든 구파든 사람이 '잘 나가는 사람'이 되기만 하면 한 떼의 사람이 떠받들어 '잘 나가는 사람'을 물 샐 틈 없이 에워싸니, 결국 그 '잘 나가는 사람'은 빙 둘러싸인 담 안에서 바깥세상을 볼 수 없어 멍청해지고, 바깥세상에 보이는 것 또한 그 '잘 나가는 사람'의 참모습이 아니다.

베이징의 과거사를 조금이라도 알고 있는 사람이라면 위안스카이가 황제 노릇을 할 때의 일을 틀림없이 기억하고 있을 것이다. 신문을 보겠다고 하자 에워싸고 있던 사람들은 신문조차 따로 찍어서 그에게 보여 주었는데, 민의는 전부 추대하고 있고 여론은 한결같이 찬성하고 있다는 것이었다. 차이쑹포(蔡松坡)가 윈난에서 봉기를 일으키자 그제야 아이쿠 하고 놀라며 연달아 만두를 이십여 개를 먹고도 스스로 알지 못했다. 하지만 이 연극도 막을 내리고 위안(袁)공도 용을 타고 승천했다. 에워싸고 있던 사람들은 그리하여 이미 쓰러진 이 큰 나무를 떠나서 또 다른 새로운 잘나가는 사람을 찾아 나섰다. …… 중국이 영원히 옛길을 걷게 되는 까닭은 바로 에워싸는 데 있다. 왜냐하면 잘나가는 사람에게는 비록 흥망성쇠가 있지만, 에워싸는 사람은 영원히 같은 사람이기 때문이다.[77]

---

[77] 루쉰, 『이이집(而已集)・'위쓰'를 압류당한 잡감(扣絲雜感)』.

    신해혁명에 대한 루쉰의 심각한 반성은 그의 걸작 「아Q정전」에 집중적으로 드러나 있다. 신해혁명이 닥쳐왔을 때 웨이좡未莊 마을 사람들은 허둥대면서 '왔다'는 것만 알 뿐 온 것이 무엇인지 알지 못했다. 아마 웨이좡에서 '가짜 양놈'만은 온 것이 무엇인 줄 알았을 것이다. 그는 양학당에 다녀본 적도 있고 일본에 유학한 적도 있으며 귀국 후에 변발이 없어 '가짜 양놈', '양코배기 앞잡이'라 일컬어졌기 때문이다. 따라서 나는 지금까지의 루쉰연구자들이 가짜 양놈을 온통 부정하는 것은 온당치 않다고 생각한다. 루쉰 본인 및 소설 「머리카락 이야기頭髮的故事」 가운데의 N선생, 「고독한 사람孤獨者」 가운데의 웨이롄수魏連殳 등의 정면 형상은 귀국 후 모두 사람들에게 '가짜 양놈', '양놈'이라 일컬어졌다. 루쉰은 물론 반어적 필치로 그를 풍자했지만, 그가 웨이좡에서 유일하게 신사상의 세례를 받은 적이 있는 '혁명당'임은 의심할 여지가 없다. 그렇기에 혁명이 도래했을 때 본래 그와 별로 친하게 지내지도 않았던 수재秀才가 그를 찾아오는 것이다. "때는 바야흐로 '함여유신咸與維新'의 시대. 그래서 이 기회를 틈타기로 입을 모으고 즉각 의기투합하더니 동지가 되어 함께 혁명하러 가기로 약조했다." 자오趙 수재는 '가짜 양놈'에게 자유당에 가입할 수 있도록 주선을 해달라고 부탁하여 자유당의 은 배지를 얻게 되었으며, 자오 나리도 거드름이 한층 심해졌다. '가짜 양놈'이 우리 집 '홍洪 형'이라 일컬은 것은 남을 으르는 행동이지만, 그가 혁명당과 연관이 있음은 확실하다. '가짜 양놈'을 통해 루쉰은 신해혁명이 도래했을 즈음 각양각색의 인물들의 기회주의적 몰골을 표현해냈는데, 혁명은 이 기회주의 속에서 변질되고 말았다. 신해혁명은 웨이좡에서 이러했으며, 성내에서는

"지현知縣 나리는 여전히 그 자리를 보전한 채 뭐라고 이름만 바꾼 데에 지나지 않았으며, 거인 나리 역시 뭐라 하는 관직 — 이 명칭은 웨이쫭 사람들이 들어도 잘 알지 못한다 — 에 취임했다. 군대 책임자도 여전히 이전의 파총把總이었다". 그래서 인심은 금방 안정되었으며, 오직 한 가지 두려운 일은 못된 몇몇 혁명당이 변발을 자르기 시작했다는 것뿐이었다.

루쉰이 주로 아Q를 통해 문화반성을 진행하고 있음은 물론이다. 아Q는 일정한 직업이 없는, 전통시대에 늘상 무기를 들고 일어나는 '유민流民'임과 동시에, 중국전통문화가 서구의 압박 아래 '정신승리'로 나아가는 국민정신의 상징이다. 웨이쫭에서 아Q의 혁명은 거대한 소동을 일으켰으며, 이제껏 아Q를 안중에도 두지 않았던 자오 나리조차도 아Q에게 겁먹은 듯 'Q 선생老Q'이라 부른다. 혁명이 웨이쫭에 도래했을 때 마을사람들이 '온 것'이 무엇인지 정말 몰랐음을 알 수 있다. 아Q의 혁명 역시 기회를 틈탄 투기였다. 혁명 이전에 그는 혁명을 모반을 일으키는 것이라 여겼으며, 모반이란 그에게 고난이었다. 그는 혁명당원을 죽이는 건 구경할 만하다고 말하기도 했다. 그러나 '가짜 양놈'이 '혁명을 불허'한 후 그는 다시 "모반은 모가지가 달아나는 죄명이야. 난 찔러버리고 말 거야. 네놈이 현으로 붙잡혀 들어가 모가지가 달아나는 걸 봐야겠어"라고 말한다. 따라서 아Q의 혁명은 아Q의 무주의無主義, 무이상無理想, 무지조無志操의 표현이다. 그는 오직 혁명을 빌려 빈털터리의 곤경을 벗어나고 아무도 염두에 두지 않은 채 불만을 터뜨리고 싶을 따름이다. 아Q의 혁명이상은 "원하는 것은 뭐든 내 것, 맘에 드는 여자는 누구든 내 것"이라는 황제몽皇帝夢이며, 이는 그의 혁명공상삼부

곡에 전형적으로 나타나 있다. 즉 첫째, 제멋대로 살인하는 것. 둘째, 마음 내키는 대로 내 것으로 만들 수 있는 부귀영화. 셋째, 여자를 마음대로 고를 수 있는 것. 현대의 혁명가의 마음속에는 이상의 빛이 있으며 파괴는 더 나은 건설을 위한 것이라고 루쉰은 생각하지만, 아Q의 혁명은 전통적인 모반으로서 "건설 없는 파괴"이며, 결국 "기와 조각 하나밖에 남기"[78]지 못한다. 루쉰의 비애는 바로 여기에 있다. 즉 아Q가 혁명에 개입하지 않는다면 혁명에는 대중적 기초가 없지만, 아Q가 혁명에 참가해도 전통적인 모반일 뿐, 그것은 신해혁명을 변질시켜버린다. 일단 아Q식의 혁명이 성공하여 새로운 군주가 오르고 왕조가 바뀌더라도, 이것은 민주공화를 이상으로 삼는 신해혁명의 실패를 의미할 뿐이다. 따라서 아Q의 혁명이 성공하든 실패하든 모두 신해혁명의 비극이다.[79] 그러나 보다 커다란 비극은 혁명가가 아Q에 대해 문화계몽을 진행하지 않을 뿐만 아니라 그들을 문밖으로 거절하여 '혁명을 허락하지 않는다'는 점이며, 심지어 얼떨결에 아Q를 사형에 처한다는 점이다. 이리하여 루쉰은 이러한 결론에 도달한다.

앞으로 가장 시급한 것은 국민성을 개혁하는 것인데, 그렇지 않으면 전제로, 공화로, 무엇 무엇으로 간판을 바꾸든지 간에 물건이 예전 그대로이니 전혀 소용없다.[80]

---

78 루쉰, 『무덤·다시 뇌봉탑이 무너진 데 대하여(再論雷峰塔的倒掉)』.
79 졸저, 「'아Q정전'신탐('阿Q正傳'新探)」(『아Q혁명을 논함(論阿Q革命)』, 제남 : 산동대학출판사, 1986)을 참조하시오.
80 루쉰, 『먼 곳으로부터의 편지·8』.

그런데 신해혁명이 실패를 거듭하자, 국민성이 개조될 수 있을까의 여부에 대해 루쉰 역시 의심을 품게 된다. 루쉰은 이렇게 말한다. "내가 동포를 진단하기로 열에 일여덟은 병들어 있는데, 이를 치료하는 데에는 두 가지 어려움이 있다. 어떤 약을 처방할지 모르는 게 그 하나이고, 이를 악물어 입을 다물고 있는 게 다른 하나이다."[81] 「광인일기」는 신해혁명에서 제재를 취하지는 않았지만, 신해혁명의 선구자 장타이옌, 서석린徐錫麟, 추근 등은 이 소설에 나타난 현실의 영감의 근원이었다. 루쉰은 이렇게 말한다. "민국 원년에 장타이옌 선생은 베이징에서 의론을 왕성하게 펼치면서 조금도 거리낌 없이 인물을 평했다. 그러자 늘 악평을 받았던 무리는 그에게 '장 미치광이'라는 별명을 붙여 주었다. 사람이 미치광이인 바에야, 그의 이론은 당연히 미치광이의 말이요 하등의 가치가 없는 말이었지만, 그가 발언할 때마다 여전히 그들의 신문에 실었다. 그런데 제목이 매우 특이했으니, 「장 미치광이 크게 발작하다章瘋子大發其瘋」라는 식이었다. 한 번은 그가 그들의 반대파를 매도했다. 그러자 어떻게 되었을까? 이튿날 신문에 실렸을 때, 제목은 「장 미치광이 뜻밖에도 미치지 않았다章瘋子居然不瘋」였다."[82] 「광인일기」는 미치광이를 맑게 깨인 전사로 삼았다는 점에서 니체, 셸리P. B. Shelly, 루소 등의 '미치광이'의 영향을 훨씬 크게 받았지만, 「광인일기」가 힘써 묘사해냈던 것은 장타이옌의 미침과 미치지 않음이었다. 「광인일기」 중에서 미치광이는 새로운 도덕가치의 담당자로서 그가 맑게 깨어있으면 깨어있을수록, 국민에게 계몽을 펼치면 펼칠수록, 더욱 국민에게 이해받지 못

81　루쉰, 『서신집 · 180104 쉬서우창에게(致許壽裳)』.
82　루쉰, 『화개집 · 여백 메우기』.

하고 그의 언행 또한 더욱 발광하게 된다. 오로지 광인은 "국민 속에 깊이 파고들어" '식인'의 대오에 가담하여 어느 곳인가의 후보로 가야만 미치지 않게 된다. 문화계몽을 펼칠수록 계몽의 대상에게 이해받지 못하고 계몽의 대상과 소통할 수 없다면, 국민성 개조는 스스로를 속이는 희망이 되어버리지 않을까? 루쉰은 이렇게 말한다. 장타이옌 "선생은 배만排滿의 뜻을 펼쳤으나 가장 긴요하게 생각한 것은 '첫째, 종교를 통해서 믿음을 일으켜 국민의 도덕을 증진시키고, 둘째, 국수國粹를 통하여 민족성을 격동시켜 애국적 열정을 증진시킨다'"[83]는 것이었다. 루쉰의 눈에 비친 이 문화계몽은 "단지 고원高遠한 환상으로 끝났을 뿐"이었다. "사람이 미치광이인 바에야, 그의 이론은 당연히 미치광이의 말"이기 때문이었다. 「광인일기」의 '식인' 주제는 분명 서석린, 추근 등의 혁명지사가 살해당하고 잡아먹힌 현실과 관련이 있다. 특히 서석린은 은명恩銘의 호위병들에 의해 심장이 파헤쳐졌으며, 루쉰이 늘 언급했듯이 추근의 피살 또한 인혈 만두와 관련이 있다. 이리하여 「광인일기」는 중국의 '식인' 역사를 서술할 때 이렇게 적었다. "역아易牙의 자식부터 줄곧 잡아먹다가 서석린徐錫林까지 이르렀고, 서석린부터 줄곧 잡아먹다가 늑대촌서 붙들린 자까지 이르게 되었다. 작년 성 안에서 죄인을 참살했을 때, 폐병쟁이들이 찐빵으로 그 피를 찍어 핥아 먹었다."

「광인일기」가 이름을 들지 않았을 뿐 추근이 살해당하고 폐병환자가 피에 적신 만두를 먹은 일을 거론하고 있다면, 「약」은 여기에서 발전하여 샤위夏瑜(추근을 은근히 가리킴)의 피살이 민중 속에 일으킨 반응

83 　루쉰, 『차개정 잡문말편, 타이옌선생에 관한 두세 가지 일』.

을 상세히 묘사하고 있다. 「약」의 화華씨 부자와 샤위는 '중국華夏'의 국민과 계몽자를 상징하고 있지만, 샤위의 혁명행위와 계몽설교는 국민들에게 이해받기는커녕 혁명자의 피는 도리어 국민들에게 폐병을 치료하는 인혈만두로 간주되어 국민의 미신심리를 충족시킨다. 소설은 아이阿義, '스무 살 남짓의 사람', '새하얀 수염의 사람' 및 곱사등이 다섯째 도령 등의 샤위의 언행에 대한 반응을 빌려, 혁명자가 국민을 계몽하려 할수록 오해를 받고 미치광이로 여겨진다는 주제를 드러내고 있다. 샤위는 감옥 안에서 아이에게 "대청大淸의 천하는 우리 모두의 것"이라는 계몽을 펼치지만 아이에게 매서운 손찌검을 당하고, 샤위는 다시 아이를 가련하다고 말한다. 그렇지만 결국 앞에서 말한 여러 사람에게 "제 정신이 아니"라는 말을 듣게 된다. 이름조차도 부여하지 않은 이들 '다수'를 통해, 소설은 화씨네를 국민의 상징으로 보완하고, 계몽이란 약에 대해 "이를 악물어 닫는" 국민을 충분히 표현해냈다. 소설은 샤위의 무덤위에 화환을 보태놓음으로써 혁명에 여전히 희망이 있음을 나타냈지만, 이 화환은 먼저 성묘하러 온 샤위의 어머니에게 아들의 원통함을 드러내는 영험으로 받아들여져 국민과 계몽자의 격절을 한층 더 드러내주었다. 이는 루쉰의 어머니가 아들의 작품을 보려 하지 않고 제자가인류才子佳人類의 소설을 좋아했다는 점을 연상시킨다. '약'이라는 소설 제목은 하나의 상징이다. 즉 혁명자는 국민에게 자유해방의 약을 제공하고, 국민은 병을 물리치고 몸을 강건케 할 약을 찾고 있었으나, 후자의 약은 뜻밖에도 계몽자의 피였다. 결국 두 가지 약은 모두 효험을 얻지 못했으며, 효험을 얻지 못했음의 상징은 곧 늘어난 두 개의 새로운 무덤이었다. 그리하여 루쉰은 절망

속으로 떨어지고 말았다.

루쉰은 신해혁명의 결과에 대해 대단히 실망하였다. 그러나 '5·4'로부터 만년에 이르기까지, 루쉰은 신해혁명과 관련이 있는 혁명가를 늘 오매불망 그리워하였다. 루쉰은 그의 사오싱 고향사람인 서석린, 추근 등을 자주 언급하였으며, 추근을 '내 고향사람 추근 아가씨'라고 부르고, 소설을 지어 그들의 장렬한 죽음을 기념하고, 일본 유학시절 황싱黃興이라는 그 '남방인'의 거친 기질이나 감독관의 변발을 잘랐던 추용鄒容의 이야기[84]를 회고하기도 했다. 「머리카락 이야기」는 옛일을 떠올린 명문장이다.

여러 고인들의 얼굴이 눈앞을 어른거려. …… 그들은 하나같이 사회의 냉소와 매도, 박해와 함정 속에서 일생을 보냈네. 이젠 그들의 무덤도 벌써 망각 속에서 점점 무너져가고 있어.

그래서 저장성浙江省 건설청이 1929년 항저우 시후西湖에 '혁명기념관'을 건설하여 선열의 공훈을 추모할 때에 마지막 항목에 '낙오자의 추악사'를 두었는데, 이에 대해 루쉰은 몹시 못마땅하게 여겼다. "마치 물을 마시고 우물 판 사람을 생각하고서는 구정물을 한 모금 마시게 하는 듯"해서였다. 그리고 모집하는 '낙오자의 추악사' 가운데에 '추용에 관한 사실'이 들어 있어서, 루쉰은 아주 괴이하게 여겼다. 이리하여 루쉰은 직접 나서서 이 '혁명군의 선봉'을 위하여 해명하고자

84　루쉰, 『외침·머리카락 이야기』 참조.

하였다.[85] 추용에게 '낙오자의 추악사'가 있다는 건 물론 사실과 위배되지만, 선열의 영광을 추모할 때 일부 사람들의 낙오를 지적하여 정반 양면에서 전통을 다룰 수는 있으나, 신해혁명의 선열에 대한 루쉰의 애정이 깊었기에 이마저도 부정하였던 것이다.

　루쉰이 글 가운데에서 가장 자주 언급했던 이는 쑨중산과 장타이옌이다. 루쉰은 장타이옌과 타오청장陶成章 계열이지 쑨중산 계열은 아니었지만, 쑨중산이 평생을 바쳐 혁명을 위해 헌신한 업적은 루쉰을 깊이 감동시켰다. 따라서 쑨중산이 세상을 떠난 후 베이징의 "몇몇 논객들이 찬물을 끼얹는 말을 하였을" 때, 루쉰은 「전사와 파리戰士與蒼蠅」를 써서 쑨중산을 변호했다.

　　전사(戰士)가 전사(戰死)했을 때, 파리들이 제일 먼저 발견하는 것은 그의 결점과 상처 자국이다. 파리들은 빨고 앵앵거리면서 의기양양해하며, 죽은 전사보다 더욱 영웅적이라 여긴다. 그러나 전사는 이미 전사하여, 더 이상 그들을 휘저어 내쫓지 못한다. 그리하여 파리들은 더욱 앵앵거리면서, 불후(不朽)의 소리라고 스스로 여긴다. 왜냐하면 그들의 완전함은 전사보다 훨씬 더 위에 있기 때문이다.[86]

「중산선생 서거 일주년中山先生逝世後一週年」이라는 글에서 루쉰은 이렇게 말한다.

85　루쉰, 『삼한집(三閑集)·'혁명군 선봉'과 '낙오자'('革命軍馬前卒'和'落伍者')』.
86　루쉰, 『화개집·전사와 파리(戰士和蒼蠅)』.

중산 선생의 일생은 역사 속에 엄존하여, 세상에 우뚝 서서도 혁명이었고 실패하여도 혁명이었다. 중화민국이 성립된 후에도 만족하지도, 편하게 지내지도 않은 채, 전과 다름없이 완전에 가까운 혁명을 향하여 쉬지 않고 나아갔다. …… 그는 하나의 전체이며 영원한 혁명가였다.

이전에 일찍이 없었던 중화민국이 존재하기만 한다면, 그것이 바로 그의 위대한 비석이요 기념이다.

루쉰은 이렇게 말한다.

당시 신문에 하나의 촌평이 실렸는데, 그의 평생에 걸친 혁명사업에 못지않게 나를 감동시켰다. 이 컬럼에 따르면, 서양의사가 이미 속수무책이었을 때 중국약을 복용케 하자고 주장한 사람이 있었다. 그러나 중산 선생은 찬성하지 않았다. 중국의 약품에도 물론 효험이야 있지만, 진단의 지식은 결여되어 있다고 보았던 것이다. 진단할 수 없는데 어떻게 약을 처방할 수 있겠는가? 복용해서는 안 된다는 것이었다. 빈사상태에 빠진 사람들은 대체로 무엇이든지 시도해보려는 법이지만, 그는 자신의 생명에 대해서도 이토록 명석한 이지와 굳건한 의지를 지니고 있었다.

따라서 "후세 사람이 아무리 트집을 잡고 푸대접하더라도, 그는 끝내 모든 것이 혁명이었다".[87]

---

87   루쉰, 『집외집습유·중산선생 서거 일주년(中山先生逝世後一週年)』.

루쉰이 평생에 걸쳐 '나의 스승'이라 일컬었던 사람은 오직 장타이 옌밖에 없었다. 주목할 만한 점은 사상과 도덕으로써 구국하자는 장 타이옌의 주장이 거의 루쉰의 일생에 걸쳐 영향을 끼쳤다는 사실이다. 루쉰은 평생 국민성 개조에 힘을 쏟았는 바, 국민의 사상과 도덕의 개 조를 첫 번째 임무로 여겼다. 아울러 장타이옌이 평생 행했던 반대파 의 역할 역시 루쉰에게 영향을 끼쳤다. 청조가 타도되기 이전에 장타 이옌은 쑨중산과 손잡고 만주족 축출의 대사를 함께 도모하였으며, 혁명이 승리한 이후에는 쑨중산에 반대하여 리위안홍黎元洪, 위안스카 이를 지지하였으며, 위안스카이가 총통에 취임한 이후에는 다시 총통 부에 가서 위안스카이를 질책한 끝에 구금되기도 했다. 루쉰 역시 평 생 반대파가 되었다. 1935년에 루쉰이 지은 「관문을 떠난 이야기出關」 의 줄거리에 장타이옌의 영향이 엿보인다. 즉 "노자가 함곡관函谷關을 나가 서쪽으로 간 것은 공자의 몇 마디 말에서 비롯된 것이지 내가 발 견했거나 지어낸 게 아니다. 그런 이야기를 30년 전 타이옌 선생에게 들은 바 있다. 그가 나중에 쓴 「제자학 약설諸子學略說」에 이 말이 보인 다".[88] 장타이옌에게는 수많은 국학 제자가 있지만, 뭇사람과 사뭇 다 른 제2단계의 그의 사상을 진정으로 전해 받은 사람은 루쉰이었다. 이 는 상식에 만족하지 않고 근거를 끝까지 따지는 심오한 사상방법 또한 포함하고 있다. 따라서 장타이옌이 훗날 혁명에 불리한 일을 많이 하 고 공자를 떠받들고 경전을 읽고 백화문 등에 반대한 보수적 행위도 하였지만, 장타이옌이 세상을 떠난 후 누군가 그를 비웃었을 때 루쉰

---

88 루쉰, 『차개정 잡문말편(且介亭雜文末編)·「관문을 떠난 이야기」의 '관문'(「出關」的 '關')』.

은 중국혁명에 대한 그의 공헌을 이렇게 찬양하였다.

　　대훈장을 부채에 달아 노리개 삼고 총통부 문앞에서 위안스카이의 사 특함을 꾸짖은 이는 선생밖에 없었다. 일곱 번 수배되고 세 차례 옥살이 를 하면서도 혁명 의지를 끝까지 굽히지 않은 것도 따라 하기 힘든 일이 다. 이것이야말로 선철(先哲)의 정신이요 후생(後生)에 대한 모범이다.

　　따라서 "나는 선생의 업적이 혁명사에 끼친 것이 학술사에 남긴 것 보다 훨씬 크다고 생각한다".[89] 루쉰이 세상을 떠나기 전 마지막으로 지은 글이 바로 「타이옌 선생으로 인해 생각나는 두어 가지 일因太炎先生 而想起的二三事」인데, 이 글을 채 끝맺지 못한 채 세상을 뜨고 말았다.

　　루쉰은 신해혁명의 결과 ─ 중화민국에 대해 그 폐단을 인정사정없 이 폭로하였다. 그러나 이 또한 '그 불행을 슬퍼하고 그 싸우지 않음에 성낸다哀其不幸, 怒其不爭'는 것이었는데, 남을 잘 되게 하려면 그의 병증을 지적하여 치료하게 만들어야 한다고 줄곧 생각하였기 때문이다. "날마 다 중화민국의 초석을 몰래 파가는 노예들이 지금 얼마나 되는지 모를 일"[90]이라고 슬퍼했던 '5·4' 이후로부터, 후평胡風, 펑쉐펑馮雪峰, 마스 다 와타루增田涉 등과의 대화 속에서 광복회에 가입했던 당시의 정경을 그리움에 젖어 회고했던 만년에 이르기까지, 그리고 미완의 「타이옌 선생으로 인해 생각나는 두어 가지 일」을 남긴 임종 직전까지 그는 늘 그러했다. 이 글에서 루쉰은 이렇게 말한다. "내가 중화민국을 사랑하

89　루쉰, 『차개정 잡문말편·타이옌 선생에 관한 두어 가지 일(關於太炎先生二三事)』.
90　루쉰, 『무덤·다시 뇌봉탑이 무너진 데 대하여』.

여 입이 부르트도록 말하고 혹시라도 쇠퇴할까 염려하는 것은 거개가 변발을 자를 자유를 우리에게 주었기 때문이다. 당초에 옛 자취를 보존한다 하여 변발을 남겨 두었다면 나는 아마 결코 이렇듯 중화민국을 사랑하지 않았을 것이다. 장쉰張勳도 좋고 돤치루이段祺瑞도 좋다는 일부 사군자士君子를 보면 그들만큼 도량이 크지 못한 내가 정말 부끄럽다."

4. 격렬한 서구화시대의 복잡성 – 루쉰과 신문화운동

신문화운동은 무술변법에 대한 문화초월이자 의화단운동에 대한 문화반동이지만, 신문화운동을 맹렬한 기세로 만들었던 것은 신해혁명의 잇단 실패였으며, 이로써 혁명 후의 민생상황은 군벌의 혼전으로 말미암아 혁명 이전보다도 못해졌다. 무형중에 혁명을 실패로 돌아가게 만든 원흉 위안스카이가 공자의 빛을 빌려 황제가 되려 한 일로부터, 장쉰이 복벽을 꾀하고 공자를 추숭한 보황파 캉유웨이가 꿈틀꿈틀 움직이려 하기까지, 그리고 공교孔敎의 가치관으로 혁명 후의 가치세계를 틀어막으려는 정책으로부터, 갖가지 국수주의 사상의 조류에 이르기까지, 전제정체의 회복은 '공자를 떠받들고 경전을 읽어 나라의 영광을 빛내자尊孔讀經發揚國光'는 밀접히 연관되었다. 이는 정치상의 서구화파로 하여금 다시금 호법투쟁護法鬪爭을 전개하도록 만들고, 사상문화상의 서구화파로 하여금 급진적이고 철저한 반전통으로 나아가도록 강제하였다. 신문화운동의 선구자인 천두슈陳獨秀는 이렇게 말했다. "위안스카이가 공화를 없애고 제제帝制를 부활한 것은 악과

惡果이지 악인惡因이 아니요, 지엽적인 죄악이지 근본적인 죄악이 아니다. 존귀를 구별하고 계급을 중시하고 인치를 주장하고 민권 사상에 반대하는 학설이야말로 실로 봉건제왕을 만들어내는 근본 원인이다. 우리나라 사상계가 이러한 근본적 악인을 깨끗이 제거하지 않았으니, 원인이 있으면 반드시 결과가 있는 법, 공화를 없애고 제제를 부활하는 위안스카이와 같은 무리가 꼬리를 물고 일어나는 것도 전혀 이상한 일이 아니다." 당시 중국의 일류 지식인인 천두슈와 루쉰은 신해혁명의 실패 원인을 성찰함에 있어서 약속이나 한 듯이 완전히 일치하였는바, 두 사람 모두 국민의 문화계승과 민주공화의 충돌이 빚어낸 것이라 여기고, 윤리도덕과 사상문화 방면에서 그 원인을 찾았던 것이다. 그리하여 루쉰은 '국민성 개조'를 가장 중요한 것으로 보았으며, 천두슈는 '윤리의 각성'을 가장 근본적인 것으로 여겨 이를 '우리의 최후의 각성'[91]으로 간주하였다.

'민력의 고취, 민지의 개발, 민덕의 개신改新'을 주장하고 개성해방을 제창하는 것은 옌푸嚴復, 담사동譚嗣同, 캉유웨이 등이 무술변법 당시에 이미 시행했던 일이지만, 신문화운동은 무술변법과는 문화선택에 있어서 확연히 달랐다. 무술변법이 서구문화를 변이된 전통의 외투 속에 집어넣은 것이고 신해혁명이 국수와 서구화의 난관 사이에서 배회하였다면, 신문화운동은 공자의 외투를 벗어던지고 국수를 포기하여 철저하고 비타협적인 반전통 및 서구화의 입장으로써 공교와 국수를 격렬히 공격하였다. 천두슈는 이렇게 말한다.

91   천두슈, 「우리의 최후의 각성(吾人最後之覺悟)」, 『신청년』 제1권 제6호.

저 덕 선생(德先生, Democracy)을 옹호하려면 공교와 예법, 정절, 낡은 윤리, 낡은 정치에 반대하지 않으면 안 된다. 저 새 선생(賽先生, Science)을 옹호하려면 낡은 예술, 낡은 종교에 반대하지 않으면 안 된다. 덕 선생을 옹호하고 또한 새 선생을 옹호하려면 국수와 낡은 문학에 반대하지 않으면 안 된다.[92]

만약 도덕가치(좋음과 나쁨, 옳음과 그름, 선과 악)가 문화의 핵심이라면, 신문화운동은 서구의 도덕가치로써 중국문화에 대해 전면적이고 철저하게 평가하였다. 그리하여 신문화운동은 신문화와 서구문화, 구문화와 전통문화 사이에 등호를 그려주었다. 신문화운동의 선구자들은 중서문화가 이질적이고 충돌한다는 것을 인정하였다. 천두슈는 국민의 윤리적 각성은 '신구사상의 대격전'을 초래하리라고 밝혔다. 이러한 문화충돌은 당시 신파 인물의 행동에 잘 드러나 있다. 즉 경극을 보지 않고 화극話劇을 보고, 한의사를 찾지 않고 양의사를 찾으며, 권법을 배우지 않고 체조를 배우는 등등이 그것이다. 무술변법과 신해혁명의 서구화가 주로 정치체제의 변혁이라면, 신문화운동의 서구화는 문화 전반에 걸쳐 바꾸려는 시도라고 할 수 있다. 따라서 근대중국의 서구화 과정은 민족 위기가 날로 극심해지는 배경 아래 군사와 과학기술, 상업경제, 정치체제로(군주입헌에서 민주공화로)부터 문화 전반으로 나아갔다.

그렇지만 1915년 『신청년』이 창간되어 사상계몽과 문화비판을 제

---

92   천두슈, 「본 잡지의 죄안에 대한 답변서(本志罪案之答辯書)」, 『신청년』 제6권 제1호.

창하고 천두슈와 후스胡適가 서신을 통해 문학변혁을 토론했을 즈음, 루쉰의 반응은 매우 냉담했다. 1917년 후스의 「문학개량에 관한 보잘 것 없는 설익은 의견文學改良芻議」과 천두슈의 「문학혁명을 논함文學革命論」이 발표되어 전국적으로 기세를 떨쳤을 때, 루쉰은 여전히 금석金石 탁본을 대량으로 구입하고 옛 비문을 베끼면서 나날을 보냈다. 훗날 루쉰은 당시를 이렇게 회고하였다. "당시 나는 문학혁명에 대해 별다른 열정을 갖고 있지 않았다. 신해혁명도 봤고 2차 혁명도 봤고 위안스카이의 황제 등극과 장쉰의 청조 부활 음모도 봤고, 이런저런 걸 다 보다 보니 회의가 일기 시작했던 것이다. 그리하여 실망한 나머지 몹시 의기소침한 상태였다."[93] 따라서 루쉰이 천두슈와 마찬가지로 중국의 희망은 문화계몽과 국민성의 개조에 달려 있다고 여겼지만, 신해혁명의 거듭된 실패로 말미암아 루쉰은 자신의 희망이 스스로를 속이는 이야기라고 회의하게 되었다. 또한 루쉰은 당시 천두슈가 꾸리는 『신청년』이 자신이 과거에 꾸렸던 『신생新生』과 똑같으며, 그렇다면 『신청년』의 결과도 아마 『신생』처럼 아무 소리 없이 소멸하리라고 보았다. 그래서 저우쭤런周作人이 말한 대로 "진신이金心異(첸쉬안퉁錢玄同의 필명)가 나서도록 권유"하지 않았더라면, 루쉰이 1918년에 '산을 내려오'는 일은 없었을지도 모른다. 루쉰은 사오싱회관에서 원고를 청탁하러 찾아온 진신이에게 다음과 같은 유명한 이야기를 하게 되었다.

---

93   루쉰, 『남강북조집(南腔北調集)・「자선집」 서문(「自選集」自序)』.

가령 말일세, 쇠로 만든 방이 하나 있다고 하세. 창문이라곤 없고 절대 부술 수도 없어. 그 안엔 수많은 사람이 깊은 잠에 빠져 있어. 머지않아 숨이 막혀 죽겠지. 허나 혼수상태에서 죽는 것이니 죽음의 비애 같은 건 느끼지 못할 거야. 그런데 지금 자네가 고래고래 소리를 질러 의식이 붙어있는 몇몇이라도 깨운다고 하세. 그러면 이 불행한 몇몇에게 가망 없는 임종의 고통을 주는 게 되는데, 자넨 그들에게 미안하지 않겠나?[94]

그러나 진신이는 몇 사람이라도 일어난다면 쇠로 만든 방을 때려부술 희망이 없다고 말할 수는 없지 않느냐고 반문했다. 루쉰은 깊은 절망 속에 빠져 있었기에 "창문이라곤 없고 절대 부술 수도 없"는 쇠로 만든 방으로써 중국문화를 상징하고, 깊이 잠들어 있는 사람들로써 국민을 상징하였다. 그러나 그는 또한 진신이의 '희망'을 말살할 수는 없었다. "희망은 미래 소관이고 절대 없다는 내 증명으로 있을 수 있다는 그의 주장을 꺾을 수 없었기 때문이다. 그리하여 결국 나도 글이란 걸 한번 써 보겠노라 대답했다. 이것이 바로 최초의 작품「광인일기」이다." 루쉰의 이 이야기는 깊은 절망 속에 빠져 있었기에 산을 내려오지 않으려 머뭇거렸던 이유를 뚜렷이 보여준다. 따라서 루쉰은 신문화운동에 뛰어들자마자 뭇사람과는 사뭇 다른 특징을 분명히 보여주는데, 즉 그는 신문화운동이 반드시 민중을 불러 깨울 수 있고 중국에서 얼마간의 생기를 가져다 줄 수 있다고 확신하지는 않았다. 그가 '산을 내려'온 것은 "지난 날 그 적막 어린 슬픔을 잊지 못"는지

---

94 루쉰, 『외침·자서』.

라 "절망과 맞서 싸우기" 위함일 뿐이었다. 1925년 루쉰은 쉬광핑許廣平(1898~1968)에게 보낸 편지에서 이 점에 대해 매우 분명하게 설명하고 있다. "나는 늘 '어둠과 허무'만이 '실재한다'고 느끼면서도" "나는 끝내 어둠과 허무만이 실재한다는 것을 증명할 수 없다." 그래서 한사코 '어둠과 허무'에 대해 "절망적 항전"을 벌이는 것이다.[95]

이로 인해 루쉰의 이러한 비관정서는 『신청년』 동인들이 보여주었던 낙관주의와 모순·충돌하고 있다. 신문화운동은 한 바탕의 문화계몽운동이었다. 무릇 계몽운동자라 일컫는 사람은 어두운 밤에 횃불을 밝혀들 듯 그 기조는 마땅히 빛나고 이성적이고 낙관적이어야 하며, '암흑과 허무'의 비관적 색채를 지녀서는 안 된다. 계몽의 전제는 소수자는 분명히 깨닫고 있되 다수자는 미망에 사로잡히고 혼돈스러워야 마땅하다. 소수의 계몽자는 진리의 불빛으로 다수를 미망과 혼돈의 어둠에서 이끌어내는 것이 바로 계몽이다. 그러나 여기에는 한 가지 중요한 전제가 간과되고 있는 바, 즉 계몽의 대상을 어둠에서 이끌어내기 위해서는 행복하고 즐거운 광명의 전망이 반드시 있어야 한다는 점이다. 바꾸어 말하면, 계몽자의 호주머니에 행복과 즐거움으로 통하는 열쇠가 담겨져 있어야 사람들이 그를 따라 나아간다는 것이다. 그렇지 않고 어둠에서 벗어난 뒤 면전에 놓여진 것이 단지 쓰디쓴 열매라면, 이러한 계몽은 계몽대상을 끌어들일 힘을 갖지 못할 것이다. 천두슈를 비롯한 『신청년』 동인들은 계몽대상에게 어둠에서 벗어난 뒤 행복하고 즐거운 낙관적 전망, 즉 민주가 실행되고 인권이 존중받

---

95   루쉰, 『먼 곳으로부터의 편지·4』.

는 나라에서 모든 사람은 개성을 발전시키고 혼인의 자유를 통해 다시
는 사랑 없는 고통을 받지 않으리라는 전망을 제시하였다. 이는 천두
슈가 「인생의 참뜻人生眞義」에서 "개인이 생존할 때에는 마땅히 행복을
만들어내고 행복을 누리도록 힘써야 한다"고 서술했던 바와 같다. 이
는 프랑스 계몽가들이 묘사한 이성의 왕국과 크게 다르지 않다고 할
수 있다. 그러나 오직 루쉰만은 뭇사람들과 달랐다. 루쉰의 비관정서
는 「광인일기」와 「약」에 대한 분석에서 이미 드러낸 바가 있지만, 여
기에서 지적하고자 하는 바는 루쉰의 비관정서가 단지 국민성 개조의
무망無望에서 비롯되었던 것이 결코 아니라, 계몽 이후의 정황에 대한
그의 인식이 근본적으로 천두슈 등과 달랐다는 데에 있다는 점이다.
루쉰연구계에서 이 중요한 점을 지적한 사람은 아직 없는 듯하다. 노
장사상, 바이런, 쇼펜하우어, 니체 등의 영향이 자못 컸기에, 루쉰은
처음부터 상식적인 사상가로서 등장한 것이 아니라 생명의 나무와 지
식의 나무의 거대한 충돌을 인식하고 있었던 것이다. 따라서 루쉰은
꿈에서 깨어난 사람은 고통스러우며 "꿈을 꾸는 사람은 행복한 사
람"[96]이라고 여긴다. 요컨대 "사람은 마비의 경계를 벗어나는 즉시 상
상할 수 없는 고통이 배가된다. 소위 '장래에 희망을 건다'는 것은 자
위―혹은 그야말로 자기기만―하는 방법에 불과하다. 즉 소위 '현
재에 순응한다'는 것과 똑같다. '장래'도 생각하지 않고 '현재'도 모를
만치 마비되어야 비로소 중국의 시대적 환경에 걸맞다. 그런데 이런
것에 대한 지식이 있으면 더 이상 예전으로 돌아갈 수 없게 된다."[97]

---

96   루쉰, 『무덤·노라는 떠난 후 어떻게 되었는가?(娜拉走後怎樣)』.
97   루쉰, 『먼 곳으로부터의 편지·6』.

'미래에 대한 희망'이 일종의 자기 기만술이라 말하는 까닭은 무엇인가? 바로 지금의 존재를 내던져버리고 '미래에 대한 희망'으로 가버린다면, 이러한 희망은 "마치 신도의 하느님"과 같기 때문이다. 따라서 천두슈 등이 달콤한 열매의 예약으로 국민을 불러 깨우던 것과 달리, 국민이 깨어난 뒤에 루쉰이 줄 수 있는 것은 단지 쓰디쓴 열매뿐이었다. 루쉰은 생명의 나무를 선택한 중국인들이 여전히 깊이 잠들어 있고, 지식의 나무를 선택한 서구인은 왕성히 발전하고 있음을 발견했다.[98] 그리하여 루쉰은 민족의 진흥을 위하여 악마의 '악성惡聲'으로 국민을 놀라 깨우려 하였던 것이다. 그러나 '즐겁게 살고' '섭생을 즐기고' '개똥밭에 굴러도 이승이 좋다'는 나라에서 국민에게 자각적으로 꿈에서 깬 후의 쓰디쓴 열매를 맛보게 한다면, 국민이 어찌 달가워하겠는가? 여기에서 천두슈 등의 '낙관 계몽'과 루쉰의 '비관 계몽'의 엄청난 차이가 빚어지게 되었다.

『신청년』의 동인 가운데에서 당시 영향력이 제법 컸던 순서는 천두슈, 후스, 첸쉬안퉁이었으며, 저우 씨 형제의 영향력도 대단히 크고 저우쭤런의 영향력이 당시에는 루쉰을 웃돌았다. 이 가운데 루쉰, 첸쉬안퉁, 저우쭤런은 모두 장타이옌 문학의 제자였다. 그들의 공통된 특징은 반전통의 급진성 및 개성해방의 강조였다. 이 세 명의 제자는 이미 스승이 제창했던 국수를 '고름' 혹은 '헛소리'라고 여겼지만, 이는 여전히 일체의 전통적 속박에 반대하고 개성해방과 도덕문화를 강조했던 장타이옌의 역할과 불가분의 관계를 맺고 있었다. 당시 사람들

---

98 졸저, 『생명의 나무와 지식의 나무(生命之樹與知識之樹)』, 北京大學出版社, 2010.

에게 공인받았던 저우쭤런의 공헌은 문학의 '사상혁명'을 창도하였던 점인데, 이는 '사상의 개량이 급선무'라고 여긴 루쉰의 관점과 일치하는 반면, 후스의 형식주의 문학개량과는 어긋난다. 그러나 루쉰은 저우쭤런이 열정을 쏟았던 '신촌주의新村主義'에는 전혀 관심이 없었으며, 첸쉬안퉁이 관심을 가졌던 에스페란토에도 흥미를 별로 느끼지 않은 채, 전통의 '쇠로 만든 방'을 부수는 데에 온 힘을 기울였다. 이것이 루쉰의 특징이다. 『신청년』이 제기한 윤리도덕혁명은 동인들이 개입하였지만, 천두슈와 리다자오李大釗(1889~1927)가 철학 및 정치에 치우쳐 중국을 위한 광명의 출로를 찾기에 급급했다면, 그리고 후스가 형식주의적 문학개량-백화문학에 치우쳤다면, 루쉰은 반전통과 국민성 개조에 치우쳐 있었다.

루쉰은 신문화운동 중에 뭇사람과 다른 문화품격을 지니고 있었지만, 신문화운동은 루쉰의 문화선택에도 영향을 끼쳤다. 루쉰은 이렇게 말한다. "기왕 외침인 이상 당연히 지휘관의 명령을 따라야" 하고, "선구자들과 동일한 보조를 취해야 했다". 그래서 "『신청년』에 실린 나의 작품은 대체로 전체 내용과 기조를 같이하고 있다".[99] 루쉰이 신문화운동과 일치된 보조를 유지했음은 다음의 네 가지 측면에 잘 나타나 있다. 첫째, "암흑을 약간 깎아내고 환한 얼굴을 가장함으로써 작품에 그나마 약간의 화색이 돌게 만들었"으며, "그래서 나는 이따금 멋대로 곡필曲筆을 휘둘러 「약」의 주인공 위얼瑜兒의 무덤에 난데없는 화환 하나를 바치거나, 「내일明天」에서 산單씨네 넷째 댁이 죽은 아들

---

99   루쉰, 『남강북조집·「자선집」 서문』.

을 만나는 꿈을 짓밟지 않았던 것은 당시의 지휘관이 소극적인 것을 멀리했기 때문이다".[100] 물론 루쉰은 신문화운동과 보조를 일치시키기 위해 힘쓰면서도, 결코 자신의 사상의 독특성을 감추지는 않았다. 둘째, 「문화편향론」, 「파악성론」으로부터 「『월탁』 창간사」에 이르기까지 장타이옌의 영향으로 인해, 루쉰은 서구화와 국수를 함께 병행하여 서학을 널리 알리면서도 늘 전통의 영광으로 거슬러 올라갔으며, 심지어 서구를 무턱대고 추종하는 사람들을 조롱하기조차 하였다. 그러나 신문화운동의 전반적인 반전통과 서구화의 깃발 아래 루쉰은 국수를 '매독'이니 '고름'이니 '헛소리'라고 비난함으로써 가장 급진적이고 철저한 반전통주의자가 되었다. 셋째, 장타이옌의 영향으로 말미암아 1907년 이후 루쉰의 글은 날로 예스럽고 심오해졌으며, 일반적인 고대 문언문보다도 훨씬 이해하기 어렵기도 했다. 하지만 신문화운동 중에 루쉰은 백화로 소설과 잡감, 신시를 지었을 뿐만 아니라, 백화문에 반대하는 사람을 '현재의 도살자'라 일컬어 백화문을 극력 주장하였다. 넷째, 일본 유학시절의 루쉰의 반反민주와 미신숭배 등의 관점은 신문화운동 중에 모두 폐기되었다. 『신청년』의 주편집자였던 천두슈가 제창했던 것은 민주와 과학이었는데, 루쉰이 반민주와 미신숭배의 관점을 견지했더라면 루쉰과 천두슈 사이에는 사상적 관점의 충돌이 일어났을 것이다. 비록 신해혁명 이후의 민국 총통이 루쉰이 말한 바대로 "대중정치라는 구실을 빌리지만 그 압제는 오히려 폭군보다 훨씬 심하"고, 비록 '5·4' 시기에 루쉰은 '개인적 자대自大'로써 '군

---

100   루쉰, 『남강북조집·「자선집」 서문』 및 『외침·서문』.

중적 자대'에 반대하였지만(개인에게 맡겨 다수를 배격한다는 것과 일치), '5
·4' 시기 루쉰은 '다수'를 '대중정치', 민주와 연계시켜 이야기하지
않음으로써 공개적인 반민주의 경향을 피하였다. 아울러 루쉰은 과학
으로써 미신을 꾸짖었는데, 이는 일본 유학시기의 루쉰이 맹렬히 공
격한 것이었다. 문화사상에서 문자풍격에 이르기까지 이러한 루쉰의
변화가 모두 신해혁명 실패의 결과라고 말하는 것은 완전히 옳지는 않
다. 왜냐하면 루쉰의 타이옌 선생은 신해혁명 실패 후에 전통의 품으
로 돌아갔기 때문이다. 아울러 「『월탁』 창간사」가 발표된 1912년으
로부터 「광인일기」가 발표된 1918년 사이에는 6년이라는 시차가 있
는데, 이 6년 동안에 루쉰은 서구의 문화와 문학작품을 거의 접하지
않은 채 타이옌 선생의 '종교로써 신심을 불러일으'키고 '국수로써 민
족성을 격동시킨다'는 가르침 아래 불경을 많이 읽고 옛 서적을 정리
하였다. 따라서 사상, 문화선택으로부터 문자풍격에 이르기까지의 루
쉰의 거대한 변화를 부분적으로 신문화운동의 영향으로 돌리거나 혹
은 루쉰이 신문화운동 중에 사상의 조정을 진행했다고 보는 것이 아마
사실에서 크게 벗어나지 않을 것이다. 이러한 주장에는 한 가지 근거
가 더 있다. 즉 루쉰의 총체적인 반전통과 서구화의 문화선택은 단지
10년 남짓 견지되었을 뿐, 다시 '외국의 훌륭한 규범'과 '중국의 유산'
을 병중 하였던 것이다. 이는 물론 조기早期 관점의 부활이 아니라 공산
주의운동의 영향을 받은 결과이며, 이 문화선택은 중서문화에 대해
'비판계승'의 태도라고 할 수 있다. 이로써 알 수 있듯이, 루쉰의 평생
의 사상이 체계를 이루지 못한 까닭은 '시대를 앞서 가'[101]고 '시무時務
를 인식'한 '준걸'이 되었기 때문이었다. 그는 신해혁명, 신문화운동,

공산주의운동과 모두 일치된 태도를 유지하였다. 루쉰의 입장에서 본다면, 일치된 태도를 유지할 수 있었던 주요 원인은 위난에 빠진 중화민족을 구하기 위해서였다. 이러한 각도에서 보자면, 루쉰은 확실히 시대의 산물이었으며, 그 역시 '시대의 초월'을 가장 반대하였다. 그러나 루쉰이 다른 사람이 아닌 루쉰이 되었던 것은 역대의 문화충돌 가운데에서 루쉰 나름의 특징을 지니고 있다는 점에 기인한다.

신문화운동 중에서 루쉰의 영향은 천두슈, 후스만 못하였을 뿐만 아니라, 동생인 저우쮜런에게도 미치지 못하였다. 그러나 루쉰의 훗날의 명성이 날이 갈수록 커짐에 따라, 국내에는 루쉰이 신문화운동의 '주장主將'이라 여기는 이가 있고 국외에는 신문화운동에서 루쉰은 대표성이 없다고 여기는 이도 있다. 루쉰은 물론 신문화운동의 주장이 아니며, 이는 루쉰 자신도 명백하게 밝히고 있다. 즉 루쉰은 자신의 작품이 '지휘관의 명령에 따른 것', 다시 말해 당시의 선구자의 명령에 따른 것이며, 따라서 '준명문학遵命文學'이라고 말했던 것이다. 루쉰이 말하는 그 당시의 '주장'과 '선구자'가 천두슈를 가리키고 있음은 의심할 여지가 없다. 루쉰은 후기에 후스를 비꼬는 글을 자주 지었지만, 천두슈에 대해서만은 줄곧 경의를 품고 글을 통해 그를 기념하기도 하였다. 물론 루쉰이 신문화운동 중에 발표한 소설과 잡감으로 본다면, 그가 훨씬 더 큰 영향력과 명성을 지녔음에 틀림없다. 당시 사람들의 불공평이 신문화운동에서 루쉰이 대표성을 지니고 있지 않기 때

101　루쉰은 「시대를 앞서 가는 것과 복고(趨時和復古)」라는 글에서 '시대를 앞서 가는' 것을 긍정하였다. 이런 점에서 본다면 루신은 량치차오와 매우 흡사하지만, 량치차오는 루쉰만큼 특징적이거나 심오하지 않았다.

문은 결코 아닐 것이다. 루쉰이 상식형의 사상가가 아닌 반면, 천두슈와 후스는 모두 상식형의 사상가라는 점을 염두에 두어야 한다. 루쉰과 그들의 관계는 마치 노장老莊과 공맹孔孟, 혹은 루소와 몽테스키외, 볼테르의 관계와 같다. 상식형의 사상은 사람들에게 쉽게 이해되고 받아들여지며 흔히 얄팍하지만, 비상식의 사상은 남들에게 쉽게 이해되지 못하고 흔히 심오하고 남다르다. 따라서 루쉰이 한때 사람들에게 이해되지 못함으로 말미암아 당시의 명성이 천두슈나 후스만 하지 못하다는 것은 충분히 이해할 수 있는 일이다. 만약 루쉰이 신문화운동에서 대표성이 없다고 말한다면, 노장이 중국문화에서, 루소가 프랑스의 계몽운동에서 대표성이 없다고 말해야 할 것이다. 사실상 신문화운동에서 어느 누구의 작품도 루쉰의 작품만큼 전통의 도덕가치에 대한 부정의 철저함을 더 잘 표현해내지는 못했으며, 중서문화의 충돌의 격렬함과 긴장감을 더 잘 드러내지는 못했다. 하물며 루쉰이 비록 뭇사람과는 사뭇 다른 사상적 특색을 지니고 있었지만, 민족의 부흥과 운동의 발전을 고려하여 루쉰이 자신의 사상으로써 공개적인 자리에서 상식적 계몽을 비난한 일이 거의 없었음에랴. 이 또한 루쉰이 말하는 바의, 당시의 선구자와 보조를 함께 하였음을 보여준다.

　한 걸음 더 나아가 분석해보면, 신문화운동은 프랑스의 계몽운동과 달리 대단히 복잡한 문화적 함의를 지니고 있었다. 신문화운동은 19세기 이전의 서구의 이성문화를 '가져왔拿來'을 뿐만 아니라 19세기 이후의 서구의 현대인학人學사조와 마르크스주의를 '가져왔'다. 따라서 이성의 계몽가 천두슈에게도 비이성적인 점이 있었다. 즉 그는 「문학혁명론」에서 사실적 '사회문학'을 제창하면서도 낭만파의 위고V. Hugo

와 퇴폐파의 와일드^{O. F. Wilde}를 경전으로 받들었다. 낙관적 실험주의자인 후스 역시 낙관적이지 않은 점이 있는 바, '입센주의'를 아낌없이 찬양하였다. 이러한 점에서 신문화운동이 '가져온' 여러 사조의 모순과 충돌을 엿볼 수 있다. 따라서 신문화운동의 질적 규정성은 이성의 계몽이 아니라 총체적 반전통과 서구화이며, 서구의 도덕가치로써 중국의 문화전통을 평가하는 것이다. 이런 관점에서 본다면 루쉰은 '5·4'에 대해 가장 대표성을 띠고 있다. 루쉰의 반전통에서의 급진성과 철저함, 전통의 죄악에 대한 해부의 심오함은 동시대 사람들이 따를 수 없으며, 전통에 대한 루쉰의 감당조차도 동시대인을 뛰어넘었다. 신문화를 이용한 '5·4'의 전통문화에 대한 비판이 현실에 구체화된 것이 바로 새로운 가치관념을 이용한 국민성에 대한 개조였다. 천두슈는 처음에 국민성의 개조를 중시하였지만, 오래지 않아 문화비판에서 정치혁명으로 전향하였다. 후스는 본래 국민성의 개조를 중시하지 않았으며, 나중에 다시 '호정부주의^{好政府主義}'를 제창하였다. 오직 루쉰만이 평생에 걸쳐 국민성 개조에 힘을 쏟았다. '5·4' 문화정신의 한 가지 중요한 내용은 전통적 윤리체계를 무너뜨리는 것, 다시 말해 '혈연전제주의'의 사회기초를 파괴하여 개성해방을 제창하는 것이었다. 이 점에 있어서 루쉰이 일본 유학시기에 펴냈던 '개인에게 맡기'고 '개성을 신장하'자는 극단적인 주장은 신문화운동의 선구라고 할 수 있다. 따라서 루쉰이 '5·4'에서 대표성이 없다고 여기는 것은 이치에 맞지 않다. 루쉰이 비록 후기에 부분적으로 '5·4'를 지양하긴 하였지만, '5·4'를 포기하지는 않았다. 여기에는 루쉰의 유가 및 도가에 대한 비판이 포함되어 있으며, 루쉰의 계승자인 후펑, 루링^{路翎}(1923~

1994)의 '5·4'정신에 대한 발양도 포함되어 있다.

이로써 알 수 있듯이, 국내의 일부 루쉰연구자들은 단지 상식적 각도에서 루쉰을 이해할 뿐이며, 그 목적은 루쉰을 신문화운동의 정통이자 정종正宗으로 세우고자 함이다. 그러나 이는 흔히 루쉰 사상의 독특성, 심오함과 복잡함을 말살하는 결과를 낳는다. 반면 국외의 일부 학자들은 이와는 정반대로 나아가 루쉰 사상의 심오함과 독특성의 일면을 강조하는 한편 루쉰과 신문화운동이 보조를 함께 하였음을 말살해버린다. 루쉰은 전통을 격렬히 공격했을 때 전통에 연연했음이 확실하며, 심지어 도덕과 심미 방면에서 전통을 계승하기도 하였다. 루쉰은 과학으로써 미신에 반대했을 때에도 과학으로 인간의 신앙과 가치 문제를 해결하거나 인간의 형이상의 요구를 만족시킬 수 없음을 느꼈으며, 그래서 그는 자신이 지고 있는 낡고 오래된 귀신에 대해, 그리고 사후의 상태 등등에 대해 동시대인을 뛰어넘는 흥미를 지니고 있었다.[102] 루쉰은 이성의 계몽을 지지하고 제창했을 때에도 이성의 열쇠로 생명의 오묘한 신비의 대문을 열 수 없다는 것을 깨달았다. 루쉰과 신문화 제창자들이 함께 지식을 전파할 때, 오직 루쉰만은 지식의 나무와 생명의 나무의 상반됨을 인식하였다. 이리하여 지식의 나무에 대한 그의 선택은 천두슈니 후스처럼 낙관적이지 않았으며, 심지어 생명의 나무에 미련을 두었다. 루쉰은 개성해방을 힘써 제창하여 '개인적 자대'로써 '군중적 자대'를 반대하였지만, 그는 또한 군주전제가 국가를 강력한 총체로 만들어내며, 개성의 자유의 총체에 대한 파괴

---

102   샤지안(夏濟安), 「루쉰 작품의 암흑 쪽(魯迅作品的黑暗面)」, 러다이윈(樂黛雲) 編,
　　　『국외루쉰연구논집(國外魯迅硏究論集)』, 북경 : 북경대학출판사, 1981 참조.

가 국가의 강력함을 쇠약케 할 수도 있음을 발견해냈다. 그리하여 그는 "사상이 일단 자유로워지면 힘이 약해지고 민족은 존립이 위험해진다"[103]고 말했던 것이다. 이밖에도 루쉰은 "지식과 강력함은 충돌하는 것"이며, 자유·평등·민주 사이의 모순, 진실과 윤리의 충돌(「나는 사람을 속이려 한다我要騙人」), 개성·진실과 애정의 대립(「죽음을 슬퍼하며傷逝」) …… 등을 깨달았다. 그러나 일반에게 공개된 자리에서 루쉰은 전자를 극력 제창하였으며, 후자는 단지 그의 작품 속에 감추어져 있기에 깊이 있는 분석을 거쳐야만 발견할 수 있다. 전자는 흔히 상식적인 것으로, 루쉰이 민족의 이익을 위해 일부러 이성의 계몽자와 보조를 함께 하였던 것이며, 이렇게 했던 것은 백성을 새롭게 하고 나라를 구하기 위해서는 이러한 상식적 계몽 역시 반드시 필요하다고 여겼기 때문이다. 이러한 면에서 루쉰이 행한 일은 동시대의 다른 사람들과 차이가 나지 않는다. 반면 후자는 뭇사람과는 다른 루쉰의 사상특징을 잘 보여주는 바, 전통에서 현대화에 이르는 과도기의 루쉰 사상의 진실함과 심오함을 반영하고 있다. 따라서 루쉰은 신문화운동의 계몽가일 뿐만 아니라, 루쉰 사상의 갖가지 모순과 충돌 역시 중서문화 충돌 이후 중국 지식인의 심각하면서도 복잡한 정신의 위기를 전형적으로 나타내주고 있다.

신문화운동은 근대 중국의 문화충돌 가운데에서 하나의 분계선이다. 이 이전에는 갈수록 높아져만 가던 서구 학습의 물결이 신문화운동에 이르러 서구화의 정점에 이르렀다면, 이 이후는 서구에서 받아

---

103   루쉰, 『집외집습유보편·지식계급에 관하여(關於知識階級)』.

들인 신문화가 중국의 구체적 실제와 서로 결합하는 과정이며, 신문화가 진정으로 중국사회에 대해 영향을 미치는 과정이자 중국문화에 타협하는 '중국화'의 과정이었다. 이 과정에는 몇 가지 주목할 만한 문제가 있다. 첫째, 표면상의 서구화와 실제상의 중국화의 과정이다. 이 과정은 중국 문화전통의 내재적 아이덴티티 메카니즘이 벌떼처럼 몰려오는 서구문화에 대해 행한 선택과 변형이었다. 사실상 전반서구화全盤西歐化는 불가능한 것이었기 때문이다. 서구문화에는 고대, 중세, 근대와 현대의 구분이 있고, 현대에는 또한 갖가지 문화유파가 있다. 신문화운동이 소개한 서구문화를 살펴보면, 공산주의(리다자오 및 직후의 천두슈), 실용주의(후스), 경험론철학, 논리실증주의, 길드사회주의(중국을 방문한 러셀의 강연), 현대인학사조와 니체의 철인철학(루쉰 등) 및 무정부주의 등등이 있다. 이들 문화사조는 나라별 특색을 확실히 지니고 있는데, 이를테면 영국의 경험론과 실증주의, 미국의 실용주의 등이 그것이다. 그러나 서구사회에서 이들은 또한 병존되는 일이 흔하며, 현대 서구의 문화가 지닌 다원화 특징을 보여주고 있다. 하지만 중국 전통문화의 내재적 아이덴티티 메카니즘은 지식인의 서구화 바람과 무관하게 민족구망의 추진력의 작용 아래에서 문화심층에서 중국전통의 가치와 가장 잘 동일시될 수 있는 것들을 선택하였다. 다만 동시에 서구문화의 외재 기호를 유지함으로써 지식인의 서구화 바람을 만족시키고자 하였다. 아울러 공산주의와 중국의 대동이상, '공산'과 전통적 '빈부의 균등', 공산주의 신도덕과 전통의 범도덕주의 등은 모두 동일시할 만한 점을 지니고 있으며, 게다가 가증스럽게도 중국을 침략한 자본주의의 문화초월에 대해 공산주의는 어느 서구문화사조보다도 중국 지식인의 민족자존심을 더욱 만족시킬 수 있으며, 공산주의가 추구하는 총체-연합체는 어느 서구문화사조보다도 중국 전통의 총체성에 훨씬 접근하여 후자처럼 개인과 총체의 분리를 창도하지 않는다. 따라서 중국 지식인이 공산주의를 받아들인 데에는 그 문화적 토양이 있었던 것이다.[104] 홍콩과 대만 및 해외의 일부 학자들처럼 서구문화에 대한 중국 전통문화의 아이덴티티 메카니즘의 왜곡과 변형을 무시하고, 심지어 '문화대혁명'을 '5·4'의 결과라고 여기는 것은 설득력이 없다고 할 수 있다.[105]

둘째, 신문화운동은 군벌이 할거하여 문화영역에 대해 간여할 사람이 없는 상황 아래에서 질풍노도처럼 일어났다. 대일통大一統 시기에 이토록 급진적인 문화운동이 발생하도록 허용한다는 것은 상상하기 어려운 일이다. 이러한 의미에서 신문화운동은 신해혁명이 전통의 총체를 붕괴시킨 결과이기도 하다. 그러나 우세의 이면은 열세이다. 전통의 총체는 와해되었지만, 신문화운동 역시 강력한 총체를 통하여 위에서 아래로 계몽을 진행할 방법이 없었다. 그 결과, 신문화운동은 지식인 사이의 계몽에 그쳐버린 채, 진정으로 계몽이 필요한 광대한 민중과는 무관하였다. 이를 근거로 본다면, 신문화운동의 계몽은 무술변법만도 못하였던 것이다. 이는 지식인으로 하여금 민중계몽을 위하여 강력한 총체를 모색하게 만들었다. 아울러 신문화운동은 중국의

---

104 졸저, 『생명의 나무와 지식의 나무』의 「현대중국의 생명적응(現代中國的生命適應)」을 참조.
105 졸고, 「'뿌리찾기'와 '가져오기'('尋根'與'拿來')」, 『중국문화보(中國文化報)』, 1988.5.1 및 「'오사'와 문혁('五四'與文革)」, 『법언(法言)』(홍콩) 10기, 1990 참조.

문화전통에 대해 전면적 성찰을 진행하지 않은 상황 아래에서 전통을 포기한 채 단기간에 서구에서 수백 년간에 걸쳐 축적한 문화성과를 단숨에 집어삼키려 하였는데, 이는 소화불량 등의 후유증을 낳았으며, 심지어 '오직 새로움만이 나아갈 길唯新是趨'이란 문화현상을 빚어내기도 하였다. 그러나 문화의 발전은 경제 발전과 나란히 진행되지 않는 한 토대 없는 사상누각에 지나지 않으며, 결국은 문화상의 이러저러한 새로움도 새로움을 추구하는 자가 깨닫지 못하는 사이에 낡은 것의 품안의 '새로움'이 되어 버릴 것이다.

신문화운동 이후 루쉰은 전체 시대의 변천과 기본적으로 일치된 보조를 유지하였다. 『외침』이 문화계몽에 힘을 쏟았다고 한다면, 『방황』에서는 문화계몽 역시 심각한 위기를 맞았다. 루쉰은 계몽의 낙관적 전망을 발견하지 못했으며, 발견한 것은 오직 일깨워진 개성이 하나하나 파멸되고 타락한, 사회의 여전한 비극뿐이었다. 이처럼 극도로 애절한 심리, 게다가 전통가치의 붕괴는 루쉰에게 형이상의 고독감과 부조리, 즉 존재론적 의미Ontology meaning를 지닌 '죽음에 임하는 존재Sein zum Tode'의 고민감을 안겨주었다. 조이스J. Joyce와 엘리어트T. S. Eliot가 절실히 느꼈던 이러한 비애, 현대에 속하는 이러한 예술의식은 루쉰의 『들풀野草』에 충분히 드러나 있다. 그렇지만 모더니즘 작가와 달리, 루쉰은 가장 고민스러웠던 때일지라도 부조리극이 보여주듯이 의기소침하여 세상을 냉소적으로 대하지 않고, 엘리어트처럼 고전주의와 종교로 회귀하려고도 하지 않은 채, 국민성의 개조에 집착하고 사회악에 대해 끈질기게 저항했다. 「광인일기」에 나타나 있는 계몽과 피계몽자의 패러독스는 『들풀』 시기의 루쉰에게도 잘 어울리는데, 계몽할수록 더욱 고독을 느끼고, 고독을 느낄수록 더욱 계몽하고 싶어한다. 그러나 국민당의 청당淸黨[106]은 루쉰을 놀라게 하여 깨웠다. 그는 자신의 계몽이 다른 사람을 위해 '술에 절인 새우'를 만들어낸 데에 지나지 않음을 깨달았다. 개성주의를 계몽 내용으로 삼고 구국구민救國救民을 개성주의의 목적으로 삼았던 루쉰의 계몽은 심각한 도전에 부딪혔으며, 이로 인해 루쉰은 붓을 꺾고 '마비'와 '망각'의 낡은 수법으로 스스로를 구하고자 하였다. 바로 이때 창조사創造社와 태양사太陽社는 루쉰을 향해 '붓끝의 포위공격'을 가했다. 루쉰은 사색에 잠겼다. 그는 개인의 무력함과 전체의 강력함을 깨닫고, 공산당의 민중해방과 자신의 국민성 개조가 '대중을 위한다'는 점에서 일치한다는 점을 깨달았다. 그러나 루쉰은 계몽을 포기하지 않았다. 그래서 첸싱춘錢杏邨이 「죽어버린 아Q시대死去了的阿Q時代」를 발표하자, 그는 「공산당 처형의 장관鏟共大觀」으로 응답했다. 이 논전 중에 루쉰은 마르크스레닌주의 저작을 읽었으며, 소련 건설의 성공과 자본주의세계의 경제적 대위기를 목도하였다. 그리하여 구국구민의 추진력의 작용 아래, 루쉰은 조금도 주저하지 않고서 공산주의자로 변모하였다. 이 변화에서 가장 큰 장애는 대중을 어떻게 대할 것인가의 문제였다. 대중에게 의지하는 것과 국민성의 개조는 서로 충돌하기 때문이었다. 공산주의자가 된 이후 루쉰은 변증법적 관점을 통해 대중의 우수성을 깨닫고 그들의 정신적

---

106 【역주】청당(淸黨)은 1927년 4월 12일 장제스(蔣介石)를 비롯한 국민당 우파에 의해 일어난 정변을 가리킨다. 국민당 우파는 이 정변을 통해 그동안 '연소(聯蘇), 용공(容共), 부조공농(扶助工農)'의 슬로건 아래 진행되어온 제1차 국공합작을 깨트리고 '반공(反共)'의 입장을 명백히 했다.

트라우마 또한 발견하게 되었다. 그리하여 루쉰은 국민성 개조의 계몽을 지속하면서, '대중을 위하여'가 대중에게 영합하고 대중의 환심을 사는 것이 아니라 대중을 제고시키는 것임을 강조하였다.[107] 이러한 변증법적 관점은 전통을 대함에 있어서는 곧 '비판계승'이요, 개인과 전체의 관계에 있어서는 곧 개인과 전체의 자유로운 합일이다. 따라서 루쉰이 후기에 제창한 '가져오기주의拿來主義' 방식은 주로 서구문화의 '가져오기'를 가리키지만, 중국 전통문화에 대해서도 마찬가지로 적절하다.

---

107   루쉰, 『차개정 잡문 · 문외문담(門外文談)』.

루쉰의 중서문화 비교관

중서문화가 교융된 문화거인으로서 루쉰은 중서문화를 전문적으로 비교한 글을 쓴 적은 거의 없지만, 『루쉰전집』을 읽어보면 루쉰이 자주 중서문화를 비교하였음을 느낄 수 있다. 중국 국민성에 대한 루쉰의 해부는 비록 비교가 함축적이기는 하지만 서구문화를 참조체계로 삼아 이루어진 것이다. 그러나 때로 자구字句면에서 본다면 국민성에 대한 루쉰의 인식은 병존하기 어려울 정도로 모순적이다. 루쉰은 전기에 서구의 개인주의를 숭상함과 아울러 '개인적 자대自大'로써 '군중적 자대'를 반대하고, 중국이 역대로 '다수'로써 천제를 압살하였다[1]고 어겼다. 그러나 반면 루쉰은 중국인의 대다수가 '개인주의자'[2]라고 말하기도 하였다. 루쉰은 거듭 국민성의 '게으름'에 대해 문화적 성찰을 진행하였다.[3] 그러나 『중국소설사략』에서는 또한 중국인은 "그 삶이 부

---

1   루쉰, 『무덤·문화편향론』, 『열풍·38』 등을 참조.
2   루쉰, 『집외집·문예와 정치의 기로(文藝與政治的歧道)』.

지런하다"고 말하기도 했다. 따라서 단순한 단장취의斷章取義와 기계적인 귀납법은 어느 것이나 루쉰의 중서문화 비교관의 특색을 인식하는 데 도움이 되지 않으며, 심지어 루쉰이 루쉰에 반대하는 현상을 빚어낼 것이다. 우리는 중국문화의 조숙과 서구문화의 정상적 발전을 비교의 기점으로 삼아 루쉰의 중서문화 비교관 및 국민성에 대한 해부에 관하여 총체적으로 파악함으로써 정확한 이해에 이르고자 한다.

1. 조숙早熟과 정상적 발전 - 루쉰의 비교 기점

일찍이 1907년의 「인간의 역사」에서 루쉰은 헤켈E. Haeckel의 '계통수系統樹, family tree' ── 종족발생학을 소개하였으며, "개체발생이란 실제로 종족발생의 반복이며, 단지 그 기간이 짧고 상황이 빨리 진행될 뿐"이라고 여겼다. 개체의 발생에서 볼 때, 인간은 최초에 객체를 인식하는데, 환각적 인식에서 추상적 인식으로 나아간다. 그러다가 젊음의 각성이 인간의 자각을 가져옴에 따라 비로소 객체에 대한 인식에서 주체에 대한 인식으로 바뀌게 된다. 서구문화의 발전은 바로 이와 같다. 마르크스가 말하였듯이 고대 그리스인은 인류 발전의 '정상적 어린아이'[4]로서 인류의 성년시대에는 가질 수 없는 상상력을 지니고 있다. 중세의 종교는 서구인을 자신이 만들어낸 인격신을 믿는 아이와 같도

---

3   루쉰, 『무덤·눈을 치켜뜨고 바라봄을 논함(論睜了眼看)』.
4   『마르크스엥겔스선집』 제2권, 北京 : 人民出版社, 1972, 114쪽.

록 만들었으며, 계몽운동에 이르러서야 서구인은 비로소 차츰 인류의 유년시대과 작별을 고하게 되었다. 이러한 작별과 더불어 일어난 것은, 철학적으로는 객체의 탐구에 치우쳤던 데에서 주체로 나아감으로써 '자아의 인식'을 '철학탐구의 최고목표'로 간주하게 되었으며,[5] 미학에 있어서는 '모방설'이 '표현설'로 바뀜으로써 서구의 사시史詩 전통을 서정시 전통으로 변모하게 만들었다. 그러나 "중국 고대의 신화 재료는 매우 드물며, 있는 것이라곤 고작 단편적인 것들뿐 장편이 없는데, 나중에 흩어지고 사라진 게 아니라 본래 드물었던 듯하다".[6] 중국에는 또한 서구처럼 완전한 종교, 신학도 없었다. 선진先秦시대로부터 흥기하여 중국문화의 발전방향을 규정지었던 것은 인간 본위의 이성철학과 현세적 생명철학이었으며, 주체의 내성內省과 인성의 완전함을 중시하는 철학적 인학人學이었다. 중국의 미학 역시 일종의 표현미학으로서, 객체에 대한 정확한 묘사보다는 예禮의 제약 아래에서의 정감의 표출을 추구함으로써 중국 고대문학의 서정시 전통을 형성하였다. 중국문화의 조숙으로 말미암아 서구는 유년 시대의 상상과 광분에서 벗어난 계몽운동에 이르러서야 볼테르F. M. A. Voltaire와 같은 수많은 선각자들이 중국문화에 대해 커다란 흥미를 보였다. 중국문화의 조숙 및 이로 인해 형성된 '애어른'의 민족성격에 대해, 루쉰은 깊이 인식하였다. 루쉰은 외국의 아이들이 아이다움에 반해 중국의 아이들은 '성인의 축소판'[7]과 같다고 여겼다. 따라서 루쉰은 중국인을 "선배

---

5   에른스트 카시러(Ernst Cassirer), 깐양(甘陽) 역, 『人論』, 上海 : 上海譯文出版社, 1985, 3쪽.
6   루쉰, 「중국소설의 역사적 변천(中國小說的歷史的變遷)」 제1강.

인 노老선생 말고도 후배임에도 애어른인 소小선생이 있다"[8]고 하였다. 중국의 "청년들의 정신에 대해서는 아직 알 수 없지만, 체질 면에서는 대부분이 허리와 등이 굽고, 눈썹은 처지고 순한 눈을 하여, 유서 깊은 노숙한 자제子弟나 선량한 백성과 같은 모습을 하고 있다".[9] 또한 중국의 가정은 본래 아이가 어른스럽고 대범하며 본분을 지키고 말을 잘 듣는 것을 미덕으로 여겼으며, "사숙私塾의 선생은 지금껏 아이들이 분노하고 슬퍼하는 걸 허용하지 않았으며 신나하는 것도 허용하지 않았다".[10] "젊은이는 어른스럽고, 늙은이는 당연히 어른스럽다."[11] 루쉰은 중국인의 조숙에서 중국문화의 조숙으로 밀고 나아갔다. 루쉰은 이렇게 말했다. "공구 선생은 확실히 위대하다. 무당과 귀신의 세력이 그토록 성행하던 시대에 태어나 세속을 좇아 귀신에 대한 말을 기어코 하지 않으려 했다. 다만 애석하게도 그는 너무 총명하여 "조상을 제사 지낼 때에는 생존해 있는 듯이 하고, 신을 제사 지낼 때에는 신이 앞에 있는 듯이 했다"고 하여 『춘추春秋』를 편찬할 때의 수법 그대로를 사용하여 두 개의 '듯하다如'라는 글자 속에 다소 '날카로운 풍자'의 뜻을 깃들여 놓았는데, 사람들에게 한동안 영문을 모르게 하고 그의 속내에 반대의 뜻이 있다는 것을 알아차리지 못하게 했다. 그래서 루쉰은 공자를 "세상물정에 정통한 노선생"[12]이라 일컬었던 것이다. 바로 세

---

7   루쉰, 『무덤·지금 우리는 아버지노릇을 어떻게 할 것인가(我們現在怎樣做父親)』.
8   루쉰, 『집외집습유·시가의 적(詩歌之敵)』.
9   루쉰, 『무덤·눈을 크게 뜨고 볼 것에 대해』.
10   루쉰, 『남강북조집·논어 일년(論語一年)』.
11   루쉰, 『삼한집·나의 태도 기량과 나이(我的態度氣量和年紀)』.
12   루쉰, 『무덤·뇌봉탑이 무너진 데 대해 다시 논함(再論雷峰塔的倒掉)』.

상물정에 정통한 이 노선생은 우리 민족의 유년 단계에서 실제의 근거 없이 세계를 환각적으로 인식하고 상상적으로 파악하는 데에 찬성하지 않았다. 반면 올림푸스산 위의, 제우스를 우두머리로 하는 방대한 신화체계는 인류의 동년시대의 지혜를 번뜩이고 있었다. 20세기에 발을 딛고 서서 우리는 볼테르처럼『성경』을 "미치광이병을 앓는 무지한 자가 대단히 몹쓸 곳에서 쓴 저작"이라 간주할 수 있으며,『성경』가운데의 수많은 신화는 현대과학에 의해 이미 오류임이 입증되었다. 그러나 현대과학은『논어』에 대해 어찌해 볼 길이 없다.『논어』안에는 신화도 없고, "공자는 괴이한 힘이나 난잡한 귀신에 대해서는 이야기하지 않았子不語怪力亂神"으며, 있는 거라곤 나라 다스림과 사람 노릇을 가르치는 격언뿐이다. 점을 치는 용도의『역경易經』조차도 유가는 그것을 철학화하였다. 현대인은 고대 그리스·로마의 신화와『성경』을 읽으면서 일종의 역사의 느낌을 가지며, 인류 동년과 유년시대의 산물임을 느낀다. 그러나『논어』를 읽어보면 이러한 역사의 느낌이 들기는커녕 도덕선생의 교훈을 듣는 것만 같다. 루쉰은 이렇게 감탄한다. "중국은 아무래도 너무 늙었어."[13]

개체의 성장에서 볼 때, 어린아이는 실제에 힘쓰지 않고 환상하기를 즐기지만, 성인이 되면 실제에 힘쓰고 환상은 줄어든다. 따라서 중국문화의 조숙은 중국인이 예부터 환상이 적고 공용을 숭상하며 실제에 힘쓰는 데에 잘 나타나 있다. 아편전쟁 이후 수많은 사람들은 중국문화가 허虛를 숭상하는 반면 서구문화는 실實에 힘쓴다고 여겼다. 5·

---

13   루쉰,『양지서(兩地書)』4.

4신문화운동 이후에도 서구문명을 물질문명과 동등하게 여겨, 서구의 물질문명을 숭상하거나 중국의 정신문명을 뽐내는 이가 있었다. 루쉰은 중서문화의 '뿌리찾기'를 행한 결과 다음과 같은 극히 상반된 결론에 이르렀다. "중국은 예로부터 본래 물질을 숭상했다"[14]고 여겼던 것이다. 루쉰의 말은 중국인이 철학상의 유물주의를 숭상했다는 것이 아니라, "사람의 마음에는 실리라는 두 글자가 아로새겨져 있다"[15]는 것이다. 다시 말해 볼 수 있고 만질 수 있는 물질, 즉 부귀영화를 숭상한다는 것이다. 중국에서 묵가墨家와 법가法家가 이익에 집착했다는 것은 모두가 아는 사실이지만, 공학孔學조차도 일부 사람들이 말하듯이 비非공리적이었던 것은 결코 아니다. 서구의 고대문화와 비교해보면, 공학 역시 공용을 숭상하고 실제에 힘썼다. 공자는 "부유함이 추구할 만한 것이라면 비록 채찍을 잡는 사람일지라도 나는 되겠다富而可求也, 雖執鞭之士, 吾亦爲之"[16]고 말했다. 여기에서의 '추구할 만하다'는 것은 반드시 '의義'의 전제, 즉 윤리질서의 안정을 그 무엇보다도 중시함을 전제하고 있다. 그래서 유가는 이제껏 앎을 추구했던 고대 그리스인의 열정을 드러낸 적이 없다. 공자는 "시 삼백 편을 암송하고도 정무를 맡았을 때 제대로 처리하지 못하고 사방에 사신으로 나갔을 때 전문적으로 응대하지 못한다면, 비록 많이 외운들 무슨 소용이 있겠느냐誦詩三百, 授之以政, 不達 : 使於四方, 不能專對; 雖多亦奚以爲?"[17]라고 하였는데, 유학의 실용적 특성을 충분히 드러내주고 있다. 따라서 루쉰은 중국의

14   루쉰, 『무덤 · 문화편향론』.
15   루쉰, 『무덤 · 마라시력설』.
16   『논어 · 술이(述而)』, 양보쥔(楊伯峻), 『논어역주』(北京 : 中華書局, 1980).
17   『논어 · 자로(子路)』, 위의 책.

신화를 이야기하면서 "공자가 나와 수신제가치국평천하 등의 실제에 힘씀을 가르쳤기에, 유가에서는 태고의 황당한 이야기들을 전혀 언급하지 않았다"[18]고 말했다. 중국 신화가 서구 신화와 크게 다른 점은 '하늘을 기운 이야기補天', '해를 쏜 이야기射日', '물을 다스린 이야기治水' 등처럼 선명한 현세의 공리 목적을 지니고 있으며, 환각과 상상의 형식에서 출발하여 우주를 파악하는 인식 동기는 비교적 적다는 것이다. 중국 철학이 서구 고전철학과 크게 다른 점은 바로 형이상학적 탐구가 아주 드문 반면, 시사와 정무政務, 일처리에 딱 들어맞는 준칙이 훨씬 많다는 점이다. 중국의 과학기술이 서구의 과학기술과 크게 다른 점은 실용기술에 치중한 반면 이론과학은 홀시했다는 것인데, 중국에서 발달한 것은 일반적으로 농업, 수공업 혹은 생명 자체와 관련된 학문분야이며, 이들조차도 일단 실용적 목적을 달성하고 나면 과학적 탐구를 진행하지 않는 일이 흔하다. 따라서 루쉰은 중국인이 정신을 보다 높이 추구하지 않은 채 눈앞의 이익만 돌아볼 뿐이라고 생각했다. 아Q가 혁명을 통해 얻으려 했던 세 가지 이상은 바로 눈앞의 미워하던 이를 없애버리고 재물을 모으고 여인을 구하는 것이었다. 「고독자孤獨者」에서는 이익에 집착하는 중국인에 대해 묘사하고 있는데, 그의 견해는 더욱 날카롭다. 루쉰은 이렇게 말한다. "지금 중국은 사회적으로 개혁이 전혀 없고 학술에도 발명이 없으며 예술에도 창작이 없다. 많은 사람들의 지속적인 연구와 앞사람이 쓰러지면 뒷사람이 이어 가는 탐험 같은 것은 언급할 필요도 없다. 이 나라 사람의 사

---

18   루쉰, 『중국소설사략』 제2편.

업이란 대체로 최신식의 성공을 도모하기 위한 처세와 모든 것에 대한 냉소뿐이다."[19] 루쉰은 심지어 "중국 역사의 정수整數 속에는 사실 어떤 사상이나 주의도 포함되어 있지 않다. 이 정수는 두 가지 물질로 구성 되어 있는데, 바로 칼과 불이며 '온다'가 그것들의 통칭이다"라고 여 기기도 했다. 이리하여 루쉰은 중국인에게 멀리 바라보고 외래의 주 의에 관심을 가지라고 하였으며, 그렇지 않으면 "언제까지나 그저 물 질의 섬광이나 볼 수 있을 따름"[20]이라고 보았다.

중국문화가 공용을 숭상하고 실제에 힘쓰는 데에 비해, 서구의 고 대문화는 환상하기를 좋아하고 실제에 힘쓰지 않는다는 인상을 풍긴 다. 고대 그리스·로마의 신화체계든 토마스 아퀴나스Thomas Aquinas의 방대한 신학체계든 모두 이러한 점을 보여준다. 따라서 사람들이 서 구의 '황금흑철黃金黑鐵'을 숭상할 때, 루쉰은 고도로 발달한 서구의 물 질문명의 유래에 대해 문화적 성찰을 진행했다. 루쉰이 생각하기에, 고대 그리스인은 자연에 대한 경이감에서 출발하여 "우주의 원소를 곧바로 해명"하고자 하였는데, 비록 그렇더라도 "자연을 탐구하려면 반드시 추상적인 개념에 의존해야 하는데, 그리스 학자들에게는 이것 이 없었"기에 "그 견해가 타당치 않다". 그렇지만 이는 단지 인류의 유 년시대의 추상사유 능력의 박약함을 반영하고 있을 뿐, "그 정신만큼 은 의연해서 옛사람들이 몰랐던 것에 대해 의문을 제기했고, 자연을 탐구함에 피상적인 데 머무르지 않으려고 했으니, 근세와 비교하여 우열을 가리기 어려울 정도이다".[21] 올림푸스산의 방대한 신화체계조

---

19   루쉰, 『열풍·수감록 41』.
20   루쉰, 『열풍·수감록 59 '성무(聖武)'』.

차도 고대 그리스인이 환상적 형식으로써 자연을 대한 인식이다. 이는 마르크스가 『정치경제학비판』서언에서 충분히 논술한 바 있다. 자연에 대한 서구인의 인식은 환각적, 상상적인 면에서 논리적, 추상적인 면으로 차츰 고급을 향해 발전하였다. 따라서 루쉰은 역사적 관점에 입각하여 환상으로써 우주를 파악하는 방식에 대해 긍정하여, "세상에는 신화를 미신이라 하여 비웃거나 옛 가르침을 천박하고 고루하다고 배척하는 사람들이 있으나 이들이야말로 미혹된 무리이니 불쌍히 여겨 바로잡을 일"이라고 말했다. 반면 서구인은 끊임없이 앞선 성과를 이어받아 천연天然의 결과를 연구함으로써 서구의 이론과학을 발전시켰다. "뉴턴의 발견은 지극히 탁월했고 데카르트의 수리 역시 지극히 정교했지만, 세상 사람들이 얻은 것이라곤 단지 사고를 풍부하게 하는 것에 그쳤을 뿐, 국가의 안녕과 민생의 안락은 여전히 획득할 수 없었다." 그렇지만 바로 이론과학의 전제가 있기에 서구의 근대는 풍성한 실용과학의 열매를 거둘 수 있었다. 루쉰은 "대강 살펴보건대 그들의 목표가 어찌 실리에 있었겠는가? 그러나 방화등防火燈이 만들어지고 증기기관이 나왔고, 광업기술이 고안되었다"고 말한다. 따라서 루쉰은 '실업을 부흥하고 군대를 진작해야 한다는 주장'이란 "그 실질을 따져 보면 눈앞의 사물에 현혹되었을 뿐 그 참뜻을 아직 얻지 못한 것"이라고 여긴다.[22] 서구문화의 정상적 발전은 서구인이 실제에 힘쓰지 않은 채 환상하기를 좋아하는 유년 시대로부터 실제를 따지고 공용을 숭상하는 실증주의와 실용주의로 나아감과 아울러, 이론

---

21   루쉰, 『무덤·과학사교편』.
22   루쉰, 『무덤·과학사교편』.

과학의 발달을 통해 실용기술의 번영을 낳았다는 점에 잘 드러나 있다. "19세기에 이르러 물질문명의 흥성은 그야말로 과거 2천여 년간의 업적을 깔보게 되었다."[23] 그러므로 루쉰은 "오늘날의 세상은 옛날과는 달라서 실리를 존중하는 것도 가능하며 방법을 모방하는 것도 가능하다"고 여기지만, "진보에는 순서가 있고 발전에는 근원이 있으니, 염려하건대 온 나라가 지엽枝葉만을 추구하고 뿌리를 찾는 사람이 전혀 없은 즉, 근원을 가진 자는 날마다 성장할 것이며 말단을 좇는 자는 전멸할 것"[24]이라고 보았다.

2. 음유陰柔와 양강陽剛 – 중서문화 성격에 대한 루쉰의 비교

중국문화가 빚어낸, 서구문화정신과 확연히 다른 민족성격은 음유陰柔의 성격이라고 루쉰은 인식하였다. 함축적이면서 칼끝을 드러내지 않고 내성적 성격을 미덕이라 여기는 것 역시 유가의 도덕 교훈이다. 반면 노자는 한 걸음 더 나아가 사람들에게 암컷 성질雌性과 같이 아래의 피동적 지위에 처하여 기꺼이 천하의 골짜기가 되라고 하였다. 즉 "숫컷됨을 알면서 암컷됨을 지키고知其雄, 守其雌" "영광을 알면서 굴욕을 지키면 천하의 골짜기가 된다. 천하의 골짜기가 되면 항상적인 덕이 충족된다知其榮, 守其辱, 爲天下谷. 爲天下谷, 常德乃足".[25] 노자는 '다투지 않음不爭'

---

23   루쉰, 『무덤 · 과학사교편』.
24   루쉰, 『무덤 · 문화편향론』.
25   노자, 『노자』 제28장, 런지위(任繼愈), 『노자신역(老子新譯)』, 상해 : 상해고적출판사, 1985.

을 제창하여 "낳되 소유하지 않으며, 행하되 자랑하지 않는다生而不有, 爲而不恃"[26]고 하였으며, 굽어야 온전함을 구할 수 있는 바, 즉 "휘면 온전하고 굽으면 바르다曲則全, 枉則直"[27]고 여겼다. 노자는 또한 "사람이 싫어하는 것은 오직 외롭고 덕이 모자라며 선하지 못함이지만, 임금과 제후는 이로써 호칭을 삼는다人之所惡唯孤 · 寡 · 不穀, 而王公以爲稱"고 여겼다.[28] 루쉰은 제 아들에게 중和尙이란 이름을 지어준 어느 도학선생을 언급하면서 이렇게 말했다.

중국에는 오로지 전도가 양양한 사람, 그중에서도 어린아이에게 해코지를 하는 요귀(妖鬼)가 많다. 못나고 천하면 가만 놔두니 안심이다. 중이라는 부류의 사람들은…… 미천한 자들이다.

이는 애들 이름을 개똥이 · 말똥이라고 지어 주는 것과 완전히 같은 이치이다. 그러면 탈 없이 자란다.[29]

이로써 알 수 있듯이, 노자의 도덕교훈은 이미 미신으로 접어들어 국민의 보편적 심리상태가 되었다.

반면 서구문화가 빚어낸 것은 양강陽剛의 성격이다. 고대에도 위에 군림하는 신神이 있었다면, 근대에 이르러 이러한 점은 더욱 두드러진다. 러셀B. Russell은 일찍이 중서문화를 비교하는 관점에서 서구인의 점유욕

26   위의 책, 제2장.
27   위의 책, 제22장.
28   위의 책, 제42장.
29   루쉰, 『차개정 잡문말편 · 나의 첫 번째 스승(我的第一個師父)』.

이 너무나 강렬하다는 점에 감탄하였다. 따라서 서구인이 가는 곳은 웅덩이나 골짜기가 아니라 높고 험한 산과 고개였다. 서구인은 칼끝을 드러내는 외향적 성격을 풍부하게 지니고 있으며, 능동성, 공격성, 점유성과 침략성을 강하게 지니고 있다. 루쉰은 바로 중국인의 음유의 성격을 개조하여 양강의 성격으로 대신하려 한다. 중국인의 노예성을 비판하는 그는, 조화하고 절충하며 굽어서 온전함을 추구하는 국민의 심리 상태를 비판하며, 심지어 느릿느릿 질질 끄는 쑤저우화蘇州話를 혐오하기도 한다. 일본 유학 시절 루쉰은 서구의 전형적인 양강의 성격을 지속적으로 소개함으로써 국민을 일깨우려 하였다. 「스파르타의 혼」에서는 차라리 죽을지언정 노예가 되지 않겠다는 스파르타의 상무尚武정신을 소개하였고, 「마라시력설」에서는 "꿋꿋하여 꺾이지 않고""하늘에 맞서고 세속에 저항하는" 루시퍼Lucifer의 성격을 소개하였으며, 「문화편향론」에서는 "반항과 파괴로써 그 정신을 채우"는 서구의 현대철학 사조를 소개하였다. 루쉰은 특히 니체F. W. Nietzsche와 바이런B. Byron을 좋아하였다. 니체는 "의지력이 세상에서 가장 뛰어난, 거의 신명神明에 가까운 초인을 기대했다".[30] 바이런은 "부딪히는 것마다 늘 저항했고 의도한 것은 반드시 이루려고 했다. 힘을 귀중하게 여기고 강자를 숭상했으며 자기를 존중하고 싸우기를 좋아했다. …… 그래서 그는 평생 동안 미친 파도처럼, 맹렬한 바람처럼 일체의 허식과 저속한 습속을 모두 쓸어버리려고 했다. 앞뒤를 살피며 조심하는 것은 그에게는 아예 모르는 일이었다. 정신은 왕성하고 활기차 억제할 수 없었고, 힘껏 싸우다 죽

---

30   루쉰, 『무덤 · 문화편향론』.

는 한이 있더라도 그 정신만은 반드시 스스로 지키려고 했다. 적을 굴복시키지 않는 한 싸우면 멈추지 않았던 것이다."[31] 루쉰은 평생토록 부드럽고 섬세한 소리를 혐오하고 강건하고 웅대한 '힘의 아름다움'을 힘껏 부르짖었다. 일본 유학 시절의 루쉰이 서구의 양강 성격을 소개하는 데에 주목하고, '5·4 시기'의 루쉰이 중국의 음유 성격에 대한 해부와 비판에 주목하였다면, 마르크스주의자가 된 이후의 루쉰은 꺾이지 않는 강건한 전사가 되어 모든 악의 세력의 습격에 대해 "적을 굴복시키지 않는 한 싸우면 멈추지 않았다". 이것이야말로 루쉰이 '온건'하지 않고 '남을 욕하기'를 좋아하며, 일부 사람들의 눈에 '각박'하게 보였던 까닭이다.

　노자가 중국인의 음유 성격을 빚어냈음은 강건하고 굳센 자에 대한 저주, 즉 "강하고 굳센 자는 제명에 죽지 못한다强梁者不得其死"[32]고 함으로써 유약하고 부드러운 수성水性을 찬미하는 데에서도 엿볼 수 있으며, "유약함은 도의 쓰임弱者道之用"[33]이라거나 "최상의 선善은 물과 같으니, 물의 선함은 만물을 이롭게 하면서도 다투지 않는다上善若水, 水善利萬物而不爭"[34]라는 데에서도 엿볼 수 있다. 유가의 '온유돈후溫柔敦厚'와 '온화와 선량, 공손, 검소, 겸양溫良恭儉讓'은 노자가 빚어낸 국민성과 전혀 충돌하지 않는다. 다만 유가는 그래도 사람들에게 '자강불식自强不息'하라고 하여, 노자처럼 음유의 성격을 떠받들지는 않는다. 노자의 도덕교훈은 이미 중국인의 격언이 되어버렸다. 즉 "굳세고 강함은 화禍를 부르는 근

31　루쉰, 『무덤·마라시력설』.
32　노자, 앞의 책 제42장.
33　위의 책 제40장.
34　위의 책 제8장.

원이요, 부드럽고 연함은 입신立身의 근본이다". 그렇지만 노자는 "부드럽고 약함이 굳세고 강함을 이기柔弱勝剛强"며 "천하에 물보다 부드럽고 약한 게 없지만, 굳세고 강한 것을 공략하는 데에는 이보다 나은 것이 없으니天下莫柔弱於水, 而攻堅剛者莫之能勝", 따라서 "천하에 지극히 유약한 것이 천하에 지극히 굳센 것을 마음대로 부릴 수 있다天下之至柔, 馳騁天下之至堅"[35]고 여겼다. 이『도덕경』이 바로 "부드러움으로 굳셈을 이긴다以柔克剛"는 중국의 민족심리를 빚어냈던 것이다. 루쉰은 이렇게 말한다. "어떤 종류의 사람이든지 간에 일단 잘나가는 사람이 되면 '잘나감'의 정도에 상관없이 주변에는 언제나 물 샐 틈 없이 둘레를 에워싸는 사람들이 있다고 생각한다. 그 결과, 안에서는 그 잘나가는 사람이 점차 우매해져서 꼭두각시에 가까워지는 경향이 생긴다. 밖에서 다른 사람들이 보는 것은 결코 그 잘나가는 사람의 참모습이 아니라 에워싼 사람을 통해 굴절되어 나타난 환영幻影이다. 일그러지는 모습이 어떠한가는 에워싸고 있는 자들이 프리즘인가, 아니면 볼록렌즈인가, 아니면 오목렌즈인가에 따라 달라진다." 그리하여 잘나가는 사람은 바깥세계의 참된 의견을 듣지 못한 채 만사대길이요 천하태평이라 여기다가, 일단 바깥세계의 큰 물결이 둘레를 에워싼 사람들을 들이닥치는 순간 잘나가던 사람은 끝장나고 만다. 그리고 "에워싸고 있던 사람들은 이미 쓰러진 이 큰 나무를 떠나서 또 다른 새로운 잘나가는 사람을 찾아 나선다". "중국이 영원히 옛길을 걷게 되는 까닭은 바로 에워싸는 데에 있다. 왜냐하면 잘나가는 사람에게는 비록 흥망성쇠가 있지만 에워싸는 사람

---

35   위의 책 제43장.

은 영원히 같은 사람이기 때문이다."[36] 루쉰에 따르면, 중국인은 황제에 대해서도 '부드러움으로 굳셈을 이기는' 우군정책愚君政策을 지니고 있다. 즉 "멍청한 황제라면 없어도 될 것 같다. 그렇지만 결코 그렇지 않다. 그녀는 이런 황제라도 있어야 하며 그것도 그가 하자는 대로 마음대로 전횡을 부리게 내버려 둬야 한다는 것이었다. 용도는 황제를 이용해 자기보다 더 강한 다른 사람을 진압하는 데 있는 것 같다. 그리하여 마음대로 사람을 죽이는 것은 필요불가결한 요건이 되었다. 그렇지만 자기가 죽임을 당하더라도 받들어 모셔야 한단 말인가? 그렇다면 이것도 좀 위험한 것 같다. 그래서 할 수 없이 황제를 바보로 훈련시켜 평생 동안 참을성 있게 '붉은 부리의 초록 앵무새'만을 먹게 하는 것이다".[37] 루신은 중국인은 이민족의 강자에 대해서도 부드러움으로 굳셈을 이기는 방법을 지니고 있다고 여긴다. 즉 "어릴 때부터 무슨 '건륭은 우리 한족인 진씨 집안에서 몰래 유괴당한 사람'이라느니, …… 따위의 말을 귀에 못이 박히도록 들었"으며, "이 만주족의 '영명한 군주'가 알고 보니 중국인이 살짝 바꿔치기한 것으로 아주 호화롭고 복이 많았다. 그는 한 명의 병사도 죽이지 않고 화살 하나도 쓰지 않고 오로지 생식기관에만 의지해 혁명을 했으니, 정말이지 값싸게 치른 셈이다".[38] 옛 적에 여인을 이용히여 이민족과 회친한 것 역시 부드러움으로 굳셈을 이기는 방법의 일종이었다. 중국인은 임기응변의 민첩성이 뛰어나 이른바 "시무를 아는 자가 준걸"이다. 그러나 임기응변의 목적은 배우는

---

36   루쉰, 『이이집·위쓰를 압류당한 잡감(扣絲雜談)』.
37   루쉰, 『화개집속편·황제에 대하여(談皇帝)』.
38   루쉰, 『꽃테문학·중추절의 두 가지 소원(中秋二願)』.

것이 아니라 남을 동화시키는 것, 즉 부드러움으로써 '다름'을 이기고 부드러움으로써 '새것'을 이기기 위함이다. 루쉰은 이렇게 말한다. "누가 중국인들은 뜯어고치는 것에 능하지 않다고 말했던가? 새로운 사물이 들어올 때마다 처음에는 배척하지만, 믿을 만하다 싶으면 응당 뜯어고칠 것이다. 하지만 결코 새로운 사물에 맞추어 자신을 변화시키는 것이 아니라, 새로운 사물을 자신에 맞추어 변화시킬 따름이다. 불교가 처음 들어왔을 때에는 몹시 배척받았지만, 이학理學선생들이 선禪을 이야기하고 스님이 시를 짓게 되자 '삼교동원三敎同源'의 기운이 무르익었다. 듣자 하니 현재 오선사悟善社 안에 모셔진 위패는 벌써 공자, 노자, 석가모니, 예수, 마호메트 등 다섯이나 있다고 한다."[39] 『삼국연의三國演義』 가운데에서 지혜(제갈량諸葛亮)와 용감함(오호장수五虎將帥)이 유비劉備 수하에서 고분고분했던 것은 유비가 인의에다 눈물의 회유정책을 지니고 있는, 부드러움으로써 굳셈을 이기는 전형적인 인물이기 때문이다. 그러나 루쉰은 중국인이 '부드러움을 중시'하고 '암컷을 지키는 것'은 비겁의 장식이요, 실패의 변명이요, "타락을 감추고 진취를 혐오함"을 드러내는 것이라 여긴다. 루쉰이 보기에, 중국인이 만약 정말로 부드러움을 중시하고 암컷을 지킨다면 탐욕을 부리지 말아야 하지만, 중국인의 비겁은 탐욕과 서로 관련되어 있으니 "최대의 병근은 시야가 드넓지 않아" 자신을 속이고 남을 속인다는 점이다.[40] 그리하여 "중국인은 양에게는 맹수의 모습을 드러내고, 맹수에게는 양의 모습을 드러내는지라, 설사 맹수의 모습을 드러내고 있을지라도 여전히 비겁한 국민

---

39   루쉰, 『화개집 · 여백 메우기(補白)』.
40   루쉰, 『먼 곳으로부터의 편지(兩地書)』 10.

이다".[41] 루쉰은 마땅히 굴욕을 직시하고 굴욕을 선전함으로써 중국인이 자기기만에서 빠져나오게 해야 한다고 생각한다. 즉 "사실 한 차례 나라가 망하면 순국한 충신이 몇몇 더 보태지는데, 나중에는 옛것들을 광복할 생각은 하지 않고 단지 그 몇몇 충신을 찬미할 뿐이다. 한 차례 재난을 당하면 곧 정절을 지킨 일군의 열녀가 만들어지는데, 사태가 수습된 후 역시 악한을 징벌하거나 스스로 지킬 생각은 하지 않고 오히려 일군의 열녀만을 가송할 뿐이다".[42] 이리하여 "불이 북쪽에서 오면 남쪽으로 도망치고 칼이 앞에서 오면 뒤로 후퇴한다. 한 무더기 금전출납부가 오직 이 한 가지 양식뿐이다".[43] 연체軟體인 중국문화와 달리, 서구문화는 딱딱하고 명확하다. 서구문화의 중요한 담체carrier인 인도유럽어족 언어조차도 그러하며, 신축적이고 다의적인 중국어와는 다르다.[44] 따라서 루쉰은 중국인들에게 꿋꿋하여 꺾이지 않는 서구의 정신에서 배워, 부드러움으로써 굳셈을 이길 것이 아니라 굳셈으로써 굳셈에 맞서 "상대가 맹수와 같을 때에는 맹수처럼 되고, 양과 같을 때에는 양처럼 되라!"[45]고 한다. 뿐만 아니라, 루쉰은 중국의 꿋꿋하고 강한 자 역시 부드럽고 연한 국민에게 '져서'는 안된다고 여긴다. 루쉰은 니체의 말을 빌려 "그들은 칭찬으로 너의 웅웅거리는 외침을 포위한다. 그들의 칭찬은 절먼피이다"[46]라고 말한다. 이리하여 루쉰은 "이러한 전

41 루쉰, 『화개집·문득 생각나는 것(忽然想到)』 7.
42 루쉰, 『무덤·눈을 크게 뜨고 볼 것에 대해(論睜了眼看)』.
43 루쉰, 『열풍·수감록 59 '성무(聖武)'』.
44 가르통, 「구조, 문화와 언어」, 『國外社會科學』 8기, 1985.
45 루쉰, 『화개집·문득 생각나는 것(忽然想到) 7』.
46 루쉰, 『열풍·수감록 46』.

사"를 바란다. 마주치는 사람마다 아무리 "그에게 한 본새로 인사를 하"거나 "또 만나자 한 본새로 인사를 하"더라도, 또한 "그것들의 머리 위에" 갖가지 그럴싸한 명칭이 수놓여 있고, 머리 아래에 갖가지 그럴 듯한 외투에 "학문, 도덕, 국수國粹, 민의民意, 논리, 공의公義, 동방문명 …… 등등"의 멋진 무늬가 수놓여 있더라도 "그러나 그는 투창을 들었"으며, 심지어 "이쯤 되면 아무도 전투의 함성을 듣지 못한다. 태평太平. 태평……. 그러나 그는 투창을 들었다!"[47]

루쉰은 "노자가 쓴 오천 자의 글은 그 요점이 사람의 마음을 어지럽히지 않는다는 데 있다. 사람의 마음을 어지럽히지 않기 때문에 반드시 먼저 스스로 고목槁木의 마음에 이르고 '무위지치無爲之治'를 확립하게 된다. 무위지위無爲之爲로써 사회를 교화시키면 세상이 태평해진다는 것이다"[48]라고 말한다. 이로 인해 노자는 또한 잠잠히 있기를 좋아하는 중국인의 음유 성격을 빚어냈다. 노자는 "고요함은 시끄러움의 으뜸靜爲躁君"[49]이며, 그렇기에 청정무위淸靜無爲하고 "청정함을 천하의 올바름으로 삼아야 한다以淸靜爲天下正[50]고 말한다. 노자는 비유를 들어, 암컷의 성질이 늘 숫컷의 성질과 싸워 이기는 까닭은 그것이 잠잠히 아래에 거하는 데에 있다고 말한다. 즉 "암컷은 늘 고요함으로써 수컷을 이기고 고요함으로써 아래를 자처한다牝常以靜勝牡, 以靜爲下".[51] 반면 유가의 중화中和 이상, 그리고 안분수기安分守己를 권하는 도덕훈조訓條가

---

47   루쉰, 『들풀·이러한 전사(這樣的戰士)』.
48   루쉰, 『무덤·마라시력설』.
49   『노자』 제26장.
50   『노자』 제45장.
51   『노자』 제61장.

중국인의 정태적 심리상태를 빚어냈음은 의심의 여지가 없다. 중국
역시 움직이지만, 한바탕 움직이고 나면 원래의 옛 모습으로 되돌아
가는 일이 흔하다. 그래서 "뿌리로 돌아감을 고요함이라 하歸根日靜"[52]
지만, 결코 새로움을 만들어내지는 못한다. 마르크스와 레닌은 중국
사회의 '움직이지 않고 고요히 멈추어 있음'에 대해 저마다 논술하였
는데, 루쉰은 국민성 개조라는 관점에서 중국인의 정태적 심리상태를
분석하였다. 루쉰은 중국인의 신경이 "차분하며, 또 피로하고 쇠약하
다"[53]고 여기며, "우리 대다수의 국민은 참으로 각별히 차분하여 희로
애락을 겉으로 드러내지 않는다. 그러니 하물며 그들의 에너지와 열
정을 드러내겠는가"[54]라고 말한다. "인민은 이제껏 아주 차분하여, 무
슨 전단이 뿌려지더라도 괜찮지만 마음속엔 한 가지 생각이 있으니,
그들에게 옛 모습을 회복하거나 적어도 현상을 유지하는 것이다."[55]
국민의 차분함은 옛 가르침이 열었던 문화방향과 서로 연관되어 있다
고 루쉰은 생각한다. 즉 "옛 교훈이 가르치는 건 바로 이러한 생활법
인데, 사람들을 꼼짝달싹 못하게 하는 것이다. 꼼짝하지 않으면 잘못
을 저지르는 일이 적어질 건 당연하다. 그러나 살아 있지 않은 바위나
진흙모래가 잘못이 훨씬 적지 않겠는가?"[56] 반면 서구의 원죄의식 문
화는 동태적이고 불안정하며 심지어 처량하다. 사람들은 누구나 태어
나는 것이 바로 유죄이며, 세계의 마지막 날 하나님의 심판을 기다려

---

52   『노자』 제16장.
53   루쉰, 『집외집습유·『후키야 고지 화선』 서언(『踏谷虹兒畵選』小引)』.
54   루쉰, 『집외집습유·중산선생 서거 일주년(中山先生逝世後一周年)』.
55   루쉰, 『서신집·331002 야오커에게(致姚克)』.
56   루쉰, 『화개집·베이징통신(北京通信)』.

야 한다고 여겼다. "신이 죽은" 후에도 서구인은 현세에 만족하여 조용히 생명을 향유하지 못한 채 더욱 불안해졌다. 신의 속박에서 벗어난 이후 서구인은 자신의 창조적 충동과 갖가지 욕구를 자유로이 방임하였지만, 한편으로 가치체계의 붕괴에 따라 정신적 위안의 상실을 느낌으로써 고민의 황량한 벌판에서 몸부림쳤다. 따라서 루쉰은 서구 "문화는 항상 심원함으로 나아가고 사람의 마음은 고정됨에 만족하지 않"[57]아, 때로 정벌을 떠나고 때로 새로운 것을 만들어내니, 이러한 점은 서구 근대에서 더욱 명확하다고 여긴다. 중세기의 전원의 목가에서 일종의 동양식의 고요함을 느낄 수 있었다면, 경쟁으로 가득찬 근대의 공업사회에서는 갈수록 더해지는 불안을 느낄 수 있을 것이다. 고대의 불안과 동요가 외재적이고 전기傳奇적이었다면, 근현대의 불안과 동요는 내재적이고 심령에 의한 것이다. 루쉰 역시 서구문화의 이러한 변이를 감지하였다. 그는 이렇게 말한다.

19세기 이후의 문예는 18세기 이전의 문예와 크게 다릅니다. 18세기의 영국 소설은 마님과 아가씨에게 제공하는 소일거리가 그 목적이었으며, 내용은 모두 유쾌하고 재미있는 이야기이지요. 19세기 후반에 이르러 완전히 변하여 인생문제와 밀접한 관련을 맺게 됩니다. 우리가 그것을 보아도 전혀 편치 않은 느낌을 받습니다만, 그래도 숨도 제대로 쉬지 못한 채 계속 읽지 않으면 안 됩니다.[58]

---

57   루쉰, 『무덤 · 문화편향론』.
58   루쉰, 『집외집 · 문예와 정치의 기로(文藝與政治的岐途)』.

따라서 루쉰은 서구 근현대의 동적 관념으로 중국인의 정태적 심리 상태를 깨트리고자 한다. 그렇기에 "인류는 향상하기 위해, 즉 발전하기 위해 활동하지 않으면 안 됩니다. 활동하다가 약간의 잘못을 저지르는 건 대수롭지 않습니다"[59]라고 말한다. 그래서 루쉰이 젊은이들에게 "중국 책은 적게 보거나 — 혹은 아예 보지 말아야 하며, 외국 책은 많이 보아야 한다"고 했던 까닭은 "나는 중국 책을 볼 때면, 늘 마음이 차분히 가라앉아 실제의 삶과 유리된 듯한 느낌을 받는다. 외국 — 인도를 제외하고 — 책을 읽을 때면, 흔히 인생과 마주하여 무언가 하고 싶은 생각이 들"[60]기 때문이다.

중국과 서구를 꿰뚫고 있는 문예가로서 루쉰은, 음유와 양강이 중국과 서구의 미학 이상에도 드러나 있음을 인식하였다. 중국 미학의 이상은 중화中和의 아름다움, 물아일체物我一體, 정경통일情景統一, '인류를 돈독히 하고 교화를 아름답게 하며 풍속을 변화사키는' 정감과 이지의 통일이다. 유가의 '온유돈후溫柔敦厚'라는 시교詩教, 자연에 심취한 도가의 정미靜美한 이상은 중국의 아름다움美을 조화의 우미優美에 치우치게 만들고 말았다. 그래서 루쉰은 중국의 시가詩歌가 대부분 '온건한 소리'이고, 중국의 소설과 희극이 대부분 '대단원'의 결말에서 벗어나지 못하며, 심지어 중국인의 마음속에 경물 역시 '십경병十景病'을 않고 있다고 여겼다. 루쉰은 중국의 시가에서 실마리를 찾고자 하였는데, 오직 굴원屈原만이 '거리낌 없이 말하'는, 세속에 맞서는 정신을 조금이라도 지니고 있었다. 그러나 굴원조차도 "아름답고 슬픈 소리가 넘

59   루쉰, 『화개집 · 베이징통신』.
60   루쉰, 『화개집 · 청년필독서(靑年必讀書)』.

치고 있지만, 반항과 도전은 작품 전체에서 찾아볼 수 없으니 후세 사람들에 대한 감동은 강하지 않았다".[61] 이에 반해 서구의 아름다움은 직선적이어서 슬픔은 슬픔이고 기쁨은 기쁨이었지, 원만한 해피엔딩 극이 아니었다. 특히 인간과 자연, 감정과 이성의 격렬한 대립에 따라 서구의 아름다움은 숭고하고 장엄한 '힘의 아름다움'에 더욱 치우쳤다. 주광첸朱光潛은 이렇게 말한다. "서양의 시는 군셈剛에 치우치고, 중국의 시는 부드러움柔에 치우쳤다. 서구의 시인이 좋아하는 자연은 드넓은 바다, 세차게 퍼붓는 바람과 비, 깎아지른 듯한 절벽과 거친 골짜기, 해가 비치는 경관인 반면, 중국의 시인이 좋아하는 자연은 버드나무 드문드문한 개울, 산들바람과 보슬비, 호수와 산의 경관, 달빛의 경관이다."[62] 호메로스Homeros의 '위대한 문학大文'을 찬탄하고 '악마파 시의 힘'을 소개하고서부터, 루쉰은 서구의 양강의 아름다움으로써 중국의 음유의 아름다움에 충격을 가하고자 하였다. 그는 "천마행공天馬行空과 같은 대정신이 없다면 위대한 예술은 탄생할 수 없다. 하지만 중국의 현재의 정신은 또 그 얼마나 위축되고 고갈되어 있는가?"[63]라고 말한다. 따라서 루쉰은 '대단원'·'십경병十景病'을 비판하고, 쉬즈모徐志摩의 부드러우면서 조화로운 '음악'을 비아냥거리며, 보드랍고 섬세한 소리를 평생토록 혐오하였다. 루쉰이 좋아했던 것은 사나운 호랑이, 니체의 매와 뱀이었으며, "단 한 번의 울음소리만으로도 사람들

61   루쉰, 『무덤·마라시력설』.
62   주광첸(朱光潛), 『시론: 중국과 서양 시의 정취상의 비교(詩論·中西詩在情趣上的比較)』, 三聯書店, 1984.
63   루쉰, 『역문서발집(譯文序跋集)·『고민의 상징』 서언(『苦悶的象徵』引言)』.

거의 모두를 두려움에 떨게 하던 올빼미의 듣기 고약한 소리"[64]이며, 분노에 찬 채 애처로이 울부짖는 "상처 입은 이리"[65]였다. 루쉰이 마라 파 시인에게서 꿰뚫어보았던 것은 "반항에 뜻을 두고 실천에 목적을 두는" 것, "늘 반항하고" "반드시 행동에 옮기"며 "힘을 중시하"고 "강 함을 숭상하"는 힘의 아름다움, 특히 "온건한 사람"을 공포에 떨게 했 던 바이런의 '강한 힘'의 색깔이었다. 루쉰은 매사에 조심스럽고 온건 하기만 한 전통 희곡을 평생토록 혐오한 반면, "형체 없고 색깔 없는, 선혈이 뚝뚝 듣는 이 거칠음에 입 맞추기를 원한다".[66] 그러므로 우리 는 루쉰의 작품을 읽을 때 일종의 '행동動'의 욕망을 느끼는데, 이는 '술을 이야기하다談酒', '차를 마시다吃茶' 등의 저우쭤런周作人의 소품 산 문을 읽듯이 여유롭거나 담담하지 않다.

3. 생명의 나무와 지식의 나무 – 중서철학관과 루쉰의 선택

유가윤리가 빚어낸 중국인은, 자신이 만들어낸 신 앞에서 전전긍긍 하고 심지어 고행을 지극한 것으로 여기며 최후의 날 심판이 도래하기 를 기다리는 서구의 고대인과 다르고, 자신의 물욕과 성욕을 한껏 발 설하고 경쟁의 황량한 벌판위에서 고민하고 방황하면서도 인간의 존 재와 현실질서의 합리성을 긍정하고 스스로 번뇌를 줄일 갖가지 방법

---

64 루쉰, 『집외집·'음악'('音樂')』.
65 루쉰, 『방황·고독자(孤獨者)』
66 루쉰, 『들풀·일각(一覺)』.

을 생각해냄으로써 심리적 평형을 유지하고 삶의 즐거움을 적절히 누릴 줄 아는 근현대의 서구인과도 다르다. 유가는 '예禮'를 강조하지만, 사람이 너무 이지적이지 말아야 한다고도 하였다. 유가윤리는 사람의 윤리정감, 즉 효孝를 근본으로 삼는 '인仁'으로 유지되어야 하지만, 또한 사람이 지나치게 기분 내키는 대로 행하여 "임금은 임금답고, 신하는 신하다우며, 아비는 아비답고, 자식은 자식다워야 하君君, 臣臣, 父父, 子子"는 예를 파괴해서도 안되기 때문이었다. 따라서 유가는 필연적으로 세속 정감의 합리성을 인정할 수밖에 없었고, 심지어 이를 "천하의 큰 근본天下之大本"[67]이라 추켜세웠으며, 시詩와 악樂은 사람의 정욕을 발설해줄 수 있기에, 공자는 시와 악에 최고의 지위를 부여하여 "시에 근거하여 일어나고 예에 근거하여 세우며 악에 근거하여 이룬다興於詩, 立於禮, 成於樂"[68]고 하였다. 그러나 정욕의 발설은 반드시 예의 절제가 있어야 하며, 과욕으로 몸을 상하게 되면 "미혹되어 즐겁지 않다.惑而不樂" 그리하여 '예는 백성의 마음을 절제케 하고禮節民心 조화를 이루되 무리짓지 않는和而不同'의 '예악의 나라禮樂之國'는 유가의 예치禮治 이상이 되었다. 이렇듯 유가는 대단히 체계적인 생명철학을 세웠는바, 개인을 집안에 집어넣고 집을 나라 안에 집어넣었으며, 개인 인격의 완벽함은 군체群體와의 소통을 통해 완성될 수 있다. 유가가 보기에, 사람의 생명은 부모의 결과일 뿐만 아니라 조상의 간접적 결과이기도 하다. 이것이 조상숭배를 낳았다. 반면 나라는 집의 확대이고 임금은 아비와 병칭되며, 황후는 곧 천하의 국모이다. 이리하여 천자숭배를 이끌

---

67   『中庸』, 朱熹, 『四書章句集注』(北京 : 中華書局, 1983).
68   『논어 · 태백(泰伯)』.

어냈다. 윤리라는 온정적인 베일은 이렇듯 인간세상의 불평등을 가려 버린다. 임금도 없고 아비도 없는 것은 곧 '금수禽獸'[69]와 다름없기 때문에, 아들은 태어나면서 아비와 평등할 수가 없다. 이로써 사회의 불평등으로 말미암아 조성된 경쟁을 피할 수 있으며, 그렇기에 공자는 사람들에게 '분수에 만족하여 자신의 본분을 지키安分守己'고 "군자의 생각은 자신의 신분을 벗어나지 않는다君子思不出其位"[70]고 권하는 한편, 집권자에게는 "적음을 걱정하지 말고 고르지 않을까 걱정하며, 가난할까 근심하지 말고 편안치 않음을 근심하라不患寡而患不均, 不患貧而患不安"[71]고 권한다. 일단 경쟁이 나타나면 사람의 심리적 평형을 깨트려 번뇌를 불러일으킬 것이고, 전체 윤리체계의 조화로운 안정을 동요시켜 파괴할 것이기 때문이다. 이렇듯 유가의 생명철학은 천하국가를 불평과 번뇌가 없는 화목한 대가정으로 만들고자 한다. 루쉰이 "가정은 중국의 기본"[72]이라 파악한 것은 정곡을 찌른 견해라 할 수 있다.

루쉰의 가치선택으로부터 그의 중서문화비교관을 엿볼 수 있다. 루쉰은 유가의 세속적 인간세상의 일면을 계승하였지만, 서구 근대의 개성주의, 인도주의와 마르크스주의를 무기로 유가문명에 공격을 감행했다. 의학을 포기하고 문학을 쫓은 이후, 루쉰은 중국의 인간관계를 군체적인 것에서 개체적인 것으로 변모시켜 "개인에게 맡기고 다수를 배격"[73]함으로써, 중국인의 "하늘에 맞서고 세속에 저항하"는 경쟁성

---

69 『맹자·등문공하(滕文公下)』.
70 『논어·헌문(憲問)』.
71 『논어·계씨(季氏)』.
72 루쉰, 『남강북조집(南腔北調集)·가정은 중국의 기본(家庭爲中國之基本)』.
73 루쉰, 『무덤·문화편향론』.

격, 반항성격을 만들어냈다. 주체의 창조성을 충분히 발휘하기 위하여, 루쉰은 "의무를 폐지"[74]할 것을 제기하여 "의무를 다하는 것"을 일종의 "악성惡聲"[75]으로 간주함으로써 유가윤리의 '의무'에 대해 도전하였다. '5·4' 이후 루쉰은 '개인적 자대自大'로써 '군중적 자대'[76]에 반대하였으며, 「광인일기」로써 불평과 번뇌가 없는 대가정을 무너뜨렸다. 루쉰은 "문제가 없고, 결함이 없고, 불평이 없고, 바로 그 때문에 해결이 없고, 개혁이 없고, 반항이 없다"[77]고 생각한다. 루쉰이 제창했던 것은 바로 결함이 있고, 불평이 있고, 고민이 있고, 반항이 있는 서구 근대의 문화로써 중국인의 심리적 평형을 깨뜨리는 것이다. 루쉰이 유가윤리의 '인의도덕'이란 온정적인 베일을 벗겨내자, 남은 것은 '식인吃人'이었다. 즉 "왜냐하면 고대부터 전해져 와서 지금까지도 여전히 존재하는 여러 가지 차별이 사람들을 각각 분리시켜 놓았고, 드디어 다른 사람의 고통을 더 이상 느낄 수 없게 만들어 놓았기 때문이다. 또한 각자 스스로 다른 사람을 노예로 부리고 다른 사람을 먹을 수 있는 희망을 가지고 있어 자기도 마찬가지로 노예로 부려지고 먹힐 가능성이 있다는 것을 망각하기 때문이다. 그리하여 크고 작은 무수한 인육의 연회가 문명이 생긴 이래 지금까지 줄곧 베풀어져 왔고, 사람들은 이 연회장에서 남을 먹고 자신도 먹혔으며, 비참한 약자들의 외침을 살인자들의 어리석고 무자비한 환호로써 뒤덮어 버렸다. 여인과 어린아이는 더 말할 필요도 없다".[78] 만년에 이르기까지 루쉰은 여전히 유가윤

74　루쉰, 『무덤·문화편향론』.
75　루쉰, 『집외집습유보편·파악성론(破惡聲論)』.
76　루쉰, 『열풍·수감록 38』.
77　루쉰, 『무덤·눈을 크게 뜨고 볼 것에 대하여(論睜了眼看)』.

리를 비판하였으며, 중국작가는 "식객이 아니면 어용"이며 서구의 근대작가의 독립적 인격을 갖지 못하고 있다고 여겼다.

루쉰이 한 걸음 더 나아가, 유가윤리는 서구문화 가운데의 로빈슨, 파우스트처럼 밖으로 개척해나가는 정신을 결여한 반면 가정에 안존하고 안으로 움츠려 드는 국민성을 빚어냈으며, 서구문화의 원죄의 불안정 및 근대의 고민·방황 등의 동태적 심리를 결여한 반면 인간관계의 조화 속에서 만족을 추구하는 '적당' '온건' '본분' 등의 국민성을 빚어냈다고 여겼다. 루쉰은 유가윤리가 번뇌를 감소시키고 생명을 적절하게 즐길 수 있게 해준다는 점을 결코 부인하지 않지만, 바로 경쟁을 소멸하는 이러한 생명철학이 중국의 발전을 가로막음으로써 중국이 열강의 타격에 반격할 힘을 갖지 못하게 만들었다고 보았다. 따라서 루쉰은 중국인의 생명철학을 결연히 부정하였다. 즉 "중국은 예로부터 생존을 대단히 중시해 왔습니다. '명을 아는 자는 금방이라도 무너져 내릴 담 아래에 서지 않는다'느니, '귀한 집 자식은 앉아도 처마 아래에 앉지 않는다'느니, '신체발부는 부모에게 받은 것이니 감히 훼손해서는 안 된다'느니 했지요. 심지어 아들이 아편을 피우기를 바라는 부모도 있었는데, 아편을 피우면 밖에 나가 가산을 탕진할 염려는 없다는 겁니다. 그러나 이런 가정은 기산 또한 결코 오래가지는 못합니다. 왜냐하면 구차한 삶이기 때문입니다".[79] 생명을 중시하면서도 움직이려 하지 않고, 밖을 향하여 개척하고 모험하려 하지 않으며, 지혜를 추구하는 호기심을 지니지 않고, 그저 집안에서 '천륜의 즐거움'

---

78   루쉰, 『무덤·등하만필(燈下漫筆)』.
79   루쉰, 『화개집·베이징통신(北京通信)』.

을 누리면서 천명을 즐기는 낙관주의자가 될 따름이다. 그래서 루쉰은 이렇게 말한다.

중국책은 많이 읽으면 읽을수록 평온한 길을 걷고 싶어 하고 모험하려 들지 않는다.[80]

우리의 예나 지금의 사람은 현상에 대해서 참으로 변화가 있기를 바라고 그 변화를 인정하기도 했다. 귀신으로 변할 도리는 없지만 신선이 되는 것은 더욱 멋진 일이다. 하지만 집에 대해서만은 죽어도 놓으려 하지를 않는다. 화약을 폭죽 만드는 데나 쓰고 나침반을 묫자리 보는 데나 쓰게 된 것은 아마도 여기에 원인이 있을 것이다.[81]

루쉰은 진취적인 서구정신과 무사태평한 중국정신을 비교하여 "감연히 사색하는 사람들은 쉰 살이라는 중반이 되면 너무 오래되었노라 한탄하고, 그리하여 급전하여 고민하고 방황한다. 하지만 아마 사거리로 나가 늘그막을 다 보낼 뿐일지도 모른다. 당연히 사람들 중에는 어디까지나 피곤한 일 없이 둥글둥글 80~90세까지 살면서 천하태평, 고민이 없는 사람도 있다. 하지만 그것은 오로지 중국 내무부로부터 찬양을 받으며 살아온 인물일 뿐이다".[82] 따라서 루쉰은 유가의 '자강불

---

80 陳夢韶, 「샤먼에서의 루쉰의 다섯 차례 강연(魯迅在厦門的五次演講)」, 薛綏之 等 主編, 『魯迅生平史料滙編』 제4집, 天津 : 天津人民出版社, 1988, 95쪽.
81 루쉰, 『남강북조집・ 가정은 중국의 기본이다(家庭爲中國之基本)』.
82 루쉰, 『역문서발집(譯文序跋集)・ 「상아탑을 나와서」 후기』.

식自强不息'의 입세入世정신에 대해서도 자못 부정적이었다. 루쉰은 "중국 책에도 사람들에게 세상에 뛰어들라고 권하는 말이 들어 있기는 해도, 대부분 비쩍 마른 주검의 낙관이다. 반면 외국 책은 설사 퇴폐적이고 염세적일지라도, 살아 있는 사람의 퇴폐와 염세이다"[83]라고 말했다. 루쉰은 공자가 "엄연히 중국의 성인"이 된 까닭을 그의 "도道가 커서 포함하지 않는 것이 없기"[84] 때문이라고 적절하게 지적하고 있다. 공자의 가르침이 규정성을 지니고 있음은 분명하지만, 도가와 법가, 음양가 등의 일부 요소가 포함되어 있음 또한 확실하다. "그는 자로子路에 대해서는 맹세했지만 귀신에 대해서는 선전포고를 하려 하지 않았다" 그리하여 "조상을 제사 지낼 때에는 생존해 있는 듯이 하고, 신을 제사 지낼 때에는 신이 앞에 있는 듯이 함"[85]으로써 최고의 융통성을 유지하고 있다. 공자는 입세入世를 주장하였지만, 그의 '애쓰지 않아도 잘 다스려진다無爲而治'[86], '도가 없으면 물러나 숨는다無道則隱'[87] 및 맹자의 '곤궁해지면 홀로 자신의 몸을 선하게 한다窮則獨善其身'[88] 등등을 발전시키면 도가의 일파를 이끌어낼 수 있다. 루쉰에 따르면, 중국의 '민족 근성'의 형성에 도움을 준 것은 바로 "유가와 도가 두 파의 문서"[89]이다. 하지만 도가의 노자와 장자는 다른 점이 있다. "사마천 이래로 모두가 장주의 요제는 노자의 주장에 귀결된다고 하였다. 그러나 노자는 항상 유有와

---

83   루쉰, 『화개집 · 청년필독서』.
84   루쉰, 『무덤 · 뇌봉탑이 무너진 데 대해 다시 논함』.
85   위의 책.
86   『논어 · 위령공(衛靈公)』.
87   『논어 · 태백(泰伯)』.
88   『맹자 · 진심상(盡心上)』.
89   루쉰, 『열풍 · 수감록 38』.

무無를 말하고, 긴 것修과 짧은 것短을 구별하며, 흑黑과 백白을 알았으며 천하에 뜻을 두었다. 장주는 유와 무, 긴 것과 짧은 것, 흑과 백을 합쳐 하나로 만들어 '혼돈混沌'으로 크게 돌아가고자 하였으니, '시비를 탓하지 않음不譴是非', '죽음과 삶을 넘어섬外死生', '시작과 끝이 없음無終始'이 모두 이러한 뜻이다. 중국에서 속세를 벗어나는 것을 주장하는 학설은 장주에 이르러서야 비로소 완성되었다."[90] 루쉰은 유가와 도가가 서로 도와 중국인을 결함과 불평이 없게 만들어 초안정적 심리평형에 이르게 함으로써 중국인의 생명철학을 더욱 원만함으로 나아가게 만들었다고 본다. 루쉰은 이렇게 말한다.

> 우리는 공자의 문도(門徒)라는 문패를 내걸고 있지만 의외로 장자의 사숙제자다. '저 역시 하나의 시비(是非)요, 이 역시 하나의 시비'이며, 시(是)와 비(非)를 구분하려 들지 않는다.[91]

왜냐하면 시비를 명확히 가리게 되면 비非가 귀찮게 할 수 있고, 생사를 분명히 가리게 되면 또한 죽음의 고통을 느끼게 되겠지만, 시비가 없고 생사가 똑같다면 어떠한 번뇌나 고통도 느끼지 않은 채 심령은 영원히 유쾌해지기 때문이다. 유가가 보호하고자 하는 것은 화목한 대가정이며, 노장老莊 또한 중국인이 세상에 들어서서 벽에 부딪칠 때를 위해 정신승리법을 만들어냈다. 이리하여 중국인은 고통도, 번뇌도 없이 영원히 승리할 수 있게 되었던 것이다. 아Q는 "영원히 득의

---

90 루쉰, 『한문학사강요(漢文學史綱要)』 제3편.
91 루쉰, 『남강북조집 · 논어일년(論語一年)』.

양양하다. 이는 아마도 중국의 정신문명이 전세계에 으뜸이라는 하나의 증거이다". 그러나 루쉰은 심리평형과 정신승리는 단지 생명의 적응을 바라는 것을 나타낼 뿐, 생명의 주체적 능동성을 발휘하지 못한다고 여긴다. 그래서 루쉰이 「아Q정전」을 지은 것은 중국인의 정신승리법을 부정하고자 함이었다. 루쉰은 이렇게 말한다. "중국인들은 여러 가지 면을 대담하게 직시하지 못하고 감춤과 속임을 가지고 기묘한 도피로를 만들어 내면서 스스로는 바른 길이라고 생각한다. 이 길 위에 있다는 것이 바로 국민성의 비겁함, 나태함, 그리고 교활함을 증명하고 있다."[92] 루쉰은 중국인이 서구문화로부터 학습하여 심령의 고통을 더 많이 느끼고 중화민족의 고난을 짊어지게 하였던 것이다.

루쉰은 이러한 생명철학이 중국인을 '바른 믿음正信'을 결여하게 만들었다고 분석했다. 즉 "일을 할 때에는 공자와 묵적을 끌어다 인용할 수 있고, 일을 하지 않을 때에는 달리 노자와 장자가 있다".[93] 따라서 루쉰은 중국에서의 이론과 신조의 지도적 작용을 회의한다. 즉 "중국인은 확실히 운명을 믿"지만, 그러나 "운명이란 일이 벌어지기 이전에 알려주는 것이 아니라 일이 벌어지고 난 다음에 마음 편하게 행해지는 해석이다".[94] 루쉰은 이러한 가설을 세웠다. 만약 공자가 "기꺼이 귀신에 맞서 싸워" 자신의 학설을 융통성이 별로 없게 하고 정확한 규정성을 갖게 하여 공자교 신도들이 "'성인의 도'를 자기의 무소불위에 맞도록 변화시킬"[95] 길이 없게 만듦으로써 중국인의 생명의 안락함을 방

---

92   루쉰, 『무덤·눈을 크게 뜨고 볼 것에 대하여』.
93   루쉰, 『화개집속편·흥미로운 소식(有趣的消息)』.
94   루쉰, 『차개정 잡문·운명(運命)』.
95   루쉰, 『화개집속편·즉흥일기 속편(馬上支日記)』.

해했더라면, "오늘날 성묘聖廟에 모셔져 있는 사람은 아마 공孔씨 성이 아니었을 것이다".[96] 루쉰은 이렇게 말한다.

물론 중국인에게 미신이 있고 또 '믿음'이 있지만 '믿음을 견지하'는 것은 잘 이뤄지지 않는 것 같다. 예전에 우리는 황제를 가장 존경했지만 다른 한편 그를 희롱하고 싶어 했다. 황후를 존중하기도 했지만 다른 한편 마찬가지로 그를 유혹하고 싶어 했다. 신명을 두려워하면서도 종이돈을 불살라 뇌물을 줬고, 호걸에 감탄하면서도 그를 위해 희생하고 싶지는 않았다. 공자를 존경하는 이름난 유가는 다른 한편으로 불상에게 절하며, 갑(甲)을 믿는 전사는 내일 정(丁)을 믿는다. 종교전쟁이 일어난 적은 없고 북위에서 당송에 이르기까지 불교와 도교 두 종교가 소장기복(消長起伏)했는데, 이는 몇 사람이 황제 귓가에서 감언이설을 한 탓에 가능했다.[97]

예수교가 중국에 전해지고 신도들은 종교를 믿는다고 생각하지만, 교회 밖의 어린 백성들은 모두 그들을 '교회밥을 먹는' 사람이라고 부른다. 이 말은 신도의 '정신'을 참으로 잘 꼬집어 주고 있는데, 대다수의 유불도 삼교의 신자들을 포함해도 좋고 '혁명밥을 먹는' 많은 고참 영웅들에게 사용해도 좋다.[98]

---

96 루쉰, 『무덤·뇌봉탑이 무너진 데 대해 다시 논함』.
97 루쉰, 『차개정 잡문·운명』.
98 루쉰, 『풍월이야기(准風月談)·교회밥을 먹다(吃敎)』.

루쉰은 한 걸음 더 나아가 다음과 같이 분석한다. "중국의 일부 사람들, 적어도 상등인들이 신과 종교, 전통적인 권위를 '믿고' '따르는' 것인지 아니면 '무서워하고' '이용'하는 것인지 궁금하다. 그들이 잘 바뀌고 지조가 없는 것만 본다면 믿고 따르는 게 아무것도 없는 것 같지만, 결국에는 이러한 내심과 완전히 다른 태도를 보여 준다." 이리하여 "생각한 것과 말하는 것이 다르며 무대 위에서와 무대 뒤에서의 행동이 다르다".[99] "사실상 현재에 이르기까지 무릇 대범함, 관용, 자비, 인후 등등의 미명美名 역시 대개 이름과 실질이 함께 쓰인 경우는 실패하고 오직 그 이름이 쓰인 경우에만 성공하였다."[100] 이로 인해 루쉰은 공자를 존숭하고 경서를 읽자고 외치는 사람들에게 이렇게 지적한다. "옛 책이 참으로 너무나 많아, 우둔한 소 같은 자가 아니라면 조금만 읽어도 어떻게 하면 얼렁뚱땅 넘어가고, 구차하게 생명을 유지하며, 알랑거리고 권세를 부리고, 사리사욕을 채우면서도 대의大義를 빌려 미명을 도둑질할 수 있는지 금방 알 수 있다. 한 걸음 더 나아가면, 중국인이 건망증이 심하다는 것을 깨달을 수 있다. 아무리 말과 행동이 일치하지 않아도, 이름과 실질이 부합되지 않아도, 앞과 뒤가 모순되어도, 거짓말을 일삼고 뜬소문을 지어낼지라도, 공명과 사리를 위해서라면 수단방법을 가리지 않더라도 전혀 관계없었다. 잠시 시간이 흐르면 언제 그랬냐는 듯 까맣게 잊어버린다. 도를 지키는 듯한 글을 약간 남겨 두기만 하면, 장래에도 여전히 '정인군자'라 여겨질 것이다. 하물며 장래에 '정인군자'라는 칭호가 사라진다 한들, 현재의 실리에

---

99   루쉰, 『화개집속편·즉흥일기 속편』.
100 루쉰, 『집외집습유보편·후닝 탈환의 경축 저편(慶祝滬寧克復的那一邊)』.

무슨 손해가 되겠는가?"[101] 이로써 중국인의 생명철학은 중국인의 신信과 불신不信이 흔히 신조 자체의 생명에 대한 이해에 의해 결정되도록 만들었다는 것—혹은 신조를 빌려 공명과 부귀를 꾀하거나 신조를 빌려 심리적 평안을 구하여 정신적 고통을 없앤다는 것을 알 수 있다. 이로부터 루쉰이 해부한 바의 "뇌물을 받고 지조도 없으며, 권세가에게 빌붙어 사리사욕을 꾀하"[102]는 것 및 얼버무리고 진지하지 않으며 이름과 실질이 부합되지 않는 등의 국민성이 빚어졌던 것이다. 이는 신앙을 위해 몸을 바쳐 순교하고 심지어 종교전쟁조차 불사하지 않는 서구문화의 정신과는 커다란 차이가 있다. 따라서 루쉰은 돈키호테는 단지 스페인의 멍청이일 뿐 중국의 멍청이는 아니지만, 중국인은 돈키호테식의 멍청이를 희롱할 줄은 안다고 여겼다. 루쉰은 이렇게 말한다.

스페인 사람들은 사랑에 빠지면 날마다 여인의 창 아래로 가서 노래를 부르고, 구교를 믿으면 이단을 태워 죽이며, 혁명을 일으키면 교회를 짓부수고 황제를 내쫓는다. 그러나 우리 중국의 문인학자들은 여자 쪽에서 먼저 사내를 유혹했다느니, 여러 종교의 근원은 같다느니, 사당의 재산을 보존 하자느니, 선통(宣統)이 혁명 후에도 오랫동안 궁중에서 황제로 지내게 하자고 늘 이야기하지 않았던가?[103]

---

101 루쉰, 『화개집·민국 14년의 '경서를 읽자'(十四年的'讀經')』.
102 루쉰, 『화개집·통신(通訊)』.
103 루쉰, 『이심집·중화민국의 새로운 '돈키호테'들(中華民國的新'堂·吉訶德'們)』.

공자의 생명철학이 화목한 대가정의 현상을 유지하는 것이라면, 노자의 생명철학은 공학孔學에 대한 일종의 심화, 즉 뒤로 움츠러들어 생명의 장구함을 유지하는 것이다. 『노자』라는 책이 국민성을 빚어냄에 대한 루쉰의 인식은 「관문을 나서다出關」에서 노자의 강연에 대해 뭇사람들이 보이는 반응에 다음과 같이 형상적으로 반영되어 있다.

한 검사관은 크게 하품을 했고, 서기 선생은 마침내 꾸벅꾸벅 졸기 시작했다. 덜그럭 소리와 함께 칼과 붓, 목간이 손에서 바닥으로 굴러 떨어졌다.[104]

루쉰이 말하는 "사람을 기분 좋게 꾸벅꾸벅 졸게 만드는" "중국의 정신문명", 즉 삶을 귀히 여기는 노자의 도道는 "치우침 없이 천하를 위해 그 마음을 뒤섞어歙歙爲天下渾其心"[105] 사람들을 "멍청하고沌沌 어리석으며惷惷 답답하게悶悶"[106] 만듦으로써 '꾸벅꾸벅 졸게 만드는' "황홀함惚兮恍兮"[107]의 경계境界이다. 베르그송H. Bergson에 따르면, 이지는 아래로 향하는 낙하물체에 대한 관조이며, 직각과 본능이야말로 '생명의 흐름'을 조수처럼 용솟음치게 할 수 있다. 따라서 그의 '창조적 진화'는 직각주의와 본능의 충동을 강조한다. 반면 노자에 따르면, 생명은 고급으로 발전하면 발전할수록 감각신경은 더욱 예민해지고 고통 역시 많아진다. 따라서 생명의 고통을 줄이기 위해서는 '생명의 흐름'을 아래

---

104 루쉰, 『고사신편 · 관문을 나서다(出關)』.
105 『노자』제49장.
106 『노자』제20장.
107 『노자』제21장.

로 흐르게 하여 무정무지無情無知의 '도'로 되돌아가게 하여야 한다. 이는 베르그송이 말하는 바의 아래로 향하는 낙하물체와 마찬가지로 무기無機로 되돌아가는 것이다. 그러므로 베르그송의 생명철학이 강조하는 것이 생명의 진화임에 반해, 중국의 생명철학이 강조하는 것은 생명의 안락과 장구長久이다. 서구문화에는 일찍이 '지식의 나무는 생명의 나무가 아니다'는 말이 있으며, '지식의 나무'를 선택하는 것이 서구문화의 전통이다. 베르그송 역시 이 전통에서 벗어나지 않았다. 반면 중국문화의 전통은 '생명의 나무'를 선택하는 것이다. 그리하여 중국인으로 하여금 진리와 지혜에 대한 추구보다 생명에 대한 애호를 더욱 중시하게 만들었다. 삶을 귀히 여기는 노자의 도가 대표적이라 할 수 있다. 노자는 생명의 고통이란 사람이 지식과 욕망을 갖게 되는 데에 있다고 여긴다. 일단 지식이 사람에게 옳고 그름, 좋고 나쁨, 아름답고 추함 등을 분별할 수 있게 만들면 욕망은 사람을 경쟁하게 만들 것이며, 바로 이 경쟁이 인생의 모든 고통, 번뇌, 재난을 빚어낸다. 따라서 생명의 고통을 없애기 위해서는 경쟁을 없애 사람을 '지식도 없고 욕망도 없게無知無欲' 만들어야 한다. 이리하여 삶을 귀히 여기는 노자의 도는 사람을 부드럽고 조용하게 만들어, 말도 하지 않고 행하지도 않으며 움직이지도 않게 하니, 루쉰이 말하는 대로 사람을 "꾸벅꾸벅 졸게 만드는" 것이다. 그렇지만 노자는 천지만물은 언어와 행동이 없는 평온한 '도'에서 생겨났으니, '억지로 행하지 않아야無爲' '행하지 않는 일이 없기無不爲' 때문이며, '다투지 않아야不爭' '다투지 않음이 없기無不爭' 때문이라고 여긴다. 평생 국민성에 대해 해부한 루쉰이 보기에, 중국 국민성의 형성에 대해 역할이 제법 크고 서구문화정신과 차이가 가장 큰 것은 『노자』이다. 그래서 루쉰이 국민성 개조를 언급한 최초 문예선언인 「마라시력설」은 제일 먼저 『노자』를 겨누어 공격을 퍼부었다. 루쉰에 따르면, 삶을 귀히 여기는 노자의 도는 일종의 타락이며, 따라서 중국인으로 하여금 "목숨을 부지하는 데에만 신경을 쓰게 하고" "말라죽지 않으면 위축되어 있게 만들었을 따름"이다. "족함을 아는 자는 부유하며知足者富" "족함을 알지 못하는 것보다 더 큰 재앙은 없다禍莫大於不知足"는 노자의 말은 이미 중국에서 처세의 격언이 되었다. 반면 루쉰은 만족함을 일종의 타락이라고 여긴다. 즉 "나날이 만족하고 있지만, 즉 나날이 타락하고 있지만, 오히려 날마다 그 광영을 바라보고 있다고 생각한다".[108] 그러므로 중국인의 근로는 "생계유지에 급급한 것"이지만, 부지런히 살아감에 따라 늘 만족스러워하여 꾸준히 지식을 추구하는 열정을 갖지 않는다. 그래서 루쉰은 또한 중국인이 '나태하다'고 말한다.

어린아이는 누구나 크게 자라기를 갈망하는 심리를 갖는다. 그리하여 정상적인 발전으로서의 서구문화는 그 이상이 기본적으로 앞으로 나아가고 위로 올라가는 것이다. 루쉰은 이렇게 말한다. 서구인은 "상상력을 발휘하여 이상적인 나라를 만들어 낸다. 인간이 이른 적이 없는 곳에 기탁하는 경우도 있고, 헤아릴 수 없는 먼 훗날로 미루는 경우도 있다. 플라톤Platon의 『국가』가 나온 이후 서방의 철학자들 중에 이러한 생각을 가진 사람이 얼마나 되는지 헤아릴 수 없을 정도이다".[109] 그러나 노자는 스스로 어른스럽다고 여겨 전진하고 발전함에 대해 "만물은

---

108 루쉰, 『무덤 · 눈을 크게 뜨고 볼 것에 대해』.
109 루쉰, 『무덤 · 마라시력설』.

강성하면 노쇠하기 마련이니, 이는 도에서 벗어나는 것이다. 도에 벗어나는 것은 오래가지 못한다物壯則老, 是謂不道, 不道早已"[110]고 두려움을 드러낸다. 따라서 "생명의 나무가 오래도록 푸르게 하려면" 갖가지 방법으로 어른스러움에서 벗어나 "어린아이로 되돌아가기復歸於嬰兒"[111]지 않으면 안 된다. 노자의 도덕이상은 "믿어 옛것을 좋아한다信而好古"[112]는 공자의 태도의 발전이며, 이 이상은 다시 장자에 의해 "저 지극히 큰 덕이 펼쳐졌던 세상에서는 날짐승, 길짐승과 함께 살았고 무리지어 만물과 함께 존재하였다夫至德之世, 同與禽獸居, 族與萬物幷"[113]로 한 걸음 더 발전하였다. 그래서 루쉰은 "우리 중국의 지혜를 사랑하는 사람들은 유독 서방과 달라 아득히 먼 요순시대에 마음을 기울이거나 태고시대로 돌아가 사람과 짐승이 혼재된 세상에서 노닌다"고 말했던 것이다. 루쉰은 진화론을 무기로 삼아 한 걸음 더 나아가 이렇게 분석한다.

만약 진실로 인간을 이끌어 점차 금수나 초목 그리고 원시생물로 돌아가게 하고, 다시 점차 무생물에까지 접근시킬 수 있다면, 우주는 거대한 한 덩어리가 되고 생물은 이미 사라져 일체가 허무로 변할 것이니, 이는 차라리 지극히 맑은 세계가 아닌가. 그러나 불행히도 진화는 날아가는 화살과 같아 떨어지지 않으면 멈추지 않고 사물에 부딪히지 않으면 멈추지 않으니 거꾸로 날아가 활시위로 되돌아가기를 바라더라도 이는 이치로 보아 있을 수 없는 일이다.[114]

---

110 『노자』 제30장.
111 『노자』 제28장.
112 『논어 · 술이』.
113 『장자 · 마제(馬蹄)』.

이처럼 몸을 돌이켜 뒤돌아서는 이상은 신생의 사물을 압살하고 낡은 것을 고수하는 민족심리를 빚어냈다. 루쉰은 "중국인들은 왜 옛 상황에 대해서는 차분하고 온화하면서도, 비교적 새로운 기운에 대해서는 이토록 이맛살을 찌푸리며 못마땅해 하는지, 왜 기성의 형세에 대해서는 두루뭉술 넘어가면서도, 갓 일어나는 일에 대해서는 이다지도 완전무결을 요구하는지, 나는 유독 이해할 수 없다"[115]고 말한다. 그러나 몸을 돌이켜 뒤돌아서는 것이 생명의 장구를 위함인 바에야, 만약 몸을 돌이켜 뒤돌아서는 것이 생명에 대한 위협이 된다면, 중국인 역시 몸을 되돌려 새로운 사물을 공경할 것이다. 루쉰은 이렇게 말한다.

무릇 중국인은 말 한 마디 하거나 일 한 가지하는 데에도 전래의 습관에 약간이라도 저촉되는 경우, 단 한 번의 공중제비라도 성공해야만 발붙일 곳이 생기고 달군 쇠만큼이나 뜨거운 공경을 받게 된다. 그렇지 않으면 이단을 세운다는 죄명으로 말을 못 하게 되거나 심하게는 천지가 용납하지 않을 대역무도한 죄를 저지른 것이 되고 만다.[116]

몸을 돌이켜 뒤돌아선 후 "점차 무생물에까지 접근한" 결과는, 전향적인 서구인에게 충만한 '디오니소스적인 성향Dionysian'과 달리 중국인의 마비되고 열정 없는 국민성을 조성했다. 루쉰은 "진취적인 국민 가운데에서야 성급한 것이 좋지만, 중국처럼 마비된 곳에 사노라면 손

114 루쉰, 『무덤 · 마라시력설』.
115 루쉰, 『화개집 · 이것과 저것』.
116 루쉰, 『열풍 · 수감록 41』.

해를 보기 십상"이며, 설사 약간의 일을 하더라도 "국민에게 충격을 주기에는 충분치 않으며, 그들은 여전히 마비되어 있다"[117]고 말한다. 마비와 무기력이 "중국인을 감염성이 없게 만들었"[118]던 것이다.

그저 우둔하고 마비되었을 뿐이라면 '애늙은이'라고 말할 것까지는 없다. 노자는 "군사가 강하면 무너지고 나무가 강하면 꺾어지며兵强則滅, 木强則折," "칼을 갈아 날카롭게 하면 오래 보존할 수 없으며揣而銳之, 不可常保," "감행함에 용감하면 죽이고 감행하지 않음에 용감하면 살린다勇於敢則殺, 勇於不敢則活"[119]고 말한다. 기왕 '머리 내민 새가 먼저 총 맞는다'고 한다면, '남의 집 기와 위 서리는 상관말고 자기 집 앞 눈이나 쓰는' 게 가장 안전한 일이다. 그래서 루쉰은 중국인은 우둔함과 마비 속에 교활함이 가득 차 있고 우둔함과 마비로써 농간을 피우고 교활한 짓을 한다고 여긴다. 하지만 루쉰은 천지와 세속에 맞서 싸우지는 못한 채 그저 농간을 피우고 교활한 짓을 하는 건 진정으로 '온전한 삶全生'이 결코 아니다. 「관문을 나서다」에서 노자가 공자의 위협 아래 푸른 소를 타고서 도망치는 것은 바로 노자의 '삶을 귀히 여기는 길貴生之道'에 대한 루쉰의 풍자이다. 루쉰은 이렇게 말한다. "'앞장서지 않'음은 물론 '꼴찌를 부끄러워하지 않'을 용기도 없다. 그래서 아무리 커다란 무리를 이루고 있을지라도 조금이라도 위기가 보이면, '새와 짐승처럼 뿔뿔이 흩어져' 버린다. 만약 몇몇 사람이 물러서지 않다가 해를 당하면, 공론가들은 이구동성으로 멍청이라고 불러 댄다.'' ''그래서

---

117 루쉰, 『양지서』12.
118 루쉰, 『서신집 · 200504致宋崇義』.
119 『노자』 제6 · 9 · 73장.

174 문화 가로지르기 관점에서 바라본 루쉰

중국에는 이제껏 실패한 영웅, 끈기 있는 반항, 홀몸으로 치열한 전투를 벌인 무인, 반역자를 위로하는 조문객 등이 거의 없다. 승리의 조짐이 보이면 우르르 몰려들고, 패배의 조짐이 보이면 뿔뿔이 달아난다."[120] "성공한다면 자신도 군중 속의 한 사람이므로 당연히 이긴 것이 된다. 실패한다면 군중 속에는 많은 사람이 있으므로 꼭 자신이 상처를 입어야 할 이유는 없는 것이다."[121] 이리하여 "무기가 우리보다 정교하고 예리한 서구인들, 무기가 반드시 우리보다 정교하고 예리하다고는 볼 수 없는 흉노와 몽고, 만주 사람들이 마치 무인지경에 들어오듯 쳐들어왔다. '토붕와해土崩瓦解'라는 이 네 글자는, 중국인에게 자신을 아는 명석함이 있었음을 잘 나타내 주고 있다".[122] 루쉰은 이로부터 법석을 떨기를 좋아하지만 주견主見을 드러내기를 꺼리는 중국인의 국민성을 이렇게 해부한다. "만약 어떤 한 사람이 길에서 침을 뱉고 쭈그리고 앉아 뭔가를 보고 있다면 머지않아 분명 한 떼거리의 사람들이 몰려들어 그를 에워쌀 것이다. 또 만약 어떤 한 사람이 괜히 큰소리를 지르며 줄행랑을 친다면 분명 동시에 모두들 흩어져 도망을 칠 것이다."[123] 호기심을 충족시키고 싶으면서도 나서기는 꺼리는, 그리하여 마비되어 무감각해질 수밖에 없는 방관자를 루쉰은 「약」, 「아Q정전」, 「조리 돌리기」 등의 많은 작품 속에서 드러내고 있다.

중국인의 교활함은 노자의 이른바 "나라의 이로운 기물은 남에게 보여서는 안된다國之利器不可以示人"[124]는 진술에도 드러나 있다. 그리하여

---

120 루쉰, 『화개집·이것과 저것』.
121 루쉰, 『열풍·수감록 38』.
122 루쉰, 『화개집·이것과 저것』.
123 루쉰, 『꽃테문학·한 번 생각하고 행동하자』.

"의사에게는 비방秘方이 있고 요리사에게는 비법秘法이 있으며 과자집 주인에겐 비전秘傳이 있는데, 들리는 말에 의하면 자기 집안의 밥줄을 보전하기 위해 딸한테는 전수하지 않고 며느리한테만 전수함으로써 다른 집에 흘러 들어가지 않게 한다".[125] 이야말로 루쉰이 말하는 중국 식의 개인주의로서, 개인의 생명의 안위를 돌아볼 뿐 남의 고통은 안중에도 없는데, 이는 루쉰이 말하는 '다수주의'와 밀접히 연관되어 있다. 따라서 루쉰은 중국에서는 공공의 물건이 보호받기 어렵다고 여긴다.

룽먼(龍門)의 석불은 사지의 대부분이 온전하지 않고, 도서관의 서적들도 삽화를 찢어 가지 못하도록 방비를 해야 하니, 모든 공공물 또는 주인 없는 물건은, 옮겨 가기 어려운 것이라면 온전할 수 있는 것이 아주 드물다. ······ 겨우 눈앞의 하찮은 자기 이익 때문에 기꺼이 완전한 형태의 대물(大物)에 몰래 상처를 입힌다. 이런 사람의 수가 많아지니 상처는 자연히 몹시 커지고, 무너진 다음에도 누가 가해를 했는지 알기 어렵게 된다.[126]

이러한 개인주의의 극단이 바로 자신의 것이 아닌 물건이라면 훼손해버리는 것이다. 루쉰은 장헌충張憲忠을 예로 들어 이러한 국민성을 다음과 같이 분석하고 있다.

그는 애초에는 그렇게 많이 죽이지 않았고 황제가 되려는 생각을 버

---

124   『노자』 제36장.
125   루쉰, 『남강북조집 · 글쓰기 비결(作文秘訣)』.
126   루쉰, 『무덤 · 뇌봉탑이 무너진 데 대해 다시 논함』.

린 적이 없었다. 후에 이자성(李自成)이 베이징으로 진격하고 계속해서 청나라 병사가 산하이관(山海關)에 들어오자 자신에게는 몰락의 길만이 남았다는 사실을 알고 나서부터 죽이고, 죽이기 …… 를 시작했던 것이다. 그는 이미 천하에 자신의 것은 없으며, 이제는 남의 것을 파괴하고 있음을 분명히 느끼고 있었다. 그의 마음은 조대(朝代) 말기에 문아(文雅)한 황제들이 죽기 직전 조상들이나 자신이 수집한 서적, 골동품, 보배 따위를 모조리 불태우는 심정과 완전히 일치한다.[127]

이리하여 중국 문인의 글읽기는 공명과 부귀를 위함이며, 황제가 과거를 이용하여 엘리트들로 하여금 필생의 정력을 소진케 하는 것은 "천하의 영웅들을 죄다 나의 수하로 들어오게 하여" "지위를 보장받으려는 의도"이다. 나머지 국민은 그저 편안한 삶을 돌아볼 뿐 "나서기"를 꺼려하고, 이렇게 하여 중국인은 "산산이 흩어진 모래알처럼 되어 아프든 말든 상관하지 않게 된다".[128] 반면 루쉰이 전기에 제창했던 서구 근대의 개인주의는 개인에게 가해진 속박을 힘써 제거하여 개성을 발휘하는 것이다. 이 개인주의는 인도주의의 보호와 제약을 받는 바, 개성을 억압하는 것은 비인도적이지만, 개성의 확장이 남의 자유를 침해하는 것 또한 비인도적이다.

루쉰에 따르면, 중국인의 생명철학은 중국인으로 하여금 부귀영화의 추구를 목표로 삼게 만든다. 그렇지만 '죽음'은 현세의 향락이 뛰어넘기 어려운 커다란 간극이다. 그리하여 노자는 '생명의 흐름'을 되

127 루쉰, 『풍월이야기 · 신새벽의 만필(晨涼漫記)』.
128 루쉰, 『삼한집 · 소리 없는 중국』.

돌이켜 죽음에 이르기를 늦추고자 하며, 노자를 태상노군太上老君이라 받드는 도교는 한 걸음 더 나아가 죽지 않고 신선이 되기를 추구한다. 도교에 따르면, 사람이 수련하여 득도할 수만 있다면 인간세상의 즐거움을 실컷 누릴 수 있을 뿐만 아니라 원상으로 되돌아가 도와 한 몸을 이루고 육체가 영생하며 한낮에 승천하여 선계에 들 수 있다. 이는 영과 육이 구분되고 인간과 신이 구분된 기독교와 선명한 대조를 이루는 바, 전형적인 중국의 '생명종교', '육체종교'라 할 수 있다. 도교는 도가철학과 신선술을 받아들일 뿐만 아니라, 상고로부터 전해내려온 귀신숭배 또한 받아들인다. 『도장道藏』은 포함하지 않는 것이 없는 잡탕으로서, 유가와 묵가, 법가, 명가, 음양가, 병가, 의가醫家, 잡가 등 각 학파의 서적을 포괄하고 있다. 도교는 중국문화의 '포함하지 않는 것이 없는' 포용성, 신앙인 듯하지만 신앙이 아닌 미신의 특징 및 현세의 인생관을 집중적으로 체현하고 있으며, 또한 중국 상고의 무귀巫鬼문화의 직접적인 발전이기도 하다. 그래서 루쉰은 "중국의 근본은 온통 도교에 있다"[129]고 여겼던 것이다. 중국 현세의 생명철학에 대해 루쉰은 개괄적으로 이렇게 기술하고 있다.

> 옛날 진시황이 아주 호사스럽게 살았는데, 유방과 항우가 그 모습을 보고 유방은 '아! 대장부라면 마땅히 이러해야 한다!'라고 했으며, 항우는 '그에게서 빼앗아 차지할 수 있겠다!'라고 말했다. 항우는 무엇을 '빼앗'고자 했는가? 바로 유방이 말한 '이러하다'를 빼앗는 것이다.

———
129   루쉰, 『서신집 · 180820致許壽裳』.

무엇을 가지고 '이러하다'라고 하는가? 이야기하자면 길지만 간단하게 말해 보겠다. 그것은 순수 수성(獸性)적 측면에서의 욕망의 만족—권위, 자식, 보석과 비단—에 지나지 않는다. 그럼에도 불구하고 모든 대장부, 소장부들이 그것을 최고의 이상(?)으로 간주한다.

'이러하게' 된 이후에도 대장부의 욕망은 줄어들지 않지만, 육체는 쇠잔해지기 마련이다. 뿐만 아니라 어느새 죽음이라는 검은 그림자가 가까이 다가온다. 그러므로 하릴없이 신선이 되기를 희구하는 것이다. 중국에서는 이것이야말로 최고의 이상으로 간주된다.

신선이 되기를 희구하지만 결국 신선이 되는 것을 보지 못했기 때문에 문득 의혹이 생겨난다. 따라서 무덤을 만들어 시체를 보존하고 자신의 시체로 한 뙈기의 땅이라도 영원히 점유하고자 한다. 중국에서는 이것이야말로 부득이한 최고의 이상으로 간주된다.[130]

따라서 사회적인 상태로 보면 우선 '애늙은이' 노릇부터 하고, 허리와 등이 굽어지는 시기가 되어야 비로소 더욱 '일흥(逸興)이 빠르게 날아가'게 되어, 흡사 이때부터 비로소 사람 노릇 하는 길에 오르는 것 같다. …… 아마 남들은 다 늙더라도 자신만은 늙지 않으려는 인물로는 중국의 노(老)선생을 일등으로 추천하지 않을 수 없다.[131]

---

130 루쉰, 『열풍·수감록 59'聖武'』.
131 루쉰, 『열풍·수감록 49』.

중국의 생명철학은 중국문화의 조숙한 일련의 특징을 잘 드러내주고 있다. 중국민족의 유년 시대에 노자는 "만물은 강성하면 노쇠하기 마련"이라는 위기를 느꼈으며, 따라서 중국민족의 발전진화를 힘껏 저지하려 했다. 죽음이 두려워 몸을 돌이켜 뒤돌아서는 이러한 의욕은 오직 죽음에 임박한 노인에게서야 드러나는 보편적 심태이다. 반면 서구에서는 서구문화의 성숙을 의식하면서도 쇠망을 두려워하였던 슈펭글러O. Spengler의 『서구의 몰락*Der Untergang des Abendlandes*』이 사회의 공감을 불러일으켰던 것은 제1차 세계대전 이후의 일이었으며, 서구 현대신학가의 '종말론' 역시 사람의 귀를 어지럽혔다. 루쉰이 밝혔듯이, 중국의 민족성에는 '굳건한 믿음'의 정신은 없었으며, 신앙은 단지 생명을 위한 것일 뿐이었다. 그러나 세기 말 이래 서구의 신앙위기 역시 날로 심해지고 현세의 향락을 추구하는 사상이 크게 성행하였으며, 기독교의 '신新신학가' 역시 신의 죽음을 선고하고 사람들을 행복하고 즐거운 '현세의 성現世城'으로 데려가고자 하였다. 이것이 바로 중국문화가 현대화하고 심지어 '세계의 새로운 조류를 이끌 수' 있는 비밀의 소재이지만, 그러나 조숙하면서도 혼돈스러워 앞으로 나아가지 못하여 갖가지 결함을 빚어냈다. 그래서 루쉰은 중국의 민족성을 다시 주조함으로써 이데올로기상의 현대화를 실현코자 하였던 것이다.

4. 연속성과 부정성 - 중서문화의 발전양식에 대한 루쉰의 비교

중국문화는 무엇 때문에 발전이 완만하여 서구문화의 충격을 견디지 못했는가? 루쉰은 중서문화의 상이한 발전양식이라는 점에서 깊이 사고하였다. 그는 중국문화는 중용을 특징으로 하여 모호함 가운데에서 총체적으로 점진하는 반면, 서구문화는 편향을 특징으로 하여 대립과 명료함 가운데에서 비약적으로 발전하며, 이 두 가지 상이한 양식은 중화민족과 서구 각 민족의 심리구조에 나타나 있으며, 종교, 철학, 과학, 문학 및 사회구조 등의 각 방면에 외화되어 있다고 인식하였다.

루쉰에 따르면, 우리의 선현과 성인들은 현대 생물학의 지식을 지니고 있지는 않았지만, 사물이 특수화에 이르면 멸망할 위험이 있음을 잘 알고 있었다. 즉 "특수화는 나름의 위험이 있다. 언어학을 잘 모르지만 생물을 보자면 일단 특수화하면 멸망하는 일이 다반사이다. 인류가 있기 이전에 출현했던 많은 동식물이 너무 특수화되어서 가변성을 잃고 환경이 바뀌자 적응하지 못하고 멸망한 경우가 많았다"[132]는 것이다. 따라서 우리의 선현들은 중국문화가 극대의 융통성과 모호성을 유지하도록 만듦으로써 전체 구조의 어느 일부가 특수화에 이르는 것을 방지하였다. 서구문화는 편면성, 극단성 등의 특징을 지니고 있으며, 설사 총체성을 중시하더라도 전체 구조의 각 부분의 대립과 투쟁을 강조한다. 반면 중국문화는 전체 구조의 각 부분이 균형과 조화를 이루고 서로 대립하면서도 어울리는 가운데 차근차근 나아가는 것을 강조한

---

132 루쉰, 『차개정 잡문·문밖의 글 이야기(門外文談)』.

다. 공자의 중용, 중정中正, 중도中道가 그러하며, 노자의 "있고 없음은 서로에 의해 생겨나고 어렵고 쉬움은 서로에 의해 이루어지며, 길고 짧음은 서로에 의해 나타나며, 높고 낮음은 서로에 의해 기운다有無相生, 難易相成, 長短相形, 高下相傾"는 말이나 "말이 많으면 자주 궁색해지니 가운데를 지키느니만 못하다多言數窮, 不如守中"는 말 역시 그러하다. 도가의 모호성과 융통성은 유가에 못지않은 바, 이 두 학파가 중국문화의 운동방향과 발전양식을 규정하였다. 유가와 도가에 비해 묵가의 '비명非命' '비악非樂' '명귀明鬼' 및 '죽음'과 '고통'에 대한 집착 등은 완고하고 특수화한 경향이 있기에, 묵가는 거의 전해지지 않았다. 루쉰은 이렇게 말한다. "공자의 제자들은 유儒였고, 묵자의 제자들은 협俠이다. '유儒는 부드럽다는 뜻'이니, 당연히 위험할 리가 없다. 그렇지만 협은 지나치게 올곧아서 묵자의 말류末流들은 심지어 '죽음'을 최종적 목적으로 삼기에 이르렀다. 후에 와서 정말 올곧은 이들은 점차 다 죽어 버리고 교활하게 행동하는 협객들만 남았"[133]으며, "교활하게 행동하는" 자 역시 유가와 도가의 융통성을 지니게 되었다. 루쉰은 여러 차례 교활한 국민성을 지적한 바 있다. 즉 '이것도 좋고 저것도 좋아'는 "'양다리 걸치기' 혹은 교묘하기 그지없는 '바람 부는 대로 쓰러지기'이다. 그러나 중국에서는 가장 잘 어울리기에 중국인의 '중용 지키기'는 아마 이것일 게다".[134] 중국문화의 중요한 전달수단인 한자 역시 융통성이 있고 다의적이며 모호하고 관계형關系型적이다. 루쉰은 이렇게 말한다.

---

133 루쉰, 『삼한집·부랑배의 변천(流氓的變遷)』.
134 루쉰, 『집외집·'중용 지키기'의 진상을 말하다(我來說'持中'的眞相)』.

예를 들어, 나 자신은 늘 책에 실린 어휘를 사용한다. 그렇긴 해도 무슨 벽자(僻字), 독자가 알기 어려운 그런 벽자는 결코 아니지만 꼼꼼한 독자가 있어 나를 불러서 내게 연필과 종이를 주고 '당신의 문장에서 이 산은 '峻嶒(능증)'으로, 저 산은 '巉岩(참암)'이라고 쓰여 있는데, 그것은 실제로 어떤 모습을 하고 있는 것입니까? 그림을 그리지 못하더라도 상관없으니 약간의 윤곽이라도 그려서 나에게 보여 주십시오. 자, 꼭, 좀 …… 이라고 말한다면, 이때 나는 겨드랑이에서 땀이 흐르고, 구멍이 있다면 들어갈 만큼 한탄할 것이다. 왜냐하면 나는 실제 자신조차도 '峻嶒'과 '巉岩'이 필경 어떤 모습인지 알지 못하기 때문이다. 이 형용사는 옛 책에서 베껴 적은 것으로, 이제까지 분명하지 않아서 구체적으로 조사해 본다면 틀릴 것이다. 이밖에 '幽婉', '玲瓏', '蹒跚', '囁嚅' …… 와 같은 것 역시 아주 많다.[135]

이에 반해 서구 각 민족의 언어는 직선적이고 뻣뻣하며 명확하고 표어형表語型적이다. 그리하여 중국문화는 중용지도中庸之道의 길을 따라 모호함 가운데에서 총체적으로 점진한 반면, 서구문화는 중용과 전체, 모호함을 깨트리고 편향, 대립, 명료함 가운데에서 발전했던 것이다.

서구문화의 발전의 편면성과 정량분석의 엄밀성으로 말미암아, 나중에 나타난 자는 특수화한 앞사람에 대해 필연적으로 부정적 태도를 취할 수밖에 없다. 그렇지 않으면 진보할 길이 없이 멸망할 수밖에 없으므로. 이것이 서구문화의 발전으로 하여금 비약성 및 비판성, 부정성

---

135 루쉰, 『차개정 잡문2집 · 글자를 아는 것이 애매함의 시작(人生識字胡涂始)』.

등의 특징을 띠게 만들었다. 루쉰은 「과학사교편」과 「문화편향론」에서 서구문화의 편향성, 부정성과 비약성 등에 대해 풍부하게 논술하고 있다. 그는 이렇게 말한다. "로마 및 기타 나라의 수도에서는 도덕이 피폐하고 기독교가 때마침 일어나 평민에게 복음을 선전하고 있던 차라 금제禁制를 대단히 엄격히 하지 않으면 풍속을 바로잡을 수 없었"지만, 기독교가 '사람의 마음을 속박楷亡人心'하여 새로운 견해를 품은 이라도 교회에 구속되어 감히 입을 열지 못할 때, "수많은 민중이 모두 불만에 공명하여, 교회의 지시를 거부하거나 교황에게 저항할 수 있는 사람이 있으면 시비를 가리지 않고 찬성했다". 이리하여 루터M. Luther는 "구교舊教를 신랄하게 비판하여 쓰러뜨렸"으며, "그 여파가 세상일에도 미쳐 국가들 사이의 이합이나 전쟁의 원인 등 그후의 대변동은 대부분 이 종교개혁에 기반을 두고 있었다". "굴레를 제거하고 사람의 마음을 풀어줌"에 따라 "신대륙 발견, 기계 개량, 학술의 발전, 그리고 무역 확대 등, 새로운 일이 일어났다". 그러나 "교황을 전복하면서 군주의 권력을 빌렸으므로 개혁이 끝나자 이에 군주의 힘이 증대되었고, 군주가 제멋대로 만민 위에 군림하여도 피지배자는 이를 억제할 수 없었"으나, "사물은 막다름에 이르면 방향을 바꾸는 법, 민심이 드디어 발동하여 혁명이 영국에서 일어났고 미국으로 계속 이어졌으며 다시 프랑스에서 크게 일어났다. 문벌이 일소되고 신분의 귀천이 평등해졌으며, 정치권력은 백성이 주관하게 되었다". 그렇지만 중국문화의 조숙성, 총체성, 모호성, 융통성이 뒷사람으로 하여금 앞사람에 대한 확충과 주석 가운데에서 문화를 총체적으로 함께 점진하도록 만들었으며, 이로 말미암아 중국문화의 발전은 거대한 안정성, 연속성 및 긍정성 등의 특징을 지니게 되었다. 총체적인 구조가 조절의 부적절로 말미암아 파멸에 이른다 할지라도, 이는 새로운 구조의 출현을 의미하는 것이 아니라 원래의 구조의 재건, 즉 이른바 천도의 순환을 의미할 따름이다. 따라서 "나날이 새로워지는 것을 성덕이라 하고, 끊임없이 발전하는 것이 역日新之謂盛德, 生生之謂易"이라는 것과 "하늘이 바뀌지 않으면 도 또한 바뀌지 않는다天不變, 道亦不變"는 것은 얼핏 보기에 모순되는 듯하지만, 사실은 일치된 것이다. 그리하여 현실질서에 대한 루쉰의 비판은 『좌전左傳』소공昭公 7년에 실린 등급질서에 겨누어진다. 루쉰은 이렇게 말한다.

"오대, 남송, 명 말의 사정을 기록한 것을 지금의 상황과 비교해 보면, 얼마나 비슷한지 놀라지 않을 수 없다. 마치 시간의 흐름이 유독 우리 중국과는 아무 관계가 없는 듯하다. 현재의 중화민국은 여전히 오대요, 송 말이요, 명 말이다."[136]

중국문화의 조숙성, 포용성, 모호성, 융통성 등의 특징은 중국문화의 적응성을 특히 강력하게 만들었다. 강대한 문화적응능력은 '부드러움으로 굳셈을 이긴다'와 결합하여 중국문화로 하여금 대단히 강력한 '동화력'을 지니게 만들었다. 루쉰은 이렇게 말한다.

외래의 사물이 '오랑캐로 화하(華夏)를 변화시키려 하면' 반드시 배척해야 하지만, 이 '오랑캐'가 중화를 차지하여 주인이 되면 알고 봤더

---

136   루쉰, 『화개집·문득 생각나는 것 4』.

니 이 '오랑캐'도 황제의 자손이었다는 것을 고증한다. 이는 보통 사람들의 의중을 뛰어넘는 것이 아닌가? 무엇이든지 우리 '옛'것에 포함되지 않는 것이 없는 것이다![137]

누가 중국인들은 뜯어고치는 것에 능하지 않다고 말했던가? 새로운 사물이 들어올 때마다 처음에는 배척하지만, 믿을 만하다 싶으면 응당 뜯어고칠 것이다. 하지만 결코 새로운 사물에 맞추어 자신을 변화시키는 것이 아니라, 새로운 사물을 자신에 맞추어 변화시킬 따름이다. 불교가 처음 들어왔을 때에는 몹시 배척받았지만, 이학(理學) 선생들이 선(禪)을 이야기하고 스님이 시를 짓게 되자 '삼교동원(三教同源)'의 기운이 무르익었다.[138]

루쉰은 중국문화의 운동방향을 변화시키고 나아가 그 발전양식을 뒤바꾸기 위해, 우선적으로 중국문화의 총체성과 모호성을 타파하고자 하였다. 루쉰은 일체를 '혼돈'으로 귀결했던 장자를 풍자하면서 "'장주莊周가 나비를 꿈꾼 것일까, 아니면 나비가 장주를 꿈꾼 것일까?' 여기선 꿈과 생시마저 명쾌하게 구분되지 않는다"[139]고 말한다. 루쉰은 소설 「죽음에서 살아난 이야기起死」에서 장자의 약삭빠름, 혼돈, 시비를 가리지 않음을 비판한다. 루쉰은 총체적 구조의 각 부분에 대한 중화와 중용의 조화를 타파하여, 중국의 '중용 지키기', 평형, 치우치

---

137 루쉰, 『화개집속편·고서와 백화(古書與白話)』.
138 루쉰, 『화개집·여백 메우기』.
139 루쉰, 『남강북조집·'논어 일 년'』.

지 않음의 심리상태를 힘껏 깨트림으로써, "오로지 이른바 정인군자의 무리들을 며칠이라도 더 불편하게 해주고" "그들의 세계에 얼마간 결함을 더해 주려고"[140] 하였다. 이 또한 중국문화에 대한 루쉰의 인지 방향을 규정지었는바, 루쉰이 찬양했던 것은 '죽기 살기로 밀어붙이는 사람', '몸을 내던져 길을 구하는 사람'이었다. 그리하여 그는 대우大禹를 '대성大聖'으로 받들었던 묵자를 찬양하여 「홍수를 막은 이야기理水」와 「전쟁을 막은 이야기非攻」의 두 편의 소설로써 중국의 이러한 전통을 발굴하였다. 물론 루쉰이 결코 중용中庸하지 않는 중국인에 대해서도 논술한 적이 있다. 그러나 이것은 '부드러움을 귀히 여기고 암컷을 지키는貴柔守雌' 중국인을 '비겁'하다고 여기는 논법이자, 학형파學衡派와 장스자오章士釗를 "구학문에도 요령이 없고 주장도 맞아떨어지지 않는다"[141]고 비판하는 논법이다. 그렇지 않다면, 중용에 대한 루쉰의 비판은 이해할 수 없을 것이다.

조숙 및 특수화 방지로 인하여 빚어진 중국문화의 결점에 대해, 루쉰은 깊이 있게 인식하고 있었다. '괴이하고 초월적인 존재에 대해 말하지 않는다不語怪力亂神'[142]는 말은 결코 과학적 이성으로써 귀신의 부존재不存在를 실증해주지 못하며, '조상을 제사지낼 때에는 조상이 계신 듯이 하고, 신을 제사지낼 때에는 신이 계신 듯이 한다祭如在, 祭神如神在'[143]는 말의 융통성과 다의성 또한 귀신과 미신을 위해 여지를 남겨주었다. 루쉰은 이렇게 말한다.

---

140 루쉰, 『무덤・'무덤' 뒤에 쓰다(寫在'墳'後面)』.
141 루쉰, 『열풍・'쉐헝'에 관한 어림짐작(估'學衡')』.
142 『논어・술이(述而)』.
143 『논어・팔일(八佾)』.

제1기는 상고에서 주말(周末)에 이르기까지의 서적이며, 그 밑바탕은 무(巫)이고 옛 신화를 다수 포함하고 있다. 제2기는 진한(秦漢)의 서적이며, 그 밑바탕 역시 무에 있지만 '귀도(鬼道)'로 약간 바뀌고 방사(方士)의 견해도 섞여 있다. 제3기는 육조의 서적이며, 신선의 견해가 많다.

중국인은 오늘날까지도 원시사상을 벗어나지 못하였으며, 확실히 새로운 신화가 발생하고 있다. 예를 들면 '해(日)'의 신화는 『산해경』 중에도 있지만 나의 고향(사오싱(紹興))에서는 태양의 생일을 3월 19일이라 여기고 있다. 이건 소설도 아니고 동화도 아니며, 실로 신화이다. 그래서 많은 이들이 이를 믿고 있다. 그렇지만 기원은 틀림없이 꽤 늦을 것이다.[144]

이리하여 한편으로는 너무나 일찍 성숙한 세속적 이성철학이고 주체의 내성內省과 인격의 완선完善을 중시하는 철학적 인학이며, 다른 한편으로는 상고의 귀신숭배가 도교에 섞여 들어가 중국의 종교미신을 다신교의 종교단계에 처하게 만들었다. 중국인은 우주를 파악할 수 있는 과학적 능력을 지니고 있지 않음과 동시에 환각적 형식으로 파악하고자 하지도 않는다. 반면 서구인은 과감하게 환각과 상상의 형식으로 우주를 파악한다. 그렇지만 인류의 사유가 진보함에 따라, 중국인은 전자를 부정할 필요가 없으며, 다만 그 조숙하고 불확정적인 일면을 확충하고 발전시키기만 하면 되었다. 반면 서구인은 환각과 상

---

144 루쉰, 『서신집 · 250315량성후이에게(致梁繩褘)』.

상의 형식이 이미 특수화에 이르렀기 때문에 다음 단계에서는 필연적으로 과학으로써 신화와 종교의 황당무계함을 선포해야만 한다. 그러나 서구인이 과학의 성취로써 그들의 유년시대의 허구적인 우주 프레임을 부정할 수 있게 되자, 그들의 과학은 이미 우리가 넘볼 수 없을 정도가 되었다. 따라서 중국문화는 혼돈 속에 연속되었지만, 서구문화는 고대 그리스 로마의 다신多神으로부터 중세의 일신一神을 거쳐, 다시 근현대의 무신無神에 이르기까지 그 발전은 차례차례 명료하였다.

서구문화와 총체적으로 비교해보면, 중국문화는 주지主智에 치우치고 예禮(理)로써 정情을 제어함을 강조한다. 이것이 바로 서구의 계몽시대에 종교의 광분에 반대하여 이성을 숭상했던 사상가, 그리고 쇼펜하우어A. Schopenhauer, 니체, 베르그송에 반대했던 주지철학가 루소J. J. Rousseau가 중국문화에 깊이 흥미를 느꼈던 까닭이다. 그러나 중국문화역시 정욕의 정상적인 발산에 결코 반대하지 않으며, 오히려 '친척도나몰라라六親不認' 하는 지智에 반대한다. 그리하여 중용의 도는 정情과 이理를 한데 뒤섞어 어느 것이든 지나치게 발전하지 않게 하는 것이다. 중국의 예禮(理) 자체는 '어버이는 자애롭고 자식은 효성스러우며父慈子孝' '임금은 어질고 신하는 충성스럽다君仁臣忠'는 등의, 정감 색채가 짙은 윤리법칙인 바, 진정한 이성의 산물인 서구의 법률과는 서로 구별된다. 따라서 중국인의 정감은 결코 '디오니소스적인 성향Dionysian' ─ 디오니소스의 방종한 격정으로 나아가지 않는다. 반면 중국인의 이지 역시 태양신 정신 ─ 아폴로의 거대한 이성역량으로 나아가지 않는다. 서구문화가 '디오니소스적인 성향'과 태양신 정신의 거대한 충돌 속에서 발전되었고 이 두 가지 정신을 극단적으로 발전시켰다고 한다면, 중국문화는 '디오니소스적인 성향'과 태양신 정신의 조화와 통일을 충분히 발전시키지 못한 채 두 가지 정신을 하나로 합쳐 혼돈스러운 '하나' 속에서 총체적으로 점진하였다. 이러한 조숙 혹은 원시적 원만圓滿은 물론 중국 민족을 서구와 같은 종교적 발광이나 비이성적 정감철학으로 이끌지는 않았지만, 서구에서처럼 명석한 지성경험, 논리학과 사변철학으로 이끌지도 않았다. 이로 인해 루쉰은 한편으로 중국인에게 열정도, 활력도 없다고 느꼈기에 바이런과 니체 등의 낭만파의 정감방식으로써 중국문화 및 이에 의해 빚어진 국민성에 대해 충격을 가하였다. 다른 한편 루쉰은 중국인에게 명백한 이성이 결여되었다고 느꼈는데, '민기民氣'와 '법술法術'로써 외세를 타도하고자 했던 의화단에 대한 논술에 이러한 점이 잘 드러나 있다. 루쉰에 따르면, 비이성적으로 울분을 발산하는 중국인의 방식은 강자에 대한 분풀이는 "도리어 약자 쪽에 발산한다. 군인과 비적은 서로 싸우지 않고 총이 없는 백성만이 군인과 비적으로부터 고통을 받고 있는데, 이것이 바로 최근 쉽게 볼 수 있는 증거이다". "누군가는 우리가 지금 사람들에게 분노와 원한을 품게 하려는 대상은 외적이며 나라 사람과는 상관이 없으므로 해를 입을 리가 없다고 말할 것이다. 그러나 그 전이轉移는 아주 쉬운 것이어서, 비록 나라 사람이라고 말하지만, 구실을 대어 발산하려고 할 때 단지 특이한 명칭을 하나 붙이기만 하면 마음 놓고 칼날을 들이댈 수 있는 것이다." 따라서 루쉰은 이렇게 말한다. "불이 붙은 청년들에게 바라노니, 군중에 대해 그들의 공분公憤만 불러일으키지 말고 내면적인 용기를 주입하려고 노력해야 하고, 그들의 감정을 고무시킬 때에 명백한 이성을 극력 계발하도록 해야 한다는 것이다. 게다가 용기와 이성에 마음을 집중하면서 이제부터 여러 해 동안 계속 훈련을 해야 한다." 그렇지 않으면 "그 결과 도리어 적의 앞잡이가 되고, 적은 그 나라의 이른바 강자에 대해서는 승리자가 됨과 동시에 약자에 대해서는 은인이 되는 것이다. 왜냐하면 스스로가 미리 서로 잔인한 살육을 저질러 마음에 쌓여 있던 원한과 분노가 이미 다 해소되고 천하도 곧 태평성세가 되기 때문이다".[145]

중용의 도는 총체적 구조의 각 부분의 조화를 강조하고 어느 부분만의 편면적 발전을 방지한다. 이는 하늘과 인간天人, 사물과 자아物我의 관계에 잘 드러나 있는 바, 곧 천인합일天人合一, 물아통일物我統一이 그것이다. 루쉰은 이렇게 말한다. "우리 중국을 뒤돌아보면, 예부터 만물을 숭배하는 것을 문화의 근본으로 여겨 하늘을 경외하고 땅에 예를 갖추었으며, 이는 실로 법식法式과 더불어 발육되고 확장되어 흐트러짐이 없이 정연하였다. 하늘과 땅을 제일로 삼고 그 다음은 만물이 차지하여, 일체의 예지叡知와 의리義理, 그리고 국가와 가족제도는 이것에 근거해 기초가 세워지지 않은 것이 없었다."[146] 따라서 비록 서구의 고대문화와 비교하여 중국문화가 전반적으로 보아 주체와 생명에 편중되어 있지만, 중용의 도道는 결코 주체를 제기하여 객체와 대립하도록 허락하지 않으며, 주체와 객체, 인간과 자연, 사물과 자아의 조화통일을 추구한다. 중국고대문학의 서정시 전통 역시 시구 고대의 서사시 전통과 비교해볼 수 있다. 즉 중국 고대문학 자체는 주체와 객체, 정情과 경景의 조화통일을 추구함에 반해, 서구 근대의 서정시에서는 객체와 사회, 경景은 흔히 주체, 개인, 정情의 대립물로서 출현한다. 그

---

145 루쉰, 『무덤·잡다한 추억』.
146 루쉰, 『집외집습유보편·파악성론』.

래서 루쉰은 중국문학의 특징을 '혼탁의 평온'이라 개괄하였던 것이다. 루쉰은, 중국의 시가는 "간혹 벌레나 새 소리에 마음이 반응하고 숲이나 샘물에 감정이 동하여 운어韻語로 나타내기도 했지만, 역시 대부분은 무형의 감옥에 갇혀 천지지간의 진정한 아름다움을 표현할 수 없었다"고 여긴다. 그리하여 루쉰은 '늘 반항하고常抗' '반드시 움직이고必動' '힘을 중시하고貴力' '강함을 숭상하고尙强' '싸우기를 좋아하는好戰' '악마의 소리'로써 중국문학의 '평온'을 깨트리고자 하였던 바, "평온이 파괴되면 인도가 증진된다"[147]는 것이다. 「마라시력설」로부터 중국문학의 조화의 이상을 타파하고 '결함이 있고' '평온치 않으'며 '고요'하지 않은 문학을 추구하는 것이 곧 루쉰의 심미적 이상이 되었다. 루쉰의 소설창작은 이러한 심미적 이상을 구현해냈다. 루쉰의 소설 속에서 부정되거나 각성되지 않은 전통문화 담당자를 제외하면, 주인공들은 일반적으로 객관 환경과 대립되는 고독자, 이를테면 광인, 샤위夏瑜, 미치광이, 웨이롄수魏連殳 등인데, 이들에 의해 루쉰의 소설은 '동'적이고 '불안정'한 특징을 지니고 있다.

중용의 도가 모호한 총체성을 지니고 전통을 방지한 결과, 중국은 서구적 의미에서의 비극과 희극을 갖지 못한 채, 슬픔 속에 기쁨이 있고 기쁨 속에 슬픔이 있는 비희극悲喜劇만 있을 뿐, 서글픔과 기쁨의 정감이 한데 혼재되어 있다. '십경병十景病'과 '대단원大團圓'에 대한 루쉰의 비판은 혼돈스러운 총체성을 타파하고 명료한 편면형식이 나타나기를 바라는 그의 심미적 이상을 전형적으로 표현해냈다. 루쉰은 이

---

147   루쉰, 『무덤·마라시력설』.

렇게 말한다. "비극은 인생에서 가치 있는 것들을 파괴시켜 사람들에게 보여 주고, 희극은 가치 없는 것들을 찢어서 사람들에게 보여 준다. 풍자는 또 희극을 간단히 변형시킨 한 지류支流에 불과하다. 그러나 비장悲壯과 익살滑稽은 모두 십경병의 원수이다. 왜냐하면 파괴의 측면은 다르더라도 모두 파괴성을 지니고 있기 때문이다. 중국에서 만일 십경병이 그대로 존재한다면 루소 같은 미치광이는 절대 나오지 않을뿐더러 비극작가나 희극작가나 풍자시인도 절대 나오지 않을 것이다. 있을 수 있는 일이란, 희극적인 인물이나 희극적이지도 비극적이지도 않은 인물이 서로 모방한 십경 속에서, 한편으로는 각자 십경병을 안고 살아가는 것뿐이다."[148] 루쉰은 '대단원' 역시 "감춤과 속임"이라고 여긴다. 즉 "대개 결함이 있으면 작자들의 분식粉飾을 거쳐 후반부가 대체로 변모하게 되는데, 독자들을 속임수에 걸려들게 하여 세상은 확실히 광명으로 가득 차 있으며, 누군가가 불행하다면 스스로 자초하여 당한 것이라고 생각하게 만든다"[149]는 것이다. 루쉰의 소설「복을 비는 제사祝福」와「비누肥皂」는 루쉰의 비극이상과 희극이상이 심미적으로 물화된 대표이다. 그러나 서구문학은 어떤 의미에서 중국문학에 접근하여 있음이 확실한데, 블랙유머와 부조리주의자absurdist의 일부 작품 역시 비극 요소와 희극 요소를 함께 지니고 있다. 하지만 서구현대문학은 전통적인 비극과 희극이 충분히 발전한 기초위에서의 종합이며, 그 철학적 근거는 부정의 변증법이다. 따라서 그것은 중국 전통문학처럼 비극 요소와 희극 요소의 조화통일을 강조하지 않으며,

---

148   루쉰,『무덤·뇌봉탑이 무너진 데 대해 다시 논함』.
149   루쉰,『무덤·눈을 크게 뜨고 볼 것에 대하여』.

동일한 작품 내에서의 비극 요소와 희극 요소의 격렬한 대립이 사람을 더욱 '불안정'하게 만들 것을 강조한다. 루쉰의 「아Q정전」의 비희극 tragicomedy 요소는 바로 이렇게 결합된 것이다.

중서문화의 발전양식의 차이는 중국사회와 서구사회를 서로 다른 길로 나아가도록 하였다. 동시대 및 이보다 약간 뒤에 나타난 사람들이 중국사회를 노예사회, 봉건사회 등의 상이한 사회형태로 나누었던 것과는 달리, 마르크스주의자가 된 이후 루쉰은 중국 고대사회를 많은 사람들이 즐겨 사용하는 '봉건주의'로 일컫지 않았으며, 언제나 중국 고대사회를 하나의 총체로 간주하여 '가정이 중국의 기본'이며 '가족제도와 예교'가 중국사회의 주요 특징이라 여겼다. 다시 말해 집은 축소된 나라이고, 나라는 확대된 집이며, 나라의 '임금은 어질고 신하는 충성스럽다'는 것은 집의 '어버이는 자애롭고 자식은 효성스럽다'의 확대라는 것이다. 이렇듯 자못 체계적인 사회구조 속에서, 중용의 도는 상하 사이의 모순을 힘껏 조화롭게 함으로써 '조화를 이루되 무리 짓지 않음和而不同'에 도달하는 것이다. 그러나 "완전무결하게 정체되어 있는 생활은 세상에서 찾아보기 드문 일이다. 그래서 파괴자가 들이닥치는데, 그러나 결코 자체 내에서 먼저 각성한 파괴자가 아니라 포악한 강도이거나 외래의 오랑캐이다. …… 외부의 적이 들어오면 잠시 동요를 일으키다가 마침내 그를 상전으로 모시고 그의 창칼 아래에서 낡은 관습을 손질한다. 내부의 적이 들어오면 역시 잠시 동요를 일으키다가 마침내 그를 상전으로 모시거나 달리 한 사람을 상전으로 모시고 자신의 부서진 기와와 자갈 속에서 낡은 관습을 손질한다".[150] 이야말로 천도 순환법칙의 물화物化인 바, 설사 사회구조가 조절의 부적절로 말미암아 파멸에 이른다 할지라도, 이는 새로운 구조의 출현을 의미하는 것이 아니라 다시 순환한다는 것이다.

중국 문명은 이렇게 파괴되면 다시 수리하고 파괴되면 다시 고쳐 가면서 이루어진, 피곤에 지친 상처투성이의 불쌍한 물건이다.[151]

루쉰은 가슴 아파하면서 "부서진 기와와 자갈 마당은 그래도 슬픈 일이 못 된다. 부서진 기와와 자갈 마당에서 낡은 관습을 손질하는 것이야말로 슬픈 일"[152]이라고 말한다. 흥미로운 것은 루쉰이 마르크스의 동방사회관과 흡사한 결론을 도출하였다는 점이다. 마르크스는 "아시아 각국은 끊임없이 화해되고 끊임없이 재건되며 늘 조대朝代를 뒤바꾸지만, 이와 사뭇 다르게 아시아 사회는 변화하지 않는다"고 말한다. 그리고 루쉰은 중국의 역사에는 두 가지 시대가 있을 뿐이라 생각한다. 즉 "첫째, 노예가 되고 싶어도 될 수 없었던 시대. 둘째, 잠시 안정적으로 노예가 된 시대. 이러한 순환이 바로 '선유先儒'들이 말한 '한번 다스려지고 한번 어지러워지다'이다".[153] 반면 서구사회의 발전은 모호하게 총체적으로 나아가지도 않고 나아감의 진행과정을 중단하였다가 다시 순환하지도 않는다. 서구사회의 발전은 하나의 사회형태가 특수화에 이른 후에는 곧 멸망으로 귀결되지 않으며, 뒤이은 훨씬 고급의 사회형태에 의해 대체된다. 따라서 루쉰은 청년들이 중국

---

150   루쉰, 『무덤·뇌봉탑이 무너진 데 대해 다시 논함』.
151   루쉰, 『화개집속편·강연기록(記談話)』.
152   루쉰, 『무덤·뇌봉탑이 무너진 데 대해 다시 논함』.
153   루쉰, 『무덤·등하만필(燈下漫筆)』.

사회의 총체적 점진을 끊음으로써 순환하지 말고 "중국 역사에 일찍이 없었던 제3의 시대를 창조"[154]하기를 희망한다.

중국사회발전의 모호성과 내부조절의 융통성은 계급 분야에서도 엿볼 수 있다. 고대 그리스사회처럼 명확한 노예계급과 노예주 단계는 중국에 일찍이 존재하지 않았다. 중국사회의 기본구조는 가족의 등급이 국가의 등급으로 확대되고, 황제는 만민에 군림하는 대가장이었다. 그리하여 윤리주의의 온정적 베일이 계급의 분야를 그다지 분명치 않게 만들었다. 이 때문에 루쉰은 중국에는 "계급이 생겨나지 않았다"[155]고 여겼던 것이다. 그러나 "계급이 생겨나지 않았"던 것은 등급이 번다하여 한데 섞인 채 모호하였기 때문이다. 그래서 루쉰은 이렇게 말한다. "우리 스스로 오래전부터 귀천이 있고, 대소가 있고, 상하가 있는 것으로 잘도 꾸며 놓았다. 자기는 남으로부터 능멸을 당하지만 역시 다른 사람을 능멸할 수 있고, 자기는 남에게 먹히지만 역시 다른 사람을 먹을 수 있다. 등급별로 제어되어 움직일 수도 없고 움직이려고도 하지 않는다. 왜냐하면 일단 움직이면 혹시 이득도 있겠지만 역시 폐단도 있기 때문이다. 여기서 한번 옛사람의 멋들어진 법제 정신을 보기로 하자.

하늘에는 열 개의 해가 있고, 사람에는 열 개의 등급이 있다. 아랫사람은 그래서 윗사람을 섬기고, 윗사람은 그래서 신(神)을 받든다. 그러므로 왕(王)은 공(公)을 신하로 삼고, 공은 대부(大夫)를 신하로 삼고,

---

154　루쉰, 『무덤·등하만필』.
155　루쉰, 『집외집습유보편·파악성론』.

대부는 사(士)를 신하로 삼고, 사는 조(皁)를 신하로 삼고, 조는 여(輿)를 신하로 삼고, 여는 예(隸)를 신하로 삼고, 예는 요(僚)를 신하로 삼고, 요는 복(僕)을 신하로 삼고, 복은 대(臺)를 신하로 삼는다.

—『좌전』 '소공(昭公) 7년'

그런데 '대臺'는 신하가 없으니 너무 힘들지 않은가? 걱정할 필요가 없다. 자기보다 더 천한 아내가 있고, 더 약한 아들이 있다. 그리고 그 아들도 희망이 있다. 다른 날 어른이 되면 '대'로 올라설 것이므로 역시 더 비천하고 더 약한 처자가 있어 그들을 부리게 된다. 이처럼 고리를 이루며 각자 자기 자리를 차지하고 있으므로 감히 그르다고 따지는 자가 있으면 분수를 지키지 않는다는 죄명을 씌운다."[156] 이러한 유기적인 체계 속에서 효렴孝廉의 천거나 과거시험 등의 조치를 통하여 조절의 융통성은 매우 크다. 예를 들면, 거지라 할지라도 장원에 합격하기만 하면 천자와 왕후가 그에게 딸을 시집보낼 수 있다. 이는 유럽의 중고시대의 상황과도 크게 달랐다. 즉 국왕은 귀족계급의 일원이었으며, 다른 귀족보다 지위가 높지 않았다. 아울러 귀족의 혈통 역시 평민의 피가 스며들기를 허용하지 않았으며, 농노는 귀족의 '초야권'을 지켜주어야 했다. 그러나 바로 귀족계급이 이미 경직되고 특수화된 지경에 이르렀기에, 이후의 혁명을 통해 "문벌이 일소되고 신분의 귀천이 평등해졌고, 정치권력은 백성이 주관하게 되었으며, 자유평등의 이념과 사회민주의 사상이 사람들 마음속에 널리 자리 잡게 되었다".[157]

---

156   루쉰, 『무덤·등하만필』.
157   루쉰, 『무덤·문화편향론』.

서구문화는 총체적 구조의 각 부분의 대립과 투쟁, 혹은 편면적 발전을 강조하고, 아울러 각 부분이 충분히 발전할 수 있었으므로, 서구문화는 웅장한 면모를 드러냈다. 반면 중국문화는 총체적 구조의 각 부분의 균형과 조화를 강조하고 편면적 발전을 방지하였기에, 중국문화는 서구문화의 총체(일부가 아니라)에 비해 잔재주격인 면모를 드러냈다. 루쉰은 평생 웅장한 기백으로 중국문화의 잔재주를 개조하고자 하였다. 루쉰은 호메로스Homeros의 '대문大文'을 찬탄하고 '자유자재의 얽매이지 않는 대정신'을 호소한 반면, '잔재주의 약삭빠름'을 혐오하였다. 루쉰은 "'붓의 운용이 곧고 힘이 있는' 그림은, 이 퇴폐적이고 잔재주가 넘치는 사회에서 생존이 어려울지도 모른다"[158]고 느꼈다. 루쉰은 이렇게 말한다. "광둥 사람들의 미신은 분명 좀 심한 것 같다." "그러나 광둥 사람들은 미신을 아주 진지하게 믿고 있으며 기백도 있다. 현단과 이규李逵의 대형 초상화 따위는 아마 백 원 정도가 아니면 마련할 수 없을 것이다." "하지만 장쑤성과 저장성 사람들이라면 아마 그렇게 사력을 다해 싸우려 하진 않을 것이다. 그들은 그저 동전 한 닢으로 붉은 종이 한 장을 사서 그 위에 '강태공姜太公이 여기 계시니 아무 두려울 게 없도다'라거나 '태산석泰山石을 대적할 자 없노라'를 써서 슬그머니 붙여 놓을 뿐이리라. 그래도 맘이 편해진다. 이것도 미신은 미신이다. 그러나 이런 미신은 얼마나 좀스러운가. 전혀 생기라곤 없고 겨우 숨을 할딱거리는 것과 같아서 『자유담』의 소잿거리로도 제공될 수 없는 그런 것이다."[159] 그래서 루쉰은 중국인이 "중화의 전통적인

158　루쉰, 『집외집습유·근대목각선집 2 소인』.
159　루쉰, 『꽃테문학·「이러한 광저우」 독후감(「如此廣州」讀後感)』.

약삭빠른 재주일랑 모조리 내던져 버리고서, 자존심을 굽힌 채, 우리에게 총질하는 양놈을 배우지 않으면 안 된다. 그래야 새로운 희망의 싹이 돋기를 바랄 수 있다"고 여겼던 것이다.

서구문화의 명료성과 편면성은 중국문화의 모호성과 총체성과 구별된다. 그렇다면 서구문화가 편면적으로 발전한 기초 위에서 출현한 새로운 종합은 어떤 의미에서는 중국문화와 흡사한 점이 있다. 비극과 희극이 충분히 발전한 기초 위에서의 비희극의 결합이나, "천명을 제어하여 이를 활용制天命而用之"[160]한 기초 위에서 우주법칙을 파악한 이후에 나타나는 '천인합일', 그리고 서양의학이 과학적이고 전면적으로 인간의 특성을 파악하고 체계적인 치료를 할 수 있게 되는 날, 중국 의학이 다시 스승으로 받들어지게 되리라는 것 등이 그러하다. 루쉰은 풍자의 의미를 담아 이렇게 말한다. "과학은 결코 중국 문화의 모자람을 보충해주기는커녕, 오히려 중국 문화의 심오함을 더욱 증명해 주고 있다. 지리학은 풍수와 관련 있고 우생학은 문벌과 관련 있으며 화학은 연단燃丹과 관련이 있고 위생학은 연날리기와 관계가 있다. '영험한 점'을 '과학'이라고 하는 것 역시 그런 것 가운데의 하나에 불과할 따름이다."[161] 따라서 루쉰에 따르면, 우리는 너무 '스스로를 속여' '가만히 있'어서는 안되며, 서구의 현대문화가 모호성과 총체성을 타파한 후 편면성이 충분히 발전한 기초 위에서 나타난 훨씬 높은 층차의 종합임을 인식해야 한다는 것이다. 사실상 지금에 이르기까지, 서구문화는 '정적靜的'이지 않았을 뿐만 아니라 시간이 흐를수록 '동적

160　『순자(荀子) · 천론(天論)』.
161　루쉰, 『꽃테문학 · 문득 드는 생각(偶感)』.

動的이었다. 그러므로 우리는 루쉰처럼 맑게 깨인 정신과 민족의 자성 정신을 지녀야 하며, 너무 일찍 기쁨에 도취되어서는 안 된다.

루쉰은 중국문화가 조숙한 까닭에 대해서도 이렇게 인식하였다.

> 중화민족은 예전에 황하 유역에 살았는데, 자연계의 상황은 그다지 좋지가 않아 생계라는 측면에서 보자면 매우 부지런히 생활에 힘써야만 했기에 실제를 중시하고 환상을 경시했다. 그로 인해 신화가 발달하거나 전해질 수 없었다.[162]

몹시도 열악한 환경이 중화민족의 조숙을 가져오고 조숙한 사상가를 만들어냈으며, 이들 사상가의 사상이 일단 문화기호에 호소하자 다시 거꾸로 중국의 민족성격을 빚어냈던 것이다. 그래서 루쉰은 국민성을 해부할 때 늘 비판의 칼날을 '옛 가르침古訓'에 겨누었다. 중국문화와 국민성의 관계를 떼어놓을 수 없기에, 루쉰은 중국문화에 대한 객관적 평가와 중국문화에 의해 빚어진 국민성의 해부 사이에는 연관도 있고 차이도 있다고 보았다. 우리의 조상이 저 아주 오랜 옛날에 창조한 문화가 참으로 위대하다는 것을 루쉰 역시 인식하였지만, 동시에 이러한 문화를 고수하고 이로써 심리적 평형을 유지해서는 현대세계에서 싸워 생존하기 어렵다는 것 또한 알고 있었다. 이로 인해 문학작품과 학술저작, 공개적인 경우와 비공개적인 경우에 중국문화에 대한 그의 태도가 완전히 일치하지는 않는다는 점을 우리는 늘 발견한

---

162 루쉰, 『중국소설의 역사적 변천』 제1강.

다. 국민성에 대한 루쉰의 인식에 암담한 측면이 있으며, 이로써 중서문화의 비교관에 편면성이 있음은 부인할 수 없지만, 이것이야말로 루쉰의 특징이라 할 수 있다. 루쉰은 "중국인은 늘 자신을 연구하려 들지 않는다"[163]고 느낀다. 그래서 나라의 문이 깨지는데도 눈이 먼 채 제 잘난 줄만 알고 역사의 유구함을 자랑할 줄만 안다는 것이다. 그러므로 현상을 변화시키기 위해서는 우선 자신의 결함을 연구하여 병증을 찾아내고, 그런 다음에 증상에 따라 약을 처방해야 한다. 그렇다면 '국민의 열근성'을 해부하는 것이 필연적이다. 이러하였기에 루쉰은 근대중국의 위대한 계몽사상가가 되었다. 사실상 루쉰은 공개적으로, 그리고 정식으로 발표한 글 속에서 중국문화에 대해 부정적인 태도를 취하였으며, 형천刑天과 대우大禹, 묵자 등을 찬양할지라도 이는 서구문화관에 입각하여 인정하였던 것이다. 그렇지만 중국문화는 루쉰 사상의 형성에 있어서 엄청난 역할을 담당하였다. 이는 루쉰이 의식하였으면서도 공개적으로 발표하기를 꺼렸다는 점에 드러나 있을 뿐만 아니라, 루쉰의 사유방식, 심리구조, 예술기교 및 타인과의 처세 등 각 방면에도 나타나 있다.

---

163 루쉰, 『화개집속편·즉흥일기』.

루쉰의 성격에 미친 서구문화의 영향

우리는 근대중국의 문화충돌이라는 관점에서, 루쉰이 과학구국에서 문화와 문학구국으로 나아갔던 것이 근대중국이 서구를 학습한 한 차례의 비약이며 중서문화의 충돌이 더욱 깊어졌음을 보여주는 표지라고 지적하였다. 그러나 서구문화사조의 내재적 충돌이라는 각도에서 본다면, 루쉰의 전향 역시 과학주의에서 인본주의로의 전변轉變이라 볼 수 있다. 과거에는 과학주의와 인본주의의 대립적 측면만을 보았을 뿐, 양자의 통일을 홀시하였다. 사실상 스노C. P. Snow가 일컫는 바의, 대립충돌하면서도 서로 무관심한 '두 가지 문화'는 현대 서구문화가 상호 침투하고 관통하는 두 방면이다. 그래서 브렌타노F. C. Brentano에서 훗설E. Husserl이 나오고, 훗설에서 사르트르J. P. Sartre가 나오고, 하이데거M. Heidegger에서 가다머H. G. Gadamer가 나오며, 화이트헤드A. N. Whitehead는 루쉰처럼 과학주의에서 인본주의로 나아갔던 것이다. 과학철학가인 비트겐슈타인L. J. J. Wittgenstein이 보기에 "진정으로 말하자면 철학의 정확한 방법은 이러하다. 말할 수 있는 것 외에는 아무것도 말하지 않는다. 즉 자연과학의 명제, 즉 철학과 관계없는 것 외에는 아무것도 말하지 않으"며, "이야기할 수 없는 일에 대해서는 침묵해야 한다". "윤리학은 표현할 수 없으니" "윤리적인 명제가 있을 수 없기" 때문이다.[1] 그리하여 과학철학가는 자신의 논리 분석을 위하여 하나의 범주를 그었으며, 범주 너머의 드넓은 공백은 인본철학가의 "네 노래가 끝나면 내 올라가마"라는 무대가 되었다. 헤겔G. W.F. Hegel과 같은 고전철학가들은 공백이라곤 하나도 남기지 않고 삼라만상을 포괄하는 철학체계를 세웠으며, 따라서 헤겔에 대한 현대철학의 공격은 과학철학과 인본철학의 양측에서 가해졌다.

과학주의와 인본주의의 이러한 차이와 연관은 일본 유학시절의 루쉰 사상을 이해하는 데에 매우 중요하다. 오늘에 이르기까지 루쉰연구계에는 이러한 현대문화의 분열 및 그 연관의 관점에서 과학주의와 인본주의 사이에서의 루쉰의 문화선택을 탐구한 이가 없었으며, 이로 인해 루쉰에 대한 그릇된 인식이 생겨났다. 과학의 한계를 알지 못한 이라면, 현대과학과 과학사에 정통한 루쉰이 「파악성론」에서 왜 그토록 미신을 타파하고 우상을 철폐하며 신맞이 굿을 금지하고 신화를 비웃는 데에 반대했는지 이해하지 못한다. 사실 후자는 윤리의 가치범주로서 과학명제의 바깥 영역에 속한다. 또 하나의 예로서 리저허우李澤厚는 「과학사교편」의 끄트머리에서의 예술에 대한 숭상을 근거로, 「과학사교편」을 "'과학과 애국'에서 문예운동의 제창으로 넘어가는 과도라고

---

1   비트겐슈타인, 郭英 譯, 『논리철학론(邏輯哲學論)』, 北京 : 商務印書館,1985, 95~
     97쪽.

단언하였는데, 이는 논리 순서에 맞추어 역사적 사실을 말살해버린 것이다. 루쉰이 문예운동을 제창하고자 했던 것은 1906년 하반기이고 「과학사교편」은 1907년에 쓰였으며, 발표된 시기로 본다면 「마라시력설」은 1908년 2월에서 3월 사이에 발표되었고, 「과학사교편」은 같은 간행물에 같은 해 6월에 발표되었기 때문이다. 논리로써 역사적 사실을 말살한 배후에는 다음의 관점이 분명하게 나타나는 바, 즉 문예운동을 제창한 후에 루쉰은 더 이상 과학에만 신경 쓸 수 없었다는 것이다. 이 역시 과학주의와 인본주의의 분열을 지나치게 강조한 표현이라 할 수 있다. 사실 루쉰이 귀국한 후에 가르쳤던 것은 모두 과학이었으며, '5·4' 후에 문학을 가르치기는 하였으나 여전히 문학에 종사하는 이들에게 과학 서적을 자주 들춰보라고 권하였다. 일본 유학시절의 루쉰은 서구철학의 발전사를 통하여 헤겔 이후의 서구철학의 분열을 이미 인식하고 있었다. 그렇기에 그는 이렇게 말한다.

과거에는 지성과 정서 양자를 서로 조절하는 것을 이상으로 했는데, 주지주의(主智主義) 일파의 경우는 객관적 대(大)세계를 주관 속으로 이입할 수 있는 총명과 예지를 이상으로 했다. 이와 같은 사유는 헤겔이 등장함으로써 징점에 이르렀다. …… 19세기가 끝날 무렵에 이르러 이상은 이 때문에 일변했다. 명철한 사람들은 내면에 대한 반성이 깊어지면서 옛사람들이 설정해놓은, 두루 조화롭고 협력적인 인간은 지금의 세상에서 결코 찾을 수 없다는 것을 알게 되었다. 그들은 오로지 의지력이 남들보다 뛰어나 정감 측면에만 의지하여 현실 세계에서 살아갈 수 있기를 바랐고, 또한 용맹과 분투의 재능이 있어 비록 여러 번 넘어지고

쓰러져도 결국에는 그 이상을 실현하려고 했다. 그들의 인격은 바로 이러하였다.[2]

그러나 루쉰은 '두 가지 문화'가 대립하는 가운데 통일을 이루는 것 또한 목도하였다. 즉 "니체는 다윈의 진화론을 받아들여 기독교를 배격하고 달리 초인설을 제기하였다. 비록 과학을 근본으로 삼고 있다고는 하지만, 종교와 환상의 냄새가 제거되지 않았다".[3] 그러므로 루쉰은 최종적으로 인본주의로 나아갔지만, 루쉰 사상의 형성에 과학주의가 미친 영향 역시 무시해서는 안 된다.

1. 과학주의와 루쉰의 사상성격

「라듐에 관하여」와 「중국지질약론」을 발표함과 동시에, 루쉰은 공상과학소설에도 심취하였다. 루쉰은 "오늘날 번역계의 결점을 보완하여 중국인을 인도하고자 한다면, 반드시 과학소설로부터 시작하지 않으면 안 된다"고 말한다. 과학소설은 심미적 즐거움 속에서 "사상을 개량하고 문명을 보조補助하기 때문"[4]이다. 이로써 알 수 있듯이, 문화계몽에 대한 루쉰의 중시는 의학을 버리고 문학으로 돌아섬에서 시작된 것은 아니지만, 이를 경계로 과학주의와 인본주의적 계몽의 구분

---

2   루쉰, 『무덤·문화편향론』.
3   루쉰, 『집외집습유보편·파악성론』, 니체는 이 점을 인정하지 않았으며, 진화론을 공격하였다.
4   루쉰, 『역문집서발·「달나라 여행」 서언(「月界旅行」辨言)』.

이 생긴 것은 틀림없으며, 과학과 민주에 대한 '5·4'의 창도는 이 양자를 동시에 수용하였다. 과학소설에 대한 흥미로 인해, 루쉰은 1903년을 전후하여 「달나라 여행月界旅行」, 「땅속 여행地底旅行」, 「조인술造人術」, 「북극탐험기北極探險記」 등의 수많은 공상과학작품을 번역하였다. 루쉰의 과학탐구 및 과학에 대한 농후한 흥미는 루쉰의 시공관념과 세계에 대한 거시적 상상력을 크게 확장시켰으며, 자급자족적 소농경제 기초 위에 형성된 세계관과 자연관을 변화시켰다. 「중국지질약론」이 시생대, 고생대, 중생대와 근생대의 거대한 변화에 대한 회고를 통해 세계를 파악하는 거시적 시야를 펼쳐보여 주었다면, 「라듐에 관하여」는 원자와 전자의 세계 구성에 대해 미시적 시야를 드러내주었다. 아울러 루쉰이 번역·소개한 공상과학소설에 그려진 미래세계의 하늘과 땅, 별들의 전쟁 및 인류창조의 가상은 루쉰의 사상공간을 더욱 확장시켜주었다.

서구과학에 대한 루쉰의 이해는 잠자리가 수면을 스치듯한 수박 겉핥기식이 결코 아니었지만, 과학전문가가 되고자 하는 기미 또한 없었다. 서구과학에 대한 루쉰의 흥미는 주로 두 가지 면에 나타나 있다. 한가지는 과학구국의 강렬한 현실적 요구를 기반으로 하였던 바, 루쉰이 의학을 공부하였던 것은 유신에 대한 국민의 믿음을 촉진하기 위함이었다. 「중국지질약론」과 「과학사교편」의 끄트머리는 모두 과학에 대한 소개를 애국의 주제에 구체화한 것이었다. 그러나 이것은 루쉰을 조화롭지 못한 모순충돌의 소용돌이 속으로 나아가게 만들었다. 한편으로 루쉰은 실리와 기술을 혐오하고 과학탐구의 비非공리성을 주장하는 바, 이는 곧 '실리와 멀리 동떨어진實利離盡', 진리를 위한 진리의 과학에 헌신하는 정신이다. 만약 루쉰의 이 이론이 실천 속에 구체화된다면, 루쉰은 과학자가 되었을 것이다. 그러나 다른 한편 강렬한 구국의 사명 감으로 인해 루쉰은 '비공리성'을 실행할 수 없었을 뿐만 아니라, 구국 에 대한 과학의 공리적 목적을 힘껏 선전하였다. 이리하여 루쉰은 진리 에 몰두하는 과학자가 되기는 어려웠으며, 과학문화의 계몽가에 훨씬 가까웠다. 따라서, 다른 한 가지는 서구과학에 대한 루쉰의 흥미가 과 학보다는 과학문화에 향해 있었다는 것, 즉 과학의 발달에 대해 그 이유 를 끝까지 따지는 문화탐색을 진행하여 과학의 발달 이면에 있는 인문 적 요인을 깊이 고찰하였다. 「과학사교편」 중에서 과학사의 부분은 전 체 글의 절반을 차지하고 있는 반면, 가장 정채로운 것은 전체 글의 절 반을 차지하고 있는 의론 부분이다. 후자 역시 서구과학사가 루쉰에게 미친 영향의 산물이라고 할 수 있다. 이 글은 옌푸嚴復의 영향을 받고 있 다. 옌푸는 밀의 『논리학 체계A System of Logic』와 『논리학 입문Primer of Logi c』 등의 역작을 통해 국민에게 서구의 논리학을 소개하였는데, 이는 서 구의 기술에만 흥미를 갖는 양무파洋務派에 불만을 품고서 과학의 근본 을 추구하고자 하였던 것이다. 반면 루쉰은 서구과학사에 대한 정리를 통하여 문화방면의 경험교훈 및 역사적·비교적 관념을 파악해냈다. 루쉰은 이렇게 말한다. "대개 어느 한 시대의 역사를 평가할 때 그 포폄 褒貶이 언제나 일치하지 않는 것은 당시의 인문人文 현상을 가까운 오늘 날에 맞춰 봄으로써 차이가 발견되고 그래서 불만이 생기기 때문이다. 만일 스스로 옛날의 한 사람으로 가정하고 옛 마음으로 되돌아가, 근세 를 염두에 두지 않고 공평한 마음으로 탐색하는 가운데 비평한다면 논 의가 비로소 망령되지 않을 것이다."[5] 다시 말해 현대인의 관념을 옛사람에게 요구해서는 안 되며, 옛사람을 역사발전의 고리마디에 놓고 고찰해야 하는 바, "옛사람들이 미처 몰랐다고 하여 후인들이 부끄러워할 게 없다古所未知, 後無可愧"는 것이다. 이러한 역사적 관념과 방법이 루쉰에게 미친 영향은 매우 컸다. '5·4' 이후 루쉰이 반反전통의 중점을 옛사람에 대한 비판에 두지 않고 국민성 개조에 놓았던 것은 바로 이러한 역사적 관념에 따른 것이었다. 루쉰은 젊은 시절에 지은 글을 후회하지 않았으며, "오히려 조금은 사랑스럽기까지 하다"고 여겼다. 젊은 시절에 지은 글이 "비록 무모하기는 하지만 거기에는 천진스러움이 배어 있"[6]기 때문이었다. 이와 반대로 루쉰은 조숙한 중국문화와 애늙은이의 중국인에게 불만을 품었다. 그렇지만 역사적 관념만으로 한 시대 혹은 한 가지 문화의 특색을 파악하기 어려우므로, 「과학사교편」에서 루쉰은 비교 방법을 아울러 떠받들어 이렇게 말한다.

대개 고대의 인문을 논하면서 우열을 따질 때에는 반드시 다른 민족의 그에 상당하는 시대를 취하여 그 도달한 수준을 서로 헤아려 가며 비교하여 결론을 도출해야 올바름에 가까울 것이다.

이러한 비교관이 루쉰에 미친 영향 역시 매우 컸다. 중국문화와 민족성격에 대한 루쉰의 분석은 주로 서구문화를 참조체계로 삼았다. 역사적 및 비교적 관념은 루쉰이 역사를 인식하고 평가한 방법인데, 「과학사교편」에서 루쉰은 역사진화의 법칙을 이렇게 총괄하고 있다. "세

---

5   루쉰, 『무덤·과학사교편』.
6   루쉰, 『집외집·서언』.

계란 직진하지 않고 항상 나선형으로 굴곡을 그리며, 큰 물결과 작은 물결이 천태만상으로 기복을 이루면서 오랫동안 진퇴를 거듭하여 하류에 도달"하며, "인간사회 교육의 제 분야는 언제나 중도로 나아가는 것이 아니라 갑이 팽팽해지면 을이 느슨해지고, 을이 성행하면 갑이 쇠퇴하여, 시대에 따라 왕복하면서 종국이란 없다". 아울러 이러한 '편향'의 흥망성쇠 "역시 그 이해득실을 따질 수 없으니, 대개 중세에 종교가 폭발적으로 흥기하여 과학을 억압함으로써 사태가 놀랄 만한 지경에 이르렀으나 사회정신은 이로 인해 정화·감화·도야되어 아름다운 꽃을 배태했던 것이다". 이천 년 동안 루터, 크롬웰, 밀턴, 워싱턴, 칼라일 등을 품고 길러냈으니 "이러한 성과는 과학의 진보를 가로막은 잘못을 보충하고도 남음이 있다". 이 글에서 루쉰은 과학지식, 종교도덕, 문학과 예술이 인류문화구조 중에서 차지하고 있는 지위와 그 변천을 언급하면서도, 이에 대해 가치판단은 유보하고 있다. 따라서 루쉰은 '참眞'을 추구하는 과학사를 거슬러 올라갈 때에도 선善을 추구하는 종교도덕과 미美를 추구하는 문학예술을 홀시하지 않았다. 루쉰은 과학의 발견 또한 "늘 초超과학의 힘으로부터 영향을 받게 되는데, 이를 쉬운 말로 표현하면 비과학적 이상의 감동이라고 할 수 있을 것"이라 여겼다. 루쉰이 내린 결론은 이러한 바, 과학은 진실로 '신성한 빛'이지만 "사회가 편향으로 기울어지는 것을 막아야 하니, 나날이 한 극단으로 내달리면 정신은 점차 소실되고 곧 파멸이 뒤따를 것"이다. 만약 "온 세상이 오로지 지식만을 숭상한다면 인생은 틀림없이 무미건조해질 것"이다. 그러므로 사회가 희구하는 것은 뉴턴, 보일, 칸트, 다윈뿐만이 아니며 셰익스피어, 라파엘로, 베토벤, 칼라일 등도 있어야 하니, 그 목적은 "인성을 전면적으로 발전시켜 그것을 치우치지 않게 만드"는 것이다. 그러나 루쉰은 자신이 구하고자 하는 문화의 '온전함全'과 그가 인식한 '문화 편향'성의 발전 사이에 조화로울 수 없는 모순이 놓여 있음을 깨닫지 못했다. 루쉰은 훗날 문화의 '온전함'을 포기하고 '개인에게 맡겨 다수를 배격'하며 '물질을 배척하여 정신을 발양'하는 편향으로 나아가고 말았다. 이러한 문화선택은 '5·4' 후의 '십경병'과 '대단원'에 이르기까지 줄곧 지속되었다. 이것이야말로 과학사와 종교사의 편향 발전에 대해 깨달은 것이다. 흥미로운 점은 루쉰이 비록 편향을 선택했지만, 편향을 긍정하지는 않았다는 것이다. 그는 물질과 다수는 "편향에 이를수록 허위적"이라고 말하였는데, 이는 편향에 대한 부정임에 분명하다. 이는 루쉰이 중국인의 중용의 도를 비판하면서도 중국인이 "결코 중용적이지 않다"고 여겼던 것과 마찬가지로, 논리나 상식으로 이해할 수 있는 것이 아니다. 아마도 루쉰은 다음과 같은 거시적 사고를 하고 있었던 듯하다. 즉 국민 모두가 실용기술과 물질실리를 숭상할 때, 중국문화의 발전이 지나치게 편향되지 않도록 루쉰은 또다른 극단으로 나아갔던 것이며, 중국의 신문화는 오직 이 양극의 대립 속에서 장대하게 발전할 수 있으리라는 것이다.

서구의 과학기술 가운데 루쉰의 성격형성에 가장 큰 역할을 하였던 것은 물론 다윈의 진화론을 꼽아야 할 것이다. 진화론은 루쉰에게 참신한 세계관을 가져다주었으며, 그가 이 세계관을 인문영역으로 끌어들였을 때 진화론은 다시 전통과 대립하는 문화관을 이루었다. 중국의 도가가 숭상하는 자연은 정태적이며 만물이 조화롭게 사는 곳이다. 반면 다윈이 묘사하는 자연은 동태적이고 격투와 교전으로 충만된 곳이다. 이러한 잔혹한 자연법칙은 인정사정없는 생존경쟁 중에서 강한 자는 이기고 약한 자는 패하며, 적응하는 것만 살아남는 것이다. 중국 문화의 특징은 '인도人道는 천도를 따르'고 '하늘을 경외하고 땅에 예를 갖추敬天禮地'는 것이며, 천인합일을 주장한다는 점이다. 즉 인간으로 하여금 조화롭고 정태적이며 다투지 않는 자연에 가까이 다가서게 하는 것이다. 루쉰은 진화론을 믿고 따르면서도 중국의 이러한 전통을 따르는 바, 인도와 천도를 억지로 비교하고 있다. 그리하여 루쉰에 따르면, 진화론의 잔혹한 경쟁법칙 역시 인류사회에 적용되며, 개인이 경쟁에서 밀리게 되면 다수에 의해 도태될 것이고, 민족이 자강하지 못하면 세계에 살아남을 수 없다. 이렇듯 진화론은 루쉰을 분투자강하도록 만들었으며, 비극적인 민족위기감을 갖게 만들었다. 이는 "설사 아이들을 많이 낳을지라도 참된 인간에게 멸절되고 말 거야. 사냥꾼이 늑대씨를 말리듯이 말이야!"[7]라는 진술에서 잘 드러나고 있다. 자유경쟁이 근대사회의 중요한 특징의 하나라면, 진화론에 대한 루쉰의 수용은 그가 사상의 근대성을 획득하도록 만들어주었으며, 그가 관념상에서 근대에서 현대로 나아가도록 길을 닦아주었다. 진화론이 사회와 인문의 영역으로 끌려들어갔기에, 루쉰은 순리대로 스스로 강해지고 투쟁하기를 좋아하는 니체학설을 받아들였으며, 나중에는 계급투쟁을 강조하는 마르크스레닌주의를 받아들였다. 흥미로운 점은 루쉰이 니체학설을 다윈에 대한 발전이라고 여겼지만, 니체 본인은 그의 학설을 다윈과는 전혀 무관하다고 여겼다는 점이다. 니체는 다

---

7   루쉰, 『외침 · 광인일기』.

원의 생존경쟁설을 거듭 비판하였으며, 이것을 편면적인 독단이라 여겼다. 니체에 따르면, "생존을 위한 투쟁이라는 것은 단지 예외일 뿐, 생의 의지의 일시적 제한에 불과한 것"[8]이며, 초인이 추구하는 것은 생존의 궁핍 위에서의 생명이 넘치는 권력의지이다. 설사 생존경쟁 속에 놓여 있을지라도 결코 '우승열패'가 아니며, "약자는 다수이고 인내와 신중함, 위장과 교활함을 통하여 스스로를 보호하는 데에 능하며, 강자는 강한 힘을 추구하지만 아낌없이 생명을 희생하기에 파괴되기 십상이기 때문이다".[9] 생명이 넘치는 권력의지에 대한 니체의 숭상은 루쉰의 예술이론에 커다란 영향을 미쳤으며, 루쉰은 예술을 넘치는 생명력의 표현이라 여겼다.[10] 그렇지만 루쉰은 다윈주의와 니체철학의 연관을 부인한 적이 없으며, 다윈을 니체로 통하는 교량으로 간주하였다. 루쉰은 진화론을 사회와 인문역량으로 끌어들여 쉽게 사회다윈이즘의 신도가 되었지만, 사회다윈주의자는 아니었다. 혹 보다 적절하게 말한다면, 루쉰은 사회경쟁, 우승열패와 적자생존을 강조했다는 의미에서 부분적인 사회다윈주의자였을 뿐이었으며, 이 부분적 사회다윈주의는 니체의 개성주의와 초인학설과 관련된 것이기도 하였다. 아마 루쉰은 다윈의 진화론에 대한 합리적 '오독'을 통해 니체주의로 나아갔다고도 말힐 수 있을 것이다. 즉 진화론은 단지 자연, 생물을 탐구하는 일종의 과학일 뿐이며, 목적론과 가치론은 존재

---

8   니체, 余鴻榮 역, 『쾌락의 과학(快樂的科學)』, 北京 : 中國和平出版社, 1986, 349절.
9   周國平, 『니체 - 세기의 전환점에서(尼采 - 在世紀的轉折点上)』, 上海 : 上海人民出版社, 1986, 73쪽.
10   루쉰, 『이이집 · 혁명시대의 문학(革命時代的文學)』.

하지 않았다는 것이다. 비록 이러할지라도 루쉰은 이러한 합리적 '오독'을 끝까지 관철하지는 않았다. 그렇지 않았더라면 그는 제국주의 침략의 합리성을 인정하였겠지만, 제국주의에 대해 루쉰은 톨스토이의 인도주의로써 극력 반대하였다. 따라서 루쉰을 부분적인 사회다윈주의자로 여기기보다는 차라리 부분적 니체주의자로 여기는 편이 옳을 것이다. 흥미롭게도 진화론에 묘사된 바의 잔혹하고 천편일률적인 자연법칙이 루쉰에게 실질적 의미를 지닌 방법론으로서 사회에 대한 관찰에 운용되었을 때, 뜻밖에도 하나의 이상으로 변하고, 루쉰이 극도로 고민하고 방황할 때의 희망의 빛으로 변하였다. 다시 말해 루쉰은 사회의 진화를 믿고 미래가 현재보다 나으리라 믿으며 젊은이가 노인보다 나으리라 믿었다. 이러한 사고는 1927년 국민당이 젊은이로써 젊은이를 도살할 때 '붕괴'되기 시작했다.

진화론이 루쉰에게 미친 영향은 일찍부터, 그리고 오래도록 지속되었다. 루쉰은 「인간의 역사」 가운데에서 린네C. vonLinné, 라마르크J. Lamarck, 퀴비에G. Cuvier, 괴테W. vonGoethe, 월리스A. R. Wallace로부터 다윈, 헤켈E. H. P. A. Haeckel에 이르기까지의 생물진화론의 역사발전을 소개하였다. 그러나 헤켈이 탐구한 '인간의 역사'를 중시하였다는 점에서 본다면, 루쉰이 관심을 가졌던 것은 인류의 문명발전이었다. 그래서 진화론은 루쉰이 중국문화를 인식하고 평가하는 데에 중대한 영향을 미쳤다. 우선, 루쉰은 진화론의 분파의 하나인, 독일 생물학자 헤켈이 세운 생물진화론의 계통수—종족발생학을 중시하여 이를 "생물학 분야의 가장 새로운 영역"이자 사람들을 탄복케 하는 "19세기 말 학술"이라 여겼다. 헤켈은 대량의 과학적 사실을 들어 인류종족의 진화와 개인성장이 동일한 구조임을 논증하였다. 다시 말해 인간은 수정란에서 출생에 이르기까지 동물계가 아메바류, 어류, 원류猿類로부터 인간에 이르기까지의 수억 년에 걸쳐 겪었던 생물진화의 역정을 밟는다. 이로써 추론해보면, 개인의 유년, 청년, 성년과 노년은 인류의 발생, 발전, 성숙과 쇠망에 해당된다. 그러나 이 견해는 추측과 반성의 성분이 사실의 검증보다 많았으므로, 생명과학에서 유전자, 염색체 등의 견해에 파묻혀버렸다. 그러나 이러한 추측과 반성은 엥겔스의 자연변증법, 피아제J. Piaget의 발생인식론 및 프로이트의 정신분석 등의 인류문명에 대한 성찰에 엄청난 영향을 미쳤으며, 슈펭글러O. Spengler와 토인비A. J. Toynbee 등의 문화연구에도 심각한 영향을 미쳤다. 루쉰이 후자에 대해 제대로 이해했다고는 볼 수 없지만, 종족발생학에 대한 루쉰의 깊은 이해는 중국문화를 성찰할 때에 거시적으로 파악할 수 있는 방법을 제공해주었다.

이뿐만이 아니었다. 부분에서 전체를 볼 수 있고 개체에서 종족을 추측할 수 있는 과학적 근거를 갖추게 된다면, 중국 민족성격에 대한 루쉰의 분석 역시 일부에서 전체를 볼 수 있고 개인에서 종족을 볼 수 있으며 가지 하나 잎새 하나에서 민족의 뿌리를 살펴볼 수 있다. 그러므로 루쉰은 '건달' 아Q를 통해 근대에 드러난 중국의 문화정신과 민족성격을 분석하였다. 루쉰의 거의 모든 '문명비평'의 잡문은 가지 하나 잎새 하나에서 민족의 나무를 살펴보는 것이 두드러진 특색이다.[11] 루쉰은 국민성에 대해 총체적인 이론으로 개괄한 적은 거의 없다. 하지만 그는 뇌봉탑의 무너짐에서 노예식의 파괴가 중국에 미치는 해악

---

11   첸리췬(錢理群)은 『심령의 탐색(心靈的探尋)』에서 루쉰 예술사유의 이 특색을 지적하였지만, 이 책은 이 특색의 문화적 근거와 시원을 밝혀내지는 못했다.

을 간파했으며, 열 가지 경관 가운데 하나라도 빠뜨리면 아쉬워하는 사람들에게서 중국인의 '십경병'을 목도함과 아울러 이것이 중국에 비극 혹은 희극을 낳지 못하게 한다고 여겼다. 그리하여 지폐의 환전으로부터 '우리는 노예가 되기 너무나 쉽다'는 것을 생각하고, 허리가 가느다란 나나니벌로부터 인민에 대한 통치자의 마취를 떠올리며, 구리거울 하나로부터 '한당정신漢唐精神'에 생각이 미치는 등, 일상에서 발생되는 사소한 일에 대해 '한담'하면서 국민성에 대한 심오한 인식을 드러냈다.

둘째로, 진화론이 유전을 강조하였던 점은 루쉰으로 하여금 개체유전으로부터 민족근성의 유전 및 국민성 개조의 어려움을 사유케 하였다. 루쉰은 유전을 믿었던 바, "할머니의 모습이 그 아기의 장래를 예시하고 있다. 그러므로 자기 아내의 훗날의 모습을 알고 싶은 사람은 장모를 보면 된다"[12]고 말한다. 따라서 오늘날 국민의 열근성은 바로 나쁜 유전인자인 "혼란을 부추기는 사물(유가와 도가 양파의 문서)"이 빚어낸 것이다. "민족성은 일단 만들어지고 나면 좋건 나쁘건 간에 변화시키는 것이 쉽지 않다. …… 그러므로 우리가 이제 '사람' 노릇을 잘해 보려 해도 혈관에 있는 혼미한 요소가 농간을 부리지 않는다는 보장을 할 수 없다. 따라서 우리는 자신도 모르게 단전丹田과 분장술을 연구하는 인물로 변하고 만다. 정녕 한심한 일이 아닐 수 없다." 그리하여 루쉰은 영혼의 독소의 유전을 치유할 수 있는 707 같은 약이 나오기를 바란다.[13]

셋째로, 진화론은 또한 루쉰이 전통에 반대하는 무기였다. 루쉰은

---

12   루쉰, 『화개집·이것과 저것』.
13   루쉰, 『열풍·수감록 38』.

시종 동태적이고 변화하는 문화관념으로써 중국의 정태적이고 정체된 문화전통을 비판하였다. 루쉰이 '악마파 시인'을 숭상했던 것은 바로 그들이 "반항에 뜻을 두고 실천을 지향"했기 때문이며, 상대적으로 정태적인 워즈워스$^{W. Wordsworth}$ 등의 유명시인에 대해서는 흥미를 느끼지 않았다. 이밖에 루쉰은 진화론으로써 중국전통의 퇴화론에 대해 공격을 가하였다. 이는 중국전통의 '웃어른 본위'를 어린사람 본위로 전환시키고자 하는 윤리 면에 잘 드러나 있다. 그래서 「광인일기」의 마지막 한 마디는 '어린아이를 구하자'는 것이며, 루쉰 본인 역시 인습의 중압을 지고서 암흑의 갑문閘門을 견디면서 아이들을 드넓고 환한 곳에 데려가고자 하였다.

그러나 루쉰이 신봉한 진화론은 시종 루쉰이 이해하고 개조한 바의 진화론이었다. 이러한 진화론은 사회와 인문의 색채가 과학의 색채보다 훨씬 강하다. 후스胡適 역시 진화론의 신봉자였으며, 자신에게 가장 큰 영향을 미친 사람으로 다윈과 듀이$^{J. Dewey}$를 들 수 있다. 루쉰이 신봉한 진화론에는 니체주의가 섞여 있는 반면, 후스가 신봉한 진화론에는 실험주의가 스며들어 있다. 진화론이 과학영역에서 사회와 인문의 영역으로 끌려 들어올 때, 끌어들인 자의 나름의 이해에 근거하여 개조가 이루어졌다고 할 수 있다. 그러므로 루쉰이 신봉한 진화론은 '강强'이 두드러지게 나타난다. "두 사람이 한 방에 처하여도 숨을 뱉고 들이쉼이 있으니 공기에 대한 다툼이 생기고 폐가 강한 사람이 승리하게 되"며 "죽음을 두려워하는 민족이 영락하여 패망하는 경우가 꿋꿋하게 죽음에 맞서는 민족에 비해 더 많다"[14]는 것이다. 반면 후스가 신봉하는 진화론은 '활活'이 두드러지며, 생존환경에의 적응이 훨썬 강조된다.[15] 루쉰은 사회진화의 중단과 비약, 즉 혁명을 찬양함으로써 문제의 근본적 해결을 도모한다. 반면 후스는 사회진화의 점진을 인정하지만 사회문제의 근본적 해결이 있을 수도 있다는 것을 인정하지 않으며, 따라서 문제 하나하나의 해결을 주장하면서 글자 하나의 옛 뜻을 발견하는 것이 항성 하나를 발견하는 것과 똑같은 가치를 갖는다고 여겨 사회혁명에 반대한다. 과학의 의미에서 누구의 진화론이 정확한지 밝히기는 어렵다. 굳세고 강한 사람, 사나운 사람도 부드럽고 약한 국민에게 '정복征服'될 수도 있다고 루쉰이 말한 적이 있기 때문이다. 다시 말해 스스로 강해지고자 분투하고 개성이 강한 사람이라도 쉽게 손해를 보고 해를 당할 수 있으며, 자라처럼 목을 움추린 채 대세에 영합하는 사람이 훨씬 더 잘 생존할 수 있다는 것이다. 이러한 점을 인식했음에도 불구하고, 루쉰은 그래도 '강한 자를 찬미'한다. 따라서 진화론에 대한 루쉰과 후스의 상이한 해석은 그들의 사상성격의 차이라 할 수 있다.

루쉰의 서양의학 학습은 국민에게 변혁을 촉구하는 정치적 및 인문적 목적을 지니고 있었다. 아울러 의학은 생명과학이자 또한 문학의 사이좋은 이웃이었는바, 루쉰의 훗날의 문학활동에서 생명과학은 그에게 많은 도움을 주었다. 이 점을 루쉰 또한 깨닫고 있었던 듯, "내가 동포를 진단하기로 열에 일여덟은 병들어 있는데, 이를 치료하는 데에는 두 가지 어려움이 있다"[16]고 밝히고 있다. 루쉰은 또한 신문화의 707로

---

14   루쉰, 『무덤・마라시력설』.
15   이 점은 웨이사오신(魏紹馨)이 지적한 바 있다.
16   루쉰, 『서신집・180104致許壽裳』.

국민열근성이란 매독의 유전을 치료하고자 하였다. 아울러 소설 「약」은 그 제목에서 민족정신의 치유자로서의 루쉰의 직임을 엿볼 수 있다. 이로 인해 장딩황張定璜은 「루쉰 선생」이란 글에서 이렇게 밝히고 있다.

> 루쉰 선생은 길가에 서서 우리 남녀가 한길에서 오가는 것을 바라보고 있었습니다. 키가 큰 사람, 작은 사람, 나이든 사람, 젊은 사람, 뚱뚱한 사람, 마른 사람, 한 무리가 거기에서 꿈틀거리고 있었지요. 우리의 눈과 얼굴, 거동에서, 우리의 온몸에서 그는 우리의 완고함과 비열함, 추악함과 배고픔을 알아차렸습니다. …… 우리는 그에게 세 가지 특색이 있음을 깨달았습니다. 그건 수술 경험이 풍부한 의사의 특색으로, 첫째는 냉정함이요, 둘째 역시 냉정함이요, 셋째 역시 냉정함이었습니다. 그를 으를 생각도, 그를 속일 생각도 하지 마십시오. 당신이 입을 열어 말하기도 전에 그의 날카로운 눈빛은 당신을 깨닫게 해줄 것입니다. 그가 아마 당신 자신이 알고 있는 것보다 훨씬 명백하게 당신을 알고 있다는 것을.[17]

이처럼 과학가나 의사가 메스를 손에 들고 있는 듯한 냉정함으로 말미암아, 남이 꽃향기와 풀벌레 울음소리를 마주하여 시흥이 도도해졌을 때, 루쉰은 오히려 "들국화 생식기 아래, 귀뚜라미 날갯죽지를 매달고 있다"라는 시구를 읊조리고, 문언文言으로는 "야국성관하, 명공재현주野菊性官下, 鳴蚣在懸肘"라고 번역한다.[18] 루쉰은 기교가 완숙된 산문

---

17   李宗英, 張夢陽 編, 『60년간 루쉰연구논문선(六十年來魯迅硏究論文選)』上冊, 北京 : 中國社會科學出版社, 1982, 33~34쪽.
18   루쉰, 『풍월이야기·초가을잡기 3(新秋雜識三)』.

시 「복수」에서 이렇게 말한다.

　　사람의 살갗 두께가 반 푼이 채 되지 않을 것이다. 빨갛고 뜨거운 피가 그 밑, 담벼락 가득 겹겹으로 기어오르는 회화나무 자벌레떼보다 더 빼곡한 핏줄들을 따라 달리면서, 따스한 열기를 흘는다. ……

　　하지만 날 선 칼이 한 번 치면, 복사꽃빛 얇은 살갗을 뚫고 빨갛고 뜨거운 피가 화살처럼, 모든 열기를 살육자에게 쏟아부을 것이다. 그런 뒤, 얼음장 같은 숨결, 핏기 없는 입술로 ……

　　이 글에서 우리는 의사가 해부하는 듯한 냉정함을 엿볼 수 있다. 그러나 '세 개의 냉정함'으로써 그의 작품을 개괄하는 것만으로는 그를 온전하게 파악하지 못함이 분명하다. 루쉰은 과학지식의 '세 개의 냉정함' 아래에 예술가 특유의 열정 또한 간직하고 있기 때문이다.

　　루쉰은 상대성 이론이나 양자역학을 언급한 적도 없고 아마 접해본 적도 없을 것이다. 하지만 루쉰이 접하였던 서구과학의 사상방법은 모두 현대성을 지니고 있다. 진화론에서 종족발생학, 우주발생학에 이르기까지, 비교해부학에서 비교문학, 비교문화학에 이르기까지, 그리고 종족발생학을 소개할 때에도 체계론의 사상방법을 의식하고 있었다.[19] 이들 과학의 사상방법은 훗날 루쉰이 종사했던 문화비평과 문예사업에 커다란 영향을 미쳤다. 비교방법으로 루쉰의 문학비평과 연구를 논하자면, 루쉰은 비교문학의 방법으로 바이런, 셸리[P. B. Shelly]의

19　일본 유학시절 루쉰이 접했던 과학의 사상방법은 대단히 중요하지만, 아쉽게도 루쉰 연구계의 주목을 받지 못하였다.

"여파와 지류가 러시아에 건너가 국민시인 푸쉬킨을 낳았고, 폴란드에 건너가 복수시인 미츠키에비치를 만들었고, 헝가리에 건너가 애국시인 페퇴피를 각성시켰다"[20]고 소개하였다. 루쉰은 또한 독립자유와 반항도전의 바이런을 참조체계로 삼아, 굴원을 반항의 강력한 빛깔을 결여하고 독립된 인격정신을 갖지 못한, 일종의 "바쁜 일을 돕지 않으면 한가한 일을 돕는" 사람이며, 그의 「이소離騷」는 "조력자를 얻지 못한 불평"에 지나지 않는다고 여겼다. 루쉰은 자신의 학술명저인 『중국소설사략』에서도 비교문학의 방법을 운용하여 인도종교와 문학이 중국소설사에 미친 영향을 탐구하였다.[21]

루쉰이 '과학교육을 통한 구국'의 단계에서 중시했던 것이 생명과학과 문화이며, 그가 신봉했던 진화론조차 개조를 거쳐 니체로 나아가는 교량이 되었다면, 루쉰이 과학주의에서 인본주의로, 의학에서 문학으로 나아갔던 것은 조금도 이상할 게 없다.[22] 하지만 이 전변은 근대시기의 중국문화의 운명이란 점에서 보자면 매우 중대한 의미를 갖는다. 양무파가 관심을 기울였던 과학기술이든, 개량파가 주목하였던 정치체제이든, 이 모두는 중국문화에 있어서는 '외왕外王'의 학술이다. 당시 수많은 혁명파인사가 관심을 기울였던 배만排滿과 부르주아지의 민주공화국 수립 역시 '외왕'에 속한다. 만약 '외왕'의 서구화일

---

20 루쉰, 『무덤·마라시력설』.

21 孫昌熙, 「루쉰의 비교문학관과 고전문학 연구의 성취(魯迅的比較文學觀及其硏治古典文學的成就)」, 『魯迅硏究』, 1982~1986.

22 루쉰연구계에서는 환등기사건이 루쉰으로 하여금 의학을 접고 문학으로 전향하게 만든 역할만 중시할 뿐, 루쉰이 그렇게 했던 문화적 원인은 홀시하고 있다. 이 점에 대해서는 아래에서 논하기로 한다.

뿐이며, '내성內聖'은 대체로 변함이 없거나 변동이 크더라도 불철저하여 버림받았다면, 중국은 한국이나 싱가폴처럼 유가 색채를 짙게 띤 현대화의 길을 걷게 되었을 것이다. 그러나 중국은 '외왕'의 변화로써 세상의 변화에 대응하는 길을 걷지 않았으므로, 신문화운동의 주력은 포화를 중국의 '내성'의 학술에 겨누었다. 루쉰이 의학을 버리고 문학으로 나아갔던 것은 서구 과학의 소개에서 서구 문화와 문학의 소개로의 전향, 과학주의에서 인본주의로의 전향, '외왕'에서 '내성'으로의 전향이라고도 말할 수 있다. 서구문화의 '내성'의 학술은 기독교 윤리 및 기독교의 변이 혹은 반동으로서 출현한 현대 인학사조인 바, 루쉰이 주목했던 것은 바로 후자였으며, 이에 근거하여 중국전통의 '내성'의 학술을 비판하였다.

2. 인본주의와 루쉰 사상 패러다임의 확립

어떤 의미에서 보자면 「문화편향론」과 「마라시력설」의 발표는 루쉰이 이후 종사했던 문화비평과 문학창작에 있어서 대단히 커다란 상징적 의미를 지니는데, 루쉰의 문학창작 중에는 언제나 문화라는 주제가 깔려 있다. 루쉰 역시 "우리가 요구하는 미술품은 중국 민족이 지닌 지능의 최고점의 표본을 기록하는 것"[23]이며, "문학은 아무래도 일종의 여유의 산물로서 한 민족의 문화를 표시할 수 있다는 것이 도

---

23   루쉰, 『열풍·수감록 43』.

리어 진실"[24]이라고 말하고 있다. 그러나 조기에 발표된 몇 편의 글을 제외하면, 루쉰이 추상적 개념과 논리적 분석으로써 "민족의 문화를 분석"한 글은 거의 없으며, 설사 전문적으로 국민성을 토론한 글일지라도 흔히 형상적인 비유이거나 정감이 스며들어 있을 뿐이다. 따라서 「문화편향론」과 「마라시력설」에서 중시되었던 문화와 문학의 '이중 변주'는 루쉰의 평생 동안 수반되었다.

　서구 문화와 문학에 대한 루쉰의 소개에는 한 가지 공통된 주제가 있는 바, 그것은 현대 서구의 '내성'의 학술에 대한 중시이다. 서구의 과학에 대한 루쉰의 소개가 19세기 말의 최신 성과에 눈을 돌리고 있듯이, 「문화편향론」 가운데의 서구문화에 대한 루쉰의 소개 역시 19세기 말의 최신 사조에 눈을 돌리고 있다. 그러나 루쉰은 동시대의 수많은 사람들처럼 서구의 현대문화와 고대문화를 대립시킨 다음, 중서문화가 고대에는 나란히 평행발전하여 서로 동일시할 수 있었으나 근현대에 들어서서야 중국이 서구에 뒤쳐졌을 뿐이라고 여기지는 않았다. 반대로 서구과학사에 대한 반성을 통해, 루쉰은 근현대 서구의 실용기술의 성과가 고대의 이론탐색의 꽃에서 비롯되었으며, 그 뿌리는 심지어 고대의 종교와 신화 속에 묻혀 있음을 목도하였다. 이러한 가설은 서구의 문화사에도 마찬가지로 부합된다. 그래서 서구과학사에 대한 반성 중에 발견한 과학과 종교도덕의 역사상의 편면적 발전과 우회는 문화사에 대한 고찰에 운용되어 유명한 「문화편향론」을 이루게 되었다.

24　루쉰, 『이이집 · 혁명시대의 문학』.

이제 아래에서 고찰하게 될 문제는 첫째, 전통적 기독교와 현대인학사조 사이에서의 루쉰의 인식과 선택이다. 루쉰은 현대인학사조와 전통적 기독교의 연관성을 결코 부정하지 않았으며, 정신 중시와 기독교의 영혼 숭배의 연관성을 결코 부정하지 않았으며, 개성 신장과 개인 영혼의 독특성을 인정하는 기독교의 연관성 또한 결코 부정하지 않았다. 흥미로운 점은 개성 신장을 주창했던 현대인으로 니체와 입센 등의 인물들을 소개하는 외에, 그가 "대중의 떠들썩함에 영합하지 않고 홀로 자신만의 견해를 지녀" 대중에게 박해받았던 역사상의 인물로 서구문화의 형성에 커다란 역할을 담당했던 소크라테스와 예수를 거론하였다는 것이다. 즉 "다수를 노래 부르며 신명神明처럼 받드는 사람들은 대개 광명의 일단만 보고 두루 알지 못한 채 찬송까지 하고 있으니, 그들에게 암흑을 되돌아보게 한다면 당장에 그것이 그렇지 않음을 깨닫게 될 것이다. 한 사람 소크라테스를 독살시킨 것은 다수의 그리스인이었으며 한 사람 예수 그리스도를 십자가에 못 박은 것은 다수의 유대인이었다. 후세의 논자들 중에 누구라도 잘못되었다고 하지 않겠는가마는 그때에는 다수의 뜻에 따랐던 것이다". '5·4' 이후 루쉰은 산문시 「복수 2」에서 예수의 숭고한 형상을 그려내고 있다. 예수는 구세주임에도 세상 사람들의 핍박을 받았으며, 심지어 그와 함께 십자가에 못 박힌 강도조차 침을 뱉고 저주를 퍼붓는다. 그리하여 예수는 그들의 현재를 증오하고 그들의 미래를 가엾어한다. 그가 십자가에 못 박혀 뼈가 부서지는 큰 고통이 엄습했을 때, 그는 큰 환희와 큰 슬픔 속에 빠져든다. 현대인학사조는 반反전통의 모습으로 출현하였지만, "그 근원은 멀리 19세기 초엽의 유심주의 일파"[25]라고 루쉰은 여겼다.[26] 따라서 중서문화는 모두 스스로 하나의 전체를 이루었는바, 각자의 현상은 각자의 과거의 결과이며, 양자는 서로 동일시할 수 없는 이질적인 문화이다. 그렇지만 루쉰은 동시에 서구문화의 전체를 '가져오고拿來' 찬양할 수는 없었다. 현대인학사조 그 자체는 반전통의 모습으로 출현했던 것이다. 그리하여 루쉰은 인식과 선택의 모순, 좀 더 상세히 말한다면 서구문화사에 대한 전면적 인식과 편면적 선택의 모순을 드러냈다. 따라서 루쉰이 비록 소크라테스와 예수에 대해 경의를 표했지만, 그가 취하였던 것은 "오로지 이전의 문명에 대해 배격하고 소탕하는" 현대인학사조였다. 일단 현대인학사조를 긍정한 이상, 루쉰은 서구 전통문화에 대해 이 사조가 반기를 치켜든 것을 긍정하지 않을 수 없었다.

우리가 토론하고자 하는 두 번째 문제는 서구 19세기 문화 및 그 반동에 대한 인식과 선택이다. 물론 서구문화의 단계적 특징에 대한 루쉰의 인식은 서구문화의 일관된 총체 발전에 대한 그의 인식에 영향을 끼치지 않았다. 루쉰은 서구문화의 총체관과 단계발전의 국부관局部觀을 이렇게 밝히고 있다.

분명은 반드시 이전 세대가 남긴 깃에 뿌리를 두고 발전하여 왔고, 또 지난 일을 교정함으로써 편향을 낳는다.

---

25 루쉰, 『무덤 · 문화편향론』.
26 여기에서 유심주의 일파의 원문은 '神思一派'이다. 『루쉰전집』의 이 용어에 대한 주석에 따르면, 이 일파를 헤겔을 대표로 하는 일파라고 보고 있다. 그러나 키에르케고르, 쇼펜하우어는 모두 비판의 칼날을 헤겔에 겨누었으며, 쇼펜하우어는 칸트를 인정하였다. 그러므로 이 용어는 칸트를 대표로 하는 일파를 가리킨다.

따라서 만일 그 인과관계를 깊이 연구해 보면 대체로 서로 연관되어 있어 분리할 수 없으니, 만약 이른바 어떤 세기의 문명 특색이 무엇이라 한다면 그것은 그 세기의 문명 중에서 특히 두드러진 것을 들어 말하는 것일 따름이다.

그리하여 루쉰은 그릇된 것을 바로잡는 서구문화의 편향된 발전이 19세기에 이르러 두 가지 커다란 특색을 형성하였는바, 하나는 민주에 대한 숭상이요, 다른 하나는 물질에 대한 중시임을 발견하였다. 루쉰은 이렇게 말한다.

다 함께 옳다고 하면 옳은 것으로 여기고, 혼자서 옳다고 하면 그른 것으로 여기며 다수로써 천하에 군림하면서 특이한 사람에게 횡포를 부리는 것이 실로 19세기 대조류의 일파가 되었으며 지금까지도 만연되어 없어지지 않고 있다. 또 다른 경향을 들어 보면, 물질문명의 진보가 그것이다. …… 오랫동안 혜택을 누리고 있으면 그 믿음은 점점 더 단단해지고 점차 그것을 표준으로 받들어 마치 모든 존재의 근본인 양 생각하게 된다. 게다가 정신계의 모든 것까지도 물질문명의 틀 안으로 끌어들여 현실생활에서 요지부동한 것으로 여기며 오직 그것만을 존중하고 오직 그것만을 숭상한다. 이 또한 19세기 대조류의 일파로서 지금까지도 만연되어 없어지지 않고 있다.

그러나 루쉰은 민주와 물질의 발달을 특징으로 하는 19세기 서구문명에 대해 부정하면서, 이는 서구가 "부득이한 일이었으며 또한 없앨 수도 없는 일이었다"고 여긴다. 19세기 서구문명에 대한 루쉰의 부정은 세기 말 인학사조의 산물이었다. 19세기 말 새로운 사조는 19세기 초에서 직접 비롯되었지만, 세기 말에 이르러 민주와 물질의 편향이 극점에 이르러 그 '통폐通弊'를 드러냄으로써, 물질을 배격하고 민주를 비난하는 인학사조가 "한데 모여 대조류를 형성하면서, 반동과 파괴로써 그 정신을 채우고, 신생新生의 획득을 희망으로 삼아" "구폐에 대한 약이 되고 신생을 위한 교량이 되"었다.

세기 말 인학사조의 영향으로 말미암아 민주와 물질문명에 대한 루쉰의 비판은 과격성을 드러내고 있다. 민주에 대해 루쉰은 세 가지 이유를 들어 비판하고 있다. 첫째, 사회민주경향은 필연적으로 "높은 곳은 깎아내고 낮은 부분은 메워" "천하 만민을 일치시켜 사회적 귀천의 차별을 깨끗이 없애려 함"으로써 문화를 날로 하향화할 것이다. "세상 사람들 중에는 명철한 사람이 많지 않기" 때문이다. 이러한 사회민주 경향은 당신이 개성을 지니고 있든 아니든, '명철'하든 '평범'하든 소수는 다수에 복종하는 일률화를 강조한다. 따라서 이러한 동질성을 추구하는 성향을 지닌 민주는 "개인의 특수한 성격을 완전히 무시하여 그 구별을 시도하기는커녕 그것을 완전히 절멸시키려 할" 뿐만 아니라, "그 폐해로 인해 문화의 순수정신은 점차 고루함으로 내달려" "사회 전체를 평범함에 빠져들게 만들기"조차 한다. 둘째, 루쉰은 소크라테스와 예수 등, 대중에 의해 박해를 당한 예를 들어 '다수'의 오류를 설명한다. 아울러 루쉰은 이후의 사람들이 오늘의 독재자를 현명하다 여기고 '다수'를 우매하다 여길 수도 있다는 가설을 세운다. 그리하여 그는 '다수'가 처음에는 카이사르를 죽인 브루투스에게 찬사를 보냈다가 카이사르를 위해 복수한 안토니우스를 찬양했던 일을 들어, '다수'는 거듭 변하여 '굳은 절개가 없다'고 꾸짖는다. 셋째, 루쉰은 '계급을 철폐'하여 평등을 요구하는 무정부주의자를 반박한다. 이 학설을 수립했던 이들은 "대부분 지도자를 자임"하고 있기 때문이다. "무릇 하나가 이끌고 다수가 따를 때, 지혜와 우매의 구별은 바로 여기에 있다." 루쉰은 결론적으로 "지혜로운 사람을 누르고 평범한 사람들을 따르기보다는 대중을 버리고 지혜로운 사람을 바라는 것이 낫지 않겠는가?"라고 묻는다. 그리하여 "시비를 대중에게 맡길 수는 없으며, 대중에게 맡긴다면 실효를 거두지 못할 것이다. 정치도 대중에게 맡길 수는 없으며, 대중에게 맡긴다면 잘 다스려지지 못할 것이다. 오로지 초인超人이 나타나야만 세상은 태평해질 것이다. 만일 그럴 수 없다면 지혜로운 사람英哲이 있어야 한다". 서구 물질주의에 대한 루쉰의 비판은 물질문명이 '현실생활의 근본'임을 긍정한다. 그렇지만 물질주의를 지나치게 숭배하여 물질 중시가 인간을 뛰어넘었기 때문에, 인간의 심령과 의도를 내팽개친 채 배물주의로 치달려 "모든 사물이 물질화되어 정신은 나날이 침식되고 그 의도는 비속으로 흘렀다. 사람들은 오로지 객관적인 물질세계만을 추구하여 주관적인 내면의 정신은 버려두고 조금도 살피지 않"게 되었다. 이러한 때에 '성령의 빛'은 점점 그 빛을 잃게 되고, 사회 진보는 멈추게 되어, "모든 허위와 죄악"이 이를 틈타 자라나게 된다.

　루쉰은 19세기의 서구문명을 비판하였던 반면, 19세기 문명의 반동으로서 세기 말 사조를 숭상하였다. 루쉰이 보기에, 이 사조는 반反민주와 비非물질의 모습으로 출현하였다. 민주에 반대한다는 점에서 보다면, 이와 대응하는 것은 자아에 대한 절대적 찬양이요, 개성에 대한 극력 신장이다. 루쉰은 슈티르너M. Stirner의 '극단적 개인주의'를 소개하였는 바, 인간은 내재적 자아를 지녀야 하며, 이 자아는 내재하는 하나님이고 관념세계의 속박을 벗어나 형성된 절대적 자유의 세계이며, 따라서 일체의 외재적 속박에 반대하여 "만일 외부 압력이 가해진다면 그것이 군주에서 나왔든 또는 대중에서 나왔든 관계없이 다 전제"라고 여긴다. 국가 및 그 법률의 자아에 대한 요구는 일종의 전제의 표현이기도 하므로, 인간은 '의무를 폐지'하지 않으면 안 된다. 루쉰은 쇼펜하우어의 남보다 뛰어나다는 우월감, 기이한 언행과 남과 다른 개성, 그리고 비속한 대중을 열등동물로 간주하고 자아를 주장했던 사상성격을 소개하였으며, 개성의 발휘를 '지고한 도덕'으로 여기는 키에르케고르의 주장을 소개하였다. 그는 또한 키에르케고르의 해석자로 일컬어지는 입센을 소개하였는데, 그의 작품이 "종종 사회민주의 경향에 반대"하고 용속庸俗과 허위에 반대하였던 반면, 힘껏 싸우는 개성의 전사를 찬양하였다. 그의『민중의 적』은 진리를 견지하면서 세속에 아부하지 않는 개성의 전사가 용속한 대중과 맞서 싸우는 것을 묘사하였다. 루쉰은 니체를 "개인주의의 최고 영웅"으로 마지막에서 소개하였는데, 그의 초인학설, 반反민주의 사상경향, 그리고 초인의 출현을 위하여 아낌없이 대중을 희생한다는 주장은 모두 루쉰의 찬사를 받았다. 비非물질이라는 면에서 보자면, 이와 대응하는 것은 주관주의와 의지주의(유의지론)에 대한 극단적인 숭상이다. 루쉰에 따르면, "극단적인 유물주의"는 정신생활에 대한 말살이며, "주관주의나 의지주의의 흥기는 대홍수 때의 방주보다 더 위대한 효과가 있다". 루쉰은 주관주의의 특징에 대해 이렇게 소개하고 있다. "하나는 오로지 주관을 준칙으로 삼아 그것으로 모든 사물을 규제하는 경향이고, 또 하나는 주관적인 심령계心靈界를 객관적인 물질계物質界보다 더욱 존중하는 경향이다." "저속한 객관주의"와 물질주의는 인간을 스스로 움직이지 못하고 기계처럼 움직이게 만듦으로써 인간의 내재적 정취와 독창력을 말살시킨다. 반면 '주관주의와 의지주의'는 인간으로 하여금 바깥 사물에서 벗어나 "독자적으로 자신의 마음속 세계에서 움직이며, 확신도 거기에 달려 있고 만족도 역시 거기에 달려 있"도록 만드는 것이다. 루쉰의 소개에 따르면, 니체, 입센은 "자신의 신념에 따라 시대습속에 강력히 반항하여 주관경향의 극치를 보여주었으며, 키에르케고르는 진리의 기준은 단지 주관에 놓여 있고, 오로지 주관성만이 진리라고 여겼다". 주관주의가 인간으로 하여금 내재적이고 대중과 다르며, 바깥 사물에 쓰임 받지 않는 자아를 갖게 만든다면, 루쉰이 보기에 의지주의는 대중과 다른 자아로 하여금 '주관 전투정신'을 갖게 하고 일종의 강력한 색채를 띠게 만든다. 즉 "쇼펜하우어는 자기를 내성內省함으로써 확연하게 모든 것에 통달할 수 있다고 주장하였고, 그래서 의지력이 세계의 본체라고 말했다. 니체는 의지력이 세상에서 가장 뛰어난, 거의 신명神明에 가까운 초인을 기대했다. 입센은 변혁을 생명으로 삼고 힘이 세고 투쟁에 강한, 즉 만인에게 거슬려도 두려워하지 않는 강자를 묘사했다". 따라서 세기 말의 서구 인학사조의 영향 아래에서 "물질을 배척하여 정신을 발양시키고 개인에 맡기고 다수를 배격해야 마땅하다"는 문화주장을 제기하였다. 여기에서 루쉰은 문화평가라는 면에서의 편향에 대한 부정과 문화선택이라는 면에서의 편향에 대한 긍정이 다시 첨예하게 대립하는 모순을 이루었다. 그러나 루쉰은 국민이 자각적으로 개성을 신장해야만 세계에 일찍이 없었던 '나라'를 건립할 수 있다고 여긴다. 즉 "천지 사이에서 살아가면서 열강과 각축을 벌이려면 가장 중요한 것은 사람을 확립ㄹㅅ하는 일이다. 사람이 확립된 이후에는 어떤 일이라도 할 수 있다. 사람을 확립하기 위한 방법으로는 반드시 개성을 존중하고 정신을 발양해야 한다". 루쉰은 옛것을 천시하고 서양의 것을 숭상하는 이들을 "허둥대며 서구의 문물을 들여와 그것을 대체하려 하면서도, 이미 언급한 바의 19세기 말의 사조에 대해서는 조금도 주의를 기울이지 않는다"고 비판한다. 아울러 그들이 숭배하는 '서구의 문물'이란 '황금흑철(물질)'과 '입헌국회(민주)'에 다름 아니며, 이는 '현상의 말단'으로 19세기에 이미 '지극히 편향되고 지극히 허위적'임이 드러나 선각자에게 버림받았던 것이다. 개성과 정신에 대한 세기 말 사조의 중시는 20세기 서구문명의 방향을 예시하고 있는 바, "20세기의 새로운 정신은 아마 질풍노도 속에서도 의지력에 기대어 활로를 개척해 나갈 것"이며, 따라서 "20세기 문명은 당연히 심원하고 장엄하여 19세기 문명과는 다른 경향을 보일 것"이다.

루쉰의 예견은 어떤 의미에서 진리성을 띠고 있음이 확실하다. 서구 문화를 살펴보자면, 20세기 서구문화는 19세기와 다름이 분명하다. 이러한 차이는 루쉰의 말한 바에, 혹은 루쉰이 숭배한 키에르케고르, 니체 등이 말한 바에 잘 드러나 있다. 철학에 있어서 인간에 대한 중시, 도구이성과 물질문명의 인간에 대한 소외에의 반대는 세기 말에 커다란 흐름으로 합쳐져 20세기에 만연하였다. 키에르케고르는 19세기는 영향력이 결코 크지 않았지만, 20세기에 접어들어 실존주의자에 의해 선구자로 받들어짐에 따라 세계적인 영향력을 지닌 철학가가 되었다. 반면 니체가 세기의 전환기에 맡았던 역할의 중요성은 모두가 아는 대로이다. 중국문화에 대해 말하자면, 루쉰은 개성해방의 숭상에 있어서 신문화운동의 선구자가 되었다. 펑쉐펑馮雪峰은 일본 유학시절의 루쉰의 글이 '5·4' 정신과 합치됨을 꿰뚫어보았다. 루쉰이 숭상했던 니체, 입센은 5·4신문화운동에 이르러서야 지식청년으로부터 보편적인 환영을 받았으며, 이러한 문화의 새로운 흐름의 추동 아래 낙관적인 후스胡適조차도 '입센주의'를 제창하였던 것이다. 루쉰이 제창했던 주관주의와 의지주의는 린위성林毓生이 말한 바처럼, 중국 전통의 "사상문화를 빌려 문제를 해결"하려는 것이 아니라, 오히려 영혼에 대한 기독교문화의 중시와 딱 들어맞는 것이라 할 수 있다.[27] 또한 루쉰이 제창했던 개성의 신장은 총체성과 군집성을 강조하는 중국전통윤리의 측면에서 확실히 엄청난 파괴성을 지니고 있었다. 그래서 루쉰은 "중국은 예로부터 물질을 숭상하고 천재를 멸시해왔다"고 말한다. 따라서 「문화편향론」이 총체적으로 중국의 문화전통을 철저히 부정하고 싶지는 않을지라도, 루쉰이 서구의 19세기 말 사상의 '내성'으로써 중국 전통의 '내성'에 반기를 든 것은 정곡을 찔렀다고 할 수 있다. 하지만 루쉰이 19세기 문명 및 서구의 '황금흑철'과 '입헌국회'를 들여온 것에 대해 부정한 것은 문제가 있다. 형식상으로 볼 때, '황금흑철(물질)'과 '입헌국회(민주)'는 모두 '외왕'의 학술에 속한다. 그러므로 '외왕'

---

27   이 문제에 관해 필자는 린위성 교수의 관점에 대해 상세히 논박한 바 있다. 高旭東, 吳忠民 等著, 『공자정신과 기독정신(孔子精神與基督精神)』, 23~27쪽.

이 '내성'을 대신하여 인간의 소외를 초래한다면 몰라도, 그렇지 않다면 '내성'으로 '외왕'을 부정하는 것은 일종의 전도顚倒현상이다. 실질적인 내용에서 볼 때, 당시의 중국에는 현대화된 물질자산과 정치체제가 존재하지 않았으며, 그렇기에 비판 역시 실제와 동떨어진 것이다. 아울러 전통적인 물질조건과 정치체제 면에서 '절대적 자아'의 개성 전사가 출현하기 어려우며, 설사 '초인'(이 초인은 오직 황제일 수밖에 없다)이 출현한다 해도 중국을 현대화사회로 끌어들이지는 못하리라고 말해서는 안 된다. 물론 루쉰의 반反민주는 군주전제정체를 위한 변호가 결코 아니다. 군주전제정체 속에서는 개성의 자유가 보장될 수 없기 때문이다. 루쉰의 반민주는 단지 현대민주체제가 독특한 개성을 용인하도록 만들기 위함일 뿐이다. 이러한 사상의 선행성(당시 중국에는 아직 민주정체가 수립되어 있지 않았다)은 현대인학사조에서 비롯되었지만, 루쉰이 보기에는 심각한 현실근원이 있었던 것이다. 당시의 선각자는 소수일 뿐이고, 대다수의 국민은 여전히 전통의 꿈속에 깊이 잠들어 있거나 아니면 마비된 구경꾼에 지나지 않았으니, 만일 그들이 투표에 참여하여 득표의 많고 적음으로써 옳고 그름을 판정한다면, 소수 선각자의 악몽이지 않겠는가? 훗날 루쉰은 '중국에서 이사하려 한다'는 따위의 경고를 받지 않았던가? 그래서 루쉰은 이렇게 말한다.

> 내가 생명을 부지할 수 있었던 것은 그들 대다수가 글자를 몰라 내용을 알지 못했기 때문입니다. …… 그렇지 않았다면, 몇몇 잡감이 목숨을 앗아갔을 것입니다. 민중이 악을 징벌하려는 마음은 결코 학자와 군벌에 못지않습니다.[28]

서구 현대인학사조가 루쉰의 사상성격을 형성하였다는 점은 오늘날까지도 사람들에게 충분한 중시를 받지 못하고 있다. 사실 루쉰이 훗날 문화면에서 전통과 용속에 반대하고 '개인적 자대'로써 '군중적 자대'에 반대했던 그 역량의 원천은 이러한 사조에서 비롯되었다. 루쉰연구계는 니체와 루쉰의 관계에 대해서는 이미 충분하리만큼 중시하였는데, 루쉰이 니체를 받아들였던 것은 바로 그가 미래에 속한 현대인학사조의 대표인물이기 때문이었다. 따라서 일개인이 아니라, 슈티르너, 쇼펜하우어, 니체, 키에르케고르, 입센 등이 모여 이룬 개성 신장과 '영명靈明'의 큰 물결이 루쉰의 사상성격에 세례를 주었던 것이다. 현대인학사조의 세례를 거친 루쉰 사상의 두드러진 특색은 그 현대성이라 할 수 있다. 루쉰의 애국관은 악비岳飛와 크게 다르다.[29] 굴원屈原을 바라보는 루쉰의 관점은 그를 '인민시인人民詩人'으로 여겨 자신과 동일시했던 귀머뭐郭沫若와도 크게 다르다.[30] 루쉰은 후스처럼 백화문으로써 고금의 문학을 평가하거나, 신문학과 전통문학의 질적 차이를 고려하지 않음으로써 '형식주의 오류'(린위성의 말)에 빠지지도 않았다. 이러한 점은 루쉰에 대해 부정적 경향을 드러냈던 샤즈칭夏志淸조차도 진지하게 뒤돌아본 후에 "루쉰의 중시할 만한 점은 그가 앞장서서 서양문학의 풍격과 글쓰기 기법으로써 소설 창작에 종사하였다는 것이 아니라, 그의 현대관념"[31]이라고 인정했다. 어떤 이는 루쉰의

28　루쉰, 『이이집 · 유형선생에게 답함(答有恒先生)』.

29　졸고, 「루쉰에 대한 바이런의 영향을 논함(試論拜倫對魯迅的影響)」, 『中國比較文學』, 1기(1989)를 참고하시오.

30　야마다 게이조(山田敬三)의 『魯迅の世界』 중에 루쉰이 '굴원을 파묻다'는 논술을 참조하시오.

문학창작, 특히 『들풀野草』에 나타난 실존주의 경향에 대해 아리송하게 생각한다. 루쉰이 아마도 하이데거M. Heidegger, 사르트르J. P. Sartre, 카뮈A. Camus 등의 작품을 읽지 못했기 때문일 것이다. 하지만 키이르케고르, 니체 및 루쉰이 좋아했던 도스토에프스키 등이 모두 실존주의의 선구였음을 잊지 말아야 한다. 물론 키에르케고르, 입센, 슈티르너, 쇼펜하우어, 니체 등이 루쉰 사상성격의 형성에 미친 역할은 서로 다르다. 루쉰이 후기의 잡문에서 키에르케고르의 말을 긍정적으로 인용하였을지라도, 루쉰이 슈티르너와 루소, 톨스토이, 입센, 니체를 '질서 파괴자'라고 병칭하였을지라도, 키에르케고르와 슈티르너는 니체나 입센, 쇼펜하우어에 비해 루쉰에 대한 영향력이 적다. 루쉰이 키에르케고르의 말을 자주 인용했다는 점에서 본다면, 루쉰은 쇼펜하우어의 작품에 대해 잘 알고 있었다. 그러나 루쉰은 쇼펜하우어의 의지본체론에 대해서는 인정하였을 테지만, 그의 의지 소멸의 윤리학에 대해서는 동의하지 않았을 것이다. 그렇지만 쇼펜하우어를 통하여(훨씬 더 많은 것은 장타이옌章太炎의 영향을 받았음은 물론이다) 불교경전 읽기로 나아가 석가모니를 '참으로 대철大哲'이라 찬양하였던 것은 루쉰에게 있어서 순리에 따른 의당한 일이었다. 불학과 쇼펜하우어의 『비유, 은유와 우언』은 루쉰의 『들풀』에 커다란 영향을 미쳤지만, 아쉽게도 아직 깊이 탐구한 이가 없다. 입센이 루쉰에게 미친 영향은 쇼펜하우어보다 크다. 이는 「문화편향론」에 입센을 소개한 편폭이 꽤 클 뿐만 아니라 「노라는 떠난 후 어떻게 되었는가」에서 입센의 희곡을 전문적으로

---

31   夏志淸, 『중국현대소설사(中國現代小說史)』 중의 역본 「부록2」(香港 : 香港友聯出版社, 1979).

논하고 있으며, 루쉰이 여러 차례 그를 "질서를 파괴"한 "대인물"이라 일컫거나 전통문화를 대신할 "새로운 우상"으로 간주하여 "공자와 관우를 숭배하기보다는 다윈, 입센을 숭배하는 것이 낫다"[32]고 밝히고 있다는 점에서 엿볼 수 있다. 슈티르너, 키에르케고르, 쇼펜하우어 등은 모두 철학가이지만, 입센은 예술가이다. 루쉰은 철학적 언어방식을 자신의 오성悟性을 거쳐 예술적 언어방식으로 전환시키기를 좋아했으며, 따라서 입센이 직관적이고 감성적인 방식으로 루쉰에게 드러낸 개인은 범속하고 고독한 존재상태 내지 고독에 대한 집착에서 벗어나는 바, "세상에서 가장 강력한 사람은 바로 가장 고독한 사람"이라는 말이 루쉰에게 미친 영향은 더욱 컸다. 루쉰은 입센의 『민중의 적』에 보이는, 다수에 홀로 맞서 싸우고 범속한 대중과 싸움을 벌이는 정신을 찬양하였으며, '개인적 자대'로써 '군중적 자대'에 반대하는 것이야말로 루쉰의 전기 소설에 의식적으로 반복하여 나타나는 문화주제였다. 따라서 루쉰의 사상과 창작에 대한 키에르케고르의 심층적 영향은 주로 입센이라는 이 매개를 통하여 실현되었던 것이다.[33] '의지론'에 있어서 니체는 쇼펜하우어의 신도였으며, 다만 쇼펜하우어가 전통적인 철학기술방식으로 전통에 반대하였던 반면 니체는 여기에서 벗어났을 뿐이다. 또한 윤리학에 있어서 니체는 쇼펜하우어를 내던졌으며, 심지어 홀로 다수에 맞서 싸우는 입센보다 훨씬 멀리 나아

---

32   루쉰, 『열풍·수감록 46』.
33   이는 영향의 총체적인 면을 가리키며, 루쉰은 키에르케고르의 일부 논저에 대해 익히 알고 있었다. 樂黛云은 「니체와 중국현대문학(尼采與中國現代文學)」 등의 글에서 이에 대해 깊이 탐구하였다. 그러나 이를 바탕으로 한 필자의 탐구는 이와 다르다. 루쉰과 니체의 반전통에 대해서는 뒤에서 상세히 논하고자 한다.

가 다수를 희생하여 '초인'을 길러내고자 하였다. 브란데스^{G. Brandes}가
니체의 책을 읽은 후 자신의 사상이 키에르케고르, 입센과 가깝다고
느꼈던 것은 조금도 이상한 일이 아니다. 이제 아래에서 루쉰에 대한
니체의 영향을 간략하게 살펴보기로 하자.

니체는 철학가이지만 그의 저작은 예술품이기도 하며, 루쉰은 문학
가이지만 그의 작품은 철리적 성격이 농후하다. 니체의 저작은 초기
의 『비극의 탄생^{Die Geburt der Tragödie}』을 제외하고 그 나머지 대다수는
"산봉우리에서 산봉우리로"의 격언과 경구, 단상이며, 엄격한 논리의
논증에 따른 논저가 아니다. 반면 루쉰의 작품은 조기의 「과학사교편」
과 「문화편향론」을 제외하면 엄격한 의미의 논문은 없다. 그렇기에
어떤 이는 루쉰은 "이론을 내세울 수 없다"고 요령부득한 말을 하기도
한다. 루쉰은 니체의 문장이 "대단히 뛰어나다"고 여기며, 문언과 백
화로 두 차례에 걸쳐 『짜라투스투라는 이렇게 말했다<sup>Also sprach Zarathus-
tra</sup>』의 「서문」을 번역하였다. 이로써 니체의 글을 루쉰이 몹시 좋아했
음을 알 수 있다. 루쉰과 니체의 유사한 언어전달방식은 두 사람의 정
신적 연관성이 밀접함을 잘 드러내주고 있다. 어떤 의미에서 본다면,
중국문화사에서의 루쉰의 지위는 서구문화사에서의 니체의 지위와
흡사하다. 니체 이전에 그처럼 기독교의 가치관념을 맹렬하게 공격한
사람이 없었으며, 그런 점에서 "신은 죽었다"는 언명 이후에 서구인은
가치의 위기를 심각하게 느꼈다. 반면 루쉰 이전에 그만큼 유가의 가
치관념을 맹렬하게 공격한 사람이 없었으며, 유교의 가치관념이 붕괴
된 후 존재의 고독과 고민을 심각하게 느꼈던 사람도 없었다.

루쉰의 개성주의에 대한 니체의 영향에 대해서는 수많은 논자들이

토론하였지만, 니체의 개성주의의 특색을 언급한 이는 매우 드물다. 개성주의는 근대 개성해방의 산물이지만, 니체는 개성주의를 극단으로 밀어올렸다. 그리하여 그는 특히 주체의 강력함, 의지의 발양 및 다수와의 홀로 싸움을 강조하였다. 니체는 또한 '다수'가 파리떼처럼 곳곳마다 퍼져 있으며, 굳세고 강한 수많은 이들이 이들로 인해 훼멸되고 있음을 목도하였다. 즉 "이 조그마한 물건과 가련한 벌레들은 무수히 많으며, 수많은 높다란 건물은 일찍이 빗방울과 못된 풀에 의해 무너져버렸네. 그대는 돌이 아니지만, 수많은 빗방울이 그대를 꿰뚫어버렸네. 게다가 수많은 빗방울이 그대를 깎아내고 그대를 박살내버릴 걸세".[34] "부드러움으로써 굳셈을 이기"고 "물방울로 돌을 뚫는" 데에 능한 중국에서, 니체의 말은 루쉰의 강렬한 공감을 불러일으키지 않을 수 없었다. 그리하여 루쉰의 개성주의는 전통적 윤리의 총체 속에서 해방되기를 요구할 뿐만 아니라, "힘이 세고 투쟁에 능해多力善鬪" '다수'가 "한 본 새로 인사를 건네"든 '무물無物의 진'으로 대처하든 굳은 의지로 "투창을 들어올"릴 것을 요구한다.[35] 니체의 권력의지는 루쉰의 『들풀』 가운데의 「복수」, 「이러한 전사」, 「빛바랜 핏자국 속에서淡淡的血痕中」 등의 여러 편에 영향을 주었을 뿐만 아니라, 『짜라투스투라는 이렇게 말했다』 역시 『들풀』의 예술표현방식에 커다란 영향을 주었다. 한 가지 예를 들어보기로 하자. 『짜라투스투라는 이렇게 말했다』의 「예언자에 대하여」에서는 짜라투스투라의 꿈을 이렇게 서술하고 있다.

---

34 니체, 尹溟 譯, 『짜라투스트라는 이렇게 말했다(査拉斯圖拉如是說)』, 北京 : 文化藝術出版社, 1987, 58쪽.
35 루쉰, 『들풀·이러한 전사』.

나는 모든 삶이 단절된 꿈을 꾸었다. 나는 저 죽음의 적막한 산성(山城)에서 야경꾼이자 묘지기가 되었다.

그 산 위에서 나는 죽음의 관들을 지키고 있었다. 컴컴한 무덤의 구덩이 속에는 죽음의 승리를 나타내는 징표들로 가득했다. 스러진 생명이 유리관 속에서 나를 응시하고 있었다.

나는 먼지로 뒤덮인 영원한 것들의 향기를 들이켰다. 먼지로 뒤덮인 나의 영혼은 눌려 있었다. ……

이 꿈은 『들풀』 가운데의 작품과 편폭이 같으며, 꿈의 결말은 "검은 관은 산산조각이 나고 말았다"이다.

나는 소름이 끼쳤다. 나는 땅위로 넘어졌다. 나는 두려운 나머지 일찍이 그렇게 소리쳐 본 일이 없을 정도로 크게 비명을 질렀다.

그러자 자신의 비명에 놀라 나는 잠에서 깨어났다. 그리고 나는 제 정신으로 돌아왔다.

짜라투스투라의 이 꿈은 『들풀』 가운데의 「빗돌 글墓碣文」, 「죽은 후死後」 등의 글과 구상에 있어서 곡은 달라도 교묘한 솜씨는 똑같다. 장이핑章衣萍의 회고에 따르면, 루쉰은 자신의 철학은 모두 『들풀』에 포괄되어 있노라고 말한 적이 있다.[36] 『들풀』과 『짜라투스투라는 이렇

---

36 첸리췬의 『심령의 탐색(心靈的探索)』 20쪽에서 재인용. 장을 따로 두어 『들풀』을 토론할 생각은 없지만, 이것이 필자가 『들풀』을 중시하지 않음을 나타내지는 않는다. 루쉰의 작품 가운데에서 『들풀』은 현대성이 가장 두드러지며 기교 역시 그의 소설에

게 말했다』의 철학 표현방법은 흡사한 바, 추상적 개념이나 논리적 연역이 아니라 상징과 은유, 암시 등의 기교로써 자신이 체득한 존재의 깊이를 드러내 보인다. 따라서『들풀』에 미친 뚜르게네프[I. S. Turgenev]와 나쓰메 소세키[夏目漱石]의 산문시의 영향을 연구하는 이도 있지만, 니체의 영향은 더욱 깊다. 니체의 문장은『비극의 탄생』등을 제외한 대부분이 문화비판과 관련된 루쉰의 잡문과 비교할 수 있는데, 이러한 영향은 사상에 한정되지 않고 기교에도 미치고 있다. 따라서 니체가 루쉰에게 미친 영향은 참으로 거대하여, 사상성격, 정감방식, 예술기교로부터 개인의 호오에까지 미치고 있다. 이미 살펴보았듯이 루쉰이 신봉했던 진화론은 곧 니체식의 진화론이었는바, 사람으로 하여금 자강분투하여 '미인[未人]'의 상태에서 '인간'으로의 줄타기를 거쳐 '초인'으로 매진케 한다. 그리하여 진화론은 장차 완벽한 인간이 출현하리라 굳게 믿었던 루쉰의 이상이 되었다. 뿐만 아니라, 니체의 급진적이고 극단적이며 미치광이식의 정감방식, 불요불굴의 굳셈, 힘세고 투쟁에 능함 등의 권력의지 역시 '5·4' 시기의 루쉰에게 영향을 미쳐,

못지않으므로,『외침』,『방황』과 마찬가지로 연구할 만한 가치가 있다. 지난날의 루쉰연구의 틀에서 본다면, 소설 연구를 중시하고 산문시 연구를 소홀히 하였는데,『들풀』은 중국에서 고금을 통하여 어느 누구도 해본 적이 없는 기적과 다름없다. 그러나『들풀』의 연구가 소설 연구만큼 뜨겁지 않지만, 쑨위스(孫玉石), 첸리췬으로부터 시에즈시(解志熙)에 이르기까지의『들풀』연구 역정은 소설 연구역정과 매우 흡사하다. 첸리췬의『심령의 탐색』은 기본적으로 루쉰 자신의 말을 빌려『들풀』을 풀이하고 있는데, 새로운 발견이 많이 있기는 하지만 지나치게 이성화하였다는 결점이 있다. 이러한 점에서 시에즈시가 1990년 후반기에『루쉰연구월간』에 발표한「『들풀』의 철학적 의미를 논하다(論『野草』的哲學的意蘊)」의 해설은 훨씬 정확하다. 다만 시에즈시는 루쉰을 키에르케고르, 니체, 하이데거, 사르트르, 카뮈 등의 '스탠다드 신도'로 그려냄으로써, '철학가'식의 독단에 빠진 채『들풀』의 특색 및 그 철학의 복잡성을 홀시하였다.

고고함과 자신감이 루쉰성격의 중요 성분이 되게 하였다. 루쉰은 니체가 현실의 '다수'에게 절망하였음을 밝히면서 "잠시나마 기대할 수 있는 것은 오직 자손들뿐聊可望者, 獨齒裔耳"이라고 말한다. 루쉰은 「광인일기」에서 바로 현실의 '다수'에 대한 절망에 기반하여 '아이를 구하자'는 외침을 터뜨린다. 니체는 "커다란 은혜는 사람들에게 고마움을 느끼게 하기는 커녕 보복하려는 마음을 낳는다"[37]고 말한다. 루쉰은 "만약 누군가의 보시를 제가 받는다면, 저는 콘도르가 주검을 본 것처럼, 사방을 선회하면서 그 사람의 멸망을 친히 보기를 축원할 것입니다"[38]라고 말한다. 니체는 말한다. "제자들아, 나는 홀로 나아가련다!" "나를 떠나면…… 아마 그가 너희를 속이리라."[39] 루쉰은 이렇게 말한다. "제 스스로 걸어갈 만하다고 여기는 길을 향해 뚜벅뚜벅 걸어가면 그만입니다. …… 그러나 젊은이들에게 말하기는 어렵습니다. 눈먼 사람이 눈먼 말을 타고서 위험한 길로 끌어들인다면, 저는 틀림없이 수많은 사람들의 목숨을 모살한 죄를 짓게 될 것입니다."[40] 니체와 루쉰은 모두 자신들의 문장이 개인을 공격하지만, 의도는 개인이 아니라 하나의 문화유형이라고 말한다. 니체는 고양이를 혐오하여 "나는 녀석을 좋아하지 않는다, 처마 밑의 이 고양이"라고 말하고, 양을 혐오하여 '선인善人'은 노예의 앞잡이 양이라고 말한다. 루쉰 역시 "아양 떠는 고양이"를 혐오하고 양을 혐오한다.

현대인학사조가 루쉰의 사상성격을 형성하였다는 것은 사유방식

---

37 니체, 『짜라투스트라는 이렇게 말했다(査拉斯圖拉如是說)』, 103쪽.
38 루쉰, 『야초·길손』.
39 니체, 앞의 책, 91쪽.
40 루쉰, 『화개집·베이징통신』.

면, 즉 사유의 비非상식성과 직각直覺각성의 특성에 드러나 있다. 키에
르케고르, 쇼펜하우어, 니체 등은 모두 상식적인 철학가가 아니며, 특
히 니체는 그야말로 반反상식적이다. 그의 관점은 흔히 패러독스의 방
식, 이를테면 선과 동정에 대한 폄하, 악에 대한 긍정으로 표명된다.
이러한 사유의 비상식성이 루쉰에게 미친 영향은 매우 컸다. 루쉰의
『들풀』 가운데 「빗돌 글」을 살펴보자.

> 호탕한 노래 열광(熱狂) 속에서 추위를 먹고, 천상(天上)에서 심연
> (深淵)을 보다. 모든 눈(眼)에서 무소유(無所有)를 보고, 희망 없음에서
> 구원을 얻다.

어떤 사물이나 모두 그것의 반면이다. 『들풀』 가운데의 「희망」과
「아름다운 이야기好的故事」 등이 표현한 것은 바로 깊숙이 자리한 비관
과 실망감, 부조리이다. 그래서 루쉰은 공자의 중용中庸에서 비非중용을
간파해내고, 혜강嵇康과 완적阮籍의 예교 파괴에서 그들의 "예교를 지나
치게 신봉함"을 꿰뚫어보며, '인의도덕'에서 '식인'을 읽어내고, '정인
군자'의 '공리와 정의'라는 미명에서 비열한 면모를 엿본다. 이것이 바
로 "반면에서 미래의 상황을 추측하는 것"[41]으로서, "자칭 도둑이라고
하는 사람에 대해서는 대비할 필요가 없으니, 반대로 해석하면 오히려
그는 착한 사람이다. 자칭 정인군자라고 하는 사람에 대해서는 반드시
대비해야 하니, 반대로 해석하면 그는 바로 도둑이다".[42] 물론 루쉰의

---

41 루쉰, 『거짓자유서·추배도(推背圖)』.
42 루쉰, 『이이집·사소한 잡감(小雜感)』.

이러한 사유의 비상식성은 노장의 영향을 대단히 많이 받았으며, 특히 "거꾸로 가는 것이 도의 움직임反者道之動"을 벼리로 삼는 노자의 학설은 어떠한 사물이나 자신의 반면임을 강조하고 있다.[43]

이른바 사유의 상식성이란 일반적으로 이성에 호소하는 것인데, 현대인학사조의 특징은 이성에 대한 반역이다. 혹자는 이 사조가 이성이 과도하게 발전하여 일체를 해석하는 것에 대한 반동이라고 말한다. 이 사조에 따르면, 객체에 대한 이성의 인식은 유효하지만, 인간에 대한 해석은 흔히 무기력함을 드러낸다고 본다. 그뿐만 아니라, 인간의 무소불능에 대한 이성의 해석은 윤리학에 드러나는데, 곧 인간의 개성을 말살하여 복잡하고 특수한 개인을 도구화하고 기계화하며 획일화할 것이다. 따라서 이 사조가 "강조하는 것은 인식경험 중에 표현된 객체의 갖가지 특징이 아니라 직접 체험한 생활이며, 깊은 체험과 자기반성 중에서 삶의 진수를 깨닫는 것이다".[44] 그러므로 이러한 인학사조는 전통적인 논리연역을 내버리고 직각과 체득을 중시한다. 이러한 직각과 체득의 사유방식은 루쉰에게 커다란 영향을 미쳤다. 조기의 글 몇 편을 제외하면, 루쉰문집 중에서 논리연역이 엄격한 글을 찾기가 대단히 어렵다. 설사 루쉰이 자신의 글의 제목에 '논함論'이라는 말을 덧붙였을지라도 여전히 비논리적인 경험적 직각과 체득의 성분이 많다. 직각과 체득의 사유방식 및 감성 사물에 대한 애호로 말미암아, 루쉰은 철학자 혹은 과학자의 대도리를 자신의 체득과 자기

---

43 졸저, 『생명의 나무와 지식의 나무(生命之樹與知識之樹)』제3장 제1절을 참조하시오.
44 졸저, 「중국당대문학발전의 세 가지 논리 충차를 약론함(略論中國當代文學發展的三個邏輯層次)」(『당대문예사상(當代文藝思想)』6기, 1986)를 참조하시오.

반성을 거친 후 감성의 형태로써 드러내는데, 프로이트주의에 대한 루쉰의 평론이 바로 이러한 일례이다. 루쉰 스스로 밝히고 있듯이, 그는 예민하게 사물의 특징과 요점을 느꼈음에도 불구하고 대도리를 말로 표현해내지는 못했다. 물론 루쉰의 직각, 체득과 자기반성의 사유방식은 중국 전통의 사유방식과 밀접한 연관을 맺고 있다. 중국 전통의 사유방식은 경험적 직각과 주체의 깨달음에 호소하며, 논리적 분석에 호소하지 않는다. 마치 '기氣', '풍골風骨', '신운神韻' 등과 같이, 단지 직각과 체득을 통하여 파악할 수 있을 뿐이지, 논리적 분석을 진행할 길이 없다. 중국 전통사유의 이러한 직각과 체득의 특징은 장자철학 중에 충분히 체현되어 있으며, 장자야말로 루쉰이 개인적으로 좋아했던 인물이었다. 여기에서 지적하지 않으면 안 될 것은, 노장사유의 비상식성 및 직각과 체득의 특성이 루쉰에게 미친 영향이 얼마나 대단한지와 관계없이, 오직 이러한 영향이 현대인학사조의 세례를 받은 이후에야 비로소 루쉰의 사상이 현대적 품격을 갖추게 되었으리라는 점이다.

현대인학사조가 루쉰에게 미친 영향, 그리고 루쉰을 통해 전체 현대문화와 문학에 끼친 영향은 푸르섹J. Průšek(중국명은 普實克)이 중국현대문학을 위해 20년 전에 세운 사상 패러다임에서 엿볼 수 있다. 그는 이렇게 말한다.

주관주의, 개인주의와 비관주의 및 삶에 대한 비극적 감수가 한데 결합되고, 여기에 반항적 요구, 심지어 자아훼멸적인 경향조차 더해진 것이 바로 1919년 5・4운동에서 항일 전쟁이 발발하기까지의 시기의 중국문학에서 가장 두드러진 특징이다.

전통에 의해 속박된 사회에서 개인 자결(自決)의 바람은 종교와 전통
도덕의 요구와 주장에 의해 쇠미해졌으며, 심지어 완전히 질식되고 말
았다. …… 현대적이고 자유로우며 스스로 결정하는 개성은 오직 이러한
전통관념과 습속 및 이들의 존재기반인 총체적인 사회구조가 말끔이 분
쇄된 후에야 탄생될 수 있다. 그러므로 중국의 현대혁명—우선적이면
서 가장 중요한 것은 이데올로기혁명—은 전통 교조에 반대하는 개인
과 개인주의의 혁명이다. 이러한 의미에서 우리는 현대중국의 사상과
예술 중에 존재하는 주관주의와 개인주의 경향의 비할 데 없는 중요성
을 진정으로 인식할 수 있다."[45]

이러한 주관주의와 개인주의는 일찍이 5·4운동 이전인 1907년에
위대한 혁명의 선구자 루쉰에 의해 극력 주장되었으며, 이것이 바로
「문화편향론」의 "물질을 배척하여 정신을 발양하고, 개인에게 맡기고
다수를 배격한다"는 것이다.

그러나 사회화되고 인문화된 진화론과 강력強力을 숭상하는 개성주
의가 일본 유학시절의 루쉰 사상의 특징의 전부는 아니다. 구국구민救
國救民을 역사적 사명으로 삼는 민족주의는 루쉰이 어렸을 적부터 접했
던 '중국 서적'을 통해 형성된, 다른 일체의 밖에서 들어온 '주의'보다

---

45   J.Průšek, 「중국현대문학중의 주관주의와 개인주의(中國現代文學中的主觀主義和個
      人主義)」, 『푸르섹 중국현대문학논문집(普實克中國現代文學論文集)』(長沙 : 湖南文
      藝出版社, 1987)을 참조하시오.

훨씬 뿌리 깊은 사상이다. 이러한 점은 루쉰연구자들에게 홀시되고 있다. 이러한 점을 홀시해서는 루쉰이 외래 사상을 수용하는 면에서 보여주는 깜짝 놀랄 만한 자기모순을 설명할 길이 없다. 바꾸어 말하면, 바로 민족주의라는 강력한 지렛대가 서구로부터 들어온 각종 사상에 대한 루쉰의 취사선택을 결정하고 있다는 것이다. 루쉰은 진화론을 일종의 윤리학 의미에서의, 사람이 사회경쟁 속에서 자강불식하도록 만드는 이론으로 개조하였다. 이는 '생존경쟁, 적자생존' 및 '우승열패' 등의 생물진화의 원칙을 보게 된 후, 민족의 중흥을 위해 행한 일종의 문화선택이었다. 루쉰은 제국주의 열강이 호시탐탐 중국을 노리고 있을 때, 중국인이 분투하여 자강하지 않으면 강자에 의해 세계에서 '밀려'날 것이라고 인식하였다. 이로 인해 루쉰은 국민을 자강하게 만드는 현대인학사조, 특히 니체의 개인의지의 발양을 다시 받아들였다. 그러나 진화론과 개성주의에 대한 루쉰의 인정은 한도를 지닌 것이었다. 우승열패, 적자생존이 옳다면, 제국주의의 중국 침략에 대해서도 비난할 길이 없다. 하물며 니체가 전쟁을 찬미하고 약자가 강력한 초인에 의해 희생됨을 긍정하고 있음에랴. 이는 민족주의적인 루쉰이 도저히 받아들일 수 없는 것이었다. 특히 "사방의 이웃들이 다투어 몰려들어 압박을 가하고" "고기를 빼앗아 먹으려는 백인의 마음을 재잘재잘 예찬하"는 때에, 진화론 및 니체와의 모순을 돌아보지 않은 채 톨스토이의 반전反戰이론의 초석을 받아들였다. 그것은 '자신에게서 되돌아보는 것反諸己'이었으며, 이는 자신의 마음으로 타인의 마음을 헤아리는 것이자, 톨스토이의 '양심'과 인도주의이기도 했다. 루쉰은 "선혈이 낭자함을 싫어하고 사람 죽이기를 싫어하며 차마 헤어지지 못하니, 사람의 본성이 이러하다"[46]고 말한다. 그리하여 '톨스토이·니체학설托尼學說', 즉 개성주의와 인도주의의 사상 패러다임이 루쉰의 머릿속에 자리를 잡았다. 그러나 이 사상 패러다임의 자기모순은 놀라울 정도였다. 즉 니체는 의지의 강력함을 강조하고 동정심을 혐오하였던 반면, 톨스토이는 감정의 순박함을 강조하고 동정심을 극도로 찬미하였다. 니체는 엄격한 스파르타식의 규율을 찬양하고 전쟁과 정복의 본능을 찬미하였던 반면, 톨스토이는 '인위적으로 행하지 않아도 잘 다스려짐無爲而治'을 창도하고 방대한 저서로 전쟁에 반대하였다. 니체는 일부 대중의 희생과 초인의 탄생을 맞바꿀 수 있다고 여겼던 반면, 톨스토이는 다수의 하층인의 불행을 동정하였다. 따라서 구국구민의 현실적 요구에서 출발해야 만이 사상가로서의 루쉰의 이러한 자기모순을 이해할 수 있다.

리저허우李澤厚는 니체보다는 톨스토이의 루쉰에 대한 영향이 "훨씬 근본적이고 훨씬 오랫동안 지속되었으며 훨씬 중요하다"고 여긴다. 하지만 전혀 그렇지 않다. 니체의 거대한 영향에 비한다면 톨스토이의 영향은 훨씬 미미하며, 심지어 안드레예프L. N. Andreev에도 미치지 못한다. 이러한 점은 루쉰이 펑쉐펑과의 대화중에서도 인정하였다. 루쉰의 작품 가운데 톨스토이의 영향(주로 사상 영향)을 받은 것으로는 잡문「무제無題」와 소설「작은 사건一件小事」을 들 수 있다. 총체적으로 본다면 『열풍』에는 '니체의 기운'이 풍긴다. 루쉰의 논적이 이 점을 지적한 적이 있는데,「무제」한 편만은 톨스토이의 산물이다. 이 잡문에서 루쉰

---

46   루쉰, 『집외집습유보편·파악성론』.

은 물건을 사러간다. 그런데 루쉰은 자신이 사지 않은 다른 '매실 초콜렛 샌드위치'를 손으로 가리는 가게 점원에게 모욕감을 느끼지만, 그럼에도 불구하고 '허위의 웃음을 띤 채' "하나 더 가져가지는 않을 걸세"라고 말한다. 루쉰은 점원이 강변할 줄 알았는데 뜻밖에도 부끄러워하자, "이리하여 나도 부끄러워졌다". 이것은 인류를 의심하는 루쉰의 머리 위에 뿌려진 한 방울의 차가운 물이 되고, 야밤에 "톨스토이의 책 몇 쪽을 읽으면서 차츰 나의 주위에서도 저 멀리 인류의 희망을 품고 있음을 느낀다". 이 잡문은 주제와 기교면에서 「작은 사건」과 큰 차이가 없다. 「작은 사건」은 모두가 잘 알고 있기에 여기에서 다시 언급하지는 않겠다. 하지만 「무제」가 『열풍』의 전체적인 풍격과 잘 어울리지 않듯이, 「작은 사건」 역시 『외침』의 전체적 풍격과 잘 맞지 않는다. 『외침』의 주선율은 '개인적 자대'로써 '군중적 자대'를 반대하는 것이고, 아Q에 대한 미치광이의 계몽이며, 이 가운데에 니체의 영향은 주요하다. 그런데 「작은 사건」의 인력거부는 루쉰의 전기 소설 가운데에서 유일하게 계몽자(루쉰)에게 부끄러움을 안겨주는 정면 형상이며, 우매하고 마비된 중생의 모습과 조화를 이루지 못하는 유일한 예외라고 할 수 있다. 주목할 만한 점은 톨스토이가 동양문명을 찬미하고 종법사회를 긍정한 사람이라는 것이다. 그는 공자와 노자, 석가모니 모두를 긍정하였다. 톨스토이에 대한 루쉰의 중시는 주로 러일전쟁과 '황화론黃禍論'이 일어났을 때인데, 톨스토이는 전쟁에 대해 맹렬히 공격하였다. 톨스토이는 "우리가 그리스도의 가르침을 망각하였듯이 일본과 중국이 석가모니와 공자의 가르침을 말끔히 잊는다면, 우리는 금방 살인의 예술을 배워 익히게 될 것"이라고 말한다. 따라서 톨스토이에 대한 루쉰의 숭상은 톨스토이의 소설이 아니라 톨스토이의 반전사상, 특히 중국에 대한 제국주의 침략에 대한 격렬한 반대에 놓여 있다. 침략에 반대하는 중국인에 대한 톨스토이의 성원은 루쉰을 깊이 감동시켰으며, 이러한 감동은 아마도 침략당한 옛 문명국 그리스를 도왔던 바이런을 넘어섰을 것이다. 루쉰 사상에 미친 톨스토이의 영향은 주로 톨스토이라는 이 매개를 통하여 루쉰으로 하여금 중국 전통의 미덕, 이를테면 순박함과 선량함 등등을 인정하게 만들었다. 따라서 「파악성론」과 「문화편향론」이 발표된 시기는 겨우 네 달밖에 차이나지 않지만, 「파악성론」의 중점이 톨스토이즘에 놓여 있기 때문에 중국 전통문화에 대한 긍정은 특별히 눈길을 끈다. 「파악성론」에서의 '숭배하고 아끼는 것이 넓고도 많은' '농민'에 대한 찬양, 「무제」에서의 가게 점원의 부끄러움에서 떠올린 인류의 사랑으로부터 「작은 사건」에서의 쓰러진 남루한 노파를 부축하는 인력거꾼에 대한 예찬에 이르기까지, 이 모두가 루쉰 마음 속의 톨스토이즘의 영향을 보여주는 맥락을 이루고 있다. 개성주의라는 주선主線에 상대적으로 이 인도주의는 부선副線일 뿐이다. 그러나 이 부선의 중요성은 루쉰 사상 가운데에서 개성주의의 경계선으로서, 개성이 무한히 팽창한 나머지 자강의 범위를 뛰어넘어 타인의 자유를 침해하지 못하도록 저지하는 데에 있다. 이 부선은 또한 루쉰 사상이 전통문화와 연결되는 공감대이기도 하다. 만약 대중에 대한 비관적 견해가 루쉰이 공산주의사상으로 나아가는 장애물이라고 한다면, 현실 속에서 개성이 파멸됨(『방황』)에 따라 인도주의는 루쉰이 대중에 대한 비관적 견해를 극복하도록 도와주었다. 위에서 서술한 바 루쉰이 확립한 사상 패러다임의 동태 구조에 대한 분석을 통하여 루쉰연구계 내지 전체 문화사연구영역에서 보편적으로 홀시되고 있는 현상을 간파할 수 있다. 그것은 곧 현대중국의 사조 및 사상가의 전통으로의 회귀가 결코 직접적인 복고가 아니라, 서구문화 가운데 중국문화와 가장 유사한 이들 매개를 통하여 전통으로 나아간다는 점이다. 이리하여 실질적인 반전통이 중국 지식인에게 조성한 거대한 심리적 위기를 일소하였을 뿐만 아니라, 근대 이래 서구에서 본받은 새로운 전통의 요구를 충족시켰던 것이다.

민족주의의 근본적 제약으로 말미암아, 루쉰의 개성주의는 니체와 다를 수밖에 없었다. 니체에게 있어서 인간의 진화발전과 초인의 현세現世는 그 자체가 목적이었다. 반면 루쉰에게 있어서 개성의 해방과 자강은 그 자체가 목적이 아니라 민족 자구自救의 수단이었다. 즉 "나라 사람들이 자각하게 되고 개성이 확장되면 모래로 이루어진 나라가 그로 인해 인간의 나라로 바뀔 것이다. 인간의 나라가 세워지면 비로소 전에 없이 웅대해져 세계에서 홀로 우뚝 서게 되리라"[47]는 것이다. 그러나 민족주의의 제약 아래 루쉰의 인도주의 역시 톨스토이와는 달랐다. 일정한 의미에서 톨스토이는 루소의 산물이었다. 하지만 루쉰의 눈에 비친 톨스토이의 주장은 '폭력으로써 악에 대항하지 말라'는 범애주의汎愛主義이고, 전쟁과 독재에 반대하는 무정부주의無治主義로서, "독재자는 위에 고립되어 있고 신복臣僕들은 아래에서 말을 듣지 않으면 천하가 잘 다스려진다"는 것이다. 그러나 루쉰은 국민들에게 군사기술을 연습하지 말고 폭력으로 제국주의의 침략에 반항하지 말라고

47　루쉰, 『무덤·문화편향론』.

권할 수는 없었기에 "러시아 전체가 이러하다면 적군이 당장에 들이 닥칠 것"[48]이라고 말했다. 그리하여 루쉰은 다시 몸을 돌려 자강호투自强好鬪의 니체학설을 추구하였다. 이처럼 흔들리는 시계추의 양극 가운데에서 루쉰에게 꽤 영향을 미쳤던 중간인물을 찾아냈으니, 의심할 여지없이 바이런을 들어야 할 것이다.[49] 바이런은 톨스토이와 달리 개성의 신장과 함께 반항과 복수를 주장하였다. 그래서 바이런의 "하늘에 맞서고 세속에 저항하"는 것과 노예대중에 대한 질시 등은 니체와 매우 흡사하다. 다만 바이런은 니체와 달랐는바, 노예대중에 대한 그의 질시는 그들이 각성하기를 바랐기 때문이었다. 그렇기에 그는 "자존심이 강하지만 남들의 노예상태를 불쌍히 여겼고, 남을 제압하지만 남의 독립을 원조했고, 미친 파도를 두려워하지 않지만 말타기를 크게 조심했고, 전쟁을 좋아하고 힘을 숭상하여 적을 만나면 용서하지 않지만 감옥에 갇힌 사람의 고통을 보면 동정을 아끼지 않았"[50]던 것이다. 그래서 그는 "나폴레옹이 세계를 파괴한 것을 좋아했고, 워싱턴이 자유를 위해 싸운 것을 사랑했으며, 해적의 거침없는 행동을 충심으로 흠모했고, 홀로 그리스의 독립을 도왔으니, 한 사람이 억압과 반항을 겸하고 있었던 것이다. 그렇지만 자유가 여기에 있고 인도人道 역시 어기에 있다". 니체와 톨스토이가 각각 극단에 치우쳐 있던 것에

---

48   루쉰, 『집외집습유보편·파악성론』.

49   필자는 『蘇州大學學報』, 『信陽師院學報』, 『湖北大學學報』, 『中國比較文學』 등의 간행물에 잇달아 루쉰과 바이런의 관계를 탐구한 논문 다섯 편을 발표하였다. 다만 이 책속의 의견 가운데 위에서 서술한 글에는 보이지 않으나 방금 언급한 논문에 보이는 의견은 중복을 피하기 위해 일일이 주석을 붙였다.

50   루쉰, 『무덤·마라시력설』.

비해, 루쉰은 개성주의와 인도주의를 한 몸에 겸하였던 바이런에 훨씬 가까웠다.

바이런이 루쉰의 미학사상과 예술창작에 끼쳤던 영향은 뒤에서 상세히 논할 예정이므로, 여기에서는 루쉰의 사상 패러다임이 확립되는 과정에서 바이런이 담당했던 역할에 대해 서술하기로 한다. 필자는 톨스토이와 루소의 정신적 연관성을 이미 지적하였으며, 러셀B. A. W. Russell 역시 자신의 『서양철학사A History of Western Philosophy』에서 바이런과 니체의 정신적 연관성을 지적한 바 있다. 악마 혹은 악인이라 용감하게 자처하고 기독교의 선량함에 대해 도전하며 권력에의 의지를 숭상하였다는 점은 바이런과 니체의 유사점이다. 그러나 바이런이 『카인Cain』에서 마귀를 자처하면서 신과 전쟁을 벌였다면, 『짜라투스트라는 이렇게 말했다』에서 니체는 신을 대신하려 하였다. 바이런이 『해적The Corsair』과 『맨프레드Manfred』에서 예술적 방식으로 '권력에의 의지'를 표현했다면, 니체는 쇼펜하우어처럼 의지를 본체화하였으되 그의 의지의 소멸을 위반한 채 바이런의 길을 따라 '권력에의 의지'를 극단으로 밀어올렸다. 따라서 톨스토이와 바이런은 각자의 관점이 다르지만, 보다 큰 범위에서 이들을 현대인학사조에 받아들여 함께 논해도 좋을 것이다.

루쉰은 「마라시력설」에서 바이런의 『카인』을 꽤 상세하게 소개하였다. 필자의 고증에 따르면, 루쉰은 당시 『카인』을 읽은 적이 있었다.[51] 『카인』은 바이런의 상징시극으로서 『성경』의 「창세기」에서 제재를 취하였으며, 카인과 아벨, 아담, 하와, 아다, 루시퍼(마귀) 등이 등

---

51   졸고, 「'카인'의 루쉰 사상에 대한 영향을 논함(論'該隱'對魯迅思想的影響)」(『信陽師院學報』 4기, 1985)을 참조하시오.

장한다. 이 가운데 아담과 하와 등은 '노예대중'으로서 이미 하나님에게 순종하게 되었으며, 그들의 노예적 지위는 하나님이 만든 것이나 그들은 끊임없이 하나님을 찬송한다. 그들은 고통을 받으면서도 아름다운 꿈을 미래에 두어 스스로를 마취시킨다. 카인은 자신의 노예 지위에 불만을 품고 하나님의 행위에 대해 의심을 갖는다. 한편 루시퍼는 하나님과 맞서 싸우는 계몽사상가로서, 그는 카인이 지식을 추구하도록 이끌고 그와 함께 하나님에게 반항한다. 따라서 루시퍼는 위로는 하나님에게 반항하고 아래로는 민중을 계도한다. 그는 카인에게 일체를 맹신하지 말고 의심하도록 가르치고 스스로 이지로써 판단하라고 가르친다. 이러한 판단은 "너의 존재의 결과에 의지하고" "비록 영물靈物의 입속에서 나올지라도 언어에 의지해서는 안 된다".[52] 이 종교극이 루쉰에 의해 세속화되어 해석되었을 때, 하나님은 중국의 상층통치자 혹은 황제가 되고, 아담과 하와 등의 노예 대중은 마비되고 우매하여 노예근성으로 가득한 중국의 국민이 되었으며, 이 양자는 하나의 통일체였다. '5·4' 이후 루쉰은 이렇게 말한 적이 있다. "군주와 백성은 본래 같은 민족으로 난세일 때는 '성공하면 왕이 되고 실패하면 역적이 되'며 평상시에는 이전처럼 한 사람이 황제가 되고 많은 이가 평민이 된다. 양자의 사상은 원래 다를 바가 없다."[53] "아마 국민이 이러하다면 결코 좋은 정부를 갖지 못할 것입니다. 좋은 정부라 하더라도 쉽게 무너지고 말 것입니다. 훌륭한 의원 또한 있을 수 없을 것입니다. 지금 의원을 욕하는 사람들이 흔히 있습니다. 그들이 뇌물을 받고 지조도 없

---

52 바이런 著, 杜秉正 譯, 『카인』 제139장(文化工作社, 1950).
53 루쉰, 『화개집속편·황제에 대하여(談皇帝)』.

으며, 권세가에게 빌붙어 사리사욕을 꾀한다고 말합니다. 하지만 대다수의 국민들이 바로 이렇지 않습니까? 이러한 부류의 의원들은 사실 국민의 대표임에 틀림없습니다."[54] 그러므로 루쉰은 이러한 통일체를 파괴하려는 마귀에게 강렬한 공명을 일으켰다. 루쉰은 이렇게 말한다. 사탄의 입장에서 보면, 인간의 "우매함과 비열함을 어떻게 말할 수 있겠는가? 그것을 알려 주려고 하면 말이 입 밖으로 나오기도 전에 그들은 벌써 멀리 달아나고 내용이 어떠한가에 대해서는 성찰하지 않는다. 그대로 내버려두자니 사탄의 마음에 어긋나니, 그래서 권력을 가지고 세상에 나타나는 것이다. …… 위로는 힘으로 하느님에게 저항하고 아래로는 힘으로 중생을 제약한다. …… 중생을 제약하는 것은 바로 저항 때문이다. 만일 중생들이 함께 저항한다면 무엇 때문에 그들을 제약하겠는가?"[55] 바이런의 영향으로 말미암아, 루쉰은 중국의 사회구조 속에서의 각성자와 계몽가의 인격 패러다임을 확립하였는바, 그는 악마(혹은 미치광이)의 모습으로 세상에 나타나며, 위로는 힘으로 하느님에게 저항하고 아래로는 "그들의 불행을 슬퍼하나 그들의 싸우지 않음에 분노하"는 자세로 중생을 계몽한다.

바이런을 대표로 하는 '악마파 시가'와 니체를 대표로 하는 현대인학사조를 소개하면서, 루쉰은 '위로는 하느님에게 저항하고 아래로는 민중을 계도하는' '정신계의 전사'의 인격 특징에 대해 다음과 같이 상세히 서술하고 있다. "자기의식 단계에 들어서고 자기집착의 경향으로 나아가고 완강하게 자기를 중심으로 하면서 속인에 대해서는 거

---

54 루쉰, 『화개집·통신』.
55 루쉰, 『무덤·마라시력설』.

리낌이 없"으며, "특출하여 무리를 짓지 않고" "진리를 지키며 세속에 아부하지 않"으며, "의지의 힘이 비길 데 없"고 "꿋꿋하여 꺾이지 않으며" "용감하여 두려움이 없고" "힘이 세고 투쟁에 능하"다. 아울러 "그 정신은 반동과 파괴로 채워졌고, 신생新生의 획득을 희망으로 삼아 오로지 이전의 문명에 대해 배격하고 소탕하"며, "옛 규범에서 벗어나"고 "세상과 세속에 대해 분개하고 싫어하"여 "부딪치는 것마다 늘 저항했고 의도한 것은 반드시 이루려고 했다. 힘을 귀중하게 여기고 강자를 숭상했으며 자기를 존중하고 싸우기를 좋아했다. …… 평생 동안 미친 파도처럼, 맹렬한 바람처럼 일체의 허식과 저속한 습속을 모두 쓸어버리려고 했다. 앞뒤를 살피며 조심하는 것은 그에게는 아예 모르는 일이었다. 정신은 왕성하고 활기차 억제할 수 없었고, 힘껏 싸우다 죽는 한이 있더라도 그 정신만은 반드시 스스로 지키려고 했다. 적을 굴복시키지 않으면 싸움을 그만두지 않았"으며 "그들의 힘은 거대한 파도처럼 구사회의 초석을 향해 곧장 돌진했다".[56] 필자가 이처럼 번거로움을 무릅쓰고 구구절절이 가져다 옮긴 까닭은 이러한 인격 패러다임의 수립이 루쉰의 '사람 세우기立人'의 산물이며, 루쉰의 인격에 거대한 영향을 미쳤기 때문이다. 이것은 루쉰의 낭만주의의 표현일 뿐, 훗날 루쉰이 현실주의로 전향한 후 이러한 낭만적 표현은 사라져버렸다고 여기는 이도 있다. 이것은 결코 그렇지 않다. 루쉰이 일본 유학시절에 수립한 인격 패러다임이 종이위의 개념들일 뿐이라면, '5·4' 이후의 문학창작 중에서 이러한 인격 패러다임은 구체적인 작품 속

---

56 루쉰, 『무덤』의 「마라시력설」과 「문화편향론」.

에 스며들었다. 다시 말해 루쉰이 귀국하여 '용속한 대중' 속에 놓였을 때 루쉰은 진정으로 '반역의 용사'—폭군의 반역이자 양민良民의 반역—가 되었다. 그러므로 이러한 인격이 루쉰에게 미친 영향은 어느 작가, 어느 작품보다도 루쉰의 문화비평과 문학창작을 막론하고 훨씬 지대했다.

루쉰이 평생에 걸쳐 힘썼던 국민성의 개조는 바이런의 영향을 많이 받았다. 루쉰이 제일 먼저 바이런에게 감동했던 것은 그리스를 돕고 그리스를 서글퍼했던 그의 태도였다. 해가 지지 않는 제국의 귀족이 본국의 확장을 돕지 않고 오히려 쇠약한 옛 문명국을 도와 자유를 쟁취하고자 함과 아울러 '그리스 인민의 타락'을 슬퍼하였던 것이다. 이러한 사실은 당시 일본에 유학중이던 중국학생들 사이에 널리 전해졌으며, 이에 대한 루쉰의 감동은 유독 컸다. 특히 바이런의 「그리스애가The Isles of Greece」는 옛 문명국의 후예인 루쉰이 중국 국민성의 타락에 대해 깊이 성찰하도록 해주었다. 바이런을 소개하면서 루쉰은 특히 바이런이 비열한 노예근성을 질책하였던 점을 중시하였다. 이러한 점은 루쉰이 저본으로 삼았던 키무라 타카타로木村鷹太郎의 자료에는 없었으며, 보다 적절하게 말한다면 대충 지나쳤던 것이다. 루쉰은 이렇게 말한다.

바이런은 평소에 그리스를 대단히 동정하였다. …… 그리스는 당시 자유를 전부 상실하고 터키의 판도 내로 들어가 그들로부터 속박 받고 있었지만 감히 항거하지 못했다. 시인이 그리스를 안타까워하고 비통해하는 모습은 작품 속에서 종종 발견되는데, 예전의 영광을 그리워하고 후인들의 영락을 슬퍼하고 있다. 때로는 책망하기도 하고 때로는 격려하기도 했으니, 그리스인들에게 터키를 몰아내고 나라를 부흥시키도록 하여 찬란하고 장엄했던 예전의 그리스를 다시 보고 싶었던 것이다.

이러한 사실이 특히 루쉰의 동일시를 불러일으켰다. 당시 중국은 만주족의 통치를 받고 있었으며, 한족은 노예가 된 지 이미 삼백 년 가까이 되었는 데다가 국민성은 날로 비열해져 중국인은 이미 만주족에게 굴복 당했기 때문이다. 그래서 루쉰은 바이런을 자처하면서 국민성의 비열함을 질책하여 중국의 광복을 꾀하고자 하였다. 신해혁명 이후 루쉰은 한족이 노예가 된 지 삼백 년이나 되어 하루아침에 광복이 된다해도 노예근성은 없애기 어렵다고 늘 말했다. 잠시 바이런이 그리스를 도왔던 일에 대해 루쉰이 어떻게 서술하는지 살펴보자. "바이런은 평소 당시의 그리스인들에 대해 대단히 불만을 가지고 있었던 터라 일찍이 그들을 '세습적인 노예', '자유 후예의 노예'라고 일컬었"지만, 그리스학회의 요청을 받아들여 그리스 독립을 돕기로 하였다. 그러나 그리스인의 소극성과 터무니없는 비방으로 인해 "바이런은 크게 격분하며 그 국민성의 비열함을 크게 꾸짖었다. 앞서 말한 이른바 '세습적인 노예'는 과연 이처럼 구제할 수 없었다". 그러나 '독립을 중시하고 자유를 사랑하는' 바이런은 "만약 노예가 눈앞에 서 있으면 반드시 진심으로 슬퍼하고 질시했다. 진심으로 슬퍼한 것은 그들의 불행을 안타까워했기 때문이며, 질시한 것은 그들이 싸우지 않음을 분노했기 때문이다. 이것이 바로 시인이 그리스의 독립을 원조했고, 그래서 끝내 그들의 군대에서 죽었던 까닭이다". 노예대중에 대해 톨스토이는 "그들의 불행을 슬퍼하"였고, 니체는 "그들이 싸우지 않음에 분노하"였지만, "그들의 불행을 슬퍼하면서도 그들이 싸우지 않음에 분노함"을 한 몸에 구현하였던 이는 바이런과 루쉰이었다. 따라서 우리는 루쉰의 국민성 개조에 바이런이 얼마나 대단한 역할을 담당했는가를 말하려는 것이 아니다. 루쉰이 의학을 버리고 문학으로 전향하였던 것은 국민성을 개조하기 위함이었으며, 환등기에 비쳐진 조리돌림과 이를 둘러싸고서 바라보는 마비된 구경꾼은 훗날 「약」과 「아Q정전」, 「조리돌림示衆」에 나타나며, 잡문 가운데에서도 이 장면을 자주 언급하였다. 그러나 루쉰의 사상 패러다임의 확립에서 볼 때, 바이런의 영향은 지대하였다. '국민성'이란 이 개념은 루쉰이 「마라시력설」에서 바이런을 언급할 때 처음으로 사용되었다. 루쉰이 노예대중, '다수', '한가한 사람', '구경꾼', 그리고 아Q, 룬투潤土, 산씨네 넷째 며느리單四嫂子, 뱃사공 칠근航船七斤, 샹린 댁祥林嫂 등을 대하는 태도는 바로 "그들의 불행을 슬퍼하면서도 그들이 싸우지 않음에 분노하"는 것인데, 이 역시 바이런과 노예대중의 관계를 언급할 때 처음으로 제기되었던 것이다. 일정한 의미에서 볼 때, 현실의 국민성은 해당국의 문화전통의 산물이므로, 「마라시력설」의 반전통은 그 두드러진 특색이다. 중국인이 옛 문명국임을 남에게 뻐기지만 자아의식을 결여하고 있음에 대한 비판으로부터, 현실의 실패에 직면하여 남과 못남을 비교하여 "망해 가는 나라를 택해 자기와 비교하여 스스로 훌륭함을 드러내길 바라"는 것에 대한 비판에 이르기까지, 그리고 '중국의 시'를 부정하고 "굴원을 파묻어"버리는 것으로부터 '중국의 다스림'이 정태적이고 퇴보적이며 '특이함과 천재를 목 졸라죽여 "차라리 몸을 웅크리고 영락할지언정 진취적인 것을 싫어했다"고 철저히 부정함에 이르기까지, 루쉰은 기본적으로 '5·4' 시기의 반전통적 사상 패러다임을 확립했다. 주목할 만한 점은 중국 국민성에 대한 「마라시력설」의 비판이 "대부분 훗날의 아Q의 몸에 체현되었다"는 것이다.

누구나 알고 있듯이, 루쉰이 일본 유학시절에 종사했던 문화와 문학 활동이 우리의 끊임없는 연구대상이 되는 까닭은 이 시기에 루쉰이 서구문화의 영향 아래에서 사상성격의 패러다임을 확립했기 때문이다. 신문화운동 중에 이에 대해 조정이 이루어지기는 하였지만, 루쉰이 공산주의자가 되기까지 이 사상성격의 패러다임은 치명적인 타격을 받지는 않았다. 조기 루쉰이 접했던 서구문화가 그의 사상성격의 형성에 어떤 역할을 했는가를 중시하는 근거는 이러한 가설, 즉 한 사람의 사상가 혹은 작가는 자신의 사상성격 혹은 예술풍격을 형성하는 과정 속에서 다른 사람의 것을 쉽게 받아들이고, 자신의 사상성격 혹은 예술풍격의 독특성이 일단 형성되고 나면 다른 사람의 것은 비판과 참고의 자료가 될 수 있을 뿐이라는 점에 기반하고 있다. 이 가설에 따르면, 한 사람의 사상가 혹은 작가는 성년 시절보다는 젊은 시절에 남의 것을 받아들이기 쉬우며, 일단 받아들인 이상 비교적 오랫동안 영향을 미치게 될 것이다.

3. 마라시력 – 옛 규범을 벗어난 미학범주

의학을 버리고 문학으로 전향한 이후 루쉰이 접했던 외국문학은 대단히 광범하며, '5·4' 시기의 그의 문학창작에 대한 연구에 있어서도 매우 중요하다. 루쉰 스스로 소설을 썼을 때 그가 의지했던 것은 백여 편의 외국작품과 약간의 의학 지식이었다고 밝힌 바 있으며, 자신의 『외침』은 젊은 시절의 수많은 꿈이 아직 잊히지 않은 결과라고 말하기도 하였다. 그러나 루쉰이 접하고 좋아했던 외국문학 역시 찾아볼 만한 궤적은 결코 없지 않다. 우선 들 수 있는 것은 바이런과 셸리, 그리고 바이런이즘이 러시아와 동유럽에 파죽지세로 쳐들어간 이후에 솟아나온 일군의 시인들, 이를테면 푸쉬킨과 레르몬토프M. Lermontov(러시아), 페퇴피A. Petőfi(헝가리), 미츠키에비치A. Mickiewicz, 슬로바스키J. Slowaski(폴란드) 등이며, 이후에 푸쉬킨과 페퇴피 등의 시인을 뒤이은 러시아와 동유럽의 소설가, 즉 고골H. Гоголь, 투르게네프, 안드레예프, 솔로구프Ф. К. Сологуб, 코로렌코В. Г. Короленко, 가르신V. M. Garshín, 체홉, 톨스토이(이상 러시아), 네루다J. N. Neruda와 팔라츠키F .Palacký(체코), 센케비치H. Sienkiewitz(폴란드), 미크사트K. Mikszáth(헝가리) 등이 있다. 일본의 작가 가운데 루쉰이 좋아했던 이로는 나쓰메 소세키夏目漱石와 모리 오가이森鷗外 등이 있다. 이들과 비교하면, 영미소설 및 프랑스의 현실주의와 자연주의 소설에 대해 루쉰은 흥미를 느끼지 않았다.

　루쉰과 외국문학의 관계는 루쉰연구뿐만 아니라 비교문학의 중요한 연구과제이다. 1970년대 미국학자 하난Patrick Hanan의 「루쉰 소설의 기교The Technique of Lu Hsün's Fiction」, 네덜란드 학자 포케마Douwe Wessel Fokkema의 「루쉰에 대한 러시아문학의 영향俄國文學對魯迅的影響」 등은 모두 이러한 연구과제의 걸출한 성과이다. 1980년대에 이르러 중국에서 비교문학이 흥기함에 따라, 루쉰과 외국문학의 관계는 학자들로부터 보편적인 관심을 받게 되었다. 이 방면의 전문저작으로는 자오루이훙趙瑞蕻과 키타오카 마사코北岡正子의 「마라시력설」에 관한 연구, 왕푸런王富仁의 『루쉰 전기소설과 러시아문학魯迅前期小說與俄羅斯文學』, 리춘린李春林의 『루쉰과 도스토예프스키魯迅與陀思妥耶夫斯基』, 청마程麻의 『루쉰 일본유학사魯迅留學日本史』, 장화張華의 『루쉰과 외국작가魯迅與外國作家』 등이 있다. 어떤 의미에서 보자면, 루쉰과 외국문학의 연구는 최근 10년의 성과가 루쉰의 소설과 잡문, 산문에 관한 연구, 생평 및 사상에 관한 연구를 뛰어넘었다. 이러한 연구는 조용히 이루어진 탓에, 소설 연구나 '루쉰의 재평가'처럼 떠들썩하지는 않는다. 그러나 사실상 루쉰과 외국문학에 대한 다각적이고도 다방면적인 연구는 그 자체만으로도 '재평가'의 일종이라 할 수 있다. 따라서 루쉰과 외국문학의 관계에 대해 타인의 연구성과와의 중복 현상을 피하기 위해 여기에서는 가능한 한 거론하지 않으며, 문학에서 문화에 이르기까지 거론하지 않을 수 없는 문제에 대해서는 남들이 이야기한 적이 있는 책에 한하여 일일이 설명을 가하고자 한다. 이 원칙은 나 자신이 발표한 적이 있는 '루쉰과 영국문학'이라는 일련의 글에 대해서도 똑같이 적용된다. 이 원칙은 얼핏 보기에 겸양인 듯 보이지만, 실제로는 지난날의 자신을 포함하여 남의 의견을 뛰어넘기 위함일 뿐이다.

하난은 루쉰이 소설을 창작하기 이전에 접했던 외국문학에 대해 세밀하게 연구한 후, 다음과 같이 예리하게 지적하고 있다.

　　루쉰이 유럽의 현실주의파와 자연주의파 및 일본의 자연주의파를 돌아보지 않았던 것은 플로베르(G.Flaubert)의 객관주의 혹은 졸라(Émile

Zola)의 사회결정론―훗날의 중국작가들은 현실주의 기교를 운용하여 사회와 정치 목적을 달성했을 때 어떤 곤란도 받지 않았다― 때문이 아니라, 그가 근본적으로 현실주의 기교에 대해 흥미를 느끼지 않았기 때문이다. 그가 상징주의와 관련이 있는 안드레예프를 좋아하고 풍자에 능하고 아이러니를 운용하는 고골과 센케비치와 나쓰메 소세키를 좋아했던 것 모두 그가 근본적으로 다른 방법을 찾고 있었음을 보여준다.[57]

포케마는 고골과 푸쉬킨, 레르몬토프를 한데 낭만주의로 구분하고, 투르게네프와 톨스토이의 현실주의 이후 "체홉의 단편소설은 현실주의의 몇 가지 기준을 부정하였다. 이 부정은 아르치바셰프, 안드레예프 및 가르신의 작품 속에 더욱 뚜렷하다"고 여겼다. 포케마는 후자를 상징주의로 귀결 지었는데, 그의 결론은 이러했다. 즉 "낭만주의와 상징주의 기준은 루쉰의 중시를 받았"으며, 이 기준은 "루쉰의 번역작품의 선택에 영향을 미쳤을 뿐만 아니라 눈에 뜨이지 않게 그의 언어체계에 영향을 미쳤"던 반면, "현실주의 기준 가운데에서는 오직 도덕적 설교와 전형적 인물만이 그의 흥미를 끌었다". 루쉰은 왜 현실주의를 멀리 했던 것일까? 포케마의 설명에 따르면, 유럽 현실주의에는 하나의 통일된 세계관이 존재하는데, 루쉰의 반전통은 통일된 세계관을 깨트리려는 것이었다. "현실주의와 자연주의는 작가란 보잘것없는 관찰자의 신분으로써 그의 창작영감과는 독립된 세계를 보도해야 할 뿐이라고 여긴다. 이러한 관점은 중국의 문화배경에 적절치 않다." 특히

---

57   P.Hanan, 「루쉰 소설의 기교(魯迅小說的技巧)」, 樂黛云 編, 『國外魯迅硏究論集』 참조.

중국의 문화위기 속에서 루쉰은 "일정한, 흔들림 없는 세계관에 근거하여 초연하고도 객관적으로 현실을 그려낼 수"[58] 없었다. 루쉰이 현실주의를 멀리한 까닭에 대한 하난과 포케마의 해석은 서로 모순적이며, 둘 중 하나에 해당할 것이다. 즉 포케마는 현실주의가 중국의 문화배경과 현실의 문화위기에 적절치 않다고 여겼다. 이에 반해 하난은 현실주의가 중국에 들어와 그 사회와 정치 목적을 달성하였음은 이미 역사적 사실이 되었으며, 루쉰은 주로 현실주의의 기교에 대해 흥미를 느끼지 못했다고 여겼다. 그러나 이 두 가지 해석 모두 만족스럽지 못하다. 포케마는 서구의 기준으로 중국의 현실주의를 평가하고 있으며, 그 결과 모두 기준(마오둔茅盾의 『한밤중子夜』을 제외하고)에 미치지 못한다고 보았다. 그러나 그가 순수히 서구의 기준에 근거하여 중국의 낭만주의와 상징주의를 평가하더라도 역시 기준에 미치지 못함을 발견하게 될 것이다. 기준에 미치지 못하는 것이야말로 하나의 문학사조와 유파가 한 문화에서 다른 문화로 들어설 때 필연적으로 보이는 변이이다. 사실 신문화운동 이래 중국은 줄곧 '사실주의(현실주의)'를 떠받들었다. 그런데 하난은 루쉰이 단지 현실주의의 기교에 대해 흥미를 느끼지 못하였을 뿐이라고 여기고서, '기교가 그것이 예술로 만들려는 내용(경험)과 완전히 분리된다면, 이게 도대체 무엇이란 말이냐?'고 '형식주의'를 오류로 몰아 부친다. 만약 하난과 포케마가 루쉰의 예술선택과 문화선택을 함께 고찰했다면, 낭만주의와 상징주의에 루쉰이 깊이 흥미를 보였던 점은 설명하기 어렵지 않았을 것이다.

---

58   D.W.Fokkema, 「루쉰에 대한 러시아문학의 영향(俄國文學對魯迅的影響)」, 위의 책 참조.

러셀B. Russell이 『서양철학사』에서 바이런이 위로는 루소를 잇고 아래로는 니체를 열었다고 보았던 것은 확실히 탁월한 식견이다. 바이런과 현대주의의 관계 역시 새롭게 살펴보지 않으면 안 된다. 총체적으로 볼 때 바이런은 낭만주의자이기는 하지만, 사르트르의 『파리떼Les mouches』와 바이런의 『카인Cain』을 비교해보기만 해도 바이런과 현대주의의 실질적 연관성을 발견할 수 있다. 뿐만 아니라 현실주의가 객관과 재현을 떠받들었던 것과는 달리, 낭만주의와 현대주의의 공통된 특징은 주관의 표현을 중시했다. 그래서 '5 · 4' 시기에는 현대주의를 '신낭만주의'[59]로 번역했던 것이다. 따라서 현대인학사조에 대한 숭상이야말로 루쉰이 위로는 낭만주의를 중시하고 아래로는 현대주의를 선택한 문화적 근원이었다. 이에 반해 당시 '개성의 신장'과 '주관의 중시'를 구국의 처방으로 삼았던 루쉰은 현실주의와 자연주의에 흥미를 가질 수 없었다. 현실주의, 특히 자연주의는 과학을 근본으로 삼으며, 자연주의는 심지어 과학적, 유전적 방법으로 인간을 실험실에 집어넣기도 한다. 이들의 공통된 과학적 근거는 19세기 기계적 우주관이다. 반면 낭만주의, 특히 현대주의는 흔히 반反과학, 반소외, 반이성의 면모로 세상에 나타나며, 이는 현대인학사조의 특징이기도 하다. 현실주의, 특히 자연주의는 모두 상식의 산물임에 반해, 낭만주의와 현대주의는 비非상식성의 특징이 두드러진다. 이러한 비상식성의 특징은 현대인학사조에도 드러나 있다. 이로써 알 수 있듯이, 루쉰의 예술선택과 문화선택은 일치된 것이었다. 따라서 일본 유학시절의 루쉰의 예술

---

59 낭만주의와 현대주의의 구별은 물론 중요하며, 이 때문에 러시아의 미래파는 푸쉬킨을 현대인의 선박에서 큰 바다 속으로 내던져버렸던 것이다.

선택은 낭만주의와 현대주의적이었을 뿐만 아니라—그는 낭만파의 바이런, 셸리, 푸쉬킨, 레르몬토프, 페퇴피 등을 숭상하고, 상징파와 퇴폐파인 안드레예프, 가르신, 솔로구프 등을 숭상하였다—5·4운동 전후의 예술선택 역시 현실주의적이라고 말할 수는 없으며, 일본 유학 시절의 길을 따르면서 기존의 예술선택 패러다임을 깨트리지는 않았다고 할 수 있다. 신해혁명 이후 루쉰은 도스토예프스키의 『죄와 벌』의 일어본과 아르치바셰프의 『혁명 이야기』의 독일어본을 읽었다. 도스토예프스키는 실존주의의 선구였으며, 루쉰은 만년에 그를 대단히 높게 평가하였다. 즉 고리키^{M. Gorki}가 그를 '악독한 천재'라고 일컬었던 것과는 달리, 루쉰은 그를 '잔혹한 고문관'—"요컨대 그가 위대하기 때문이다"[60]—이라 일컬었다. 아르치바셰프는 퇴폐주의파인데, 그는 "우리 이곳의 어떤 사람들은 내가 니체의 영향을 받았다고 말한다. …… 내게 더욱 가깝고 내가 더욱 잘 이해하는 사람은 슈티르너이다"[61]라고 말했다. 루쉰이 슈티르너와 니체를 받아들이고서부터 아르치바셰프를 받아들이기까지는 순리에 맞는 일이다. 마치 루쉰이 현대인학사조를 미래에 속한 신흥사조로 간주하였듯이, 루쉰은 아르치바셰프를 "러시아 신흥문학의 전형적인 대표작가 가운데의 한 사람"[62]이라고 일컬었다. '5·4' 이후 루쉰이 가장 많이 번역한 것은 아르치바셰프, 쿠리야가와 하쿠손廚川白村, 에로센코^{B. R. Epomehk}, 프레데리크 반 에덴^{Frederik van Eeden}, 안드레예프 등의 작품이었으며, 이는 이러한 예술선

---

60   루쉰, 『차개정 잡문2집·토스토예프스키의 일』.
61   루쉰, 『역문서발집·'노동자 셰빌로프'를 읽고서(譯了'工人綏惠略夫'之後)』.
62   위의 책.

루쉰의 성격에 미친 서구문화의 영향   265

택이 루쉰의 일본 유학시절의 연속임을 보여준다. 쿠리야가와 하쿠손의『고민의 상징』은 현대주의의 문학이론저작인데, 루쉰은 이 책을 번역하였을 뿐만 아니라, 교재로도 사용하였다. 그를 통해 루쉰은 다시 현대주의문학에 커다란 영향을 미친 프로이트, 베르그송과 악수를 나누고 담소하였다. 그는 러시아 맹인시인인 에로셴코와 네덜란드 작가인 프레데리크 반 에덴에 대해서도 흥미를 느꼈는데, 이 역시 상징 기교에 대한 중시를 보여준다. 네덜란드 학자 포케마에 따르면, 루쉰이 프레데리크 반 에덴의『작은 요하네스*De Kleine Johannes*』를 번역하고 받들었던 것은 "한 걸음 더 상징주의에 대한 그의 편애를 보여준다. 이 책은 동화 이야기의 성격으로 사실주의와 자연주의를 공격하였다".[63] 그러나 이는 문제의 일면에 지나지 않는다. 구미의 일부 학자들은 루쉰의 낭만주의와 현대주의를 지나치게 강조하고 있으며, 심지어 이를 루쉰의 예술선택 패러다임의 전부로 여기는데, 이러한 태도는 오류에 빠질 위험이 있다.

　　루쉰과 현대인학사조의 차이는, 니체와 입센 등이 개성의 신장을 목적으로 삼고 있음에 반해, 루쉰은 '개성의 신장'과 '영명靈明'을 수단으로 민족의 구원을 목적으로 삼는다는 점이다. 루쉰의 문화선택과 선택대상의 차이는 곧 루쉰의 예술선택과 선택대상의 차이이다. 따라서 루쉰이 낭만주의와 현대주의를 선택했을지라도, 그는 낭만주의의 주류인 독일의 낭만파 작품에 대해서는 흥미를 느끼지 않았으며, 현대파의 주류인 프랑스의 상징파나 퇴폐파에 대해서도 흥미를 별로 느

63　D.W.Fokkema, 「루쉰에 대한 러시아문학의 영향(俄國文學對魯迅的影響)」, 樂黛云編, 『國外魯迅硏究論集』 참조.

끼지 않았다. 그 까닭은 무엇일까? 낭만파, 특히 현대파의 '과거로의 회귀', '자연으로의 돌아감', '현실로부터의 도피', '예술을 위한 예술'의 유미적 경향과 퇴폐적 경향, 깊이 깔려 있는 회고적 경향, 그리고 국가나 정치상황, 파별派別과 무관한 상징파의 경향 등 모두가 루쉰의 인정을 받을 수 없었기 때문이다. 이와 반대로 루쉰은 민족을 구원하기 위해 수시로 고독한 자아 속에서 뛰쳐나와 "눈을 부릅뜨고서" 국가와 세계를 주시하였다. 이로 인해 루쉰은 외곬으로 주관이나 자아에 빠져 자신이 구원해야 할 민족의 실제, 즉 사회객관성을 망각하거나 국민을 계몽하기 위한 도덕설교를 망각할 수 없었다. 바로 이러한 점에서 루쉰을 현실주의와 한데 연계시킬 수 있다. 이로 인해 루쉰은 프랑스의 순수한 상징파를 좋아하지 않는 대신에 러시아의 일정한 사실성을 지니거나 현실주의와 결합한 상징파를 좋아했으며, 현실에서 도피하여 과거를 그리워하는 독일의 낭만파나 영국의 호반파 시인을 좋아하지 않는 대신에 전투적 품격과 반전통 정신을 지닌 마라 시인을 좋아했다.

주체의 도덕비판과 객관적 사실을 결합시키려는 루쉰의 시도는 고골과 나쓰메 소세키, 센케비치의 풍자작품에 대한 흥미에 잘 드러나 있다. 하난은 "루쉰의 단편소설 대부분의 양식은 풍자적 사실寫實로서, 성공적으로 운용하기가 대단히 어려운 양식"이라고 말한다. 풍자작품과 사실소설에는 '서로 대립'하는 점이 있는 바, 풍자작품은 "해학과 아이러니 등을 통해 사실 묘사와 상이한 효과를 보이"는 반면, 사실소설은 "인류의 경험 자체에 대해 흥미를 느끼고" "풍자에 있어서 대단히 중요한 거리나 초연한 태도를 부정"[64]하기 때문이다. 하난은 루쉰이 이러한 방법을 매우 뛰어나게 장악하고 있다고 여기지만, 루쉰이 풍자작가에게 필수적인 거리와 초연한 태도(샤즈칭夏志清은 이에 근거하여 루쉰이 "세계의 유명 풍자작가의 반열에 들기에는 충분치 않다"[65]고 본다)를 유지하지 못한 까닭이 바로 루쉰이 민족구원에 급급하였음을 보여주고 있는 것이 아닐까 하는 점을 간파해내지 못하였다. 사실 루쉰이 고골, 센케비치, 나쓰메 소세키 및 중국의 오경재吳敬梓의 영향을 받아 형성한 '풍자와 사실'의 기교는 루쉰이 소설로써 국민성을 개조하는 데에 가장 적합하였다. 이로써 알 수 있듯이, '마라시력'은 니체 등의 세례를 통하여 현대성을 획득하게 되었으며, 이 두 가지가 결합하여 루쉰에게 실질적 영향을 미치게 되었던 것이다. 러시아와 동유럽문학은 사상의 실질적 영향에 있어서 앞의 두 가지에 미치지 못하지만, 이 두 가지보다도 훨씬 더 많이 루쉰에게 소설창작의 기교를 제공해주었다.[66]

루쉰의 모순은 그가 상식적인 사상가가 아니라 비상식적인 사상가를 특히 좋아하지만, 민족을 구원하기 위하여 이러한 상식을 선전하지 않을 수 없었다는 데에 있다. 신문화운동 중에 그는 상식적인 사상가, 이를테면 과학과 민주를 제창한 천두슈陳獨秀 등과 보조를 함께 하고자 노력하였다. 루쉰의 예술선택은 이러한 문화선택과도 일치하였는바, 그는 낭만파와 현대파를 훨씬 더 좋아했지만 현실주의 또한 배

---

64 P.Hanan, 「루쉰 소설의 기교(魯迅小說的技巧)」, 樂黛云 編, 『國外魯迅研究論集』 참조.
65 夏志淸, 『중국현대소설사(中國現代小說史)』, 香港 : 香港友聯出版社, 1979, 46쪽.
66 이는 물론 총체적으로 보았을 때에 지나지 않으며, 외국문학이 루쉰에게 미친 영향은 복잡하다. 이를테면 정신분석과 「하늘을 기운 이야기(補天)」, 『고민의 상징』과 『들풀』, 에론센코의 동화와 「토끼와 고양이」 및 「오리의 희극」, 일본의 역사소설과 『새로 쓴 옛날이야기(故事新編)』 등은 모두 영향관계에 놓여 있다.

척하지 않고 포용하였다. 신문화운동 중에 천두슈와 후스가 제창한 것은 모두 '사실주의'였으며, 이로 인해 '사실주의'는 이론의 창도에 있어서 신문화운동의 주류가 되었다. 비록 개인의 취향에서 볼 때 루쉰은 바이런, 니체, 안드레예프, 아르치바셰프를 훨씬 더 좋아하였지만, 그래도 "지휘관의 명령에 따라" '사실주의'를 떠받들었다. 루쉰은 자신이 좋아하는 작가를 소개할 때 무슨무슨 '주의'라고 수식어를 붙인 일이 거의 없지만, 그가 그렇게 했을 때에는 '사실주의'라는 수식어를 붙였다. 그는 안드레예프의 작품은 "모두 엄숙한 현실성 및 심오함과 섬세함을 지님으로써 상징인상주의와 사실주의를 조화롭게 하였다"[67]고 말했다. 또한 아르치바셰프는 "유파는 사실주의이고 표현의 심오함은 동료들 가운데 으뜸에 이르렀다고 할 수 있다"[68]고 보았다. 하지만 사실 아르치바셰프의 현대성은 그 색정, 육욕과 허무주의에 있었다. 『신청년新靑年』이 문학상에서 '사실주의'를 제창했던 직접적인 산물은 문학연구회文學研究會의 창립이었다. 표면적으로 볼 때, 루쉰과 문학연구회의 관계는 대단히 밀접했으며, 『소설월보小說月報』에 발표된 소설은 마치 하나의 유파인 듯이 보인다. 그러나 사실은 그렇지 않다. 문학연구회 작가의 작품은 자질구레한 객관적 묘사가 아니면 천박한 이상주의 혹은 젊음의 감상이 스며들어 있다. 반면 루쉰의 작품은 심오한 현대적 의미를 지니고 있다. 특히 신문화운동이 퇴조하고 루쉰이 그들과 보조를 함께 할 필요가 없었을 때, 그의 작품의 현대성 및 예술선택상의 현대주의의 편애는 더욱 뚜렷하다. 루쉰이 낭만주의와

---

67   루쉰, 『역문서발집·'자욱한 아지랑이 속으로' 역자 부기('暗淡的煙靄里'譯者附記)』.
68   루쉰, 『역문서발집·'노동자 셰빌로프'를 읽고서』.

현대주의를 편애함과 아울러 현실주의를 취했던 예술선택의 패러다임은 마르크스주의를 받아들여 몇 권의 '과학적 문예론'을 읽은 후에 이르러서야 총체적인 타격을 받았다. 앞에서 언급하였듯이, 국내의 일부 루쉰연구자는 그저 상식적 관점에서 루쉰을 이해하여 흔히 루쉰 사상의 독창성과 심오성, 복잡성을 말살해버렸다. 반면 국외의 일부 학자들은 루쉰 사상의 심오하고 독창적인 측면을 강조할 때, 역시 루쉰의 상식적 사상 및 신문화운동과 일치했던 면을 홀시하고 말았다. 루쉰의 예술선택에 대한 평가 역시 이와 유사한 상황에 처해 있다. 구미의 일부 학자들은 루쉰의 낭만주의, 현대주의를 지나치게 강조하고, 심지어 이를 루쉰의 예술선택의 전부로 간주하는데, 이는 물론 오류이다. 그렇지만 국내의 학자들은 루쉰이 결코 좋아하지 않았던 현실주의를 루쉰의 예술선택의 전부로 간주하고, 이를 근거로 루쉰의 전기 작품을 설명하는데, 어찌 설득력이 있다고 할 수 있겠는가?

루쉰과 낭만주의의 관계는 이미 수많은 논저에서 다룬 바가 있다. 그러나 국내의 수많은 논저의 탐구는 낭만주의에 대한 루쉰의 흥미를 루쉰이 현실주의를 선택하기 이전의 '그릇된 것'으로 간주하지 않으면―이렇게 함은 물론 루쉰을 현대문단의 정종正宗으로 받드는 목적을 달성하기 위함이다―낭만주의에 대한 루쉰의 애호를 루쉰 조기의 예술선택으로 간주할 뿐이다. 이렇게 된다면 '마라시력'이 루쉰의 미학사상과 예술창작에 어떤 영향을 미쳤는지 깊이 있게 탐구할 수 없다. 이는 국외학자들이 루쉰 소설을 연구할 때 루쉰이 이 이전에 읽었던 소설만 중시할 뿐 나머지는 무시해버리는 방법과 마찬가지로, 상이한 문체 사이의 상호영향이라는 문제를 홀시하게 된다. 우리는 루쉰의 미학사상과 예술창작에 대한 '마라시력'의 지대한 영향을 탐구함으로써, 이러한 '홀시'가 루쉰연구에 얼마나 커다란 결함을 낳는지 살펴보고자 한다.

'악마파 시가'의 중요한 특징은 루쉰의 말을 빌리자면 도전과 반항, 파괴, 즉 "반항에 뜻을 두고 실천에 목적을 두는" 것이다. 특히 "절망하여 분투했고 의지가 대단히 높았던" 바이런의 '악성惡聲'은 루쉰이 보기에 온순한 중국인에게 공포를 안겨줄 터였다. 루쉰은 중국 시가의 주체는 다음의 몇 가지에 다름 아니라고 여겼다. 즉 "주인을 송축하거나 귀족에 아첨"하고, "벌레나 새 소리에 마음이 반응하고 숲이나 샘물에 감정이 동하"며, "세상일에 비분강개하고 이전의 성현에 대한 감회를 표현하"고 "우물쭈물하는 가운데 남녀 간의 사랑을 우연히 언급하"는 것이 그것이다. 루쉰이 보기에 이 모두는 "있으나마나한 작품"이고 "무형의 감옥에 갇혀 천지간의 진정한 아름다움을 펼칠 수가 없다". 중국 시인 가운데 오직 굴원만이 죽음을 앞두고 세속에 분노하여 "이전 사람들이 감히 말할 수 없었던 것까지 거리낌 없이 말했을 뿐"이지만, '악마파 시인'에 비하면 굴원의 작품에는 "아름답고 슬픈 소리가 넘치고 있지만, 반항과 도전은 작품 전체에서 찾아볼 수 없으니 후세 사람들에 대한 감동은 강하지 않다". 따라서 '악마파 시가' 중의 주인공(이를테면 콘래드, 카인, 오네긴 등)은 모두 "개인에게 맡기고 다수를 배격"한 이들로서, 무리와 맞서 싸우고 사회와 대립하고 충돌하였다. 반면 중국의 전통시가 속의 개인과 집단은 통일적이다. 유교 일파의 시가가 "인륜을 두텁게 하고 교화를 아름답게 하厚人倫, 美敎化"거나 "주인을 송축하는" 것은 말할 나위가 없고, 도가의 시가 가운데의 개인은 유가의 대가정에서 나온 후 역시 조금도 파괴적이거나 반항적이지 않은 채 자신마저도 산수의 자연 속에 용해되어 버린다. 그러나 중국 시가 속에서 개인과 집단의 통일은 일종의 부자유스러운 통일이며, 개성을 말살하여 전체에 복종하는 것을 전제로 한다. 그러므로 '5·4' 시기에 "개인에게 맡기고 다수를 배격"한 문학을 '인간의 문학人的文學'으로 여기고, 개성을 말살하는 문학을 '비인간의 문학非人的文學'로 여겼던 것이다. 30년대에 이르기까지 루쉰은 여전히 중국문학을 '식객문학幇忙文學'과 '어용문학幇閑文學'으로 일컬었으며, 굴원의 「이소離騷」를 단지 "조력자를 얻지 못한 불평"[69]에 지나지 않는다고 여겼다.

'마라시력'이 루쉰에 미친 영향을 탐구할 때, 현대인의 사조, 주로 니체의 영향을 고려하지 않으면 안 된다. 니체와 바이런의 친연관계는 위에서 이미 언급하였는바, 니체 역시 바이런의 찬미자였다. 그는 바이런의 "지식의 나무는 생명의 나무가 아님"을 "불후의 시구"로 여겼다. 그는 심지어 감히 바이런의 『맨프레드Manfred』를 앞에 두고 괴테의 『파우스트Faust』를 함부로 이야기하는 사람이 있다면 싸늘하게 흘끗 쳐다볼 필요가 있다면서 "사람들은 틀림없이 나와 바이런의 Manfred를 밀접히 연관시킬 것"[70]이라고 말했다. 러셀 역시 니체 붓 아래의 짜라투스트라와 바이런 붓 아래의 해적 콘래드를 "흡사함이 없지 않은 현인"[71]이라고 지적한 바 있다. 따라서 '마라시력'이 루쉰에게 미치는 영향을 탐구할 때 이미 '마라시력'과 니체 등이 형성한 종합적인

---

69   루쉰, 『차개정 잡문2집·조력자에서 허튼소리로(從幇忙到扯淡)』.

70   니체, 『이 사람을 보라(瞧! 這個人!)』, 北京 : 中國和平出版社, 1986, 25쪽

71   러셀, 『서방철학사(西方哲學史)』, 北京 : 商務印書館, 1982.

영향구조를 아울러 고려하고 있다. 나는 전에 "중국문화에서 악은 이제껏 선과 필적하는 이원대립의 범주로 상승한 적이 없다"고 지적한 바 있다. 중국문학 역시 윤리적 선善을 각별히 중시하지만, 루쉰은 중국의 문학전통과 상반된다. 그가 받아들인 이는 '악'을 숭앙하고 '선인'을 싫어한 니체, 그리고 바이런을 종주로 삼는 '악마파 문학'이었다. 「마라시력설」에서 소개한 바이런의 『해적The Corsair』 속의 콘래드는 악성으로 가득한 윤리도덕의 파괴자로서, "비열한 사람들의 마음을 이끌고 그들을 두려움에 떨게 하고 혼란스럽게 만든다". 뿐만이 아니라, 루쉰은 또한 '악마파 문학'으로써 중국문학의 '사악함이 없다는 견해無邪之說'에 충격을 가하였다. "사악함이 없다고 강박하는 것은 인간의 뜻이 아니다强以無邪, 即非人志"라는 것이다. 문학 속의 '악'에 대한 강조는 필연적으로 작품 속의 대립요소를 두드러지게 하고 추악한 요소를 출현시키기 마련이다. 이러한 점은 루쉰의 산문시와 소설에 나타나는 바, 특히 「동냥치求乞者」, 「길손過客」, 「고독자孤獨者」, 「검을 벼린 이야기鑄劍」 등에서 '악'의 요소는 선명하게 나타나고 있다. 이제 잠시 『들풀』의 「일각一覺」 가운데의 대립되는 두 폭의 그림과 루쉰의 미학선택을 살펴보기로 하자. 정미靜美함을 혐오하고 '악'에 기울어 있는 루쉰의 미학이상을 잘 드러내주고 있다.

모래바람에 할퀴어 거칠어진 영혼. 그것이 사람의 영혼이기에, 나는 사랑한다. 나는 형체 없고 색깔 없는, 선혈이 뚝뚝 듣는 이 거칠음에 입 맞추고 싶다. 진기한 꽃이 활짝 핀 뜰에서 젊고 아리따운 여인이 한가로이 거닐고, 두루미 길게 울음 울고, 흰 구름이 피어나고……. 이런 것에

마음 끌리지 않는 바는 아니나, 그러나 나는, 내가 인간 세상에 살고 있
다는 사실을 잊지 않는다.

루쉰은 '실천'이 '마라시력'의 목표임에 반해, 중국의 전통문학은
평온함과 온화함이라고 여긴다. 그러므로 「마라시력설」은 악마파 시
가의 반항과 도전으로써 "혼탁한 평화를 깨트리는 것", 다시 말해 세상
에 순응하고 화목하는 전통적 음声을 타파하고자 하니, "평화가 파괴되
면 인도人道가 증진된다"는 것이다. '5·4' 후에 루쉰은 젊은이들에게
"중국 책은 적게 보거나—혹은 아예 보지 말아야 하며, 외국 책은 많
이 보아야 한다"고 제창하였다. 중국책은 "마음을 차분히 가라앉"힌다
는 루쉰의 말은 바로 중국고전문학의 온화함과 평온함의 미학특징을
지적한 것이다. 반면 외국책은 "살아 있는 사람의 퇴폐와 염세"라는 그
의 말은 바이런의 작품과 관련이 있으니, 즉 "불평하고 염세적이어서
사회와 거리가 아주 멀었으니 어찌 세상과 짝을 이룰 수 있었겠는가?
차일드 해럴드가 그런 사람이다. 어떤 인물은 극도로 염세적이어서 멸
망을 바랐는데, 맨프레드가 그런 사람이다". 그러나 아닉스А.А.Аникс가
말하였듯이, 바이런이 시가에서 드러냈던 비관과 퇴폐 "역시 현존하는
질서에 대한 혁명적 부정의 표시"[72]이다. 그렇다면 외국책은 모두 사회
에 대한 반항과 도전, 인생의 외침으로 충만되어 있는가? 물론 그렇지
않다. 루쉰에 따르면, 18세기 이전의 영국소설은 마님과 아가씨의 소
일거리로 제공되는 "유쾌하고 재미있는 이야기"이며, 현상에 안주하

---

[72] А.А.Аникс, 『영국문학사개요(英國文學史綱)』, 北京 : 人民文學出版社, 1980, 314~
315쪽.

지 않고 정치와 맞부딪치는 문예는 "19세기 이후에야 흥기했을" 따름이다.[73] 루쉰이 가리키는 것은 바로 바이런 유파의 마라시파의 흥기이다. 루쉰이 쉬즈모徐志摩 등의 매끈매끈하고 평온한 '음악'에 대해 불만을 품고, 주광첸朱光潛의 '조용하고 장엄한' 미학관에 대해 비평했던 것은 모두 니체, 그리고 바이런 유파의 마라시파의 영향을 받아 형성된 미학경향과 관련이 있다. 루쉰의 미학경향은 그의 작품 속에 표현되어, 그의 작품을 읽을 때 우리로 하여금 일종의 '실천動'의 욕망을 갖게 만든다. 이는 중국고전작품을 읽거나 전통희곡을 구경할 때처럼 한가로움이나 평안함을 느끼게 하는 것과는 다르다.

'마라시파'는 루쉰의 문학창작에도 커다란 영향을 미쳤다. 광인, N선생, 미치광이, 웨이렌수魏連殳, 뤼웨이푸呂緯甫, 쥐안성涓生, 옌즈아오저宴之敖者 등에게 체현된, 그 세상과 세속에 분개하고 싫어하는 노호怒號, 용맹한 반전통정신, 강렬한 복수욕망 및 개성의 몸부림과 훼멸, 공허하고 냉담한 비애는 바이런과 니체의 개성정신의 영향을 받고 있다. 또한 루쉰 소설 속의 '무관하여 한가한 사람閑人', '구경꾼' 및 그 전형적인 인물인 아Q 등에게는 "그들의 불행을 슬퍼하나 그들의 싸우지 않음에 분노하"는 루쉰의 정감이 축적되어 있는바, 이것이 바로 노예대중을 대하는 바이런의 태도이다. 우리가 루쉰의 작품을 하나의 총체로 간주하고서 예술화면 속에 녹아있는 정감, 이지, 의지 등의 요소를 따져본다면, 루쉰 작품은 억눌린 정감, 심오한 이성내용(이 양자는 이른바 불같은 열정이 얼음 같은 차가움 속에 싸여진 미학 풍격을 이루고 있다)을

---

73   루쉰, 『집외집·문예와 정치의 기로』.

풍부하게 지니고 있을 뿐만 아니라, 사람을 분발시키고 떨리게 만드는 의지요소 또한 가지고 있는데, 후자가 흔히 홀시되고 있음을 알 수 있다. 루쉰의 작품이 받았던 바이런 유파의 마라시파 및 니체의 영향은 주로 그 의지요소이다. 루쉰은 특히 "힘을 중시하고 강함을 숭상하며" "뜻대로 내맡겨 목적을 이루지 않으면 그만두지 않"으며, "적을 굴복시키지 않으면 싸움을 멈추지 않았던" 바이런의 정신을 중시했으며, 바이런이 창조한 콘래드의 '강대한 의지력'과 니체의 '비길 데 없는 의지의 힘'을 중시했다. 따라서 바이런과 니체의 영향 아래에서 루쉰의 작품, 특히 「이러한 전사」, 「빛바랜 핏자국 속에서」 및 「고독자」, 「검을 벼린 이야기」 등은 주인공의 강대한 의지가 두드러진다. 이리하여 쉬즈모, 후산위안胡山源 등의 낭만주의 작품을 루쉰이 부정했던 것은 현실주의와 당파를 맺어 낭만주의의 다름을 공격하는 것이 아니라, 루쉰 작품 속의 낭만적 요소가 본질적으로 그들과 다르기 때문이었다. 모두 똑같이 주관적 표현이지만, 쉬즈모, 후산위안 등이 섬세한 감정의 발로에 치우치고 예술의 궁전의 건축에 치중하며 문예의 '온전함'과 '아름다움'에 힘을 쏟아 "경쾌하게 돌면서" 춤을 추고 "감미롭고 구성지게" 노래를 부르려고 하였던[74] 반면, 루쉰은 불같은 감정의 폭발 속에서 자유의지의 표현에 치우침과 아울러 예술의 궁전에 갇힘을 싫어하여 "무뢰한이 되어 서로 욕하고 때리"[75]고자 하였기 때문이다. 모두 똑같이 고민스러운 심정을 펼쳐놓지만, 쉬즈모와 후산위안의 작품에서는 자기연민에 빠져 낮게 읊조리면서 배회할 따름이지만,

---

74   루쉰, 『차개정 잡문2집·「중국신문학대계」 소설2집 서문』.
75   루쉰, 『화개집·통신』.

루쉰의 작품에서는 "깊은 밤 광야에서 울부짖는 상처 입은 이리 한 마리의 그 슬픔 속에 뒤섞여 있는 분노와 비애"[76]를 들을 수 있기 때문이다. 이로써 우리는 루쉰이 왜 쉬즈모의 '음악'을 싫어하면서 "올빼미의 듣기 고약한 소리"[77]를 들으려했는지 알 수 있다. 루쉰이 최초로 들었던 "올빼미의 듣기 고약한 소리"는 바로 바이런 유파의 시인들이 질렀던 "세상에 순응하는 화락和樂의 소리가 아니라 목청껏 한번 소리 지르면 듣는 사람들은 들떠 일어서게 만드는"[78] 악마의 소리였다. 따라서 루쉰 작품의 미학 풍격은 단순히 불같은 열정이 얼음 같은 차가움 속에 싸여 있을 뿐만 아니라, 깊숙이 간직되어 있는 강한 힘, 즉 루쉰이 만년까지 숭상했던 '힘의 아름다움力之美'을 지니고 있다.

「문화편향론」이 신문화운동의 선성先聲이라면, 「마라시력설」은 문학혁명의 선성이다. 문학혁명의 가장 널리 알려진 글인 후스의 「문학개량에 관한 보잘 것 없는 의견文學改良芻議」과 천두슈陳獨秀의 「문학혁명론文學革命論」은 이론의 수준과 문학지식의 각도에서 볼 때 루쉰의 「마라시력설」과 견줄 수 없다. 그러나 후스와 천두슈의 글의 지대한 영향은 세상에 널리 알려지지 않은 「마라시력설」이 따를 길이 없다. 뿐만 아니라 문학혁명은 「마라시력설」과 마찬가지로 우선 고전시가의 '명命'을 '뒤바꾸었革'는바, 시가가 중국문학의 정종이었기 때문이다. 그렇지만 후스가 창도한 이론과 창작한 신시로 말미암아, 문학혁명 이후의 신시는 기로에 들어섰다. 후스는 신문학의 '새로움新'은 단지 백

---

76 루쉰, 『방황 · 고독자』.
77 루쉰, 『집외집 · '음악'?』.
78 루쉰, 『무덤 · 마라시력설』.

화문에 있을 뿐이라 여겼다. 그리하여 그가 신시를 '시험 삼아 지어봄 嘗試'은 백화로 소설을 지을 수 있을 뿐만 아니라 시도 지을 수 있음을 보여주고자 함에 있을 뿐이었다. 그리하여 그의 신시 작법은 "하고 싶은 말이 있으면 하고, 말하고 싶은 대로 말하라"는 것이었다. 신시의 창작시도가 가장 이르면서도 수확이 가장 적었던 것은 후스가 이론 제창과 실천면에서 세운 패러다임과 밀접한 관련이 있다. 후스, 류반눙劉半農, 류다바이劉大白 등의 시가는 고전시가와 크게 다르지 않았으며, 시의 맛은 더욱 줄어들었을 따름이었다. 풍자적이기는 하지만, 신시와 구시의 실질적 차이는 오히려 문학혁명의 십 년 전에 발표된 「마라시력설」에서 상세히 논급되고 있다. 문학혁명 후의 신시 창작이 「마라시력설」의 방향에 따라 발전되었더라면 성과는 훨씬 컸을 것이다.

푸르섹은 "루쉰 작품 중에 뚜렷이 드러나는 회고와 서정의 특징은 그를 19세기 현실주의 전통이 아니라, 두 차례의 세계대전 사이의, 서정풍격이 뚜렷한 유럽의 산문작가의 전통에 속하게 만든다"[79]고 본다. 그는 또한 서사에 대한 서정의 스며듦, 줄거리의 압축 및 "전통서사형식의 쇠락"의 초래 등을 들어 루쉰 작품이 중국전통의 서사작품과 별로 관계가 없으며, 이는 중국의 전통적 서사시의 결과임을 지적하고 있다. 마라시파와 '20세기의 새로운 정신'인 현대인학사조 및 현대주의문학에 대해 루쉰이 편애하였다는 사실과 연관지어 고찰해보면, 루쉰이 서구문화와 문학의 전환점에서 중국 전통문학의 서정성 면에서의 '접점'을 찾아냄과 동시에 중국 전통문학이 지니고 있지 않는 현대

---

79   J.Prŭšek, 「루쉰의 '옛날을 그리며'-중국현대문학의 선성(魯迅的'懷舊'-中國現代文學的先聲)」, 『푸르섹 중국현대문학논문집(普實克中國現代文學論文集)』 참조.

성을 획득했음을 알 수 있다.

「마라시력설」은 비교문학의 방법을 통해 바이런, 셸리 및 바이런주의가 러시아와 동유럽에 흘러들어가 일으킨 변이의 역정을 서술하였다. 이는 루쉰 이후의 문학선택에 있어서 심오한 상징적 의미를 지니고 있다. 첫째, 바이런주의가 러시아에 들어가 푸쉬킨, 레르몬토프를 '일으켜 세우고', 폴란드에 들어가 미츠키에비치, 슬로바스키를 '일으켜 세웠'으며, 헝가리에 들어가 페퇴피를 '일으켜 세웠다'고 한다면, 바이런주의는 역시 중국에 들어가 루쉰을 바이런주의의 소개자로서 '일으켜 세웠다'고 할 수 있다. 이로써 루쉰은 바이런을 더욱 경탄하였지만, 루쉰은 러시아와 동유럽의 작가에게 더욱 커다란 공감을 지니게 되었다. 특히 러시아와 중국의 몇 가지 유사점이 특히 그러하였는 바, 사회구조에 있어서 각성된 개성은 전제통치자와 우매하고도 선량한 국민을 마주하지 않으면 안 된다는 점, 문화배경에 있어서 유·도교와 기독교의 차이는 있지만 러시아가 신봉하는 그리스정교는 로마 카톨릭교와 다르며, 특히 종교로써 전제정치를 옹호한다는 점에서 중국문화와 동일시되는 점이 있다는 점, 그리고 문화의 도입에 있어서 중국과 러시아 모두 낙후된 정치·경제와 서구로부터 '들여온' 선진문화 사이의 모순이 나타났다는 점 등을 들 수 있다. 이러한 점이 루쉰으로 하여금 러시아의 선각자들에게 훨씬 친근감을 느끼게 만들었다. 이 또한 러시아 지식인들이 사회주의로 전향한 이후 루쉰이 마르크스주의로 전변할 가능성을 예시하고 있다. 따라서 둘째로, 문학선택에 있어서 비록 루쉰은 바이런을 훨씬 숭상하고 푸쉬킨이 "황제의 힘에 굴복하여 평화 속으로 들어갔"던 것을 불만스러워했지만, 레르몬토프는 그가 "사랑한 것이 바로 시골의 넓은 들판과 시골 사람들의 생활이었음"에도 루쉰의 찬사를 받았다. 이러한 점은 루쉰이 톨스토이 사상을 받았던 것과 매우 상통한다. 따라서 「마라시력설」이 루쉰의 문학선택에 있어서 갖는 상징적 의미는 루쉰이 사상과 심미이상의 측면에서 서구의 수용으로 시작하여 러시아와 동유럽의 수용으로 마쳤다는 점에 있다. 루쉰은 소설가이지만, 영미 소설이나 프랑스 소설에는 흥미를 느끼지 않은 대신에 러시아와 동유럽의 소설을 좋아하였다. 루쉰은 번역가이지만, 자신이 잘 알고 있는 언어인 일본어나 독일어 문학에는 별로 흥미를 보이지 않은 대신 일본어와 독일어의 매개를 통해 러시아와 동유럽의 문학을 훨씬 더 많이 번역하였다. 따라서 루쉰은 푸쉬킨처럼 "황제의 힘에 굴복하여 평화 속으로 들어가"지는 않았지만, 끝내 일정 정도 바이런주의와 니체주의를 내던지고서 마치 레르몬토프가 민중을 향해 나아갔듯이 러시아가 실행한 주의主義를 선택하였다.

루쉰의 격렬한 반전통과 국민성 개조

일본 유학시절에 루쉰이 '세우기立', 즉 '사람 세우기立人'와 신문화 및 신문학 건설에 치중했다면, '5·4' 시기에는 '깨트리기破', 즉 낡은 문화 비판과 국민성 개조에 치중했다. 물론 '5·4' 시기에 루쉰은 이미 그가 세우고자 했던 사람으로 변하여 낡은 전통과 깊이 잠들어있는 국민에게 반역하라고 포효함으로써 신문화와 신문학의 확립을 위한 길을 닦았다. 일본 유학시절의 루쉰에 대한 연구에서는 서구 문화와 문학이 루신의 사상성격을 어떻게 형성하였는가에 중점을 두는 반면, '5·4' 시기의 루쉰에 대한 연구에서는 전통문화에 대한 비판적 성찰과 국민성의 개조에 중점을 둔다. 주목할 만한 점은 동서문화가 만난 후에 형성된 소용돌이가 동서문화의 충돌에서 비롯된 모든 복잡성과 정신문화위기를 루쉰의 몸에 드러냈다는 것이다. 비록 루쉰은 사상의 복잡성과 심오성으로 유명하지만, 그는 우선적으로 '반역의 용사'였다. 그는 「빛바랜 핏자국 속에서」라는 글에서 '반역의 용사'에 대해 이렇게 그려내고 있다.

반역의 용사가 인간 세상에 출현한다. 그는 우뚝 서서, 이미 달라졌거나 예전과 다를 바 없는 폐허와 무덤을 뚫어본다. 깊고 넓은, 오래된 고통 일체를 기억하고, 겹겹이 쟁여지고 응어리진 피를 직시한다. 죽은 것, 태어나고 있는 것, 태어나려는 것, 태어나지 않은 것 일체를 속속들이 안다. 그는 조물주의 농간을 간파하고 있다. 그가 떨쳐 일어나, 인류를, 소생시키거나 소멸되게 할 것이다. 이들 조물주의 착한 백성들을.

조물주, 비겁자가 부끄러워 숨는다. 하늘과 땅이 맹사의 눈앞에서 색을 바꾼다.

이 '반역의 용사'는 바로 루쉰이며, 니체를 떠올리게 한다.

1. 반역의 용사 - 루쉰의 급진적 반전통과 니체

과거에 루쉰과 니체의 관계에 대한 탐구는 기본적으로 니체의 개성주의가 루쉰에게 미친 영향에 머물러 있었다. 그러나 사실 루쉰에게 미친 니체의 가장 큰 영향은 고유의 문화전통에 대한 전반적 회의, 맹렬히 공격하고 깡그리 청산하는 반역정신이었다. 이는 곧 "일체의 가치를 새로이 평가"함으로써 '가치의 전복'을 실현하는 것이었다.

'카리스마Charisma'에 대한 현대사회학의 연구에 따르면, 한 개인의 사상과 행위는 언제나 근거하는 바의 것을 갖기 마련이며, 만약 기존의 문화 속에서 강력한 '카리스마'를 모범적으로 보여주지 못한다면, 사람들의 내심은 대단히 빈약해질 것이다. 기독교문화에 대한 니체의 총체적 청산과 전반적 재평가는 서구문화의 긴 물줄기 속에 그 근원이 전혀 없었던 것은 아닌 바, 소크라테스 이전의 그리스 정신, 특히 디오니소스Dionysos 정신이 그것이다. 그래서 니체는 "그리스인에게 배울 수만 있다면 그 자체가 영광"이라고 말한다. 또한 그의 붓 아래의 짜라투스트라는 '디오니소스의 본질'을 충분히 표현해내고 있다고 니체는 말한다. 그러나 니체와 비교하여, 유·도교의 문화전통에 대한 루쉰의 총체적 반역과 전반적 재평가는 전통문화 내부에서 그 원천을 찾아내기가 쉽지 않다. 따라서 전통문화에 대한 루쉰의 반역과 재평가는 그 '카리스마'가 전통문화 내부에서 비롯되는 것이 아니라, 니체 등 서구문화의 '질서 파괴자'에게서 비롯된다. 만약 서구문화에 대한 총체적 청산과 전반적 재평가라는 니체의 반역정신이 시범의 역할을 담당하지 않았다면, 전통문화의 젖을 먹고 자란 루쉰이 수천 년간 일관되어온 문화전통을 철저하고 비타협적으로 재평가하고 부정한다는 것은 상상하기 어려운 일이다. 니체의 철저한 반전통은 루쉰에게 시범의 역할을 담당하는 것 외에 루쉰이 전통에 반대할 때의 민족자존심을 위무해주었다. 서구인은 자신의 문화전통에 과감히 반기를 드는데, 중국인은 낙후되고 수모당하는 상황 아래에서도 옛것에 얽매였던 까닭은 무엇일까?

이제 각자의 문화전통에 대한 루쉰과 니체의 반역을 비교해보기로 하자.

니체가 보기에, 도구이성, 기술과 물질문명에 대한 서구인의 미신은 사람으로 하여금 진실한 자아와 내재적 영성靈性을 상실케 함으로써, 서구문화를 타락과 쇠퇴의 궁지로 몰아넣었다. 기독교문화는 이미 몰락으로 접어들어 대대적인 물갈이를 하지 않으면 안 되는 형편에 이르러 있었다. 더욱 심각한 점은 "신이 죽었다"는 것을 거의 모든 사람이 이미 알고 있지만, 이들은 "신이 죽었다"는 것이 서구인에게 무엇을 의미하는지 알지 못하였다는 것이다. "이 놀라운 사건은 아직 인간의 귀에까지 도착하지 못했다. 번개와 뇌성도 시간이 필요하다. 별빛도 시간이 있어야 한다. 행위들, 비록 완성된 것일지라도 볼 수 있고 들을 수 있게 될 때까지는 시간이 있어야 한다. 이 행위는 인간들에게는 아직도 가장 멀리 있는 별보다도 더욱 멀리 있다."[1] 이리하여 신은 비록 죽었지만, 신의 그림자, 즉 기독교도덕은 인간의 가치근거로서 여전히 서구를 뒤덮고 있었다. 그러나 신이 이미 죽은 이상, 사람들이 믿는 도덕은 엄청난 허위가 아닐 수 없었다. 이리하여 니체는 그 도덕 가치를 포함하여 기독교를 깨끗이 쓸어 내버리고자 하였다. 니체는 "이 기나긴 황혼은 오래지 않아 인간에게 떨어질 것이다. 아, 나는 장차 어떻게 나의 광명을 구원하여 이 가없는 황혼을 지낼 수 있을까!"[2] 라고 말했다.

니체와 흡사하게 루쉰 역시 중국문화가 타락으로 향하고 있다고 여겼다. "안일이 나날이 지속되면서 쇠퇴하기 시작했고, 외부의 압박이 가해지지 않자 진보 역시 중지되었다"[3]는 것이다. 반면 중국인은 이미 자신이 짊어진 유구한 문명에 짓눌린 채 "멋대로 자만하면서 스스로

---

1   니체, 「126 · 미치광이」, 『즐거운 지식(快樂的科學)』.
2   니체, 『짜라투스트라는 이렇게 말했다』의 중역본 161쪽.
3   루쉰, 『무덤 · 문화편향론』.

즐거워하니, 바로 이때부터 긴긴 밤이 시작되는 것이다". "그래서 이른바 옛 문명국이란 처량한 말뜻이 들어 있고 풍자적 말뜻이 들어 있는 것이리라!"[4] 그리하여 서구의 압박을 마주하자 "하찮은 재주와 지혜"를 가진 무리들이 서구의 '황금흑철(물질)'과 '입헌국회(다수)'로써 중국을 구제하겠노라 하였지만, 루쉰은 전혀 옳지 않다고 여겼다. '물질'과 '다수'는 이미 서구문화의 반역자와 선구자인 니체 등에 의해 공격을 받아 문화의 퇴폐와 타락의 상징으로 받아들여졌으며, "중국은 예로부터 본래 물질을 숭상하고 천재를 멸시해왔"으며, "과거에는 내부에서 자발적으로 생긴 반신불수였고, 지금은 왕래를 통해 전해진 새로운 질병을 얻게 되었으니, 이 두 가지 질병이 교대로 뽐내면서 중국의 침몰을 더욱 가속화하고 있다"[5]는 것이다. 루쉰에 따르면, 니체 등의 반역자에게 새로운 세기의 미래가 체현되어 있으니, 곧 "구폐에 대한 약"과 "신생新生을 위한 교량"이다. 하지만 일본 유학시절에 루쉰은 중국 문화전통을 총체적으로 재평가하거나 부정하지는 않았다. 이는 비록 중국문화의 위기가 '5·4' 시기만큼 심각하지 않았다는 점, 그리고 장타이옌의 영향, 반청배만反淸排滿과 옛것의 광복이라는 민족혁명과 관련되어 있지만, 한 걸음을 나아가기가 결코 쉽지 않았음 또한 잘 보어준다. 귀국한 후에 루쉰이 마주하였던 것은 신해혁명의 실패, 위안스카이袁世凱의 칭제稱帝, 장쉰張勳의 복벽復辟, 존공독경尊孔讀經의 흐름, 그리고 루쉰에 대한 '시장 파리떼'의 물어뜯음 등이었다. 그러므로 나는 '5·4' 시기 루쉰에 대한 니체의 영향은 수많은 논자들이

4　루쉰, 『무덤·마라시력설』.
5　루쉰, 『무덤·문화편향론』.

말하듯이 약화된 것이 아니라 강화되었으며, 이것이 바로 전통에 대한 철저한 비타협적 반역정신이자 전통에 대한 전반적 재평가와 비판정신이라고 생각한다.

이제 기독교 문화전통에 대한 니체의 공격을 먼저 살펴보기로 하자. 니체는 기독교에 대해 불공대천의, 뼈에 사무친 원한으로 가득 차 있는 듯하다. 그는 인생을 긍정하는 디오니소스와 아폴로가 그리스도보다 훨씬 위대할 뿐 아니라, 인생을 부정하는 '죽음의 종교'인 불교조차도 기독교보다 훨씬 낫다고 여긴다. 니체는 불교를 "기독교처럼 가련한 것과 혼동되지" 않도록 하기 위해서는 "부처의 '종교'를 하나의 위생학으로 일컫는 게 마땅하다"[6]고 말한다. 기독교는 퇴폐적이고 타락하고 허무적이며, 썩은 똥오줌과 같은 성분으로 가득 차 있으며, 그 기능은 비천하고 퇴화된 노예도덕을 배양하고 고귀한 인간에 대한 '함부로 마구 만들어진 자'의 반항을 조장하는 것이다. 니체는 이렇게 말한다. "이른바 도덕 자체라고 보편적으로 인정하는 그러한 도덕, 즉 퇴폐적 도덕, 혹은 듣기 역겨운 명사를 사용한다면 기독교적 도덕을 부정한다." "기독교 도덕은 허위에의 의지의 가장 악질적인 형식이며 인간을 부패시킨 것이었다."[7] 니체는 특히 기독교의 『신약』을 적대시한다. 『구약』에는 조금이나마 원시적 힘이 남아있다면, 『신약』은 대단히 비열한 부류의 사람들의 복음이다. 니체에 따르면, '신'이란 개념은 생명의 적대개념으로서, 생명에 적대하는 일체의 해롭고 악독한 것들을 그 안에 받아들이고 있다. 즉 '내세', '참세계' 등의 개념은 유

---

6   니체, 『이 사람을 보라(瞧! 這個人)』 10, 110~114쪽.
7   위의 책.

일하게 존재하고 있는 가치를 폄하하고 현실세계로부터 모든 것을 쓸어버리기 위해 발명된 것이며, '영혼', '정신', 특히 '불후의 영혼'이라는 개념은 육체를 멸시하여 육체를 병약한 것으로 변모시키기 위해 발명된 것이다. 또한 그 '영혼의 구원'이란 죄를 회개하는 심리적 떨림과 속죄의 히스테리 사이에서 순환하는 정신착란이며, '무아無我', '자기부정'의 개념 속에 퇴폐적 상징이 분명하게 표현된다. 마지막으로 일체 가운데에서 가장 무서운 '선량한 자'라는 개념으로는 모든 약자, 환자, 팔삭동, 자기에 골머리를 앓고 있는 사람 및 소탕되어야 할 것들이 혜택을 받고 있다.[8] 따라서 기독교의 목적이 "생리적으로 인류를 부패시키는 것이 아니라면, 도대체 무슨 의미가 있단 말인가?"[9]라고 묻는다. 니체는 "세상은 추하고 악하다고 보는 기독교적 과단果斷이 세상을 추하고 악하게 만들고 있다"[10]고 말한다. 기독교는 사람을 "편히 잠들게 하고 마취성 있는 도덕"[11]이며, 사람을 '순교' 혹은 '완만한 자기살해'로 이끄는 종교[12]라는 것이다. 따라서 니체는 마른 풀과 썩은 나무를 꺾는 대폭풍처럼 기독교라는 이미 죽은 나무 위의 모든 마른 나뭇가지와 썩은 잎새를 쓸어버리고자 하였다. 니체는 이렇게 말한다. "나를 나머지의 전 인류에 대립하여 구별지우는 것은 내가 기독교 도덕을 폭로하였다는 것이나." "개인직으로 보면, 나는 기독교에 가장 반대하는 사람"이며, "최초의 배덕자背德者이며, 따라서 나는 최대의 파

---

8   니체, 『이 사람을 보라(瞧! 這個人)』 73, 115~116쪽.
9   위의 책.
10   니체, 「128 · 위험한 과단」, 『즐거운 지식』.
11   니체, 『짜라투스트라는 이렇게 말했다』, 26쪽.
12   니체, 「130 · 기독교는 자살을 기른다」, 『즐거운 지식』.

괴자이다".[13]

　루쉰 역시 결코 약한 모습을 보이지 않았다. 그는 유교와 공자에 대해 도저히 공존할 수 없을 정도로 거센 공격을 퍼부었다. 그는 효를 근본으로 하여 윤리도덕과 정치, 예속을 한데 모은 유가의 예교를 격렬하게 비판하고 그 죄악을 파헤쳤으며, 그 '식인성'을 꾸짖었다. 루쉰이 보기에 유가의 절열節烈과 효도, 특히 이른바 '24효'는 오로지 생명에 대한 학대이자 모살이며, 유가가 설계한 정치질서는 주인을 떠받들게 만들고 고생시키는 것이기에 "중국의 문화는 죄다 주인에게 봉사하는 문화"[14]이며, 중국의 예속禮俗은 "역사와 숫자라는 힘으로 마음에 들지 않는 사람들을 죽음에 몰아넣어도"[15] 따질 수가 없다. 그러므로 중국 전통문화에 대한 루쉰의 공격과 부정은 총체적이고 전방위적이었다. 그는 후스처럼 늘 전통과 타협하지 않았고, 우위吳虞처럼 도道로써 공자에 반대하지도 않았다. 그는 유교와 도교로 이루어진 문화 총체에 대해 전면적으로 배척하였다. 루쉰은 이렇게 말한다. "중국의 문명이란 사실 부자들이 누리도록 마련된 인육人肉의 연회에 지나지 않는다. 이른바 중국이란 사실 이 인육의 연회를 마련하는 주방에 지나지 않는다. 모르고서 찬양하는 자는 그래도 용서할 수 있지만, 그렇지 않다면 그들은 영원히 저주받아 마땅하다!"[16] '선유先儒'들이 말한 이른바 "한번 다스려지고 한번 어지러워지는" 중국의 역사는 기실 "노예가 되고 싶어도 될 수 없었던 시대"와 "잠시 안정적으로 노예가 된 시대"의 순환이다.

13　니체, 『이 사람을 보라』 13, 108 · 113쪽.

14　루쉰, 『집외집습유 · 케케묵은 가락은 이제 그만(老調子已經唱完)』.

15　루쉰, 『무덤 · 나의 절열관』.

16　루쉰, 『무덤 · 등하만필(燈下漫筆)』.

"중국인들은 이제껏 '사람'값을 쟁취해본 적이 없으며 기껏해야 노예에 지나지 않았고 지금까지도 여전하다. 그렇지만 노예보다 못한 때는 오히려 헤아릴 수 없이 많았"기 때문이다.[17] 중국의 문학은 '감춤瞞'과 '속임騙'의 문학이며 '관료문학'이며, '식객문학'이자 '어용문학'이다.[18] 더욱 심각한 것은 공자와 노자의 '옛 가르침'이 이미 중국인을 날로 퇴화하고 타락하게 만든다는 점이다. 루쉰은 이렇게 말한다.

중국인들은 여러 가지 면을 대담하게 직시하지 못하고 감춤과 속임을 가지고 기묘한 도피로를 만들어 내었는데, 스스로는 바른 길이라고 생각한다. 이 길 위에 있다는 것이 바로 국민성의 비겁함, 나태함, 교활함을 증명하고 있다. 하루하루 만족하고 있지만, 즉 하루하루 타락하고 있지만 오히려 날마다 그 광영을 바라보고 있다고 생각한다.[19]

그래서 누군가 '국수를 보존하자'고 제창했을 때, 루쉰은 이렇게 말한다.

예로 들어 얼굴에 혹이 나고 이마에 부스럼이 불거져 있다면, 확실히 뭇사람들과 다른 그만의 특별한 모습을 보여 주므로 그것을 그의 '정수'라고 할 수 있겠다. 그런데 내 생각에는 이 '정수'를 제거하여 다른 사람처럼 되는 게 좋을 것 같다.[20]

---

17   위의 책.
18   루쉰의 「눈을 크게 뜨고 볼 것에 대하여」와 「식객문학과 어용문학」 등을 참조하시오.
19   루쉰, 『무덤 · 눈을 크게 뜨고 볼 것에 대하여』.
20   루쉰, 『열풍 · 수감록 35』.

누군가 '나라의 옛것을 정리하자整理國故'고 주장했을 때, 루쉰은 젊은이들에게 "중국 책은 적게 보거나— 혹은 아예 보지 말아야 하며, 외국 책은 많이 보아야 한다"[21]고 권한다. 누군가 '공자를 존숭하고 경서를 읽자'고 부르짖었을 때, 루쉰은 이렇게 말한다. "옛 책이 참으로 너무나 많아, 우둔한 소 같은 자가 아니라면 조금만 읽어도 어떻게 하면 얼렁뚱땅 넘어가고, 구차하게 생명을 부지하며, 알랑거리고 권세를 부리며 사리사욕을 채우면서도, 대의大義를 빌려 미명美名을 도둑질할 수 있는지 금방 알 수 있다." "그러므로 중국을 좋게 만들기 위해서는 어쩌면 글자를 깨치지 않는 게 나을지도 모른다. 글자를 아는 순간, 경서를 읽는 것과 다름없는 병근을 갖게 될 터이다."[22] 루쉰은 중국인에게 "혼미한 마음과 혼미를 조장하는 물건(유·도 두 파의 문서)을 일소하고"[23] "중화의 전통적인 약삭빠른 재줄랑 모조리 내던져 버리고서, 자존심을 굽힌 채, 우리에게 총질하는 양놈을 배우지 않으면 안 된다. 그래야 새로운 희망의 싹이 돋기를 바랄 수 있다"[24]고 말한다. 이리하여 루쉰은 '반역의 용사'가 되어 "학문, 도덕, 국수國粹, 민의民意, 논리, 공의公義, 동방문명 …… 여러 가지 그럴듯한 무늬를 내걸었"지만, "그러나 그는 투창을 들었다".[25]

그러나 파괴와 반전통은 목적이 아니다. 파괴는 좀 더 낫게 건설하고자 함이고, 반전통은 전통에 도전하여 적을 맞아 싸울 능력과 보다

21   루쉰, 『화개집·청년필독서』.
22   루쉰, 『화개집·민국 14년의 '경서를 읽자'』.
23   루쉰, 『열풍·수감록 38』.
24   루쉰, 『화개집·문득 생각나는 것 11』.
25   루쉰, 『들풀·이러한 전사』.

참신한 생기가 전통에 있는지 없는지를 보기 위함이다. 만약 없다면 창조하거나 아니면 외래의 새로운 가치를 흡수해야 한다. 니체는 말한다. "참으로 누구나 선악을 창조하지 않을 수 없다면, 우선 가치를 파괴하고 타도하지 않으면 안 된다. 그러므로 최대의 악 역시 최대의 선의 일부분이다. 그러나 이것은 창조적 선이다." "진리로 하여금 산산조각 낼 수 있는 모든 것을 산산조각 내게 하라! 세워야 할 건물은 많이 있다!"[26] 루쉰은 말한다. "파괴가 없으면 새로운 건설도 없다는 말은 대체로 옳은 말이다." 중국 전통의 "도적식의 파괴"와 "노예식의 파괴"는 "결국 온통 부서진 기와와 자갈만을 남겨놓을 수 있을 뿐이며 건설과는 무관하다".[27] "중국 문명은 이렇게 파괴되면 다시 수리하고 파괴되면 다시 고쳐 가면서 이루어진, 피곤에 지친 상처투성이의 불쌍한 물건이다."[28] 루쉰은 이렇게 말한다. 니체 등의 '질서 파괴자'는 "파괴했을 뿐만 아니라 깨끗이 쓸어버렸는데, 큰소리 지르며 돌진하면서 전체든 조각이든 발길에 채는 낡은 질서라면 모조리 쓸어버렸다. 또한 그들은 폐철이나 헌 벽돌 한 덩이라도 파내어 집으로 가져가서 고물상에 팔아먹을 생각은 하지 않았다. 중국에는 이러한 사람이 아주 적으며, 설령 있다고 하더라도 대중들이 내뱉는 침 속에 빠져 죽을 것이다". 따라서 루쉰이 니체식의 선각적이고 혁신적인 파괴자를 부르짖었던 것은 "그의 마음속에는 이상의 빛이 있기 때문이다".[29]

혁신적 파괴자로서의 니체의 특징은 "일체의 가치를 새로이 평가"

---

26   니체, 『짜라투스트라는 이렇게 말했다』, 138쪽.
27   루쉰, 『무덤·뇌봉탑이 무너진 데 대해 다시 논함』.
28   루쉰, 『화개집속편·강연 기록(記談話)』.
29   루쉰, 『무덤·뇌봉탑이 무너진 데 대해 다시 논함』.

하고 그 "가치의 전복"을 실현하였다는 점이다. 니체는 이렇게 말한다. "선과 악은 인류가 스스로 만들어낸 것이다. …… 인류는 자존을 위하여 만물에 가치를 부여하였다. ─그들은 만물의 의미, 인류의 의미를 창조하였다. 그래서 그들은 스스로 '인간'이라, 바꿔 말해 평가자라 일컬었다. 평가란 곧 창조이다." "가치의 교환, 그것은 창조자의 변환이다."[30] 니체는 가치를 신이 부여한 것이 아님을 밝히기 위해 몇몇 민족의 상이한 가치관을 비교하기도 하였다. 니체는 이렇게 말한다. "지금까지 오류와 무의미가 온 인류를 통치하고 있었다."[31] "지금까지 거짓말이 진리라 일컬어졌다. 일체의 가치에 대한 재평가, 이것이 곧 인류의 가장 높은 자아긍정 활동에 대한 나의 공식이다."[32] 니체의 가치 재평가에 대해, 러셀은 이렇게 말한다. "그는 역설적 방식으로 의견을 밝히기를 좋아한다. 목적은 부수적인 독자들에게 놀라움을 안겨주기 위함이다. 그의 방법은 통상적 함의에 따라 '선'과 '악' 두 글자를 사용한 다음, 그가 '악'을 좋아하고 '선'을 좋아하지 않는다고 밝히는 것이다."[33] 전통적인 관점에서 본다면, 신은 인류를 구원하고자 그의 독생자 예수를 보낼 만큼 인류를 사랑한다. 기독교의 최대의 계명은 '신에 대한 사랑'과 '이웃에 대한 사랑'이다. 그러나 니체가 보기에 "기독교의 기원은 증오의 심리에서 비롯"되었으며, "그것은 주로 반항운동, 고귀한 가치의 지배에 대한 반항이었다". 전통적인 관점에서 볼 때, 기독교는 인류를 구원하는 종교이다. 그러나 니체가 볼 때

---

30 니체, 『짜라투스트라는 이렇게 말했다』 67 · 90쪽.
31 위의 책.
32 니체, 『이 사람을 보라』 107쪽.
33 러셀, 『서방철학사(西方哲學史)』 下册, 北京 : 商務印書館, 1982, 314쪽.

기독교는 생명의지를 부정하여 사람을 퇴화시키고 타락케 하는 종교이다. 기독교의 교화가 이미 인류를 병약한 불구의 반인‡人, 열등한 인간, 기형인으로 변모시켰기 때문이다.[34] 이와 대립되는 것으로 니체에 의해 일컬어지는 것이 디오니소스식의, 고통과 죄악, 인생의 모든 의심스럽고도 낯선 것들에 대한 남김 없는 긍정, 즉 생명의지에 대한 긍정이다. 전통적인 관점에서 볼 때, 기독교가 선양하는 동정과 용서, 양심 등은 모두 인간의 미덕이다. 그러나 니체가 볼 때 '양심'이란 "일종의 잔인한 본능이며, 이 잔인한 본능은 외부로 발설될 수 없을 때 자신에게 되돌려 발설된다".[35] 또한 '동정'이란 일종의 약자의 심리이다. 약자는 고통을 받아들일 능력이 결여되어 있기에 쉽게 남을 동정하고 자신도 동정받기를 기대한다. 그러나 굳센 사람은 고통을 용감하게 받아들여 남의 동정을 받아 자존심이 손상될까봐 염려하며, 남을 동정함으로써 남의 존엄을 손상시키기 또한 원치 않는다.[36] 전통적인 관점에서 볼 때 악을 버리고 선을 드러내는 것은 불변의 정리이다. 그러나 니체가 볼 때 선을 버리고 악을 드러내야 인류는 진보할 수 있다. 니체는 이렇게 말한다. "선량함과 인자함을 높이 평가하는 것은 퇴폐의 산물이며 유약의 상징으로서, 생명을 고양하고 긍정하는 데에 적합하지 않다." "선량한 자의 존재조건은 허위"이며, "일체의 고통과 불행을 깨트려야 할 장애로 간주하는 것은 완전히 우둔한 행위이다". "선량한 사람들은 이제껏 진실을 말하지 않았다." 모든 사람에게 '선

---

34   니체, 「352·도덕을 벗어나기 어려운 까닭」, 『즐거운 지식』.
35   니체, 『이 사람을 보라』, 94쪽.
36   니체, 『아침노을(朝霞)』, 133~138쪽.

량한 사람', 무리지은 동물, 인자한 사람, '아름다운 영혼' 혹은 '이타주의자'가 되라고 요구하는 것은 "인류의 가장 위대한 성격을 박탈하는 것과 마찬가지이고, 인류를 거세하여 가련한 물건으로 만들어버리는 것과 다름이 없다".[37] "따라서 짜라투스트라, 이 최초로 선량한 자의 심리상태를 이해한 사람은 악인의 벗이다. …… 무리지은 동물이 자신의 가장 순수한 미덕의 빛을 환히 비출 때, 유난히 두드러지는 자는 틀림없이 사악한 사람이라 깎아내려질 것이다."[38] 요컨대, 니체는 기독교가 빚어낸 '노예도덕'을 거세게 공격하는 한편, 고독과 자강, 진지함, 고통의 과감한 수용, 생명의 본능과 권력에의 의지 및 개척자 정신으로 충만된 '주인도덕'을 선양하였던 것이다.

니체의 '가치의 전복'이 루쉰에게 미친 영향은 지대하였다. 루쉰은 니체의 '주인도덕'으로써 중국의 '노예도덕'을 깊이 분석하고 맹렬히 공격하였다. 루쉰은 유가와 도가의 예양禮讓, 유약함, 얌전함, 겁약함, 허위 등의 도덕 가치를 맹렬히 공격하면서, 이들을 결코 선한 것이 아니라 악한 것이라고 보았다. 루쉰이 숭상하였던 것은 강직함, 진지함, 경쟁과 모험에 과감한 도덕 가치였다. 전통적인 관점에서 볼 때 '무리를 짓는 것'은 미덕이지만, 루쉰은 "개인에게 맡기고 다수를 배격한다".[39] 루쉰에 따르면, '개인적 자대'는 곧 독특함이며, 세상에 분노하고 세속을 싫어하는 천재가 용속한 대중에게 전쟁을 벌이는 것이며, 일체의 창신의 원천이다. 반면 '무리지은 자'는 "스스로 남들에게 과

---

37   니체, 『이 사람을 보라』, 110~112쪽.
38   위의 책.
39   루쉰, 『무덤·문화편향론』.

시할 수 있는 특별한 재능이 터럭만치도 없기 때문"에 "동당벌이同黨伐異"하고 "소수의 천재에 대해 전쟁을 벌인다".[40] 전통적인 관점에서 보면 '족함을 알고 늘 즐거워하는 것'은 일종의 미덕이다. 그러나 루쉰이 보기에 이것은 타락하여 잘못 나아갔음을 보여주는 것으로서, 니체가 호되게 책망했던 '종말인Der Letzte Mensch'을 낳을 수 있을 뿐이다. 족함을 아는 자는 늘 즐겁고 만족스럽지 못한 자는 고통스럽다는 것을 루쉰도 결코 부인하지 않는다. 그러나 루쉰은 니체와 마찬가지로 인생의 고통을 인정하며, 그렇기에 '십경병十景病'과 '대단원大團圓'을 비판하고 사람들에게 "눈을 크게 뜨고 보"고 "깊고 넓은, 오래된 고통 일체를 기억하고, 겹겹이 쟁여지고 응어리진 피를 직시하"[41]라고 말한다. 곳곳에서 루쉰 역시 니체처럼 전통적인 의미에서의 '선'이 아니라 '악'을 좋아한다고 밝히고 있다. 루쉰은 "악마란 진리를 말하는 자"[42]라고 말한다. 루쉰은 "형체 없고 색깔 없는, 선혈이 뚝뚝 듣는 이 거칠음에 입 맞추고 싶어"[43]하고, "단 한 번의 울음소리만으로도 사람들 거의 모두를 두려움에 떨게 하던 올빼미의 듣기 고약한 소리"[44]를 부르짖는다. 이러한 '듣기 고약한 소리惡聲'는 『들풀』에서도 들을 수 있고, 그의 소설에서도 들을 수 있다. 「고독자」의 웨이렌수, '선한 사람들'을 향한 복수, 심지어 죽어서도 자신의 주검에 냉소를 보내는 것은 모두 이러한 '듣기 고약한 소리'를 보여주고 있다.

40 　루쉰, 『열풍·수감록 38』.
41 　루쉰, 『들풀·빛바랜 핏자국 속에서』.
42 　루쉰, 『무덤·마라시력설』.
43 　루쉰, 『들풀·일각』.
44 　루쉰, 『집외집·'음악'?』.

루쉰의 '가치의 전복'은 『외침』과 『방황』에서 두 가지 가치간의 격렬한 충돌에 충분히 나타나 있으며, 「광인일기」는 루쉰의 '일체의 가치에 대한 재평가'를 집대성한 것이라 할 수 있다. 어떤 의미에서 「광인일기」의 중국문화사에서의 지위는 『짜라투스트라』의 서구문화사에서의 지위와 맞먹는다고 할 수 있다. 루쉰 역시 「광인일기」가 니체의 영향을 받았음을 분명히 밝히고 있다.[45] 이러한 영향은 지금까지 루쉰연구자의 주목을 받지 못했다. 루쉰연구자들이 주목했던 것 가운데에는 루쉰이 분명히 나타냈던 적이 있는 니체식의 진화론 사상 외에도, 니체의 「미치광이」라는 글의 영향도 있다. 그러나 루쉰의 「광인일기」에 가장 큰 영향을 주었던 것은 니체의 '일체의 가치에 대한 재평가'였다. 루쉰의 「광인일기」야말로 전통적 가치를 재평가한 소설이라 할 수 있다. 전통적인 '인의도덕'은 광인이 보기에 '식인'이다. 전통의 담당자는 "말이 온통 독이고 웃음이 온통 칼"이며, "사람을 잡아먹는 놈"이다. 사람들에게 더 이상 사람을 잡아먹어서는 안 된다고 설득하려는 '각성자'는 전통의 담당자가 보기에 '광인'이며 '미치광이'이다. 뿐만 아니라 좋고 나쁨, 선과 악이 「광인일기」 속에서도 뒤집어진다.

　　스스로 비추어 생각해 봐도 내가 악인은 아닌데, 구(古)씨네 장부를 짓밟고 나서부턴 딱히 그리 말하기도 어렵게 되었다. 저들에게 무슨 꿍꿍이가 있는 것 같은데, 나로선 도무지 가늠할 수가 없다. 하물며 저놈들은 수틀리면 무턱대고 상대를 악인이라 하지 않는가. 형이 내게 문장 작

45　루쉰, 『차개정 잡문2집 · 「중국신문학대계」 소설2집 서문』.

법을 가르칠 때였나. 아무리 훌륭한 자라도 내가 그에 대해 몇 마디 트집을 잡으면 형은 동그라미 몇 개를 쳐 주었다. 반대로 형편없는 자를 몇 마디 싸고돌면 "기상천외한 발상에 군계일학의 재주로다"라고 했다.

루쉰은 새로운 가치관으로써 역사(반전통)와 현실(국민성 개조)에 대해 전반적으로 살펴보았는데, 이렇게 함으로써 세계는 루쉰이라는 이 용사의 눈 속에서 "빛깔이 바뀌었다".[46]

2. 국민성 개조 – 중국 문화전통에 대한 루쉰의 비판적 성찰

의학을 내던지고 문학에 종사한 이후 루쉰은 민족정신의 의사가 되었다. 그는 현대가치라는 메스를 손에 들고서 중화민족의 정신과 성격에 대해 가차 없는 해부와 폭로를 진행하였다. 그리하여 과거에는 발견되지 않았던 갖가지 정신질환이 백일하에 드러나 의료진의 주목을 끌었다. 루쉰 역시 일찍이 중국민족이 정신상의 질병이 심각한데도 치료를 받지 않으려는 것에 대해 고민하고 절망하였다. 그러나 그는 하나의 민족이 자신의 질병조차도 똑바로 바라보지 못한다면, 이 자체가 정신의 허약함을 드러내는 것이니 민족 진흥은 이야기도 꺼낼 수 없다고 느꼈다. 우선 질병을 마주볼 용기를 지녀야만 증상에 따라 처방을 내릴 수 있고 질병을 치료할 희망이 있게 된다. 따라서 일본 유학시절

---

46   루쉰, 『들풀·빛바랜 핏자국 속에서』.

의 「마라시력설」로부터 신해혁명시기의 「옛날을 그리며(懷舊)」에 이르기까지, 그리고 '5·4' 시기의 「등하만필」과 「아Q정전」에서 만년의 「운명」과 「아프고 난 뒤 잡담病後雜談」에 이르기까지, 민족정신의 질병을 해부하고 국민성을 개조하는 것이 루쉰이 평생 힘을 쏟았던 일이었다. 루쉰의 전기 잡문의 2/3와 후기 잡문의 1/3 가까이는 국민성 개조와 관련이 깊다. 국민성 개조와 문화비판 역시 『외침』과 『방황』에서부터 『새로 쓴 옛날이야기故事新編』에 이르기까지 관철되어 있는 주제이다. 어떤 의미에서 보자면, 루쉰의 예술창작은 국민성 개조에 속한 작업이라고 할 수 있다. 루쉰은 '조리돌림'을 하는 환등기 필름을 본 느낌을 이렇게 밝히고 있다.

> 의학은 하등 중요한 게 아니란 생각이 들었다. 어리석고 겁약한 국민은 체격이 아무리 건장하고 우람한들 조리돌림의 재료나 구경꾼이 될 뿐이었다. 병으로 죽어 가는 인간이 많다 해도 그런 것쯤은 불행이라 할 수 없다. 그래서 우리가 제일 먼저 해야 할 일은 저들의 정신을 뜯어고치는 일이었다. 그리고 정신을 제대로 뜯어고치는 데는, 당시 생각으로, 당연히 문예를 들어야 했다. 그리하여 문예운동을 제창할 생각이 들었다.

이 때문에 루쉰은 예술 자체를 목적으로 삼아 "예술을 위한 예술"로 나아가지 않았으며, 이는 그가 좋아했던 현대주의문학과 모순되었다. 그 대신 그는 예술을 국민성 개조의 수단으로 삼았다. 중화민족의 진흥이 예술 자체보다 훨씬 중요했던 것이다. 여기에서 루쉰이 후기에 민족 구원의 현실적 요구에 기반하여 기본적으로 순문학적 창작을 포기하고 오로지 시폐를 공격하는 잡문만을 썼던 까닭을 이해할 수 있다. 그러나 마찬가지로 주목할 만한 점은 루쉰 후기의 잡문이 결코 국민성 개조를 방기하지 않았다는 것이다.

루쉰은 국민성을 문화전통의 산물, 혹은 전통문화의 현실적 누적물이라고 인식했다. 그래서 글자를 깨우치지 못하고 성조차도 제대로 알지 못한 아Q 역시 '남녀유별'을 알고 '배외'에 능하다. 아Q가 애정을 나타내는 말인 "너 나랑 자자! 나랑 자자구!" 역시 전형적인 '중국풍격과 중국기풍'이다. 중국문화에는 감성을 초월하는 이성이나 육체에서 벗어난 영혼이 없으며, 정리情理의 합일, 영육의 합일을 강조한다. 그래서 플라토닉 사랑platonic love이란 게 있을 수가 없다. 특히 중국민간에서는 '운우지정雲雨之情'이란 말이 연애의 대명사가 되었다. 따라서 루쉰이 국민성을 폭로할 때 늘 '뿌리찾기'의 방법을 동원하여 '열근劣根'을 조장하는 유가와 도가 두 파의 문서에 창끝을 돌림으로써, 국민성의 열근성 비판과 반전통을 결합시킨다.

루쉰은 국민성을 총체적으로 분석한 장편의 글을 쓰지는 않았으나, 잡문 가운데에서 국민성의 어느 한 면을 겨누어 깊이 있게 분석하였다. 루쉰의 잡문집을 뒤적거리다보면 '무리를 지어 우쭐대는' 국민을 만날 수 있다. 그는 무엇이든 고집스럽게 꿋꿋이 믿지 않으며 그저 눈앞의 실리, 즉 '목숨을 부지하는 술수活身之術'에만 정신이 팔려, 얻지 못했을 때에는 수고를 아끼지 않으나 얻고 나면 드러누워 잠들어버린다. 그에게는 열정도 없고 모험심도 없다. 그는 그저 편안하고 안정되기만을 탐하여, 나서기를 꺼리되 무리 짓기를 즐기며, 싸우기를 싫어하되 싸움 구경은 좋아한다. 그는 심리적으로 매우 평온할 뿐 아니라, 또한 처세에 뛰어나고 원만하며 상대가 저도 모르게 속임을 당하게 만들기도 한다. 그는 소문을 내기도 잘하고 거짓말도 잘하며, 자신의 이익을 위해서라면 뻔뻔스럽게 허튼 소리도 늘어놓는다. 그는 진지하지 못하여 일을 할 때에도 연극을 하듯 한다. 그는 안목이 짧아 익숙한 것을 옳다 여기지만 또 금방 망각하기도 한다. 그는 재난을 당하면 스스로를 속이는 방법으로 곧잘 정신적 승리를 거둠으로써 현실의 고통을 해소한다. 그 자신은 개성이 없으면서도 개성을 지닌 사람에게는 극단적인 적의를 드러낸다. 그는 줏대가 없고 의뢰심이 강한지라 무리를 짓지 않으면 안 된다. 자신의 지위가 낮을 때에는 부지런히 일하기도 하지만, 권세나 재물에 빌붙어 아부하기도 잘한다. 자신의 지위가 높을 때에는 흡사 폭군인 양 돈을 물 쓰듯 하는 데다가 사치스럽고 방탕하다. 그래서 그는 지조도 없이 변덕이 죽 끓듯 기민하게 환경에 적응하지만, 내재적인 자아는 결여되어 있다. 그는 비겁하고 탐욕스러우며 옛것을 좋아하고 보수적이며 우쭐거린다. 그는 미지근하고 중도적이며, 타협과 허위에 능하고 옹졸하며, 다소곳하고 마비된 채 그럭저럭 살아간다.

국민성을 폭로한 잡문 외에, 소설 「아Q정전」은 루쉰이 국민성을 폭로한 집대성 작이다. 아래에서 루쉰의 잡문과 「아Q정전」을 결합하여 국민성 폭로의 몇 가지 방면을 상세히 고찰하고자 한다.

노예근성은 중서문화 모두 가지고 있다. 그러나 루쉰은 바이런주의와 니체주의를 받아들인 이후 고국을 돌이켜보면서 국민의 노예근성에 대해 놀라움을 금치 못하였다. 고대 서구에서는 귀족과 자유민 모두가 주인이고, 자유를 상실한 평민과 전쟁포로가 노예였다. 그러나 중국에서는 황제 한 사람을 제외하고 전국의 인민 모두가 노예였으니, "드넓은 하늘 아래 임금의 땅이 아닌 데가 없고, 땅 끝까지 임금의 신하가 아닌 자가 없다普天之下, 莫非王土; 率土之濱, 莫非王臣"는 것이다. 그래서 '신첩臣妾'이라 연용連用하고, '첩妾'과 '노奴'는 호용互用되었다. 공경대부로부터 일반 민중에 이르기까지 "등급별로 제어하였"으며, "자기는 남으로부터 능멸을 당하지만 역시 다른 사람을 능멸할 수 있고, 자기는 남에게 잡아먹히지만 역시 다른 사람을 잡아먹을 수 있다".[47] 특히 『노자老子』는 그야말로 노예를 기르는 교과서라 할 수 있다. 이 책이 사람들에게 가르친 것은 어떻게 "암컷을 지키守雌"고 어떻게 "아래에 처할處下" 것인가이다. 서양의 대철학자가 일찍이 상상하였듯이, 주인과 노예가 나눠지지 않았던 역사 초기에 두 사람이 서로 싸워 승자는 주인이 되고 패자는 노예가 되었다. 승자의 힘이 반드시 강했던 것은 아니지만, 그는 희생을 두려워하지 않았으며, 죽어도 노예가 되지 않겠노라 맹세하였다. 이것이 바로 주인의 성격이다. 패자는 힘이 반드시 약했던 것은 아니지만, 그는 죽음을 두려워하였으며 굴복하지 않을 수 없었다. 이것이 바로 노예의 성격이다. 이러한 각도에서 『노자』를 분석해보면, '보신활명保身活命'을 목적으로 삼고 사람들에게 '암컷을 지키'고 '아래에 처하라'고 가르치는 『노자』야말로 전형적인 노예철학이다. 중국 속담에 "차라리 태평성세의 개가 될지언정 난세의 사람이 되지 말라寧爲太平犬, 莫作不亂離人"는 말이 있는데, 노예가 되어 편

---

47   루쉰, 『무덤·등하만필』.

안히 사는 게 무엇보다 낫다는 뜻이다. 그래서 루쉰은 이렇게 말한다.

"중국인들은 지금까지 '사람'값을 쟁취한 적이 없으며 기껏해야 노예에 지나지 않았고 지금까지도 여전하다. 그렇지만 노예보다 못한 때는 오히려 헤아릴 수 없이 많았다." 게다가 설사 "주인이더라도 쉽게 노예로 변할 수 있다. 왜냐하면 그가 한편으로 주인이 될 수 있다는 것을 인정하는 이상, 다른 한편으로 당연히 노예가 될 수 있다는 것을 인정하기 때문이다. 그래서 위세가 일단 떨어지면 군말 없이 새 주인 앞에서 굽신거리게 된다". [48]

흥미로운 점은 루쉰이 중국인이 사진을 찍어 합성한 '구기도求己圖'에서 노예근성을 간파해내고, 이 '구기도'가 "세계에서 가장 위대한 풍자화가라도 도저히 생각해 내지 못할 것이며 그려 내지 못할 것"[49]이라고 여겼다는 점이다. 루쉰이 보기에 주인의 반대는 노예이고, 노예가 주인이 되면 그 횡포함이 주인보다 훨씬 심하여, "폭군의 신민"은 대체로 폭군보다 훨씬 포악한 법이다.[50] 그러므로 횡포한 모습을 위풍당당하게 보이는 것 또한 노예근성의 표현이다. 아Q는 노예가 되었을 때 노예근성이 넘쳐흐른다. 그는 자오趙 나리에게 따귀를 얻어맞고서도 의기양양해한다. 그러나 꿈속에서 주인이 되었을 때, 그의 횡포는 결코 자오 나리에 못지않다. 이러한 노예근성으로 인해 "중국인

---

48 루쉰, 『무덤·사진찍기 따위에 대하여(論照相之類)』.
49 위의 책.
50 루쉰, 『열풍·65폭군의 신민』.

은 이민족에 대하여 역대로 두 가지 이름으로 불렀다. 하나는 금수禽獸이고 다른 하나는 성성猩猩이다. 종래로 그들을 친구로 부르거나 그들도 우리와 같다고 말한 적이 없다".[51] 이러한 노예근성은 행동에 잘 나타나는바, 중국인은 "자기보다 사나운 맹수를 만날 때에는 양의 모습을 드러내고, 자기보다 약한 양을 만날 때에는 맹수의 모습을 드러낸다".[52] 그리하여 아Q가 샤오D와 비구니에게 드러내는 것은 사나운 맹수의 모습이지만, 자오 나리와 가짜 양놈에게 드러내는 것은 양의 모습이다. 이러한 노예근성은 정신면에도 나타나는바, 안목이 좁고 비겁하며 탐욕스럽다. 개인적으로 굴욕을 당했을 때에 노예는 떨쳐 일어나 반항하는 일이 없다. 그는 비겁하고 탐욕스러우며, 오직 노예의 지위에서 즐거움을 찾을 따름이다. 이것이 바로 '정신승리법'이다. 그러나 루쉰은 굴욕 속에서 즐거움을 찾는 사람이 훨씬 더 큰 굴욕을 당하리라고 여기는바, "따라서 싸우지 않는 민족이 전쟁을 만나는 경우가 싸움을 좋아하는 민족에 비해 더 많으며, 죽음을 두려워하는 민족이 영락하여 패망하는 경우 역시 꿋꿋하게 죽음에 맞서는 민족에 비해 더 많다".[53] 노예의 안목이 좁음을 이로써 알 수 있다. 그러나 굴욕 속에서 즐거움을 찾던 사람이 일단 주인이 되고나면, 횡포해지고 탐욕스러워질 것이다. ─ 그는 자신의 통치 아래에 있는 사람이 자신과 마찬가지로 굴욕 속에서 삶을 즐기리라고 생각한다. 이러한 점은 아Q에게 여실히 체현되어 있다. 그래서 루쉰은 이렇게 말한다. "중국 국민

---

51   루쉰, 『열풍·수감록 48』.
52   루쉰, 『화개집·문득 생각나는 것 7』.
53   루쉰, 『무덤·마라시력설』.

성의 타락은 결코 가족을 부양하기 때문이 아니다. 그들은 '가정'을 고려해본 적이 없다. 가장 커다란 병근은 안목이 짧고, 게다가 '비겁' 하고 '탐욕'스럽다는 것이다. 하지만 이건 역사가 길러낸 것이다."[54] 하지만 노예는 자신이 총명하고 처세술이 뛰어나며 수완이 좋다고 생각한다. 하나의 민족에게 폭정이 나타날 때, 노예는 꾹 참고 따르면서 폭정의 우박이 자신 외의 다른 사람에게 떨어지기를 바란다. 만약 폭정에 반항하던 사람이 해를 입으면, 노예는 그 사람이 몸을 보전할 줄 모른다고 깔보면서 제 딴에는 흡족하게 여긴다. 그래서 루쉰은 또한 중국인을 '명철보신明哲保身'의 개인주의자라고 말한다. 폭정에 대한 자신의 반항을 비록 노예들에 대한 관용으로 바꿔치기 하지만, 제일 먼저 손실을 입고 해를 당하는 것은 자신이기 때문이며, '모난 돌이 정을 맞기' 때문이다. …… 감성과 육체를 뛰어넘는 이성과 영혼을 믿지 않는 민족에게 육체와 생명보다 더 중요한 것이 무엇이겠는가? 그래서 폭정이 펼쳐지든 말든, 정의가 실행되든 말든, 우선적으로 자신의 생명을 보전해야 하는 것이다. 그래서 "명예와 몸 가운데 어느 것이 더 친근한가? 몸과 재물 가운데 어느 것이 더 소중한가?名與身孰親? 身與貨孰多?"[55]라고 묻는다. 이야말로 '명철明哲'이며, 이야말로 총명한 사람의 지모이다. …… 중국인은 권세가 있는 이에게 싸우려드는 대신에, 떠받들고 빌붙으며 선물을 보낸다. 먼저 선물을 보낸 자에게 반드시 이익이 있는 법이다. 이리하여 모두들 다투어 일어나 그를 떠받들게 되면, 떠받들거나 선물을 보내지 않는 자는 운수 사나운 꼴을 당하게 된다.[56]

---

54   루쉰, 『양지서』 10.
55   『노자』 제44장.

이 때문에 루쉰은 중국인의 '안목이 짧다'고 말한다. 사람마다 누구나 '독니'를 드러내어 자신에 대한 능욕을 보복하려 든다면, 어느 누가 감히 남을 능욕하겠는가? 사람마다 누구나 떠받들지 않는다면, 떠받들지 않는 자가 어찌 운수 사나운 꼴을 당하겠는가? 그래서 중국의 비겁함이 탐욕을 조장하고, 선량함이 사악함을 조장하며, 온순함이 강권强權을 조장하고, 연약함이 전제를 조장하는 것이다. 만약 탐욕과 사악함, 강권과 전제가 비난과 질책을 받아야 마땅하다면, 이들을 촉진시키는 노예근성은 비난과 질책을 받지 않아도 되는 것일까? 문제는 사람들이 탐욕과 사악함, 강권과 전제에 반대하면서도 비겁하고 선량하며 온순하고 연약한 노예근성을 흐리멍덩히 국민들이 인정하고 칭찬한다는 데에 있다. 이건 탐욕과 전제를 조장하는 게 아닌가? 루쉰은 "지금 의원을 욕하는 사람들이 흔히 있다. 그들이 뇌물을 받고 지조도 없으며, 권세가에게 빌붙어 사리사욕을 꾀한다고 말한다. 하지만 대다수의 국민들이 바로 이렇지 않은가? 이러한 부류의 의원들은 사실 국민의 대표임에 틀림없다"[57]고 말한다. 이게 바로 루쉰이 폭군의 신민이 폭군보다 훨씬 횡포하다고 말하고, '발발이'식의 학자가 군벌 못지않다고 싫어하며, 노예가 주인 못지않다고 혐오하는 까닭이다. 루쉰은 국민이 노예근성을 떨쳐버리고서 일어서기를, 그리고 권세 있는 자를 '떠받들지' 않고 '파헤치기'를 간절히 바란다. 이렇게 일어선 국민은 평등한 인격의 기초 위에서 친구처럼 남을 대하고 외국을 대할 것인 바, 상대가 사나운 맹수와 같을 때에는 사나운 맹수의 모습을 드

---

56   루쉰, 『화개집·이것과 저것』.
57   루쉰, 『화개집·통신』.

러내고, 상대가 양과 같으면 양의 모습을 드러낼 것이다. 이렇게 하기 위해서는 완강하게 자기를 중심으로 하면서剛復主己 힘이 세고 투쟁에 능하며多力善鬪, 강포함을 두려워하지 않고 희생을 마다하지 않는 인격 소양을 지니지 않으면 안 된다.

'정신승리법' 역시 중서문화 어디에나 존재한다. '연약한 갈대'와 같은 인간은 현세의 고통 앞에서 정신적 위안을 필요로 한다. 그러므로 '정신승리법'은 일정한 의미에서 질책 받을 만한 것이 아니다. 루쉰의 이야기에 따르면 그도 두 차례에 '정신승리법'을 운용한 적이 있다. 한 번은 『신생新生』의 운영에 실패하고 신해혁명이 실패한 후 적막한 황야 위를 치달리고 있을 때 "나는 온갖 방법을 써서 내 영혼을 마취시켰다. 나를 국민들 속에 가라앉히기도 했고 나를 고대로 돌려보내기도 했다".[58] 다른 한 번은 대혁명이 실패한 후 피바람 속에 처하였을 때로, "나도 나 자신을 구원하고자 하였으니, 옛 방법 그대로 하나는 마비요, 하나는 망각"[59]이었던 것이다. 루쉰의 '정신승리법'의 운용은 "겹겹이 쌓인 채 말라붙은 피"를 똑바로 응시하는 '반역의 용사'의 성격과는 모순된다. 후자는 중국인에게는 불평이 없고 고통이 없으며 비극감이 결여되어 있다고 늘 한탄하면서 재난을 마주보고 고통을 직접 맛보라고 하였던 루쉰의 주도적 성격, 즉 루쉰 개성중의 주도적 부분이다. 반면 전자는 재난을 받아들이고 고통을 애써 눌러 참는 진실한 모습을 드러내주고 있다. 그렇지만 일반적인 정신적 위안이나 루쉰의 '정신승리법'은 노예근성의 표현이 아니며, 물아物我가 뒤섞이고

---

58 루쉰, 『외침·자서』.
59 루쉰, 『이이집·유형선생에게 답함(答有恒先生)』.

'자신을 속이고 남을 속이는' 지경에까지 이르지는 않았다. 루쉰이 폭로하고 개조하고자 하였던 것은 바로 객관외물을 똑바로 바라보지 못한 채 '자신을 속이고 남을 속이는' '정신승리법'이다. 이러한 차이를 구별하는 것이 매우 중요하다.[60]

「아Q정전」 속의 아Q는 가난하고 천하여 노예 취급을 받고 굴욕을 당하지만, 그는 "예전에 잘 살았"고 "앞으로 잘 나갈 것"이라면서 웨이좡未莊의 모든 사람들을 우습게 여기고, 정신적 승리로써 현실 중의 고통을 위무한다. 그가 현실 속에서 엄청난 굴욕을 겪을 때, 이를테면 욕을 먹거나 매를 맞으며 딴 돈을 남에게 빼앗길 때, 고통을 없애려 '정신승리'을 사용한다. '정신승리'를 사용하는 방법은 여러 가지이다. 그 가운데의 하나는 추함을 아름답다 여기는 것인데, 이를테면 남들은 부스럼 자국을 가질 자격이 없다고 여기는 것이다. 또 다른 방법은 상대를 낮추어보고 자신을 추켜올리는 것인데, 이를테면 상대를 자신의 자식이라 여기고 자신이 '으뜸'이라고 큰소리치는 것이다. 너와 나를 뒤섞어 자신을 속이고 남을 속이는 것도 하나의 방법인데, 이를테면 자신이 딴 돈을 남에게 빼앗긴 후에 자신을 힘껏 때림으로써 남을 때렸다고 여기는 것이다. 주인에게 속임을 당하고서도 거드름을 피우는 것도 하나의 방법인데, 이를테면 자오 나리에게 두들겨 맞고시도 오랫동안 의기양양 코웃음을 친다. 강자에게서 받은 굴욕을 약자에게 화풀이하는 것 또한 하나의 방법인데, 이를테면 왕 털보와 가짜 양놈

---

60 많은 사람들이 사적인 자리에서 '정신승리법'의 합리성을 이야기하고, 심지어 공개적으로 발표한 글을 통해 '정신승리법'을 변호하는데, 이러한 도전을 맞아들이지 않으면 안 된다.

에게 두들겨 맞은 후에 비구니를 희롱한다. 망각 또한 하나의 방법으로, 이를테면 우뜋 어멈에게 함께 잠을 자자고 치근거렸다가 수재에게 두들겨 맞고서 잠시 후에 마치 아무 일도 없었다는 듯이 우 어멈의 왁자지껄한 현장에 다시 가기도 한다. 소신이 확고하지 않고 지조가 없어 바람 부는 대로 흔들리는 것도 하나의 방법이다. 소신이 있더라도 뜻대로 되지 않으면 고통스럽기 때문이다. 그래서 아Q는 처음에는 "혁명은 자신의 적"이고 혁명당을 죽이는 건 잘 하는 일이라고 하였다가 혁명이 득세하자 혁명을 해야 한다고 말하고, 혁명이 이루어지지 않자 "모반은 모가지가 달아나는 죄명"이라고 말한다. …… '정신이 승리'한 아Q는 끝내 흐리멍덩한 가운데 사형을 당하는데, 처형되기 직전에도 그는 "인생살이 천지간에 목이 날아가는 일도 없진 않으리라"고 생각한다. 따라서 아Q는 외재하는 세계를 바로보지도 못하고, 자아의식도 결여하고 있다. 그는 마치 만화경마냥 이 기계의 가공을 거쳐 외재하는 모든 역경逆境을 순경順境으로 바꾸어버리고, 현실의 모든 고통과 부자유를 정신상의 승리와 내재적 자유로 바꾸어버린다. 이는 아마 중국문화의 '내재적 초월'이라는 기이한 술수이리라. 그래서 근대중국에서 아Q와 루쉰은 확연히 대립되는 문화방향을 대표하고 있다. 한 사람이 역경 중에서 순경을 발견하고 굴욕 중에서 자기만족을 느낀다면, 다른 한 사람은 "호탕한 노래 열광熱狂 속에서 추위를 먹고, 천상에서 심연深淵을 본다". 한 사람이 '영원히 의기양양'하다면, 다른 한 사람은 "심장을 후벼 스스로 먹고서 본디 맛을 알고자 하네. 아픔이 혹심하니, 본디 맛을 어찌 알랴? ……"[61]고 말한다. 루쉰이 '악마파 문학'을 소개하고 『고민의 상징』을 번역하고 고통을 찬미한 니체를 좋아했던 것은 국민의 '정신승리'의 미몽迷夢을 깨트리고자 함이었다.

「아Q정전」의 예술기교에 대한 국내외 학자들의 연구는 주로 아이러니, 유머 및 비희극 요소 등에 치중하고 있다. 그러나 사람들은 「아Q정전」의 상징성에 대해서는 보편적으로 홀시하고 있다. 사실 아Q의 이름으로부터 소설의 본문에 이르기까지 깊은 상징적 의미를 지니고 있다. 「아Q정전」의 앞 다섯 장, 특히 제2장과 제3장은 중화민족의 국민정신이 날로 노예근성에 빠져들고, 여기에서 초래된 은폐와 기피, '정신승리'의 과정을 상징적으로 보여준다. 어떤 의미에서 보자면, '정신승리법'은 중국인의 노예지위가 갈수록 심해진 필연적 결과로서, 정신상의 수면제 없이는 고통의 심연 속에서 몸부림치는 노예는 더 이상 살아갈 수 없는, 다시 말해 반항하지 않으면 자살할 수밖에 없다. 따라서 현세 속에서 고통스럽기 그지없는 삶을 영위하는 노예는 더욱 '정신승리법'을 필요로 한다.[62] 이와 반대로 정신적으로 깊은 고통에 처해 있는 이는 흔히 바이런이나 니체와 같은 귀족형 인간이다. 입센은 "세상에 가장 강력한 사람은 가장 고독한 사람"이라고 말했다. 우리 역시 세상에서 가장 고통스러운 사람은 가장 자유스러운 사람이라고 말할 수 있다. 이러한 점은 전제와 종교의 갖가지 약속을 상실한 현대 서구인의 정신적 고통 속에서 발견해낼 수 있다. 그러므로 아Q의 '정신승리법'에는 날로 강화되는 하나의 과정이 있다. 아Q는 처음에 상대에게 용감하게 욕하기도 하고 때리기도 하지만, 언제나 손해 보는 쪽은 자신이기 때문에 정신상의 승리로써 현실 속의 고통을 위안할 수밖에

---

61 루쉰, 『들풀·빗돌 글』.
62 마르크스와 엥겔스는 기독교를 논술할 때 이 점을 깊이 있게 설명해주고 있다.

없다. 나중에 현실 속에서 당하는 굴욕과 고통이 날로 심해지고 심지어 노예 노릇조차도 안정적으로 할 수 없음에 따라, 그의 '정신승리법'은 날로 강화된다. 상징적 의미에서 볼 때, 중국의 국민정신은 선진先秦 시기에는 이러한 지경에까지 타락하지는 않았다. 당시에 노자의 '명철보신'과 같은 철학이 있고, 장자가 현실 앞에서 벽에 부딪힌 사람들에게 제공하는 '정신승리법'이 있었지만, 도가는 백가 가운데의 하나였으며, 루쉰이 찬양하는 묵가는 강포와 희생을 두려워하지 않으면서 힘이 세고 싸움에 능함과 아울러 벗의 방식으로 군주를 대하는 정신을 지니고 있었다. 진한秦漢 이후 묵가는 전해지지 않은 채 유가의 법술만이 떠받들어지고 도가가 돋보이게 되면서 국민정신은 일변하고 말았다. 그러나 "한당대漢唐代에도 비록 변경의 우환이 있었지만 기백이 어쨌든 웅대하여 인민들은 이민족의 노예로 떨어지지 않을 것이라는 자신감이 있었고, 아니면 그 점을 전혀 생각지 않았다. 그래서 대개 외래의 사물을 가져다 사용할 때에도 마치 포로로 잡아 온 것인 양 마음대로 부리면서 절대로 개의치 않았다".[63] 그러나 유학의 기체내에 도교와 불교가 스며들어 이학理學으로 변하고[64] 요遼와 금金, 원元, 청淸의 이민족이 침입함에 따라, 송대 이후로 "신경이 쇠약하고 과민해져 외국의 것을 만날 때마다 마치 저들이 나를 붙잡으러 오는 양 밀어내고 두려워하고 움츠러들고 도피하고 벌벌 떨면서, 무언가 그럴듯한 도리를 내세워 덮어 숨기고자 하였다".[65] 특히 근대중국은 서구 열강의 공격 아

63　루쉰, 『무덤·거울을 보고 느낀 생각』.
64　졸저, 『생명의 나무와 지식의 나무』 가운데 이학을 논한 장을 참조하시오.
65　루쉰의 『무덤·거울을 보고 느낀 생각(看鏡有感)』과 『삼한집·부랑배의 변천(流氓的

래 천조제국天朝帝國이라 거드름을 피울 수 없음에도 억지로 피우고, 노예 노릇도 안정적으로 할 수 없음에도 억지로 주인 행세를 하면서, 열강을 오랑캐로 간주하거나 유구한 역사를 들먹이면서 "전에 잘 살았"노라 남을 업신여겼다. 그리하여 현실을 직시하지 못한 채 '정신승리법'을 처지에 만족하고 안주하는 수면제로 삼았다. 신해혁명 중의 아Q의 행동과 사상에 대한 「아Q정전」의 묘사는 중국민족 및 그 국민이 갑작스럽게 일어난 혁명 중에 보여준 실질적인 변동의 집약이자, 국민성을 개조해야 한다는 루쉰 사상의 형상적 표현이다. 제9장 '대단원'의 심오한 상징성은 특히 곰곰이 음미해볼 가치가 있다. 어떤 의미에서 본다면, '단원團圓'은 중국 전통문화의 중요한 특징의 하나로서, "중용, 동그라미, 조화 등은 모두 중국문화의 특산물이다".[66] 그러나 전통문화의 담당자, 즉 동그라미를 동그랗게 그리겠노라 뜻을 세운 아Q 역시 동그라미를 동그랗게 그려낼 길이 없어 결함을 드러내고 만다. 뿐만 아니라 죄 없는 아Q는 끝내 얼떨결에 자신이 만든 동그라미 속에서 죽게 된다. 하지만 사형 집행을 앞둔 아Q는 자신을 죽이는 중국 전통문화의 상징기호인 동그라미를 제대로 동그랗게 그리지 못했다고 부끄러움을 느낀다. 여기에서 전통문화에 대한 루쉰의 고발은 우리를 몸서리치게 만든다. 따라서 루쉰은 '내단원' — 즉 '정신승리법'을 통하여 중국인에게 눈을 부릅뜨고서 "진지하게, 깊이 있게, 대담하게 인생을 살피"[67]도록 만들며, 중국인에게 '정신승리'의 '동그라미' 속에서

變遷)』 등의 글에서는 예부터 지금까지 국민정신이 날로 타락해왔음을 논하고 있다.

66 高旭東·張淑賢, 「문화와 문학에 관한 대화(關于文化與文學的對話)」, 『文學評論家』 2기(1988) 참조.

걸어 나와 인생의 결함을 직시하고 인생의 비극성을 느끼도록 만들며, 중국인에게 자기만족의 '타락'에서 벗어나게 만든다. "불만은 향상을 위한 수레바퀴로서 자신에게 만족하지 않는 인류를 싣고서 인도를 향하여 전진한다. 자신에게 만족하지 않는 사람이 많은 종족은 영원히 전진하고 영원히 희망이 있"[68]기 때문이다.

그러나 국민의 타락, 퇴화의 열근성은 국민성을 개조하려는 루쉰에게 때로 절망감을 안겨주었다. 공자는 "군자의 덕은 바람과 같고, 소인의 덕은 풀과 같君子之德風, 小人之德草"아서 풀은 바람이 부는 방향으로 눕는다고 말한다.[69] 소인과 백성은 '다스림'을 받을 권리만 지닐 뿐 참정의 권리를 갖지 못한다. 반면 노자는 백성에 대해 "그들의 마음을 비우고 배를 채우며, 의지를 약하게 하고 뼈를 강하게 하며, 늘 백성으로 하여금 지혜와 욕심을 없게 하라虛其心, 實其腹; 弱其志, 强其骨, 常使民無智無欲"[70]고 말한다. 이들의 윤리 지향은 바로 의지와 지혜가 있는 이를 의지도, 지혜도 없는 방향으로 퇴화시키는 것이다. 이들 옛 성현의 가르침 아래에서 중국인은 주체의 강한 힘을 갖지 못한 채, 사람으로서 마땅히 가져야 할 자아의식과 내재적 자아를 결여하였다. 사람들은 누구나 떨어지는 꽃처럼 물결 따라 흘러내려가고, 어린 풀처럼 바람을 좇아 흔들리며, 모래흙처럼 남에게 좌지우지되기 마련이다. 이리하여 "불이 북쪽에서 오면 남쪽으로 도망치고 칼이 앞에서 오면 뒤로 후퇴한다. 거대한 결산장부가 오직 이 한 가지 양식뿐이다".[71] "따라서 무

---

67   루쉰, 『무덤·눈을 크게 뜨고 볼 것에 대하여』.
68   루쉰, 『열풍·61불만』.
69   『논어·안연(顔淵)』.
70   『노자』 제3장.

슨 주의건 간에 절대로 중국을 교란시키지 못한다. 고대로부터 지금에 이르기까지 교란이 무슨 주의 때문에 일어났다는 말은 듣지 못했다."[72] 이렇게 하여 중국의 국민은 환경에 적응할 줄만 아는 인간이 되었다. 잠시 아Q를 살펴보자. 그는 몇 차례 대처를 들락거리더니 세상 물정을 모른다고 시골사람들을 얕잡아보지만, 또한 일하는 게 웨이좡 사람과 다르다고 대처사람들을 비웃는다. 그는 자오 나리에게 "정신적으로 유독 각별한 숭배를 보이지 않"지만, 자오 나리에게 따귀를 맞고서는 여러 해 동안 의기양양해한다. 이로써 알 수 있듯이, 아Q에게는 시비의 기준이 없으며, 바람 부는 대로 그저 득의만만할 뿐이다. 아Q에게는 내재적 자아가 결여되어 있기 때문이다. 그는 심지어 자아를 '나 아닌 것非我'으로 여겨, 자신의 뺨을 때리고서도 남의 뺨을 후려쳤다고 생각한다. 자아의식의 결여로 말미암아 아Q는 남에게 좌지우지되고 물결 따라 휩쓸리며 어떤 환경에나 잘 적응하고 만족한다. "그가 바라는 것이 무엇인지 그 자신도 알지 못했던 것이다." 그에게는 정신적인 고통도 없으며, 육체적인 고통과 감각 또한 아주 둔하다. 동물조차도 육체의 고통에 대해서는 아주 민감하기 마련이다. 마침내 그는 감옥에서나 처형을 눈앞에 두고서나 매우 담담한 태도를 보여준다. 그는 죽으면서도 왜 죽는지를 알지 못나. 그래서 루쉰은 아Q를 언급하면서 "백성들은 커다란 바위 밑에 깔린 풀마냥 묵묵히 자라나서 시들어 노래졌다가 말라죽으니, 벌써 이렇게 사천 년이나 되었다"[73]고

---

71   루쉰, 『열풍·59성무』.
72   루쉰, 『열풍·56온다』.
73   루쉰, 『집외집·러시아 역본 「아Q정전」 서언』.

말한다. 이처럼 퇴화한 국민성을 개조하기란 루쉰이 보기에 확실히 지난한 일이다. 그래서 루쉰은 국민성 개조를 처음으로 언급했던 「마라시력설」에서 비판의 칼날을 『노자』에 겨누었다. 루쉰은 이들 성현들이 "심히 나약하여 아무 일도 할 수 없음을 스스로 알고서 오직 세속을 초월하려 했으며, 오래된 나라에 넋이 빠져 사람들을 곤충이나 짐승 수준으로 떨어뜨려 놓았다"고 비판하였다. 따라서 루쉰이 개성과 정신을 발양하는 목적은 곧 국민들 "누구나 바람과 물결에 휩쓸리지 않고 자신의 주견을 지니게 함"으로써 중화민족을 진흥시키고자 함이었다.

루쉰은 평생 국민성 개조에 힘을 쏟았으며, 국민성에 대한 인식 역시 평생 별다른 변화를 일으키지 않았으나, 각기 다른 단계마다 국민성을 대하는 태도에는 약간 다른 점이 있다. '5·4' 시기의 루쉰의 국민성 개념은 국민의 '못난 근성劣根性'과 대용할 수 있으며, 이는 그의 총체적 반전통과 일치된 것이다. 루쉰 후기의 변증법에 대한 수용은 그로 하여금 국민의 '못된 근성'을 드러내도록 함과 동시에 '뛰어난 근성優根性'을 찾게 만들었다. ─비록 전체적으로 보아 열근성을 폭로하는 글이 다수를 차지하고는 있지만. 루쉰 전기의 국민성에 대한 폭로는 "싸우지 않음에 분노"하는 것이 주류를 차지하고 있음에 반해, 후기의 국민성에 대한 폭로 가운데에는 "그들의 불행을 슬퍼"하는 성분이 훨씬 더 많으며, 국민의 열근성을 빚어내는 죄과를 분명하게 통치계급에게 돌리고 있다. 중국인은 쟁반 위의 흩어진 모래와 같다는 말에 대해, 루쉰은 "그들이 모래알처럼 된 것은 통치자의 '통치'가 성공한 것으로, 고상한 말로 하면 그들의 '치적'"이라고 말한다. 물론 같은 시기에 국민성에 대한 루쉰의 인식에도 모순된 점이 있다. 이를테면 그는 국민들이 굳센 믿음이나 지조가 없고 재빠르게 잘 변화하고 권력자에 빌붙어 아부한다고 여겼지만, 다른 한편으로 국수國粹에 한사코 매달리고 보수적이며, 딱딱하고 경직되어 있다고도 보았다. 루쉰은 이렇게 말한다. "체질과 정신이 죄다 딱딱해진 인민은 극히 조그마한 개혁에 대해서도 저항하지 않은 적이 없"[74]으며, "일본에게 오늘날이 있을 수 있게 된 것은 낡은 것이 아주 적고 집착 또한 깊지 않아, 시세가 변하면 허물을 벗고 변하기가 대단히 쉬운지라 어느 때라도 생존에 적합할 수 있기 때문이다. 요행히 살아남은 옛 나라가 고유의 진부한 문명을 믿고서 모든 것을 딱딱하게 만들어 마침내 멸망의 길로 나아가게 하는 것과는 다르다".[75] 루쉰은 논리학자가 아니지만, 감성세계에 대한 심오한 통찰을 통해 모순된 성격을 중화민족에 통일시켰으며, 때로 양자는 안팎으로 서로 사용되기도 한다. 이처럼 중화민족의 심리상태, 정신과 성격을 깊이 있게 성찰했던 이는 루쉰 이전에 결코 없었다고 할 수 있다.

---

74 루쉰, 『이심집·습관과 개혁(習慣與改革)』.
75 루쉰, 『역문서발집·「상아탑을 나와서」 후기』.

의식 심층에서의 중국 전통문화 계승

루쉰은 현대중국의 가장 급진적인 반전통주의자이다. 그의 반전통의 극렬함과 전통의 죄악에 대한 폭로의 깊음은 '전반서구화'를 주창했던 후스를 아연실색케 하였다. 그런데 1984년 필자는 사오싱紹興에 가서 대우릉大禹陵[1]을 둘러보다가, 루쉰이 「홍수를 막은 이야기理水」에서 대우大禹를 칭찬했던 일에 생각이 미치고, 또 구제강顧頡剛이 『고사변古史辨』에서 우임금을 도마뱀류의 벌레라고 주장하자 이에 불만을 품은 루쉰이 그의 역사 연구의 허무적인 태도를 비난했던 일에 생각이 미쳤나. 그 뒤로 수 년이 지났음에도 루쉰은 여전히 잊지 않았던 듯, 다시

---

1   【역주】본문에는 '대우령(大禹嶺)'이라 되어 있으나 오기인 듯하다. '대우령(大禹嶺)'은 타이완의 중앙산맥에 자리 잡은 고개로서, 타이완을 관통하는 중앙 횡단도로를 건설할 때 험준한 지형으로 말미암은 난공사를 대우의 치수(治水)의 어려움에 빗대어 당시 총통이던 장징궈(蔣經國)가 명명하였다. '대우릉(大禹陵)'은 대우(大禹)가 묻혀 있는 곳으로 알려져 있으며, 저장성(浙江省) 사오싱(紹興)의 회계산(會稽山) 기슭에 자리 잡고 있다.

소설을 통해 우임금에 대한 구제강의 고증을 신랄하게 풍자하였다. 이 생각 끝에 나는 돌이켜보지 않을 수 없었다. 루쉰은 정말로 전통을 모조리 반대했던가? 게다가 루쉰은 학문을 하는 집안의 출신으로 어려서부터 수많은 고전문화교육을 받았고, 전통 사대부의 '수신제가치국평천하修身齊家治國平天下' 및 구국구민의 우환의식이 그의 마음 속 깊이 뿌리내려, 심신을 닦음修身은 "분가루를 씻어내고 풍골을 드러내리掃除膩粉呈風骨"로 설명할 수 있고, 나라를 다스리고 천하를 평정함治國平天下은 "뜨거운 나의 피를 내 조국에 바치리라我以我血薦軒轅"는 등의 시구로써 주석을 삼을 수 있지 않은가![2] 이뿐만 아니라, 루쉰은 젊은 시절에 전통적 지식인의 기풍을 짙게 드러냈던 바, 의로움義을 이야기하되 이익利을 따지지 않았으며, 돈을 버는 장사를 바라지 않고 학문 추구에 온 힘을 쏟았다. 그리하여 "돈과는 절교했어도 너덜대는 책은 남아 있어 술잔을 잡고 크게 부르오니 우리 집으로 강림하소서"[3]라고 노래했으니, 이는 책을 사랑하되 돈을 사랑하지 않는다는 뜻이다. 그러므로 반전통의 배후에 루쉰은 어떻게 전통을 계승하였던가?

T. S. 엘리어트는 "오직 기독교문화만이 볼테르와 니체를 낳을 수 있다"고 말했다. 필자 또한 깊이 사색하고 돌이켜본 결과, 오직 유교와 도교 문화만이 루쉰을 낳을 수 있다. 캘리포니아대학 버클리분교의 고故 샤지안夏濟安 교수는 루쉰과 중국민간문화의 밀접한 관계 및 루쉰의 창작상의 영향을 매우 설득력 있게 분석한 적이 있다. 필자는 여기에서 탐구의 중심을 루쉰과 중국 정통문화의 관계로 옮겨보고자 한다.

---

2   루쉰, 『집외집습유보편·연밥(蓮蓬人)』 및 『집외집습유·자화상(自題小像)』.
3   루쉰, 『집외집습유보편·책의 신에게 바치는 제문(祭書神文)』.

1. 루쉰이 서구문화를 수용한 전통기제

현재 세계 각국의 외래문화 수용상황을 살펴보면, 다른 나라의 문화에 대한 한 나라의 이식은 외래문화의 꽃을 피운 그 나라의 토양을 받아들여야만 한다. 그렇지 않으면 외래의 꽃이 아무리 아름다울지라도 새로운 대지 위에서는 시들고 만다. 또한 외래문화의 이식이 성공하더라도 변이를 일으킬 수 있다. 아프리카의 사회주의는 유럽 본토의 사회주의와 크게 다르며, 아시아의 자본주의 역시 유럽 본토의 자본주의와 크게 다르다. 따라서 루쉰은 그토록 짧은 시간에 서구의 과학주의를 받아들인 후에, 다시 서구의 인본주의를 받아들이면서 다시 되돌아가 중국 문화전통에 반기를 들었는데, 이는 중국문화 내부에 서구문화를 꿰뚫어보고 수용할 잠재적 토양이 있다는 것 외에는 달리 설명할 길이 없다. 그런데 이러한 점은 루쉰연구계에서 보편적으로 간과되어왔다.

전통문화를 언급하면 사람들은 아Q를 떠올리고 자대自大와 보수, 폐쇄, 배외…… 등을 떠올린다. 그러나 전통문화에도 서둘러 상대의 내부 사정을 파악하고 남을 정확히 이해하며 심지어 남을 이해하는 것이 자신을 이해하는 것보다 훨씬 중요하다는 인식상의 측면, 그리고 '가져오기주의拿來主義'라는 실천상의 측면이 있다. 공자는 『논어』의 첫 편인 「학이學而」에서 "남이 나를 알아주지 않음을 걱정하지 말고, 내가 남을 알아주지 않음을 걱정하라不患人之不己知, 患不知人也"고 말한 바 있다. 열강이 중국을 호시탐탐 노리고 있었을 때, 사람들은 병서를 떠올렸다. 중국의 가장 뛰어난 병서인 『손자병법孫子兵法』이 가장 강조한 것은 상대의 속사정을 파악하는 것이었다. 즉 자신을 알되 남을 모르거나 남을 알되 자신을 모르면 승리를 장담할 수 없으며, 오직 "자신을 알고 남을 알아야知己知彼"만 "백 번 싸워도 위태롭지 않다百戰不殆"는 것이다. 서구 열강이 침입해오는 만청 시기에 태어난 루쉰에게, 고대 성현의 이러한 가르침은 적을 명확히 파악하고 서구문화를 정확히 인식하도록 용기를 북돋아주지 않았을까? 실천적인 면에서 춘추전국시대(근대의 수많은 중국인들은 중국이 열강에 의해 범위가 확대된 새로운 전국으로 끌려들어갔다고 여긴다)에 각국 사이에 상호학습이 이루어지고 뒤쳐진 자는 매를 맞았던 일은 차치하더라도, 진한秦漢과 당대까지만 해도 "마치 포로로 잡아온 것인 양 마음대로 부리"는 '가져오기주의'가 있었다. '5·4' 시기에 총체적인 반전통에서 출발한 루쉰의 문화선택은 전통문화를 거의 인정하지 않았다. 그러나 그가 「거울을 보며 느낀 생각」이란 글을 지어 한당대漢唐代에 대담하게 '가져오기'를 행한 개방정신을 널리 발양했던 것은 이러한 정신이 그의 '가져오기주의'를 북돋아주었음을 반증하고 있지 않은가? 아울러 중국 문화전통에는 강한 집착을 가진 신앙이 없으며, 예교를 성토하는 장자가 유교 중국에서 여전히 사람들의 숭배의 대상이 되고 박해를 받은 일이 없는데, 이러한 점은 서구 전통문화와 사뭇 다르다. 불교가 중국에 전래되어 받았던 장애는 그다지 크지 않으며, 후에 이 이방의 종교는 뜻밖에도 유교 및 도교와 더불어 '삼교三敎'로 일컬어져 중국에 전파되었으며, 토인비A. J. Toynbee의 『역사의 연구A Study of History』에서도 뜻밖에 불교를 중국의 국교로 여기기도 하였다. 그러므로 중국인이 서방으로부터 진리를 찾으려했던 것은 결코 근대에 시작된 것이 아니다. 역사상 가장 유명한 당 태종太宗 시기에 현장玄奘은 서방(그 당시 마음속의 서구)에서 진리를 찾고자 하였다. 이 모두는 루쉰의 '가져오기주의'가 형성될 수 있었던 전통 토양이었다.

'가져오기주의'가 전통의 토양을 지니고 있다면, '가져온' 문화는 전통의 토양이 필요하지 않는가? 그렇지 않다.

일본 유학시절부터 '5·4' 시기에 이르기까지, 루쉰의 구국노선은 '사람 세우기立人'을 통해 민족을 구원하는 것이었다. 이는 우선적으로 모든 국민의 '수신', 즉 루쉰이 말한 바와 같이 주관과 의지를 중시하고 자신의 개성을 신장하며, '불요불굴의 군셈', '두려움 없는 용맹', '진리의 고수', '독립자강'의 인격을 수립할 것을 요구한다. 이리하여 "나라 사람들은 자각하게 되고 개성이 확장되어 모래로 이루어진 나라가 그로 인해 인간의 나라로 바뀌리라"는 것이다. 만약 우리가 구체적 주장은 차치한 채 루쉰의 구국노선의 기점과 과정에 주목한다면, 그것의 뿌리가 전통의 토양 속에 깊숙이 묻혀 있음을 알 수 있을 것이다. 유가의 이른바 '내성', '외왕'의 길은 바로 '내성'에서 '외왕'에 이른다. 따라서 '수신', 즉 '사람 세우기'를 유가에서는 우선적으로 요구한다. 공자는 "옛날 사람들은 자신의 수양을 위해 공부했으나, 요즘 사람들은 남의 인정을 받기 위해 공부한다古之學者爲己, 今之學者爲人"[4]고 말했는데, 이는 우신적으로 개체 인격의 자기수양을 강조하고 있다. 개체의 인격을 수립한다는 것은 '의지가 굳고 꾸밈이 없으며 말수가 적으며剛毅木訥' '이익을 볼 때 의로움을 생각함見利思義'으로써 "문학, 궁행, 충성, 신실文行忠信"에 이르고(공자), '마음을 완전히 다하여盡心' 본성이

4　『논어·현문(憲問)』.

무엇인지 알게知性 되며(맹자), '마음을 바르게 하고正心' '뜻을 정성스럽게 하며誠意' '사물을 깊이 연구하여 앎에 이르格物致知'는 것이다(『대학』). 이리하여 "천자로부터 백성에 이르기까지 모두들 수신을 근본으로 삼으自天子以至於庶人, 壹是皆以修身爲本"며, "심신이 닦인 후에 집이 가지런해지고, 집이 가지런해진 후에 나라가 다스려지고, 나라가 다스려진 후에 천하가 평정된다身修而後家齊, 家齊而後國治, 國治而後天下平".[5] '수신'으로부터 '제가치국평천하'에 이르는 것, '내성'으로부터 '외왕'에 이르는 것이 바로 루쉰이 개성의 신장을 통해 중국을 "전에 없이 웅대하"게 만드는 전통 토양이다.

이뿐만 아니라, 루쉰이 서구문화 가운데에서 취한 것은 인본주의, 철학적 인학이었다. 중국 전통문화가 중시하였던 것은 주체의 내성內省과 인격의 완벽함이란 철학적 인학이었다. 서구의 종교문화가 중시했던 것은 인학이 아니라 신학이었다. 사도 베드로가 말하였듯이, "사람보다 하나님께 순종하는 것이 마땅하다"[6]는 것이다. 반면 중국문화는 신이 아니라 인간을 중시하였다. 그렇기에 "천도는 멀고 인도는 가까우天道遠, 人道邇"며, "나라가 장차 흥하려면 백성에게 듣고, 장차 망하려면 귀신에게 듣는다國將興, 聽於人. 將亡, 聽於神"[7]고 하였던 것이다. 공자는 '괴이하고 초월적인 존재에 대해 말하지 않는다不語怪力亂神'면서 사람들에게 "귀신은 공경하되 멀리하라"고 하였으며, "사람을 제대로 섬기지도 못하면서 어찌 귀신을 섬길 수 있으랴未能事人, 焉能事鬼"[8]고 하였다. 반

---

5 『대학』.
6 『신약전서·사도행전』 제5장 29절.
7 『좌전·소공(昭公)』 및 『좌전·장공(莊公)』.
8 『논어·선진(先進)』.

면 루쉰이 살핀 바의, 쇼펜하우어와 니체 등을 중심으로 하는 현대인 학사조는 헤겔G. W. F. Hegel의 방대한 신학체계 및 기독교에 대한 철저한 반항의 면모를 띠고 출현한 것이다. 이 사상조류의 솟구침은 서구문화가 신학에서 인학으로 전변하였음의 표지이다. 따라서 루쉰이 서구의 현대인학사조를 간취해냈던 것은 중국문화의 인학전통에 따른 것이었다. 서구의 현대인학사조가 중시했던 것이 개별적 인간임에 반해, 중국문화의 인학전통이 중시했던 것이 집단적 인간이기는 했지만, 양자가 신학에서 벗어나 인학에 치중했다는 점에서 우리에게 '접점'을 보여준다. 헤겔 이후 인학사조의 흥기와 동시에, 서구의 분석철학 역시 헤겔에 대한 비판을 통해 크게 흥성하였으며, 몰턴 화이트Molton White에 이르러 현대문화조류를 '분석의 시대The Age of Analysis'라 일컫게 되었다. 하지만 루쉰은 서구의 분석철학에 대해 관심이 없었으며, 번잡한 분석에 대해 혐오를 드러냈다.[9] 심지어 오늘날에 이르러서도 실존주의는 금방 사람들에게 받아들여지지만, 분석철학은 중국에 뿌리내리기가 쉽지 않다. 이는 중국문화가 유구한 인학전통을 갖고 있으나, 분석적 전통 대신에 분석과 대립되는 종합적 전통을 가지고 있기 때문이다. 물론 우리가 말하는 중국문화의 인학전통이란 공자를 대표로 하는 상층문화의 전통을 가리키며, 중국 하층에는 '괴이하고 초월적인 존재怪力亂神'가 도처에 가득하다. 따라서 루쉰이 서구의 현대인학사조를 수용한 전통 토양은 바로 중국 상층의 인학전통이라 할 수 있다.

인본철학과 분석철학은 사유방식에 있어서도 매우 다르다. 분석철

---

9   루쉰의 『고민의 상징』에 대한 소개, 『먼 곳으로부터의 편지(兩地書)』에서의 논문에 대한 견해 및 호풍 논문의 번잡함에 대한 비평, 이 모두에 이러한 경향이 드러나 있다.

학은 논리를 중시하고 분석을 중시하는데, 흔히 자질구레하고 무미건조한 느낌을 안겨준다. 그래서 비트겐슈타인^{L. Wittgenstein}과 논리 연구를 함께 하였던 러셀조차도 "논리는 정말이지 지옥"이라고 말했을 정도이다. 반면 인본철학은 종합과 총체를 중시하고 직각을 중시한다. 중국문화는 주체의 내성을 중시하는 철학적 인학이므로, 특히 총체적이고 종합적이며 직각적인 사유방식을 떠받든다. 총체적으로 문화를 파악하는 중국문화의 방법은 원시적 체계론을 형성시켰다. 만약 어의語義를 분석하는 방법으로 중국전통의 문언문을 분석한다면, 어려움을 크게 느낄 것이다. 문언문은 원래 구두점이 없고 시태時態나 어태語態도 없으며, 운용하는 개념의 융통성과 모호성 역시 매우 크기에,[10] 직각적인 깨달음의 방식으로써만 파악할 수 있을 뿐이다. 이러한 사유방식은 인문성이 매우 강한 반면 반과학성을 띠고 있다. 이 역시 중국의 과학이 발달하지 못한 이유 중의 하나이다. 루쉰은 과학을 제창하고 언어의 정밀성(이는 특히 그의 번역에 잘 드러나 있다)에 주의를 기울였다. 그렇지만 총체적이고 종합적이며 직각적인 중국전통의 사유방식은 루쉰의 서구문화 선택에 영향을 끼쳤을 뿐만 아니라, 루쉰의 사유방식에도 직접적으로 작용하였다. 전통적인 윤리도덕이나 문학예술이 직접 기호에 호소함으로써 반전통자들의 표적이 되었던 것과는 달리, 전통적인 사유방식은 모르는 사이에 기호 속에 스며들어 있으므로 분석을 거쳐야만 발견될 수 있다. 루쉰은 직각적인 돈오식의 잡문으로써 분석적 논문을 대신하였는데, 비록 니체 등의 영향을 받았지만, 중

---

10 현대인학사조에 수반하여 생겨난 현대파 문학 역시 이러한 특징을 보여준다는 점은 주목할 만하다.

국 전통사유방식의 보다 직접적인 산물이라 할 수 있다. 루쉰 후기에
는 그가 일의 특징과 핵심을 깨달을 수 있었다고 말할 수는 있어도, 거
창한 이치를 말하지는 못했다. 따라서 루쉰이 과학분석과 대립되는
현대인학사조를 간취하여 돈오식의 격언, 경구로써 유명해진 서양의
철학자 니체[11]에 대해 그토록 커다란 관심을 가졌던 것은 전통문화의
깊은 연원을 지니고 있었던 것이다. 뿐만 아니라, 루쉰이 헤켈의 '계통
수'—종족발생학에 대해 커다란 흥미를 보였던 것 역시 중국전통 중
의 원시적 체계론과 무관하다고 할 수 없다. 루쉰이 그토록 짧은 기간
에 「인간의 역사」, 「과학사교편」, 「문화편향론」 등의 글을 써서 진화
론사, 과학사, 문화사를 개괄함과 아울러 독창적인 견해를 풍부하게
보여주었던 것은 중국의 종합적이고 총체적인 사유방식이 루쉰에게
일으킨 잠재적 작용이 아닐까? 루쉰의 결론은 반전통적일 수 있지만,
자신의 문화를 갖지 않은 부락의 야만인이라면 그에게 과학과 문화를
인식하는 언어를 가르쳐준다한들 그가 이처럼 짧은 기간에 이처럼 독
창적인 종합을 이루어낼 수 있을까? 물론 이 가설 자체는 터무니없는
것이다.

　문학상에서 낭만주의와 현대주의에 대한 루쉰의 깊은 관심 역시 두
터운 전통의 토양을 지니고 있다. 서구문학은 아리스토텔레스로부터
현실주의, 자연주의에 이르기까지 모방과 재현을 강조하였으며, 이리
하여 서구문학의 사시史詩 전통을 형성하였다. 이러한 문학전통의 대립
면이 낭만주의와 현대인학사조의 흥기인 바, 현대주의에 이른 후에 서

11　니체의 철학 표술 방식은 서양철학자 가운데에서 결코 대표성을 지니고 있지는 않으
　　며, 오히려 중국철학가의 철학 표술 방식과 흡사하다.

구문학의 사시 전통은 쇠락하였다. 그리하여 크로체[B. Croce]와 콜링우드[R. G. Collingwood] 등의 미학가의 '표현'론이 전통적인 '재현'론을 대신하였다. 그리고 현대파 예술 가운데에서 표현에는 서투르지만 재현에 능한 예술 분야와 문체, 이를테면 회화, 소설 등은 모두 표현예술로 개조되었다. 반면 중국문학은 예로부터 재현보다는 표현에 치중하였으며, 문학은 마음의 소리[心聲]의 발로이며 정감의 발산이라 여겨져 왔다. 그래서 중국문학은 예로부터 사시 전통이 아니라 서정시 전통을 형성해왔다. 따라서 루쉰이 낭만주의와 현대주의를 애호하고, 현실주의와 자연주의에 대해 흥미를 느끼지 못했던 것은 바로 중국전통의 서정시 전통이 미친 영향이라 할 수 있다. 푸르섹에 따르면, 루쉰 소설의 근원은 중국전통의 서사작품이 아니라 서정시가라고 하면서 이렇게 밝히고 있다. 소설 속에 "명확히 드러나는 지난날에 대한 그리움이나 서정적 특징으로 인해 그는 19세기 현실주의 전통에 속하지 않으"며, "그는 수필, 회고록과 서정적 묘사를 운용하여 중국과 유럽의 전통적 순문학형식을 대신하였다. 루쉰과 유럽의 산문작가의 작품 모두 이러한 경향을 띠고 있다. 나는 이러한 경향을 서정작품의 서사작품에 대한 삼투 및 전통서사형식의 쇠락이라고 본다".[12]

니체는 루쉰이 가장 좋아했던 서구의 철학자이며, 루쉰에게 지대한 영향을 끼쳤다. 루쉰이 니체에게서 취하였던 것은 인학의 중시와 깨달음의 숭상, 그리고 철학표현방식 등 위에서 언급하였던 것들 외에도 그의 철학의 비상식성이었다. 반[反]상식은 니체의 특징이며, 패러독

12   J.Průšek, 「루쉰의 '옛날을 그리며'-중국현대문학의 선성(魯迅的'懷舊'-中國現代文學的先聲)」, 『푸르섹 중국현대문학논문집(普實克中國現代文學論文集)』 참조.

스는 그가 즐겨 사용하는 표현방식이었다. 이를테면 선을 깎아내리고 악을 긍정하는 것이 그 일례이다. 중국문화 속에서 루쉰이 가장 좋아했던 것은 노자와 장자, 그리고 '위진魏晉의 문장'이었는데, 노자와 장자, 혜강嵇康, 완적阮籍은 모두 상식성의 사상가가 아니다. 장자와 니체에 관하여 천꾸잉陳鼓應은 두 사람의 유사성을 강조하는 논문을 발표한 바 있는데, 여기에서 따로 언급하지는 않겠다. 비상식성이라는 점에서 노자와 니체 역시 수많은 유사점을 지니고 있다. 니체는 선악을 전도하였는데, 노자는 "선한 것과 악한 것의 차이가 얼마나 될까善之與惡, 相去若何?"라고 물었다. 니체는 다수의 약자에 비해 강자가 훨씬 훼멸되기 쉽다고 여겼는데, 노자 역시 "부드럽고 약함이 굳세고 강함을 이긴다柔弱勝剛强"고 하였다. 니체는 군중 가운데의 위험이 짐승떼 속보다 훨씬 크다고 보았는데, 노자 역시 "백성들은 늙어죽도록 서로 오가지 않는다民至老死, 不相往來"[13]고 하였다. …… 따라서 거의 반상식에 가까운 서양 철학자 니체에 대해, 노장이라는 전통적 반상식의 토양이 없었다면 그를 받아들이기가 대단히 어려웠을 것이며, 적어도 루쉰처럼 쉽지는 않았을 것이다. 또한 노장과 '위진 문장'은 니체의 현대적 세례를 받고서야 루쉰에게 지대한 영향을 미칠 수 있었을 것이다. 노자는 이렇게 말한다.

큰 도가 사라지자 인의가 생겨나고, 지혜가 나타나자 큰 거짓이 생겨났다. 가족이 불화하자 효도와 자애 같은 것이 생겨나고, 나라가 어지러

---

13   『노자』 제20·36·80장.

워지자 충신이 있게 되었다.(大道廢, 有仁義. 智慧出, 有大僞, 六親不和, 有孝慈. 國家昏亂, 有忠臣)[14]

요컨대, "거꾸로 가는 것이 도의 움직임反者道之動"이니, 어떤 사물이나 그 반면이 있기 마련이다. 그러므로 나는 논변의 지혜에 있어서 노장이 니체를 뛰어넘었으며, 루쉰의 '거꾸로 미루어 짐작하기推背' 식의 전술에 직접적으로 크게 영향을 미쳤다.

역사의 실용의식의 발달은 중국문화의 또 하나의 특징이다. 인도 사람들이 역사를 중시하지 않고 추상적인 도리에 관심을 기울이는 것과는 달리, 중국인은 역사를 대단히 중시한다. 그러나 역사의 발전과정을 탐구하는(이를테면 헤겔처럼) 역사철학과 달리, 중국인이 역사를 살펴보는 것은 주로 역사의 흥망성쇠에서 '수신제가치국평천하'의 경험교훈을 얻기 위함이다. 여기에서 '선'과 '악'에 대한 중서문화의 치중점이 다름이 드러난다. 루쉰은 중국의 유구한 역사 실용의식의 전통을 따르면서 역사에서 현실에 이바지할 수 있는 경험교훈을 발견하는 데에 능하다. 또한 루쉰이 서구문화를 바라보는 방식 역시 역사의 각도에서 서구의 과학과 문화가 발달한 경험을 총결함으로써 중국의 현실적 요구에 이바지하는 것이다. 이러한 점은 「과학사교편」과 「문화편향론」 등의 글 속에도 특히 명확하게 드러나 있다. '5·4' 이후 루쉰은 반전통과 국민성 개조를 위하여 중국의 역사 읽기를 각별히 강조하였다. 루쉰의 붓 아래의 광인은 "역사를 뒤져 살펴보고"서야 도처에

---

14   『노자』 제18장.

쓰인 '인의도덕'이란 글자 틈새 속에서 책 가득 '식인'이라는 두 글자가 쓰여져 있음을 알게 된다.[15] 루쉰은 이렇게 말한다. "역사에는 중국의 영혼이 쓰여 있고 장래의 운명이 밝혀져 있다. 다만 너무 두텁게 발라 꾸미고 쓸데없는 말이 너무 많은지라 내막을 쉬이 살피기가 어려울 따름이다. …… 그렇지만 야사野史와 잡기雜記를 보면 훨씬 이해하기 쉽다. 그들은 어쨌든 사관史官의 티를 낼 필요는 없었을 테니까."[16] 따라서 역사라는 것이 통치자에게는 '두루 살펴 다스림에 도움을 주는 것資治通鑒'이라면, 루쉰에게는 '두루 살펴 국민성 개조에 도움을 주는 것'이니, 그 역사 실용의식은 흡사하다고 할 수 있다.

이쯤에서 지적하지 않으면 안 될 것은 루쉰이 바라보는 서구문화와 서구문화를 바라보는 전통 토양 사이에 꽤 커다란 차이가 존재한다는 점이다. 이러한 차이를 무시한 채 외래문화를 죄다 "옛날부터 있었던 것"이라 여기는 것은 현명하지 못한 일이다. 그러나 여기에서는 이러한 차이를 논하지 않을 작정이며, 필자의 저서 『생명의 나무와 지식의 나무』에서 국내외 학자들이 장자와 근대 낭만파와 현대실존주의의 커다란 차이를 말살해버린 데 대해 논박한 적이 있음을 밝혀둔다.

---

15 루쉰은 1918년 8월 20일 쉬서우창(許壽裳)에게 편지 속에서 "우연히 『통감(通鑒)』을 읽다가 중국인이 여전히 식인민족임을 깨닫고서 이 작품을 지었다"고 밝히고 있다.
16 루쉰, 『화개집·문득 생각나는 것 4』.

2. 루쉰의 반전통의 전통기제와 동인動因

루쉰은 중국의 전통지식인과 현대지식인의 경계를 나누었다. 그는 전통지식인에게는 스스로의 독립적 인격이 없어, 주인을 위한 '식객'이 아니면 '어용'이라고 여겼다. 반면 현대지식인의 특징은 인격의 독립인 바, '개인에게 맡기고 다수를 배격'할 수 있다. 그리하여 루쉰은 굴원과 공자를 비판한 반면, 바이런, 니체와 입센 등을 숭앙하였다.

그렇지만 상세히 고찰해보면, 전통지식인을 비판한 루쉰의 충동이 천하를 자신의 소임으로 여겼던 전통지식인의 사명감과 우환의식憂患意識에서 비롯되었음을 발견할 수 있다. 따라서 루쉰의 개성주의 및 인격독립의 강조는 니체, 입센 등과 매우 다르다. 니체는 초인의 출현을 위해 수많은 '함부로 마구 만들어진 자'를 아낌없이 희생한다고 여긴다. 입센은 배가 침몰하기 직전에는 자신을 구출하는 것이 가장 중요하다고 여긴다. 이것은 결코 기이하지 않다. 니체와 입센의 문화배경이 모두 개인을 중시하고 종족을 경시하는 기독교이기 때문이다. 그러나 천하를 자신의 소임으로 여기는 루쉰은 개성을 신장할 때에도 국가와 종족을 잊지 않는다. 이것은 바로 루쉰의, 세태를 통탄하고 나라를 걱정하는 정신이자 인민이 겪는 고난에 대한 동정이다. 루쉰은 물결치는 대로 떠도는 '군중적 자대'가 인간의 개성을 말살하고 "소수의 천재에 대한 선전포고"이며, 그 결과 중국을 타락시키고 진보하지 못하게 만든다고 여긴다.[17] 오직 개성을 신장하는 '개인적 자대'만이 국

---

17 루쉰, 『열풍·수감록 38』.

가를 진보시킬 수 있다는 것이다. 바로 국가와 종족에 대한 이러한 고집스러운 정신으로 말미암아, 고난에 동참한 루쉰은 질책하기보다는 동정하며, 그들이 각성하여 중국을 '인간의 나라'로 바꾸어가기를 기대한다. 루쉰은 "나라 사람들이 자각하게 되고 개성이 확장되면 모래로 이루어진 나라가 그로 인해 인간의 나라로 바뀌리라"고 여긴다. 그리하여 루쉰은 지식인에게 가혹하리만큼 까다로운 요구를 제시한다. 즉 그는 '발바리', '아양 떠는 고양이', 즉 독립적 인격이 없는 전통형태의 지식인을 비판하는 한편, 오직 자신의 개성의 자유만을 돌아볼 뿐 국가와 종족을 돌아보지 않는 자유주의 지식인을 비판한다. 따라서 인격의 독립과 개성의 자유는 루쉰에게 목적이 아니라 구국구민의 수단이며, 중화민족 전체를 구원하는 것이야말로 루쉰 평생의 목적이다. 이리하여 이러한 패러독스가 출현하게 된다. 즉 루쉰은 지식인 및 국민의 열근성에 대해 더욱 통절히 폭로(반전통)하면서도, 천하를 자신의 소임으로 여기는 사명감은 더욱 강렬하게 표현(전통의 계승)된다는 것이다. 바꾸어 말하면, 루쉰의 반전통의 동력은 전통 자체에서 비롯된다는 것이다.

　루쉰의 격렬한 반전통에는 또한 더욱 심층적인 전통동인이 있다. 루쉰은 일찍이 중국 전통문화에는 고집스러운 순도殉道정신이나 굳건한 신앙이 결여되어 있으며, 이로 인해 중국인의 신앙과 불신은 흔히 생명에 대한 신조 자체의 이해利害에 의해 결정된다고 비판하였다. 즉 신조를 빌려 부귀공명을 꾀하거나 신조를 빌려 몸을 보전함으로써 장생長生을 꾀하며, 이 때문에 중국에는 이제껏 종교전쟁이 없는 대신, '삼교의 근원이 같음三敎同源'이나 '삼교의 병립'을 떠받든다는 것이다. "예수교가 중국에 전해지고 신도들은 종교를 믿는다고 생각하지만 교회 밖의 어린 백성들은 모두 그들을 '교회밥을 먹는' 사람이라고 부른다. 이 말은 신도의 '정신'을 참으로 잘 꼬집어 주고 있는데, 대다수의 유불도 삼교의 신자들을 포함해도 좋고 '혁명밥을 먹는' 많은 고참 영웅들에게 사용해도 좋다."[18] 루쉰은 이렇게 말한다. 중국인이 "신과 종교, 전통적인 권위를 '믿고' '따르는' 것인지 아니면 '무서워하고' '이용'하는 것인지 궁금하다. 그들이 잘 바뀌고 지조가 없는 것만 본다면 믿고 따르는 게 아무것도 없는 것 같지만 결국에는 이러한 내심과 완전히 다른 태도를 보여 준다".[19] 요컨대, 중국인에게는 고집스러운 신앙도 없고 순도정신도 없이 생명의 안락함을 근본으로 삼아, 무얼 믿든 거기에서 이익을 얻으려 하며 현세에서 보답을 받으면 제일 좋고 공수표 발행일랑은 사절한다.

그렇지만 루쉰의 격렬한 반전통의 전통 동인은 오히려 신앙을 중히 여기지 않고 생명의 적응을 중시하는 중국의 실용문화 전통이다. 그렇지 않다면, 루쉰처럼 전통예교를 준칙으로 삼는 독서인 가정의 출신으로 뛰어난 고전교육을 받은 사람이 그토록 손쉽게 수천 년의 문화 전통을 내팽개친다는 것은 참으로 불가사의한 일일 것이다. 이제 잠시 상반된 예를 살펴보기로 하자. 기원전 586년에 예루살렘이 함락되어 성전은 파괴되고 대부분의 유태인은 포로로 바벨론으로 끌려갔다. 그러나 유태인은 그들의 신을 굳건하게 믿어 끝내 팔레스타인으로 돌아와 성전을 다시 지었다. 기원전 63년에 로마군대가 예루살렘을 점

---

18   루쉰, 『풍월이야기(准風月談) · 교회밥을 먹다(吃敎)』.
19   루쉰, 『화개집속편 · 즉흥일기 속편』.

령한 이후 200년이 안 되는 기간에 신앙의 자유를 지키기 위해 죽임을 당한 유태인이 20만 명을 넘었다. 또 무슬림의 경우를 보자. 이슬람교와 기독교의 일신교 교의는 모두 유태교에서 비롯되었으며, 그래서 기독교도들은 일신교인 이슬람교에 귀의했더라도 틀림없이 기독교에 다시 귀의하리라 믿었다. 그러나 십자군의 동정이 모슬림의 엄청난 유혈과 희생을 초래했음에도 불구하고, 그리고 용감하게 순교한 기독교도가 이론적인 설복과 물질적인 유혹으로써 모슬림을 귀화시켰음에도 불구하고, 이슬람의 발원지인 아랍반도 및 이슬람교를 믿는 주요 국가인 시리아, 이집트에서 기독교가 벌인 선교공작은 별다른 성과를 보이지 못한 채 서구인은 "모슬림은 근본적으로 개종이 불가능하다"는 평계에 만족할 수밖에 없었다.[20] 그러나 중국인은 사상이나 이념에 대해 이렇게 집착하는 일이 거의 없으며, 사상이나 이념이 나라를 흥성케 하고 백성을 이롭게 하는 데에 쓸모가 있는가 없는가를 더욱 중시한다. 이는 공자에게까지 소급된다. 즉 "공자께서 말씀하시기를 '관중은 그릇이 작구나!'라고 말씀하셨다. 어떤 사람이 말하기를 '관중은 검소했습니까?' 하니, 선생께서 말씀하시기를 '관중은 삼귀대를 가지고 있었으며 관청의 직무를 겸임하지 않았으니, 어찌 검소할 수 있었겠는가'라고 하셨다. '그렇다면 관중은 예의를 알았습니까?'라고 물으니 선생께서 말씀하시기를 '나라의 임금이라야 병풍을 세워 문을 가리거늘 관중 또한 세워 문을 가렸으며, 나라의 임금이라야 두 나라의 임금이 만나서 친선하는 자리에 반점反坫을 둘 수가 있거

---

20 Herbert Gottschalk, 閻瑞松 譯, 『세계를 뒤흔든 이슬람교(震撼世界的伊斯蘭教, Weltbewegende Macht Islam)』, 西安 : 陝西人民出版社, 1987, 241~249쪽.

늘 관중 또한 반점을 두었으니, 관중이 예의를 안다고 한다면 누구인들 예의를 알지 못하리오'라고 하셨다".[21] 그런데 자로子路가 관중을 비난했을 때, 그리고 자공子貢이 관중을 비난했을 때 공자는 이렇게 관중을 변호했다.

환공이 여러 차례 제후를 규합하였을 때 전차를 사용하지 않은 것은 관중의 힘이었다. 이는 그가 어질었던 것과 마찬가지이다.

관중이 환공을 보필하여 제후의 패자가 되어 천하를 한 번 바로잡아, 백성이 지금까지 그 혜택을 받는다. 관중이 아니었다면 나는 오랑캐의 복식을 하고 있을 것이다.[22]

관중이 이처럼 그릇이 작고 검소할 줄도 모르고, 예의도 모르며 지조도 없고 우두머리노릇에 정신이 팔린 인물이라면 공자의 인덕仁德사상에 의거하여 마땅히 토벌해야 할 것이다. 공자의 제자 자로와 자공 역시 "이단에 힘쓰면 해로울 따름攻乎異端, 斯害也已"[23]이라는 공자의 가르침에 따라 관중을 비난했다. 그런데 공자는 왜 제자들과 상반된 논조를 펴면서 그에게 유가의 지고한 '인仁'을 부여하였을까? 관중이 국가

---

21 『논어·팔일』 원문은 다음과 같다. "子曰 : '管仲之器小哉!' 或曰 : '管仲儉乎?' 曰 : '管氏有三歸, 官事不攝, 焉得儉?' '然則管仲知禮乎?' 曰 : '邦君樹塞門, 管氏亦樹塞門, 邦君爲兩君之好, 有反坫, 管氏亦有反坫, 管氏而知禮, 孰不知禮?'"

22 『논어·헌문』. 원문은 다음과 같다. "桓公九合諸侯, 不以兵車, 管仲之力也. 如其仁, 如其仁." 及 "管仲相桓公, 霸諸侯, 一匡天下, 民到于今受其賜. 微管仲, 吾其被髮左衽矣."

23 『논어·위정』.

와 인민에게 실질적인 이익을 가져다주었기 때문이다. 공자는 이론상으로 나라를 흥성케 하고 백성을 이롭게 하는 것을 도덕신조보다 높게 평가하였을 뿐만 아니라 행위에서도 그러했던 것이다. 한 번은 공산불요公山弗擾가 비읍費邑에 도사린 채 모반을 꾀하다가 공자에게 와달라 부르자 공자가 갈 채비를 하였다. 그러자 자로가 기분 나빠하면서 말했다. "갈 곳이 없는 것도 아닌데, 어찌 꼭 반적 놈에게 가시려는 겁니까?" 이에 공자가 "나를 와달라 부른 사람이 설마 공연히 와달라 했겠느냐?"고 변명하면서 "나를 써주는 사람이 있다면 내가 동방의 주나라로 만들어 줄 텐데如有用我者, 吾其爲東周乎!"라고 대답하였다.[24] 또 한 번은 필힐佛肸이 공자를 부른지라 공자가 가려하자 자로가 불만스러운 표정으로 말했다.

예전에 선생님께 듣기로 군자는 직접 나쁜 짓을 한 자에게는 의탁하지 않는다고 하셨습니다. 그런데 필힐은 중모(中牟)에서 모반을 하였음에도 가신다고 하니, 이 어찌 된 일입니까?

그러자 공자는 이렇게 대답했다.

내가 그런 말을 한 적이 있지. 하지만 아무리 갈아도 닳지 않는다면 단단하다고 하지 않겠느냐? 아무리 물들여도 검어지지 않는다면 희다고 하지 않겠느냐?

24 　『논어 · 양화』.

공자의 뜻은 자신에게 정치를 맡겨 국가와 사직을 위해 절실한 이익을 가져올 수만 있다면, 어찌 수단과 방법을 가리겠느냐는 것이다.[25]

따라서 5 · 4신문화운동은 비록 서구문화로써 중국전통에 충격을 가한 반역운동이지만, 신앙을 중시하지 않고 생명의 생존을 가장 중요한 이치로 여긴다는 점에서는 역시 중국전통의 연장이라 할 수 있다. '5 · 4' 시기에 유행했던 관념은 국수國粹를 껴안고 죽는 것 혹은 국수를 포기하고 생존하는 것이었다. 루쉰은 "우리가 국수를 보존한다면, 모름지기 국수도 우리를 보존해줄 수 있어야 하"며, "우리를 보존하는 것이 분명 첫 번째 진리이다. 국수이건 아니건 간에 그것이 우리를 보존할 수 있는 힘이 있는지를 따져보면 된다"[26]고 말한다. '천하흥망'을 위해서라면 국수를 포기할 수도 있고, 니체나 입센의 개성주의 등의 다른 학설을 포기할 수도 있다는 것이다. '5 · 4' 시기에 루쉰은 공산주의학설에 대해 흥미를 느끼지 못하였으며, 심지어 소련에 대해 '회의적이고 냉담하기'조차 했다. 그러나 소련의 건설이 성공을 거두고 자본주의세계가 1929년부터 1933년 사이에 경제대공황을 겪음에 따라, 루쉰은 오직 사회주의만이 중국의 민족생명의 생존과 발전에 도움이 된다는 것을 목도하게 되었다. 그래서 루쉰은 다시 니체와 입센, 개성주의를 미련 없이 던져버리고서 공산주의학설의 신봉자가 되었다.

이로써 알 수 있듯이 루쉰은 격렬한 반전통자로서 널리 알려져 있지만, 루신의 평생 동안 끊임없는 선택을 결정지은 최종적 동인은 천하를 자신의 소임으로 여긴 전통 사대부의 사명감, 그리고 신앙을 중

---

25 위의 책.
26 루쉰, 『열풍 · 수감록 35』.

시하는 대신 나라를 흥성케 하고 백성을 이롭게 함을 가장 중요한 임무로 여겼던 중국문화의 실용전통이었다. 루쉰이 톨스토이와 니체의 학설을 함께 받아들이고 신봉했던 까닭 역시 민족생존의 관점에서 착안했던 것이다. 루쉰이 보기에, 니체를 긍정하지 않으면 국민이 부강을 꾀하게 할 수 없고, 톨스토이를 긍정하지 않으면 제국주의의 침략을 반대할 수 없었다. 니체와 톨스토이의 학설이 첨예하게 대립함에도 불구하고 루쉰이 구국구민을 위해 동시에 신봉하였다는 것을 통해, 루쉰 역시 사상이나 이념을 중시하지 않고 사상이나 이념이 국가의 흥성과 백성의 이익에 도움을 줄 수 있는지의 여부를 중시하였음을 알수 있다. 일본 유학시절, '5·4' 시기와 후기의 루쉰의 사상이 완전히 일치하는 것은 아니지만, 세태를 통탄하고 나라를 걱정한다는 점에서는 통일되어 있다. 바꾸어 말하면, 루쉰은 민족의 부흥을 위해 자신의 학설을 형편에 따라 기꺼이 바꾸었던 것이다.

3. 루쉰의 불후관과 중국전통

인간은 누구나 죽기 마련이며, 육신은 결국 썩어 시리지기 마련이다. 죽음은 누구에게나 슬프기 그지없는 일이다. 그가 세상을 깜짝 놀라게 할 만한 일을 한 사람이든, 뭇 신하를 거느린 '사람 위의 사람'이든, '성인'이나 '신인'이든, 시인이나 작가, 학자이든, 인생이란 무대 위에서 연기를 한 번 하고나면 결국은 먼지로 사라질 운명을 피할 길이 없다. 만약 개체의 일생이 이렇듯 변화무상한, 곧 깨지고 말 꿈이라면, 이 꿈은 꿀 만한 가치가 있는 것인가?

　루쉰은 예민한 예술가로서, 죽음에 대해 나름의 불후관不朽觀을 갖지 않을 수 없다. 중국인은 죽음에 대해 서구인만큼 진지하지 않다고 루쉰은 여긴다. 콜비츠Kaethe Kollwitz가 "'죽음'을 그림의 소재로 삼았던 것은 1910년 무렵으로 마흔서너 살밖에 되지 않았다. 내가 올해 그 '생각을 한' 것은 물론 나이 때문이다. 그런데 10여 년 전의 나를 돌이켜보면 죽음에 대해서 그녀만큼 절절한 느낌이 없었다. 오랫동안 우리의 삶과 죽음이 남들 손에 내맡겨져 있었기 때문인 듯하다. 내키는 대로 처리되고 대수롭지 않게 여긴 나머지 나 자신도 죽음을, 유럽 사람들처럼 진지하게 생각하지 않고, 도나캐나 대했던 것이다. 어떤 외국인들은, 중국 사람이 죽음을 제일로 무서워한다고 말한다. 이건 사실 정확한 관점이 아니다. 하지만 물론, 애매하게 죽는 경우가 있기는 하다".[27] 루쉰은 비록 자신이 이제껏 '도나캐나당黨'의 한 사람이었다고 말하지만, 이는 정확한 것이 아니다. 일본 유학시절, 루쉰은 "영혼이 있는지 연구해 본 적이 있다. 결과는, 알 수 없다는 것이었다. 또 죽음이 고통스러운가를 연구한 적도 있다. 결과는, 저마다 달랐다".[28] 루쉰이 의학을 버리고 문학으로 전향했던 것은 다른 원인 외에도 아마, 문예가 사람의 심성心聲을 영원히 존속할 수 있게 만든다는 나름의 믿음과 관련이 있을 것이다. "병력과 무기는 부식하지 않을 수 없지만, 단테의 노랫소리는 의연하"[29]듯이. 이것이 바로 조비曹조가 숭상했던 바,

---

27　루쉰, 『차개정 잡문말편·죽음(死)』.
28　위의 책.
29　루쉰, 『무덤·마라시력설』.

문장은 '영원히 썩지 않는 성대한 일不朽之盛事'인 것이다.

'5·4' 이후 루쉰은 과학을 제창하는 시대조류에 찬동하였지만, 과학은 인간이 궁극적으로 관심을 갖는 문제에 해답을 제시하지 못하였다. 루쉰이 지은 「무상無常」 등은 당시 사람들에게 비과학적인 작품으로 여겨졌다. 샤지안夏濟安은 이들 작품과 중국 민간문화의 관계를 논하면서 이렇게 지적하였다. "이렇게 커다란 열정과 진지함으로 사람들의 모골을 송연케 만드는 주제를 토론한 작가는 거의 없었"으니, "죽음의 아름다움과 공포는 진한 가루분과 연지의 가면을 뚫고서 생명의 신비를 엿보고 있다". "그를 동시대 사람들과 구별 지어 주는 것은 바로 그가 이러한 신비를 인정하고 지금껏 죽음의 위력을 부정한 적이 없었다는 점이다." 샤지안이 보기에, "루쉰은 죽음의 추악함의 묘사에 뛰어난 일인자이다. …… 장례, 무덤, 사형, 특히 참수, 그리고 고통, 이러한 제목들은 그의 창조적 상상을 불러일으켜 그의 작품 속에 반복적으로 출현한다. 갖가지 형식의 죽음의 그림자가 그의 저작에 가득 차 있다".[30]

전통이 해체됨에 따라, 루쉰의 '죽음을 향한 존재'는 확실히 서구의 실존주의와 유사한 점을 지니고 있다. 루쉰은 이렇게 말한다.

지난날의 생명은 벌써 죽었다. 나는 이 죽음을 크게 기뻐한다. 이로써 일찍이 살아 있었음을 알기 때문이다. 죽은 생명은 벌써 썩었다. 나는 이 썩음을 크게 기뻐한다. 이로써 공허하지 않았음을 알기 때문이다.[31]

---

30 『국외 루쉰연구논문집·루쉰 작품의 어둔 쪽(國外魯迅硏究論文集·魯迅作品的黑暗面)』.

그는 또 이렇게 말한다.

나는 다만 하나의 종점, 그것이 바로 무덤이라는 것만은 아주 확실하게 알고 있다. 하지만 이는 모두가 다 알고 있는 것이므로 누가 안내할 필요도 없다. 문제는 여기서 거기까지 가는 길에 달려 있다.[32]

『들풀』을 들추어보면, 고독하고 서글프면서도 강한 힘으로 충만된 심령이 죽음 앞에서 탐색하고 몸부림치는 것을 엿볼 수 있다.

그러나 개체생명에 대한 루쉰의 초월은 기독교의 배경 아래의 실존주의와 근본적인 차이가 있다. 기독교 관념에 따르면, 인간은 신이 창조하셨으며, 각각의 사람은 태어나면서부터 남과는 다른 영혼을 신으로부터 부여받았다. 개체는 신에게 속한 영혼으로써 신과의 소통을 추구하기만 하면, 생사의 변화발전을 뛰어넘는 일반적 본질을 획득할 수 있다. 마치 토마스 아퀴나스Thomas Aquinas가 말하였듯이, "설사 가까운 이웃이 없는 단독의 영혼일지라도 신을 향유하기만 한다면, 그건 복락福樂이다".[33] 절대적으로 영원무궁한 신의 인격화된 몸이 바로 예수 그리스도이며, 그는 기독교도의, 진정으로 실재하는 하나님이자 구세주이다. 개체의 인간이 그리스도를 믿기만 하면, 국가와 종족을 버리더라도 구원받을 수 있다. 그래서 포이에르바하Ludwig Feuerbach는, 기독교도는 "유類는 내팽개친 채 신경 쓰지 않고 오로지 개체에만 눈을 돌려"며,

---

31 루쉰, 『들풀·제목에 부처(題辭)』.

32 루쉰, 『무덤·'무덤' 뒤에 쓰다(寫在'墳'後面)』.

33 Thomas Aquinas, 『신학대전(神學大全)』 제2부 상책 제4문.

"개체를 위해 유^類를 희생한다"고 말한다. 기독교도는 "개체임과 동시에 또한 개체가 아니며, 유^類이며 일반적 본질이다. 그는 '신 안에서 자신의 충분한 완전성을 획득하기' 때문이다. 다시 말해 자신 안에서 그 충분한 완전성을 획득하기 때문이다".[34] 따라서 신이 죽음에 따라, 개체의 인간은 소속할 곳이 없어지고, 삶의 고독, 부조리, 근심, 번뇌가 죽음 앞에서 남김없이 드러나게 된다. 이리하여 필연적으로 실존주의를 낳는다. 그러나 전통적인 가족제도를 반대하고 개성을 고수함으로써, 루쉰은 죽음 앞에서 실존주의와 유사한 정서(『들풀』이 대표적이다)를 낳긴 하였지만, 그가 개성을 고집스럽게 고수하였던 것은 개체의 무소속이 아니라 국가와 종족의 부흥과 구국구민이 동기로 작용하였다. 따라서 현실의 삶에 집착하는 총체적인 의식은 루쉰의 고독과 비애를 약화시킴으로써, 루쉰은 카뮈^{A. Camus}의 시지프스식의 삶의 부조리로 미끄러지지 않고 국민성의 개조에 집착하면서 '뜨거운 바람^{熱風}'으로 중국의 차가운 기운^{寒流}을 몰아내고자 하였을 것이다. 루쉰은 "현재의 지상에는 현재에 집착하고 지상에 집착하는 사람들이 살아야 한다"[35]고 말한다. 이는 니체의 "대지에 충실"함과 흡사하지만, 니체가 개인을 본위로 하면서 대지의 본체의지와 합일된 심미인생관으로 개인의 일시성을 초월하고자 하였던 것과는 다르며, 현세에 집착하여 종족으로써 개인의 죽음을 초월하려는 유가의 낙관적 태도이다.

유가가 추구하는 바의, 인간의 삶의 영원무궁성은 개체적 인간에게

34   Ludwig Feuerbach, 『기독교의 본질(基督教的本質)』, 北京 : 商務印書館, 1984, 207쪽.
35   루쉰, 『화개집·잡감』.

서가 아니라 총체적 인간으로부터 비롯된다. 기독교가 개인을 위해 유類를 말살한다면, 유가는 유類를 위하여 개인을 말살한다. 개체적 인간에게는 생生과 멸滅이 있지만, 국가와 종족은 끊임없이 생장하고 번성한다. 개체적 인간은 광활한 생명의 조류 속의 하나의 물방울이며, 혹은 무성한 생명의 나무 위의 잎새 하나라고도 할 수 있다. 개체적 인간은 본래 부모와 조상의 산물이며, 종족을 위해 계기적 생명을 낳고 길러내니, "비록 내가 죽더라도 내 아들이 있다. 아들은 다시 손자를 낳고 손자는 다시 아들을 낳고 그 아들은 다시 아들을 낳고 그 아들은 손자를 낳는다. 자자손손 끝이 없다雖我之死, 有子存焉. 子又生孫, 孫又生子, 子又生子, 子又生孫, 子子孫孫, 無窮匱也"[36]는 것이다. 이리하여 개체의 생명은 계승되고 교체되는 가운데에 영원하다. 개체적 인간은 비록 죽지만, 생명의 나무는 죽지 않으며 생명의 조류는 세차게 흘러간다. 유가가 조상을 숭배하고 "불효에게는 세 가지 있으니, 그 가운데 후사 없음이 가장 크다不孝有三, 無後爲大"고 하였던 까닭은 바로 생명의 조류가 끊임없이 흐르도록 보장하기 위함이었다. 사대부가 부모에게 효도하고 후대를 낳아 기름은 "앞서간 성현들을 위해 끊어진 학문을 잇고 만세를 위해 태평성대를 열기 위함이다爲往聖繼絶學, 爲萬世開太平". 다시 말해 규모가 작은 집을 뛰어넘어 대가정을 이롭게 하고, 생명의 총체적인 장구한 이익을 위해 힘쓴다는 것이다. 이러한 각도에서 볼 때, 루쉰은 종족의 끊임없는 번성이란 관점에서 죽음을 낙관적으로 바라보는 유가전통에서 벗어나지 않았을 뿐만 아니라, 서구의 진화론을 빌려 이를 더욱 강화하였다.

---

36 『열자(列子)·탕문(湯問)』.

루쉰은 "할아버지, 아버지, 아들, 손자는 본래 각각 모두 생명의 교량에서의 한 단계에 지나지 않는다"[37]고 여겼다. 그는 이렇게 말한다. "종족의 연장—곧 생명의 연속—은 분명 생물계의 사업 가운데 아주 중요한 부분이라고 생각한다. …… 따라서 새로운 것은 흥겹게 앞으로 나아가야 한다. 이것이 바로 건강함이다. 낡은 것도 흥겹게 앞으로 나아가야 한다. 이것은 바로 죽음이다. 저마다 이렇게 걸어가는 것이 바로 진화의 길이다."[38] "생명은 진보적이고 낙천적"이기 때문에, 루쉰은 "인류의 멸망은 아주 쓸쓸하고 아주 애달픈 일이다. 그런데 몇몇 사람들의 사망은 결코 쓸쓸해하거나 애달파할 일이 아니"[39]라고 말한다. 유가는 총체적 생명의 끊임없는 번성을 통해 자식을 낳아 기르고 후손을 전함으로써 생명의 흐름이 앞을 향하여 거세지기를 강조하지만, 아울러 "옛것을 믿고 좋아함信而好古"으로써 생명의 흐름이 뒤쪽으로 흘러 움직여 요堯와 순舜, 우禹, 탕湯, 문文, 무武, 주공周公의 시대로 돌아가게 만든다. 이학가 소옹邵雍의 『황극경세皇極經世』에 따르면, 이러한 세계의 황금시대는 요堯의 시절이었으며, 이후로 내리막길을 걸었다. 이렇게 본다면, 대를 잇는다는 것은 퇴화를 고취하는 것이 아닐까? 이리하여 루쉰은 진화론을 빌려 목적지향성에서 전통적인 '뒤를 보기向後看'를 '앞을 보기向前看'로 전환시켜 전통을 합리적으로 바로잡고 발전시켰는바, 낙관적으로, 그리고 자신감 넘치게 생명의 흐름이 앞으로 거침없이 달려 나가게 하였던 것이다!

---

37   루쉰, 『무덤 · 지금 우리는 아버지 노릇을 어떻게 할 것인가』.
38   루쉰, 『열풍 · 수감록 49』.
39   루쉰, 『열풍 · 66생명의 길』.

4. 루쉰의 전통의 선양과 계승

『새로 쓴 옛날이야기故事新編』를 펼쳐보면, 「하늘을 기운 이야기補天」의 여와女媧, 「홍수를 막은 이야기理水」의 대우大禹, 「전쟁을 막은 이야기非攻」의 묵자墨子 등의, 중화민족의 창조자이자 '척추'들은 루쉰의 붓 아래에서 유난히 빛을 발한다. 루쉰은 이렇게 말한다.

옛날부터 우리에게는 머리를 파묻고 힘들게 일을 하는 사람이 있었고, 죽을힘을 다해 일을 힘겹게 이루는 사람도 있었고, 백성의 목숨을 살리기 위해 뛰어다닌 사람도 있었고, 몸을 돌보지 않고 방법을 알아보는 사람도 있었다. …… 제왕, 장군, 재상을 위해 만든 족보나 다름없는 이른바 '정사(正史)'도 이들의 빛을 가리지 못했다. 이것이 바로 중국의 척추였다.[40]

중국문화에 대한 루쉰의 선양宣揚에는 두 가지 특징이 있으며, 이 두 가지 특징은 모두 루쉰의 반전통과 밀접히 연관되어 있다.

첫째, 루쉰은 이미 정형화된 중국 문화전통에 반기를 듦과 동시에 중고시대 이전의 민족정신을 선양하는 데에도 뛰어났다. 즉 그는 정형화된 이후의 중국 문화전통을 총체적으로 비판함과 동시에, 중고시대 이후의 민족정신을 중점적으로 비판하면서도 일정 정도 중고시대 이전의 민족정신을 선양하였던 것이다. 이러한 의미에서, 루쉰은 농

---

40   루쉰, 『차개정 잡문·중국인은 자신감을 잃어버렸나(中國人失掉自信力了嗎)』.

후한 '복고' 경향을 띠고 있는 바, 그 자신의 말을 빌리자면 "오늘날 것을 취해 옛것을 부활시키고, 달리 새로운 유파를 확립한다取今復古, 別立新宗"[41]는 것이다.

루쉰은 유가와 도가가 서로 보완하는 문화구조를 비판함과 동시에, 대우大禹와 묵자 등에게 숭고한 경의를 나타냈다. 물론 공자와 노자는 묵자 이전에 있었지만, 공자는 주례周禮를 이용하고 묵자는 하례夏禮를 이용하였으며, 공자는 문왕과 무왕, 주공을 가장 떠받들고 묵자는 대우를 가장 떠받들었다. 따라서 묵자가 대표하는 것은 아마 훨씬 먼 상고시대의 화하華夏정신이지만, 이 정신은 유가와 도가가 중국문화의 지배적 지위를 차지한 이후 사라져버렸다. 루쉰은 "앞서간 성현들을 위해 끊어진 학문을 잇"는 유가의 전통을 발양하면서, 묵가의 학술墨學 속에서 "죽을힘을 다해 힘겹게 일하고" "몸을 돌보지 않고 방법을 알아보는" 문화정신을 찾아내고자 하였으며, 대우와 묵자를 찬양하는 소설 두 편을 창작하여 실전失傳된 문화정신을 널리 선양하였다. 상고시대의 화하정신을 선양하기 위해, 루쉰은 잡문과 소설을 통해 상고신화 가운데의 신인神人을 찬양하였다. 「춘말한담春末閑談」 등의 잡문에서, 루쉰은 형천刑天에게 찬사를 보내고 있다. 형천은 황제黃帝와 다투었다가 머리가 잘렸는데도, "젖꼭지를 눈으로 삼고 배꼽을 입으로 삼았"으며 "방패와 도끼를 들고 춤을 추었다". 「하늘을 기운 이야기」에서 루쉰은 여왜가 인간을 창조하고 하늘을 기운 업적을 이야기할 때, 권리를 다투느라 하늘이 무너지고 땅이 꺼지게 만든 사람, 그리고 위

---

41   루쉰, 『무덤·문화편향론』.

선적인 도학가와 신선의 술법을 배우는 자들을 분명하게 깎아내렸다. 이들 무기력한 후대에 비해, 인간을 창조하고 하늘을 기운 여왜, 머리를 잘린 채 반항하는 형천, 가정과 개인의 안위를 돌보지 않고 천하를 이롭게 한 대우, 죽음을 피하지 않은 채 전쟁을 막은 묵자는 얼마나 빛나는 인물들인가!

  루쉰은 휘황찬란한 춘추전국시대로부터 중화민족의 정신은 점차 쇠락의 길로 들어섰다고 여긴다. 한당대漢唐代에는 그래도 웅장한 기백과 툭 트인 가슴을 가지고서 "대개 외래의 사물을 가져다 사용할 때에도 마치 포로로 잡아 온 것인 양 마음대로 부리면서 절대로 개의치 않았다". 그러나 송대에 들어서서 "지금처럼 국수의 분위기가 물씬 풍겼"는데, "일단 쇠락하고 기울어질 무렵이면 신경이 쇠약해지고 과민해져 외국의 물건을 볼 때마다 마치 그것이 나를 잡으러 온 것인 양 생각하면서 거절하고 두려워하고 주춤거리고 도피하고 벌벌 떨고, 또 반드시 한 편의 도리를 짜내어 그것을 덮어 숨기려 한다. 그리하여 국수가 드디어 나약한 왕이나 나약한 노예의 보배가 되기"[42] 때문이다. 아울러 루쉰은 일반 국민의 심리를 반영하고 있는 『수호전水滸傳』과 『삼협오의三俠五義』 등의 책을 예로 들어 한 걸음 더 나아가 국민성의 타락을 분석하였다. 그는 "청대의 협의소설은 바로 송대의 화본話本을 정통으로 이어받은 것으로, 평민문학이 칠백여 년을 경과하면서 다시 발흥시킨 것이었다"고 말한다. 그러나 협의영웅을 그려낸 책이기는 마찬가지이나, 송·원·명대를 거쳐 이루어진 『수호전』 속의 인물들

---

42   루쉰, 『무덤·거울을 보고 느낀 생각』.

에게는 여전히 억압에 반항하는 마음이 남아 있지만, 청대의 『삼협오의』와 같은 부류의 책 속의 인물들은 "다시는 감히 탈취할 마음을 일으키지 못하고, 감히 간신을 꾸짖지 못하고, 감히 직접 천자를 위하여 충성을 다하지 못하게 되었다. 그리하여 한 명의 높은 관리나 흠차대신을 따르면서 그를 호위하거나 그를 대신해서 도적을 체포했다". "이것은 대개 마음에서 우러나와 복종을 하고 신하가 되는 것을 즐거이 받아들이는 시대가 아니고서는 나올 수 없는 것이다."[43]

중국문화에 대한 루쉰의 선양의 두 번째 특징은 서구 문화전통에 입각하여 중국문화를 인정했던 점, 다시 말해 중국문화 속의 비非정통적이면서 서구문화와 흡사한 것을 각별히 중시하고 떠받들었다는 점이다. 그래서 루쉰의 붓 아래에는 공자가 배척한 '괴이하고 초월적인 존재怪力亂神'가 가득하다. 루쉰은 형천을 숭배했는데, 형천이 '조정을 거스르고 반역을 꾀하는犯上作亂' 반역성을 지니고 있었기 때문이다.

수많은 학자들은 묵자가 예수와 유사한 점을 지니고 있다고 여긴다. 일찍이 이러한 비교를 피력했던 인물로는 왕부지王夫之를 꼽아야 할 것이다. 왕부지는 "재주가 없으면 묵가가 될 수 없는데, 오늘날에는 천주교도가 되는 것이 이와 비슷하다無才不可以爲墨, 今世爲天主敎者近之"[44]고 말한다. 이는 묵자와 예수가 종파의 우두머리라는 점뿐만 아니라, 이들 모두가 고통을 즐거움으로 여기는 초인의 품격과 꿋꿋한 문화정신, 그리고 희생을 두려워하지 않고 신념을 지키며 어떤 고난에도 굴하지 않는 순교정신 등에 나타나 있다. 이리하여 중국문화가 장차 세계의

---

43 루쉰, 『중국소설사략·제27편』 및 『삼한집·부랑배의 변천』.
44 王夫之, 『장자해(莊子解)』 권33.

새로운 조류를 이끌 것이라고 여겼던 량수밍梁漱溟은 공자와 노자는 총명하나 묵자와 서방인은 모두 너무 우둔하다고 보았다. 반면 서구의 문화전통을 통하여 중국문화를 인정했던 루쉰은 공자와 노자를 비판하는 대신, 묵자와 묵자에 의해 '대성인'으로 추앙받았던 대우大禹를 긍정한다. 루쉰은 공자를 총명하다고 보고 묵자와 서구인을 우둔하다고 보았던 량수밍의 논단을 결코 부정하지 않는다. 오히려 루쉰은 유가와 도가 식의 '융통성 있고 임기응변에 능한靈活變通' '총명한 사람'을 혐오하고, 묵자식의 착실하고 진지한 '우둔한 사람', '무던한 사람'을 찬미한다. 루쉰에 따르면, 세계는 '우둔한' 바보들에 의해 만들어졌으며, '총명한 사람'은 결코 세계를 지탱할 수 없고, "특히 중국의 총명한 사람은 더욱 그러하다".[45] 루쉰의 『들풀』 속에 수록된 「총명한 사람, 바보, 종聰明人和傻子和奴才」은 두 가지 유형의 사람을 그려내고 있다. 하나는 말을 그럴듯하게 잘하고 사람에게 동정을 베풀 줄도 알지만 시비를 가리지는 못하는 '총명한 사람'이고, 다른 하나는 '꿋꿋하게 마구잡이로 행하는' '바보'이다. '총명한 사람'의 '융통성과 임기응변'은 스스로를 유유자적케 만들고 남의 우러름을 받게 만들지만, '바보'의 진지한 정신과 목숨을 건 행위는 도리어 자신을 벽에 부딪쳐 손해를 보게 만든다. 루쉰은 유가와 도가 식의 '총명한 사람'을 경멸하고 묵자 식의 '바보'를 찬양하고 있다.

중국문화를 선양하는 루쉰의 이러한 특징이 그의 반전통과 일치하며, 그의 서구화론과도 결코 모순되지 않음을 어렵지 않게 알 수 있다.

---

45 루쉰, 『무덤·「무덤」 뒤에 쓰다』.

그러나 유가와 도가로 대표되는 중국 정통의 문화전통을 루쉰은 계승하지 않았는가? 기억나는 일이 있다. 필자는 북경에서 열린 '루쉰과 중외문화 학술토론회魯迅與中外文化學術討論會'에 참석하였다가 회의 기간에 루쉰 박물관을 참관한 적이 있다. 이 때 미국 학자 푸쟈민浦家泯이 루쉰이 노자의 『도덕경』을 베껴 써서 일본인 벗에게 보내준 서화 원본을 보더니 의혹에 찬 시선으로 내게 물었다. "루쉰은 줄곧 노자를 비판하지 않았나요? 그런데 어떻게……" 필자는 루쉰이 도가의 영향을 크게 받았을 뿐만 아니라 루쉰 자신도 "때로는 제멋대로이고 때로는 성급하고 모질어서 장주와 한비자의 독에 중독되지 않았다고 할 수 없다"고 말한 적이 있지만, "이런 낡은 망령을 짊어지고 벗어던지지 못하여 괴로워하고 있으며, 늘 숨이 막힐 듯한 무거움을 느낀다"고 말하기도 하였다.[46] 미국 학자의 의혹에 찬 질문은 나로 하여금 "낡은 망령을 짊어지고 벗어던지지 못하여 괴로워하고 있다"는 루쉰의 고백에 의문을 품게 만들었다. 만약 정말로 "낡은 망령을 짊어지고 벗어던지지 못하여 괴로워하고 있다"면, 어찌하여 이 낡은 망령을 나라밖으로 보내 나라의 영광을 빛내려 해야 했단 말인가! 사실 노장 및 그것이 빚어낸 국민성에 대한 루쉰의 비판은 노장에 대한 그의 애호를 가려숨길 수 없다. 루쉰은 개인적으로 노장을 좋아했을 뿐만 아니라 노장 정신의 영향을 받은 '위진 문장'을 선양하기를 더욱 좋아했다. 그래서 류반농劉半農이 그에게 '톨스토이와 니체의 학설, 위진의 문장托尼學說, 魏晉文章'이라는 대련을 보내주었을 때 암묵적인 동의를 나타냈던 것이

---

46 위의 책.

다. 루쉰이 노장의 영향을 받았음은 사상과 문자 기교뿐만 아니라 논변의 지혜에도 잘 드러나 있다.

　루쉰의 작품 가운데에서 의지의 강한 힘과 억압된 내재적 정감 외에도, 모든 것을 꿰뚫어보는 냉철한 눈과 맑게 깨어 있는 심오한 이지를 느낄 수 있다. 많은 사람들은 심지어 후사를 들어 루쉰의 인격을 개괄하기도 한다. 이리하여 정면에서 오는 형용사는 '맑게 깨어 있다', '심오하다', '예리하다' 등이며, 이로써 "삶의 진면목을 꿰뚫어보고 날카로운 칼로 적의 목숨을 죽음에 이르게 한다". 중간에서 오는 형용사는 "첫째는 냉정함이요, 둘째 역시 냉정함이요, 셋째 역시 냉정함"이다. 배후에서 오는 형용사는 '무정하다', '신랄하다', '각박하다', '악독하다' 등의, '법률을 따지는 꼰대刑名師爺', '세상물정에 능통한 노인네世故老人'이다. …… 루쉰의 개성이 지닌 특징 역시 전통의 연원을 찾아낼 수 있는 바, 이는 곧 관중管仲, 노자, 손무孫武, 신불해申不害로부터 한비자에 이르기까지 형성된 '맑게 깨이'고 냉정하며 심오한 이지의 문화전통이다. 손자는 병법을 논하면서 간결한 방식으로 적의 급소를 신속하고 직접적이며 깊이 있게 파악해내어 적에게 치명타를 가한다. 이러한 전술에 노자의 '거꾸로 가는 것이 도의 움직임反者道之動' — 즉 사물의 표면에서 상반된 것, 더욱 근본적인 것을 간파해내는 것이 더해지고, 여기에 이렇게 '맑게 깨이'고 냉정하며 심오한 이지적 태도의 실용성과 직관성이 다시 더해져서 적과 맞서 싸우는 루쉰의 잡문의 실질적 특징을 이루었다. 루쉰의 심오함은 사람에 대해서든 일에 대해서든 급소 혹은 근본을 파악하는 데에 능한 점에 있다. 그는 「과학사교편」과 「문화편향론」에서 서구의 과학과 문화가 발달할 수 있었던 근본 혹은 밑바탕을 모색하였으며, ‘5·4’ 이후에는 그의 잡문에서 상대의 급소 혹은 근본적인 것을 파악하여 타격하는 데에 더욱 능하였는 바, 중국의 진보에 대해서도 근본적으로 해결하기를 기대하였다. 뿌리를 캐어 궁구하는 이러한 개성은 『노자』의 오천언五千言의 가르침과 관련이 있다. 사물의 밑바탕에 대한 탐닉은 『노자』의 커다란 특징이다. 루쉰이 ‘세상물정에 능통한 노인네’라고 일컬어진 것, 루쉰의 이른바 ‘신랄함’과 ‘각박함’ 등은 모두 한비자와의 관련이 더욱 크다. 한비자는 ‘가을의 찬 서리와 여름날의 뜨거운 햇살秋霜烈日’과도 같은 붓으로써 일체의 온정적인 ‘인의도덕’의 가면을 찢어버렸으며, 삶의 싸움터에서 서로 싸우고 죽이는 잔혹한 장면을 보여주었다. 여기에서 ‘어짊仁’과 ‘겸애兼愛’는 이미 흔적도 없이 사라져버렸으며, ―혹 이것은 본래 남을 약탈하는 미명이며, 남은 것은 오직 사람과 사람 서로간의 식인뿐, 군주로부터 신민에 이르기까지, 부모로부터 자녀에 이르기까지 모두 자신의 사리사욕을 위해 서로 속고 속이고 뺏고 빼앗기고 있을 따름이다.

그러므로 수레를 만드는 장인이 사람들이 부자가 되기를 바라고, 관을 만드는 장인이 사람들이 젊어 죽기를 바라는 것은 수레 만드는 장인이 착하고 관 만드는 장인이 악하기 때문이 아니라, 사람들이 귀해지지 않으면 수레가 팔리지 않고, 사람이 죽지 않으면 관이 팔리지 않기 때문이다. 감정상으로 남을 미워해서가 아니라, 이익이 사람이 죽음으로써 생기기 때문이다(故與人成輿, 則欲人之富貴, 匠人成棺, 則欲人之夭死也, 非與人仁而匠人賊也, 人不貴則輿不售, 人不死則棺不買, 情非憎人也, 利在人之死也).[47]

따라서 사람과 일을 바라보는 루쉰의 '악독함'—'삶의 진면목을 꿰뚫어보는 것'에 대해 한비자는 많은 영향을 미쳤다. 유가는 '왕도王道'를 표방하지만, 루쉰은 이렇게 말한다. "중국에서 왕도는 패도覇道와 대립하는 것처럼 보이지만 사실상 둘은 형제이다. 왕도의 이전과 이후에는 어김없이 패도가 따라오고 있다. 인민이 구가하는 이유는 패도가 약화하기를 바라거나 더 가중되지 않기를 바라기 때문이다."[48] 이것은 역사의 진면목을 꿰뚫어본 것이다. 그래서 장자가 '예교가 사람을 잡아먹음'을 폭로하였던 것과 마찬가지로, 한비자가 온정의 베일을 찢어버린 것은 루쉰이 '인의도덕' 속에서 '식인'을 간파하였다는 점에서 무시할 수 없는 영향을 끼쳤다—비록 윤리 추세에 있어서 루쉰은 장자 및 한비자와 정반대의 방향으로 나아갔지만.[49] 루쉰은 그가 때로는 장자처럼 '제멋대로'이고 때로는 한비자처럼 '성급하고 모질었'다고 말하는데, 이는 장자와 한비자의 영향이 이미 루쉰 성격의 일부분이 되었음을 보여주는 것이다.

---

47 『한비자·비내(備內)』.
48 루쉰, 『차개정 잡문·중국에 관한 두세 가지 일(關于中國的兩三件事)』.
49 '예교가 사람을 잡아먹는다'는 것을 인식한 후 장자의 경우는 개성이 위축되어 무(無)에 이르렀고 루쉰의 경우에는 개성을 신장하였으며, '인의도덕'의 베일을 찢어발긴 이후 한비자의 경우에는 통치자에게 어떻게 '식인'할 것인가의 계략을 제시하였으며, 루쉰의 경우에는 인도주의로 나아갔다.

5. 루쉰에 대한 공자의 영향

루쉰은 대우大禹와 묵자를 숭상하고 노장과 한비자를 개인적으로 좋아하고 '위진 문장'을 애호하였다. 그렇다면 공자에 대한 그의 태도는 어떠했을까? 이 문제를 탐구하는 중요성은, 비록 중국 국민성의 형성에 노자가 담당한 역할이 공자보다 훨씬 크고, 한비자를 대표로 하는 법가가 중국의 '패도覇道' 정치의 스승 격이지만, 대우와 묵자이든, 노장과 한비자이든 중국문화에 있어서의 공자의 정종正宗 혹은 정통적 지위를 대신할 수는 없다는 데에 있다. 중국의 윤리와 정치질서는 공자가 수립한 것이라고 말하더라도 허튼소리는 아닐 것이다. 그러므로 루쉰의 작품, 특히 전기의 잡문에서 루쉰은 공교孔敎와 그 윤리와 정치의 구축에 대해 맹렬한 공격을 퍼부었다. 이러한 공격은 마른 풀과 썩은 나무를 꺾듯 철저히 소탕하는 반전통으로써 루쉰과 공교의 공존불가능을 보여주었다. 뿐만 아니라, 루쉰은 인격적으로도 공자와 그 신도들을 공격하였다.[50] 그는 "자기만 못한 사람을 벗 삼지 말라"[51]는 말을 들어 공자를 권세와 이익에 빌붙는 소인배라 여기고, "아우가 임신하니 형 된 자가 웁니다"[52]라는 말을 들어 공자를 음험하다 말하였으며, 공자교의 신도가 '성인의 도'를 "자기의 무소불위에 맞도록 변화시키"며 "잘 바뀌고 지조가 없다"[53]고 보고, "얼렁뚱땅 넘어가고, 구차하게 생명을 부지하며, 알랑거리고 권세를 부리며 사리사욕을 채우면

---

50 이 점은 루쉰이 장타이옌으로부터 받은 영향이 크다.
51 루쉰, 『무덤·잡다한 추억(雜憶)』.
52 루쉰, 『새로 쓴 옛날이야기·관문을 떠난 이야기(出關)』.
53 루쉰, 『화개집속편·즉흥일기 속편』.

서도, 대의大義를 빌려 미명美名을 도둑질할 줄 안다"[54]고 말하였다.

이로 인해 루쉰연구사에서 훨씬 더 많이 탐구되었던 것은 루쉰의 반공反孔·반전통이었으며, '비림비공批林批孔'운동에서는 루쉰의 공교 비판이 융통성 있게 활용될 정도였다. 그리하여 공학에 대한 루쉰의 비판적 계승 혹은 루쉰에 대한 공자의 영향을 진지하게 성찰한 이는 거의 없었다. 이는 아마도 루쉰 자신이 공맹孔孟으로부터 받은 영향을 인정하지 않았다는 점과 관련이 있는 바, 루쉰은 "공맹의 책은 내가 가장 먼저 그리고 가장 익숙하게 읽었지만, 그러나 오히려 나와는 상관이 없는 듯하다"[55]고 말한 바가 있다. 필자는 공맹의 영향을 부정하는 루쉰의 합리성과 진정성을 부인하지는 않는다. 즉 근본적인 면에서 볼 때 루쉰은 상식적인 사상가가 아니었던 반면, 공자는 상식적인 사상가였으며, 노장은 비상식적인 사상가였다. 그래서 루쉰이 공맹보다는 노장을 더욱 좋아하였다는 것은 인정사리에 맞고 옳은 일이라 할 수 있다. 기독교에 대한 반감이 가장 극렬하고 철저했던 볼테르와 니체를 기독교가 만들어낸 반면, 공교에 대해 가장 과격했던 루쉰은 유교 중국의 산물이라고 한다면, 이는 문화배경이 문화창신을 위해 "하나의 범위를 설정하게 되면 이 범위를 벗어난 창신은 불가능하다"[56]는 것을 보여주고 있다. 공자와 그의 교화가 루쉰에게 미친 영향에 대해, 필자는 최초로 『공자정신과 기독정신孔子精神與基督精神』이란 책에서 사

---

54 루쉰, 『화개집·민국 14년의 '경서를 읽자'』.
55 루쉰, 『무덤·「무덤」 뒤에 쓰다』.
56 졸고, 「문학문화비평의 수립에 관한 상상(關于建立文學文化批評的設想)」, 『文學評論家』 3기(1989) 참조.

상으로부터 사람 됨됨이와 글쓰기에 이르기까지 공자가 루쉰에게 미친 영향을 간략히 서술하였다. 아울러『생명의 나무와 지식의 나무生命之樹與知識之樹』의 제2장 4절에서 죽음에 대한 루쉰의 초월방식을 들어 '반전통자 루쉰의 전통'을 토론하였는데, 이 장에서 공자의 '지인知人' 정신, '내성內聖'에서 '외왕外王'으로의 '사람 세우기立人'사상, 인학의 도통과 그 사유방식 및 신앙을 중시하지 않는 경험이성이 루쉰에게 미친 영향 등을 지적한 바 있다. 이밖에도「루쉰, 니체와 공자, 예수」라는 글에서는 공자가 루쉰에게 미친 영향과 예수가 니체에게 미친 영향을 비교하면서 이 문제를 보다 상세히 논하기도 하였다. 따라서 여기에서는 이에 기반하여 약간의 '나머지 이야기'를 펼쳐보고자 한다.

'대학'은 공자가 남긴 책이 아니지만,『대학』의 '수신제가치국평천하修身齊家治國平天下'가 유가에 대한 개괄임은 부인할 수 없는 사실이다. 이미 살펴보았듯이, 루쉰이 '수신', 즉 개성의 신장을 중심으로 하는 '사람 세우기'에 의해 중국을 "전에 없이 웅대하게" 만드는 것은, 유가가 '수신'으로부터 '치국평천하'로 나아가는 것과 일치된 것이다. 비록 '수신'의 내용은 다르지만, 인격수양, 주체의 자각, 사상의 작용을 우선적으로 중시하는 것은 마찬가지이다. '제가'의 면에서 루쉰은 공자의 '가교家敎', 즉 절열節烈과 윤상倫常을 비판하였지만, 자신의 '집家'에서는 전통적이었다. 어머니와 동생들에 대해 루쉰이 드러냈던 것은 전통적 윤리감정이었다. 형제가 반목하기 전에 루쉰과 저우쩌런周作人은 참으로 의좋은 형제였다. 그러나 반목 이후 루쉰에게 가져다주었던 엄청난 고통과 정신적 상처 역시, 설령 루쉰의 반전통이란 면에서 볼 때 이것이 결코 중요하지는 않지만, 이러한 윤리정감이 루쉰에게 얼마나 중요하였는지를 잘 보여준다. 반전통이란 면에서 본다면, 재자가인류의 소설을 좋아했던 어머니는 가장 가까운 반대의 대상이었지만, 루쉰은 반대하기는커녕 "온힘을 기울여 깊이 연구하였다".[57] 루쉰은 아내인 주안朱安에게 냉담했지만, 전통적인 관점에서 본다면 루쉰이 재취로 맞이한 쉬광핑許廣平은 전통에 결코 위배되지 않으며, 두 사람 사이의 하이잉海嬰의 출생은 전통을 이은 것이었다. 공자의 '가교'에 반대하면서도 자신의 '가교'에 안주하는 루쉰의 태도는 필연적으로 긴장을 초래할 수밖에 없었다. 또한 이러한 반反'가교'는 전통적 가정이 전과 다름없이 한결같았던 데에서 비롯되었다. 만약 전통적 가정이 정말로 존재하지 않았다면, 옛날을 그리워하였을 것이다. 마치 미국 국적의 화교가 중국의 전통문화를 찬미하듯이. 루쉰의 이지 면에서의 반전통과 전통적인 윤리정감에 대한 감정 면에서의 요구는 다음과 같은 의문을 낳을 것이다. 즉, 만일 누구나 이치적으로는 전통에 반대하면서도 귀가한 후에는 전통적 가정에 안주한다면, 전통적인 가정이 어떻게 파괴될 수 있겠는가? 이것이 아마도 일본에 서구문화가 들어온 지 백여 년이 지났어도 지금도 공교孔敎의 영향을 받은 가정관 및 그 윤리정감이 사라지지 않은 원인일 것이다. 이러한 점은 루쉰도 이지적으로는 인식하고 있었기에, 사람들에게 자아로부터 시작하여 아이를 해방시키라고 하였다. 그는 "학대받던 며느리가 시어머니가 되면 여전히 며느리를 학대"할까봐 염려하여, 베이징여자고등사범학교에서 행한 강연에서 "note-book 한 권씩을 사서 지금 자신의 사

---

57   荊有麟, 『루쉰회억·어머니의 영향(魯迅回憶·母親的影響)』, 上海雜志公司, 1947.

상과 행동을 다 기록해 두고 앞으로 연령과 지위가 모두 바뀌었을 때 참고로 삼으"[58]라고 하였던 것이다.

공교가 '가교'를 근본으로 삼은 이상, '고향'은 중국인이 떠받들고 그리워하는 대상이며, 고향에서 받아들여지지 못한다는 것은 중국인의 치욕이다. 이는 서구의 선지자의 전통과 정반대인 바, 선지자들은 '고향'에서 박해당하는 것을 영광으로 여긴다. 예수는 "선지자가 고향에서는 환영을 받는 자가 없느니라"[59]고 말한다. 이러한 문화전통은 바이런, 니체 등의 반전통자에 의해 다시 계승되었다. 그리고 바이런과 니체의 영향을 받아 루쉰 역시 '고향'에 대해 공격하였다. 특히 '5·4' 시기에 루쉰은 고향사람의 악습을 공격하여 고향의 박해를 받는 것을 영광으로 여겼다―사억 국민 대다수가 글자를 몰랐기에 망정이지 "그렇지 않았다면 몇몇 잡감이 목숨을 앗아 갔을 것이다. 민중이 악을 징벌하려는 마음은 결코 학자와 군벌에 못지않았던"[60] 것이다. 루쉰은 고향인 사오싱紹興에 대해서도 혐오하였다. 쑨푸위안孫伏園이 고향을 둘러보려고 사오싱에 돌아오려 하자, 루쉰은 이를 풍자하였다. 루쉰에게 있어서 S시 사람들은 이미 낯이 익고 속마음까지도 잘 아는 사이였기에, 『외침·자서』 등의 글에서 '고향'에서 쫓겨난 그림을 직접 그렸던 것이다. 그러나 고향은 루쉰에게 창작의 영감을 주었을 뿐만 아니라, 고향의 향토문화는 루쉰에게 평생에 걸쳐 「오창묘의 제놀이五猖會」, 「무상無常」으로부터 만년의 「여조女吊」에 이르기까지 영향을

---

58 루쉰, 『무덤·노라는 떠난 후 어떻게 되었는가?』.
59 『신약전서·누가복음』 제4장 제24절.
60 루쉰, 『이이집·유형 선생에게 답함』.

미쳤다. 이러한 옛날에 대한 그리움은 정감상의 것일 뿐만 아니라 이 지상의 것이기도 한 바,[61] 「파악성론」에서 루쉰은 '옛 고향을 경시하지 않고不輕舊鄉' 고향을 그리는 품덕에 찬사를 보냈다. 총체적인 반전통의 경향을 보였던 '5·4' 시기에도 루쉰은 옛날을 그리워하는 정서를 드러냈으며, 이는 특히 「고향」, 「마을 제시社戲」와 「술집에서」 등의 소설 및 『아침 꽃 저녁에 줍다朝花夕拾』에 잘 나타나 있다. 루쉰의 다음 대목은 상징적 의미가 없지 않다.

한때 나는 어린 시절에 고향에서 먹던 채소와 과일, 마름 열매, 잠두콩, 줄풀 줄기, 참외 같은 것들에 대해 자주 생각하곤 했다. 이런 것들은 모두 대단히 신선하고 감칠맛 있으며, 또한 모두 고향 생각을 자아내던 유혹이었다. 그 후 오랜만에 다시 먹어 보았더니 예전 같지가 않았다. 기억 속에는 지금도 지난날의 그 감칠맛이 남아 있다. 이런 것들은 아마도 한평생 나를 속여 가며 가끔 지나간 일을 돌이켜 보게 할 것이다.[62]

따라서 루쉰의 고향에 대한 반역과 고향에 대한 그리움 사이에, 공교에 대한 반역과 공교윤리에 대한 정감상의 인정 사이에는 확실히 일종의 긴장이 존재하고 있다. 루쉰은 후기에 고향에 대한 공격을 견지하였지만, 공격의 화력은 많이 약화되었다. 루쉰이 트로츠키파를 비

---

61 레벤슨(Joseph.R.Levenson, 중문명은 勒文森)은 현대의 반전통적 중국인은 이지면에서 반전통일 뿐 정감면에서는 전통에 대한 미련을 지니고 있다고 여겼으며, 린위성(林毓生)은 이지적 층면에서도 반전통적이지 않은 일면을 지님으로써 진정한 심령의 긴장을 낳았다고 본다. 나는 이 두 가지 견해 모두 합리성을 지니고 있다고 생각한다.
62 루쉰, 『아침 꽃 저녁에 줍다·서언(小引)』.

판할 때의 용어인 "당신들의 행위는 현재 중국인의 도덕에 위배되어"[63] 대중의 환영을 받지 못한다는 대목을 읽을 때면, 루쉰이 상당한 정도로 니체에게서 떠나 고향으로 되돌아왔다는 게 느껴지지 않는가? ― 물론 루쉰은 죽어서도 끝내 진정으로 고향에 돌아오지는 못했다. 루쉰은 왜 예수나 바이런, 니체처럼 가차 없이 고향을 공격하여 고향에서 내쫓기고 박해당하지 않았을까? 이는 주로 천심天心을 인심人心으로 여기고 천하를 자신의 소임으로 여기는 공교의 '치국평천하'에 따른 것이다. 루쉰은 전통 사대부 가운데 진정으로 창조성을 지닌 계승자였다. 이미 밝혔듯이, 바이런이나 니체주의이든, 톨스토이주의이든, 그에게 보다 근본적이었던 것은 민족주의, 즉 민족의 구원, 중국을 고난에서 벗어나게 하려는 사명감과 우환의식이었다. 루쉰이 중국민족의 문화를 철저히 부정한 것과 민족 부흥에 헌신한 것 사이에는 필연적으로 긴장이 조성되었으며, 이 긴장의 소멸은 또한 반드시 후자의 약화가 아니라 전자의 약화를 대가로 치르게 될 것이다. 그러므로 '5·4' 시기에 고향에 대한 루쉰의 공격 역시 니체처럼 철저하거나 격렬하지 않았다. 루쉰이 고향을 공격했던 목적은 고향의 진흥을 위함이었으며, 개성을 신장하는 목적은 '치국평천하'를 위함이었을 뿐, 니체처럼 고향을 공격하고 개성을 신장하여 초인으로 나아가게 하려는 것이 목적이 아니었다.

루쉰이 반전통주의자라는 것은 논리상에서 보자면 유가의 '계통이 끊긴 학문을 잇는 것繼絶學'과는 하등 관계가 없다. 그런데 사실은 전혀

---

63   루쉰, 『차개정 잡문말편·트로츠키파에 답하는 편지(答托洛斯基派的信)』.

그렇지 않다. 공자가 설계한 윤리질서는 일반 백성에게 있어서는 위로는 조상을 떠받들고 부모에게 효도하며, 아래로는 자녀를 낳아 길러 후세를 전하는 것이다. 그러나 사대부에게 있어서는 천하를 자신의 소임으로 여기고, 그렇게 함으로써 "지난날의 성현을 위해 끊긴 학설을 잇고, 천추만세를 위해 태평성세를 여는 것爲往聖繼絶學, 爲萬世開太平"(장재張載의 말)이다. 다시 말해 유자儒者가 되어 고대 문헌을 발견·보존하여 후세에 전해지도록 노력해야 한다는 것이다. 루쉰이 유가가 설계한 바의, 위와 아래를 잇고 지난 것을 이어받아 앞날을 개척하는 생명의 흐름 속에서 개체 생명의 일시성을 초월할 수 있었음을 우리는 불후관不朽觀에서 이미 논술하였는바, 루쉰이 '끊긴 학설을 잇는' 면에서 이루어낸 공헌을 좀 더 살펴보기로 하자. 루쉰은 고향을 공격하지만, 그가 집록한 고대 일서집逸書集인 『회계군고서잡집會稽郡故書雜集』은 고향을 위해 '끊긴 학설을 이은' 것이며, 수록한 일문의 대다수는 송대의 유서類書 및 기타 옛 전적에서 모으고 상호 교감을 거쳐 보완하였는바, 커다란 인내심과 정력을 들여 완성한 것이다. 루쉰은 반전통적이며 사람들에게 "중국 서적은 거의, 혹은 전혀 보지 말라"고 하였다. 그러나 그가 집록한 『고소설구침古小說鉤沉』은 대량의 고서 중에서 베낀 고소설 일문집이며, 일반인이라면 해낼 만한 인내심과 정력을 발휘할 수 없을 '끊긴 학술을 잇는' 쾌거이다. 이밖에 그가 집록·정리하거나 주석을 붙인 『후한서後漢書』, 『소설구문초小說舊聞鈔』, 『당송전기집唐宋傳奇集』 등등, 특히 『혜강집嵇康集』은 루쉰이 '끊긴 학술을 잇'기 위해 얼마나 심혈을 기울였는가를 우리에게 잘 보여준다. 루쉰은 또한 중국 고대의 조상造像과 묘지墓志 등의 금석金石 탁본을 수집하고 연구하여, 훗날 「육조조상목록六朝造像目錄」과 「육조묘명목록六朝墓名目錄」(미완)을 집성集成하였다. 이는 해낼 수 있는 사람이 거의 없는 '끊긴 학술을 잇는' 쾌거라 할 수 있다. 선진先秦의 '유묵현학儒墨顯學' 가운데에서 한당대 이래 유학만을 떠받듦에 따라 묵가의 학술은 전해지지 않게 되었으며, 『사기』에서도 묵자의 이름만 기록하였을 뿐 묵자가 한 일을 기록하지 않아 '끊긴 학설'이 되었다고 할 수 있다. 루쉰은 이에 대해 몹시 불만스러워하면서 "제왕, 장군, 재상을 위해 만든 족보나 다름없는 이른바 '정사正史'도 이들의 빛을 가리지 못했다"[64]고 말하고, 아울러 「전쟁을 막은 이야기非攻」과 「홍수를 막은 이야기理水」를 지어 묵자 및 그가 떠받든 대우大禹의, 이미 실전된 문화정신을 선양하였다. 루쉰이 옛 전적을 정리하고 옛 비문을 베낀 공력은 문학창작 및 번역에 못지않았다고 할 수 있다. 루쉰의 철저한 반전통, 즉 중국의 서적을 읽지 않는 것과 옛 전적을 열심히 정리한 것 사이에는 설명할 수 없는 모순이 존재하고 있다. 루쉰 스스로는 "나 자신은 오히려 이런 낡은 망령을 짊어지고 벗어던지지 못하여 괴로워하였다"고 해명하고 있다. 그러나 이러한 해명만으로는 뭔가 부족하다. 이 해명이 정확하다면 그토록 엄청난 힘을 들여 주도적으로 그렇게 많은 옛 전적을 정리할 수 없었을 것이다. 루쉰은 자신의 직업을 가지고 있었다. 설사 자신의 소신을 위하여 순교할 생각은 없었을지라도, 생계를 꾸리기 위해 자신이 하고 싶지 않은 일을 이렇게 많이 하지는 않았을 것이다. 이러한 모순은 루쉰이 고향을 공격하면서도 사랑하였으며, 반전통 또한 개인적으로는 전

---

64   루쉰, 『차개정 잡문·중국인은 자신감을 잃어버렸나』.

통을 좋아했음을 달리 표현한 것이라고 설명될 수밖에 없다. 혹자는 루쉰은 한편으로는 반전통적이었지만 다른 한편으로는 전통에 따랐다고 말한다.

현실을 살펴볼 때의 냉정하고도 직관적이며, 자신과 인류의 역사적 경험에서 성패와 득실의 교훈을 파악하는 맑게 깨인 그의 태도는 물론 관자, 손자, 노자, 신불해, 한비자와 관련이 있지만, 공자의 실천성 및 '실용이성'과도 관련이 없다고는 할 수 없다. 공자는 춘추의 난세와 동주東周의 쇠락 속에서 열국이 패권을 다투는 시대에 구국, 즉 치국평천하를 자신의 소임으로 여기고서 도처를 떠돌면서 고달픈 삶을 살았다. 반면 루쉰은 청말의 난세에 열강이 호시탐탐 쇠락한 중국을 노리는 시대에 구국구민의 대업에 필생의 정력을 바쳤다. 루쉰 평생의 사상은 변화를 거듭하였으며, 전후로 모순되는 곳도 매우 많지만, '시국과 나라에 대한 걱정'이라는 점에서는 통일되어 있다. 공자는 복고적 의향을 지니고 있었지만, 근본적으로 현세에 집착하는 사상가였다. 현세에 대한 이러한 집착으로 인해 그는 심지어 현존하는 모든 것을 변호하기도 하였다. 공자와 달리 루쉰은 서구로부터 현실을 비판하고 현존하는 사물을 공격하는 문화를 배워 들였지만, 근본적인 면에서 본다면 그 역시 현세에 집착하는 사람이었다. 루쉰은 니체식의 초인이 '너무 막연하다'고 말하고, 황금시대를 현세 중에 살고 있는 사람이 아니라 자손에게 약속하는 것에 반대하였다. 루쉰은 "현재의 지상에는 현재에 집착하고 지상에 집착하는 사람들이 살아야 한다"[65]고 말한다. 루쉰이 현세

---

65 루쉰, 『화개집 · 잡감』.

를 중시하고 현실에 집착하였다는 점에서 본다면, 이러한 문화정신이 야말로 공자의 현실품격과 실천성의 산물이며, 기독교의 '대지로부터 의 초월'에 반대하면서 '대지에 충실하라'고 주장하는 니체 정신과도 딱 들어맞으며, 다만 '지상에 살면서도 하늘에 오르고 싶어하는' 기독 교정신과 어긋날 뿐이다.[66] 대지에 대한 충성과 현세에 대한 중시는 어떤 의미에서 신비성과 열광성으로 나아가지 않은, 공자와 루쉰의 냉정하고도 맑게 깨인 현실적 태도를 결정지었다.[67]

순도殉道정신은 흔히 종교적 열광을 수반하며, 그 기본적인 가설은 도道를 위해 죽음으로써 신이 주신 복락을 누린다는 것이다. 그렇지만 공자는 종교적 열광성으로 나아가지 않았다. 냉정하고 맑게 깨인, 인생경험으로써 현실 문제를 처리하는 공자의 태도는 필연적으로 공자로 하여금 순도정신에 있어서 융통성을 드러내게 하였다. 그러므로 '도'를 실현하여 종족이 복을 얻게 만드는 원대한 이익을 위하여, 공자는 살신성인殺身成仁의 지사志士와 인인仁人을 찬미하였으며, "아침에 도를 들으면 저녁에 죽어도 좋다朝聞道, 夕死可矣"[68]고 여겼다. 그러나 귀신과 내세를 별로 믿지 않는 이상, 현세에서의 생명의 존속 역시 대단히 중요하다. 그래서 공자는 다시 "나라에 도가 바로 서지 않았을 때 어리석게 처신邦無道則愚"[69]한 영무자甯武子를 칭찬함과 아울러, "천하에

---

66 필자 등이 공저한 「공자정신과 기독정신(孔子精神與基督精神)」,『山東大學學報』1 기(1987)를 참조하시오.
67 루쉰은 공자보다 훨씬 복잡한 바, 그는 낡은 망령을 열애한 일쪽도 지니고 있다. 샤지안(夏濟安)의 「루쉰작품의 어두운 쪽(魯迅作品的黑暗面)」,『國外魯迅研究論集』참조.
68 『논어·이인(里仁)』.
69 『논어·공야장(公冶長)』.

도가 바로 서면 자신을 드러내고, 도가 바로 서지 않으면 모습을 감춘다天下有道則見, 無道則隱"[70]고 하였다. 비교해보면, '귀신'을 믿는 묵자의 종교단체는 오히려 일종의 순도정신을 지니고 있는 바, "묵자를 따르는 제자 백팔십 명은 어떤 어려움에 닥치더라도 죽어도 물러서지 않았다墨子服役者百八十人, 皆可使赴火蹈刃, 死不旋踵".[71] 뿐만 아니라 순도정신은 상무尙武와도 관련이 있다. 일반적으로 상무는 문文을 숭상하는 민족보다 순도정신을 훨씬 떠받든다. 이 점은 스파르타와 아테네를 비교해보아도 알 수 있으니, 용감하여 죽음을 두려워하지 않는 것이 순도정신의 전제 가운데의 하나이다. 그러므로 순도정신을 떠받드는 묵자는 공자에 비해 훨씬 무武를 숭상한다. 공자는 문무를 모두 중시하였으나, 그의 제자들에게는 상문과 상무의 편중이 존재하였다. 비교해보면, 무를 숭상했던 자로子路는 순도정신을 더 잘 갖추고 있다. 그는 공자가 여러 차례 드러냈던 융통성에 대해 이해하지 못하였을 뿐만 아니라, 적에게 '갓끈이 잘리는斷纓' 상황 아래에서도 "군자는 죽더라도 갓은 벗지 않는다君子死, 冠不免"고 버틴 끝에 "갓끈을 맨 채로 죽었다結纓而死".[72] 표면적으로 볼 때, 루쉰은 공자를 비판한 반면, 묵자를 떠받들고 "자로 선생은 용사임이 확실하다"고 하여 자로를 동정하였지만, 모자 하나 때문에 죽는다는 것은 "참으로 중니仲尼 선생의 속임수에 걸려들었기 때문이다. 중니 선생 본인은 '진陳과 채蔡의 국경에서 액운을 당했'어도 결코 굶어 죽지 않았으니, 그의 교활함은 정녕 볼 만하다"[73]고 말했다.

70 『논어·태백(泰伯)』.
71 『회남자(淮南子)·태족훈(泰族訓)』.
72 『좌전·애공(哀公) 15년』.
73 루쉰, 『먼 곳으로부터의 편지』 4.

사실상 냉정하고도 맑게 깨인 현실 태도로 말미암아 루쉰은 인격의 총체적인 면에서 공자에 훨씬 가깝다. 공자는 벽에 부닥친 나머지 제자에게 "도가 행해지지 않으면 뗏목을 타고 바다를 떠다닌다道不行, 乘桴浮於海"[74]고 하였으며, 루쉰은 '머리를 부딪친' 나머지 제자인 쉬광핑에게 "우리는 아무래도 이름을 숨기고 어디 작은 시골로 들어가 쥐 죽은 듯 사람들과 함께 지내야 하겠지요"[75]라고 말했다. 여기에서부터 순리대로라면 도가로 나아가게 될 것이다. 공자는 "맨손으로 범을 때려잡고 맨발로 황하를 건너려다가 죽어도 후회함이 없는 자와는 함께 하지 않을 것이요, 반드시 일에 임하여 두려운 생각을 가지고 즐겨 도모하여 일을 이루는 자와 함께 하리라暴虎馮河, 死而無悔者, 吾不與也. 必也臨事而懼, 好謀而成者也"[76]고 말하였다. 이것이 바로 루쉰이 떠받드는 '참호전',[77] 융통성과 강인한 정신, 즉 먼저 자신을 보존하고 난 다음에 남에게 변화를 가하는 것이다. 바로 이러한 정신으로 인해 루쉰은 교육부에 근무할 때에 위안스카이袁世凱의 공자 존숭과 복벽, 장쉰張勳의 황제 옹립에 직면하여서도 선뜻 나서서 자신의 소신을 위해 순도하지 않은 채 묵묵히 삶을 이어갔던 것이다. 이러한 각도에서 볼 때, 루쉰은 '죽어도 그만, 죽지 않아도 그만可以死, 可以無死'이라는 유가의 정신에 가까우며, 용감하게 죽음을 무릅쓰는 묵자의 정신과는 거리가 멀다.

공자는 '살신성인'을 이야기하고 '안 되는 줄 알면서도 행함知其不可而爲之'을 말하지만, 스스로를 십자가에 못 박아 남을 감화시키는 사람이

---

74 『논어·공야장』.
75 루쉰, 『먼 곳으로부터의 편지』 135.
76 『논어·술이』.
77 루쉰, 『먼 곳으로부터의 편지』 4.

아니다. 공자는 예수나 니체식의 이목을 끄는 신인神人이나 초인이 아니라, 실용정신을 지닌 평범한 문화 성인이다. 공자 자신도 이 점을 부인하지 않는 바, "한 마을에 나만큼 성실한 사람이야 틀림없이 있겠지만, 나만큼 배움을 좋아하지는 못할 것十室之邑, 必有忠信如丘者, 不如丘之好學也"[78]이라고 말하였다. 루쉰은 비록 예수와 니체를 숭상하였지만, 그 역시 선견지명을 지니고 있는 신인이나 초인은 아니다. 그는 평범하고 실용적이며, '미세한 부분에서 정신풍모를 보이는于細微處見精神' 인격특징을 지니고 있다. 그래서 예수는 끝내 '신의 아들'이 아니라 '인간의 아들'이었으며, 니체는 끝내 태양이 아니라 미쳐버리고 말았으며, 니체식의 '초인'은 "너무 막연하다"고 루쉰은 말했던 것이다. 공자는 일상의 사소한 일, 책 읽기, 친구와의 교제 속에서 생명의 즐거움을 찾아냈으며, 루쉰은 황제 노릇이 무료하기 짝이 없어 친구와 잡담을 나누는 것만도 못하다고 말한다. 그래서 루쉰은 우정을 대단히 중시하였으며, 자신에게 평생의 지우知友 쉬서우창許壽裳이 있음을 자랑스럽게 여겼다. 쉬서우창은 유가식의 '겸허하고 근신하는 군자謙謙君子'이지, 루쉰이 혐오하는, '미간에 창조기創造氣가 있는' 개성 강한 사람이 아니다. 뿐만 아니라, 루쉰은 어머니에게 효자였으며, 장타이옌章太炎과 후지노藤野 선생에게는 착한 학생이었다. 이것이야말로 공자의 가르침의 일부이다. 루쉰의 어머니는 사상에서 인격에 이르기까지 전통적이었으며, 루쉰의 중국인 스승 장타이옌은 "마침내 순수한 유학자가 되었"[79]으며, 일본인 스승 후지노 선생은 사상에서 인격에 이르기까지 역시 전통적이었다. 후지

78 『논어 · 공야장』.
79 루쉰, 『차개정 잡문말편 · 타이옌 선생에 관한 두어 가지 일』.

노 선생이 루쉰을 따뜻하게 대해주었던 것은, 루쉰이 중국인이었으며 어린 시절에 노사카野坂 선생에게 한문을 배운 적이 있는지라, "중국의 선현을 마땅히 존중함과 동시에 그 나라의 사람들을 중히 여겨야 한다고 늘 느꼈기"[80] 때문이었다.

주목할 만한 점은 루쉰이 공자에 대해 전체적으로 부정하기는 하였으나 긍정적으로 언급한 경우도 있다는 것이다. 즉 "공구 선생은 확실히 위대하다. 무당과 귀신의 세력이 그토록 성행하던 시대에 태어나 세속을 좇아 귀신에 대한 말을 기어코 하지 않으려 했다"[81]고 말하거나, "공자나 묵자 모두 현 상태에 불만을 품고 개혁하려 했다"[82]고 언급하였던 것이나, "큰 소리만 쳤던 공담가" 노자에 비해, "공자는 '안 되는 줄 알면서도 행하'였"던 사람으로 대소사를 막론하고 허투루 대하지 않은 실천가였다"[83]라고 지적한 부분이 그것이다. 뿐만 아니라, 「현대 중국의 공자現代中國的孔夫子」라는 글에서 루신은 자신의 마음속의 공자 형상을 그려내고 있다. 일반 사람들 마음속의 "온화하고 어질며 공손하고 검소하며 겸손한" 공자의 모습과 달리, 루쉰은 고대의 화상畵像에 근거하여 그의 모습을 "아주 수척한 늙은이로서, 몸에는 큰 소매의 장포를 입고 있었고, 요대에 칼을 차고 있든지 혹은 겨드랑이에 막대기를 끼고 있었다. 게다가 시종 웃지 않았고, 아주 위풍당당했다"라고 상상하였다. 이어 루쉰은 이렇게 말한다. "공자가 '모던 성인'이

---

80 藤野, 「삼가 저우수런 선생을 회억하다(謹憶周樹人先生)」, 『魯迅生平史料滙編』第二 輯, 天津 : 天津人民出版社, 1982.
81 루쉰, 『무덤 · 뇌봉탑이 무너진 데 대해 다시 논함』.
82 루쉰, 『삼한집 · 부랑배의 변천』.
83 루쉰, 『차개정 잡문말편 · 「관문을 떠난 이야기」의 '관문'(「出關」的'關')』.

된 것은 죽은 뒤의 일로서 살아 있을 때에는 아주 고통스러웠다. 이곳 저곳을 다니다가 한때 노나라의 경시총감까지 올랐지만 바로 추락해 실업자가 되었고, 또 권신에게 경멸을 당하고 백성들에게 조롱을 받았으며, 심지어 폭민에게 포위를 당해 배를 곯은 적도 있었다. 제자들이 삼천 명이 되었지만, 중용한 이는 겨우 칠십이 명이었고, 게다가 진실로 믿었던 이는 단 한 사람밖에 없었"으니 곧 자로子路이다. 그러나 '유일하게 믿었던 제자'마저도 "적의 칼에 맞아 육장肉醬이 되고 말았"으며, "공자가 비통해했음은 물론이다". 루쉰은 이 글에서 공자를 예수처럼 고향과 시대에 거부당했던 수난자이자 고독자로 묘사하고 있으며, 가장 공자의 마음에 들었던 제자로 안연顔淵이 아니라 자로를 들고 있다. 루쉰의 공자상은 확실히 일반인의 마음속 공자와는 다르다. 루쉰은 또한 공자가 현대에 비판받는 이유에 대해 다음과 같이 밝히고 있다. "공부자는 죽은 뒤에 운이 좀 좋아졌다고 생각한다. 왜냐하면 그가 이러쿵저러쿵 말할 수가 없으니 각 부류의 권력자들이 여러 가지 분으로 화장을 시켜 줄곧 사람을 놀래킬 정도의 위치로 올려놓았다." 이리하여 전통시대에 공자는 권력자들의 '문을 두드리는 벽돌敲門磚'이 되었으며, "문이 열리고 나면 이 벽돌도 내던져졌다". 현대에 이르러 제제帝制를 부활시키고 싶었던 위안스카이, 그리고 "길에서 함부로 백성을 살해하던 쑨촨팡孫傳芳", "돈과 병사와 첩들을 자신도 헤아릴 수 없을 정도로 모았던 장쭝창張宗昌" 등은 모두 이 '문을 두드리는 벽돌', 즉 존공尊孔을 손에 들고서 문을 두드렸다. 이들은 "모두 글자도 제대로 알지 못하는 인물들이지만, 기어코 무슨 '십삼경'류를 크게 떠벌리고 있으니 사람들은 웃음을 참지 못했다. 언행 또한 일치하지 않아 더욱 사람들의 증오를 불러일으켰다. …… 공자라고 하더라도 결점 또한 있기 마련이나 평소에는 누구도 따지지 않는다. 성인도 사람인지라 본래 양해할 수 있는 것이다". 그러나 "중이 미우면 가사까지도 보기 싫은 법, 공자가 어떤 목적을 위한 도구로서 이용되고 있다는 것 또한 이로써 한층 명확해졌으니 그를 타도하고자 하는 욕망 또한 더욱 왕성해진다". 이것은 신문화운동이 일어난 까닭에 대한 루쉰의 또 다른 설명이다.[84]

6. 루쉰과 중국문학전통

이것은 참으로 어려운 문제이다. 이 문제에 관하여 발표된 논문과 출판된 전문저작은 이미 부지기수이며, 전문 저서만 해도 왕야오王瑤의 『루쉰과 중국문학魯迅與中國文學』, 쑨창시孫昌熙의 『루쉰의 '소설사학' 초탐魯迅'小說史學'初探』, 쉬하이중許懷中의 『루쉰과 중국고전소설魯迅與中國古典小說』 등 다수가 있다. 문제는 여기에만 그치지 않는다. 1949년부터 1979년까지 민족화, 민족형식 및 민족문화의 선양이 날로 제창됨에 따라, 루쉰연구계 역시 온힘을 다해 루쉰의 작품을 전통문학과 연계시켰다. 아울러 학자들이 민족문학에 대해 충분히 파악하게 됨으로서, 루쉰과 전통문학의 관계에 대한 탐구가 이 시기의 루쉰연구 가운데에서 성과가 꽤 높은 분야가 되었다. 그러므로 필자는 이 문제에 대해 가

---

[84] 루쉰, 『차개정 잡문2집 · 현대 중국의 공자』.

능한 한 언급을 줄이고, 주로 문화의 각도에서 전체적인 윤곽을 간략하게 살펴보고자 한다.

'중국의 시'에 대한 「마라시력설」의 부정으로부터 '5·4' 시기의 '중국 서적을 보지 말라'를 거쳐 만년의 중국전통문학, 즉 '식객문학幇忙文學'과 어용문학幇閑文學'에 대한 비판에 이르기까지, 이 모두는 루쉰을 중국전통에 대한 급진적 비판자이자 철저한 비타협적 반역자로 만들었다. 루쉰에 의하면, 중국문학은 '십경병+景病'을 앓는 문학, 현실을 직시하지 못하는 '감춤'과 '속임'의 문학,[85] 관료문학, 즉 '궁정문학'(조정)과 '산림문학'(재야)[86]이며, 유독 바이런 등의 악마파 시인의 반항과 도전의 문학이 결여되어 있으며, "삶에 직면"하여 개성이 신장된 '인간의 문학'이 결여되어 있다. 따라서 중국문학전통에 대한 루쉰의 비판은 총체적이었다. 루쉰은 굴원을 대단히 좋아하였는데, 쉬서우창은 루쉰의 구시에 끼친 『이소離騷』의 영향에 대해 고찰한 적이 있다. 그러나 조기부터 만년에 이르기까지, 루쉰은 굴원에 대해 총체적으로 부정적이었으며, 그의 『이소』를 "조력자를 얻지 못한 불평"이라고 여겼다. 일부 학자들은 전통문학에 대한 루쉰의 총체적 부정을 간파하지 못한 채, 루쉰이 단지 굴원을 부정하였을 뿐, 다른 중국시인들에 대해서는 긍정적이었다고 오해한다. 그러나 사실상 니체와 마찬가지로, 루쉰이 굴원을 공격하였던 것은 굴원을 너무나도 중시했기 때문이었다. 『한문학사강요漢文學史綱要』에서 루쉰은 『이소』를 "소리가 빼

---

85   루쉰, 『무덤』 가운데 「뇌봉탑이 무너진 데 대해 다시 논함」과 「눈을 크게 뜨고 볼 것에 대하여」.

86   루쉰, 『집외집습유·식객문학과 어용문학』.

어나고 문사가 웅대하여 일세ㅡ世에서 가장 뛰어났다"고 평가하였지만, 이러한 세부적이고 구체적인 긍정에도 불구하고 루쉰은 총체적으로는 굴원을 부정하고 중국문학전통을 부정하였다.

루쉰은 고전소설, 고전문학 연구의 학술영역에서는 중국전통문학에 대해 긍정하고 찬양하는 태도를 보인 반면, 잡문에서는 총체적으로 부정하는 태도를 보이고 있다. 그 기본적인 논리는 다음과 같다. ① 중국의 일부 문학작품의 우수성은 단지 중국전통문학 속에서의 비교일 뿐이며, 이는 속담으로 보자면 '난쟁이 속에서 장군감 뽑기'에 지나지 않는다. 만약 몇 가지 우수한 점이 있는 중국의 작품과 서구의 문학작품, 이를테면 굴원과 '마라시력'의 작품을 견주어 보면, 비교가 되지 않는다. ② 중국의 일부 작품의 우수성, 이를테면『홍루몽』의 비극정신 및 인물성격의 복잡성은 서구문학 중에도 있는 다문화적 cross-cultural인 것으로서, 결코 중국의 '국수國粹'라고 할 수 없다. 따라서 이 두 가지는 루쉰이 중국문학전통을 총체적으로 부정했다는 사실에 대단한 위협이 되지는 않는다. 1949년부터 1979년까지, 심지어 최근에 이르기까지의 루쉰연구를 살펴보면, 고전문학의 학술연구에 관련된 루쉰의 몇 마디 말을 붙들고서 루쉰이 민족문학을 드높였다고 주장하는 사람들이 많다. 그러나 이는 전통문학을 대하는 루쉰의 요체를 총체적으로 파악하지 못한 것이다. 일부 학자들은 심지어 루쉰의 반공反孔 · 반전통을 인정하면서도, 루쉰이 우수한 민족문학전통을 드높였다고 주장하는데, 이는 더욱 모순적인 주장이라 할 수 있다.

물론 루쉰의 '중국 서적을 읽지 말라'는 주장과 중국문학을 위해 대량의 옛 전적을 정리한 사실 사이에, 그리고 루쉰의 전통문학에 대한 총체적인 부정과 중국전통문학에 대한 찬미 사이에는 분명히 일종의 모순이 존재한다. 그러나 이 모순의 밑바탕에는 루쉰이 중국문학전통에 철저하게, 그리고 총체적으로 반기를 든 이후에도 개인적으로는 버림받아야 할 전통에 미련을 지니고 있었다는 사실이 깔려 있다. 이는 앞에서도 언급하였듯이 루쉰이 고향을 떠나고 공격한 후에도 지난날의 고향을 그리워하는 정서와 마찬가지로, 중서문화가 격렬하게 충돌하는 소용돌이 속에서 드러낸 루쉰의 복잡성이라 할 수 있다. 루쉰에 비해, 후스의 경우는 훨씬 단순하고 가볍다. 후스는 백화白話로써 모든 것을 가늠하였다. 수많은 고대소설이 백화로 쓰였으며, 고시 역시 백화에 가까운 것이 매우 많다. 이로 인해 후스는 중국문학전통을 총체적으로 부정할 필요가 없었으며, 전통과 작별할 때에도 지난날에 대한 그리움이나 긴장감을 느끼지 않았을 것이다. 그러나 후스의 가벼움은 바로 여기에 있다. 현대 중국의 심오한 사상가라면 어느 누구나 중서문화의 충돌로 인해 빚어진 위기를 심각하게 느꼈을 것이다. 루쉰은 이러한 위기의 가장 예민한 감수자였으며, 그렇기에 중국문학전통에 대해 총체적으로 부정한 이후 전통문학에 대한 개인적 애호로 말미암아 옛 전적을 정리하여 한문학의 발전사를 거슬러 올라갔으며(『한문학사강요』), 중국소설사를 최초로 정리한 사람이 되었던 것이다.

— 물건을 잃어버리고 나서야 그 물건의 귀중함을 아는 법이다! 루쉰 후기에 전통문학을 철저히 부정했을 때, 그는 이미 신문학이 고대의 유산을 취사선택해야 함을 인정하였다. 이것은 '고향' 및 전통문학과의 '결별'이 아니었으며, 따라서 루쉰은 후기에 기본적으로 이러한 긴장감을 해소하였다.

루쉰은 '고향'을 공격하고 전통윤리를 파괴하였지만, 또한 개인적으로는 전통적인 '가교家敎'를 이어받았다. 문학에서도 이러하였다. 문학창작에 있어서 루쉰은 중국문학전통의, 진정으로 창조성과 변이성을 지닌 계승자였다. 린위성林毓生은 "루쉰에게 있어서 중국전통문학의 성분은 단지 자신의 작품의 형식과 내용 속에 흡수한 원료이고 기교상의 의미를 지닐 뿐, 사상과 도덕적 판단에는 털끝만큼도 영향을 미치지 않았다"고 말한다. 그렇지만 경험(내용)에서 완전히 유리된 기교가 존재할 수 있을까? 설사 존재할지라도 '의미 있는 형식'이며, 심미이상(이 안에는 사상과 도덕적 판단이 포함된다)과 결코 무관하지 않다. 따라서 루쉰의 문학창작 중에 설사 예술기교면에서 전통문학을 이어받았을지라도, 이는 그가 전통적인 심미취향에서 아직 벗어나지 못했음을 설명해준다. 사실 루쉰은 전통문학의 예술기교를 취사선택하였을 뿐만 아니라, 훨씬 광대한 배경 아래에서 중국의 문학전통을 창조적으로 발전시켰다.

루쉰이 최초로 문학창작에 뛰어들었던 것은 '의학을 버리고 문학으로 전향'한 후, 심지어 일본으로 유학을 떠나기 전이었는바, 전통적인 형식을 운용하여 시가를 창작하였다. 「아우들과 헤어지며別諸弟」와 「연밥蓮蓬人」으로부터 「낙화를 슬퍼하며惜花四律」와 「자화상自題小像」에 이르기까지 모두 시가형식에서 전통적일 뿐만 아니라, 내용면에서 표현한 것 역시 형제간의 깊은 우의, 고상한 인격의 추구, 세태와 나라에 대한 염려 등 전통시가의 정감이었다. 따라서 「마라시력설」에서의 '중국의 시'에 대한 부정, 중국시가의 기본 주제를 살펴볼 때 모두 무료하기 짝이 없는 '있으나마나한 작품'이라는 생각 등도 사실은 자신의 시가창작에 대한 일종의 부정이었다. 그러나 자아부정 이후, 그는 이러한 문체를 포기하고 개조하여 '반항하고 도전하는', 보다 현대적 의식을 지닌 문체를 마땅히 운용했어야 했다. 그렇지만 신해혁명 이후로부터 병사할 때까지 루쉰은 모두 50여 수의 '구시'를 창작했다. 이전에 창작했던 10여 수를 더한다면, 그는 모두 60여 수의 '구시'를 창작했다. 따라서 루쉰의 순문학작품을 살펴보면, 그의 소설(자전체 소설집인 『아침 꽃 저녁에 줍다朝花夕拾』를 포함)과 산문시의 수량은 '구시'만큼 많지는 않다. 창작시기를 살펴보면, 1900년의 「아우들과 헤어지며」로부터 1935년 12월의 「을해년 늦가을에 우연히 짓다亥年殘秋偶作」에 이르기까지 '구시'의 창작은 다른 문체에 비해 지속된 시간이 매우 길다. 중국의 문인전통에서 본다면, 사대부 지식인은 제일 먼저 천하를 자신의 소임으로 여겨 '치국평천하'의 대업에 종사하며, 한가한 틈에 시가로써 정감을 펼쳐 후세에 이를 전하였다. 루쉰은 바로 이러한 문인전통의 계승자였다. 루쉰은 '의학을 버리고 문학으로 전향'(여기에서의 '문학'은 '치국평천하'의 사명을 짊어지고 있으며, 전통적인 시가가 아니다)한후, 그리고 '5·4' 이후의 상당한 기간에 '구시' 창작을 중지한 외에는, 평생 '구시'의 창작을 멈춘 적이 없었다. 이는 루쉰의 '구시'에 대한 애호가 '치국평천하'의 사명 혹은 국민성 개조의 책임을 짊어지고 있던 문학형식에 대한 애호보다 훨씬 깊었음을 보여준다. 하이데거Martin Heidegger는 '언어는 존재의 집'이라고 말한다. 어떤 의미에서 언어는 사람을 빌려 이야기를 하는 것이며, 결코 사람에게 좌우되지 않는다. 루쉰은 완전한 현대의식을 지니고 있다. ─이러한 현대의식은 그의 잡문, 소설과 산문시에 충분히 드러나 있다. 그러나 루쉰 후기의 '구시'

일지라도 현실성과 전투성이 모두 증강되었지만 일부 작품은 전통시대의 작품이라고 말하여도 사람들이 믿을 것이다. 또한 루쉰의 산문시『들풀』은 문언으로 번역하더라도 전통문학과는 확연히 다른 현대적 작품에 속한다.[87] 어쩌면 루쉰의 '구시'는 자신에게 보여주기 위해 쓰인 것으로서 미학감상 중의 개인적 애호에 속할 뿐, 공개적인 사상도덕의 활동이 결코 아니라고 말하는 이도 있을 수 있다. 하지만 이 또한 루쉰에게 깊이 뿌리내린 전통심미취향을 더욱 반증하는 게 아닐까? ─'하려는 목적 없이 절로 행함無所爲而爲' 혹은 '예술을 위한 예술' 등의 활동! 게다가 하물며 양지윈楊霽雲이 루쉰의 '구시'를『집외집』에 수록하여 세상에 공개하고자 하였을 때, 루쉰이 결코 반대하지 않으면서 이렇게 말하였음에랴. "제 생각에, 좋은 시는 죄다 당대에 이르러 지어지고, 이 이후로는 부처님 손바닥을 벗어날 수 있는 손오공이 아니라면 손을 대지 말아야겠지만, 언행이 일치되지 못하여 때로 몇 마디 꾸며내기도 했으니, 스스로 되돌아보면 우습기도 합니다."[88]

루쉰의 소설은 근대의 견책소설譴責小說을 포함한 중국의 전통소설과 사뭇 다르며, 전통과 현대 사이에 경계선을 그었다고도 할 수 있다. 미학풍격에 있어서 루쉰의 소설은 전통소설의 조화의 아름다움을 타파하고 대립의 숭고함으로 나아갔으며, 전통소설의 '대단원'을 타파하고 진정한 비극을 출현시켰으며, 전통소설에 보이는 개성과 총체의

---

[87] 작품에 사용한 것이 문언인가 아니쪽 백화인가는 전통과 현대작품의 경계선이 아니다. 고전백화소설은 전통적 작품인 반쪽, 루쉰의 문언소설「옛날을 그리며(懷舊)」은 현대적 작품에 속한다.

[88] 루쉰,『서신집·341220致楊霽雲』.

일치에서 나아가 개성이 총체를 파괴하고 집단에 대해 반항·도전하는 새로운 성분을 출현시켰다. 인물형상의 창조에 있어서 루쉰의 소설은 전통소설이 떠받들었던 유형을 내던져버렸으며, 아Q와 같은 유형화된 전형을 부정하는 대신 개성화된 전형을 떠받들었다. 루쉰 소설의 인물성격 역시 전통소설의 인물의 평온함, 단일함에서 단순한 좋고 나쁨으로 개괄할 수 없는 불안함과 복잡함으로 나아갔으며, 아울러 전통소설의 인물에 대한 외재적 형상화에서 인물에 대한 섬세한 묘사, 즉 심리묘사 혹은 잠재의식의 발로로 바뀌었다. 작품구조에 있어서 루쉰의 소설은 시작과 끝이 있는, 종적으로 이야기를 풀어나가는 전통소설의 서사방식을 내버리고, 삶의 횡단면을 잘라내어 줄거리를 압축함으로써 작품이 풍부한 표현력을 갖도록 하였다.

그러나 루쉰 소설의 현대성은 전통문학과의 관련 없음을 결코 의미하지 않는다. 루쉰이 중국 문학전통에 반기를 들었지만, 줄거리를 중시하지 않는 그의 소설의 짙은 서정성과 표현성은 바로 중국의 전통시 전통(서구의 사시史詩 전통과 구별되는)이 서구의 낭만파와 현대파 문학의 작용 아래 창조적으로 발전된 것이다. 전통시가에 대한 루쉰의 깊은 애정은 그의 예술적 감성에 영향을 미칠 수밖에 없는바, 루쉰 소설의 주관서정성은 서사성, 객관성과 재현성에 스며듦으로써 그를 19세기의 현실주의전통이 아니라 진정으로 현대적인 작품에 속하도록 만들어주었다. 이 점에 대해 푸르섹은 설득력 있게 논증하면서, "예컨대 루쉰의 단편소설처럼 뛰어난 현대 중국의 단편소설에 대해, 중국 구舊문학 속에서 이들의 근원을 찾아 거슬러 오르면, 이 근원은 중국 고대 산문이 아니라 시가에 있다"[89]고 말했다. 사실 루쉰의 소설이 중국 고

대소설의 영향을 받았음은 분명히 알 수 있다. 루쉰은 "『홍루몽』이 나온 이후로 전통적인 사상과 사작법은 모두 타파되었다"[90]고 말한다. 이는 중국 문인작품의 서정성이 민간서사 작품에 스며들었던 점뿐만 아니라, 작품의 비극정신이나 인물성격의 복잡성 등에도 나타나 있다. 소련의 루쉰연구자 세마노프B. И. Семанов는 『루쉰과 그의 선구자鲁迅與他的前驅』라는 책에서 루쉰의 선구자로서 견책소설이 루쉰 소설에 미친 영향을 상세히 논하고 있다. 그러나 필자는 전통적인 산문작품 가운데에서 루쉰 소설의 진정한 현대성의 선구는 『홍루몽』이라고 생각한다. 풍자예술면에서 루쉰은 『유림외사儒林外史』의 영향을 크게 받았다. 루쉰은 『유림외사』를 숭상하여 "공정성을 견지하면서 당시의 폐단을 지적하게 되었으니, 특히 당시 사대부계층에 그 풍자의 예봉을 겨누었"으며, "어두운 부분을 밝혀내고 감추어진 것을 찾아내 사물 가운데 그 모습을 감추고 있는 것이 없었다"[91]라고 대단히 높은 문학적 지위를 부여하였다. 누군가 『유림외사』를 폄하할 때, 루쉰은 "위대함도 누군가 이해해주는 사람이 필요한 법"[92]이라고 말한다. 루쉰은 일찍이 『유림외사』의 필법으로 중국인을 풍자할 생각을 품었으며, 루쉰 소설 중의 '유림', 이를테면 쿵이지孔乙己, 천스청陳士成, 쓰밍四銘, 가오 선생高老夫子 등은 『유림외사』의 풍자예술의 영향을 자못 받은 것이다.[93] 뿐만

---

89   J.Průšek, 『푸르섹 중국현대문학논문집(普實克中國現代文學論文集)』, 59쪽.
90   루쉰, 『중국소설의 역사적 변천』 제6강.
91   루쉰, 『중국소설사략』 제23편.
92   루쉰, 『차개정 잡문2집·예쯔의 '풍성한 수확' 서문(葉子作「豊收」序)』.
93   孫昌熙, 「루쉰과 『유림외사』」, 『루쉰의 '소설사학' 초탐(魯迅'小說史學'初探)』(山東敎育出版社, 1989).

아니라, 루쉰은 자신의 소설창작을 이야기할 때에 "의존한 것이라곤 예전에 읽은 백여 편의 외국작품과 약간의 의학적 지식이 전부"라고 말하였지만, 소설창작의 예술기교를 이야기할 때에는 전통예술의 영향을 다음과 같이 강조하고 있다.

나는 장황하고 수다스러운 글을 극구 피했다. 의미가 전달되면 충분하지 그 이상의 수식은 필요치 않다는 것이 내 생각이었다. 중국의 옛 연극에서는 배경을 쓰지 않고 설날에 아이들에게 파는 화지(花紙)에는 주요 인물 몇 사람만 그려져 있는데, …… 내 목적에는 이 방법이 적절하다고 깊이 믿고 있었던 것이다. 그래서 나는 풍월을 묘사하지 않았고 대화도 장황하게 하지 않았다.[94]

루쉰의 소설은 중국화의 영향 또한 크게 받았다. 고개지顧愷之는 "자태의 아름답고 추함은 본래 그림의 묘처와는 무관하니, 정신을 전하여 제대로 그려내는 것은 바로 눈동자에 있다.四體妍蚩, 本無關於妙處 : 傳神寫照, 正在阿堵中"[95]고 하였는데, "한 인물의 특징을 가장 간결하게 그리려면 그의 눈을 그리는 것이 제일"이라는 것이다. 루쉰은 이러한 '눈 그리기' '영혼 스케치'의 예술기교를 대단히 떠받들었으며, "늘 이 방법을 배워보려 하지만, 안타깝게도 잘 배워지지 않는다"[96]고 말한다. 루쉰에 따르면, 그가 인물형상을 창조할 때에 '여러 사람에게서 따오는'

---

94   루쉰, 『남강북조집 · 나는 어떻게 소설을 쓰게 되었는가?』.
95   『세설신어(世說新語 · 교예(巧藝)』.
96   루쉰, 『남강북조집 · 나는 어떻게 소설을 쓰게 되었는가?』.

전형화방법은 "중국인의 습관과도 잘 맞아떨어진다. 예컨대 화가들이 인물을 그릴 때에 묵묵히 사람들을 관찰하다가 마음속에 무르익었을 때 한 붓에 그려내지, 특정인을 모델로 삼지는 않는다".[97] 이러한 '눈 그리기'의 전신론傳神論은 부차적인 것들을 신속하게 배제하고 사물의 총체적 특징을 단도직입적으로, 직관적으로 파악하는 중국전통문화와 밀접히 연관되어 있으며, 루쉰 잡문의 방법과도 상통한다. 루쉰의 잡문 가운데에 대량으로 인용되는 고대의 전고와 격언 등등에 대해서는 현대 중국의 작가 어느 누구도 따를 수 없다. 그의 잡문에는 '중국의 지혜'가 응결되어 있으며, 그의 잡문은 중국 고대산문, 특히 '위진문장'이 현대의 정신적 세례를 입은 산물이라 할 수 있다.

---

[97] 루쉰, 『차개정 잡문말편 · 「관문을 떠난 이야기」의 '관문'』.

전통과 현대 사이에서의 문화선택

깊이 잠들어 있는 낡은 나라를 일으켜 세워 현대화로 나아가게 만드는 것은 루쉰이 평생 추구하였던 것이다. 그렇지만 어떻게 해야 문명고국文明古國의 무거운 짐을 지고 있는 중국이 현대화를 실현할 수 있을까? 철저히 전통을 부정하여 전통을 중국현대화 실현의 장애물로 간주하고 소탕할 것인가? 아니면 변증법적으로 전통에 대처하여 전통 중의 생명력 있는 요소를 현대 속에 녹여 받아들일 것인가? 루쉰의 일생을 자세히 살펴보면, 비록 목적은 늘 현대화의 실현을 통해 중화민족을 진흥하는 것이지만, 전통에 대처하는 태도는 끊임없이 변화하고 있다. 수많은 이들은 루쉰의 이러한 변화를 간파하지 못한 채, '전반全盤 반전통주의' 등의 개념으로써 루쉰 평생의 문화선택을 개괄해버리는데, 이는 편파적이라 하지 않을 수 없다.

일본 유학시절에 루쉰은 반전통에 치우친 「마라시력설」과 「문화편향론」을 발표하는 한편, 전통을 긍정하고 찬미하는 「파악성론」도 발표하였다. 그러나 「마라시력설」과 「문화편향론」 속에서도 철저히 전통에 반대하는 뜻은 없었으며, "오늘날 것을 취해 옛것을 부활시키고, 달리 새로운 유파를 확립取今復古, 別立新宗"하고자 하였을 뿐이었다. '5·4' 시기에 루쉰은 공개적으로 발표한 글을 통해 전통과 철저히 결별하였다. 격렬한 반전통의 담론을 쏟아냈던 것은 바로 이 시기였다. 그러나 현대화의 문화선택으로서 전통을 포기한 후, 그는 버려버린 전통에 더욱 연연해하였다. 이러한 태도는 「술집에서在酒樓上」 등의 작품이나 옛 전적의 정리, 문언문으로 저술한 『중국소설사략』 등에 잘 나타나 있을 뿐만 아니라, 공개적으로 발표되지 않았던 개인적인 수많은 시문 속에 더욱 잘 나타나 있다. 그리하여 루쉰의 전통에 대한 반항과 전통의 계승은 각각 극단으로 나아갔으며, 루쉰 본인은 이 모순 사이에서 고통으로 인해 몸부림쳤다. 이는 전통과 현대화의 격렬한 충돌, 그리고 서구의 충격 아래에서의 중국문화의 심각한 위기를 똑똑히 보여준다. 후기의 루쉰은 마르크스레닌주의를 받아들이고 변증법을 믿음에 따라, 전통에 대해서도 '하나가 나뉘어 둘이 된다一分爲二'는 식으로 대처하게 되었다. 그는 '중국의 유산'의 취사선택과 '외국의 우수한 규범의 채용'을 병렬함으로써, 중서문화에 대해 '가져오기주의拿來主義'라는 문화선택 기준을 똑똑히 제시하였다. 이리하여 전통과 현대화 사이에서 느끼는 심리적 고통은 사라졌다. 그러나 중국문화에 대한 루쉰의 취사선택은 여전히 서구(주로 러시아 혹은 소련)문화를 척도로 삼고 있으며, 유도儒道를 대표적 정종正宗 혹은 정통으로 여기는 문화전통에 대해서는 여전히 거세게 공격을 가하였다.

1. 조기 – 오늘날 것을 취해 옛것을 부활시키고,
달리 새로운 유파를 확립하다 取今復古, 別立新宗

일본 유학시절 루신은 중국의 현대화를 실현하고 중화민족이 세계 속에 떨쳐 일어날 수 있는 힘을 갖기 위해서는 서구의 과학기술뿐만 아니라 서구의 문학과 문화를 받아들여야 한다는 것을 인식하였다. 그리하여 그는 「과학사교편」, 「마라시력설」 및 「문화편향론」에서 주로 서구의 과학, 문학과 문화를 소개하였다. 뿐만 아니라 루쉰은 「문화편향론」, 특히 「마라시력설」에서 반전통 사상을 극명하게 보여주었다. 「문화편향론」은 "오로지 이전의 문명을 배격하고 소탕하는" 현대 인학사조를 찬양하였다. 「마라시력설」은 '중국의 시'를 총체적으로 부정하면서 중국의 '평온한 소리 平和之音'를 깨트리는 '악마파'의 시가가 출현하기를 희망할 뿐만 아니라, 노자를 대표로 하는 중국전통의 '퇴화론 退化論'을 비판하고 '진화론'을 널리 선전하였으며, 잘난 체 우쭐거리고 스스로를 속이는 '아Q 모습'을 비판하고 '자신을 살피고' '남을 아는' 비판과 성찰의 자각정신을 드높였다. '마라시가 摩羅詩歌, 즉 '악마파'의 시가는 바로 신의 정통 지위에 반기를 듦으로써 이름이 널리 알려졌으며, 그래서 루쉰은 '악마파'의 시가의 "힘은 거대한 파도처럼 구사회의 초석을 향해 곧장 돌진했다"고 찬양했던 것이다.

이 시기 루쉰의 실질적인 반전통과 서구화는 '5·4' 시기에 결코 못지않지만, 루쉰은 총체적인 반전통과 전반 서구화로 결코 나아가지 않았다. 총체적인 반전통과 전반 서구화의 전제는, 전통이 설사 개조되고 새로이 구성된다해도 현대화될 수 없으며, 전통은 현대화로 나아가는 길의 장애물일 따름이라는 점이다. 전통이 — 설사 전통의 일부분, 혹은 일부분의 지류일지라도 — 개조와 재구성을 거쳐 현대화될 수만 있다면, 전통을 총체적으로 내버려서는 안 된다. 하물며 전통을 총체적으로 내버린 후에 민족의 자존감이 상처를 받게 된다면 더욱 그러하다. 민족자존감이 아Q식의 유아독존唯我獨尊, 맹목적 자대에 이른다면, 이는 물론 현대화 실현에 심각한 장애를 가져올 것이다. 그렇지만 민족자존이 일정 정도로 상처를 입어 민족열등감으로 바뀐다면, 열등감에 젖은 사람이 기꺼이 남의 아래에 처하여 남과 경쟁하려 하지 않는 것과 마찬가지로 다른 나라와 경쟁할 용기를 상실하고 말 것이며, 이렇게 된다면 오히려 민족의 조속한 현대화 실현에 장애가 되고말 것이다. 일본 유학시절의 루쉰은 이러한 점을 충분히 고려하였기에, 옛날에 대한 그리움에서 생겨난 자각적인 '지원의식'을 아Q식의 맹목적 자대와 엄격히 구분하였다. 그는 이렇게 말한다.

무릇 국가의 발전을 위해서 옛날을 그리워하는 것도 일정한 공로가 있다. 그렇지만 그리워한다는 말의 의미는 거울에 비춰 보듯 분명하다. 때로는 전진하고 때로는 되돌아보고, 때로는 광명의 먼 길로 나아가고 때로는 찬란했던 과거를 되새긴다. 그리하여 새로운 것은 날로 새로워지고 옛것 역시 죽지 않는다. 만약 이런 까닭을 모르고 멋대로 자만하면서 스스로 즐거워한다면 바로 이때부터 긴긴 밤이 시작되는 것이다.[1]

---

1   루쉰, 『무덤 · 마라시력설』.

일본 유학시절의 루쉰의 강렬한 민족주의가 민족자신감과 민족자존감을 필요로 하였기에, 루쉰의 반전통은 실질적으로 이미 명확했지만 총체적인 반전통으로 나아가는 대신, 매우 특색 있는 문화선택 방안을 제시하였다.

> 명철한 사람들이 반드시 세계의 대세를 통찰하여 가늠하고 비교한 다음 그 편향을 제거하고 그 정신을 취해 자기 나라에 시행한다면 아주 잘 들어맞을 것이다. 밖으로는 세계사조에 뒤처지지 않고, 안으로는 고유한 전통을 잃지 않으며, 오늘날의 것을 취해 옛것을 부활시키고 달리 새로운 유파를 확립할 것이다.[2]

루쉰이 보기에, '명철한 사람들'은 틀림없이 협소한 자신의 한계를 뛰어넘어 '세계에 대한 넓고 깊은 식견'을 갖추고서 중서문화에 대해 '두루 비교해본' 후에, 외래문화의 찌꺼기를 제거하고 외래문화의 정수를 '가져와' 사용한다. '오늘의 것을 취한다取今'는 것은 서구문화의 최신의 발전을 알아차려야지, 서구에서도 이미 때지난 낙후된 것을 '가져와'서는 안 된다는 것이다. 그래서 루쉰은 일부 사람들이 물질을 배격하고 다수를 반대하는 현대인학사조가 흥기한 후에도 여전히 물질과 다수를 숭상하는 19세기 서구문화를 받아들이고 있다고 비판한다. 루쉰이 파악한 바의 과학(「라듐에 관하여說鉬」에서의 라듐 원소에 관한 소개), 문학(반전통적인 낭만파와 현대파에 대한 중시), 문화(「문화편향론」에서의

---

2   루쉰, 『무덤·문화편향론』.

현대인학사조에 대한 소개) 등은 모두 서구문화의 최신 발전이었다. 서구문화에도 전통과 현대화의 구분이 있다. 만약 '가져온' 것이 현대문화가 아니고 뒤처진 고대문화라면, 설령 "쉼 없이 울고 외치더라도 우환에 무슨 도움이 되겠는가?" 이른바 '옛것을 부활시킨다復古'는 것은 받아들인 서구문화를 중국 문화전통 속에서 접점을 찾아 "내부에서 자발적으로 생긴 반신불수"를 부정하고 "선왕의 은택"으로 거슬러 올라감으로써, "밖으로는 세계사조에 뒤처지지 않고, 안으로는 고유한 전통을 잃지 않으면"서 중국 전통문화와 다름과 동시에 서구문화와도 다른 신문화를 수립하는 것이다. 그러나 '접점'의 모색에 대해 루쉰은 어떤 암시도 하지 않았으며, 이로써 그의 문화선택방안은 커다란 결함을 지니게 되었다. 하지만 루쉰은 물질을 숭상하면서 "중국의 말과 글을 야만스럽다고 배척하고 중국의 사상을 조잡하다고 경멸"하는 이들에게 불만을 드러낸다. 만약 우리가 반면에서 설명을 가한다면, 루쉰은 중국문화의 조숙을 의식한 후, 아마도 현대인학사조로써 중국의 인학전통을 확충하거나 창조적으로 발전시키고, 서구의 낭만파와 현대파로써 중국의 서정시전통을 개조하고 재구성하고 싶었을 것이다. 「과학사교편」에서 루쉰은 서구의 '진리를 위한 진리'의 과학전통을 거슬러 오르면서도, 서구 근현대문화의 실천품격을 간파해내기도 한다. 그래서 루쉰은 "오늘날의 세상은 옛날과는 달라서 실리를 존중하는 것도 가능하며 방법을 모방하는 것도 가능하다"[3]고 여긴다. 만약 이러한 설명이 틀리지 않다면, 루쉰의 이 문화선택방안은 독창적인 특색을 지니

---

3   루쉰, 『무덤 · 과학사교편』.

고 있을 뿐만 아니라 지대한 '조작성operability' 또한 갖추고 있다.

루쉰은 "오늘날의 것을 취해 옛것을 부활시키"는 문화선택방안으로써 당시의 다른 문화선택방안을 비판하였다. 루쉰은 전통을 고수하고 맹목적으로 자대하는 아Q주의를 비판하면서 "허약함에 안주하고 구습을 고수하고 있으면 진실로 세계의 생존경쟁에서 살아남을 수 없다"[4]고 여겼다. 만약 국민이 '두루 비교'한 후에 자각적으로 옛것을 그리워한 것이 아니라, 이전에 잘 살았다는 것을 현실의 쇠락과 궁핍을 달래는 아편으로 삼는다면, 이른바 '옛 문명국'이란 '풍자하는 말뜻'과 '처량한 말뜻'이 될 것이며, 중국이 현대화로 나아가는 데 있어서 무거운 부담이 되어, "오히려 새로 일어나는 나라만 못하니, 그 나라의 문화는 아직 번성하지는 못했지만 미래에 충분히 존경할 만해지리라는 큰 희망이 있다".[5] 그러나 다른 한편, 루쉰은 중국문명을 얕보고 서구를 본받으려는 문화선택 또한 비판하였다. 루쉰은 이렇게 말한다.

최근의 인사들은 신학문의 말들을 약간 듣고는…… 완전히 생각을 바꾸어, 말은 서구의 이치와 합치되지 않으면 하지 않고, 일은 서구의 방식과 부합되지 않으면 하지 않는다. 낡은 사물을 배격하고 오로지 힘쓰지 않음을 두려워하면서, 장차 이전의 오류를 개혁함으로써 부강을 도모하겠노라고 한다.[6]

---

4 루쉰, 『무덤·문화편향론』.
5 루쉰, 『무덤·마라시력설』.
6 루쉰, 『무덤·문화편향론』.

이리하여 그들은 "대개 옛날의 문물에게 죄악을 덮어씌우고, 심지어는 중국의 말과 글이 야만스럽다고 배척하거나 중국의 사상이 조잡하다고 경멸한다. 이러한 풍조가 왕성하게 일어나 청년들은 허둥대며 서구의 문물을 들여와 그것을 대체하려 한다".[7] 루쉰에 따르면, 그들은 전통을 짓밟아버렸을 뿐만 아니라, 그들이 얻은 '서구의 사물' 역시 찌꺼기일 뿐이다. "사방의 이웃들이 다투어 몰려들어 압박을 가하"는 상황 하에서, 중국의 "상황 역시 변함이 없을 수 없었"지만, 위기 속에서는 감정적으로 일을 처리해서는 안 되며, 이성적으로 전통과 '서구 학문'에 대처하지 않으면 안 되었다. 루쉰은 심지어 역사적 관점에서 중국의 '자존심 강함'이 정리와 사리에 맞다고 변호하기도 하였다.

서구로부터 배우고자 하는 한편, 민족자존심을 가지고 전통으로 거슬러 올라가야 하는 것, 이는 근대에 서구를 본받으려는 중국인의 마음에 긴장감을 불러일으켰다. 이러한 긴장을 해소함에 있어서, 어떤 이는 계급이론으로써, 즉 역사의 발전과정 중에서 중국은 단지 어느 단계에서 뒤쳐졌을 뿐이니, 기운을 내어 뒤쫓으면 낙후되었다는 오명을 벗어던질 수 있다고 보았다. 또한 어떤 이는 동일시로써 내심의 긴장을 대체하였는바, 즉 중서문화는 상호 동일시할 수 있으며, 서구를 본받는 것이 민족문화에 파멸적 타격을 가져오리라 걱정할 필요가 없다고 보았다. 그러나 루쉰은 애초부터 중서문화를 각자 독자적인 체계를 지닌 이질적 문화로 간주하였으며, 따라서 일본 유학시절에 서

---

7   위의 책.

구를 본받을 때에 매우 강한 민족자존심을 드러냈다. 전통문화와 현대문화가 병존할 수 없는 것이 아닌 이상, 강렬한 민족자존심에 의해 루쉰은 진정한 '복고'로 나아가, 전통을 긍정하고 찬미하였던 것이다.

「파악성론」은 개성과 정신의 발양이라는 점에서 「문화편향론」과 일치한다. 루쉰은 이렇게 말한다. "사람들이 각기 자아를 갖게 되면 사회의 큰 각성은 조만간 달성될 것이다. 만약 사람들이 떼지어 모여들어 수많은 입으로 똑같이 울어낸다면, 그리고 그 울음소리도 자신의 마음을 헤아리지 않고 단지 다른 사람들을 따르며 기계처럼 낸다면, 바람에 흔들리는 나뭇잎 소리와 새 소리가 시끄러워 견딜 수 없다고 하더라도 그와 같지는 않을 것이다." 그러나 이러한 문화상의 현대화 추구는 오히려 전통을 찬미하는 '복고'와 밀접히 연관되어 있다. 루쉰은 '널리 만물을 숭상하고' '하늘을 경외하고 땅에 예를 갖추敬天禮地'는 중국의 천인합일天人合一을 긍정할 뿐만 아니라, 전통적인 '나라와 가족의 제도', 나아가 '옛 고향을 경시하지 않는不輕舊鄕' 유학전통 또한 긍정하였다. 전통에 대한 이러한 찬미는 강렬한 민족자존심과 한데 결합되어 있었다. 그러므로 루쉰은 중국문화의 상징물인 '용'을 찬미하여 "용은 나라의 표지인데 이를 비방한다면 낡은 사물은 장차 세상에 존재하지 못할 것이다!"라고 말했다. 아울러 루쉰은 중국에 대한 열강의 침략을 '자손의 침략'이라 일컬었는데, 이는 옛 문명국의 어르신으로 자처하였음이 분명하다. 뿐만 아니라 루쉰은 전통을 빛내기 위해 중국의 미신을 기독교와 비교하였는데, 미신을 망령으로 여기는 반면 그리스도를 참다운 신으로 여기는 사람에게 이렇게 반박한다. "종교의 유래를 살펴보면, 본래 향상을 바라는 민족이 스스로 세운 것이므로, 설령 그 대상의 많고 유일함이나 허실의 차이가 있다 할지라도 사람의 마음을 향상시키고자 하는 요구를 충족시켜준다는 점은 마찬가지이다." 그렇지만 전통에 대한 이러한 찬미 속에서도 우리는 '개인에게 맡기고 다수를 배격한다'는 현대화의 추구를 엿볼 수 있으니, 즉 "온 세상이 칭찬하여도 고무되지 않고 온 세상이 비난하여도 포기하지도 않으며, 자기를 따르는 자가 있으면 미래를 맡기고 설사 자기를 비웃고 욕하며 세상에서 고립시키더라도 역시 두려워하지 안는다"고 하였다. 따라서 「파악성론」은 '오늘날 것을 취해 옛것을 부활시킴'의 구체적인 실천이라 할 수 있다. 다만 옛과 오늘 사이의 내재적 연관을 논증하지 못하여, 문장 자체가 지닌 겹겹의 모순, 이를테면 가족제도와 개성해방의 모순, '옛 고향을 경시하지 않음'과 '세상에 홀로 외로이 섬'의 모순 등이 느껴진다는 것을 결함이라 할 수 있다. 이러한 모순은 민족자존심을 위해 전통을 거슬러 오르는 것과 서구문화에 대한 학습 사이의 모순이 구체적으로 드러난 것이다.

2. '5·4' 시기 – 현대화가 곧 서구화

'5·4' 시기에 루쉰은 일본 유학시절의 '오늘날 것을 취해 옛것을 부활시킨다'는 문화선택방안을 포기한 채, 총체적인 반전통과 서구화로 나아갔다. 이러한 변모에는 세 가지 원인이 있다고 나는 생각한다. 첫째, 위안스카이가 제제帝制 실행의 여론준비로 '공자 존숭尊孔'을 내세운 바람에 "중이 미우면 가사까지도 보기 싫어지는" 상황이 연출되었다. 이러한 점은 루쉰뿐만 아니라 '5·4'의 반공反孔·반전통주의자 모두의 공통된 인식이었다. 둘째, '2차 혁명' 이후 루쉰의 민족자존감은 민족절망감으로 바뀌었으며, 이러한 절망감은 쉬서우창과 쉬광핑에게 보내는 편지 속에 절절히 드러나 있다. 그는 중국인의 구원은 결국 세계 인도주의가 승리를 거두어야 가능하며, 중국인이 기꺼이 노예가 되겠노라고 할지라도 남들이 내버려두지 않을 것이라 여겼다. 그래서 그는 "오직 어둠과 공허만이 있을 뿐"[8]이라고 느꼈던 것이다. 이러한 절망감은 그에게 총체적으로 전통을 포기하고 서구화로 나아가려는 충동을 낳았다. ─즉 절망이 희망과 마찬가지로 허망한 것인 바에야, 일어나 절망에 반항하여야 마땅하다는 것, 다시 말해 낡은 문화전통과 '절망적인 항전'을 벌여야 마땅하다는 것이다. 셋째, 일본 유학시절에 받아들였던 바이런, 니체 등의 반전통주의자가 루쉰에게 일종의 '지원의식'을 안겨주었다는 점이다. 그래서 레벤슨J. R. Levenson 은 중국의 반전통주의자들이 이지적으로는 전통에 반대하였으나 정감상으로는 반대하지 않았다고 여겼다. 그의 견해는 합리적인 면도 있지만, 그는 '5·4'의 총체적인 전통 포기는 신해혁명의 실패 이후 사람들이 절망 속에서의 일종의 정감의 충동을 느끼고 감정의 충동 아래에서 반성한 산물임을 간파하지 못했다. 만약 과학적 분석의 이성적 태도로써 전통을 반성한다면, 전통 중에도 긍정하고 떠받들 만한 것이 있기 마련이며, 따라서 총체적으로 전통을 포기하게 되지는 않았을 것이다.

---

8   루쉰, 『들풀·그림자의 고별(影的告別)』.

그러나 신문화운동 중의 다른 사람들에 비해, 루쉰은 총체적인 반전통이 국민에게 초래할 위기를 심각하게 인식하고 있었다. 「파악성론」에서 루쉰은 과학과 신앙이 서로 다른 영역임을 인식하고, 그래서 미신타파에 반대하였다. 서구인이 기독교 속에서 생명의 위안을 얻듯이, 중국인은 미신 속에서 생명의 위안을 얻는다는 것이다. 그러나 천두슈陳獨秀 등은 강렬한 민족자존감으로 말미암아 기독교에 대한 인정을 나타낼 수 없었으며, 따라서 그들은 전통에서 보자면 순수히 '외왕'에 속하는 '과학'과 '민주'를 제창하면서 전통적인 '내성'의 훼손, 즉 공자와 공교에 대한 반대로 나아갔던 것이다. 이것은 곧 중국인을 자유의 '황량한 벌판'으로 진정으로 내던져버린 것이었다. 즉 중국인은 서구인처럼 기독교 속에서 위안을 얻지도 못하고, 전통 중국인처럼 유교 속에서 의지처를 찾을 수도 없었다. 이리하여 중국인은 진정으로 자유롭고 고독한 개인이 되었다. 사실 개성주의는 기독교의 산물이며,[9] 개체는 신과 교통하고 사람들과 싸움을 벌일 수 있었다. 그러나 신문화운동은 개인을 유가의 대가정에서 떠나게 한 후 , 기독교로 진입하여 예수의 '살 중의 살'[10]로 되지 못한 채 '과학'과 '민주'의 길로 나아가게 만들었다. 그렇지만 누군가가 '밥을 하늘로 삼는' 신도가 아니라 가치의 의탁, 신앙의 위안 및 개체 사망의 초월 등을 필요로 한다면, 돌아갈 집도 없이 '황량한 벌판' 위에서 근심하고 고민하며 두려움에 떠는 사람이 되는 수밖에 없다. 그래서 '5・4' 이후 사람들은 '황량한 벌판' 위의 고독과 고민을 견딜 수 없어 각자 의지할 곳을 찾아 나섰다. 일부 사람들은 전

---

9   高旭東・吳忠民 외,『공자정신과 기독정신(孔子精神與基督精神)』, 33~34쪽.
10   『구약전서・창세기』 제2장 23절.

통으로 되돌아가고 일부 사람들은 마르크스주의로 나아갔던 것은 나름대로 그 필연성이 있었던 것이다. 루쉰은 신문화운동에 개입하기 이전에 이 점에 대해 분명하게 인식하고 있었으며, 이는 루쉰 조기의 문화선택에서 엿볼 수 있다. 루쉰이 '산을 내려와' 신문화운동에 뛰어들기 전에 첸쉬안퉁錢玄同에게 말했던 바, '불행한 소수자'를 놀라 깨워 구제할 길 없는 고초를 겪게 할까 봐 염려했듯이, 전통이라는 '쇠로 만든 방'에 대한 절망 외에도 이에 대한 고려가 있었다. 게다가 천두슈가 제창했던 '민주'와 '과학'은 루쉰이 「문화편향론」에서 반대했던 것이므로, 신문화운동 속에서 루쉰은 벗의 요청을 거절한 지 여덟 달이 지나서야 기꺼이 '산을 내려'왔던 것이다.

루쉰은 '산을 내려오'자 마자 급진적인 서구화와 총체적인 반전통의 자태로써 신문화운동의 문화선택과 기본적으로 보조를 함께 하였다. 총체적 반전통과 서구화라는 루쉰의 문화선택이 신문화운동의 영향을 받았음은 부인할 수 없다. 그러나 루쉰은 전통의 죄악에 대한 체험이 매우 깊은데다 전통의 총체적인 포기의 어려움을 잘 알고 있었던 터라, 전통에 대한 그의 반대는 격렬했다. 물론 이러한 격렬한 반전통에는 현실적인 고려도 작용하였다. 후스가 말했듯이, 전통의 타성이 강하기 때문에 '전반 서구화'를 실행하더라도 사실은 일부분만 서구화할 수밖에 없다. 루쉰 역시 이렇게 말한다. "중국 사람의 성미는 언제나 타협과 절충을 좋아한다. 예를 들어 이 집이 너무 어두워 여기에 반드시 창문을 하나 만들어야겠다고 하면 모두들 절대 안 된다고 할 것이다. 그러나 만약 지붕을 뜯어 버리자고 하면 그들은 곧 타협하여 창문을 만들기를 바랄 것이다. 더욱 치열한 주장을 하지 않으면 그들은 언제나 온건한 개혁마저도 하려 들지 않는다."[11] 따라서 '5·4' 시기에 루쉰은 반전통, 즉 '쇠로 만든 방'의 허물기에 온힘을 기울였다. 루쉰은 반전통이란 점에서 천두슈나 후스에 비해 훨씬 실질적이고 감성적인 내용을 제공하였으며, 후세에 미친 영향도 이들보다 컸다.

하지만 전통은 결국 루쉰의 정신적 '고향'이었다. '고향'은 아무리 가난하고 우매하고 혼란스러울지라도 여전히 그리워할 만한 아름다운 것이다. 총체적인 반전통은 곧 '고향'과의 결별을 의미하였으며, 이는 고통을 안겨주는 일이었다. 이러한 '고향'과의 결별이 낳은 고통은 루쉰의 마음속에 잘 드러나 있다. 물론 후스에게는 이러한 고통이 없다. 후스의 낙관주의는 바로 전통과 현대화, 나아가 중서문화의 경계에 대한 '동일시'에서 비롯된다. 그리하여 후스는 고대의 백화문 속에서 문학의 현대화를 발견하고, 청대의 소학 속에서 '과학적 방법'[12]을 발견하며, 이구李觀와 비씨費氏 부자, 즉 비경우費經虞와 비밀費密에게서 미국의 실용주의를 발견하고, 왕망王莽에게서 '사회주의'를 발견한다.[13] …… 중서문화를 서로 동일시하는 이러한 방법으로 인해, 후스는 반전통과 서구화를 주창할 때에 '고향'과 결별할 필요가 없으며, '고향'과 결별하는 고통도 물론 없었을 것이다.

그러나 이것은 문제의 일면일 뿐이다. 현대화의 실현이 '고향'과의 단절을 필요로 하지 않는 이상, 후스는 전통에 대해서도 미련을 두지 않았다. 중서고금의 모든 것은 그의 '실험주의'라는 사무실에서 심사

11　루쉰, 『삼한집 · 소리 없는 중국』.
12　『胡適文存』一集 卷二, 上海亞東書店, 1925, 287쪽.
13　『胡適文存』二集 卷一, 「王莽」·「記李觀的學說」·「費經虞與費密」 등의 글.

를 받아 통과되기만 하면 통행될 수 있었다. 하지만 전통과 단절하는 루쉰의 태도는 오히려 그로 하여금 내버려진 낡은 사물에 대한 그리움을 훨씬 짙게 품게 하였다. 그래서 후스와 루쉰은 모두 고대의 전적을 정리하고 고증했지만, 이때 후스는 백화문을, 루쉰은 문언문을 사용하였다. 루쉰은 지식면에서 "앞서간 성현들을 위해 끊어진 학문을 잇爲往聖繼絶學"는 전통의 계승자일 뿐만 아니라, 어머니에 대한 효성, 문언문으로 전통적 비문을 써주는 일 등에서 엿볼 수 있듯이 됨됨이에서도 전통적 도덕규범을 지키고 있었다. 그렇지만 루쉰은 자신이 떠안은 전통 가치, 미학상의 전통 취미 등등과, 그가 공개적으로 발표한 글 속에서 고취한 도덕 가치 및 전통에 대한 격렬한 공격 사이의 조화불가능한 모순과 충돌을 잘 알고 있었다.[14] 어떤 의미에서 본다면, 루쉰의 격렬한 반전통과 전통에 대한 계승은 각각 극단으로 치달렸으며, 그는 전통과 현대화의 모순과 충돌의 극단 사이에서 고민하고 방황하였다. 그렇기에 루쉰은 자신에게 '귀기鬼氣'와 '독기毒氣'가 있다고 토로했던 것이다. 전통은 현대화할 수 없으며, 현대화는 곧 서구화이다. 다른 사람에게는 하나의 추구요 신식의 구호일 뿐이겠지만, 루쉰에게는 용감하게 싸우면서도 고민하고 방황하는 실질적 내용을 이루고 있다. '민족혼民族魂' — 민족의 '큰 마음大心'으로서의 루쉰은 중서문화가 충돌하는 소용돌이 속에서 민족의 진흥을 위해 용감하게, 그리고 맑게 깨인 채로 전통과 작별하여 현대화로 나아갔지만, 이와 동시에 이 과

---

14   「술집에서(在酒樓上)」에 대한 분석을 통해 루쉰이 "불명확한 의식층에서 전통가치에 대해 계승했다"는 린위성(林毓生)의 주장에 필자는 동의하지 않는다. 루쉰이 명확히 의식하였기에 신구 가치의 심중의 충돌이 일어났을 것이다.

정에서 민족 심령의 위기감과 복잡성 또한 드러내주었다.

물론 전통과 현대화, 나아가 중서문화의 경계를 소멸시켜 버린다면, 루쉰 역시 이로 인해 고민하지 않았을 것이다. 하지만 '5·4' 시기 루쉰의 특징은 그가 이 경계에 대해 엄격히 구분하고 있다는 점이다. 이 점은 궈머뭐郭沫若와 비교해보면 금방 알 수 있다. 궈모뭐는 중서문화의 상호 동일시의 방식을 통해 전통과 현대화 사이의 긴장되고 고통스러운 문화선택을 제거하는 데에 능했다. 궈모뭐는 이렇게 말한다. "나는 원래 장자를 좋아하고 볼테르F. A. Votaire에 친근하였기에 범신론 사상에 대해 몹시 끌리는 느낌을 받았다. 이 때문에 나는 유럽의 대철학가 스피노자B. D. Spinoza의 저작과 독일의 대시인 괴테J. W. Goethe의 시를 가까이하였다."[15] 궈모뭐가 동양문화의 장자와 볼테르를 통해 서구문화를 동일시하게 되었음을 어렵잖게 알 수 있다. 궈모뭐가 동일시했던 범신론, 즉 인신합체人神合體, 만물을 동등히 여기고 생사를 똑같이 여기는 것 등은 유가의 천인합일天合一, 도가의 자연주의와 동일시할 수 있다. '조화'는 중국문화의 중요한 특징의 하나인데, 서구의 전통에는 조화 사상이 거의 없다. 그런데 궈모뭐가 서구문화에서 받아들인 것은 오히려 그 조화사상이다. 따라서 궈모뭐가 비록 괴테의 『파우스트』와 니체의 『짜라투스트라는 이렇게 말했다』를 번역한 적이 있지만, 파우스트정신과 짜라투스트라주의는 그의 마음속에 뿌리를 내리지 못했으며, 동시기의 그의 창작에도 영향을 주지 못했다. 궈모뭐가 괴테에게서 길어올렸던 것은 그의 복잡한 사상 중의 조화사상이었

---

15 「시를 지은 경과(我作詩的經過)」, 『沫若全集』 十一, 北京 : 人民文學出版社, 1959.

다. 궈모뤄와 달리, 루쉰이 받아들였던 것은 현대 서구의 인간과 자연, 개체와 사회가 격렬히 대립하는 사조였으며, 그는 서구의 대립적인 동태문화로써 중국문화의 고요함과 조화로움을 깨트리고자 하였다. '조화'론의 취지는 집단과 단일성이며, 이것이 중국의 문화전통이다. 반면 '대립'론은 필연적으로 개성의 다양함으로 나아가며, 총체적 조화를 중시하는 중국 전통문화는 이를 두려워한다. 그래서 루쉰은 중국문화를 서구문화와 동일시하지 않았으며, 서구 현대문화에 근거하여 중국 전통문화에 반기를 들었다. "외국에 있는 것은 죄다 중국에 있었다"는 말은 '중서고금파'에 대한 루쉰의 풍자이며, 루쉰은 외국 문물이 중국에 들어오기만 하면 "한결같이 본래의 색깔을 잃어버릴" 까봐 염려한다.[16] 그래서 루쉰은 중서문화의 상호 동일시의 방식으로 '국수를 보존함'에 반대한다.

전통과 현대화에 대한 루쉰과 궈모뤄의 상이한 인식은 물론 전통에 대한 상이한 태도에 드러나 있다. 전통이 현대화되지 못하고 현대화에 장애가 되는 이상, 루쉰은 유가와 도가의 문화전통을 철저히 부정한다. 반면 궈모뤄는 중국의 문화전통에 대해 이처럼 비타협적인 결별의 태도를 드러낸 적이 없다. ─ 중국문화로써 서구문화를 동일시할 수 있고, 서구문화로써 중국문화를 동일시할 수 있기 때문이다. '5·4' 시기에 궈모뤄는 '세 명의 반역 여성三個叛逆的女性' 속에서 개성해방이라는 '5·4' 시대정신을 발견했다. 루쉰과 궈모뤄는 모두 굴원을 좋아했지만, 루쉰은 주로 굴원 작품의 '문학적 재능文采'을 좋아하였으며, 인

---

16   루쉰, 『열풍』 중의 「수감록 38」과 「수감록 43」.

격적으로는 굴원을 『홍루몽』의 가씨賈氏 집안의 하인인 초대焦大로 간주하고, 그의 『이소』를 단지 '조력자를 얻지 못한 불평'에 지나지 않는 것이라 평가한다. 반면 궈모뤄는 굴원을 자신에 비유하면서 처음에는 그의 개성정신을 찬양하고 나중에는 '인민 시인'이라 일컫는다. 루쉰과 궈모뤄는 모두 장자를 좋아하지만, 궈모뤄는 장자의 '범신론', 즉 "천지가 나와 더불어 살아가고 만물이 나와 하나가 되는 것天地與我幷生, 而萬物與我爲一"을 좋아하며, 심지어 자신이 나비인지 장주인지 구분하지 못하는 것을 좋아한다. 마치 『여신女神』에서 "내 안에도 그대가 있고, 그대 안에도 내가 있네! 내가 바로 그대이고, 그대가 바로 나라네!"라고 노래하듯이. 반면 루쉰은 모든 것을 혼돈으로 귀착시키는 장자의 사상을 비판하며, 만년에 이르러 「죽음에서 살아난 이야기起死」에서도 장자의 '호접몽蝴蝶夢' 및 그의 '무시비관無是非觀'을 비판한다. 비록 명리를 쫓지 않는 장자의 성품과 권력을 비웃는 풍골이 루쉰의 인격에 미친 잠재적 영향이 없지는 않지만, 루쉰이 장자에게서 받아들인 것은 주로 예교에 대한 피맺힌 고발이며, '세움立'이라는 면에서 루쉰이 받아들인 것은 주로 서구 현대문화였다.

전통과 현대화 사이의 문화선택에 드러난 루쉰과 궈모뤄의 차이는 그들의 대표작인 『외침』·『방황』과 『여신』에 전형적으로 드러나 있다. 『외침』과 『방황』 중의 인물 가운데, 한 부류는 전통세계의 인물, 이를테면 아Q, 룬투閏土, 산씨네 넷째 며느리單四嫂子, 샹린댁祥林嫂 및 다수의 '잡인'과 '구경꾼' 등이며, 다른 한 부류는 현대의식을 지닌 인물, 이를테면 광인과 미치광이, N선생, 웨이롄수魏連殳, 쥐안성涓生 등이다. 루쉰은 현대관념으로써 전통을 살펴보면서 전통적 중국인을 각성시킴으로써 사상관념상의 현대화를 실현하고자 한다. 『외침』과 『방황』 중에서 주관과 객관의 충돌, 개성과 집단의 충돌, 나아가 사람들 심령의 내재적 충돌은 중국 전통의 조화이상으로 하여금 문득 창백한 모습을 드러내게 만든다! 그러나 『여신』의 미학이상은 대립이나 충돌, 처참함이 아니라 조화이다. 『여신』의 짙은 범신론 색채는 인간과 자연, 개성과 집단의 충돌을 완화시켰을 뿐만 아니라, 일체를 조화로 귀착시키고자 하였다. 예를 들면 「봉황열반鳳凰涅槃」에서처럼, "일체의 하나는 조화요, 하나의 일체는 조화라네. 조화는 곧 그대, 조화는 곧 나, 조화는 곧 그……" 「지구여 나의 어머니여地球, 我的母親!」에서 궈모뤄는, 지구가 농부를 효자로 애지중지 아끼고 노동자를 총아로 가슴에 품으며, 자신을 등에 업고서 낙원에서 소요하고 해양海洋으로써 음악을 연주하여 자신의 영혼을 위로한다고 노래하고 있다. 현대 중국의 시가 중에는 이러한 천인합일의 절묘한 고전적 그림을 백화로 그려낸 이는 매우 드물다.

루쉰은 대립적 동태문화로서 중국의 조화로운 정태문화에 충격을 가하고, 총체로부터 분리된 개성정신으로써 중국문화의 총체성에 충격을 가함으로써 급진적 반전통주의자의 반역적 자태를 보여주었다. 그러나 궈모뤄의 범신론은 중국 전통문화에 어떤 충격도 가하지 못하였다. 서구문화의 발전사에서 범신론이 진보적 역할을 담당했음은 확실하다. 범신론은 중세기의 신본주의에서 현대 무신론으로 넘어가는 중요한 고리이다. 행함이 없으면서도 행하지 않음이 없고無爲而無不爲, 신은 존재하지 않은 곳이 없으며, 무엇이든 모두 신인데, 이는 실제로 신을 없애버린 것이다. 그러나 사회 전체가 신학의 분위기 속에 뒤덮여 있을 때, 범신汎神은 무신無神에게 유신有神의 베일을 덮어씌웠다. 하지만 중국문화는 예부터 신본주의전통이 형성되어 있지 않았으며, 유학은 철학적 인학이요 총체를 떠받드는 인본주의였다. 따라서 궈모뤄의 범신론은 중국의 천인합일사상을 달리 표현한 것에 지나지 않는다. 궈모뤄가 중서문화를 상호 동일시한 이상, 전통 역시 현대화할 수 있다는 것이 필연적 논리추론이다. 그래서 궈모뤄가 공자와 그의 도를 숭상하는 것과 현대화를 옹호하는 것 사이에는 어떤 긴장도, 어떤 고통도 존재하지 않는다. 그러나 루쉰이 총체적인 반전통과 서구화의 방식을 통해 중국을 현대화로 나아가게 한 이상, 그가 직면한 것은 문화에 있어서의 '고향'과의 결별이었다. 이러한 결별의 충동을 낳는 내재적 동인은 '고향'을 구원한다는 애국주의적 열정이었다. 이리하여 전통과 현대화, '고향'에 대한 맹렬한 공격과 '고향'의 구원 및 '고향'의 옛 사물에 대한 깊은 그리움의 갖가지 모순은 루쉰 내심의 긴장과 고통을 초래하지 않을 수 없었다.

3. 후기 – 주체정신으로써 '가져오기주의'를 실행하다

중국 현대화의 실현을 추구하는 지식인에게 있어서 레닌주의는 확실히 지대한 흡인력을 지니고 있었다. 마르크스레닌주의의 역사발전단계론에 따르면, 인류사회는 원시사회, 노예제 사회, 봉건제 사회, 자본주의사회를 거쳐 사회주의, 공산주의사회로 나아간다. 자본주의사회가 이미 현대화에 이르렀다고 한다면, 사회주의는 자본주의를 뛰어넘은, 보다 현대화된 사회이다. 이 초超현대화된 사회는 뜻밖에도 비교적 낙후된 소련에서 제일 먼저 현실화되었다. 그렇다면 러시아사회의 상황과 유사한 중국에서 자본주의사회로 나아가기 전에 사회주의를 실현하지 못할 까닭이 있겠는가? 그러나 루쉰은 희망과 '미래의 황금세계'를 가벼이 믿지 않는 사람이었다. 그는 심지어 미래에 대한 희망을 "신도들의 하나님처럼 삶의 위안으로 간주"[17]하였다. 따라서 10월 혁명의 포성이 중국인에게 마르크스레닌주의를 가져다주었지만, 루쉰은 "자본주의 국가의 흑색선전 때문에 10월 혁명에 대해 여전히 조금은 냉담하고 회의적"[18]이라고 진단한다. 훗날 1929년부터 1933년에 걸쳐 자본주의세계의 경제대공황 및 소련건설의 대성공에 따라, 루쉰은 '회의적' 시선을 거두었을 뿐만 아니라, "무계급사회가 틀림없이 출현하리라 굳게 믿게 되었"다.

마르크스레닌주의를 믿게 된 이후, 루쉰은 현대화에 있어서 자본주의를 초월한다는 믿음을 지니고 있을 뿐만 아니라, 전통을 대함에 있어서도 '변증'의 관념을 지니게 됨에 따라 '5·4' 시기의 전통과 현대화 사이의 고민을 일소하게 되었다. 변증의 방법으로 전통을 대함으로써 루쉰은 "새로운 계급과 그들 문화는 갑자기 하늘에서 내려온 것이 아니며, 구지배자와 그들의 문화에 대한 반항, 즉 옛것과의 대립 가운데 발달해 가기 마련이다. 그러므로 신문화가 여전히 전승되는 것처럼 구문화 역시 여전히 취사선택될 뿐"이라는 사실을 깨닫게 되었다. 그러므로 후기의 루쉰이 반전통을 견지─신문화가 구문화에 대한

---

17   루쉰, 『먼 곳으로부터의 편지』 4.
18   루쉰, 『차개정 잡문·국제문학사의 질문에 답함(答國際文學社問)』.

반항 중에서 발달하며, 후기 루쉰이 유가와 도가의 문화전통에 대한 비판, 중국의 '궁정문학'과 '산림문학'의 전통에 대한 비판 및 국민성 개조 등을 견지하였듯이 — 하였지만, '5·4' 시기에 비해 후기의 루쉰이 중국 문화전통과 국민성 중의 뛰어난 점을 모색하는 데에 주의를 기울였음은 확실하다. 「중국인은 자신감을 잃어버렸나中國人失掉自信力了嗎」라는 글에서 루쉰은 '옛날부터 머리를 파묻고 힘들게 일을 하며 죽을힘을 다해 백성의 목숨을 살리고 몸을 돌보지 않고 방법을 알아보았던' 중추적 인물을 찬양하였는데, 「홍수를 막은 이야기理水」의 대우大禹, 「전쟁을 막은 이야기非攻」의 묵자가 바로 이러한 중추적 인물이었다. 「모래沙」라는 글에서도 '무지렁이 국민은 단결하지 않은 적이 없'었음을 지적하고 있다. 가장 대비적인 예로, 루쉰은 일본 유학시절에 셰익스피어 희극 중에 브루투스가 카이사르를 살해한 일을 들어 '다수'의 지조 없음이라 질책하였지만, 후기의 루신은 누군가가 똑같은 일을 똑같이 질책하자 반박을 가하였다.

변증법적으로 전통에 대처하고 일분위이一分爲二적으로 유산을 분석함과 아울러 비판·계승하는 것, 이것은 루쉰의 문화선택의 특징이라기보다는 마르크스레닌주의가 늘 말해온 것이다. 그렇다면 변증적인 방법과 비판·계승을 인정하는 외에, 후기 루쉰의 문화선택에는 어떤 특징이 있는가? 중외中外의 문화유산에 대해 '가져오기주의'를 실행했던 점이야말로 루쉰 후기의 문화선택의 특징이라 할 수 있다. 루쉰은 '가져오기주의'로써 문화유산에 대처하는 마르크스주의의 변증법을 풍부하게 만들었다. '가져오기주의'에 대해 사람들은 늘 '서구화'의 일종, 즉 외국의 문화를 가져오는 것으로 이해한다. 그러나 「가져오기주의」라는 글에서 거론했던 예, 그리고 루쉰 후기의 중외문화에 대한 총체관에서 볼 때, '가져오기주의'는 중국 민족문화유산에 대한 비판과 계승 또한 포함하고 있다. 필자는 루쉰의 「가져오기주의」라는 글을 중심으로 그의 '구형식의 채용'을 논함論'舊形式的採用」 등의 글 및 서신을 아우르면서 후기 루쉰의 문화선택의 특색을 살펴보고자 한다.

　루쉰에 따르면, 전통적인 '쇄국'시대에는 '자기도 가지 않고 남도 오지 못하게 하'고, 총과 대포에 의해 개방된 이후에는 '나라를 빛내기' 위해 내보내는 것은 많아도 '가져오기'는 잊어버린다. 아마 중국인은 아편에서 고물 대포와 총에 이르기까지 '보내온' 것에 혼난 기억이 있을 것이다. '보내온' 것이 시원치 않은 까닭은 '가져온' 것이 아니라 '보내온' 것이기 때문이다. '가져오기'는 문화선택의 주체적 능동성과 식별력에 주의를 기울여야 한다. 외래문화에 대해서는 민족을 주체로 삼아 선택을 진행해야 하고, 민족의 전통문화에 대해서는 현실의 문화적 수요를 기준으로 뛰어난 것을 선택하여야 한다. 루쉰은 조상의 음덕으로 대저택을 얻은 가난한 청년을 예로 든다. 이 젊은이가 만약 낡은 것에 오염이 될까봐 감히 집으로 들어가지 못한다면 겁쟁이이다. 화가 치밀어 불을 놓아 저택을 깡그리 태워버린다면 머저리이다. 희희낙락하면서 침실에 걸어들어가 남은 아편을 실컷 피운다면 폐물이다. '가져오기'는 우선 먼저 점유한 다음에 고른다. 상어 지느러미를 보면 먹어치우고 아편을 보면 병을 치료하는 데 쓰이도록 한다. 아편 담뱃대와 아편 등 따위는 일부를 박물관에 보내는 것 이외에는 다 버려도 좋으며, 한 무리의 첩들에게도 뿔뿔이 흩어지게 한다. 이것이 바로 낡은 문화가 새로운 문화로 변모하는 과정이다. 루쉰은 "한

줄기 탁류가 맑고 깨끗하고 투명한 한 잔의 물보다 못한 것은 당연하지만, 탁류를 증류한 물에는 여러 잔의 정수淨水가 들어 있는 법"[19]이라고 말한다.

루쉰이 훨씬 더 많이 이야기한 것은 물론 문예이다. 그러나 '창신에 귀함이 있다'는 문예 역시 근거 없이 창조될 수는 없다. 루쉰은 이렇게 말한다. "새로운 예술이란 뿌리도 없고 꼭지도 없이 느닷없이 발생한 것은 하나도 없으며, 언제나 이전의 유산을 이어받고 있으니, 몇몇 젊은이들이 골라 쓰면 곧 투항하는 것이라고 여기는데, 이는 그들이 '골라 쓰는 것'과 '모방하는 것'을 똑같이 여기는 것이다. 중국과 일본 그림이 유럽에 들어가 사람들에게 받아들여져 '인상파'가 생겨났는데, 인상파가 중국 그림의 포로라고 말하는 이가 있는가?"[20] 루쉰은 또 이렇게 말한다. "구형식을 채용하면 삭제되는 곳이 있게 마련이며 삭제되는 곳이 있으면 덧붙여진 부분도 있다. 이 결과가 신형식의 출현이며 이는 변혁이기도 하다." 물론 "이러한 채용은 골동품 조각을 늘어놓는 식이어서는 안 되며 반드시 새로운 작품 속에 녹아들어야 한다. …… 소나 양을 먹는데 발굽과 터럭을 버리고 그 정수만을 남겨서 새로운 신체를 길러내고 발달시키는 것과 같아야 한다. 그렇다고 해서 소나 양과 '같은 것'이 될 리가 없다".[21] "요컨대, 우리는 가져와야 한다. 우리가 사용하든 내버려두든 불태우든 간에. 그렇다면 주인은 새로운 주인이고 저택도 새로운 저택이 될 것이다. …… 가져오는 것이

---

19 루쉰, 『풍월이야기(准風月談)·귀머거리에서 벙어리로(由聾而啞)』.
20 루쉰, 『서신집·340409웨이멍커에게(致魏猛克)』.
21 루쉰, 『차개정 잡문·'구형식의 채용'을 논함』.

없으면 사람은 스스로 새롭게 될 수 없으며, 가져오는 것이 없으면 문예도 스스로 새로워질 수 없다."[22]

---

22   루쉰, 『차개정 잡문·가져오기주의』.

역자 후기

이 역서는 중국의 비교문학연구자인 가오쉬둥高旭東 교수가 2013년에 베이징사범대학출판집단과 안휘대학출판사에서 공동으로 펴낸『跨文化視野中的魯迅』의 일부를 우리말로 옮긴 것이다. 이 저서는 원래 총 4부, 즉 '루쉰—중서문화 충돌의 소용돌이 속에서', '루쉰—동방의 문화악마', '루쉰에 관한 논쟁', 그리고 '루쉰의 전통 및 당대 운명'으로 나누어져 있다. 이 역서는 저자와의 협의를 거쳐 이 가운데의 제1부인 '루쉰—중서문화 충돌의 소용돌이 속에서'를 우리말로 옮겼다. 제1부에 실린 6부의 논문은 모두 1980년대 중반부터 1990년대 초반에 이루어진 연구성과들로서, 비교문학연구자로서의 문제의식을 명료하게 드러내주고 있다.

이 역서에 실린 각각의 논문의 주요 문제의식은 다음과 같다.

「중서문화 충돌의 소용돌이 속에서」 저자는 근대중국의 문화충돌과 관련된 사건들 가운데 루쉰과 직접적으로 관련된 사건으로 무술변법戊戌變法, 의화단운동義和團運動, 신해혁명辛亥革命과 신문화운동新文化運動 등을 들고 있다. 저자는 루쉰과 중서문화를 살펴보기에 앞서 우선 이들 사건이 가져온 근대 중국문화 충돌의 소용돌이 속에서 루쉰이 어떤 태도를 보였는지, 그리고 당시의 문화충돌이 루쉰에게 미친 영향은 어떠했는지를 살펴보고 있다.

「루쉰의 중서문화 비교관」에서 저자는 루쉰의 중서문화의 비교관,

특히 중국 국민성에 대한 인식이 결코 단일하지 않으며, 심지어 모순된다는 점을 지적한다. 따라서 루쉰의 글 속에 나타난 일면을 근거로 중서문화에 대한 루쉰의 인식을 재단할 경우, '루쉰이 루쉰에 반대하는 현상'을 빚어낼 것이라고 우려한다. 저자는 루쉰의 중서문화 비교관을 온전히 이해하기 위해 중국문화의 조숙과 서구문화의 정상적 발전을 비교의 기점으로 삼아 그의 중서문화 비교관 및 국민성의 해부에 대해 총체적으로 파악하고자 한다.

「루쉰의 성격에 미친 서구문화의 영향」에서 저자는 과거의 루쉰연구가 과학주의와 인본주의의 대립적 측면만을 보았을 뿐 양자의 통일을 홀시하였다고 비판하면서, 과학주의와 인본주의 차이와 연관이 일본 유학시절의 루쉰 사상을 이해하는 데 매우 중요하다고 주장한다. 과학주의와 인본주의의 대립과 통일이라는 관점에 기반하여 저자는 루쉰이 최종적으로 인본주의로 나아갔지만, 루쉰사상의 형성에 과학주의가 미친 영향 역시 무시해서는 안 된다는 것을 강조한다.

「루쉰의 격렬한 반전통과 국민성 개조」에서 저자는 중서문화의 충돌이 빚어낸 소용돌이 속에서 모든 복잡성과 정신문화위기가 루쉰에게 체현되어 있음을 주목한다. 이러한 루쉰 사상의 복잡성과 심오성에도 불구하고 저자는 우선적으로 루쉰이 지니고 있는 '반역의 용사'로서의 성격을 지적한다. 그리하여 루쉰의 급진적 반전통의 정신이 니체의 반역정신과 맞닿아 있으며, 중국문화전통에 비판적 성찰을 통해 국민성 개조에 힘을 쏟게 되었음을 분석해내고 있다.

「의식 심층에서의 중국 전통문화 계승」에서 저자는 루쉰이 어려서부터 받았던 고전문화교육, 전통사대부의 구국구민救國救民의 우환의식 및 전통적 지식인의 기풍 등을 근거로 '루쉰은 정말로 전통을 모조리 반대했던가?'라는 질문을 던지고, '오직 유교와 도교 문화만이 루쉰을 낳을 수 있다'라고 대답한다. 그리하여 반전통의 배후에서 루쉰이 어떻게 전통을 계승하였는가를 살펴보기 위해, 루쉰이 서구문화를 수용한 전통기제와 반전통의 전통기제를 분석하고, 루쉰의 불후관^{不朽觀}과 전통문화의 계승에 내재되어 있는 유가와 도가의 영향을 추적한다.

「전통과 현대 사이에서의 문화선택」에서 저자는 전통에 대처하는 루쉰의 태도가 일생동안 끊임없이 변화하고 있음에 주목하면서, 루쉰의 문화선택을 '전반^{全盤} 반전통'으로 개괄하는 것은 편파적이라고 주장한다. 그리하여 그는 일본유학시절, '5·4'시기, 후기의 세 단계로 나누어 루쉰의 문화선택의 상이한 양상을 살펴본다.

이들 논문은 루쉰을 바라보는 저자의 관점이 서양, 혹은 서양문화와의 비교를 토대로 이루어지고 있음을 보여주고 있다. 중국과 서양, 중국문화와 서양문화의 대립과 차이가 루쉰을 통해 어떻게 수용되고 나아가 변증법적 통일을 이루는지, 그리고 이러한 각각의 과정이 중국의 근대화에서 어떤 의미를 지니는지를 저자는 캐묻고 있다. 사실 저자의 이러한 문제의식은 그의 첫 저작인 『지식의 나무와 생명의 나무─중서문화테마비교^{生命之樹與知識之樹─中西文化專題比較}』(河北人民出版社, 1989)에서도 엿볼 수 있다. 이 역서에서도 자주 이 저작이 언급되고 있는 만큼, 여기에서 간단히 이 저작의 개략적인 내용을 살펴보기로 한다.

『지식의 나무와 생명의 나무』에서 저자는 '지식의 나무'와 '생명의 나무'를 비교의 기점으로 삼아 중서문화의 기본적인 차이에 대한 견해를 피력하고 있다. 저자는 이 저작에서 서양문화를 참조체계로 삼아 중국문화를 반사反思하고 중국문화의 현대운명에 대한 사고를 진행하였다. 저자는 '지식의 나무'와 '생명의 나무'로써 중서문화를 개괄하는 것이 대단히 편면적일 수 있다는 점을 인정하면서도, 중국문화를 '생명의 나무'로, 서양문화를 '지식의 나무'로 판단한다.

주지하다시피 '지식의 나무'와 '생명의 나무'의 구분은 『성경』의 「창세기」 3장에서 비롯된다. 즉 여호와 하나님은 아담과 하와에게 "동산 나무의 실과를 먹을 수 있으나 동산 중앙에 있는 나무의 실과는 먹지도 말고 만지지도 말라. 너희가 죽을까 하노라"라고 말씀하신다. 그러나 간교한 뱀은 하와에게 "너희가 결코 죽지 아니하리라. 너희가 그것을 먹는 날에는 너희 눈이 밝아 하나님과 같이 선악을 알 줄을 하나님이 아심이니라"라고 말한다. 하와는 뱀의 유혹에 넘어가 선악과를 먹고, 아내의 권유를 받은 아담 역시 이 실과를 먹는다. 이 사실을 알게 된 여호와 하나님은 "보라, 이 사람이 선악을 아는 일에 우리 중 하나같이 되었으니 그가 그 손을 들어 생명나무 실과도 먹고 영생할까 하노라" 하시고 에덴동산에서 그들을 내보내어 그의 근본된 토지를 갈게 하였다.

아담과 하와가 에덴동산에서 추방된 이 이야기에서 선악과, 즉 옳고 그름을 알 수 있는 열매를 맺는 나무는 지식의 나무이며, 영생을 가져다주는 열매를 맺는 나무는 생명의 나무이다. 아담과 하와는 선악과의 열매를 먹음으로써 지식을 얻게 되었지만, 그 대가로 영생할 수 있는 생명의 열매를 빼앗긴 채 삶의 고통과 죽음의 공포를 맛보게 되었다는 것이다. 저자에 따르면 인류가 무지몽매에 스스로를 마취시킬 수록 삶은 더욱 행복했으며, 인류의 지식이 늘어갈수록 삶은 더욱 고통스러워졌다는 것이다. 이것이 바로 '지식의 나무는 생명의 나무가 아니다'라는 명제이다.

저자에 따르면, 지식의 나무와 생명의 나무 가운데 서구인은 지식의 나무를 선택하였다. 고대그리스의 철학자 소크라테스, 플라톤으로부터 르네상스에 이르기까지, 심지어 내심의 순결을 추구했던 중세기에도 지식의 나무는 시들지 않았다. 그리하여 바이런은 *Manfred*에서 "슬픔은 지혜로운 자의 스승, 지식은 고통. 가장 많이 아는 자는 반드시 치명적인 진리를 가장 깊이 애통해할지니, 지식의 나무는 생명의 나무가 아니라네But grief should be the instructor of the wise; Sorrow is knowledge : they who know the most must mourn the deepest o'er the fatal truth, The Tree of Knowledge is not that of Life"라고 노래하였다. '지식은 고통'이며 '지식의 나무는 생명의 나무가 아니다'라는 명제는 이후 괴테의 *Faust*로 이어지고 니체에게로 전해졌다는 것이다.

반면 저자는 중국인은 생명의 나무를 선택하였다고 주장한다. 노자와 장자는 지식의 나무 대신에 생명의 나무를 붙들었으며, 유가 역시 이성으로써 욕망을 조절하여 생명을 향유함으로써 현세에 화락으로 가득찬 대가정을 건설하는 것을 중시하였다. 중국철학은 윤리와 심미를 근본으로 삼는 생명철학이며, 중국문화는 생명을 근본으로 삼는 문화이다. 이러한 문화전통이 지식과 진리에 대한 추구보다 생명에 대한 애호를, 그리고 생명에 대한 초월보다는 생명의 안락을 중시하는 풍조를 낳았다는 것이다. 생명의 안락함을 중시하는 중국인은 당연히 죽음을 직시하거나 언급하기를 꺼려하며, 인간의 삶의 시작과

끝을 궁구하지 않으며, 따라서 삶에 대한 인식 또한 심오하지 않다. 중국인의 생사관은 숙명론, 천명에의 순응, 인생무상의 강조, 대의를 위한 죽음의 강조 등 다양한 형태로 나타나지만, 결국에는 '개똥밭에 굴러도 이승이 좋다'는 관념으로 귀결된다는 것이다.

저자의 이러한 중서문화의 비교관은 단순하고 명쾌하기는 하지만, 지나치게 이분법적이고 편면적으로 보이기도 한다. 그러나 중서문화의 본질적 차이를 생명의 나무와 지식의 나무로써 추상화하여 설명하고자 한 것은 중서문화비교에 있어서 새로운 패러다임을 제공해주었다는 점에서 의미 있는 시도라고 높이 평가해도 좋을 것이다. 이 역서에 실린 여섯 편의 논문이 저자의 이러한 문제의식의 연장선상에 있다는 점을 고려하여 읽는다면, 루쉰 사상을 하나의 완정체完整體로 보지 않고 끊임없이 변화하고 성장하는 유기체로 보는 관점과 더불어 새로운 연구방법론을 제시하였다는 점에서 이 역서의 미덕을 발견하게 될 것이다.

끝으로 이 역서의 제명에 대해 밝혀두고자 한다. 원저의 제목 가운데 '跨文化'는 영어로 바꾼다면 'cross-culture' 혹은 'interculture'에 해당될 터이며, 현재 우리나라에서는 교차문화, 문화 가로지르기, 혹은 상호문화, 간間문화, 문화횡단 등 다양하게 풀이되고 있다. '跨文化'를 '다문화multiculture'로 옮길 수도 있지만, 이 용어는 사회학적으로는 '한 사회 안에 여러 민족이나 여러 국가의 이질적인 문화가 혼재하는 현상'을 의미한다는 점에서 '跨文化'의 원의와는 다소 거리가 있다고 생각한다. 이러한 점을 감안하여 이 역서에서는 '跨文化'의 원의를 가능한 한 살리기 위해 '문화 가로지르기의 관점에서 바라본 루쉰'으로 제명을 정하였다.

    이 역서의 원저는 총 10권으로 이루어진 '중국루쉰연구명가정선집中國魯迅硏究名家精選集' 중의 한 권이다. 이 정선집은 현재 중국의 루쉰연구를 대표하는 학자들의 연구성과물이라고 보아도 좋을 것이다. 이번에 출판되는 이 정선집이 우리 학계의 루쉰연구에 크게 기여하기를 기대한다. 이 역서를 우리말로 옮기는 과정에서 독자의 이해를 도모하기 위해 저자의 주석 외에 역자의 역주를 덧붙였다. 이 역서가 출판되기까지 도움을 아끼지 않은 소명출판 편집부에게 감사드린다. 역자의 천학비재함으로 말미암은 오역이 적지 않을 터, 독자 여러분의 질정을 바란다.

2021년 5월
이주노